世界传世藏书

世界禁书文库

马松源 ⊙ 主编

线装书局

目　录

土　地

汤姆叔叔的小屋

世界禁书文库

土　地

【法】埃米尔·左拉⊙著

张　斌⊙译

綫裝書局

第一篇

一

一天上午，约翰围了一块蓝布的播种袋在腹部，左手拉住张开的袋口，每走四步，做一个手势，很快撒出右手拿起的一把小麦。在他身体的合拍摇摆里，他的大皮鞋，踏入胶粘的泥土并带走它们；从太阳投下的金黄光线下，人们总看见在前面，只有他一个人行走，样子很魁梧；播种机在这里工作，还有两匹马拖拉着一部三角钉耙来掩埋撒下的种子，慢慢滚动着；马身上连续有声地响着鞭子，一个马夫在催促它们前进。

在这儿，这个名叫高挪伊的地方，大概有五十公亩的一小块土地不那么重要，波特利的田庄主人胡得根先生不愿意派遣它们忙于别处。约翰由南向北行走，田庄的房屋，在他前面两公里以外，正好是田庄的房屋。到了田亩尽端，他抬起眼睛，漫不经心地看一下，休息一分钟。

这是许多低的墙垣，包斯的“门槛”上遗失着旧青石瓦的褐色斑点，贝斯的平原，则直向沙德尔展布着。在十月梢，布满阴云的广大天边下，是陈露着黄而坚实的赤裸裸泥土的四十余公里旷野，大方块耕地苜蓿和三叶莲的绿面，互相交错着，没有一棵树没有一堵小山，一望无际，互相混合，圆而清晰，低向地平线后面，简直像广大的海面。西边，只有一个小树林，形成焦黄的一带，挡住天边。中间，一条像石灰粉那么白的大路，白砂多屯至奥尔良，笔直伸展十七余公里，排列着电报柱的几何线“峡道”。真没有其他东西除了三四座木造的风磨，在它们的垛架上，竖立着不动的翅膀，再没有别的什么东西。若干村落好像石块“小岛”，一个钟楼，由远处的地折里浮现出来，而不让人们看见教堂隐藏在这小麦土地的徐缓波纹里。

但是，约翰转过来，他重新摆动他的身体，由北向南走去，左手拉住播种袋，右手拿种子，连续撒掷出去。现在他的面前很近之处，有哀格尔小溪谷截断平原如沟渠般，越过这里，无限大的贝斯又再开始，一直舒展到奥尔良。人们只由大白杨树的行列，猜到草场和绿荫，大白杨的顶巅变黄，超过凹隙，同边岸相平，简直和短的荆棘没有区别。罗涅小村建立在地折斜坡上，只有教堂脚下的少数屋顶显现在视线里，那上头的教堂则耸然竖立着灰色石块钟楼，那里只由老乌鸦家族居住。东边，八九公里以外，大镇克罗亚所在的劳尔河谷彼面，则侧斜排列着贝尔舒的遥远 山冈，在青灰日色下，它们显出淡紫色。那里，贝尔舒和贝斯中间，今天已变成砂多屯区的古代杜诺亚境内，就是这贝斯的边缘：土地相对不肥沃的地方，人们称之 为贫瘠贝斯。再到田亩尽端，约翰又停下来，向下面哀格尔小溪边岸投射一瞥，这 小溪十分明亮而活跃，从乱草中间，沿着克罗亚大路前进。那一星期六，有许多赶 集的农民的二轮篷车在奔跑。接着，他又向后再走上去。

他经常做着同样的手势，迈开同样的步伐，向北走，又向南转回来，给包围在活的麦粒灰尘中；在马鞭的呼呼声下，后面的钉耙，好像经过考虑的同样柔和动作，掩埋撒下的种子。秋季的播种延缓于连绵的雨；八月，人们还施过肥，很早准备好耕地，犁得很深，扫除了污秽的杂草，在三叶莲和养麦轮种过三年之后，已经能好好种植小麦。所以，因下过这些大雨，不久将要冰冻的恐惧和威胁，更是对农民赶急工作的催促。气候已突然变冷，煤烟色的天气没有一点风，不动的土地“海洋”上散布着均匀而阴郁的亮光。各方面都在播种：左边，三百公尺以外，有一个播种的农夫；右边，一个同样的劳动者，在更远之处；别的许多许多人，则深入对面平坦田亩逐渐朦胧的远景里。这是些黑色的小侧影，斑斑点点，越远越小，在十余公里以外的地方逐渐消失。但是全体都做播种的同样手势和撒掷，仿佛这是他们周围的生命在跳动；直到被淹没的远处、模糊的地平线上，已看不见分散的播种者，整个平原都似乎感到这生命的震颤。

约翰最后一次走下田时，忽而瞥见一只白而赭黄的大母牛，一个几乎还是孩子的少女牵着它从罗涅那边走来。这乡下小姑娘和畜生循着高原边缘的溪谷小径走着。他刚播完，转过身，再走上来时，一阵在被扼住的叫喊中间爆发的奔跑的声音。在一片苜蓿里奔跑的，是发狂的母牛，后面跟着竭力想拉住它的少女。他感觉将有什么不幸发生，立刻喊道：

“那么，放开它吧！”

她却并不这样做，她喘着气，咒骂她的母牛，用愤怒和恐怖的声音。

“哥利喧，你停住吗！……啊！混账的蠢家伙！”

直到那时，她的两条小腿竭力奔跑和跳跃，她还能跟随它。可是她碰到障碍，第一次跌倒了，她再站起来，在较远之处，她又重新跌倒；从此，畜生更发狂，她被拖着奔跑。现在她已高声呼号。她的身体留下一条线痕在苜蓿里。

“他妈的！那么，放开它吧！”约翰继续喊道。“那么，放开它吧！”

由于恐怖，他机械地这样喊；因为他自己也奔跑，终于，他心里明白了：牛绳一定在她的手腕周围缠结，每一新的努力，即抽得更紧。幸而他转过一片耕地，借那么快的奔跑，赶到母牛前面，后者突然停了下来，它被惊呆了。他解开牛绳，让少女坐在草上。

“你没有受伤吧？”

她甚至没有昏乱。她站起来，抚摸自己的身体，她撩起裙子，十分平静，直达她的大腿根，看看她的灼热膝盖，她还那么喘气，说不出话。

“您看，就是这里，我被抽得很痛……可是我还能摇动，一点也没什么……哦！我多么害怕！路上，我简直急昏了！”

她审察手腕上被抽位的印上一圈红的，就用唾沫浸湿它，并贴嘴唇在那上头，她已减轻疼痛，恢复平静的气息；她发出大声的叹息，加上说：

“哥利喧，它并不凶狠；不过，从早晨起，我们为它着急……我预定去波特利的公牛那里。”

“到波特利去，”约翰重复说。“这来得正好，我陪你走，我正好要回去。”

他称呼她继续用“你”，她已十四岁了，还是那么娇小，她是女孩子，他仍然看得出。她抬起下颌，以严肃的态度注视这面孔丰满和端正、头上栗色发剪得很低的高大年轻人，他的二十九岁，已在她心目中使他成为一个老头子。

“哦！我认得您，您是伍长，是做农工的木匠，留在胡得根先生家里。”

听到这个农民们给予他的绰号，年轻人不免露出微笑；他也注视她，看她差不多已是成人的女子，觉得很惊异，她的小胸口已坚实地耸起，浓密的黑发，长的面孔，厚的嘴唇，她的脸色很新鲜粉红，很像将成熟的果子。她穿一条灰色的裙子和一件黑毛织的短上衣，戴一顶圆的便帽，她的皮肤被炙热的太阳晒成棕褐色。

“原来你是木宣老爹的小女儿！”他喊道。“我刚才没有认出你……你的姊姊是仆多的好朋友，不是吗？上一春季，在波特利我和他一起工作呢！”

她的回答很简单：

“是的，我，我是佛兰佐史……我姊姊莉兹和我的堂哥仆多亲热，此刻她已怀孕六个月……他已溜跑到舍米特田庄里去工作了，在奥善尔那边。”

“的确如此，”约翰结束说。“他们一起游玩时我看见过。”

他们面对面默然逗留了一会儿。他想到一天下午蓦然撞见两个爱人在一个小麦堆后面，不免微笑；她仍然继续吮湿她的受伤手腕，好像她嘴唇的唾沫能平息剧痛。母牛已经平静下来，在邻近的田亩里啮嚼一簇簇苜蓿。马夫和三角钉耙转过一弯，到了大路上，已经离开。只有两只乌鸦的鸣叫被听见，它们连续飞翔，在钟楼周围盘旋。这天下午的祷钟声在死寂的空气里传来。

“怎么！已经中午了！”约翰喊道。“我们快走吧！”

随后瞥见哥利喧在田亩里，他说：“哎，你的母牛造成损害了。如果它被人们看见的话……等着，混账家伙，我去给你享受！”

“不！请您让它去吧，”佛兰佐史阻止他说。“这田亩是我们自己的。这混账家伙，把我拖倒在我们自己的田亩上……整个边岸，直到罗涅，都是我们这一家的。都是属于我们的，从这儿一直到那里；旁边是我的伯父副安的；再过去是我的姑母‘老大’的。”

她做手势指点各块土地，领母牛到小径上。母牛的绳子被重新拉住，她才想到感谢年轻人的帮助。

“这不能阻止我应该向您道谢！您知道，我非常感激，我以我的整个心向您道谢！”

他们开始行走，他们循着溪谷边缘的小径前进在没有深入耕地中间以前。连续敲过了午祷的最后钟声，仍然只有乌鸦在呱呱鸣叫。在拖拉绳子的母牛后面，他们彼此都不再谈话，重新落入农民们并肩行走十数公里而不交换一句话的沉默中。他们向右边的一部播种机投射一瞥，播种机的两匹马旋转在他们身边；驾驭的车夫对它们喊了一声“日安”，他们回答了一声“日安”，也用同样严肃的声调。下面，他们的左边，沿克罗亚大路，继续溜跑着许多篷车，市集只到下午一点钟才开始。篷车在两轮上粗暴的摇动，绝像跳跃的昆虫，到了远处，缩得那么小，人们只能辨出女人便帽的唯一白点。

“看，我的伯父副安和我的伯母罗斯，他们到公证师家里去。”佛兰佐史说，眼睛注视着奔跑，如核桃壳那么大的车子。

她赋有海上水手般的目光，由观看细小事物练成的平原居民的远视力，能从侧影的移动小斑点上认出一个人或一只牲口。

“啊！是的，我听人讲起过，”约翰说道。“那么，这已决定了吗？老头子已愿意分他的财产给他的女儿和两个儿子吗？”

“已决定了。今天，他们大家都到贝伊雅舒先生家里去见面。”

她仍注视着两轮篷车跑去。

“我们这些人，我们才不管那一套，这不会使我们变得更肥或更瘦……不过，这有仆多在这里面。我的姊姊以为他若分得他的一份田产时，或许他会娶她。”

约翰笑起来。

“这混账的仆多，我们是朋友……啊！向少女们扯谎，这不会耗费他什么！他仍然需要少女们，她们如果不愿意乖乖地委身给他的话，他将用拳打脚踢去占有她们！”

“啊！是的，这的确是一只猪猡！”佛兰佐史宣称，摆出一副确信的样子。“他不应该用这样猪猡样的龌龊勾当来对待一个堂妹，让她大大的肚皮，笔直站在那里！”

但是，她突然愤怒起来：

“哥利喧！等着，我去使你‘跳舞’！……看，它又开始了，这畜牲当它被抓住，侵入它的肚皮时，它简直要发狂了！”

她粗暴地拉动一下，把母牛领回。小径已在这地方离开了高原边岸。两轮篷车消失了，他们两个继续行走在平原上，只有无穷尽的耕地展布在面前和左右。在耕地和休耕田的绿草中间，小径平坦地伸展出去，一簇荆棘也没有，一直通到好像可以用手去触摸，其实还后退灰色天边下的田庄。他们重新变得沉默，再不开口，仿佛如此闲郁和肥沃的贝斯反映出来的严肃侵占了他们。

他们到达时，波特利田庄的方形大院子里，三面被牛栏、马厩、羊栏和仓房等建筑物关闭着没有半点人影。但是在厨房的门槛上，忽然有一个矮个子，轻佻俊美的女人出现。

“那么，什么，约翰，你今天中午不吃饭吗?”

“我就去，捷卡琳太太。”

自从高业女儿——她的父亲高业是罗涅的修路工人——十二岁就在田庄里洗涤碗碟，她被大家叫作小高业姑娘，升到主要女仆的地位后，她就很专制，要别人以太太身份看待她。

“啊！是你，佛兰佐史，”她又说。“你是为公牛来的……那么，好！你等着。牧牛夫跟胡得根先生去克罗亚了。不过马上他就会回来，不久一定会到这里。”

约翰决定进入厨房时，她拦腰抱住他，带着玩笑的态度挑惹他。她已不满足于主人的爱情，她以贪婪的恋爱者样子向他表示相好，并不担心别人会看见自己。

佛兰佐史单独留下，在占去院子三分之一的肥料坑前的一条石凳上坐下，耐心地等候着。她毫无所思，只注视一群母鸡伸嘴啄食，并把它们的双脚在这宽阔的底层上温暖。空气的寒冷使这肥料层微微冒出淡蓝的热气。过了半点钟，待约翰吃好一块涂满黄油的面包片，重新出现在她面前时，她一动也没动过。他在她身边坐下，看母牛

激动、接连摇尾巴和鸣叫，终于说道：

“真讨厌，牧牛夫还不回来。”

少女耸一耸肩膀，一点也不着急。又一次沉默后，她问道：

“那么，伍长，人们称呼您的就是这简短的约翰吗？”

“不，约翰·马格尔。”

“您不是我们这里的人吧？”

“不，我是普洛望斯的，一个那边城市普拉桑的。”

她抬起眼睛，审察他，不免有点惊讶，对他能从那么远的地方来。

“十八个月以前，在索弗里诺打过仗以后，”他继续说，“我从意大利请假回来，我被一个伙伴领到这里……后来，看，我对从前的木匠职已不大行，许多故事就要我留在田庄里。”

“啊！”她只简单地这样说，她的墨黑大眼睛并不离开他。

然而这时，哥利喧拖长它要满足情欲的失望鸣叫；关着门的牛栏里传来一阵粗鲁的气息。

“喏！”约翰喊道，“恺撒已经听到了，它这家伙！……听，它在那里面谈话……哦！它认识它的事情，人们若牵一头母牛到院子里，它总感觉到，总知道人们要它做什么……”

他中断了他的话，可是立即加上说：

“那么，听我说，牧牛夫一定和胡得根先生一起留下……你如果愿意的话，我给你去领来公牛。我们两个，我们将会干好这个。”

“是的，这是一个好主意。”佛兰佐史说。她马上站起来。

打开牛栏门时，他还问道：

“那么，你的畜生呢，应该吊住它吗？”

“吊住它，不！不！不必费心！……它是早已准备好的，甚至它不会动一动。”

门打开，可以瞥见田庄的三十只母牛在中央过道两边的两个行列，有些躺在蒿草上，另有些咬啐它们食槽里的甜稼。一只撒满的白斑的黑荷兰种公牛角，从它所在的角落里伸出它的头，等着它的工作。

一把恺撒解下它就慢慢出来。但是，它立即停住，好像空气和强烈日惊吓了它，它一动不动，留了一分钟，站得腿脚笔挺，尾巴作神经质的摆动，头颈胀大，嘴鼻伸出并嗅探。哥利喧并不动，只把固定的大眼睛向它转动，鸣叫的声音因而降低。它于是走上前来，靠到哥利喧身边。它的头，借短而粗暴的压力，在母牛的臀部上放下；

它的舌头垂下，它拨开母牛的尾巴，它一直吮舐到腿根；哥利喧让它这样做，依然没有动，只有一阵震颤使它的皮肤皱缩。约翰和佛兰佐史摇摆着两手，严肃地等候着。

恺撒准备好以后，突然一跃，带着震撼土地的有力重量，跨到哥利喧身上。哥利喧并不弯下，恺撒抓紧它的腰部，用自己的两腿。但是，一只大身材的歌当丁种母牛较这不壮大的公牛竟显得那么高、那么宽，它终于不能达到所要找的目的。它感到这个，想再爬上去却徒然。

"它太小。"佛兰佐史说。

"是的，的确太小一点。"约翰说，"这没有什么关系，它仍然能进去。"

"不，应该帮助它……如果它不好好进去，将使这损失掉，哥利喧将不会受孕。"

她摆出镇定的和小心的态度，仿佛要做一件认真地工作，立刻向前走去。她要去尽的任务使她眼睛的黑色变浓，使她的不动面孔上的红嘴唇一半张开。她必须做大的手势举起她的胳臂，她用整只手握住公牛的阳物，她使这阳物重新挺直。公牛觉得自己已接近边岸，把它的力量集中，借腰部撞动一下，它的阳物就一直伸到底。随后，它再拔出来。这已做过，这是小锄埋下种子的一击。非常健壮的母牛，带着已受播种土地的无感觉的肥沃性，任何动作已没有，接受这雄性的生育注射。甚至在摇动中它也没有发生颤抖。公牛已再下来，脚下的土地重新被震摇。

佛兰佐史把手抽回，站着，胳膊举向空中。她终于放下胳臂说：

"好，这已成功了。"

"而且一下就到底！"约翰摆出确信地态度回答。一个熟练工人对很快做好工作的满意混在这态度里。

他并没想到拿她开玩笑，没有像田庄的男子们平常对这样领来母牛的少女们所表现的，说一句猥亵话语来显示快活。这女孩子好像觉得这是如此简单而必要，就规规矩矩的立场说，实在没有什么可笑的。因为自然就是这样。

但是一会儿以后，厨房门口又站出了捷卡琳，她喉咙中发出常有的鹧鸪叫般的声音，快活地喊道："哎，到处用手！那么，母牛的爱人，它那尽端没有眼睛吗?!"

约翰爆发大笑，佛兰佐史的脸突然变得绯红。她很难为情，她为了遮掩局促，趁恺撒自动回到牛栏去，哥利喧从肥料坑里啃食茁长着的一簇荞麦的机会，她搜索她的衣袋，终于取出她的手帕，把紧紧包裹的四个铜子交尾费打开。

"喏，应该付给您的钱！"她说。"好，祝您晚安！"

她和她的母牛动身走开，约翰又去拿回播种袋跟随她，临行时向捷卡琳说，按胡得根先生发下的当天工作命令，他到波多田亩上去。

“好！”她回答。“锄耙机也应该去那里。”

随后，看年轻人赶上乡下小姑娘，他们两个先后在小径上离远时，她还用轻薄女人的声音热烈地对他们喊：

“没有危险嗯？你们如果一块迷了路的话，小家伙一定是认识的！”

他们背后的田庄院子里又空无一人。这次，不论他或她都没有发笑。他们慢慢行走，没有发出任何声音。他只看见她的孩子般的后颈，圆帽下鬈缩着几绺小黑发。走过五十步以后，佛兰佐史终于说道：

“她讥笑别人和男子相好的种种话，的确是错误的，我很可以回答她……”

然后，转向年轻人，顽皮地注视他：

“这是实在的，不是吗？她自己和胡得根先生相好，仿佛她已做了他的老婆……您，或许您很知道一些事吧？”

他感到羞惭和不安。

“哪里能知道！她做她所喜欢的，这事只关系到她自己。”

佛兰佐史转过来，开始行走。

“这，这是实在的……我开玩笑，因为您几乎可以做我的父亲，问起这个，不会有什么害处……但是，您看，自从仆多给我的姊姊干了猪猡的勾当以后，我曾正式发誓：我宁肯截断四肢，也不愿意有一个爱人。”

约翰摇头，他们不再谈话。小径尽头，距罗涅一半路程的地方，是波多小田亩。走到时，男的停下来。三角钉耙等着他，一袋种子被卸在一条犁畦上。他一面盛满他的播种袋一面说道：

“那么，再见！”

“再见！”佛兰佐史回答，“还要再道一声谢！”

但是他心中满是不放心的情绪，他再站起来喊道：

“那么，听我说，如果哥利喧再狂奔的话……你希望我一直送你到家里吗？”

她已离远，她再转过来，用她平静而洪亮的嗓音，穿过乡野的静寂说：

“不！不！大可不必，再没有什么危险了，她的‘袋子’已填满了！”

约翰把播种袋系在腹部上，开始做连续的手势，撒掷颗粒。他走下耕地，抬起眼睛，注视佛兰佐史，看她从犁好的田亩中间穿过，在大摇大摆、懒洋洋的母牛身后跟着，慢慢缩小下去。他一往后走就看不见她；可是再转过来，他又发觉她缩得更小，她的纤长身材和白圆帽，看来是那么细小，像一朵蒲公英的花一样。这样看过三次，她直低减下去。然后，他继续寻找她，她一定已转过去，已在教堂前面了。

敲过两点钟，天边始终是灰暗的、冰冷的；一层密云像细灰一样似乎要长达几个月遮蔽太阳，一直把它遮蔽到下一个春天。在这阴暗里，一个较明亮的斑痕，映白奥尔良方面的云层，仿佛太阳照亮了这边十几公里的部分。就是在这苍白的弯隙里，罗涅的钟楼显现出来，村庄本身则降下，在哀格尔小溪看不见地折里隐没。但是向北面的沙德尔那边看去，平坦的地平线在广大和一律土色的天边和贝斯的无限舒展中间，仍然是明显的黑线，像截断的墨水画一样。吃过午餐以后，播种者的数目似乎更多了。现在耕地上到处是人，他们随时增加，到处充斥，仿佛是勤劳的黑蚂蚁为难以承担的巨大工作纷纷忙碌着；其实，即使从最远者身上，也能够辨认出频频相同的固定的动作；这是细小昆虫和无限大土地之间的斗争，这是终于战胜无边幅员和创造生命的顽强动作。

直到夜幕降临，约翰继续播种；黎哥尔和四路的耕地在波多田亩后面。他或来或往，迈开有节奏的大步，在犁畦上行走；他的播种袋里的小麦已撒完，在他背后，种子已经使大地开始生殖。

二

在通往砂多屯的格卢哀斯路边坐落着克罗亚公证师贝伊雅舒的房子：这是一幢单层的小白屋，它的拐角上吊着街灯的绳子，这是唯一照亮这宽阔石路的街灯。这条路除了星期六有乡下人赶集的浪潮之外，整个星期都是荒凉的。从远处可以看见公证师的闪闪发光的两个盾形纹章在低矮的建筑物上，闪闪发光；后面，一个狭小的花园，一直倾斜到劳尔河。

在星期六，在进口走廊右面，朝向街道，作为事务所的房间里，见习的小书记，一个十五岁瘦弱苍白的男孩子，揭起一幅细纱窗帘，看着外面的人们走过去。另两个书记，——在一张变黑的枞木双幅桌上写字。这双幅桌和七八把椅子及一个生铁火炉，便是所有家具。火炉只到十二月里才燃烧，即使十一月初天已下雪，也不生火。四面的墙用木架装置着，角上破碎，黄案卷的纸版夹从里面露出来，使房间里弥漫着腐败墨水和灰尘蚀坏旧纸所发散出的气味。

那时有两个农民并排坐着，一男一女，毕恭毕敬的样子，一动也不动地耐心等待着。这么多纸，尤其是这些先生写得那么快，瑟瑟的声音发自笔端，使他们变得很严肃，他们的心难免被金钱和诉讼的思想搅动。女的三十四岁，棕褐色头发，可爱的面容只被大的鼻子损害了；她那劳动者的干瘦双手在天鹅绒混边的黑呢短上衣上交叉着；她那双活泼的眼睛搜索着各个角落，脑里显然在想那里沉睡着的一切财产证券。男的比她大五岁，赭色头发，脸色温和宁静，穿一条黑裤子和一件全新的蓝布长工服，拿在手里的圆形毡帽被他放在膝上，没有半点思想影子激动他那仔细修剃过的焦土色宽阔面孔，两只深蓝发光的大眼睛，直直地瞪着，就公牛休息时一样。

有一扇门被打开了，刚和姊夫，田庄主人胡得根吃过午饭的贝伊雅舒公证师走出来，他脸色很红，就他的五十五岁说，还很新鲜，他的嘴唇是厚的，他眼角的皱纹使他的目光显得时常微笑，他戴夹鼻双眼镜，有频频撕拽自己的白须的怪习惯。

“啊！是您，黛勒梅，”他说。“那么，副安老爹决定把财产分掉了吗？”

这时，女人答道：

“是的，贝伊雅舒先生……为了使大家同意，我们大家约定在这里相见，使您能告诉我们怎样进行这些事。”

“好！好！凡娜，我们去看吧，……现在才刚一点钟，应该再等等别人。”

公证师又聊了一会儿，询问两个月以来总是跌价的小麦价钱，他对黛勒梅表示一个富裕的农民理应受到的尊敬和友好，因为后者拥有二十公顷土地，一个长工和三只母牛。随后，他回到他的办公室去。

书记们没有抬起头，写得笔尖更加地响。黛勒梅夫妇重新一动也不动等候着。这凡娜是一个有运气的女人，甚至没有怀孕以前，就嫁给了一个老实有钱的情人；为着她的一份，她只希望副安老爹给她三公顷左右土地。其实，她的丈夫也不懊悔，因为他不能遇见一个更聪明的和更勤勉的主妇，他甚至让她掌管家里所有的事，他是一个智慧很有限的人，可是那么镇静和那么公正，罗涅的人们还往往请他做仲裁者。

这时，向街道注视的见习小书记，手指放在嘴唇上止住笑，嘟嘟地对他旁边肮脏的、大腹便便的老头子说：

“哦！耶稣·基督！”

凡娜很快在她丈夫耳边低声说：

“你知道，你让我去说话……我很爱爸爸和妈妈，但我不希望他们从我们这儿窃取什么，我们要提防仆多和伊斯特这两个流氓。”

她是说她的两个兄弟。整个地方都叫他耶稣·基督的伊斯特到来，这是一个懒鬼和醉汉，在非洲的各战役里打过仗，从军队里回来以后，他就在乡下到处鬼混，什么工作也不做，靠偷猎和盗窃为生，好像他还在劫掠那边吓得颤抖的贝督英人。

他，一个高大家伙，带着他四十岁的整个筋肉力量走进来，头发卷缩，长而尖的篷乱胡须，一副憔悴的像耶稣面孔，样子就像是酒醉的基督，一个强奸少女们的恶棍或打劫者。从上午到克罗亚起，他一直处于烂醉中，身上是泥泞的裤子，沾满污点的工衣，后脑上翻戴着破碎的鸭舌帽；他抽一根又黑又潮湿、只花一个铜子买来的雪茄烟，简直要在他周围撒满毒气。然而，在他充满泪水的眼睛深处，隐藏着的却是并不坏的讥诮表情和江湖中人的直爽坦率。

“那么，父母还没来吗?”他问道。

看见患胆病的瘦黄书记答他以愤怒的摇头，他停了一会儿，目光朝向墙壁，冒烟的雪茄紧紧地夹在他的手指里，看也不看妹妹妹夫。他们也一样，似乎没有看见他进来，一言不发。他溜了出去，走到人行道上等候着。

“哦！耶稣·基督！哦！耶稣·基督！”小书记低声重复说，鼻子朝向街道，他的面容，由着这个绰号在他小时所引起的许多趣事，逐渐显得活跃起来。

但是，五分钟刚流逝过去，副安夫妇，两个行动缓慢和小心谨慎的老人终于进来了。以前父亲身体健壮，现在已七十岁，干枯和萎缩于劳苦的工作和热爱土地的激情；他的身体已弯曲，仿佛要回到一向那么强烈渴望着和占有着的土地里去。然而，除了两腿，他仍然可以说是活泼的，服装整齐，短而端正的白颊须，他这一家相传的大鼻子，使他被粗粗的皱纹覆满的瘦面孔，显得很尖削。身材较矮小的母亲和他形影不离，一直还似乎很胖、水肿病开始的大肚皮、荞麦包面孔上的圆眼睛和圆嘴巴，由无数皱纹收紧，仿佛是吝啬鬼的钱袋。她愚蠢无知，被压迫，在家庭里的地位犹如勤劳驯服的畜生，时常颤抖、不敢对丈夫的专制权威有任何反抗。

“啊！是你们来了！”凡娜站起来喊道。

从椅子上起来。耶稣·基督又出现在老夫妇背后，摇摆着他的身体，一言不发。他压熄他的雪茄头，塞那发臭的烟尾到他的工衣的一个口袋里。

“那么，我们已到这里了。”副安说。“现在只缺少仆多了……这家伙，从来不守时刻，一向不如别人遵守时间。”

“我看见他在市场里，”耶稣·基督以因喝烧酒而变哑声音说道。“他就会来的。”

仆多，他们的小儿子，刚二十七岁，因他时常反抗，固执己见和喜欢争吵被冠以这个绰号。还是孩子的时候，他和父母就不能和平相处，后来，抽得一根不当兵的好签，他就离开家，先在波特利，后到舍米特去当佣工。

父亲还继续生气时，他却高高兴兴地走来。在他身上，副安一家的大鼻子已转扁平，面孔下垂，牙床骨向前，强大的上下颚很像食肉兽；太阳穴很狭，头的整个上部缩得很紧，快活的笑意显现在他的灰眼睛深处，却已含有狡猾和粗暴。父亲的粗狠的

欲望和占有的固执被他遗传，而且由母亲的贪婪和悭吝，格外加强。每次争吵，当两个老人斥责他的时候，他总回答他们："我不应该被造成这个样子！"

"那么你们听我说吧，由舍米特到克罗亚要走二十多公里。"他回答他们的咕噜怨言。"再则，什么？我和你们同时赶到这里……你们是不是又要责备我？"

现在大家互相争辩，用他们在旷野空气中习惯的高而尖锐的声音叫喊，商量他们的事情，完全像在他们自己家里似的。书记们感到不舒服，向他们投射斜视的目光，听到闹声的公证师重新开了他办公室的门。

"你们大家都已到齐了吗？好！请进来吧！"

这办公室面对花园，一直降到劳尔河的狭条田亩，往远处可以望见无叶杨树。壁炉架以一个黑色大理石的座钟表装饰，摆在好几包案卷中间；此外，只有一张桃心木写字台，一个放纸版夹的架子和几把椅子。

贝伊雅舒先生像法官坐堂似的马上在这写字台前安顿下来；先后进去的农民们不安地睇着椅子，感到很局促，不知道他们要坐在哪儿，怎样坐。

"那么，你们请坐吧！"

副安和罗斯在别人催促下坐到第一排的两把椅子上；凡娜和黛勒梅并排坐在他们背后；仆多单独走到一个角落里，在墙角一把椅子上坐下；只有伊斯特一个人站在窗前，他的宽阔肩膀遮住光线。但是公证师不耐烦地喊他一声：

"那么，耶稣·基督，你也坐下吧！"

必须先由他开口来谈他们的事情。

"那么，副安老爹，您已决定，趁您在世的时候，分您的财产给您的两个儿子和您的女儿吗？"

老头子并不回答，别人也坐着不动，房间里因而静寂无声。公证师习惯于这些迟缓，也不着急。二百五十年以来，他这一家就做这种工作，父父子子，贝伊雅舒家族就在克罗亚接连充当公证师。他们属于古代的贝斯血统，从他们的主顾那里学得缓慢的思考、阴险的谨慎，总借长久的沉默和无益的话语淹没极细微的争论。他拨开一把小刀，开始用它来修剪指甲。

"应该相信您已决定了，是不是？"他终于重复说，注视着老头子。

后者转过来，望了大家一眼，在说话之前，竭力寻找他的字句：

"是的，很可能是这样的，贝伊雅舒先生……收获时期，我已经对您说过，您曾嘱咐我要认真考虑，我还想到这个。我看，不论怎样，必须做这样的决定。"

他用间断的词句，不连贯的话语，说明理由。但是他没有说的，出于内心的，喉头终被感动扼住的，是他与这些田产要被分开的无限悲哀和他整个身心的破裂。他父亲死之前，他是那么热烈地想得到这些田产；后来，又倾注了那么多的热情，拼拼命耕种，而且借最悭吝的节俭代价，一块一块积累起来，他怎么舍得放弃呢！譬如这样的一小块就代表几个月的面包和乳酪，几个不生火的冬季，几个专心于辛苦工作、在喝水之外，得不到其他饮料的夏季。他爱土地，土地是他的亲爱女人，他爱它，他愿意为它杀人。对包括老婆、孩子们在内的任何人，都没有真的情感，他所爱的是土地！看，现在他已老了，他必须把这“情妇”让出来给他的孩子们，正如他的父亲，愤恨自己的无能，只得把它让给他自己一样。

“您看，贝伊雅舒先生，必须找个理由。我的两腿已不行了，胳臂也不大好，真是糟糕透了！土地因而很受苦……我与孩子们如果还能和好的话，这或者还能继续下去。”

他向仆多和耶稣·基督身上投射一瞥，后两者一动不动，目光朝向远处，仿佛在他所说的数百公里人外迷失了。

“但是，什么？或许您希望我雇佣工人，一定会劫掠我们的外乡人吗？不！长工们，这太昂贵，在现在这样的年头，这会吃掉面包的……我，那么，我已不再能够。喏！这一季，我具有十九‘赛济埃’的土地，那么，好！我只有耕种四分之一的力量，仅仅够我们吃的：刚收得我们两个糊口的小麦和饲养两只母牛的草料……那么，看见这好好的土地逐渐荒废，我的心痛的都碎了。是的，我宁喜欢抛弃一切，也不肯参与谋杀土地。”

他的声音梗塞了，他做了一个难过和无可奈何的手势。他的老婆，这个在他五十多年的勤劳和服从下的柔顺女人，则在他身边谛听着。

“另一天，”他继续说，“做乳酪的时候，罗斯把鼻子粘到里面。我只要坐两轮篷车到市集里来，这就会使我的骨头折断……此外，人们死时，又不会把土地带走……总之，我们已工作够了，我们愿意安安静静地死去……不是吗，罗斯？”

“是的，正如好上帝看见我们一样！”老太婆说。

房间里又充满了宁静，持续了很久。公证师修完了指甲。他终于再把他的小刀放到写字台上，说：

“是的，这是很适当的理由，人们往往不得不决定放弃财产……我应该补充说，这使每个家庭节省，因为遗产比这在世放弃财产所应缴的税，要高得多。”

在他假装冷淡的态度里，仆多，忍不住叫出来：

“那么，这是实在的吗，贝伊雅舒先生？”

“毫无疑心。这样，你们可以占数百法郎的便宜。”

别的人们也开始激动。黛勒梅的面孔舒展开了，这种满意也被父亲、母亲分享。既然这样能少花钱，这已谈妥，毫无问题。

“对你们我还要提出习惯意见，”公证师又说。“很多有道德的人都谴责在生之日分掉财产，这种办法被认为是不道德的，因为被指控破坏家庭关系……真的，人们可以引证不少可悲的事例；剥夺了父母的财产后，孩子们有些时候会做出很坏的事情……”

两个儿子和女儿张口听着，眼皮眏动，面颊也微微颤抖。

“爸爸如果有这些意思的话，那么，他很可以保留一切在自己手里。”很容易冲动的凡娜打断了他的话，非常冷漠。

“我们总时常会注意做儿女的义务的。”仆多说。

“工作并不使我们产生这样的恐惧。”耶稣·基督宣称。

贝伊雅舒先生做一个手势，使他们的抗议平息。

“那么，请你们让我说完吧！你们是好孩子、规矩的劳动者，这我知道；和你们一起，你们父母一定会非常满意，将来绝没有反悔的危险。”

他并不讥讽，他重复的只是二十五年的职业习惯要他说的话。但是母亲看来似乎没有听懂，又把眼睛投向儿子。三个孩子都由她在主妇的冷淡里先后养大，没有一点温情，只因为吃得太多受责备。对小儿子，她甚至心存怨恨，因为到他终于能赚钱的时候，却逃离了家庭；而女儿，一向和她合不来，似乎因她的血和自己的一样，也是一个勤勉的家伙，又因父亲的智慧在她体内变成倨傲，心里不免感到某种损伤；母亲的目光只停止在长子身上，才显出温柔。这无赖的流氓，和她与她丈夫毫不相像，这根坏的野草，不知从哪里茁长起来的，或者就是因为这个，她才原谅他和喜欢他吧！

副安也感到他们把他的财产拿去做什么隐隐不舒服，一个挨一个地注视着他的孩子们。醉汉的懒惰，在他心里，比其他两个大为贪婪并爱享受，激起较少的忧虑。他把颤抖的头摇了一摇：既然一定要这么做的，何必又要互伤感情呢！

“现在分产既已决定，”公证师再说，“那么，必须规定附带的条件。你们对于应该交付的年金都同意吗？”

顿时，大家又一次一动也不动，默然不作声。严肃的表情出现在每个茶褐色的面孔上，这好像是外交家们谈到一个帝国估价时的难以揣度的认真表情。随后，他们都借一瞥目光，互相探索可是谁也不说话，仍然是父亲再提起他们谈的事情。

“不，贝伊雅舒先生，这个我们还没有谈过，我们都等着一起到这里来……可是这很简单，不是吗？我领有十九‘赛济埃’也就是人们所说的九公顷半的土地。如果我租出去，每一公顷可得租金一百法郎，那么，我将获得九百五十法郎。”

最无耐性的仆多，从他的椅子上蹦了起来。

“怎么！一百法郎一公顷！爸爸，难道您拿我们开玩笑吗？”

争论最初集中在数字上。有一‘赛济埃’葡萄田：这个，是的，的确可以得五十法郎租金。但是对十二‘赛济埃’耕地，尤其是对六‘赛济埃’自然草场，这些草场位于哀格尔溪边岸、所产的干草几乎不值钱，怎能这样作价吗？就是耕地本身也不大好，特别是沿高原的一段，因为愈接近溪谷的可耕层，则变得愈薄。

“这值每公顷一百法郎，”老头子带着固执的神气，把他的大腿根拍响。“明天，如果我愿意的话，我会得到一百法郎的租金……那么，由你们看来，这究竟值多少？你们说一说，这究竟值多少？”

仆多说：“这只值六十法郎。”

副安生气地坚持他的价钱，马上过分赞扬他的土地；那么好的土地，甚至可以自幼生长小麦而不用肥料；沉默的黛勒梅说话了：

“这只值八十法郎，一个子不差。”

老头子立刻平息了脾气。

“好，我们就假定八十法郎，为了我的孩子们，我愿意牺牲一些。”

然而罗斯，拉一拉他的一角工衣，为了表示她的悭吝的反抗，只吐出一个字：

“不！不！”

对此耶稣·基督毫不关心，不参加争论。自从他在非洲当过五年兵以后，土地再不能使他热心。他只燃烧着一个愿望：分得他的一份去换成现金。

“我曾说过八十，”副安喊道，“这就是八十！我从来说话算话，在上帝面前我可以发誓！……我们看吧，九公顷半土地等于七百六十法郎，凑成整数是八百……那么，好！养老金就是八百法郎，这非常公道。”

仆多突然爆发大笑；凡娜好像惊呆了，则摇头表示抗议。贝伊雅舒先生从争论以来一直注视着他的花园，因为他的午餐过于丰盛，肚里消化要他沉入半醒半睡的状态，他的一双眼睛茫然地回到他的主顾们身上，空洞洞的，毫无光彩，他一面似乎听着，他一面以男人费解的手势不停地扯着脸两侧的胡须，仿佛他们长错了地方。

这次，老头子的确说得很对：这是公道的。可是孩子们，因被争论的激情，要把数目压到可能最低限度的激情所烧热、这种热情席卷着他们，为此他们幸福地颤抖着，也因此显得很可怕，充满了欲望的所求，他们存着农民们购买一只猪的恶意，拼命讲价和发咒。

"八百法郎！"仆多冷笑说。"那么，您要像资产阶级先生们一样过活吗？……啊！好！八百法郎，您一个人将吃四个人的份量！那么，您立刻说，您要让自己因不消化而胀死哩！"

副安还不生气。他觉得讨价还价是自然的，他只抵抗这意料中的放肆话语；他自己也非常兴奋，断然要达到他所要求的数目。

"这还不是全部，再等一分钟吧！……不用说，我们要好好地照顾那些房子和菜园，让它们像伙伴一样陪伴着我们，直到我们老去……此外，我们既然不再收获什么，不再饲养两只母牛，我们每年要一大桶葡萄酒，一百捆柴，每星期要十公升牛奶，一打鸡蛋和三块乳酪。"

"哦，爸爸！"吓昏的凡娜痛苦地叹息道，"哦！爸爸！"

仆多不再辩论。他一跃而起准备离开。耶稣·基督也离开他的椅子，一想到这一切情况也许会促成分产的失败，不免很担心。只有黛勒梅很镇静，一个手指压近他的鼻子，陷入沉思和厌闷的神情里。

贝伊雅舒先生于是感到有稍微加速处理事情的必要。他逃出他设计的梦想，用更灵活的一只手再去抚摸那些脸上的胡须。

"你们要知道，我的朋友们，葡萄酒、柴以及乳酪和鸡蛋都是习惯法里所规定的……"

但是他的话被一连串的尖酸字句所打断。

"鸡蛋，也许还有小鸡在里面呢，那是多美妙崇高啊！"

"难道要我们喝自己酿的葡萄酒吗？那太可惜了，平时我们都是用它们来换钱的，平常我们都是把它卖掉的。"

"一点事也不做，坐在火边烤热自己的身体而您的孩子们却干得精疲力竭，这倒很舒服咧！"

公证师一向听过别的更恶劣话语，仍继续很冷淡地说：

"这一切都不应该说的……喂！好家伙，耶稣·基督，您坐下吧，您挡住了光线，您难道不知道这令人多烦恼吗？……看！你们大家都已听见，不是吗？因为关于葡萄酒等等，你们都互相争吵，互相讽刺；你们将以实物去缴付，暂时可以不必多说……，那么，所要讨论的，只是养老年金的数目。……"

黛勒梅终于做一个手势，表示他要说话。各人都重新坐下。他在大家的注意中慢慢说道：

"对不起，父亲所要求的，似乎是公道的。既然他的产业可以租得八百法郎，人们当然应该付他八百法郎，……不过，我们这些人，我们并不这样计算，他并不把土地租给我们，他是分给我们的，所以，真正的算计是对生活的，是要知道他和母亲两个人为了生活，需要的东西还有很多、很多，究竟需要些什么……是的，不多不少，就他们两人生活所需要的来谈一谈吧！"

"是这样的，"公证师配合着他的意见，"这就是人们通常所采取的基本方式。"

另一个争吵又无休止地延长下去。两个老人的生活因而被搜索、被展示，一个需要，又一个需要，都经过详详细细讨论。人们衡量着面包、蔬菜和肉的价值：评定着衣服贵贱，在棉布和毛织物上缩减价钱；人们甚至一直计算到小消费品，如父亲要吸的每天本来要两个铜子的烟草，经过无数次的争吵，终于改为一个铜板。一个人既然不再工作了，当然应该知道节省，至于母亲，难道她就不能省去要喝的黑咖啡吗？例如他们家的一只狗，已养了十二年，吃得很多，而没有半点用处，人们早就应该对它放一枪，结束它的生命。估计完毕，他们又开始再算一遍，尽量寻找还可以取消的消费，如每年减掉两件衬衫，六块手帕，每天用糖的一个生丁。一再扣削，竭力做到最微小的节省，这样还是五百五十余法郎的数目，这使原本十分激动的儿女俩特别生气，因为他们十分固执，根本不愿意超过五百法郎的整数。

然而，凡娜已厌倦了。她并不是坏女儿，她比男子们具有更多的怜悯心，她的心灵、她的精神，还没有被旷野的生活，粗糙的空气磨砺得不成样子。所以她在谈到结束这个争论时，忍受种种让步。耶稣·基督这方面也耸一耸肩膀，他对金钱很慷慨，甚至怀着醉汉的感动心思，准备献出他这一份的全部数目，虽然他将永远不会付清他所答应的。

"那么，看吧，"女儿问道，"对五百五十法郎，这可以同意吗？"

"当然可以！当然可以！"他回答，"很应该让老人们稍稍享受一下！"

母亲满含亲切地看着儿子，脸上充满了微笑；父亲则继续同小儿子争执。他只是逐渐让步，然而，每一次退却又都加剧着争吵，彼此硬要坚持某些数目。但是，在他表现出的冷酷、不通情理，面对着骨肉情深的儿子同他争夺财产，那种愤怒便不由自主地在体内滋长。他还活着，他们就要借他的骨肉自肥，就要吮吸他的血，他怎么能忍受呢！而他却已忘记他自己也曾这样"吃掉"他的父亲。他的两手颤抖，他怒吼道：

"啊！这些小畜生！我们养大他们，而他们却要从我们的嘴里夺去面包！……说句真话，我们非常厌恶！我宁可自己已在地下腐烂了……那么，你们能不能再善良些，五百五十法郎怎么样？"

他表示同意时，他的老婆又拉他的衣角，向他的耳边轻轻说：

“不！不！”

“这并不是全部，”仆多踌躇一下说：“那么你们所积蓄的钱呢？……如果你们身边还有钱，你们当然不应该接受我们的。不是吗？”

他用固执的目光注视着父亲，这最后的杀手锏使老头子的脸色显得十分苍白。

“什么钱？”他问道。

“放出去的钱，您隐藏着证券的钱。”

仆多只不过怀疑他有小金库，想借此证实一下。有一天晚上，他以为看见他的父亲，从挂着的大镜背后，取去一小卷纸。第二天和以后几天，他继续窥伺；可是什么都没有再出现，只留下空的洞穴。

脸色本已苍白的副安，在最后爆发的愤怒浪潮里，突然变得绯红。他站起来，带着粗暴的手势喊道：

“啊！这个，他妈的！现在，你们竟在我的袋子里搜索了！我并没有一个铜子，并没有一个放出去的小钱。你们这些坏家伙，你们说我花了太多的钱！……可是，这同你们有关系吗？难道我不是主人吗？不是父亲吗？”

这样，在他这做父亲的权威觉醒中，他似乎显得更高大。许多年之内，不论老婆和孩子们，大家都在他面前，都在他这农民家长的专制下吓得发抖。如果相信他现在已完蛋了的话，那他们是错了的。“哦！爸爸，”仆多想说笑。“住口，他妈的！”老头子继续说，“住口，不然，我就揍你！”

小儿子嘟哝着、支吾着，在椅子上缩成一个小团，儿子似乎感觉到他巴掌上的风，儿时的恐惧又重新侵袭到他的心上，于是，他抬起手臂围在头上。

“而你，伊斯特，你也不要笑；你，凡娜，你也低下你的眼睛！……我要让你们“跳舞”——这像太阳在我们的生活中出现那样实在！”

他单独站着，显得很可怕。母亲也颤栗，好像害怕自己也会挨到打错的耳光。孩子们因而不再动，不再说一个字，他们已变得柔顺，已被征服。

“你们听着：我愿意年金定为六百法郎……不然的话，我将卖掉这些土地，然后出去做些生意，作为终身养老金。是的，为了吃掉一切，为了使你们在我死后，没有一根红萝卜……六百法郎，你们愿意交付吗？”

“但是爸爸，”凡娜喃喃说，“我们将交付您所要求的。”

“六百法郎，这很好。”黛勒梅说。

“我，”耶稣·基督宣称，“我愿意别人所愿意的。”

仆多，因心里的愤恨，牙齿咬得紧紧的，他似乎是默认了。副安，还保持着统治他们的权威！他慢慢移动他这绝对主人的严厉目光。他终于再坐下去说：

“那么，这已谈妥，我们都已同意。”

那种虚幻的感觉重新袭上巴伊亚先生的心头，对此他毫不感动，等着争论的结束。他再睁开眼睛，他平静地结束道：

“既然你们都已同意，看，这就够了……现在我已了解你们的条件，我去写证书……你们这里，你们去派人去测量下土地，各人的土地分好并把记录报上来。等到你们大家拈到纸阄，我们只要把所抽得的号码记在每一名字下，我们就可以签字了。”

为了使他们尽快离开，他从有扶手的大椅子中站起来。但是他们还犹疑、沉思，一动也不动。难道这就是一切，一切一切都已谈好了吗？他们没有忘记什么吗？他们没有做过不合算的“生意”吗？关于这点，他们或者还有时间再谈吧？

“请你们离开吧！”公证师终于对他们说。“还有别人等候着。”

他们只得决定，他推他们进入事务室。真的，那里有许多农民，一动不动，笔挺地坐在椅子上静静等候着；见习的小书记，通过窗子看两条狗打仗，其他两个，带着不高兴的样子，仍然要他们的笔头在盖有印花的纸上瑟瑟写响。

走到外面，全家人在街道中央站了一会儿。

“如果你们愿意的话，”父亲说，“丈量将在后天星期一举行。”

他点头接受了。

接着，老副安和罗斯转入神殿路，向教堂方面走去；凡娜和黛勒梅，则向大街慢慢离远。仆多到圣吕班广场上停下来，询问自己的父亲是否还有藏起来的存款。单独留下的耶稣·基督重新点起他的一段雪茄，摇摆着身体进入“好农夫”咖啡馆。

三

副安夫妇的房子是罗涅村的头一家，坐落在穿过村庄的克巴（克罗亚至巴曹宣·勒·陀伊安）大路旁边。礼拜一的清晨，才七点多钟，天刚蒙蒙亮，老头子就走出来了，走到大家约定好的教堂去；他向邻近的门口瞥见他的姊姊，老大；尽管她已有八十岁高龄，但他起得很早。

这副安家族，自数世纪以来，就像固执的和不移动的植物接连生长在这里。从前为罗涅·蒲葛瓦尔的农奴，这封建领主的产业，只有一个被毁坏了的宫堡中还零星地遗留着几块乱石，除此之外再无半点遗迹，他们一定曾在美男子菲列普治下获得解放。

从此，他们变成拥有一“亚尔奔”或两“亚尔奔”的地主，这些土地都是他们付出十倍的血汗代价向拮据的封建领主买来的。随后，长期的奋斗开始了。为了保护和扩大这些产业，儿子在继承了父亲狂热的激情后，进行了四百年的奋斗：一小块一小块的土地被卖掉，接着又再买回来。可笑的地主不断要丧失自己的地位，遗产有时被那么重的赋税压倒，他们的产业几乎要完全消散，可是由于这占有的需要，借助于一种慢慢获得胜利的坚忍，草场和耕地一点点地扩大起来。许多世代因劳苦死了，人的长期性命养肥了这小小的田亩；当一七八九年的革命来确定所有权时，现在副安的父亲，约瑟·格齐米尔，已拥有二十一“亚尔奔”，这些土地都是在四世纪里不断从旧封建领土上争取来的。

一七九三年，这约瑟·格齐米尔刚二十七岁，当那些领土被宣告为国产的时候，当这些公有财产允许被分别拍卖的时候，他很想利用这个机会买几块。破产和负债的罗涅·蒲葛瓦尔族人，让宫堡的最后城楼垮倒，很久以来，就把波特利的租耕权抛弃给他们的债主，他们的四分之三耕地都留着没有耕种。在约瑟·格齐米尔的一小块田亩旁边，有一块大产业，他存在着他们家族所持有的狂热的购买欲，很想把那些土地购为已有。但是收成很坏，而他又只有一百“埃居”的储蓄，隐藏在炉灶后的一个旧罐里；另一方面，他曾经想过要向一个富人借钱，可是，一种深思熟虑后的担心使他改变了这个念头：这些贵族的财产激起他的恐惧，谁知道后来的人会不会把它们抢回去呢？如此，处于他的欲望和不信任之间，他看见拍卖时，波特利的一块块土地，被砂多屯的一个资产阶级分子，曾经在盐税局的一个小职员，伊齐陀尔·胡得根以五分之一的价值买走了，痛苦的心简直要碎了。

约瑟·格齐米尔老了，将他的二十一“亚尔奔”分给他的长女玛丽婀纳，他的两个儿子：路易和米席尔，每人得到七“亚尔奔”；一个小女儿乐莉，她在裁缝的职业里熏陶长大，被安置在砂多屯，这样，她就能够得到一定的金钱所补偿。但是各人的结婚，破坏了这种平等。绰号老大的玛丽婀纳，副安，嫁给一个邻人，领有十八“亚尔奔”左右的安多尼·贝砂尔；绰号木宣的米席尔·副安，为一个热亲的爱人所缠绕，女的父亲只给他两“亚尔奔”葡萄田。路易·副安这方面，和继承到十二“亚尔奔”的罗斯·马利伐纳结婚，现在，集合了九公顷半的土地，现在也轮到他要把这些财产分给三个孩子。

在这个家庭里，老大的地位是高不可攀的，这不是由于她的年老，而是因为她的财产。她还很高大，很壮健，骨骼粗突，形容瘦削而严峻，她的枯干长颈上，生着鸷鸟般的无肉头颅。她的有家庭特征的鼻子在她的脸上，弯曲成可怕的鹰嘴形，她圆圆的小眼睛，固执而安静；可是恰恰相反，她的牙齿还是完好的，上下颚简直可以咬嚼石块。她举起手杖行走；每次出门总携带一根荆棘小棍，用它打人和牲口。她很早就做了寡妇，只和一个女儿生活着，她最后驱逐了这个女儿，因为这没出息的姑娘，不顺她的意思，硬要和一个穷小伙子汶森·蒲德鲁结婚；现在，女儿和她的丈夫死于拮据的生活、金钱的匮乏，把可怜的外孙女和外孙留给了她，帕眉尔和希拉利昂，一个已三十二岁，另一个已二十四岁，她也不予饶恕，让他们挨饿，而不愿别人对她提及他们的存在。自从她男人去世后，她就亲自指挥她的土地的耕作，她有三只母牛，一头猪和一个长工，她差不多用同一食槽饲养他们，不论人还是牲口，为了免于毒打都服从她。

副安看见她站在门口，为表示敬意，立刻走近她身边。她比他大十岁，他对她的刻薄，她的惜钱如命，占有生活，主宰生活的固执，也存有全村居民们的敬佩。

“正凑巧，老大，我正要向你报告我的事情。”他说。“我已决定，此刻为了分产，我要到那上头去。”

她不回答，捏紧并举起了她的手杖。

“那天晚上，我还愿意征求你的意见；但是我撞门，没有一个人回答。”

于是她的脾气发作了，她以辛辣声音说：

“蠢货！……意见，我已给你了！一个人还活着，只有愚蠢和卑怯的傻瓜，才抛弃自己的财产。我，即使人们要杀掉我，我在刀口底下还要说‘不’字……看到自己的东西被别人占有，想到自己因为那些没有出息的孩子们，无赖的流氓们，让自己被逐出门外，她的心底便使出一种呐喊‘不！不能这样！’”

但是副安反驳说：“一个人不再能耕种，而土地又因而很受苦的时候……”

“那么，好，让它受苦吧！……与其要放弃一‘赛济埃’，我宁可每天上午去看蒺藜苗长起来！”

她摆出野蛮的样子，重新挺得笔直。然后，好像要使她的话语渗透到他的骨髓里，用手杖敲打着他的肩膀，好像要把那些话敲进去说：

“听着，要记住，……待他们取得一切而你一无所有时，你的孩子们会把你推到沟壑里，你将背上一个讨饭袋，跟沦落的叫花子一样，了结你的一生。你休想再来敲我的门，我早已经提醒过你，你不听，那只好这样了，接下来你就该知道我该怎样做了？”

他毫不反抗地，存着小老弟般的柔顺等着。她再进去，关上门粗暴地喊道：

“喏！我将这样做……你在外面饿死吧！”

副安在关掉的门前呆若木鸡，站了一会儿。随后，做一个忍受的决定手势，他走上通至教堂广场的小径。副安一家的祖传老房子恰在那里，从前分产时，由他的弟弟，绰号木宣的米席尔，分去居住；他现在所住的，则在下面的大路旁边，为他的女人罗斯所有。很久以来的鳏居生活使得木宣只单独和他的女儿，莉兹和佛兰佐史，生活在倒霉者的愤怒里，他在贫困的婚姻受到屈辱之后，四十年间，他从未中断过埋怨他的哥哥和他的姊姊，是他们在从前拈纸阄的时候，留去了他的财产，盗去他的财产；他总是无穷无尽地叙述他的故事，说别人把最坏的纸阄留在帽底下，久而久之，这好像变成真实的，因为他对于工作的好高骛远，夸夸其谈，同时又十分懈怠，这使他手里的一份工作竟失去了一半。这正如贝斯人所说的，是人造成土地的好坏。

那天早晨，当他哥哥从广场转角上走出时，木宣也正在他门口窥探。这分产惹起他的激情，搅动他的旧日怨恨，虽然他没有什么可等待的。可是为了假装绝对冷淡，他也转过身，很快关上门。

马上，副安看见戴洛梅和耶稣·基督，他们在相隔二十步的地方相互等待着。他走近他的女婿，他儿子也随着走进来。他们三个彼此不说一句话，只用他们的眼睛开始搜索高原边缘的小径。

“看，他来了。”耶稣·基督终于说。

这是格洛波哀，宣过誓的丈量员，邻近小村马克尔的一个农民。正是因为他的能读会写葬送了他的前程。由奥善尔到波双西，他时常被召去丈量土地，他干脆让他女人料理产业，自己在连续的奔跑里逐渐养成喝醉酒的习惯，现在简直已不再清醒。他很肥胖，就他的五十岁说，还很健壮，尽管一大清早，可是他因前夕在蒙底尼为种葡萄农民家里分过遗产后、参与他们的欢宴，现在还醉得很可怕。这没有关系，他喝得越醉，看得越明白：他从来没有尺寸的错误，也没有不符合的计算！人们听从他并尊敬他，因为他享有十分精明的大声誉。

“嗯？我们已到齐了，”他说，“我们到那边去吧！”

一个十二岁的男孩子在他的后边，他的身上脏兮兮的，衣服破烂烂的。

大家都开始行走，不等仆多了，他们已认出后者，一动也不动，站在产业中最大的一块土地上，它坐落在高挪伊地方的那块土地前面。这大约两公顷的田亩，正好连着几天前哥利喧拖着佛兰史跑过的那一片地。仆多觉得不用走得更远，就停止在那边，露出专心观察和沉思的态度。别人到来时，他们看见他俯下身，手里撮起一把泥土，好像要秤它和嗅它，然后又让它慢慢再溜下去。

“看。”格洛波哀再说，从他的衣袋里抽出一本油腻的簿子，“副安老爹，如您所要求我做的，我已绘好每一份的准确小图。此刻，只要把全部分成三份就行；为了这个，我的孩子们，我们一起去工作……嗯？请你们说明一下你们将要怎样调查事情的发展。”

日光已更大，冰冷的风在苍白的天边催促大块云层的连续飞动，受到鞭击的贝斯平原阴郁地伸展着。旷野中的风吹鼓起他们的长工衣服，把他们头上的帽子吹得摇摇欲坠，可他们的中间似乎没有人能察觉。为了重要事务而都穿星期天服装的三个人不再说话。在这田亩边缘，在这一望无垠的幅员中间，他们露出一幅沉思的面孔，显然一幅长久习惯了孤独生活的水手模样。这平坦、肥沃而容易耕种的贝斯要求连续努力地工作，造成冷静的和熟虑的贝斯人，除了土地之外，他们没有别的激情。

“应该把全部都分成三份。”仆多终于说。

格格波哀摇摇头，这样争论不可避免地发生了。因为不断地和许多大的田庄主接触，他已感觉出自己的进步，所以他经常要反对那些小地主的，警告他们不能过度的划分。分得大如手帕的小块土地，移动和搬运不是变得很不便利和很花钱吗？这些不能改良耕作和使用机器的小园圃，很明显地表明这不是一种适当的农业吗？不！唯一合理的是互相谅解，不要把所耕种的田亩看作一块糕饼，任意分割，造成真正的戕杀，如果其中的一个要得到耕地，另一个人的最好的选择就是去分草场：如此，人们一定会达到各份的均等，最后由拈纸阄来决定一切。

年轻的仆多，还处于愿意说笑的年轻，于是他用一种滑稽的声调反驳他们道：

“如果我，我只有草场，那么，我将去吃什么？吃草吧！……不！不！我愿意分得一切，给母牛和马吃干草，给我自己吃小麦和葡萄酒。”

在旁听着的副安点头赞成他。从父辈到子辈，人们习惯了这样的分法，然后再让婚姻和购买来逐步累加原有田亩的数量。

黛勒梅富有他的二十五公顷，他的观念比较开明；他显得很妥协，他只以他的女人名义到来，使自己在尺度上不致吃亏。耶稣·基督，他跑到别人前边，两只手紧紧地握着石子，追赶着那些飞翔的云雀。看见他们中的一只被风阻挡，两翼颤抖，一动也不动，停止在空气里两秒钟时，他马上使用野蛮人的技巧，击它下来。这样先后跌下三只，他拿它们的血淋淋小尸体放到自己的衣袋里。

“好吧，谈得够了，你给我们把这块分成三份吧！”用“你”称呼丈量员的仆多快活地说，“你要注意了，不能分成六份，你瞧今天上午的样子，在我看来，简直是沙德尔和奥尔良了。”

被这一句话挫伤的格洛波哀立刻摆出一副很正经的样子。

“我的小老弟，你要设法和我一样喝醉并睁开眼睛……哪个清醒的人愿意代替我站到丈量矩的位置上去！”

没有一人胆敢接受这个挑战，他胜利了。他粗暴地呼唤着那个男孩子，而那个孩子正在专注地看着耶稣·基督追猎，看他准确地击下云雀而有些发傻，丈量矩已安顿在三脚架上，标杆也已竖好，然而划分田亩的方式又激起新的争吵。得到副安和黛勒梅支持的丈量员要给它分成和哀格尔小溪谷平行的三长块；仆多借口可耕地的面积太少，而且地层伸向斜坡之外，逐渐变得贫瘠，所以想得到垂直向小溪的，分成三块。如此，各人都将有坏的一段，不然，第三块的土质将是完全低劣的。但是副安已生气了，他发誓说，底层到处是相同的，他提醒他们：从前他和木宣及老大的划分，也是照他所指定的方向举行的；证据是木宣的两公顷恰和这第三块毗连。黛勒梅提出了一个有见识的意见：没有办法，他不得不承认这是一份比较差的差事，某一天，这地方若开辟沿着田亩前进的道路，领有的人也将得到好处。

“啊！是的！”仆多喊道，“由罗涅经过波特利直达砂多屯的绝妙马路！看！这是一条你们将等待很久的路线！”

随后，不顾他的坚持，人们仍然照他不同意的方式划分，他只得咬紧牙齿，表示抗议。

耶稣·基督他们都以一种尖锐的、毫厘不取的，甚至是有些恶狠的眼光监督着格格波哀，仿佛他们疑心他会替其中的一份多划去小小的一公寸。有三次，黛勒梅走来，眼睛放到丈量矩的裂缝上，看看线络是否显然切断标杆。耶稣·基督则咒骂这混账的顽童，因为后者没有牵好链子。尤其是仆多，一步一步留意丈量的动作，计算公尺，嘴唇颤动，以他自己的方式，再行估计。那有强烈的占有欲望，那种他所能感受的，终于能够分得土地的快乐，不能保留全部田亩的痛苦愤怒，随着增长起来。这块土地，这整片两公顷，看来是多么美丽！既然他不能一个人占有它，他要求划分，使任何人都得不到它；这“戕杀”现在却激起他的失望。

副安摇摆着两臂，不说一句话，只注视着他的产业被分割。

“已划好了。”格洛波哀说。“好吧，这一块或另两块，人们不会发现多一市斤的泥土！”

高原上的那四公顷耕地，最终被人分成十二块左右，每块不到一“亚尔奔”而其中最小的一块甚至小到二十公亩，测量员讥笑地询问是否也应该将它分成三份，讨论于是又开始了。

仆多本能地做了一个手势，俯下身去，捏起一把泥土，就像要吃掉它一样，把这些泥土放在自己的面孔旁边。接着，蹙皱一下张开的鼻孔，他似乎宣告它是最好的；让它慢慢从他的手指间再溜下去，他说这很好，如果人们分给他的话；否则，他也要求划分。感到不愉快的黛勒梅和耶稣·基督表示拒绝，他们也要求分得他们的一份。是的，每人四公亩，只有这样是公道的。于是，他们把各块土地都划分了，因为在他们的心目中，他们中的一个不能占有两个人所没有的东西。

"我们到葡萄田里去吧！"副安说。然而，他们再向教堂方面走回时，他对无限大的平原投射最后一眸，他面对波特利的遥远房屋停止一会儿。接着，含沙射影地谈到从前失去的好多机会，而这些机会却是稍纵即逝的：

"啊！如果父亲愿意的话，格洛波哀，您要丈量的将是这一大片。"

两个儿子和女婿，忽然转过来，因而又停留了一会儿，大家都向他们面前分散着的波特利田庄的两百公顷慢慢凝视一下。

"不！"再开始行走的仆多轻轻咕噜道："这个故事可以显示我们的阔绰，以至于我们的耳朵都听出茧子了，那些资产阶级先生不应该时常吃掉我们吗！?"

十点钟已敲过。他们放快脚步，因为风已微弱下去，罗涅的若干葡萄田是在教堂另一边，一直降到哀格尔溪的冈陵上。从前，宫堡和它的花园就建立在这里；差不多只在五十多年以前，农民们受到克罗亚附近、蒙底尼种植葡萄者的成功鼓励、才开始在这峻峭斜坡所指定的向南暴露的冈陵上栽种葡萄。那酒是粗劣的，酸微微的味，令人想到奥尔良公领域里的"小酒"的滋味。此外，每一居民几乎只收得几大桶酒；黛勒梅领有六"亚尔奔"的葡萄田，这使她十分富有。他们转到教堂后面，循着神父的旧住宅溜过去；随后，他们在划成棋盘格的狭小葡萄田里走下。当他们穿过一个生满灌木的岩石层时，一个洞窟里发出一声尖锐的叫喊说：

"爸爸，你看天下雨了，我要把那几只鹅放出去。"

这是菜籽渣，耶稣·基督的女儿，一个十二岁的小姑娘。像柊树枝那么瘦，满头蓬乱金发。她的大嘴巴子向左歪着，眼睛里显出执着的神色。她穿她父亲的破旧长工衣，作为身上的袍子，腰间紧紧系上一根小绳子，初初一看，人们简直会把她当作一个男孩子。虽然她的名字是十分好听的"奥琳普"这个名字，但大家仍然固执地喊她菜籽渣，这完全来自耶稣·基督的咒骂，他总是自早到晚斥责她，每次向她说话，总是加上一句："你等着，你等着！我去揍你一下，龌龊的菜籽渣！"

他曾与大路上一个流浪女人生下这个粗野孩子。他参加一次节市之后，在一个旱沟岸上拾到了这个女人。他把她安顿在他的洞窟里，这成为罗涅的大丑闻。差不多三年之内，这野合的夫妇互相打架；随后，在收获时期的某天晚上，这个女乞丐像她来

时候一样，由另一个男人带走了。刚断奶的女孩子很壮健。自动茁长起来，简直和天生的野草没有分别。她的父亲总给她一种惧怕、崇拜的感觉，而且从她懂的时候起就给她父亲做菜汤吃。但是她的激情是她的几只鹅。最初，她只有一对小鹅，一雄一雌，由她在一个田庄篱笆后面盗窃来。随后，因为得到她的慈母般的看护，这鹅群逐渐增加。这时候，她的鹅已经增加到20只。

当菜籽渣带着山羊般厚颜无耻嘴脸，用小棍棒驱赶她面前的鹅群出现时，耶稣·基督立刻生气。

“你知道，你要回来做菜汤，不然，你要当心！……再则，龌龊的菜籽渣，当心窃贼，你愿意关好房子吗?”

仆多冷笑着，这使其他人也跟着笑起来。连耶稣·基督也会被人偷窃，在他们想来，这太滑稽了。倒要看看他的房子：从前的一个地窖，还有三堵泥墙竖立着；那个狐狸巢窟在老菩提树下坍塌的石块中间。这就是宫堡所留下的一切。从前，偷猪者曾和他父亲大吵一场，躲避到这属于村庄的岩石角落以后，为了关闭地窖，他一定搬来干的石块，建造第四堵墙，他只让这堵墙留下两个洞孔，一个窗和一道门。一大堆丛生的荆棘重垂下来，茂盛的野蔷薇遮住了窗口。当地的人们就管这个叫作宫堡。

骤雨又下一阵。幸而那一“亚尔奔”的葡萄田已在邻近，三份的划分很快进行着，没有激起争论。只剩下哀格尔溪边岸的三公顷草场需要分。但是这时候，雨势变得那么猛烈，天边倾下那么多的水。丈量员经过一个产业的铁栅门前面提议躲进去。

“嗯？我们到查理先生家里躲避一分钟好吗?”

副安停住，用崇敬他的心里犹疑着。

“不！不!”他喃喃说，“此刻已中午，他们刚吃中饭，这会妨碍他们。”

查理先生出现在石阶上，他是出来看雨的，也因此看到了他们，认出了他们道：“请进来，那么，请进来吧!”

随后，看见大家身上都已淋湿，他请他们绕个圈，进到厨房里，他自已也立刻赶到那里去会他们。这是一个六十五岁的潇洒男子，胡子剃得光光的，沉重的眼皮罩在没有亮光的眼睛上，黄而正经的面孔，看来很像一个退休的官吏。他穿大蓝的柔毛服装，脚上是毛皮便鞋，一顶神父的圆形小帽，由他戴得很合适，他的姿态健康而活泼，焕发出可爱的生机，仿佛曾在什么有权威的优雅职务里度过他的生活。

乐莉当年嫁给查理的时候，他还在安古勒姆路开小咖啡馆。从这里，雄心勃勃的年轻夫妇为迅速发财的愿望所催促，动身到沙德尔去。但是开始他们并没有成功，一切都从他们的手里溜跑；他们徒然尝试另一个小酒店，一个饭店，甚至一个咸鱼铺；

他们很失望，始终没有赚得属于他们自己的几个铜子。忽而，赋有冒险性质的查理先生有了一个主意，想购买犹太人路的一个妓院，这妓院由于人事不健全和出名的肮脏，已陷入破产的境地。他精明地看了沙德尔一眼，他所有的情况，他的需要，应填的缺陷，他都了解的一清二楚，他知道这外省首府设立一个可敬的消遣机构，务使安全和舒服，赶得上现代进步的水平。真的，从第二年起，整理过的十九号，装饰着帷幕和大镜，备有精心选拔的人员，到达如此高的程度，他给女人的数目增加到六个。军官们、公务员们，总之，整个社会，都不再到别处去。靠查理先生的铁腕和他做父亲般的强有力管理，这成功仍始终维持着。他的妻子特别活跃，睁着一双灵活的眼睛，扫视一周，虽然必要时，她也知道容忍有钱主顾们的小小盗窃。

不到二十五年，巴窦伊夫妇节蓄了三十万法郎，于是他们想去满足他们一生的梦想，住到充满树木和花鸟的自然界里，过着乡间诗意的晚年生活。但是还留住他们两年的，是找不到一个愿意照他们所估计的高价盘去十九号的买主。这样由他们一生最好精力造成的一个好妓院，它的收入比一个田庄还要来得多，必须把它抛给不熟练者的手里，或者会因此衰落下去，这不是要撕碎他们的心吗？巴窦伊夫妇一到沙德尔就生下一个女孩，名叫爱斯妲尔；他们安顿到犹太人路的时候，曾把她送入砂多屯修女们主持的圣访院里。在管吏严格一寄宿学校里，她们那可怜的少女呆到 18 岁，决定将她嫁给一个税关年轻职员哀可叨尔·服哥涅的那天，他们才接她出来，女婿是一个漂亮的青年，由于出奇的懒惰，损坏优美的性质。她将近三十岁时，她所生的小女儿哀绿蒂已满七岁，在有了生活阅历之后，生意既然那么有把握和那么良好，为什么要让它脱出家族之手呢？一切都谨安服哥涅夫妇接替他们的经营，从第一个月起，巴窦伊夫妇极其满意，发现他们女儿，虽然在别种观念里被教养大，却显得是优越妓院的女主人，幸而这能补偿他们女婿缺乏管理才能的怠惰。他们退隐到罗涅已五年，在这里监护着他们的外孙女，哀绿蒂；她也被送到砂多屯修女们主持的圣访院里，接受宗教的教养，使她学到根据最严格道德原则的生活。

查理先生进入厨房，在那里，一个女仆正在搅鸡蛋，并且看着炒锅里的黄油燃云雀，大家——甚至年老的副安和黛勒梅也一样——都脱帽致敬，表示他们能紧握他伸给他们的手，很值得自豪。

“啊！真有运气！”格洛波哀向他表示阿谀说，“查理先生，您在这里拥有多么可爱的产业！……人们一想到你，几乎在不付什么钱的情况下就得到了那么多，你真有办法！”

另一个立刻夸耀他的重要。

"一个机会，一个难得的发现。这很合我们的意思，我们很喜欢这房子。此外，查理太太绝对要在她出生的故乡度完她的余年……我在感情面前总是迟疑的。"

可怜的人，在新房子里还没住上一天就一命呜呼了。房子，很幽雅，建立在山冈半腰，四周围绕着三公顷一直降到哀格尔溪的花园。在这偏僻的洞窟深处，在这阴郁的贝斯一带，没有一个买主来问津，查理先生只花两万法郎购得它。他觉得这里的一切令他舒服而有趣，可以向小溪里钓得壮肥的鳗鱼和白鲈鱼，又有细心搜集和种植起来的玫瑰树和瞿麦花树，最后还饲养很多的鸟，一个大的鸟笼里关满我们树林深处的歌唱种类，他认为这三十年来唯一正当的报酬就是和温顺的夫妇，共享一万二千法郎的年金。

"不是吗？"查理先生加上说："人们至少知道住在这里的我们是怎样的人。"

"无疑的，人们都认识您两位。"丈量员回答，"您两位的钱替您说话。"

其他一切人都赞成他的意见。

"当然、当然。"

查理先生于是吩咐女仆捧出杯子。他亲自到地窖里取来两瓶葡萄酒。大家被烤云雀的香味吸引了。他们一边喝酒一边轻轻漱响。

"啊！真好！这不是本地的！……好极了！"

"再来一杯……祝你们健康！"

"祝您健康！"

他们再放下他们的酒杯时，查理太太已出现了。这是一位六十二岁，态度可敬的贵妇人，雪白的头发，粗厚的面孔，副安族的大鼻子，可是脸色带淡粉红的苍白，显出过惯"修道院"生活的平和温柔，看她的皮肤，有着老修女一样不见天日的惨白。她的外孙女，到罗涅来过两天假期的哀绿蒂，带着拙笨和胆怯的慌乱，靠近她身边，紧紧跟随她。女孩被萎黄病所折磨着，有着十二岁女孩不该有的身高，而且因她的贫乏血统，没有光泽，这天真的处女受到严格教育的那么大压抑，她因而变成蠢笨的。

"怎么？是你们在这里？"查理太太说着，马上用划分阶级距离的徐缓和高贵的手轻轻握起她哥哥和她侄儿们的手。

她撇下在场的男子，立即转过身说：

"请进来，请进来，巴多亚先生……要看的畜生就睡在这里。"

这是克罗亚的兽医，冒着大雨，坐他的溅满泥泞的二轮轻马车到来。

"这可怜的小宝贝，"她继续说。从温暖的炉灶里拉出一个篮子，里面蜷缩着一只垂死的老猫，"这个可怜的小孩，昨天开始哆嗦，我只好给你写信……是的，我们在沙德尔已养它十年；去年，我的女儿，只得摆脱它，我给它带到这里来，因为它总忘记自己，躲在店铺的一切角落里。”

所谓店铺，这说给哀绿蒂听的，因为他们总对她叙述她父亲开设一间卖糖果的商店，他们那么忙于顾客拥挤的生意，不能在那里接待她。农民们听了罗涅的话一丝微笑都没了：“胡得根一家的田庄，还不及查理先生的店铺有价值。”他们的眼睛睁得圆圆的盯着老猫，注视黄的老猫，这可悲的老猫，受过五六代女人的抚摸和骚扰。在那么久的时间里，它曾以得宠的猫，享受过优待，成为客厅和各紧闭房间的密友。它曾吮舐生发油的残余，饮过梳妆杯的水，他像一个沉默的智者，参与过种种事情！

“巴多亚先生，我恳求您，”查理太太结束说，“请您医好它吧！”

兽医的鼻子和嘴巴都在抽搐着，他喊道：

“怎么！就是为了这个，您要打扰我吗？……当然，我去给您医好它，给它的颈项吊上一块石头，把它沉到水里去吧！”

哀绿蒂爆发大哭。查理太太因愤怒，喘不过气来。

“您的‘可爱咪咪’已发臭！难道人们保留这样丑恶的畜生，要使家里传染到疫病吗？把它沉到水里去吧！”

在老太太愤怒的情绪中他写下一张药方。

“这是实在的，如果传染疫病，会使您觉得好玩的话……我，只要别人付我钱，难道这与我相干吗？……喏！请您拿这个喂它，看，这是两服洗肠药，今晚和明天各一次。”

这一段时间使查理先生觉得十分不耐烦；疲于打鸡蛋的女仆，则摇摆两臂等候着。所以他很快拿出六法郎诊费付给巴多亚先生，并催促其他人们喝空他们的酒杯。

“必须吃午饭……嗯？很高兴和你们再见！雨已不再下了。”

他们带着惋惜的态度走出来，兽医爬上他的破裂旧车，重复说道：

“这只猫根本不配吊上一根绳子沉到水里去！……总之，一个人有了钱，还有什么可说的！”

“属于婊子们的钱，这似乎很容易赚来，很容易花去。”耶稣·基督冷笑说。

心存羡慕，脸色苍白的仆多同大家一样——都表示抗议；黛勒梅这明理的正经人宣称：

“尽管如此，他不是一个懒汉，也不是一只蠢驴，因为他懂得积蓄一万二千法郎年金！”

兽医让他的马沿着由别人改成瀑布的小径走下去。他们达到三公顷草场时，倾盆

大雨从天而降。但这次，他们已饿得要死，执意要赶快结束。只因为缺少树木的第三份，他们发生了争执，这使其他两份也没法分。然而一切都似乎规定好，为大家所接受。丈量员答应他们送一张记录给公证师，让他可以写好证书；他们一致约定下星期天上午十点钟，在父亲家里拈纸阄。

他们再回到罗涅时，耶稣·基督忽然骂道：

“你等着！你等着！龌龊的菜籽渣，我去揍你！”

在长满草的小路旁，菜渣子在倾盆大雨中不慌不忙地赶着她的二十只鹅。雄鹅在前面领头，后面跟着淋湿和快活的鹅群；它向右转过它的大黄嘴时，一切大黄嘴都向右走去。但是女孩子已惊慌，很快跑回去做菜汤，背后的一群长颈子也急急忙忙循着雄鹅伸出的长颈子跟随上去。

四

下礼拜天，十一月一日，恰是全体圣徒节。九点钟将要敲响时，巴曹宣·勒·陀伊安教堂堂长，负责主持罗涅旧教区教务的教士高达神父从降向哀格尔溪小桥的斜坡高处走出来。罗涅已远不如从前那样重要，现在已经没有教堂了，乡警住在一个破落的堂长住宅里。

每个礼拜天，高达神父总是步行在罗涅的三公里路上，他又胖又矮，红的后头、整个颈项是那么膨胀，他的头总向后仰起，为了卫生，他强迫自己做这体育运动。但是那一个星期天，他觉得自己已迟到，呼吸喘得可怕，嘴已在他要中风的面孔上张开，脸上的脂肪淹没了扁平的鼻子和小的灰眼睛，在酿着下雪的铅色天边下，不顾前几天下过骤雨以后的早寒，他还摇摆他的三角帽，赤裸的头上散乱着斑白的厚密赭发。

道路笔直降下，在哀格尔溪左岸，没有到石桥之前，只建着几幢房屋，神父极为快捷地穿过这一带，清澈和缓流的小溪弯弯曲曲舒展在草场中间，两边栽着一簇簇白杨和柳树，他对它的上游或下游甚至不投一瞥。东岸上已开始出现一些村庄和人家；过了桥就是村公所和学校，一幢旧的仓房，只在上面加筑一层，并由石灰刷白。神父犹豫，伸出头，向空的进口走廊观看一下。接着，他转过来，他的一瞥目光似乎搜索对面的两个店铺。一个门窗很清洁，里面摆着许多小颈大口的玻璃瓶，从上面黄木的小招牌可以看到绿字的“杂货商马葛龙”；另一个，只在门上装饰着一根柊树枝，墙面涂上这几个粗劣的黑字“郎该涅烟草店”。他想从这两个人中间穿过。

“啊！是您，副安老爹……我很忙，我很想去看您……请听我说，我们将怎么办呢？您儿子仆多让莉兹带着这膨大的和触目的肚皮，留在她的地位里，这是不可能的……她是“圣母之女”，倘若不正式结婚，简直是一种耻辱，一种耻辱。”

老头子恭敬地听着。

“真是的！堂长先生，如果仆多硬要固执，您要我怎么办呢？……这个孩子是有理智的，他在没钱的情况下决不结婚。”

“但是已有一个孩子了。”

“当然……不过，这孩子，他还没有生下来。难道别人已知道了吗？一个孩子就是不这样做也没法过活，甚至不能买一件衬衫穿到这孩子身上时，他怎么敢冒险呢！”

他以熟悉世故的老人身份，明理地说出这些话语。随后，他的同样从容加上说：

“此外，这或者会处理好的……是的，我去分掉我的财产，停一会儿，做过‘弥撒’之后，他们去拈纸阄……待他分得他的一份，我希望仆多或许会改变主意，决定去和他的堂妹结婚。”

“好！”教士说，“这就够了，副安老爹，我信任您。”

然而，接连的钟声打断他的话语，他慌张地问道：

“这是第二次，不是吗？”

“不！堂长先生，这是第三次了。”

“啊！糟糕，看，培贵这畜牲，他又不等着我，就敲钟！”

他咒骂着，他急忙爬上小径，走到上头，喉头像风箱般喘响，他几乎受中风打击。

被钟声扰乱的乌鸦在钟楼尖上飞翔鸣叫着，这十五世纪的尖顶可以证明罗涅的旧日重要。在大开着的门前，一群农民等候着，自由思想者郎该涅也在他们中间，抽着烟斗，在靠近坟场的墙边，村长站在那儿。当教士向他们打招呼，急忙走过去时，除了郎该涅装着转过来吮吸嘴里的烟斗，大家都跟随他。

一个人两手拽着绳子，不停地拉着。

“够了，培贵！”生气的高达神父说，“我不止二十次吩咐过你，没有拉第三次之前，应该等着我！”

同时，司钟的乡警重新落下，两脚站到地上，因没有服从命令，感到惊慌。这是一个五十岁的小个子，茶褐色的老军人面孔，狭而硬的衣领扼住了灰白的八字胡和颌下小须。他已经喝得很醉，保持着“立正”姿态，不敢说一句道歉的话。

教士向左右的凳子上看一下，已穿过讲厅，还只有很少的人。左面，他还只看见以村委员身份到来的黛勒梅。右面，妇女们那一边，她们至多不到十二个：他认出干

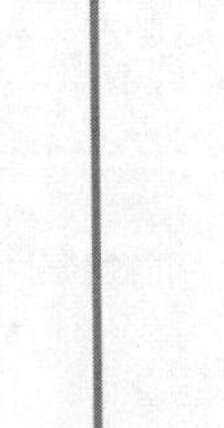

瘦、傲慢、的珊利娜·马葛龙；柔软、和蔼、时常叹息的胖母亲佛洛莉·郎该涅；长长的黑发和很脏的培贵嫂。但是最使他愤怒的是占去第一排凳子的“圣母之女”们的姿态。佛兰佐史坐在她的两个女友中间，左面是马葛龙夫妇的女儿贝尔蒂，一个漂亮姑娘，跟小姐一样，在克罗亚被教养起来；右面是郎该涅夫妇的女儿苏珊妮，一个金发的和不知检点的丑姑娘，她的父母打算给她送到砂多屯的一个女裁缝家里去学手艺。三个都显出不适当的样式欢笑着。可怜的莉兹，对着祭台，显示着她的大肚皮。

最后，高达神父进入更衣室时，他又向岱尔芬和耐纳斯生气，因为他们一面准备圣水壶一面玩着互相推撞。培养的十一岁的儿子，是一个被晒得黑而结实的小家伙；后者，年纪和他相仿，名叫耐纳斯，为黛勒梅的独养子，一个瘦小和懒惰的金发少年，他的衣袋深处总经常放着一面镜子。

“那么，好！没出息的顽童们！”教士喊道。“你们以为自己在牛栏间里吗?”

然后转向一个高瘦、面孔苍白、生有几根黄须正在橱板上整理书籍的年轻人，他加上说：

“真的，勒构先生，我不在这里的时候，您很可以命他们安静些!”

这是小学教员，一个农民的儿子，因受过教育，对他自己的阶级，却不免怀着憎恨。他虐待他的学生们，认为他们是无知的畜生。借假装尊敬神父和村长的严肃态度，他隐藏着他的前进思想。在合唱时，他唱得很好，甚至管理圣书；可是他却不顾习惯上的规定，正式拒绝敲钟，认为这样的工作对一个自由的人是不体面的。

“我没有担任教堂的纠察责任。”他冷漠地回答。“啊，如果在我那里的话，我将打他们耳光!”

眼看神父很快穿上白的法衣和长垂的领饰，他继续说：

“一个低诵的小‘弥撒’，不是吗?”

“无疑的，而且要来得快！……十点半钟以前，我必须赶到巴曹宣去做大‘弥撒’”。

勒构从橱里取出一本旧的‘弥撒经’，重新关上橱子，然后拿它放到祭台上。

“我们要快些，我们要快些!”堂长催促岱尔芬和耐纳斯时重复说。

他流着汗，气喘吁吁，手里握着圣爵，再进入教堂，他开始做‘弥撒’，两个小孩用一种顽童特有的阴险滑稽的目光看着他。这是一座古老的教堂，只有一个圆穹窿的讲厅，四面装上橡木板壁，由于村委员会拒绝任何修理的经费，已陷入颓败的状态：雨水由屋顶破碎的青石瓦裂缝里渗透进来，从大的斑痕，可以看见木板已朽烂得很厉害。

当教士张开两臂，转向信徒们站定时，看见参加的人们已到来，他的脾气稍稍平息了，那里有村长、副村长、村委员们、老副安，以及举行高唱‘弥撒’时吹多管喇叭的蹄铁匠克鲁。勒构态度端庄地坐在那里。妇女那边的凳子上已经坐满了人，如此，“圣母之女”们只得挤紧，现在都鼻子俯向祈祷书上，显得庄严的样子。可是最使神父感到满意的，是看见查理先生、查理太太和他们的外孙女哀绿蒂；先生是黑呢的礼服，太太穿绿绸的袍子，两个的服装都很齐整，态度都很庄重，可以作为好的楷模。

他草草地做完了“弥撒”。到说教的时候，他不登上讲台，只坐在合唱席的一把椅子上，他口吃、说不清话语，他的思路已迷失，再也不想找到演讲头绪：没有口才是他的短处，他从不会口若悬河，只会支支吾吾。这可以说明二十五年以来主教为什么总让他在巴曹宣这里像一个不起眼的小角色。剩余的话被他吃掉，举起圣祭品时的铃声狂乱而无规律，并用一句粗暴的“ite missa elt”辞退他的人们。

高达神父退了，因为着急，他的三角帽戴歪了。在门前，一群女人，珊利娜、佛洛莉和培贵嫂等逗留着。她们对于“弥撒”做得这样潦草，心里不免觉得受到很大的损伤。大节日，他也不给她们更多时间，那么，他真的蔑视她们吗？

“请听我说，堂长先生，”珊利娜留住他，用她的尖刻声音问道：“您遣散我们，是因为厌恶我们吗？”

“啊，这从哪里说起！”他回答，“我的教民们等着我……我不能同时在巴曹宣和罗涅……如果你们要做大‘弥撒’的话，你们应该有一个属于自己的堂长。”

这是罗涅和神父之间的经常争执，居民要求他的重视，可他偏不，这激起居民的愤怒。他随着指点一起离开的“圣母之女”们说：

“再则，和这些一点也不尊重上帝训诫的青年们举行典礼，这难道是清爽的吗？”

“我希望您不是指我女儿才说这话吧？”珊利娜咬紧牙关问道。

“当然也不是指我的女儿吧？”佛洛莉加上说。

于是他忍受不住，马上生气了。

“我指那些我应该说的姑娘们……这简直要我的眼睛看得出血！你们看这个，穿白罩袍的！我若在这里举行一次迎神游行，总有一个怀孕姑娘混在里头……不！不！你们让仁慈的上帝自己也平静些吧！”

他离开她们，默然留下的培贵嫂只得劝解两个母亲，要她们恢复和好，可是后两者已很激动，彼此都拿他们的女儿来谈论，而且她的劝解话语那么尖酸。贝尔蒂，啊！是的，穿她的天鹅绒胸衣，并学习她的钢琴，人们将会看见她是怎样转变！苏珊妮，啊，是的，把她送到……家里去，使她可以学习怎样和人睡觉——绝妙的好主意！

终于摆脱了纠缠的高达神父正很快向前走去之际，忽然碰到查理先生。他的面孔因而展开了可爱的微笑，他脱下三角帽，打一个可爱的招呼。庄严的先生向他致敬，太太也向他行了漂亮的折腰礼。但是和平时一样，堂长不会就这样顺利走开的，因为到了广场尽头，一个新的邂逅，又使他停止下来。这是一个三十岁左右的高大女人，可看她的样子，仿佛已五十开外，稀少的头发像麸皮，柔软的面孔扁平发黄；她已很憔悴，因太劳苦工作而累驼的身体，背着一捆细木柴，蹒跚地行走。

“帕眉尔，”他问道，“全体圣徒节的一天，您为什么不来参加‘弥撒’？这是很糟糕的。”

她发出一声叹息。

“的确是，堂长先生，可这又有什么办法呢？……我的兄弟怕冷，我们在家里简直要冻死了。所以我出去，沿着各个篱笆，收拾这个。”

“那么，老大还是一样凶狠吗？”

“啊！不，好极了！她宁可死掉，也不愿掷给我们一块面包或一捆木柴。”

她的悲叹声音重述他们的故事。他们的外祖母怎样驱逐他们，她和她的兄弟怎样被迫住在一个被抛弃的旧马厩里。这可怜的希拉利昂，跛足，裂唇又扭曲了他的嘴，心思并不坏。虽然已二十五岁，可是因为愚蠢，没有一个人愿意雇他做工。所以她只好替他工作，不惜毁坏自己，为他赚钱，她对这残废者存着慈母般的热烈温情，总不断给以英勇的看护。

倾听她的时候，高达神父粗厚而流汗的面孔罩上了甜甜的温善，他愤怒的小眼睛因充满怜悯而变得美丽，他的大嘴巴显出痛苦的慈悲。这有可怕怪脾气的教士，时常会被发怒暴风卷去的神父，对世上的可怜人们却怀着救助的激情，往往把一切，他的金钱，他的衬衫和他的衣服都给予他们，他的慷慨达到那么大的程度，人们在贝斯的整个区域，找不到一个教士身上穿更褪色的和修补过的黑袍。

他忧心忡 忡地搜索自己的衣袋，掏出一块五法郎的货币扔给帕眉尔。

“给，您藏起这个，我从没有给过别人的……老大既然这样坏，我必须再找她谈一谈。”

这次他逃走了。幸而他喘着气，爬上哀格尔溪另一边的斜坡时，回家去的巴曹宣·勒·陀伊安的屠户，请他坐到他的二轮篷车上；他消失在平原边际，他的三角帽，在铅色的天边下显出摇动的和跳跃的侧影。

这时教堂广场已走空，副安和罗斯回到他们家里，格洛波哀已在那里。将近十点钟以前，黛勒梅和耶稣·基督也相继到来；然而人们只是徒然地等到中午，仆多这混账怪物总是不守时刻的。无疑的，他一定在路上什么地方停止下来吃中午饭了。人们想不再等他；可过后，只怕他好闹脾气，会不承认；就决定到午餐以后两点钟左右再开始拈纸阄。格洛波哀接受副安夫妇的一块咸肉和一杯葡萄酒，他已喝完一瓶，等到再打开第二瓶时，又重新回到了昔日的酩酊状态中。

到两点钟，还是没有仆多。于是耶稣·基督走了出去，恰好由于是这节期的星期天，村民都想大喝一顿，他走到马葛龙店铺的门前，伸长他的脖子去看，很凑巧，门突然开了，培贵进入我们视线，并喊道：

"快来，坏老兵，我请你喝一杯!"

他还站得笔直，待他逐渐喝醉，样子也显得逐渐正经，一种秘密的温情要他倾向偷猎者，非常高兴和他做朋友，但是当他手袖上扣着铜的警证章，在执行乡警任务时，却避免认识他，总想当场捉住他，因而职责和感情两者常常在他的心里发生斗争。一到小酒店里，待他逐渐喝醉了，则称兄道弟地请他一起喝酒。

"我们玩'比克'，嗯？你愿意吗？他妈的！如果贝督英人麻烦我们的话，我们就割掉他们的耳朵!"

他们围坐在一张桌边，大声叫喊着玩纸牌，葡萄酒，则一瓶接一瓶地被送进来。

马葛龙露着他的八字胡大面孔，堆缩在一个角落里，旋转他的两个大拇指。自从在蒙底尼的"小酒"上做投机生意，赚得年金之后，他沉入矫情的资产阶级分子生活，每天打猎、钓鱼，或者无所事事的。他始终很脏，只穿破旧的衣服，他的女儿贝尔蒂，则满身绸缎，在他的周围行走。如果他的老婆听从他的主张，他们一定已关掉店铺：杂货铺和小酒店，因为他的虚荣心很重，被他还没有明白意识到的野心推促着，很想爬上优越的阶层；但是他的老婆却酷爱利益，他自己虽然什么事都不管，为了惹起他邻居开设烟草店，同时也卖酒的郎该涅的烦恼，他还是让老婆继续向顾客们盛满一杯一杯的酒。这是永远不会熄灭、时常要重燃的旧日竞争之火。

然而有几个星期，他们却过着睦邻般的生活。这时，恰好郎该涅和他的儿子维克叨，一个高大、拙笨的青年，走了进来。他很高，样子干瘦，而显得呆滞，一只枭鸟般的小头竖在多骨的宽阔两肩上，他只种他的土地，由他的女人秤烟草，并下到地窖去取酒。而对于他更重要的，是他替村庄的居民们剃胡子和剪头发这是一个由军队里带回来的职业，他就在他的店里给那些喝酒的顾客们，到他们家里去理发和修面。

"那么，好！老朋友，这胡子，今天就给你剃掉吧？"他一进门就问道。

"啊，这倒是真格的，我曾请过你，"马葛龙惊呼道。"好吧，如果你高兴的话，马上就动手。"

他从钩上取下一口旧的剃胡盘，拿来一块肥皂和温热的水，另一个则由他的衣袋里抽出一把和小厨刀一般大小的，在固定在鞘端的一块鞣皮上摩擦着。但是一个尖锐的声音从隔壁的杂货店里传过来：

“嗨，听我说，”珊利娜喊道：“难道您要使您的龌龊东西散乱在桌子上吗？……啊！不！我不愿意我家里乱七八糟，我不愿意别人在我的酒杯里发现毛发！”

这是攻击隔壁小酒店的不清洁，人们在那里喝到的头发，时常多于真正的葡萄酒，她这样说。

“卖你的盐和胡椒吧，让我们安静些！”马葛龙回答，同时也感到恼火，因她当众说出这无理的攻击性的话来。

耶稣·基督和培贵听了禁不住冷笑。资产阶级女人受到惩戒了。他们向她又要了一瓶葡萄酒，她气恼着，不说一句话，给他们送来。他们开始洗牌，好像要打起来似的，凶暴地拿一张张纸牌掷到桌子上。口里嚷嚷着：“王牌！王牌！王牌！”

郎该涅已经给他的顾客涂上肥皂，刚撮起顾客的鼻子时，小学教员勒构推门进来。

“大家好，朋友们！”

他一声不响，站到大炉前面，烤热他的腰部，年轻的维克叨则留在玩牌者背后，专心致志观看他们的游戏。

“话又说回来，”马葛龙趁郎该涅向他的肩头的发纸上揩拭剃刀泡沫的一分钟，接着说，“刚才，没有参加‘弥撒’以前，胡得根先生还对我谈到道路……总之，我们应该决定了。”

他说的是关于那条要新开辟的豪华道路，从罗涅直达砂多屯，大约可以缩短八九公里的距离，因为现在马车不得不经过克罗亚。自然，田庄由于这条新的路线，可以获得很大利益，所以，村长为了诱导村委员会的赞成，十分期望对自己也有好处的副村长——马葛龙作一迅速地决定。真的，同时，要使这条路线和下面大路相连的问题也曾提及，这可以便利车辆直接到达现在只由羊肠小道爬上去的教堂。此外，预定的路线只循着两个店铺中间的狭隘小巷前进，要随斜坡的地势、给它扩大起来；杂货商的土地，既然正好在路边，容易接近，从此将可以增加十倍价值。

“而且，”他继续说，“为了帮助我们，政府似乎等着我们表决一点什么……不是吗？你也赞成吧？”

郎该涅也是村委员之一，可不幸的是他的房子后面却连一个菜园也没有，他答道：

“我，我才不管他妈的！难道这与我有关系吗，况且，是你的道路吗？”

他打算剃另一侧面颊，拿着剃刀像用锉子刨刮鞣皮似的磨打着，并趁机会攻击村

长的田庄，攻击村长的田庄。

"啊！今天这些资产阶级分子，他们比从前的封建领主们还要坏：是的，在当年的分配里，他们把持一切，只为他们自己制订法律，他们只靠可怜的贫困无产者生活着。"别的在场人们听着他，虽然有点局促，内心却很赞成他敢说出的话，这是农民反对土地占有者世代累积的、无法克制的憎恨。

"在自己朋友们中间说说，这很好，没有什么害处。"马葛龙喃喃说，担忧地向小学教员望了望。"我，我是拥护政府的……譬如我们的议员德·宣特维尔先生，据说，是皇帝的朋友……"

一下子郎该涅愤怒地摇动他的剃刀。

"又是一个漂亮的家伙，那一位！……像他那么有钱的富翁，在奥善尔那方面领有五百公顷以上土地，还想要向村庄抽取铜子，难道他不应该拿你们所计划的道路送给你们作礼物吗？……龌龊的畜生！"

可是杂货商这次早已吓慌了，马上抗议起来。

"不，不，他是很正经的，而且并不高傲，没有他，就不会有你的烟草店。如果他给你再取回去，你又会怎么说呢？"

郎该涅的脾气突然平息，接着去剃马葛龙的下颌。他的话太激烈，他简直已发狂。他的女人说得很对，他的思想一定会给他带来不良后果的。于是人们听见培贵和耶稣·基督中间爆发一阵争吵。前者已喝醉，一直在大发着他那好斗的暴躁的脾气；后者正相反，没有喝酒时，固然是可怕的无赖汉，可是每当一杯酒下肚时反而会增加他的感动，最终带着醉意的温柔和善。除了这个，还应该加上他们的政见根本不同。偷猎者信仰共和主义，像人们所说的那样，是一个赤色党徒，他自夸一八四八年革命时，他曾使克罗亚的资产阶级女子们跳过"黎哥多"舞；乡警，一个极端的波拿巴主义者，则崇拜他自称认识的皇帝。

"我向你发誓，我确实认得他！我们曾一起吃过咸鲴的鱼，'色拉'。那时，他对我说：'不要说一个字，我是皇帝……'由于五法郎一块银币上印着的肖像，我的确认得他。"

"可能的卜……这还是一个流氓，他殴打他的老婆，而且从来不爱他的母亲！"

"你住口，他妈的！否则，我将敲碎你的鸟嘴！"

必须拿掉培贵手里已举起的酒瓶，而耶稣·基督却两腿润湿，听天由命，微笑着等待他的击打。接着，他们再开始友好的玩牌。口里喊着："王牌，王牌，王牌！"

马葛龙因小学教员装出的冷淡很忧虑，终于问他：

"那么，您呢，勒构先生，您对于这点将说什么呢？"

在大炉铁管旁边烤着灰白长手的勒构，露出了微笑，带着地位迫使的沉默和优越于人的尖刻的微笑。

"我，我没有什么可说的，这与我没有关系。"

于是马葛龙走去，把自己的脸孔浸到一个水钵里，一边擤鼻涕和揩拭面孔，一边说道：

"那么，好！你们听着吧，我愿意做点事情……是的，他妈的！如果人们表决开辟道路的话，我将不要代价，献出我的土地。"

这宣告使别的人们都惊呆了。耶稣·基督和培贵，不顾他们的醉意，也抬起头来。接着是一霎时的静寂，人们都注视他，好像他已突然变成疯子；他，被这所产生的效果震呆了，而且两手因他刚才所许下的诺言而微微颤抖了，但他仍是添加了一句：

"这将牺牲半'亚尔奔'……只有猪猡才会食言，这是发过誓的。"

郎该涅和他的儿子维克叨离开了，因邻居的过分慷慨而感到愤怒和烦恼：土地对他是不大值钱的，他已盗窃够了！马葛龙不顾寒冷，从钩上取下他的枪，出去看看是否能遇见那只野兔，前一天晚上曾经在葡萄园尽头出现过。留下的，只是什么都不喝，热烈玩着"比克"的两个醉汉。许多时间被浪费了，许多另外的农民进来又再出去。

将近五点钟的时候，一只粗暴的手推开门，仆多出现了，后面跟着约翰。一看见耶稣·基督，他就喊道：

"我曾打过二十个铜子的赌。……难道你开别人的玩笑吗？我们等着你！"

可是醉汉醉得只是流口水，费了好大劲答道：

"哎！混账的滑稽家伙！等着你的是我……从上午起，你就使我们等得够苦了！"

仆多曾停留在波特利，捷卡琳留住了他，十五岁时曾被他掀翻在干草里，要他和约翰一起吃卤炙肉。田庄主人胡得根先生参加了"弥撒"之后，到克罗亚去用午餐，他们吃喝得很迟，恰好两个要留下来的男子刚刚赶到。

然而培贵大声喊着说，他付五瓶酒的钱，不过还要继续玩一盘。耶稣·基督艰难地离开他的椅子，温柔的泪水充溢着他的眼睛，跟随他的兄弟走出。

"你等在这里，"仆多对约翰说，"半小时之内，你来找我……记住，你将和我一起到我的父亲家里去吃晚饭。"

在副安夫妇的房子里，当两个兄弟进入厅堂时，大家已到齐了。父亲站着，低下他的鼻子。母亲坐在放在中央的一张桌子旁边，两手机械地编织着什么。她的对面，格洛波哀，因喝过和吃过那么多，两眼半开着，已沉入半醒不醉的状态；更远些，在两把低的椅子上，凡娜和黛勒梅则忍耐地等候着。在这被烟熏黑的房间里，只摆着不值钱的旧家具和少数因为洗擦而磨蚀掉的餐具，很难看到的稀有现象是桌子上放着一张白纸，一个墨水瓶和一支钢笔，旁边是丈量员的帽子，一顶大的，他戴着日晒雨淋过十年，已变成赭黄的黑帽子。夜幕降临了，一堵狭小的窗户透进最后的泞污色微光，在这微光里，帽子带着它的平边和票匭形态，显出不平凡的重要。

但是，尽管酒醉，对自己的事特别关注的格洛波哀已惊醒，口里喃喃说：

“我们已到齐了……我对你们说，证书已准备好。昨天，我经过贝伊雅舒先生家里，他曾拿给我看。不过各位的号码，还留在你们的名字后面，没有填上……那么，我们去拈纸阄，公证师只要将它们登记上去，你们星期六就可以到他家里去签字了。”

他摇晃着身子，并提高他的声音。

“好吧，我去准备纸阄吧！”

儿女们突然走进来，并不想隐藏他们的不信任。他们监视他，研究他的极小手势，仿佛研究魔术家可能掩饰并损害某一份的动作。首先，他用醉汉的颤抖手指，把一张纸裁成三段；然后在某一段上很重地写下一二三的大字码；掠过他的肩膀，大家都留意他的钢笔，父亲和母亲也点头，对观察到没有作弊可能的事实，表示满意。纸条慢慢折起来，掷到帽子里。

房间充满了庄严而沉寂的空气。

经过很长的两分钟，格洛波哀说：

“你们必须决定……谁开始去拈呢？”

任何人都不动。夜色已加浓，在这阴暗的光线里，帽子似乎显得更大了。

“依照年纪的次序，你们愿意吗？”丈量员提议。“你先来，耶稣·基督，因为你是长子。”

耶稣·基督显得很温柔，向前走来；可是他失掉平衡，几乎跌倒。他用尽力量把拳头伸入帽子里，好像要从里面抽出一大块岩石。待他摸到了纸阄，又不自觉地走近窗边。

“二！”他喊道，无疑的，他一定觉得这号码非常滑稽，因为他笑得连气都喘不过来。

“轮到你了，凡娜！”格洛波哀呼唤。

帆娜的手伸到里面，她并不很急。她搜索，搅动纸阄，仿佛探测一个又一个的重量。

“拣选，这是禁止的！”仆多愤怒地说，他的脸色因他哥哥所拈去的号码而变得灰

面。

“哦！这为什么？”她答道，“我并没有偷看，只是去摸索。”

“好吧，”父亲说，“这都是一样的，没有哪一个纸阄比别的更重。”

她终于选定了一个，也随着跑到窗边。

“一！”

“那么，好！这第三个是仆多的了，”富安说道，“拈出它，我的孩子。”

夜色越来越暗，人们无法再看见小儿子变色的面孔。

“永远也不要以为我会拈到它。”

“为什么？”

“如果你们以为我会接受的话，啊！不！……第三份，不是吗？是坏的一份！我已和你们说得够多了，我一再说过，我不愿意这样分法。不！不！你们简直开我玩笑！……再则，难道我没有看明白你们的阴谋吗？难道不该由最年轻的先拈吗？……不，不，既然你们作弊，我决不拈！”

父亲和母亲都直直地盯着他，看他发怒。

“我可怜的孩子，你已变成疯子了。”罗斯说。

“哦！妈妈，我很知道你们从来不爱我。你们会撕下我身上的皮肉，拿它送给我的哥哥……你们大家，你们都想吃掉我……”

副安粗暴地打断他的话。

“蠢话！说得够多了：嗯？你愿拈吗？”

“我要大家重新开始。”

但是这激起普遍的抗议。耶稣·基督和凡娜捏紧他们的纸阄，仿佛别人要从他们的手里挖出来。黛勒梅宣告拈纸阄是很规矩地举行的；格格波哀觉得伤害了自己的信誉，说要马上离开，如果对他的诚实表示怀疑的话。

“那么，我要爸爸从他所隐藏着的私蓄里抽出一千法郎加到我的一份上。”

老头子一下子被惊呆了，随后，他挺直身体，向前走来，样子变得很可怕。

“你说什么？那么，你硬要这样，硬要谋杀我，没出息的坏家伙！你可以拆掉整个房子，你将找不到一个铜子……拿去纸阄，他妈的！不然，你将什么都没有！”

仆多，挺起固执的坚实前额，在他父亲举起的拳头前面，并不后退，只回答。

“不！”

沉寂重新笼罩着整个房子，大家都觉得很为难。现在，这大的帽子和它里面的这唯一的、任何人都不愿动到的纸阄，已阻碍了他们，也阻止了事物的进行。为了结束，丈量员劝老头子自己去拈它。老头子严肃地抽它出来，拿它放到窗前去读，好像他还不认识这号码似的。

“三！……你有了第三份，你听见吗？证书已准备好，贝伊雅舒先生当然不会改变什么，因为已做过的，将不会再做……你既然睡在这里，我给你一夜的时间去考虑……好吧，这已结束，我们不要再谈它。”

仆多全身被阴暗浸泡着，并不回答。别的人们则喧哗着表示赞成，母亲也决定去点起一根蜡烛，以便放上餐具。

这时，约翰恰好前来看他的朋友，瞥见两个拥抱着的黑影，从黑而苍凉的大路上，窥探副安夫妇家里做些什么。在青灰的天边下，好些如轻鹅毛的雪片已开始飞下。

“哦！约翰先生，”一个温柔的声音说，“您使我们害怕。”

于是他认出来是佛兰佐史，戴着风帽，露出她的长脸和厚唇。她紧紧靠在她的姊姊莉兹身边，用一只胳臂抱住她的上半身。两个姊妹互相钟爱，人们时常遇见她们这样，一个搂抱另一个的颈项。莉兹比较高，尽管她面上的粗轮廓和她整个圆身材已开始臃肿，样子还是可爱的，即使面临着不幸，她也能保持着那种活跃。

“那么，你们两位在窥视吧？”他快活地问道。

“当然，”她回答，“那里面所做的与我有关系，这引起我的兴趣……要知道这关系着是否令仆多做决定！”

佛兰佐史做抚摸的手势，用她的另一只胳臂抱住她姊姊的隆起的肚皮。

“如果这是准许的话，猪猡！……他若分得土地之后或许要娶一个较富的女郎。”

于是约翰又劝慰她们，给她们以好的希望：分产一定已结束，人们将料理留下的事情。随后，待他告诉她们他将在副安老夫妇家里吃晚饭，佛兰佐史于是说：

“啊！好！我们停一会儿再见！我们要前来参加黄昏消夜。”

他注视她们消失在黑暗里。雪下得更紧密，她们互相混合的衣服，筛上白的细绒毛。

五

吃过晚饭，从七点钟起，副安夫妇、仆多和约翰都到牛栏间里去，和罗斯的要卖掉的两只母牛一起。这两只畜生，被吊在底面的食槽前，它们身体和蒿草所发出的强烈气息熏热房间。只有烧晚餐三小块柴火的厨房，则已被十一月的早冻冻得冰冷。所

以冬季的黄昏，人们都集合在那里的硬地上，觉得舒服、暖和，除了搬来一张小圆桌和一打旧椅子之外，没有别的移动。每个女邻居都轮流带来蜡烛，许多大的黑影，沿着光秃秃的被灰尘溅黑的墙壁跳动；大家背后都有躺着反刍的两只母牛的温暖气息。

老大手里握着编结物，第一个到来。她从来不带蜡烛，依仗她的大年纪，那样令人恐惧，她的兄弟也不敢对她提起约定俗成的规定。她立刻占去好位置，拉近烛台，由于眼睛不好，就保留亮光，供她一人使用；然后再拿从来不离开她的手杖放到她的椅子旁边。好些落在她这无肉鸟头上的闪亮的雪片在她竖立着的稀少硬发里溶化了。

“下雪了吗?”罗斯问道。

“下雪了。”她以简短的声音回答。

她很吝惜她的话语，闭紧了双唇，同时向仆多和约翰投射了尖锐的一瞥，接着马上开始结毛线。

别的人们也随着逐渐出现。首先是凡娜，她要她的儿子耐纳斯陪着她来，黛勒梅从来不参加这黄昏的聚集；几乎同时，莉兹和佛兰佐史也赶来了，她们笑着，抖去身上的雪片。但是仆多的在场，却使莉兹的面孔稍微红了一下。他则平静地注视她。

“自从分开以后，一切都还好吗，莉兹?”

“不坏！谢谢!”

“那再好不过了。”

这时帕眉尔偷偷溜进来；她缩小自己的身体，尽可能呆在她的外祖母这可怕的老大的最远之处，突然大路上的一阵喧闹迫使她又站了起来。这是愤怒的嗫嗫、哭笑和嘘声。

“啊！这些无赖的孩子们，他们又跟在他背后胡闹了!”她喊道。

她一跃而起冲出了门；立刻变得大胆起来，她大吼着，从菜籽渣、岱尔芬和耐纳斯的恶作剧里拉出她的兄弟希拉利昂。耐纳斯已出去和其他两个一起，跟在残废者背后呼喊。希拉利昂喘着气，昏乱地摇动他的弯曲两腿走了进来。他的缺唇使他的嘴巴涂满唾沫，他嗫嚅，说不清事情，比起他二十五岁的年龄，他的样子很衰老，而且表现出白痴的丑陋模样。由于他不能驱逐并打倒这些追赶他的孩子们，他变得很愤怒、很凶暴。这次，他还是遭到了被连续扔出的雪球的击打。

“哦！他在撒谎!”菜籽渣摆出天真的无罪态度说。“看，他咬过我的拇指。”

一下子，希拉利昂话语梗塞在喉头里，几乎要喘不过气来。帕眉尔安慰他，用她的手帕揩拭他的面孔，并称他是她可爱的小宝贝。

“够了！够了！嗯?”副安终于说。“你，你应该阻止他不要跟你来。你至少让他坐下去，并安静地呆着！……而你们，胡闹的顽童们，肃静！不要再响！人们会扯起你们的耳朵，给你们送回你们的父亲家里去！”

但是残废者还继续说，想争辩自己的理由，两眼发光的老大，于是拿起她的手杖，向桌上敲一下，敲得那么重，大家都惊得发跳。帕眉尔和希拉利昂，被恐惧笼罩住全身，马上坐下来，不敢再动。

黄昏消夜开始了。妇女们围绕在唯一的蜡烛四周，打毛线、编结、做她们连看都不用看的种种工作。男子们坐在她们背后，慢慢抽烟，很少说话。一个角落里的孩子们则遏住他们的笑声，互相推撞和互相捻捏。

有时，人们讲故事。或者是一只黑猪，口里衔着金钥匙，看守一个宝藏；或者是奥尔良的奇特畜生，人面，蝙 蝠翼，一直垂到地上的头发，两只角，两条尾巴，一条为擒获之用，另一条则准备去杀人，这怪物曾吃掉奥尔良一个旅行者，只留下他的帽子和长靴。另些时候，人们则开始谈论贪婪的狼，在几个世纪里怎样蹂躏贝斯这片区域。今天已赤裸裸的贝斯，从前还保有它的原始森林和一簇簇树木，无数群狼，被饥饿逼迫，冬季出来摸到牲群身上。妇女们和孩子们都被吞食了。一般老头子还想起下大雪的时期，狼跑到村镇里来：克罗亚的人们曾听见它们在圣乔治广场上嚎叫；罗涅的居民们则隐隐闻到它们在没有关好的牛栏和羊棚的门下呼吸。随后，同样的小故事在广泛流传着：突然撞到五只狼的磨粉夫终于燃起一根火柴，使它们逃走了；一只母狼跟着奔跑八九公里的小女孩子，直到她家门前，小女孩进门的时候，才把它吃掉；还有别的许多传说，扮成狼或装作野兽的人，扑到晚归的行人们肩上，强迫他们一直奔跑到死。

但是在瘦小的蜡烛周围，最激起参加黄昏消夜的少女们恐惧心的、走出去最使她们特别留心阴暗的地方并慌忙逃走的，却是“火烫匪”——奥善尔著名的犯罪群体。六十年以后，当地还因他们的残酷，吓得发抖。他们是一百人左右，全体由大路上的拦劫者、乞丐、逃兵、假小贩组成，其中有男子、小孩和妇女，大家都靠盗窃、谋杀和放荡行为生活，他们来自有纪律的旧日强盗的武装队伍，利用大革命的混乱，通常总是包围孤立开的房子、借“撞角”的协助，打破门户，冲击进来。夜幕刚降临，他们就像狼一样，以杜尔登森林、哥尼灌木丛或他们隐藏着的有树木的巢穴里出来；利用阴暗、恐怖，立刻侵入贝斯平原，自哀坦普至砂多屯、自沙德尔至奥尔良的各个田庄里。在关于他们传说中最残忍的一次，经常回荡在罗涅居民们脑海里的是在奥善尔境内，和罗涅只隔十余公里的米卢亚田庄的劫掠。著名的首领，美男子法朗梭亚，野蔷薇花的继承者和他的大将奥诺红人，那一夜，带了大龙、干屁股勃列搭尼人、商大

双生子、无拇指和其他五十人到来，大家的脸上都涂得墨黑。一开始，他们拔出明晃晃的利刀，强逼女仆们、驾犁或驾车的长工们和牧羊夫等进入田庄的地窖；接着，他们"火烧"田庄主人——他们单独留下的福赛老爹。他们先拿他的两脚伸到壁炉的炭火上面，再拿出来一束麦秆火，燃烧他的胡子，和他全身的毫毛；然后又回到他的两脚，用刀尖切它们，使火焰更容易透射进去。最后，待老头子终于说出他的金钱放在何处后，他们才放掉他，带走很可观的赃物。福赛用尽最后一点力让自己爬到邻近的一幢房子，到后来才死掉。叙述的结尾一点也没有更改，总是苏伊独眼龙出卖了他们，他们在沙德尔受审并被处决：这是很大的案件，预审的阶段花了十八个月，在这么长的时间里，六十四个嫌疑犯，由于他们的肮脏，生起致命的疾病，死在监狱里；这轰动一时的官司，要一百十五个被告——其中三十五个没有提到——出席于重罪法庭，庭长向陪审团提出七千八百个问题，达到二十三个死刑。处决的夜里，在溅红鲜血的断头台下，沙德尔和特娄的刽子手们，为了分得受刑者的遗物，竟互动干戈。

对于双维尔那边所犯过的谋杀，副安老爹又一次说到米卢亚田庄的丑恶罪行；他正说到由奥诺红人自己在监狱里写好的哀诉时，大路上传来奇特声响，行走、推撞和咒骂的声响，激起妇女们的惊慌。她们脸色很苍白，倾着耳朵谛听，心里存着恐怖，以为会看见黑人的浪潮将"冲击"进来。仆多非常勇敢，走去开门。

"谁在那里行走?"

人们瞥见培贵和耶稣·基督，他们因为和马葛龙发生了争吵，刚离开小酒店，带着纸牌和一根蜡烛，想到某处去玩完他们的一局。他们已喝得那么醉，而人们又那么害怕，于是大家都笑起来。

"那么，你们还是进来吧，而且要乖乖地留下。"罗斯对她这无赖的大儿子微笑说。"你们孩子都在这里，你们可领他们回去。"

耶稣·基督和培贵坐到两只母牛附近的地上，拿蜡烛放在他们中间，并继续喊着"王牌，王牌，王牌。"但是话题已转换，大家提到了本村的青年们，如维克叨·郎该涅和其他三个人要去抽兵役的签的事情。妇女们变得严肃起来，忧郁情绪使他们的谈话迟缓下来。

"真乏味，"罗斯再说，"啊！不！不！这对于任何人都没趣味。"

"啊！战争，"副安喃喃说，"它造成多么大的损害，这就意味着耕作的死亡……是的，青年们在没有动身以前，最好的人手在离开之前，他们都好好地工作，可是一旦回来，真糟糕，他们就变了，他们的心也不在耕犁上……虎列拉都比战争要好些！"

凡娜停止打毛线。

“我，”她宣告，“我不想让耐纳斯出去……贝伊雅舒先生对我们说明一种几乎近于摇彩的办法：彼此集合很多人，每个人拿一号数放到他手里，那些抽到签的，将再被赎回。”

“想要这样，必须很有钱。”老大冷淡地说。

但是培贵在两副牌中间，很快插进一句话。

“战争，啊！真好！就是这个造成不少男子汉……没有去过的不能知道。只有这个，可以表现出战斗的英勇……嗯？那边，在棕色人那边……”

他睐一下左眼，耶稣·基督则露出微妙的态度冷笑。他们每个都参加过非洲战役，乡警较早，在征服的最初时期。另一个稍迟，在最后剿灭叛乱残余时。所以，不顾时代早已不同，他们回忆起共同的过去，贝督英人的耳朵被割下，穿成一串串，贝督英女子们，皮肤表面擦上油，在篱笆后面，被翻倒，被捻捏，身上所有孔穴里都被塞进东西。耶稣·基督重复着讲述那个故事，尤其使农民们的肚皮都要笑破的是，一个大牝马似的女人，黄得跟柠檬相似的，人们要她赤裸裸地奔跑，屁股上插上一支烟斗。

“他妈的！”培贵向凡娜再说，“那么，您想让耐纳斯留下做一个姑娘吗？……我，我做给您看，我要我的岱尔芬进入军队。”

孩子们停止玩耍，岱尔芬——这已有土地气味的结实小家伙，抬起他的圆头。

“不！”他摆出固执的态度从容地宣称。

“嗯？你说什么？我叫你学习勇敢，丑陋的法国人！”

“我不愿意出去，我愿意留在我们家里。”

乡警已举起手要打时，仆多阻住他。

“您让他安静些吧，这孩子！……他是对的。难道人们需要他吗？还有别的许多人会去参军的……除此之外，难道人们到这世界上来，一定要抛弃所住的角落，为了一大堆与自己毫无关系的事，到别的地方去送掉自己的性命吗？我，我并没曾离开过这里，可是我的身体也并不是很坏呀！”

真的，他抽到一支好签，他是固着于土地的真正乡下人，只认得奥尔良和沙德尔，除了贝斯的平坦地平线，他从来没有见过什么。他就这样，带着一种狭隘的固执，生长在他的土地里，而他似乎为此还很自豪。

“从军队里回来，他们全都那么瘦。”莉兹也敢喃喃地说。

“那么您呢，伍长？”老罗斯问道，“您走得很远吗？”

约翰一直抽烟，没有说一句话，他宁愿以年轻人沉思的态度听别人的谈话。

“是的，相当远……但是没有达到克里米亚。我不得不动身时，人们已占领赛巴斯

多波尔……可是后来曾到过意大利……”

“意大利，这是什么?”

这问题似乎出乎他的意料之外，他犹疑，搜索他的回忆。

“意大利，跟我们这里一样。有耕种的田亩、树林和江河……到处都是同样东西。”

“那么，您曾打过仗吗?”

“啊！是的，当然打过仗!”

他重新吮吸他的烟斗，他并不着急；佛兰佐史抬起眼睛，嘴半开着，她留下来等着听一个故事。其实大家都觉得很有兴趣，老大也拿她的手杖向桌上再敲一下，使得呻吟的希拉利昂不再作声，因为菜籽渣曾发明一种玩意儿，偷偷用一枚针戳入他的胳臂。

“在索弗里诺，那热得要命，可是天却下雨，哦！下很大的雨……我身上没有一根线是干的，水由我背上渗进，一直流到我的皮鞋……关于这个，人们可以毫不撒谎地说，我们的确是淋湿了!”

他们仍然在等待着，可是他却不再说出一个字，他从战场上只看见这个。他沉默了一分钟，摆出他的有理性的态度再说：

“我的上帝！战争，并不像人们所想像的那么困难……既然中了签，不是吗？人们只得去尽他们的义务。我，我之所以抛弃军队的服役，因为我更喜欢别的东西。不过，当敌人要到法国来麻烦我们的时候，这对于憎恶自己职业的人还可能是有好处的。”

“这毕竟是一件龌龊的事情!”副安老爹结束说。“各人应该保护自己的家乡，不可以越过这一点。”

沉寂再一次统治着房间。房间很热，这是活人散出的湿热，再加上牛栏里的蒿草味而增加的强烈的气味。一头母牛站起来大便；人们听见牛粪落下并溅开的合拍柔和声音。从梁木的黑暗里传来一只蟋蟀的忧郁叫声；妇女们编结毛线的快捷、灵活的手指，在这整个昏暗中间，仿佛是墙上的巨大蜘蛛的腿脚。

可是拿烛剪的帕眉尔，却把烛花剪得那么低，蜡烛熄掉了。接着是一阵叫喊，少女们欢笑，孩子们拿针戳入希拉利昂的屁股；耶稣·基督和培贵半梦半醒地低向纸牌，他们的蜡烛的烛芯已扩大为红菌，如果不是被用来重点熄灭了的另外一根，事情会立刻变得更糟。帕眉尔因自己的拙笨很失措，像恐怕受到鞭击的女孩子似的吓得发抖。

“好吧，”副安说，“为结束消夜，谁来给我们读读这个？……伍长，您，对于这印刷的书，应该读得很好。”

他去找来一本油污的小书，这是波拿巴主义的宣传品，是帝国政府撒满乡间的无数小册子之一。他是从一个小贩的大包货物里偶然捡到的，穿插了戏剧性地叙述，讲了大革命前后的农民故事，猛烈抨击旧制度。封面印上这哀诉的题目：杰克·朋诺姆的不幸和胜利。

约翰拿起书，不等请求，马上用支吾不清的语调读了起来。大家都肃静地听着。

首先，论到自由的高卢人问题，他们被罗马人征服，变为奴隶，随后侵入的法兰克人建立了封建制度，又把他们从奴隶改为农奴。长期的牺牲于是开始，这是土地劳动者杰克·朋诺姆在几个世纪里，不断被剥削直到被屠杀。当城市人民反叛、创立公社、享受资产阶级的权利时，孤立的农民什么都没有，连自己的身体也属于别人。只到后来，才逐渐获得解放，用自己的金钱购得做一个人的自由；但是这又是多么空虚的自由！小地主不断为残忍的破产赋税所勒索、所束缚，地产不断为那么多的担负所压榨、剥削，并经常性地落入他人之手，几乎只让他去吃留下的石块！接着是估计打击穷苦者的苛捐杂税。任何人都不能写出准确的和完全的清单，它们太多了！同时从国王、主教和封建领主那里颁布下来。三只吞噬的食肉兽摸到同一身体上：国王抽去人头税和所得税，主教享受什一税，封建领主则更凶狠，对一切都要抽税，拿一切去变成他所浪费的金钱。不论土地、水、火，甚至所呼吸的空气，再也没有什么属于农民所有。为了他的生、他的死，为了他的契约、他的牲口、他的商业和他的娱乐，他必须缴税、时常缴税；为了在他的土地上改变沟渠里的雨水方向，他必须缴税；为了夏季干旱时，他的绵羊脚腿在道路上扬起的灰尘，他必须缴税。不能缴税的，则献出他的身体和他的时间，随领主的意思去服徭役、被迫耕作、收获、刈草，修整葡萄田，疏浚宫堡的沟渠、开辟和维护道路。还有缴实物的税，农民必须使用领主的工具，如磨坊、面包炉、榨油机等，要扣除四分之一的收获；斥候税和看守税，甚至在宫堡瞭望塔被破坏以后，还继续存在，要用现金去缴纳；必须贡献住宿、使用权和种种必需品的规定：在国王或封建领主经过时，抢空茅舍，夺去草垫和被头、把居民逐出家门，如果他离开迟一些的话，甚至要拉掉门和窗户。但是最被憎恨的回忆还是在各村庄深处怒吼的——可恶的盐税，所谓储备的盐仓，各个家庭按照规定，必须向国王购买某一份量的盐；这整个不公平的和专制的征收，不时激起叛乱，法国因它不知流过多少血！

“我的父亲，”副安打断他的阅读，“曾看见盐卖到十八铜子一市斤……啊，那些年代的确是艰苦的。”

耶稣·基督在他的颊须里发笑，他坚持说这本书只偷偷地影射到奸污权利。

“喂！听我说，那么，伸腿权呢？……我告诉你们，领主的大腿可以塞到新娘床

里，第一夜他可以和她睡觉……”

人们要他住口，姑娘们——大肚皮的莉兹也一样——面孔都羞得绯红；菜籽渣和两个顽童，鼻子垂向地上，为了不发出大笑，不得不用他们的手掌捆住嘴巴。希拉利昂张着口，不失掉一个字，好像他也听懂。

约翰继续读下去。现在他已读到执行正义的司法，国王、主教和封建领主的三角司法，排斥在土地上流汗的穷人。先有习惯法，次有成文法，在一切之上，还有强者的专断和理由。没有任何保障，没有任何求援，只有军刀至高无上的权力。甚至到以后数世纪，公道的情感已表示抗议时，人们还购买职务，司法是出卖的。关于军队的募集，这很长时间以来对乡间小民的仍有冲击的兵役和“血税”情形则更恶劣：他们逃入树林，人们搜捕、用绳子捆缚，用枪托敲打他们回来，然后集合他们，好像领着罪犯出发似的、押解他们。军官的级位对他们是禁止的。贵族的子弟看他的队伍，不啻是他付过钱的货物，互相交易、拍卖低级位，催促其余的“人畜”去屠杀。最后是狩猎权，这些唯有领主可以享受的鸽舍和养兔林的特权，就在今天虽然已被废除了，也还使农民的心头留下憎恨的酵素。狩猎，这是世袭的狂怒，这是古代封建的特权，只准领主可以到处游猎，平民若敢大胆闯入他的领域偷猎，则将处以死刑；这是自由的野兽、自由的鸟，为了一个人的娱乐，被关在自由天边下的“大笼”里，这是广大田亩被圈成狩猎队长的领域，让禽兽蹂躏，不准所有主打下一只麻雀。

“这是可以理解的。”培贵喃喃说，他认为应该像射击野兔似的射击偷猎者。

但是耶稣·基督对于这狩猎问题特别注意，他露出讥笑的态度，轻轻吹他的口哨。在他想来，猎物是属于直到杀死它的人的。

“啊！我的上帝！”罗斯只简单地说了一句。

大家的心头都这样紧缩，这带着群鬼故事的读物又把难忍的负担逐渐压到了他们的肩膀上。他们还是不明白，这还会增加他们的不愉悦。既然当年曾有过这样的经历，这或者会再来吧！

“去吧，可怜的杰克·朋诺姆，”约翰再用他的小学声音读道：“献出你的汗，献出你的血，你还没有走到你的苦难尽端……”

真的，农民的种种苦难舒展着。他因一切——人，自然，元素和他自己——而受苦。在封建制度下，当贵族们出去劫掠时，他被追猎，被搜索，作为获得的战利品被带走。每次领主和领主间的私人战争，假若不杀掉他，会造成他的破产：他们焚毁他的茅舍，铲平他的田亩。后来，大批队伍来了，这是破坏我们乡下的最大灾祸，这些冒险的游群，为发给他们薪饷的人服务，有时为法国、有时又为反法国而作战，他们用火和铁，印上他们的经过，只让他们背后留下赤裸裸的土地。各个城市靠着他们的城墙固然能抵抗住，不受损害，无数村庄却在这一世纪吹袭着的屠杀狂风里被扫除。如人们所说的，有些红的世纪，我们的平坦区域，不断发出苦痛的嚎叫，妇女们被强奸、孩子们被蹂躏，男子们被绞杀。随后，当战争暂停一下时，国王的收税官又足以惹起穷人们的连续厌恶；因为普通税捐的数目重压，若与粗暴的和奇特的征发比较、若与著名的战税、盐税以及武装部队所要求的任意或按不公道原则分配的杂税比较，还是算不了什么。这些武装部队如收取战争赔偿一样，总随时随地抢去各个税局的收入；就这样，在中途被盗窃，经过每一劫掠者的手，总减少下去，几乎没有半点达到国库。接着，饥馑又来进行戕杀，法律的愚蠢和专制冻结商业，阻止谷物自由买卖，因而每十年在干旱或洪涝的年代，总会发生一次恐怖的饥荒，仿佛这是上帝的惩罚。涨满江河的一阵暴风雨，没有水的一个春季、极小的云、极小的阳光都损害收成，卷去成千成万人的生命：饥饿的可怕打击，一切商品的突然涨价，极端凄惨的贫困等等，在这些情况里，人们只好和牲畜一样，啃食旱沟边岸的野草。战争之后，饥馑之后，疫病又必然要出现，杀掉荒年和军刀下幸存的苦难者；黑死疫，无上的死神，是无知和肮脏在一起不断酝酿成的一种腐烂，人们看见它的巨大骷髅矗立在古老的时代，用它的大镰刀铲除乡间的忧郁和困惑人民。

杰克·朋诺姆等到忍不住太多的苦痛时才起来反抗。他的背后有着恐惧的和听天由命的无数个世纪，他的肩膀已被鞭笞得坚硬，他的心已被压得那么碎，他已感到自己的卑贱。人们可以狠狠打击他，要他饿死，抢去他的一切，而他不会从他的谨慎，从他这脑里滚动着那么多模糊事物，连他自己也不知道的蠢笨状态里摆脱出来；一直到最后的一种不公道，一种苦痛，逼迫他像一只被毒打而发狂的家畜，自一世纪至另一世纪，时常是同样的愤怒爆发，暴动起来的农民为了要耕作，武装起他们的大叉子，他们的镰刀；当他们留下只有拼死这条路时，只得向死里求生。他们是高卢的基督徒巴哥特人、十字军时代的巴斯都洛人，后来追逐贵族和攻击国王军队的克罗刚人和赤脚人。经过四百年，杰克们的苦痛和愤怒，还掠过被蹂躏的田亩，直达宫堡内部，使里面住着的主人们发抖。他们有那么庞大的人数，如果他们再一次生气呢？如果他们终于要求他们也愿意享受的一份呢？古代的幻景还奔跑着，衣衫褴褛和半裸的大伙们，心里充满行凶和掠夺的疯狂愿望，像别人曾使他们破产和屠杀他们似的，他们也轮到要使别人破产、屠杀别人并奸淫别人的妻女们。

“平息你的愤怒，田亩里的人，”约翰摆起他的柔顺的态度，继续说道：“因为你打胜利的时刻，不久将在历史的钟面上敲响。”

仆多突然耸一耸他的肩膀：造反，漂亮的事情！是的，使得宪兵们来收拾你们！此外，从小书叙述他们祖先造反时起，大家都低下眼睛听着，不敢做一个手势，虽然他们是在自己的亲人们中间，心里却为疑惑和不信任所侵入。这是人们不应该高声谈论的事物，谁也不想知道他们对此有什么感想。耶稣·基督要打断诵读，口里喊着说，下一次革命，他将绞断许多人的颈项；培贵则粗暴地宣告，一切共和党人都是猪猡。结果要副安来强迫他们住口，他非常庄严，还带着一丝忧郁，他是见多识广的老人，不过他不愿说什么。当别的妇女们都仿佛更注意于她们的编结时，老大却发出这样的一句决断："已经有的仍然保留为自己所有！"这仿佛和约翰所读的没有什么关系。只有佛兰佐史一个人，手里的活计跌落在她的两膝上，注视伍长，看他一个字也不错的读下来，而且读得那么长久，不免觉得惊讶。

"啊！我的上帝！啊！我的上帝！"罗斯重复着说，发出更大的叹息。

但是诵读的声调已改变，它变成抒情的，许多词句祝贺大革命的成功。就是这里，在一七八九年的光辉里，杰克·朋诺姆胜利了，在夺取巴斯底堡垒之后，当农民们焚毁封建宫堡的时候，就在八月四日夜间，许多世纪里的获得变成合法，而且承认人类的自由和公民的平等。"封建领主靠规定特权的羊皮纸吮吸农民的汗，吞食农民日夕辛劳的果实，只要一个夜晚，农民就成为封建领主的平等者。"农奴的身份、贵族的一切特权、主教和封建领主的裁判权都被废除。用金钱赎回旧日的权利、纳税的平等，准许一切农民可以做一切文武职务。一项又一次的改革得以实现，好像这一生的灾患一个一个都被消灭了，这是一个可赞美的新的黄金时代，开向劳苦的农民，整整一页都颂扬他的功绩，称他为世纪之王、地上的供养者。只有他是重要的，大家必须跪在神圣的耕犁前面。接着，一七九三年的丑恶暴行，也在热烈的字句里受到谴责，书里开始对拿破仑的革命的儿子，作过分的赞扬，只有他知道"从放纵混乱的污辙里救出革命，造成乡间的幸福。"

"啊，这是实在的！"约翰翻开最后的一页时，培贵突然喊道。

"是的，这是实在的，"副安老爹说，"在我年轻的时期确实有过好的日子……我，和你们说话的我，在沙德尔，我曾有一次看见拿破仑。那时，我只有二十岁……人们是自由的，人们领有土地，这看起来都是那么好！我记得我的父亲有一天说他播下铜子，收获"埃居"；随后，人们有了路易十八、查理第十和路易·菲列普。这还过得去，人们还有饭吃，人们无须叹息……那么，看，今天，拿破仑第三，直到去年，这还过得不太坏……不过……"

他愿意保留其他他剩下的话语，可是字句却从他的口里说出。

“不过，他们的自由和他们的平等，这与我们，罗斯和我，没有什么关系……我们劳苦了五十年，难道我们变得更肥了吗？”

于是借着从牙缝里挤出来的字句，他无意识地给这整个故事，作一概括的总结：土地首先由一无所有的、连皮肉也不属于自己的奴隶，在鞭棒的打击下，为领主的利益耕种了那么久；随后，不自由的农民又以不断的努力将它变得肥沃，在每一时刻的亲密里，又那么热烈地爱着它、崇拜它，而它简直和别人的老婆一样，虽然得到他的细心看护和紧紧拥抱，却始终不能为他所占有；土地，经过了这渴望和烦恼的许多世纪，终于被他征服，被他得到，变成他的所有物，他的享受和他生活的唯一泉源。这累世的欲望，这不断延续的占有，可以说明他对于自己田亩的热爱和尽可能争得较多土地的激情。肥沃的泥土，这多么可爱！所以他总时常要触摸它，撮它放到自己的手掌里来称它；然而，土地，它是多么冷酷和忘恩负义！人们徒然崇拜它，而它并没有更大的热烈的反应，并不生产更多一颗的谷物。太大的雨腐烂种子，雹的打击截断麦苗，狂暴的风吹倒茎秆，两月的干燥枯瘦麦穗；还有最可怕的，是啃蚀的昆虫、扼一切的寒冷、蹂躏牲口的疾病，抢夺泥土的莠草：一切都成为破产的原因。斗争，随着无所预料的偶然，始终是每天的，每天都处于高度的警惕里。真的，他并不爱惜自己，看见工作不能促使它生产，他愤怒极了，总以两拳打击胸口、悲叹自己的无能。他的全身筋肉都在这里逐渐干枯，他拿整个身心都献给土地，可是这吝啬的土地，刚刚勉强养活他，使他不致饿死，却让他留在可悲的和不满足的贫困状态里，他因衰老和无能，土地于是又落入别的男性胳臂里，甚至对他的可怜身体，他等着被淹埋的老骨头，也不显示半点怜悯。

“看吧！看吧！”父亲继续说：“年轻的时候，人们还可以拼命劳苦；一旦老了，很难接上青黄两端时，人们就应该回去……不是吗，罗斯？”

母亲摇一摇他颤抖的老头。啊！是的，这还有什么说的！她也工作，当然比一个男子还要劳苦得多！比别人早起，做菜汤、扫地、整理房间，腰部被千种琐碎的事务，如母牛、猪、糅面包粉团等累断，而且总是最后一个去睡觉！为了不致累死，她的身体必须要很结实的。居然能生活下来，这可说是她得到的唯一报答：她只赚来脸上的皱纹。她拼命节俭，不点灯去睡觉，只吃干面包和喝清水而感到满足，这样度过贫困的一生，她还能保留少许东西，以使自己到了衰老的年纪时，不致饿死，她还觉得是很幸福的。

“不论怎样，”副安接着说：“我们还不应该悲叹。我听别人告诉我，有些区域的土地还供给狗样的坏收成。譬如在贝尔舒，他们简直只有石子……在贝斯，它还是温柔

的，它只要求连续不断的好工作……不过，这已逐渐变坏。它已逐渐失去肥沃，以前可以收二十公担的田亩，今天只生产十五公担……一年以来，公担的价格已减低，人们叙述小麦由蛮人的国度输入进来，这是恶劣情况的开始，如他们所说，这是一种恐慌……难道不幸将永远不会完结吗？他们的普选，这不会拿肉放到锅子里，不是吗？土地税压断我们的肩膀，人们时常为了战争而抽走我们的孩子……算了吧，人们闹了一次又一次革命，白的帽还是白的帽，农民还始终是农民，一点也没有改变！”

守秩序的约翰等着去读完他的小书。静默重新恢复，他慢慢读道：

“幸福的农夫，不要为城市离开你的村庄：移到城市你必须购买一切，如牛奶、肉和蔬菜等等，由于较多的机会，你将时常消费超过必需的金钱。在村庄里，你没有空气、太阳、健康的工作和正经的娱乐吗？田亩里的生活是没有什么可比的，远离镀金的板壁，你享有真正的幸福；证据是城市的工人们也到乡间来寻找快乐，同样，资产阶级人们也只有一个梦想：早日退隐到你身边，采美丽的花，吃树上的果子，在草场上翻筋斗。你要好好对自己说，杰克·朋诺姆，金钱是一种梦想。如果你的心里有了平静，你的幸福就已实现了。”

他的声音颤抖，他只得忍住他这在城市里长大的温厚的青年的感动情绪，乡间的幸福简直搅动他的灵魂。别的人们都忧郁地听着，妇女们俯身在她们的编结针上，男子们缩坐着，露出硬化的面孔。这本小书不是开他们玩笑吗？只有金钱是好的，他们都已穷死。随后，这含有痛苦和怨恨的静寂，既然妨碍他们，年轻的约翰于是提出一个合理的意见。

“不论怎样，一旦有了教育，这或许会变得好些……从前的人之所以那么不幸，是因为他们不知道。今天，大部分都清楚了，所受的灾害当然会减少。那么，必须完全知道，必须创立许多学习耕种墨守成规的的老人，副安突然打断他的话。

“那么，你所说的学问，请您让我们安静些吧！知道多就不一定好！因为我曾对你们说过，五十年前，土地曾有较多的生产！用人为的方法改造它，反而更加会激起它的愤怒，啊！土地这坏蛋，它奉献自己做的事！您看，胡得根先生，他拼命攒入新的发明里，不是吃掉同他自己一样胖大的金钱吗？……不，不，这已完蛋，到底还是农民！”

十点过已敲钟，随着这像斧头劈下那么粗暴的结束语，罗斯走去找她曾埋在厨房热炭里的一罐栗子——全体圣徒节晚上的必有食品。同时她还带回两瓶白葡萄酒，使赏节变得更为完整。从此，人们忘掉说过的话，快活的气氛升起来，指甲和牙齿开始工作，从硬壳里剥出还冒气的滚热栗肉。老大马上拿她的一份放到自己的衣袋里，她吃得很慢。培贵和耶稣·基督不剥皮衣，就远远把它们抛入嘴巴深处，帕眉尔也已胆大，用手剥得一点皮都没有，然后，看它如难得的鸡肉，就喂给他的兄弟希拉利昂。孩子们则玩“制造血肠”的游戏。菜籽渣让自己的一个牙齿刺入栗子，再用手压了压，因而榨出一支细长的栗肉，给岱尔芬和耐纳斯去吮舐。这非常有趣，莉兹和佛兰佐史也决定这样做。人们最后一次剪去烧掉的烛芯，人们为一切参加消夜者的友情碰杯。热度已增加，赭色的蒸汽从蒿草的粪汁里透上来，蟋蟀在梁木的摇曳大阴影里唱得更高；为了两只母羊也能享受到美食，人们把皮给它们，它们则发出均匀而柔和的大声响，嚼碎所得的食品。

到十点半钟，大家陆续离开了。首先，凡娜领去耐纳斯。其次，耶稣·基督和培贵互相争吵着出去。外面非常冷，重新为酒醉所侵袭；人们听见菜籽渣和岱尔芬，各人扶住自己的父亲，催促他，让他快走，仿佛他是一只不再认识马厩的不驯畜生。随着门的每次开动，一阵阵刺骨的寒风吹进来。但是，老大并不急忙，她把手帕结到她的头颈上，并戴上她的无指手套。她对帕眉尔和希拉利昂不屑一顾，他们穿很破，为颤栗所震动，很恐惧地逃走了。最后，她离开，回到隔壁家里，使重新关上的门发出一声粗暴的钝重碰击填充。只有佛兰佐史和莉兹留下还没有动身。

“谁听我说，伍长，您回田庄去的时候，要陪着她们一起走，不是吗?”副安问道。“这是您的路线。”

约翰点头接受，两位女郎则拿她们的围巾盖到头上。

仆多站起来，面孔严峻，迈着慢慢地脚步，从牛栏间的这一端走到另一端。从开始就没有说话，好像被书里所说的土地那么不容易落到自己手里的这些故事所迷惑。为什么不占有全部？各人分去，这种想法使他变得难以忍受。此外，还有别的朦胧念头在他的粗厚脑壳里激动着；他像一匹不可驯服倔强的马，经常恐怕自己会被骗的占有欲望等萦绕在他这贪婪男子的脑里。突然，他决定了。

“我上去睡觉……永别了!”

“什么？永别了?”

“是的，明天天没有亮之前，我就动身到舍米特去了……永别了，这就是说我要永远看不到你们了。”

他的父亲和母亲马上一块奔到他的面前。

“啊！好！那么，你的一份，你要接受吗?”副安问道。

仆多一直走到门口；然后转过来说：

“不!”

他的父亲颤抖起来。他想使自己更高大，他鼓旧日的权威。“这很好，你是一个坏儿子……我将把你的一份给予你的哥哥与你的姐姐，我将把你的一份租给他们，等到我要死的时候，我将设法让他们继续保留它……你将什么都没有，你滚蛋吧!”

仆多在他的坚定姿态里一声不哼。但是罗斯仍想劝他。“你这笨蛋，我们看你也偏爱其他两个一样啊……你是向你自己的肚皮赌气。你接受吧!”

“不!”

他消失了。他上楼去睡觉。

还因为这场争吵而异常激动的莉兹和佛兰佐史来到外面，走了几步。她们重新互相抱紧彼此的上身、互相混合，只是漆黑的，显映在雪的夜间蓝色里。但是约翰不作声，跟随他们，不久却听见她们悲泣。他愿意鼓起她们的勇气。

“算了吧，他也许考虑；明天他将说接受。”

“啊！您不认识他，”莉兹喊道，“他宁可劈下自己的肢体也不愿意让步的……不，不，这已完了。”

然后绝望地说：

“那么，他的孩子，我怎样去处理呢?”

“这还有什么说的，当然要让他生下来。”佛兰佐史喃喃说。

这引起她们的欢笑。可是她们太悲伤，她们又痛哭了。

约翰让她们留在她们的门前他则继续走他的路，向空旷的平原走去。雪已停了，天边重新变得明朗，撒满闪烁的星星，这是冰冻的广大天边，降下如水晶那么净洁的蓝光；无限的贝斯，整个雪白地舒展着，一动也不动，看来简直和平坦的冰海没有分别。有些少许的气息从辽远的地平线吹来，他却只听得见自己的大皮鞋和硬土地合拍的节奏。这是深的静寂寒冷的无上平和。他所读过的一切，在他的脑壳里旋转，他的耳朵后面不舒服，为了让自己凉快一下他摘掉他的鸭舌帽，他需要不再想到任何东西。莉兹，这个怀孕的女人和佛兰佐史的想法惹得他十分疲倦。他的大皮鞋还继续踏响。

那边，波特利田庄已消失在雪白的平面上，只显出微微隆起的痕迹；待约翰进入横着的小径之后，他想起几天前他在这位置上撒下种子的田亩，向左注视，他从覆盖它的“殓布”下认出它。雪层是薄的，像银鼠毛那么轻松和纯洁，划出犁畦的棱角，让人们猜到土地的麻木肢体。撒播下的种子该多么沉睡呀！留在这些冰冻的腹部里，直到感到了早晨的温暖，直到春天的太阳来唤醒它们，这是多么好的休息呵!

第二篇

一

清早四点钟，太阳初升，带着五月初特有的淡红，天边苍白的天空映衬着的半明半暗的波特利建筑物，占去方形大院子三边的三长列房屋，底面的羊棚，右面的仓房，以及左面的牛栏、马厩和住宅，还沉浸在酣睡中。封住第四边的通车大门关闭着，闩着一根铁杆。在肥料坑上，只有一只大雄鸡，以它喇叭般的响亮声音，吹出起床的号声。第二只应和了，接着是第三只。鸣声重复着，慢慢向远处传过去。

那一夜，差不多跟别的一切夜晚一样，胡得根来到捷卡琳的房间睡觉。这是一间女佣人住的小室，他让人在房间里糊上花纸，挂着细棉布帷幕，还摆了桃心木家具。尽管她的权力日益增长，可是每次她要和他一起住进他亡妻的房间，由于对后者的最后尊敬，他还不准她享受夫妇大卧室，她总遭到粗暴的拒绝。因此，她觉得自己的感情很受损伤；她很明白，只要她不能睡在红布帐的橡木旧床里，她就不是真正的女主人。

天还没有大亮，捷卡琳就已醒来。她仰卧着，睁大眼睛；田庄主人靠近她身边，还继续打鼾。她的黑眼睛从这刺激撩惹的温暖床铺里盯着床外，似乎在默想。一阵震颤掠过她窈窕漂亮的女郎的裸体。然而她还犹豫，接着她就决定，撩起衬衫，轻轻跨过她的主人。动作来得那么轻，那么柔软，后者没有感觉到；她没闹出些微声音，用突然被情欲激起的颤动的两手穿上一条短裙。可是她碰到身边的椅子，接着，他也睁开了眼睛。

“怎么！你穿衣服了……你到哪里去?”

“我怕面包会烘坏，我去看看。”

胡得根再睡去，喃喃说着含糊不清的话语，这借口使他惊讶，虽然在这睡眠的压

迫下，头脑里还盘旋着隐隐的思索。多么奇特的借口！这种早面包并不需要她去察看。这怀疑是这样尖锐地刺激着他，他突然再醒回来。看见她已不在那里，精神还很模糊，他沿着这女仆卧房移动着模糊的视线，房间里还放着他的拖鞋、烟斗和剃刀。准是这婊子又在对某个长工发作起骚动了吧！得费两分钟的努力才能起来，他在自己脑里重新浮现出他这一家的全部经历。

他的父亲伊西陀尔·胡得根，是克罗亚一个古老农民家族的后裔，他的祖先于十六世纪逐渐发迹，升为资产阶级。全体都在盐税局里供职，一个在沙德尔当盐务审判官，另一个在砂多屯任盐务监督。很早就成了孤儿的伊西陀尔拥有六万法郎左右资产，到二十六岁，大革命剥夺了他的位置，但他有了好的主意，想和这些公开出售国家产业的共和党“强盗”干发财的勾当。他认识整个区域，他嗅探、估计，只花三万法郎，只用真实价值的五分之一就买得波特利：罗涅·蒲葛瓦尔旧日领土所剩下的全部一百五十公顷田亩。没有一个农民胆敢拿自己的金钱来冒险；只有资产阶级分子、穿长袍的官吏和金融家们能利用革命措施取得利益。此外，这不过是简单的投机，因为伊西陀尔当然不打算被一个田庄妨碍，待混乱一停止，他就重新卖出，收回它的实价，因而使他的金钱增加五倍。但是执政府起来统治产业的贬价仍然继续着，他不能实现所梦想的计划。他被土地束缚着，他变成它的囚徒，即使到那样地步，他也很固执，一点也不愿意放弃它，他又有了主意，他想亲自使它产生价值，希望终于能实现他的发财梦想。那时，他要娶邻近一个地主的女儿为妻，她给他带来五十公顷；从此他领有两百公顷，这三个世纪前从农民祖先演变来的资产阶级分子就这样回到耕作里，不过，这是大规模的耕作，代替了旧日拥有封建权力的土地贵族。

亚历山大·胡得根，他唯一的儿子，生于一八〇四年。他开始在砂多屯公学读书，感到所学习的功课很厌恶。他对土地产生了兴趣，宁可回来帮助他的父亲，这又毁灭后者一个新的梦想；因为面对缓慢的发财，后者很愿意卖掉一切，让他的儿子投入什么自由职业里去。父亲故世时，年轻人刚二十七岁，他因而变成波特利主人。他拥护新的方法，快要结婚时，他的第一个念头不是寻找死的产业，而是寻找活动的金钱，因为依照他的意见，田庄之所以没有兴旺发达的生气，一定是由金钱的匮乏所造成的，他找到了所渴望的嫁资，这是五万法郎的数目，由公证师贝伊雅舒的一个姐姐，比他大五岁的一位成熟小姐，很丑，可是很温柔的一个姑娘，给他带来的。于是他和他的二百公顷之间开始长期的斗争，开始还相当谨慎，随后逐渐为错误的计算所激动，他变得很兴奋，这是每一季节和每一天的斗争，虽然没有使他致富，却足以使他过着多血质大胖子的阔绰生活，决定永不停止在他的嗜欲上。数年以来，事情变得更糟了。

他的女人给他生下两个孩子：一个男的，由于憎恨耕作，投入军队，在索弗里诺战役之后，已升为上尉；一个女的，很温雅，很可爱，既然他忘不了儿子的不听话要去干冒险的事业，他的巨大的温情就寄托在她身上，她将是波特利的继承人。但是首先，正在收获的繁忙时期，他丧失了他的女人。第二年秋天，他的女儿也死掉了。这是致命的打击。上尉甚至不再每年出现一次，父亲突然处于孤独的状态里，未来已被封闭，此后他将不再有勇气为他的子孙工作。但是创伤固然在内部出血，表面他还是粗暴独断的。一般农民都讥笑他使用机器，祈祷要尝试他们职业的相当大胆的资产阶级分子破产；面对这些敌视的乡下人，他仍然固执地不放弃他的耕作。其实，这怎么办呢？他已变成他土地的囚徒：累积的工作、投入的资本，每天更紧地束缚他，除了带着灾祸出来之外，此后将没有别的可能出路。

胡得根先生有方形的两肩、发光彩的高阔面孔，从他温雅的资产阶级出身里，只保留下细小的手；他对他的女仆们经常是专制和粗暴的。就是他女人在生之年，所有女仆都被他占有过；这很自然，没有别的后果，仿佛是一件应有的事。贫苦农民的女儿固然有的去学裁缝，有时甚至偷偷逃走，可是投入田庄当女仆的，却没有一个能逃避开男人，长工们或主人的奸污。胡得根太太未死之前，由于她的慈善，捷卡琳进入田庄做工。高业老爹这个年老的醉汉时常殴打她，她是那么枯瘦，那么可怜，人们可以看见她身体的骨头突出她的褴褛衣服之外。除了这个，人们都认为她是那么丑，过路的孩子们都嘘叱她。虽然那时她已将近十八岁，别人却只认为她十五岁。她帮助女仆，人们都驱使她干下贱的工作，如洗碗碟、打扫院子、洗刷牲口等等，她身上因而随时随刻都溅上粪迹。然而田庄女主人故世以后，她似乎变得稍微清洁起来；一切长工都可以把她翻倒在麦秆上，到田庄里做工的，没有一个男子没经过她的肚上。一天，她陪胡得根到地窖里去，直到那时之前都表示不屑理她的主人忽而也想尝尝这衣衫不整的丑姑娘的滋味；但是她却狂暴地自卫，抓他、咬他，结果，他只得放开她。从此，她的好运降临了。她一直抵抗了六个月，随后逐渐让他抚摸赤露皮肉的细小角落，终于委身给他。从在院子里工作，她一跃到了厨房，做正式的女仆；接着，他雇用一个女孩子帮助她；最后完全升到“太太”的地位，有一个女仆侍候她。她由从前的小“抹布”摆脱出来，变成一个头发棕褐、姿态温雅和漂亮的姑娘；胸口坚实，具有半瘦女人的强壮而弹性的肢体。她显示出浪荡的妖艳，虽然里面仍保持着不清洁，身上却洒满香水。罗涅的人们、附近农民，对于这冒险的故事感到惊讶：一个富翁偏偏爱上这样的奇特姑娘，既不漂亮，又不丰满，醉汉的女儿，小高业姑娘。人们看见她的父亲在路边敲了二十年石块，上帝！这怎么可能呢！啊！一个可以自负的岳父！一个绝

妙的娼妇！农民们甚至不懂得这娼妇就是他们的报复，就是村庄反对大地主、土地的贫穷劳作者反对富有资产阶级的复仇。胡得根在他的五十变相中，落入女子的魔掌，肉体着了魔，他需要捷卡琳，正像人们需要水和面包似的。当她愿意表示可爱的时候，她装出雌猫般的柔媚姿态搂抱他、抚摸他，妓女们都不敢尝试的，她却不厌恶，对他施展毫无顾忌地淫荡勾当。为了这样的时刻，每次在他表示可怕的反抗意志，要用靴尖踢她出门，要把她逐到外面的大争吵之后，他总自动屈服，恳求她再留下来。

昨夜，由于她要睡到他死去的女人的床上，发生冲突，他还打她耳光；整夜，她拒绝他，待他一接近，她就伸出手掌打着抵抗他；因为她固然继续不断给田庄的长工们以他们所愿意的享受，对他，却限制分量，用过分的节欲鞭击他，借以增加她的权力。所以，那一天早晨，在这温润的房间里，在这散乱的、他还感到她呼吸的床铺上，他再次突然为愤怒和情欲所袭击。很久以来，他已嗅到她的连续欺骗。他一跃而起，并高声说道：

"啊，不要脸的淫荡家伙，如果我捉住你的话！"

他很快穿好衣服，从楼上走下。

捷卡琳溜过房子，正要穿过大院时，一眼看见牧羊夫，已经起来的老苏拉斯，她不免后退一下。可是刺激她的情欲那么强烈，她也不管他看见不看见。算了吧！这没有什么关系！她避开关着十五匹马、且有田庄四个马夫在睡觉的马厩，一直走到底面给约翰放置床铺的、只放着麦秆和一条被头，甚至没有垫布的阁楼上。不管他还睡着，她马上拥抱他，用她的亲吻搁住他的嘴，她呼吸急促，全身战栗，并低声说道：

"这是我，大傻瓜。别害怕……快！快！我们要快些！"

但是他惊惧，他从来不愿意在这个位置，在他的床上做这样的事，害怕会被别人突然撞见。干草仓的梯子恰在旁边，他们爬上去，让狭小的仓口开着，他们就在干草中间翻倒躺下。

"哦，大傻瓜！大傻瓜！"降低的捷卡琳重复说，喉头发出好像从她脏腑升上来的鹧鸪鸣声。

约翰·马格尔到田庄里已将近两年。从军队的服役里出来，他和一个伙伴，同他一样，也做木匠的朋友，落到巴曹宣·勒·陀伊安，他在他的父亲，雇用两三个工友的村庄小木作坊主人家里，重新又开始了他的工作。可是他的心已不在自己的职业上，整整七年的军队里活使他的骨节"生锈"，再也回不去原来做修理工的旧路了，他是那么厌恶他的锯和刨，简直已变成另一个人。从前，在普拉桑，他喜欢劈削木头，学习功课也不十分好，只是刚知道读、写和计算，可是他反省自己，很勤苦，很想在他可怕着的家庭之外，创立一个独立生活。老马格尔总要他留在女儿样的隶属关系里，当他的面，和自己的情妇们来往，每星期六总到他的工场门口去，抢去他的工资。所以待殴打和劳瘁杀死他的母亲以后，他模仿他的姐姐，和一个情人逃到巴黎去的萱帆斯，为了不再供养他的懒惰父亲，他也逃跑。现在他已不再认识自己，并非他也变成了懒汉，可是军队的生活已扩大他的头脑：例如他从前所厌恶的政治，今天却引起他的兴趣，使他对于平等和博爱等问题不断的推理。这是闲荡的习惯、辛苦的和一无所事的站岗，军营的糊涂日子和战争的野蛮冲撞，改变了他的性情。于是工具从他的手里跌下来，他想到他的意大利战役，一种巨大的要休息需要麻痹他的身心，使他生起躺到绿草里沉思的欲望。

一天上午，他的老板给他安顿在波特利做各种修理。有要铺地板的房间，到处要稍稍加固一下的门和窗户，这整整需要一个月工作。他很愉快地把他的修理拖长到六个星期。在这期间，他的老板去世，结了婚的儿子移居到他女人的故乡去。约翰留在时常有朽腐木头要替换的波特利，就为自己的生活，一天天干他的工作；随后，收获季节开始时，他到田亩上帮忙，他又呆了六个星期。田庄主人看见他对土地的工作那么能干，做得那么出色，索性完全留住他。不到一年工夫，从前的工人变成田庄的一个好长工，他载运、播种、耕作、割草，在这田亩的平和里，他希望自己最后能满足自己的宁静需要。那么，这已结束，他不愿意再使用铁锯和木刨！他带着他的徐缓推理和爱好合规工作的性情，这从他母亲那里遗传来的耕牛般的劳动习惯，他仿佛生来就是为做农工的。他第一次感到快活，尝到农民们所看不见的乡野乐趣，他存着抒情读物的残留情感，简单、美德和完全幸福的观念，像人们在儿童小故事里所能找到的天真观念，体验到田间的风趣。

说实话，还有另一种原因让他留在田庄里。当他修理门户的时期，这小高业姑娘，这风骚的女仆走来，展卧在他的刨花里。真的，是她引起他的放荡，她被这高大青年的坚实的身体所引诱，他的端正和粗厚面孔，就宣告他是一个结实的男性。他恐怕自己会被当作蠢家伙，首先让步，随后又再开始，心里其实也由这淫荡女人的需要感到烦恼，因为只有她知道怎样扇起男子的情欲。不过，他的规矩情感仍然在他的身心深处表示抗议。他对胡得根先生有着知恩的感激，他和他主人的女朋友发生暧昧关系，这确实很不好。无疑的，他也一定提出种种辩解的理由：她并不是主人的老婆，她只作为他的小姘妇罢了；既然她处处欺骗他，愚弄他，那么与其让别的长工们去占有，他也乐得分享一下。不过，待他看见田庄主人逐渐留恋她，这些理由不能安慰他的不舒服增长起来。是的，这将很坏地一直结束。

在干草里，约翰和捷卡琳捫住他们的喘息，而耳朵谛听着，突然他听见梯子的大头轧踏响。他马上站起来，冒着自杀的危险，让自己由抛掷干草的洞孔里跌下去。这时胡得根的头正好出现在另一边的仓口上。他同时看到了逃走的男子黑影和依然两腿分开躺着的女人肚皮。强烈的愤怒催促他，他不想赶去认出她的情人，像要击倒一只雄牛似的狠狠给已经跪起来的捷卡琳一记大的耳光，使她重新倒在干草堆里。

"啊，婊子!"

她号叫，她粗暴地嘶喊着，否认明显的事实。

"不！这不是真实的!"

他忍住，不伸出脚跟去踏破这被他看见的肚皮，这狂热畜生展布着的裸体。

"我曾看见他！……说！这是真实的，不然，我将踏死你!"

"不，不，不，这不是实在的。"

随后，终于她的两脚站好了，重新放下了她的裙子，她立刻变得粗野起来，摆出挑战的态度，决定玩弄她的无上权力。

"话又说回来，这与你有什么关系？难道我是你的老婆吗？……你既然不愿意我睡在你的床上，我当然是自由的，可以睡在我所喜欢的任何地方。"

她发出她的鹧鸪鸣声，好像在对他淫荡的讥笑。

"算了吧，你滚开，让我下去。……今天下午我将离开这里!"

"马上!"

"不，今天下午……那么，你等着考虑一下吧!"

他气极了，站在那里浑身颤抖着，不知道向谁去发泄他的愤怒才好。如果他已没有勇气马上给她赶出去，那么，能把她的情人逐到街上，他将多么快乐！但是现在到哪里去捉他呢？刚才看到干草仓开着，他就直接爬上梯子，没有向各个床铺注视一下；当他再下来时，马厩的四个马夫以及阁楼深处的约翰都已开始穿衣服。五个之中的哪一个？可能是这个，可能是另一个，或者是五个轮流着来吧！然而他还希望那一个自己泄露出来，他发下上午的命令，他不派任何人到田地里去，他自己也不出门，目光睥睨，心里充斥着想要打倒某一个人的欲望，在田庄里旋转。

吃过七点钟的早饭，主人的愤怒巡阅，使整个田庄的农工们都吓得发抖。波特利有驾驭五条犁的五个马夫，三个打麦男工，两个牧牛夫和打扫院子的杂工，一个牧羊老头子和一个小牧童，女仆不算，一共是十二个人。首先，在厨房里，他责怪女仆，因为她没有再把炉灶的铁锹挂到天花板上。其次，他在藏养麦和小麦的两个仓房里闲荡，说藏小麦的仓房很大，像教堂那么高，辟有五公尺的门，他和打麦的男工们争吵，他说，他们的木枷把麦秆打得太碎；从那里，他穿过牛栏间，发现三十只母牛好好地留在那里，中央和过道已经洗过，食槽也很清洁，他的心里很生气，但他找不到什么借口来责骂牧牛夫，走到外面，向那个也归他们料理的水池望一望，发现屋檐下的一条疏水管已被麻雀的窠巢堵塞。和贝斯的一切田庄一样，人们都借蒸馏管的复杂方法，宝贵地收储屋顶的雨水。他用粗暴的语气质问人们是否要让麻雀做窠，要让他渴死。于是他的暴风雨终于向五个马夫身上爆发。虽然马厩的十五只马都铺有新鲜的蒿草，他开始喊着说，这样不当心，要这些马留在如此腐臭肮脏的环里，的确是很可恶的。接着，因他自己的不公道，觉得惭愧，他恼羞成怒，察看房屋的四角、收藏工具的四个敞棚，他看见一部耕犁的后柄已折断，心里终于快活了。难道这五个家伙故意开玩笑，要让他的器械被破坏吧？他要和他们五个人算账，是的！向他们五个人，为了使他们无言以对！这样斥骂他们的时候，他的火热眼睛搜索他们的皮肤，等着看见可以泄漏他们秘密的苍白和颤抖。可是任何一个人都不敢动，他无奈地做了一个烦恼的手势，离开他们。

胡得根在羊棚结束他的巡阅时，想询问牧羊夫苏拉斯。这六十五岁的老头子在田庄里已半个世纪，他一点也没有储蓄什么，所赚得的一切都被他的老婆，一个喝酒和放荡的女人花光，最后，他有了她被埋到地下的快乐。可是他害怕他的年纪不久会使他失掉工作。主人或许会帮助他；可是谁知道主人们会不会先死呢？难道他们将永远会给购买少许烟草和一杯红酒的钱吗？此外，他和捷克琳已成了敌人，他怀着老长工的嫉妒憎恨她，因这后来的女人发迹得那么快，心里不免为反抗的情绪所咬啮。此刻，当她指挥他的时候，他一想起自己当初看见她穿褴褛衣服，身上涂满粪污的样子就气得发抖，一旦她有了足够的权力，她一定会辞退他。于是他变得很谨慎，他情愿保住他的工作，虽然他自信会得到主人的支援，但他却避免任何冲突。

羊棚在院子底面，占去整个建筑的八十公尺的长屋，关在里面的八百只绵羊是由许多木栅栏分开：这里是母羊，那里是小羊，更远些是公羊。雄的长到两个月，就被去势，准备养大后卖掉；雌的就会被留下来，作更新各群母羊之用，每年总拣最老的出售；公羊们，“狄舒来”种和“梅里诺斯”种的交配品种的后代，则在固定的时期，和年轻的交配，它们带着蠢笨而温柔的姿态，沉重的头、激情男子般的大圆鼻子，看来的确很壮丽。当经过羊棚时，一种强烈的臭味惹起人们窒息，这是三个月之中，新鲜麦秆添入腐烂麦秆所发出的“何摩尼亚”臭气。沿着墙边，装有肥料层上升时，可以拉高食槽的吊钩。但那是不通空气的，以宽阔的窗户透入，上层干草仓的底层由活动的厚木板并成，待干草逐渐减少之际，可以除去他们的一部分。此外，人们都说，

这活的热气、这柔软而温暖的发酵层是产生好绵羊所必要的。

当胡得根推开一道门，看见捷卡琳由另一道门逃出去。她也想到了苏拉斯，她很担忧确信他曾窥伺她和约翰在一起；但是老头子无感觉地留着，仿佛不明白为什么她同平常不一样，这次对他表示赞成的态度。目击年轻女人，由她从来不去的羊棚里逃出去，更激起田庄主人的疑惑。

“哎！您好！苏拉斯老爹，”他问道，“今天早上有什么消息？”

牧羊夫又瘦又高，长面孔上布满的皱纹，好像是由柴刀划在一个橡树节里，他慢慢答道：“不，胡得根先生，一点消息也没有，除了剪羊毛的工人们就要到来，一会儿就将开始工作。”

为了掩盖有意询问的态度，主人站着闲谈一下。从十一月一日全体圣徒节的最初冰冻起，一直就被关在那里的绵羊，不久就要出去，五月十五日左右，人们将领它们到三叶莲的田亩上去吃草。母牛则几乎要等到收获以后才被赶去放牧。这样干燥的贝斯，缺少自然的绿草，却能产生出如此良好的肉类。菜牛的饲养之所以不被发现，大概是墨守成规和懒惰的结果。甚至这里的每一田庄，只喂肥五六只猪，作为它自己的食用。

胡得根摸着几只跑来的羊，它们抬起头，向他睁开温柔而明亮的眼睛，关在较远之处的整群小羊则咩咩鸣叫，挤到木栅旁边。

“那么，苏拉斯老爹，今天早晨您一点也没有看见什么吗？”他直直地注视老头子的眼睛，再问道。

老头子的确曾看见他们的厮混，可是何必说呢？从他的亡妻，终日喝醉酒的娼妇，他已晓得女人的淫荡和男子的荒唐。如果这小高业姑娘，即使被出卖仍然是最强者，那么，为了摆脱一个妨碍她的见证，人们一定会扑到他身上，用他来出气。

“没有看见什么，一点儿也没有看见！”他重复说着，眼睛无光，面孔阴沉沉的一动也不动。

当胡得根再穿过院子时，他注意到捷卡琳倾着耳朵，非常紧张地站在那里，担心羊棚里所说的话语。她装着料理她的六百只家禽，在连续喧闹里飞着、争斗和扒搔肥料堆的鸽子、鸭和母鸡；甚至把小牧猪童给猪准备的一桶清水都打翻了，她还打他一耳光，让自己的紧张神经可以疏松一下。可是她向田庄主人偷偷看过一眼，就马上安心了；他什么都不知道，老头子咬住舌头，没有说话。她因此而更加傲慢。

所以，在吃午饭的时候，她快活地进行挑衅。粗重的工作没有开始，主人还只供给四餐，早晨七点钟的牛奶和碎面包，中午做的烤面包片，下午四点钟的乳酪和面包以及晚上八点钟的菜汤和咸肉。人们聚集在厨房里吃饭，这是一个很大的房间，长桌两边各摆一条长凳。进步的设备只由占去大灶一角的生铁儿炉表现出来。底面是火灶的大黑口；旧式的食具井井有条地排列在被烟尘熏黑的墙边。女仆，一个丑陋的大姑娘早晨已经烘烹的一种热面包的香味，由开着的烘箱里透出。

“那么，今天您没有胃口吗?”捷卡琳大胆问最后回来的胡得根。

从他的老婆和女儿故世以后，为了不单独吃饭，和古老的时代一样，他坐到长工们桌边；他在一把椅子上占去长桌的一端，另一端是捷卡琳的位置。一共是十四个，女仆则在旁边侍候他们。

当田庄主人坐下并不回答时，小高业姑娘谈到午餐的烹调。这是许多烤过的面包片，先把它们切碎放到一个锅子里，然后洒上葡萄酒，再拿贝斯从前指糖渣说的混合糖汁给它们搅甜。她要求再来一勺，她装着要宠爱在座的男子们，说诙谐的话，使他们忍不住哈哈大笑。她说的每一句话都暗含着另一种意思，暗示她下午就要走了：人们首先很相好，然后又离开，谁也永远不会再有这样的机会，谁也不再惋惜自己的手指曾最后一次浸到“卤汁”里。牧羊老头子以他的蠢笨样子静静吃着，默然无声的主人也好像听不懂她的意思。约翰为了不泄露自己的秘密，也顾不上他的烦恼，只得和别人一起欢笑；因为他觉得这一切都是不大规矩的和不大正当的。

吃过午餐，胡得根发了下午的命令。我只有少量的工作要结束：当等到开始刈割苜蓿和三叶莲的时候，人们先去捆缚荞麦，去做完休耕地的耕作。他自己现在已很疲劳，在血液的激动下，耳朵里嗡嗡震响；他非常不幸，开始旋转，不知道做什么才可以消除他的忧闷。剪羊毛的工人们已来到在院子一角的一个敞棚底下。他走去站在他们面前，注视着他们。

他们是五个黄而枯瘦的家伙，带着发光钢铁的大剪刀蹲立着。牧羊老头子搬来四脚缚住像大皮袋似的雌绵羊，给它们排列在敞篷的硬地上，它们只能抬起头咩咩鸣叫。待一个剪羊毛者捉住一只，这只绵羊立刻沉默，让自己静静躺着，它的厚毛层膨大得如圆球，身上的脂肪质和灰尘给它罩上一层黑的尘垢。随后，在剪刀的尖锋下，畜生由毛丛里露出，这简直就像一只突然脱掉黑手套赤裸的手一样。它整个粉红的和新鲜的，显现在白而微黄的内层羊毛里。一只母羊被夹在一个高瘦工人的两脚间，朝天仰卧着，四脚分开，只有它的头笔直抬起，展布它的隐隐白色的肚皮，剪羊毛的人每只赚三个铜子，一个好的工人每天能剪二十只。

胡得根沉思着，想到羊毛如今跃到每斤八个铜子；为了不使它变得太干燥，减轻毛的重量，他必须赶快卖掉它。前一年，羊瘟曾杀害贝斯的羊群。一切变得越来越糟，

自麦价每月逐步降低后，这不啻是土地的破产。重新为他的农业家的顾虑所抓住，他觉得院子里很宽阔。他离开田庄走到他的田亩上去看看。他和小高业姑娘的争吵总是这样结束的；发了粗暴的脾气，并捏紧拳头要殴打她，但最后总是让步，他被一种痛苦压迫着，只有看见他的小麦和养麦，对着无限舒展它们的绿浪，心里才能得到一点点安慰。

啊！这土地，他终于爱上它！这不仅是出自农民的吝啬情感，更是存着狂热的和近乎激情的精神！因为他觉得它是给他生命、生活资料和要回到它怀里的母亲。首先，当他很小的时候，他在土地里逐渐长大，他之所以憎恨公学的功课并想烧掉书籍，这完全由他的自由习惯养成。他在耕过的田里快活的奔跑，他向平原四面享受和风吹拂的陶醉，这怎么不使他对土地产生感情呢?！后来等到他继承了他父亲的产业，随即，他像情人般看着它，他的爱情已成熟，好像从那时起，为了使它生产，他即在正式的“结婚”里占有它。待他将自己的时间、金钱和整个生命献给它之后，这情感在逐渐增大，正像献身给一个好的和多产的女子似的，他宁愿意宽恕它的怪癖，甚至它的欺骗。它太坏了，太干和太湿，它吃掉种子，而不还出收获物。有些时候，他的确很愤怒；接着，他又怀疑自己，他终于责怪自己是无能而又拙笨的男人：如果他不能使它生产一个“孩子”，过失一定是他自己的。就是从这个时期起，新的方法萦绕在他的脑际，使他投入新的改革，懊悔自己在公学里只是一个懒惰的学生，没有转到他父亲和他自己所讥笑的任何一个农业学校去读书。他曾经有过多少无益的尝试和失败的试验！多少机器被长工们毁坏了！多少肥料被商人作弊和欺骗而丧失钱财！他的财产都沉没在这里，等着农业恐慌来夺走他的生命，波特利只给他带回刚够吃面包的出息。这都没有什么关系！他将始终是土地的囚徒，一直到底，他将保留它做自己的女人，他的骨头也将埋葬在它底下。

一到外面，他就想到了他那个当上尉的儿子。他们两个，他们将做那么好的事业！但是他撇开对这愿意拖着一把军刀的蠢家伙的回忆。他已没有孩子，将孤独死去。随后，他的邻居们的观念又浮到他的脑里，尤其是歌格尔一家人，父亲、母亲，三个儿子和两个女儿，亲自耕种他们的圣舒斯特田产，他们是劳苦的地主，他们也差不多没有更好的成功。在舍米特·罗比甲，租种的佃农租约将满期，不再施肥，就会使田地自行荒芜。就这样，到处都有毛病，必须劳苦到死，不应该叹息。四月的数次小雨，曾给绿色以美丽的茁长。桃红色的三叶莲使他高兴起来，他已忘掉其他一切。现在，为了走去看看他的两个马夫的工作，他由耕地里穿过去：泥土胶住他的两脚，他觉得它是粘性的、肥沃的，仿佛它要拥抱留住他；它已重新整个占有他，他已重新感到三十岁的男性毅力和快乐。除了它，难道还有别的女人吗？小高业姑娘之类的“雌货”，这个或那个，大家都一起使用的“盆子”，难道还算数吗？只要当她还够清洁的时候，人们就应该马马虎虎，以她为满足。对这娼妇的宽容，那样适合于他的懦怯需要，那样赋有结论的作用，他因而快活起来。他走了三点钟，他曾和一个姑娘开玩笑，这姑娘正是歌格尔一家的女仆，坐在一头驴上，刚刚由克罗亚回来，露出她的两腿。

当胡得根回到波特利的时候，他看见捷卡琳在院子正和田庄的许多猫道别。那里时常有一大群的猫，十二只，十五只，甚至二十只，人们不知道它们的准确数目；因为雌猫总在不认识的麦秆洞里生它们的小猫，再出现时，往往后面带上五六只小尾巴。随后，她走近牧羊老头子的两只狗“皇帝”和“屠杀”的狗窝里，可是它们呜呜吠叫，好像憎恨她。

不再管她向畜生们的道别，晚餐仍然和每天一样用。主人摆出他的平常态度，吃饭和谈话。随后，一天结束了，再没有任何人离开的问题。大家都走去睡觉，阴暗笼罩着无声的田庄。

当天夜里，捷卡琳跑到已故胡得根太太的房里。这是漂亮的房间，红帐的床位深处，摆着大床。那里有一个衣橱，一张单脚圆桌和一把伏尔泰式的沙发，田庄主人从农业赛会里得来配上木框和装着玻璃的各个奖章，在一张桃心木的小写字台高处闪闪发光。当小高业姑娘只穿着衬衫，爬到他的床上之后，她展卧着，为了整个占有它，摊开胳臂和两腿，嘴里笑出野鸽般的笑声。

第二天，当约翰发觉她扑到他的身上时，立刻拒绝并离开她。既然这变得很严重，这当然不大清爽，但他已不愿意再和她勾搭了。

二

数天后的一个傍晚，约翰由克罗亚步行回来，走到距罗涅二公里之处，一辆在他前面奔跑的乡下篷车的姿态引起他的注意。但这马好像是空的，没有人坐在车凳上，被一匹放任的马拖着，它似乎认识道路，跨着闲荡步伐，返回马厩。所以年轻人很快跑上去捉住它，让马停下来，并让自己站得高些，看到了车里的情形：一个男人，一个又短又胖的六十岁老头子翻倒在里面，面孔那么红，使它看来似乎是黑的。

约翰惊奇起来，高声嚷道：

“哎！这个人！……他睡着吗？他喝醉了吗？……怎么！是老木宣，那两个女郎的

父亲！……他妈的！我确信她已死了！啊！好！看吧，这是件麻烦的事！”

木宣被中风打击轰倒，还发出困难的小气息呼吸，于是约翰让他躺直之后，挺着头，坐在凳子上，鞭击前面的马，催它快跑，赶紧领着垂死者回去，怕他会死在自己手里。

从教堂广场上出来时，他正好瞥见佛兰佐史站在自己门前。她们看到这年轻人驾驭她们的马，坐在她们的车子上惊呆了。

“那么，什么事?”她问道。

“是你的父亲病倒了。”

“在哪里?”

“在这里面，你看吧!”

她爬上马车上看她的父亲。一会儿，她蠢笨地留着，面对这淡紫的脸孔，一半抽搐，好像自下至上，受了粗暴的拉扯，她看不明白，她不懂发生了什么事，夜幕已降下天边，一块赭色的云变黄，落日的回光照亮垂死的老人。

突然她边跑边哭，去通知她的姊姊。

“莉兹！莉兹！……啊！我的上帝!”

单独留下的约翰犹豫着。人们是不能让老头子躺在篷车深处。房屋的地面，靠近广场这边，再进这黑暗的洞窟，在他看来，这好像不方便。再则，他又想到，在左边的大路那边，还有另一道门，和路相平，开向院子。这院子相当大，由一个荆棘篱笆关闭着；一个水塘的脏水就占了它的2/3；而半“亚尔奔”的苹园和果园则日的令。于是他让马走去，这驯熟的畜生自动回到院子里，停在牛栏附近的马厩前面，两只牛则关在牛栏深处。

佛兰佐史和莉兹哭叫着，奔跑着。莉兹刚分娩了四个月，她正给婴儿吃奶之际，突然听到这不祥消息，慌慌张张跑来，胳臂里还抱着孩子。佛兰佐史爬上一个车轮后，莉兹上了另一个，她们感到刺心的悲伤。慕萱老爹躺在里面，还困难地呼吸着。

“爸爸，你回答，你怎么不回答呢?……你怎么啦?说啊！你身上有什么不舒服，啊，我的上帝！……那么，这是你的头不好过，你一句话也不能说吗?……爸爸，爸爸，你说，你回答呀!”

“你们下来吧！顶好把他从那里搬走，”约翰用明理的话唤起她们的注意。

她们还是在哭喊，却没有意识到帮助他，反而喊得更凶。幸而一个女邻居，弗里麦嫂，被闹声吸引，终于出现。这是一个高瘦的和骨节显露的老太婆，两年以来，她一直看护着她那已经疯瘫了的丈夫，她存着负重畜生的固执，亲自耕种他们所领有的唯一“亚尔奔”，维持生计。她并不慌乱，好像判断这意外的事是自然的；像一个男子似的，她提供帮助。约翰抓住木宣的肩膀，拖拉他，直到弗里麦嫂能握到他的两腿。随后，他们抬他进入房子。

“把他放在哪里?”老太婆问道。

两个女儿昏头昏脑地跟着走，一点也不知道。她们父亲住在上头，由屋顶仓改装的一个小房间里，把他抬上去，是不大可能的。下面，厨房背后，有他让给她们摆上两张床的一个大房间。厨房里已很黑，年轻人和老太婆等候着，胳膊已累得快断了，不敢向前再走一步，怕会碰到家具翻倒。

“喂！这必须快些决定呀!”

佛兰佐史终于点起一支蜡烛。正在这个时候，培贵嫂，乡警的老婆走进来，可以肯定，她一定由她的嗅觉得知消息。靠这秘密的力量，一分钟之内，她可以使新闻从村庄这一端传到那一端。

“嗯？你怎么啦！这可怜的亲爱的人？……啊！我看见，血在他的体内翻动……快，让他坐到一把椅子上。”

但是弗里麦嫂却不同意。难道人们可以让一个不能站立的人坐下吗？顶好是抬他躺到他女儿们的床上。在争论越来越尖锐了，凡娜和耐纳斯也来了：她到马葛龙家里购买干细面听到这个消息，她很激动，为她的两个堂妹，走来看看。

“这或者很好，”她宣称，“应该给他坐直，使他的血可以流通。”

于是慕萱被堆缩在桌边的一把椅子上，桌上的蜡烛燃烧着。他下颔垂向胸口，胳臂和两腿悬挂着。左眼从这半边面孔的抽搐里睁开，歪曲的嘴角吹得更响。有了一霎时的静寂，死神侵占着坚硬泥地、斑剥墙壁和漆黑大烟囱的潮湿房间。

约翰仍然等着，他很局促，两个女儿和三个妇人则摇摆两手，观察垂死的老头子。

“我还可以去找医生，”约翰冒昧地说了一句。

培贵嫂摇头，别的什么人都不回答：如果这不是很严重的，为什么要浪费一次出诊费呢？如果这完了的话，那么医生能做点什么呢?

“兽医是真正好的，”弗里麦嫂说。

“我，”凡娜喃喃说，“我有掺了樟脑的烧酒。”

“这非常好的，”培贵嫂表示赞成。

莉兹和佛兰佐史现在已变得愚蠢至极，只听着，做不了任何决定，一个摇摆着她的儿子徐尔，另一个家伙的两手拿着父亲不愿意喝的一杯满满的水所。凡娜看见这个，推着专心凝视垂死者丑脸的耐纳斯。

“你跑到我家里去，你要他们把衣橱左面放着的一小瓶樟脑烧酒给你拿出来……听见吗？衣橱左面……回来时，你经过外祖父副安、外姑婆老大家里时，告诉他们，外叔公慕萱的身体很不好……跑，快些跑!”

孩子一转眼就跑掉了，妇女们继续谈论的病情。培贵嫂认识一位先生，人们给他的脚底搔了三小时的痒，才把他救活了。弗里麦嫂想起上一冬季她给她男人买的两个铜子的菩提花，还剩了少许，她回去，带来了一小袋，莉兹将她的孩子交给佛兰佐史，升起了炉火，接着耐纳斯也回来了。

“外祖父副安已睡了……老大说，外叔公慕萱不像那样喝酒，那么他的心里一定会感到很难受……”

但是凡娜审察他交给她的瓶子，马上叫道：

“蠢家伙！我告诉你，在衣橱左面……你倒给我取来了花露水。”

“这也是好的。”培贵嫂再说。

人们拿羹匙塞入老头子紧闭的牙齿中间，强迫他喝下一杯菩提花茶。接着，她们用花露水，抹他的头。他一点儿也不好。这是令人绝望的。他的面孔变得更黑，她们只得再抬他坐到椅子上，他滑了下去，几乎要翻倒在地上。

“哦!”转向门口的耐纳斯咕噜说：“我不知道天是否会下雨……天边有各种古怪的色彩的颜色。”

“是的，”约翰说，“我看见一团乌黑的云起来。”

他再回到他的最初念意上来，加上一句：

“但这不能阻止我去找医生，如果大家同意的话。”

莉兹和佛兰佐史不耐烦地互相看了看。妹妹，凭着她的年轻的慷慨终于决定。

“是的，是的，伍长，您到克罗亚去寻找费呐先生，这样，我们将不会被人指责说，我们没有尽到我们的责任。”

马在慌乱的推撞中间，甚至没有从车上被卸下套，约翰只要跳上篷车就行了。人们听见车铁震响和轮子滚动的声音。弗里麦嫂接着谈到教士；可是别的人却做一个手势，说大家实在太麻烦了。耐纳斯忠议，由他徒步去走罗涅到巴曹宣・勒・陀伊安的三公里路程，他的母亲马上愤怒不已：她决不允许让他在这样险恶的夜晚和罩满铁锈色的丑陋的天空下奔走。此外，老头子毫无知觉，这无异为一块无知无觉的界石去烦扰教士。

油漆木壳的杜鹃钟已敲十点。这令人震惊：怎么，人们在那边已经守候两小时，而事情却没有丝毫进展？在场的人被眼前的景象留住，愿意看个结果，没有一个想离开。面包箱上放有十市斤的一块面包和一把刀子。起先，女儿们悲伤得不顾肚里被饥饿撕裂，机械地切下几小片，不知不觉吃下；随后，三个妇女也模仿她们，于是面包逐渐减少，并且其中总继续有一个去切下并塞到口里去咀嚼。人们没有点起别的蜡烛，甚至疏忽，剪掉燃烧得太长的烛芯，没有剪掉燃烧着的烛芯；这贫穷农民的阴暗和赤裸裸厨房里、桌边，有这发出临终喘息的身体瘫坐着，实在不是愉悦的。

约翰动身以后半点钟，幕宣突然，倒在地上。他不再呼吸，他已死了。

“我怎么说过的，你们一定要去寻找医生!”培贵嫂的尖锐声音，引起其他人的注意。

佛兰佐史和莉兹又大哭起来。她们奔到父亲的尸体旁，在姊妹相爱的温情里，扑到彼此的颈项上，断续说着重复的话语：

“我的上帝！只剩下我们两个了……完了，只剩下我们两个了……我的上帝！我们将变成什么呢?”

但是人们不能让死者留在地上。一瞬的时间，弗里麦嫂和培贵嫂做了不可缺少的事。既然不敢搬动尸体，她们从床下抽出了褥垫子，抬过来，使木宣卧倒上头，把一条被单盖到他下颔。这时，凡娜点起另外两个烛台的蜡烛，放在头两侧的地上，把它们当作灵堂的神烛。在这时候很好，用拇指三次摸闭了的左眼，在这变色的由白被单里显出的淡紫面孔上，仍然固执要再睁开，好像要注视在场的人们。

莉兹终于放下睡着的徐尔，守灵开始了。既然弗里麦嫂情愿陪着两个小的过夜，有两次凡娜和培贵嫂说要离开；可是她们仍然不动身，她们继续很低的谈话，不时向死者身上斜视；耐纳斯取回花露水，洒湿自己的两手和头发。

半夜的钟已敲过，培贵嫂提高她的声音。

“那么，费呐先生呢? 我要问你们一下，和他一起去死，也不要这么多时间……花了两个多钟点，他还没有从克罗亚回来!”

朝向院子的门没有关好，一阵大风进来，吹熄死者左右的亮光。这激起她们的恐怖，待她们再去点起蜡烛，又一阵暴风再吹来，而且变得更可怕，连续延伸的呼号由旷野的黑暗深处传来扩大。好像凶暴军队的奔驰，带着树枝的呼呼响声和被蹂躏的田亩的呻吟，逐渐跑进来。她们扑到门槛上，看见一团铜色的密云在天边飞动并席卷而来。突然发出火铳齐发的爆裂声，鞭击的弹雨射下来，在她们的脚边跳跃。

于是一声叫喊从她们的嘴里脱出，这是破产和灾祸的叫喊。

“下雹！下雹!”

她们惊骇、愤怒，脸色在灾锅下变得灰白。这几乎只经过十分钟。没有雷响；可

是不断出现的淡蓝大电光，闪出一条条磷火般的宽阔痕迹，似乎循着平坦的地面奔跑；夜晚已不再那么阴暗，无数冰雹以苍白的斜纹照亮它，看来很像天边落下的一支支玻璃。响声变得震耳欲聋，仿佛是连发声的开花炮，或开足蒸气马力的一列火车经过一道铁桥，发出无穷尽的轰隆轰隆滚动。狂暴的大风吹袭着，斜的子弹毁灭一切，它们堆积起来，使地面覆盖一层白色。

“下雹，我的上帝！……啊！多么大的不幸！……你们看吧！是真正的鸡蛋！”

她们不敢冒险走到院子里捡几块来看看。大风的凶暴已更增加，门户的一切玻璃都被击碎落地；摔下的力量竟那么大，一块冰雹飞来敲破一个水瓮，别的许多水瓮则一直滚到死者的垫褥。

“不要五块就有一市斤重。”衡量它们大小的培贵嫂说。

凡娜和弗里麦嫂做了一个绝望的手势。

“一切都完了，这是一场真正的戕杀！”

冰雹下完了。她们听见灾祸的脚步很快远离，接着是墓穴般的静寂。密云后面的天边变得墨黑。紧密的细雨无声地洒下。在地上，她们只辨得出一厚层冰雹，雪白的一大片，好像是数百盏小灯同时映出一望无垠的苍白和净洁亮光。

耐纳斯跑到外面，带了一颗拳头般大的冰块回来；留在原来位置上的弗里麦嫂再呆不住了，她想跑去看看。

“我去寻找提灯，我必须知道损害的情况。”

凡娜克制自己，再忍耐几分钟。她继续叹息着。啊！多么大的破坏作用！这对于蔬菜和果树一定造成不能想象的损害！小麦、荞麦和芒麦还不够高，或者还不大受害。可是葡萄，啊，葡萄！在门槛上，她的眼睛搜索深厚的不可穿透的夜色，心中一阵阵疑惑的狂热使她颤抖，她要估计灾祸的结果，夸大损失，以为看见乡间受了轰击，由它的伤口里流掉宝贵的血液。

“嗯？两位堂妹，”终于，她说道：“我向你们借一盏提灯，我要马上跑到我们的葡萄田里去看看。”

她点起两盏提灯的一盏，她和耐纳斯消失了。

没有土地的培贵嫂心里其实并不管这损害或不损害。由于本性温柔和喜欢叹息的习惯，她也表现悲伤，恳求着她。此外，好奇心又不断催促她回到门口；一种热烈的兴趣要她笔直站在那里，她注意到村庄里逐渐增多的一点点亮光。由院子里的一个空隙，由牛栏和一个敞棚中间，她的目光可以投入整个罗涅。毋庸置疑，下雹的打击，一定已惊醒农民们，每个人都不耐烦，要去看看自己的田亩，他们太担忧，不能等到天亮。所以提灯一盏一盏出来，逐渐加多，接连跳跃并奔跑着。培贵嫂认识每一房屋的位置，也给每一提灯指出名字。

“喏！老大家里已点亮，看，这从副安夫妇那边出来，那边是马葛龙，这边是郎该涅……我的好上帝！却这样刺伤可怜人们的心……啊！算了吧！我也去看看！”

只剩下莉兹和佛兰佐史留在她们父亲的尸体旁了。雨仍然继续下着，潮湿地微风掠过地面，使蜡烛流下蜡油。必须关掉门，可是她们却没有想到这点，不顾家里的丧事，她们也被外面的悲剧所震动，那么，自己屋里有了死人，这还不够吗？仁慈的上帝毁坏一切，人们甚至不知道是否还给你留下要吃的一块面包。

“可怜的父亲，”佛兰佐史说，“倘若晓得今夜所发生的灾祸，他一定很烦恼！……顶不好，他还是看见这个。”

看她的姊姊拿起第二盏提灯，她问道：

“你到哪里去？”

“我想到豌豆和青豆……我马上回来。”

在微微的雨中，莉兹穿过院子，走到菜园里去。只有佛兰佐史留在老头子身边。因提灯的来往移动，她很激动，她也站到门槛上。她以为她听到了叹息和哭声。她的心简直要痛碎了！

“嗯？什么？”她喊道。“这一切究竟怎样了？”

没有任何声音是在回答她，提灯来往得更快，移动得像要发狂。

“喂！青豆已被铲断吗？……豌豆受到损害吗？……我的上帝！那么，果子呢？生菜呢？”

终于传到她耳边的一声清楚的痛苦叹息，使她也决定了。她撩起裙子，冒着微雨，跑到她姊姊身边去了。被忘记的老头子的尸体躺在空空的厨房里，头两边燃烧着冒烟而凄惨的两根烛芯，笔直而僵僵硬的尸体盖着白的被单。固执地睁开的左眼注视着天花板上的旧梁木。

啊！多么大的灾难蹂躏这方土地！损害显现在许多提灯的摇曳微光下，多么刺心的悲伤，从这被瞥见的灾祸里显出来！莉兹和佛兰佐史移动她们的提灯，提灯玻璃外面淋湿那么多的雨点，使它几乎不能照亮；她们把它放在一爿爿田畦上，从亮光的小圆圈里，她们才模糊辨出青豆和豌豆在株脚上被铲断，生菜被斩削到那样程度，人们甚至不能想到利用它们的残叶。但最苦的还是树：细枝和叶子简直像是被快刀劈断；树干本身也受了伤，由树皮的洞孔里，失掉它们的汁液。更近些，在葡萄田里，损害的情形则更坏，逐渐多起来的提灯，在叹息和咒骂中，跳动和狂跃。葡萄枝似乎被砍

下，已经形成一簇簇花的葡萄和枝藤的残余，撒满地上；不但今年的收获损失了，连根株的皮也被剥了，连根株的皮也被剥去，此后只好苟活或死去。任何人都没有感到落下的雨，一只狗发出死的呼号，妇女们好像站在墓穴边岸爆发大哭。马葛龙和郎该涅不顾他们彼此怎样不和，待破产显露，这短而灰白的幻景在他们背后重新为阴暗所侵占的一忽儿，也互相照亮，走到彼此的葡萄田上，口里诵着“他妈的！他妈的！”。虽然不再拥有土地，老副安也愿意走来看看，并大发脾气。一切人都逐渐愤怒：一刻钟之内，丢掉了一年工作的成果，这是可能的吗？他们究竟做了什么，才受到这种惩罚？没有安全，没有公道，只是无理的灾祸和杀害的怪癖。狂怒的老大忽然拾起石子，向空掷去，好像要击破朦胧的天空。她怒吼道：

“那上头的混账猪猡！那么，你不能让我们安静些吗？”

被抛弃的木宣躺在厨房的垫褥上，他的固定眼睛注视天花板，忽而有二辆车子奔到门前停下。约翰在医生家里等候三个钟头，终于领来费呐先生；他坐篷车，医生则驾驭他自己的两轮轻马车，一起到来。

这后者又高又瘦，脸色被已死的野心变黄，很粗暴地进入房子。其实，他很厌恶，这些乡间主顾因为他只有平庸的医术不能博得他们的欢心，而他却经常责备他们的无知。

“什么？没有一个人吗？……那么，病人已好了吗？”

随后瞥见尸体，他再说：

“不，太迟了！……我曾对您说过，我不愿意赶来。时常是同样的故事，他们总等着病人死掉，才来喊我！”

这夜里的无休止的烦恼激起他的愤怒；莉兹和梭史佐史恰于这时回来：他闻到她们没有派人去请他以前，曾耽误两个钟点，他更生气了。

“这还有什么说的！当然是你们把他杀死！……泡菩提花茶给中风的人喝，并用花露水搽擦他的头，这不是很愚蠢吗？……除了这个，又没有一个人留在他身边；像这样，他当然不会救活他自己！……”

“但是，先生，”莉兹泪流满面哽咽着说道：“这一切都是因为下了大冰雹，下冰雹！”

费呐先生突然平息了他的怒火，因为他有了更关心的事。什么！这里曾下过冰雹吗？因和农民们生活很久，他也终于有了他们的激情。约翰也走过来；两个人都骇异的惊呼，因为他们刚刚从克罗亚赶来，并没有受到一块冰雹打击。有些人被保护着，没有损害，另有些人被蹂躏，遭受很大的灾难，这只隔数公里的距离，真的！处在坏的这一边，是多么倒霉！随后，看凡娜带回她的提灯、培贵嫂和弗里麦嫂跟着她进来，三个都很悲伤，说不完她们所看见的丑恶详情，医生于是严肃地宣告：

“这是一种不幸，一种大的不幸……对于乡间再没有更大的不幸了……”

一阵微弱的声音打断了他的话。这来自被忘记在两根蜡烛中间的死者体内。大家都沉默，妇女们则画十字。

三

一个月过去了。老副安被任为已届十五岁的佛兰佐史的监护人，他要她和她的姊姊，比她大十岁的莉兹决定将她们的土地，除了一段草场，租给她们的堂姐夫黛勒梅，让它们可以得到适当的耕种和维持。现在，两个女儿既无父亲、又无兄弟，只孤单单留在家里，若不租出土地，她们必须雇用一个长工；但是人工逐渐昂贵，这对于她们是得不偿失的。因此黛勒梅在那只尽着简单的责任，他答应她们两个若有一人结婚，需要分去她们所继承的产业时，他将一定废除他的租约。

然而莉兹和佛兰佐史将她们的马，此后已变成无用的畜生也让给她们的堂姊夫以后，却仍然保留两只母牛：哥利喧和布朗舒特以及一头驴子：全代洪。同时，她们也保留半“亚尔奔”的菜园，由姐姐负责来栽种，妹妹则料理剩下的牲口。真的，这还有很多工作要做，可是感谢上帝，她们并不觉得这样不好，她们一定会努力地挨下去。

最初几个星期确实很艰苦，因为她们必须整理冰雹的损害，翻耕土地，再种蔬菜；正是这个才促使约翰去帮她们一手。从他给她们带回垂死的父亲时起，他和她们两个中间，便建立了一种亲切的关系。埋葬的第二天，他来探询她们的消息。随后，他再来和她们谈天，如此，他逐渐变得熟悉和殷勤，一天下午，他终于从莉兹手里拿去铲子，帮她翻完一方块土地。从此，他以朋友身份拿田庄工作所剩下的时间都献给她们。他成为这副安老房子的一分子。这祖产是三世纪以前由一个祖先建造起来，家族对它还保持着一种崇拜的情感。木宣活着的时候，当他叹息自己在公产里拈得坏的纸阄并责怪他的姊姊和哥哥盗窃时，后两者总回答：“那么，房子呢？难道他没有继承到房子吗？”

可怜的破房子！它摇摇欲坠地堆立着，到处是裂缝和修补上去的一段段木板和石灰！它首先一定由碎石和泥土造成；后来再改筑上两道石灰的墙；最后，到十九世纪初期，人们才勉强用今天已破旧的小青石瓦屋顶代替茅草。就是这样，它持续下来，

还站立着，陷下一公尺，好像完全是从前为了更能暖和些，故意挖掘下去的。这带来最大不便：每次下暴雨，水总渗入进来，人们徒然扫除这“地窖”的硬地，各个角落里还时常留下泥泞。它所建的位置尤其恶劣，背后转向北面，无限大的贝斯冬季有可怕的大风吹袭着，这方面的厨房只开一道小天窗，启闭的遮窗板，恰和路面相平；门和许多窗户则在朝南那一边。人们可以说，这是大洋沿岸那些渔夫的陋室之一，它的每一裂缝无不都在注视汹涌的波涛。贝斯的风的不断侵蚀，使它向前倾斜：终于它弯下，活像那些腰部折断的老妪。

不久，约翰熟悉了这里的最小角落。他帮着扫除死者的房间：屋顶仓里腾出的一角，只由薄板隔开，里面除了一个充满麦秆作为床铺的旧柜、一把椅子和一张小桌，没有其他他家具。下面，他没有越过厨房，避免跟着两个姊妹走进她们的卧室里，卧室的门经常开着，让人在这里摆两张床的床位，一个胡桃木的大橱，一张雕刻的壮丽圆桌，这一定是从前由宫堡里盗窃来的残余物。这卧室后面还有另一房间，可是它那么潮湿，父亲宁愿睡在上头：甚至为藏在这里的马铃薯惋惜，因为它们马上会发芽。但长久以来，人们一直生活在厨房里，三个世纪以来，副安的世世代代都接连在这熏烟的大厅里度过。这里可以闻到长期劳苦、贫苦食物和连续努力的气息，可以看到他们一族人虽然拼命工作，却永远只能是不至于饿死的状况，不论十二月或正月，永远不会多存一个铜子。一道没有门槛的开向牛栏的门，使母牛和人一起生活着；这道门若关闭了，人们还可以由嵌在墙里的一块玻璃监视它们。此外，还有一个敞棚和一个柴间以及只剩下驴子全代洪的马厩；如此，只要出去，人们就能到处行走。外面，不时落下的雨维持着一个水塘，这是给畜生们使用和灌溉的唯一水源。每天早晨人们必须到下面大路的泉水池汲取餐桌的饮料。

约翰很喜欢留在那里，从来不自问到底是什么领他到这里来。莉兹和她的整个圆润人品总是愉快，总给他以好的接待。然而她二十五岁了，已衰老了，尤其从分娩以后，她已变得丑陋。可是她有着结实的大胳臂，给工作带来巨大的热情，她不时拍手喊叫和欢笑，使她的四周弥漫着快乐的气氛。约翰已把她当作成年的妇人，不用“你”称呼她。刚十五岁的佛兰佐史在他看来，还是一个女孩子，所以仍继续和她你你我我地谈天。这位小姑娘还没有被旷野的空气和粗重的工作变丑，还保持着她的漂亮长脸，固执的小前额、黑而幽静的眼睛，已罩有早熟毫毛的厚嘴巴，虽然人们还相信她是女孩子，其实她也已经变成小妇人了，正像莉兹所说的，只要接近她，就算是给她搔痒，就可以使她生一个孩子。她们的母亲早死了，是莉兹给她养大，她们彼此相爱的这种温情就从这里产生，姊姊这方面是任性而活泼。这小佛兰佐史享有头脑奇特的盛名。

稍微有一点儿不公道就会引起她的愤怒。她若说“这个是我的，那个是你的”时候，即使给她放到刀下，她也不会转口。除了其他他一切，她之所以很爱莉兹，是她认为应该像这样爱她。此外，她显得很有理性，很乖，没有丑恶的思想，只被这早熟的血烦扰，因而她变得柔软，并稍稍贪吃懒做。有一天，她也终于用“你”称呼约翰，认为他是和善的和年纪很大的朋友，他有时和她开玩笑，戏弄她，故意撒谎，坚持不公道的事物，为的是看见她脸色铁青，愤怒卡住了她的喉头，觉得很好玩。

六月的一个星期天下午，天气已很燠热，莉兹在菜园里工作，除去豌豆畦的杂草；她将睡着的徐尔放在一株李树底下。太阳笔直烤炙她，她喘气，曲成两半，拔掉地上的草茎，忽然一个声音从篱笆后面传来。

“怎么？连星期天都不休息吗?”

她听得出声音，站起来，面红耳赤，可是仍然笑容可掬地说：

“真是的，不论星期天或星期几，工作都不会自动做完的。”

这是约翰。他沿着篱笆走，由院子里进来了。

“那么把这个留下吧，我，我代您去做您的工作。”

但她拒绝了。她立刻就要做完；再说，就算她不做这个，她也会做别的：难道人们能闲荡吗？她从凌晨四点钟就起来，晚上还在烛光下缝缝补补，她永远看不见工作尽端。

他尊重了她的意见，走到邻近的李树底下，特别小心，不让自己坐在徐尔身上。他看着她重新弯下，高耸着屁股，拉扯翻上的裙子，露出她的大腿，胸口向下，她挥动着胳臂、而不害怕她已胀大的颈项的血液冲击。

“这很好，”他说，“您的身体长得很结实!”

她稍稍显露出柔和的笑声。他也笑着，露出确实的态度钦佩她，觉得她和年轻男子一样强壮和勇敢。看见这朝天的臀部，这些紧张的腿肚，这“四脚”朝地的女人，像发春情的畜生似的流汗和散发香味，没有半点不正当的欲望浮到他的脑里。他只想到具有这样的肢体，人们一定可以做很多工作。在一个家庭里，这一类女人的价值当然不下于她的男人。

不用怀疑，他的心里已有一种睽想，他嘴里不由自主地说出他打算保守秘密的一个消息。

“前天，我曾看见仆多。”

莉兹慢慢站起来。但是她没有时间询问他。佛兰佐史听出是约翰的声音，放下手里挤奶工作，从牛栏深处走来，不顾赤裸的胳臂上还溅满白的奶汁，发怒道：

“你曾看见他……啊，这猪猡！”

这是一种逐渐增长的憎恨，一听见别人提起堂兄的名字，她不能遏止自己被正义的反抗情感掀起，好像她要为个人的损害实施她的报复。

“当然是一只猪猡，”莉兹平静地宣称，“但是此刻说这样的话，没有什么益处，不会使事情有任何进展。”

她让她的两拳放到屁股上，认真地问道：

“那么，仆多他说些什么？”

“什么都没说，”约翰十分为难地说了，真后悔自己多嘴。“因为他父亲到处宣扬他将不让仆多继承他的产业，我们在一起谈起他的这件事；他说那时老头子的身体还很结实，他尽不管他所说的那一套。”

“他知道耶稣·基督和凡娜已在证书上签过字，每个都正式分得了他的一份吗？”

“是的，他知道这个，同时他也知道副安老爹曾把他，仆多，所不愿接受的一份租给他的女婿黛勒梅；他也知道贝伊雅舒先生愤怒到那样，竟发誓说，此后，当事人若没有在证书上签字之前，他将永远不再让人们去拈纸阄……是的，是的，他知道一切都已完结。”

“啊！他没有说什么吗？”

“是的，他没有说什么。”

莉兹，一声不响，然后再弯下去，走了一会儿，两手拉掉杂草，从她身上只显出她的膨大臂部；随后，她再问道：

“您愿意知道吗？伍长，那么，好！这已完了，我只能把徐尔保留在我身边，由我一个人来抚养他。”

直到那时还劝慰她，给予她希望的约翰，此刻也摇一摇下颌。

“凭我的信仰说，您说的是实在话。”

他向他已忘记的徐尔望了望，紧紧被缚在襁褓里的孩子，还熟睡着，他那平静的小脸侵浴着亮光。这孩子的确很麻烦！否则，她既然已自由，为什么他不可以娶莉兹做他的老婆呢？看着她工作，这想法突然跃进他的脑里。或者他很爱她，只是他想看见她的乐趣引诱他到她们家里来吧！然而他却很惊讶，他没有想过她，他甚至从来没有像他对佛兰佐史似的和她玩要过。他抬起头，正好瞥见后者笔直和愤怒地站在阳光里，她的眼睛很亮，从他突然发现她在身边的烦恼里，他不免感到快活。

突然传来一阵喇叭声音，一阵奇特的“都而都都”响声；莉兹离开她的豌豆喊道：

“喏！郎蒲狄安来了，我要向他买一顶风兜。”

一个矮小的人出现在篱笆另一边的道路上，他吹喇叭，背后跟着一只灰马拖拉的长长的大车。这是郎蒲狄安——克罗亚的杂货商，除贩卖绸布之外，逐渐兼营帽、袜、针、线、皮鞋，甚至铜铁器皿等生意，他在二三十公里之内，自这一村庄到另一村庄，把食杂铺搬着走。农民们向他买了全部，从他们的烧饭锅子直到他们的结婚服装，没有一件不是由他供给。他的车子张开并降下，装置着许多排抽屉，可以说是真正店铺的陈列。

郎蒲狄安接受风兜的定购时加上说：

“把你的货物送来时，您不愿意购买漂亮的领巾吗?”

他从一个纸板盒里抽出几条金棕榈纹的红领巾，在阳光下展开，显得闪亮并噼啪抖响。

“嗯?每条三个法郎，跟送的一样！两条一百铜子！”

莉兹和佛兰佐史从晾挂徐尔尿布的山楂树篱笆上取来领巾，带着购买它们的羡慕和渴望，摸它们。但她们很讲道理，她们并不需要：何必要花这钱呢?她们正拿这货物还给行贩之际，约翰忽然决定：不顾妨碍的孩子，要娶莉兹。于是为了催促事情的发展，他对她喊道：

“不！不！您不要还给他，由我买来送给您！……啊！看您想买而又不买的样子，心里很别扭，这当然是为表示友谊，请您接受吧！”

他没有对佛兰佐史说什么，他拿着领巾给商人，他已注意到，以为看见她的脸色变得苍白，嘴边稍露痛苦，他的心头因而有感到忧闷的刺痛。

“但是，你也是这样，傻瓜，你也留着它……我愿意这样，你不要显出难过样子！”

两个姊妹已被征服，还笑着抗议、辩解。郎蒲狄安已向篱笆之上伸出手来，取去五个法郎。他再动身离开，他后面的马拉着车子，喇叭的沙嗄军乐消失在道路转角上。

约翰立刻想对莉兹表白，促成他的事情。但一种意外阻止他这样做。马厩一定没有关好！突然人们看见驴子全代洪在菜园中间快活地咬嚼胡萝卜嫩苗。此外，这驴子，一只大赭畜，脊梁上划有灰色的大十字，确实是满怀恶意的狡猾的动物：它有时用它的嘴抬起门闩，闯入厨房里寻找面包，在老人责备它的过失的时候，人们看它摇动它的长耳朵样子，总觉得它听得明白。待一看见自己被发现，它就摆出冷淡和善的姿态；接着受到叫喊和手势的威吓，它马上溜跑掉了；但是它回到院子里去，它依然沿着小径，一直跑到菜园里面。于是这成了真正的追逐，佛兰佐史没有捉住它以前，为了增加重量而走得慢些。它收缩自己，让颈项和脚腿贴近身体。不论用脚踢或向它表示温柔，都不能起作用。约翰必须采取行动，于是用他男子的胳臂，由背后推撞它走；因为全代洪自从受两个女人的指挥以来，对她们已十分轻蔑。徐尔被声音闹醒，拼命呱叫着。机会已失掉，那一天，年轻人只得离开，没有再说什么。

八天过去了，约翰的心理被一种莫大的羞怯侵占，此刻他已不敢再提起此事。这并不是事情在他看来有什么不好，仔细考虑的结果，他反而感到更多利益。无论对于哪一方面，都会得到好处。他没有一点儿财产，而她也有她的累赘——孩子，两相权衡，互有损益；他在这里并未做任何不正确的估计，他为自己的，同时也为她的幸福着想。结婚一方面使他离开田庄，另方面也使他摆脱捷卡琳，情欲的蠢动曾驱使他再和她来往，并不时受到她的纠缠。所以他下定决心，寻找机会向她表白，虽然经过军营生活，他见到女子们还是羞怯的，他像拙笨的男子那样寻找他要对莉兹说的合适词。

一天午后，赶四点钟，约翰终于逃离田庄，决定去说个清楚。这时恰是佛兰佐史赶着两只母牛出去吃草；他选择这样一个机会，让自己可以单独和莉兹在一起。可是一种不妙的情况引起他的慌张：她殷勤的女邻居弗里麦嫂，正帮助少妇在厨房里倒洗衣的灰水。前一天晚上，两个姊妹泡下被单等要洗的衣物，从早晨起一口大锅借铁钩悬挂在白杨木的烈火之上，含有鸢尾草根香味的灰水在沸腾。莉兹两臂赤裸，裙子被撩起，手持一个黄土罐，汲取这沸腾的滚汤，倒入已装满的木桶里；木桶底下是被单，中间放着抹布和衬衫，上面还是被单。所以弗里麦嫂帮不上多大忙；可是她谈天，只每隔五分钟，除去木桶底下接受灰水连续滴流的小桶，把它再倒入大锅里。

约翰忍着，希望她能离开。她却偏偏不走，说起她的可怜的男人，是只能稍动一只手的疯瘫者。这是莫大的悲哀。他们从不曾富有；不过，在他还能工作的时候，他总租进他要它产生收获物的田地；现在，她什么难言的辛苦，一个人耕种属于他们自己的一“亚尔奔”，她拼命干活，累得要死，她没有家畜，为了施肥，她捡拾路上的兽粪，她一步一步培植她的生菜、她的青豆、豌豆，还浇灌她的三株李树和她的两株杏树，终于，她从这一“亚尔奔”里获得相当可观的收益，每到星期六，她到克罗亚市场去，身体总弯曲在两大篮的重负下，至于一个邻人放在篷车里替她带去的蔬菜，还不算在内。很多次，尤其在果子成熟的季节，她总带着两三块五法郎的银币回来。但是一直使她发怨的是缺少肥料：不论敛拾来的兽粪还是她从自己所饲养的几只家兔和母鸡那里扫得的粪便，都不够给她的土地施肥。她只得使用她的老头子和她自己所留下的如此被人轻蔑、甚至在乡间也惹起厌恶的人肥。她知道这里的人们都在讥笑她，喊她加加嬷嬷，这绰号在市场里给她带来不良的影响。富有的女太太们，都带着作呕的嫌恶，掉转头去不看她那茁壮的胡萝卜和白菜。尽管她的性情温和，终于愤怒了。

“好吧，您，伍长，请您告诉我，这难道是合理的吗？……难道不准许很好利用上帝放到我们手里的一切吗？再则，畜生的粪便难道比较洁净吗？……不，这是妒忌，罗涅的人们之所以不喜欢我，是因为我所种的蔬菜长得比他们的茁壮……请您告诉我，伍长，难道也能让您厌恶吗？”

约翰很为难地答道：

“真是的！这会使我很不高兴的……人们对此并不习惯，这或许只是一种成见吧！”

这坦白的话语激起老妇人的烦恼。她虽然不是长舌妇，也不能忍住她的苦味。

“很好，他们一定已对您说过很多，已使您帮助他们反对我……啊！如果您知道他们是多么坏，如果您想到他们怎样说您的话！”

她说出罗涅怎样批评这个年轻人的种种流言。首先，人们厌恶他，因为他并不是耕种土地的人，只是锯木头和刨木头的工人。其次，待他做起犁耙的工作以前，人们又责怪他到这里，在别人故乡的区域里，吃掉别人的面包。谁知道他是哪里来的？在他甚至不敢回去的家乡，他在那里难道干过什么见不得人的事吧？人们侦察他和小高业姑娘的关系，人们说他们两个为了盗窃，必有一天晚上会拿十一点钟吃的有效毒药的肉汤送给胡得根先生让他喝下。

“哦！整批的混蛋！”脸色气得灰白的约翰喃喃说。

向大锅里汲取一罐灰水的莉兹，听到有时为了开他玩笑，她自己也提到的这小高业姑娘名字，有时不免笑出声来。

“既然我已开始，最好的办法就是一说到底，”弗里麦嫂继续下去。“啊！好！自从您在这里走动以后，什么恶毒的话没说过……上一星期，不是吗？您曾赠给她们两条领巾，人们在星期天的“弥撒”里看见她们围上……这太卑鄙，他们都肯定说，您和她们两个睡觉呢！”

约翰一下子全身发抖，然而他已经决定，他回答道：

“请听我说，弗里麦嬷嬷，我将当您刚才所说的话的面回答您，这没有使我感到丝毫为难……是的，我去问莉兹，她是否愿意嫁给我……您听见吗，莉兹？我问您，如果您说‘是’，这会给我快乐。”

她正拿起她的水罐倒入木桶里。但是她并不着急，她认真的浇完灰水，然后赤裸着双臂，变得很严肃，她正面注视他。

“那么，您是认真的吗？”

“是的。”

她并不表示诧异。这是一件自然的事。不过，她不说“是”或“否”，她脑里一定存有一种妨碍她的观念。

“不要因小高业姑娘的关系，您回答‘不’字”，他再说，“因为小高业姑娘!”

她做了一个手势打断他的话，她很知道田庄里的嬉笑不会产生什么结果。

“还要声明的是，我除了我的一身皮肉之外，绝对没有什么财产，而您却拥有这幢房子和土地。”

她重新做了一个手势，好像在说，在她的地位里，身边有了一个孩子，她和他一样想到，事物是可以相互补偿的。

“不，不，这并不是一切，”她终于宣布。“不过，要想到的是仆多……”

“既然他已不要您了。”

“当然，友谊已不再存在，因为他的行为让人憎恶……不过，我们还应该征询仆多的意见。”

约翰考虑了很长的一段时间，然后明理地再说：

“一切都按你……关于孩子问题，这的确应该这样做。”

弗里麦嫂也很严肃，向大锅里倒空接受滴流的小桶，认为应该赞成这样的手续，虽然她的想法显得有利于约翰；她认为这是一个规矩的年轻人，既不固执，也不暴躁，莉兹嫁给她，的确不错。忽而人们听见外面佛兰佐史牵着两只母牛回来了。

“那么，听我说，莉兹，”她喊道，“你来看吧……哥利喧的一只脚已被刺伤。”

大家都走出去，看见跛足的畜生，前面左脚受伤，流着血。莉兹突然发怒，像她妹妹年幼时一犯错误，她就要猛然推撞她的那样，大发脾气。

“又是你的一次疏忽，嗯？……同前一次一模一样，你又睡在草上，没有管她。”

“不，我并没有睡，我向你保证……我不知道这是怎么发生的。我把它吊在椿子上，它的脚一定被绞缠在绳索里。”

“住口！扯谎的孩子！……你终究有一天会杀死它，杀死我的母牛！”

佛兰佐史的黑眼睛闪出亮光。她的脸色变得惨白，她愤怒，反抗并喃喃说：

“你的母牛，你的母牛……你应该说，我们的母牛，它是属于我们的。”

“怎么，我们的母牛？一头母牛属于你这样的孩子吗？”

“是的，这里所有的一半是属于我的，如果这使我觉得好玩的话，我有权利取去或损坏一半!”

两个姊妹面对面怒视着。彼此露出威胁的和恶意的眼色。在她们的长期温柔里，为这“你的和我的”恶劣话语所鞭击，这是第一次的痛苦争吵，一个因她妹妹的反抗，很生气；另一个站在不公道前面，则表现出固执和粗暴。姊姊让步了，为着不打小妹耳光，回到厨房里去。后者给她的两只母牛安置在牛栏里以后，重新出现，并到面包箱上切下一片面包，房间里因而有了短暂的平静。

然而莉兹的怒气已平息了。现在看见她的妹妹赌气，摆出强硬的不理不睬样子，她的心里不免有点儿烦闷。她第一个对她说话，想用意外的新闻结束她们的口角。

“你不知道吗？约翰愿意我嫁给他，他曾询问我的意见。”

站在窗前的佛兰佐史吃着面包，无动于衷，甚至不转过身来。

“这与我有什么关系？”

“这当然与你有关系，他将做你的姊夫！我要知道你是否喜欢他。”

她耸一耸肩膀。

“我是否喜欢他！这又何必呢？他或仆多，既然我不去和他睡觉……不过，你们希望我对你们说吗？这一切都不大正当呢！”

她离开，走到院子里去吃完她的面包。

约翰心里很不舒服，但还是装出嬉笑，好像认为这是一个被宠坏的孩子在和她赌气！弗里麦嫂则宣称，若在她的年轻时期，她一定会拿鞭子把这样的顽童打得头破血流。莉兹摆出认真的态度，默然停了一会儿，然后再专心去料理她的灰水。末了，她结束说：

“那么，好，我们就留在这一点上，伍长……我不对您说‘是’，也不对您说‘否’……看，刈草的时节马上就要来了，我将看见我们的人，我将询问，我将知道我该怎样处理。我们将决定一些事情……这好吗？”

“这很好！”

他伸出身子给了她伸给他的手轻轻地摇动。从她透着热气的整个身体里，散出一种好主妇的香味，就像灰水里的鸢尾草根香味。

四

从前一天起，约翰在哀格尔溪边属于波特利的几“亚尔奔”草场上驾驶割草机。从早到晚，人们听见刀片相互摩擦碰得发出格格的均匀响声。那天上午，他已完成他的工作，最后的草已割下，堆成柔绿的细茎层，排列在轮子后面。田庄里没有用来翻草的机器，人们让他雇用两个翻草女工，一个是拼命劳动、赚得能勉强维持生计的工

资的帕眉尔，另一个是偶然被人雇用的并且为这工作还相当好玩的佛兰佐史。两个从凌晨五点钟就来了，拿着的长叉子，拨开暂排到的草堆，前一天傍晚，为防避夜间露水浸湿而把半土绿草堆起来。从蔚蓝的天边露出来，旷野里只由一阵细细的凉风吹拂着。这是收获干草的真正适当时节。

吃过午饭以后，当约翰和他的两个翻草女工再来时，第一“亚尔奔”上刈下的草已晒干。他摸了一摸，觉得它已瑟瑟发响。

“喂!”他喊道，“我们再去翻转它，今天傍晚开始把它堆叠起来。”

佛兰佐史穿着灰布的罩衫，头上包了一块蓝手帕，手帕的一角轻轻拂击她的后颈，两角则在她的两颊上自由飘动，给她的面孔遮住阳光。借她叉子的摇摆，她挑去堆积的草，给它掷到风里，被风卷走。无数草屑在空中飞舞着，一种强烈而诱人的香味从那里透出，这是被割绿草和萎谢繁花的香味。她很热，在这连续的飞舞中间，轻松地向前走去，觉得很快活。

“啊，我的小朋友，”帕眉尔边叹息边说说，“这可以明白显出你是年轻的……明天，你将感到你的胳臂很痛，这是劳动的结果。”

但是她们并不单独在工作；整个罗涅都在她们周围的草场上刈草和翻草。天还没亮，黛勒梅就已到那里，因为浸着露水的草是柔嫩的，和软的面包一样，容易割下，等到太阳晒热，它就变得坚硬；人们很清楚听见它此刻在大镰刀下抵抗发出尖锐的声响，他的赤露两臂尽端所握的大镰刀或来或往，连续转动。接近田庄的草场，另有两小块土地，一块属于马葛龙的，另一块为郎该涅的产业。在第一块里，贝尔蒂穿混边的小姐罩衫，头上戴草帽，想散散心，跟着翻草女工们工作；但是她已疲倦，靠在她的支叉子上，隐在一株柳树的绿荫底下。在另一块里，代他父亲刈草的维克叨，已坐下，两膝中间放着他的铁砧，开始敲击他的大镰刀。人们只辨出这固执的敲击，铁锤打到铁上发出的急促小声响。

佛兰佐史恰好走近贝尔蒂身边。

“嗯？你累了吗？”

“差不多，这已开始了……没有工作习惯的人总容易疲倦!”

她们聊天，她们谈到维克叨的妹妹，郎该涅夫妇给她安顿在砂多屯一个缝衣工场里，没有经过六个月，就溜到沙德尔去寻快活的苏珊妮。人们说她和公证师的一个书记逃跑了，罗涅的一切都是姑娘窃窃私语的对象，猜想之间的种种详情。所谓去寻快活，就是混杂在男人们中间，大喝覆盖子露和塞耳茨水，或者有一打左右年轻小伙子，在酒店的后房间里轮流经过她的肚上。

“是的，我亲爱的，确实就是这样……啊！她享受，她可真的舒服呢！”

年纪较轻的佛兰佐史睁着惊骇的眼睛，静静地听着。

“看，这确实是一种娱乐！”她终于说。“但是如果她不回来，郎该涅夫妇将单独留下，因为维克叨已抽中服军役的签了。”

受到她父亲憎恨的贝尔蒂，只耸一耸肩膀：郎该涅，他真不管那一套！他只有一个惋惜，就是他的女儿不留在家里，让人翻倒，借以招引他烟草店的顾客。一个四十岁的老头子，她的一个叔父，在她没有到砂多屯去以前，他们一起拣胡萝卜的那一天，不是已经占有过她吗？贝尔蒂放低声音，用多种字眼，说明这是怎样经过的。这些话在佛兰佐史听来是那么滑稽可笑，她的身体笑得曲成两半——已经喘不过气来。

“哦，啦啦！这么下贱，人们把自己造成这样的机器，这多么愚蠢！”

她重新开始工作，她离远，挑去一叉又一叉的草，使它们在阳光里飞舞。人们还听见铁锤打到铁上的连续响声。数分钟后，当她走近坐着的年轻人时，她和他交谈起来。

“那么，你真的要去当兵吗？”

“哦，这要到十月里……我还有时间，这并不急。”

她克制住自己，不去问到他妹妹的种种情形。然而终于忍不住谈起来。

“人们都说苏珊妮在沙德尔，这是真的吗？”

但是他摆出无所谓的冷漠态度答道：

“大概是的……如果这使她觉得好玩的话！”

当小学教员的身影在远处出现时，他似乎偶然闲逛到那里，年轻人立刻再说道：

“喏！一个想占有马葛龙女儿的家伙……我怎样说呢？看，他已停下来，他的鼻子已伸入她的头发……去吧，去吧！龌龊的麻雀小头，你可以嗅她，你将永远只闻到她的气味！”

佛兰佐史又笑起来，现在，由于家族的憎恨，维克叨开始攻击贝尔蒂。毫无疑问的，小学教员并没有多大价值，这是一个动不动打孩子们耳光的狂人，一个大家从来不了解他意见的阴险家伙，可是为了父亲的钱，却会向女儿做出匍匐小狗般的招人讨厌姿态。贝尔蒂也是同类货色，虽然她在有城市里被教养大的一副小姐样子，也不大是天主教的。是的，她徒然穿绲边的裙子、天鹅绒的胸衣，用毛巾扩大她的屁股，她的底下还是不怎么好，而且正相反，因为她懂得很多，她在克罗亚寄宿学校里受过一些教育，比留在家里看守母牛学到更多的玩意儿。没有危险，那一个不会立刻让自己种进一个孩子：她情愿喜欢单独毁坏自己的健康！

“这是什么意思?”佛兰史听不懂她的话，问道。

他做了一个手势，她变得认真，她丝毫不觉得羞涩地说：

“噢！就是为了这个，她所以时常要向你们说龌龊的话语，而且要推拒你们!”

维克叨重新敲击他的铁。在刺耳的声响里，他开玩笑，在每说一句中间，敲击一下很有节奏。

“再则，你知道‘没一根’……”

“嗯?”

“当然是指贝尔蒂！……‘没一根’是年轻的男子们给她起的小名，因为她没有长起。”

“什么?”

“那上面的毛……她的下面简直和小孩子的没有什么两样，跟手一样光滑。”

“算了吧，你一定在撒谎!”

“为跟你这样说，当然是真的!”

“你看见过那个吗?”

“不，不是我，是别人。”

“那人是谁?”

“啊！有些年轻男子曾向我认识的年轻男子们发过誓。”

“他们在哪儿看见它？怎么看见它的?”

“嗯！这从何说起！他们看见它，或者是他们的鼻子接触过那儿，或者从什么壁缝里窥探过她。我怎么会知道吗?……如果他们没有和她睡过觉，也许有些时候在有些地方，她会撩起裙子，这不可能吗?”

“他们一定窥探过她!”

“不管怎样，这都没有关系！整个一丝不挂的，好像这是一个蠢货的，一个丑货的！简直可以说是那些丑恶中之最丑恶的一只无毛小麻雀，在它的巢窟里张开口，噢，那儿看上去真丑恶，丑恶得令人作呕!”

这无毛小麻雀的想法，在佛兰佐史看来是那么滑稽，一下子她又为新的激情所摇动。但是当她看见她的姊姊莉兹在大路上向着草场走去时，她才平静了愉悦的心情，继续她的翻草工作。莉兹走近约翰，告诉他，是为了仆多的原因，她才到她的伯父那里去。三天以来，他们谈妥了去交涉，为了给他回音，她答应再经过这里。待她慢慢离远时，维克叨还继续敲着，佛兰佐史、帕眉尔和其他许多女人连续在明朗天边的辉耀里，投掷刍草；殷勤的勒构，则教贝尔蒂怎样翻草，他将带着幅士兵操练的利落，把叉子抬起又一放下，远处刈草工人们以同样的合拍动作，一刻不停地前进，摇摆着上半身，而且连续挥动大镰刀。黛勒梅停了一分钟，他就那么站着，在许多人中间，他显得很高大。从他腰间悬着的盛着水的母牛角里，他取出一块黑石，很快磨刮他的大镰刀。

莉兹走到副安夫妇的房子前面。首先，觉得住宅像死了似的，她怕里面没有人。罗斯已甩掉她的两只母牛，老头子也卖他的马，从此再没有牲畜和工作，这空旷的建筑和院落一片静寂。然而门却已让步，莉兹走了进去，不顾外面的愉悦，这厅堂里却昏暗而寂静，她发现副安站着，快要吃完一块面包和乳酪，他女人，则闲坐着，直视他。

"哦！日安！我的伯母……一切都像您所愿意的那样好吗？"

"当然很好，"老太婆回答，她的面孔已舒展开，心里因这看望觉得舒服。"现在既然成了资产阶级，所以一天到晚，只要消磨时光就行了！"

莉兹也愿对她的伯父表示亲热的态度。

"依我看，您的胃口很不错吧？"

"哦！"他回答，"我的肚子并不饿……不过，吃块面包，经常可以让我不空闲，这会帮助消磨时光。"

他有着忧郁的外表，罗斯再以感叹的口气，述说他们不再工作有多幸福。真的，他们的确赚得这个，看着别人疲于奔忙，而自己享受年金，没有半点挂虑，啊！这确实改变了他们，他们当然生活在真正的天堂里！他也一样，他觉醒而兴奋，反复述说他们的幸福。在这突来的快乐下，在他们说话时的狂热里，人们感到深深的烦闷。这两位老人忍受闲散无事的痛苦，自从他们不再活动，身体便毁坏了，像长久不使用的机器，被人丢弃在废铁堆里，他们的生活陷入难堪的境地。

最后，莉兹鼓足勇气说出她来访的原因。

"伯父，别人告诉我说，有一天您曾遇见仆多……"

"仆多是个无赖！"忽然愤怒的副安喊道，没让她把话说完。"如果他不像一只蠢驴那么固执，难道我会和凡娜发生这件事吗？"

这是他和他的孩子们的第一次摩擦，他一直隐藏着，此刻他的长久的苦恼无法抑制自己。他将仆多的一份委托给黛勒梅，他坚持要收八十法郎一公顷的租金，而黛勒梅极力反对，表示只愿意支付双倍的养老金，他自己这一份的二百法郎和另一份的二百法郎。这是公道的，老头子就因自己的无理而发怒。

"什么事？"莉兹问道。"难道黛勒梅夫妇不付给你们该付的钱吗？"

“哦！不！他们是照付的，”罗斯回答。“每隔三个月，中午的钟一敲过，钱就会放在这里的桌子上……不过，有着很多交付方式，父亲是容易激动的，他至少愿意看见别人有点礼貌……凡娜带着她到执达吏家里去的态度走到我们这里来，仿佛别人是偷她的！”

“没错，”老头子补充说，“他们只是付钱，我却觉得这还不够。还需要恭敬……他们的钱，难道能摆脱他们做儿女的责任吗？看，我们只不过是债主，一点也没错。……而且我们叹息还是错了的，如果他们全体都照付的话！”

他的话中断了，接着是拘谨地沉默。耶稣·基督将他分得的一份产业，一块又一块押出去换酒喝，从没给他们一分钱，这提及他的影射，惹起母亲的恼火，她时常庇护这无赖——她的心肝。她战栗，害怕会看见展露另一创伤，她连忙阻止道：

“那么，你不要为不必要的事自寻烦恼吧！……我们既然是快乐的，其他的事难道与你有关系吗？我们需要的时候，总是足够的！”

她从来没有像这样违背过他的意思。他注视她。

“你说得太多了，老太婆！……我很想自己是幸福的，不过，一定不要有人来烦扰我！”

她堆缩在椅子里，他则吃着他的面包，为了消磨时间，他长时间地品嚼着最后一口。厅堂寂然无声。

“那么，”莉兹能继续说道，“关于我和他的孩子，我想知道仆多打算怎么处理……我不大打扰他，至于这个，现在该是决定的时候了。”

两个老人不再言语。她只得直接询问伯父。

“既然您曾看见他，他一定和您谈到我……他说了什么呢？”

“什么都没有说，他甚至没有向我开过口……真的，这没有什么可说的。教士曾给我施加压力，要我处理好这件事，好像只要那家伙仍然拒绝他的一份，事情就可以处理好似的！”

莉兹满怀疑惑地考虑一下。

“您相信有一天他会接受他那一份吗？”

“这还是可能的。”

“您认为他会娶我吗？”

“还有不少机会。”

“那么，您劝我等着吗？”

“啊！这要看你的力量，每个人都应该做他自己觉得对的。”

她不开口，不愿谈到约翰的提议，不知道用什么方式才可以得到确定的回答。接着，她试着做最后的努力。

“您应该知道，关于过去一些事，我不知道究竟该怎么办，我要急死了。我必须得到一个是或否……您，我的伯父，如果去问仆多的话，我求您替我问个清楚！”

副安耸肩。

“首先，我将永远不和这没出息的无赖说话……其次，我的孩子，你太愚昧了！为什么要这永远不承认错误的固执家伙回答一个‘不’字？让他有说‘是’的自由吧，如果某一天他觉得这是他的权利的话。”

“当然，这是最妥当的！”罗斯也这样简单地结束说，她用粗犷的嗓音说着话。

莉兹不能从他们嘴里得到什么更明确的回答。她留住他们，她又关上厅堂的门，背后又沉入无声的麻木里；于是房子又好像变成了空的似的。

在哀格尔溪沿岸的草场里，约翰和两个翻草女工已开始堆叠第一个草堆。佛兰佐史爬上去，爬上一个小草垛，她把年轻人和帕眉尔给她送来的一叉叉的干草排成圆圈。这圆圈逐渐扩大、升高，她仍然站在中间，再拿一束又一束的草放到她脚下的凹隙里，她周围的“墙”因而达到她的膝盖。草堆已有了规模；它已升到两公尺高；帕眉尔和约翰只好伸出叉子，工作在进行，由于旷野空气里的快乐和人们在干草香味里所喊出的亵渎话，不时爆发出大的笑声。尤其是佛兰佐史，她的手帕从发髻上滑下，她的头没有遮盖、晒着阳光，她的篷乱头发溅满草茎，在浮动的堆积上，一直没到大腿根，她像一个很幸福的姑娘，显得快活。她赤露两臂插进去，下面掷上的每一札，都有如雨的草屑把她盖上，她消失了，好像淹没在起伏的波涛里。

“哦！啦啦！这刺痛我！”

“哪里？”

“这上头，在我的短裙底下。”

“这是一只蜘蛛，你要坚持住，夹紧腿！”

发出的更高笑声和更丑恶话语，使他们站不直。

远处的黛勒梅非常担忧，一会儿转过头来，可是仍然不停止放出和收回他的大镰刀。啊！这女孩子，她这样玩，一定不会做好工作！现在，人们宠坏姑娘们，她们做工只为玩耍而已。他继续挥动大镰刀，以迅速的动作割倒一列又一列的草，背后留下空的痕迹。太阳落山了，刈草人们扩大他们的间隙。维克叨不再敲击他的铁，然而仍然不怎样急忙重新干活；看见菜籽渣和她的鹅群走过去，就偷偷溜走，到小溪沿岸一行浓密的柳树下去寻找她。

"好！"约翰喊道，"他再去磨大镰刀。女磨刀的已在那里等着他了。"

佛兰佐史听到狂笑。

"他对于她已太老哩。"

"已太老！……你听着吧，如果他们不一起磨刀，这才叫奇怪呢！"

嘴里吹出尖啸声，他模仿石头摩擦刀锋的声音，帕眉尔也只得按着肚子，好像一阵突来的疼痛要她卷缩上半身似的说：

"这约翰！他今天怎么啦？他真滑稽！"

一叉又一叉的草仍然掷得很高，草堆越来越高。人们嘲笑终于坐下的勒构和贝尔蒂，或者"没一根"。拿一根草，远远给自己搔痒吧；再则，小学教员可以"烘烹"，不过所烹的饼却并不是给他吃的！"

"他真龌龊！"不知道笑，却只窒息，喘不过气来的帕眉尔重复说。

于是约翰嘲弄她。

"话又说回来，到了三十二岁，您没有见过叶子里面那玩意儿吗？"

"我，没有！"

"怎么！难道竟然没有年轻男子爱过您吗？您没有情人吗？"

"没有，从来没有！"

她的脸变得很苍白，但很严肃，她的长脸已显出衰老的迹象，因过度劳累，显得蠢笨，像狗一样闪动着忠义的目光。或者她再照过她的可悲生活——没有友谊，又没有爱情，只做着鞭策下的牛马般的苦役，每天晚上累得要死，睡在破烂不堪的马厩里；她停下来站着，两手扶在她的叉子上，目光投向远方，迷失在这一望无垠的旷野里。

接着是短的沉静。佛兰佐史一动不动，站在草堆顶上倾听，约翰也喘吸了一下，继续嘲讽，他犹豫，不敢说出已到嘴边的话。最后，他决定把一切都说了。

"那么，人们所说的您和您的兄弟的事，只是无聊的流言蜚语吗？"

帕眉尔的脸色由灰白变作赤红，血的浪潮使她的面孔恢复青春。她愤怒，张口结舌，却找不到有力的话语来反驳。

"哼！那些烂舌头的家伙们……要是可以相信他们的胡言乱语……"

佛兰佐史和约翰又被喧嚷的快活侵袭，他们同时说话，催促她，烦扰她。真是的！在她和她兄弟所住的破烂马厩里，要想一个不跌倒在另一个身上，实在没有方法移动。他们铺在地上的草垫相互挨着，夜里，他们当然会互相睡错的。

"好吧！这是真的！快说这是真的……其实，人们都知道这个。"

昏乱的帕眉尔笔直地站着，痛苦异常。

“即使这是真的，这与你们有什么关系？……可怜的小兄弟，他已那么没有有趣。我是他的姐姐，既然所有姑娘都嫌恶他，我就可以做他的老婆。”

说出了这话，在她爱这残废者，一直爱到发生乱伦行为也在所不顾的母性悲伤里，两行清泪沿着她的面颊滚落。为他赚得每天的面包之后，在夜里，她可以给他那个，很可以让他享受别人拒绝让他享受的，而他们又不要花一个钱的快乐；这两个接近土地的生物，这两个为爱情所排斥的可怜人，他们的本能的欲望迷乱了心智，他们说不出这究竟是怎样发生的：这只是一种没有经过考虑和协商的本能接近；他为情欲所烦忧；她柔顺可以为他做所愿意的任何事，在这冰冷得令人发抖的陋室里，彼此相拥可以睡得较暖和且有余地而且舒服了。

“她的话是对的，这与我们有什么相干？”约翰因她的烦忧而感动，拿出他的和善态度又说。“这是他们自己的事，并不损害任何其他人。”

然而另一件事又使他们感兴趣。耶稣·基督从冈陵半腰的宫堡，在荆棘丛中居住的窖里走下来；在大路高处，他敞开整个胸怀呼喊菜籽渣，他咒骂，高声责骂他的混账女儿已消失了两个小时。

“你的女儿，”约翰对他喊道，“她在柳树底下，和维克叨一起赏月呢！”

耶稣·基督向天举起他的双拳。

“他妈的下贱货，她给我丢脸？……我去找我的鞭子。”

他跑着再上去。这是车夫的大鞭子，被他挂在门后的左面，专备这些时候使用。

但是菜籽渣肯定早听见了。树荫底下传来逃走的瑟瑟声响；两分钟以后，维克叨迈着随便的步子又出现。他察看他的大镰刀，他又开始刈草。

草堆就要堆完了，已经堆到四公尺高，很结实，团得像高高的蜂房。帕眉尔用她的瘦长胳臂掷上最后的几札，站在顶上的佛兰佐史在徐徐下落的太阳的微光里，出现在辽远的天边，显得很高大。她喘着粗气，因她的用力、颤动，全身浸湿了汗水，头发润湿，贴在皮肤上，她的衣服散乱：胸衣，在她结实的胸口上张开，裙子脱了扣，从她的臀部溜下来。

“哦！这多么高啊！……我头晕得厉害！”

她发笑，她犹疑，不敢下来，伸出的一只脚，但又立即缩回去。

“不，这太高。你去找架梯子。”

“傻瓜！”约翰说，“你坐下，你自己溜下来吧！”

“不，不，我害怕，我不行！”

于是发出一阵叫喊、鼓励和开玩笑。千万不能擦着肚皮下来，这会使它逐渐膨大！

让屁股坐着溜下，至少不要戳伤她！他在下面不免激动兴奋起来，目光投向他已看见她两腿的这个女郎，她那么高，处在他所能触及的范围以外，他逐渐兴奋，雄性使他很想捉住她，拥抱她。

“我告诉你，你根本也不会跌伤！……滑下来，你能落入我的胳臂里！”

“不，不！”

他站在草堆前面，伸开他的臂膀，挺起胸膛，使她可以放心跳下来。待她决定了，闭上眼睛，忽然让自己溜下，她的下滑，在干草的斜坡上，来得如此之快，她把他撞倒了，她的两腿夹在他的腰间。她的短裙被撩起，她笑得喉头都被梗塞了，她嗫嚅说，她并没有把自己弄伤。但是他觉得她那么热，那么多汗，贴近自己的面孔，他两臂箍紧她。这少女的强气味，这旷野空气中飘溢着的干草的触鼻芬芳，令他陶醉，使他在突然发作的情欲，坚挺起他的全身每一处筋肉。接着，还有另一种东西：对这女子的爱。他从未意识到，此刻突然爆发的激情，来自远处和他们游戏及大笑一起陡增的温顺，终于达到占有她，想在这草堆里占有她的不可遏止的欲望。

“哦！约翰，松开我吧！你快把我的骨头捏碎了！”

她仍然笑着，以为他还在和她玩耍。他遇了帕眉尔的圆眼睛，他略一迟疑，站起身来，全身都在发抖，露出昏乱态度很像一个醉汉看到身边敞开着的洞穴一下子清醒过来。他想要的，并非莉兹，而是这个女孩子！莉兹的皮肤碰到他的皮肤，从来没有激起他内心的狂跳，可是一想到拥吻这佛兰佐史，他全身的血液就立刻又翻滚起来。现在他终于知道为什么自己那么喜欢去拜访并帮助两个姊妹了。可是这女孩子太过年轻！这使他觉得失望，而且惭愧。

这时，莉兹从副安夫妇家里回来。在路上，她曾考虑过。她情愿喜欢仆多，因为他毕竟是孩子的父亲。两位老人的话是有道理的，为什么要着急呢？仆多若说“不”的那一天，总时常有约翰在那里会说“是”的。

她走近约翰，马上说道：

“没有回答。伯父什么都不知道，……我们等着吧！”

约翰惊恐得浑身哆嗦，盯着她，不明白她的意思。接着，他想起来了：结婚、孩子以及仆多的同意，两个小时之前他认为对他和她都有利的这件事情。他赶忙回答：

“是的，是的，我们等着吧，这比较好些。”

夜色降临，一颗星在淡紫色天边隐现。在增加的薄暮里，人们只能辨识平坦草场里高高隆起的最初几个草堆的模糊形状。但是空静的气氛里，热土地发出更强烈的气味，延长的声音带着音乐的明洁，也听得更加清楚。这是男人们和妇女们的谈话隐没的笑声，一只畜生打的喷嚏或一个工具的撞击；草场的一个角落里，刈草人们仍坚定地前进，丝毫也不停止。

五

在这乡间疲劳和单调乏味的生活里，两年的时光已匆匆流逝；罗涅带着季节的自然更替，事物的永恒行进，重复的工作和不弯的睡眠，度过它的日子。

在学校转角的大路上，有一个泉水池，所有的女子都下到这里来汲取她们饮用的水，因为各个住宅只有蓄积的水塘，供家畜和灌溉之用。下午六点钟那里可以说是当地的新闻发布会；最小的事件在这里都会找到反响；人们对于吃过肉的那些人和某某夫妇的女儿从圣烛节起就已怀孕的消息总作没完没了的评论；两年之内，同样的流言，随着季节又重复叙述着，经常是生得太早的孩子、喝醉酒的男子、被打的妇女，等等。表面似乎发生了许多事情，其实什么都没有发生。

因为放弃财产而引起一时轰动的副安夫妇，得过且过地苟活着，他们变得那么软弱，可是现在已被人们忘却了。事情还留在那一点上，仆多固执，还没有娶木宣的长女——养育他孩子的莉兹做他的老婆；譬如约翰，人们都指责他和莉兹睡觉的事！很可能，他并没有睡过；那么，为什么他继续去两姐姐的家里呢？他们的关系似乎很暧昧。有些日子，如果没有珊利娜·马葛龙和佛洛莉·郎该涅的敌对，再由培贵嫂借口劝解他们，其实是更激动的争吵，泉水池的时刻或者会丧失热烈的兴致；随后，在真正的宁静里，突发了两件大事：临近的选举和开辟罗涅直达砂多屯的道路问题，扇起流言的可怕风暴。盛满水的水瓮排成一行放好，妇女们守在那里。整个星期六傍晚，她们都在互相打架。

第二天，德·宣特维尔先生——任期已满的议员，在波特利田庄，胡得根家里吃午饭。他进行竞选、游历，他笼络胡得根的感情，因为这位议员对本区的农民拥有很大权力，尽管凭他作为官方候选人的头衔，他确信自己一定能再次当选。他曾经有一次到刚比埃涅，整个区都称他“皇帝的朋友”，这已足够；人们推选他，仿佛每晚他都睡在都伊勒的皇宫里。这德·宣特维尔先生，从前的一个贵族，路易·菲列普时代的精英，心里保留着奥尔良派的默默温情。他因为和许多女人乱搞而破产，他只领有奥善尔方面的舍米特田庄，只是在选举时期，他的脚才踏到那里，此外，他又很不满意价格低落的租约，他要在商业经营上有所发展的想法，来得太迟了。他高大、且不乏

风雅，上半身裹得紧紧的，头发染上颜色，他装起端庄的样子，但是他的眼睛看见裙子经过时，总会发出炭火般的亮光；他说，他对农业问题，准备做重要的讲演。

前一天，胡得根曾和硬要参加午餐的捷卡琳发生激烈的争吵。

“你的议员，你的议员！你是不是以为我会吃掉他？……那么，你因我而觉得耻辱吗?”

但是他固执己见，桌面上摆上两副餐具，德·宣特维尔先生一瞥见她，就马上明白，虽然对她表示风雅的态度，她还是为了她的尊严而赌气出走，呆在厨房里，致使这位议员的眼神不断瞟向她所在的地方。

午餐快要结束了，吃过炒蛋，来了哀格尔溪的白鲈鱼和卤炙的鸽子。

“最要我们命的，”德·宣特维尔先生说，“是皇帝醉心的商业自由。一定是签订一八六一年的条约之后，一切进展顺利，人们都认为这是奇迹。可是今天，真正的后果出现了，您瞧，所有货物的价格都下跌。我，我是主张保护政策的，我们必须自卫，抵制外国的商品。”

胡得根仰靠在椅子上，不再吃东西，眼神茫然，缓缓讲话。

“卖十八法郎一公担的小麦，要投入十六法郎的成本。如果它再跌下去，简直就得破产……据说，每年，美国都增加它的谷物输出量。人们已拿真正淹没市场的大水来威胁我们。那么，我们会变成什么呢？……喏！我，我一直拥护进步、科学和自由。啊！好！凭我的人格说，我已产生动摇！是的，说句老实话，我们不能让自己饿死，但愿政府保护我们!”

他继续说：

“您知道，您的竞争者，乐舒丰丹纳先生——砂多屯许多建筑工场的主人，是一个狂热的自由贸易论者吗?”

他们一会儿谈论这个雇用了一千二百工人的工业家，一个有心计又活泼的高大年轻人，他还很富有，早就准备服务于帝国，可是因得不到州长的支持，受到很大的损伤，他坚持要让自己以独立的候选人身份出现在选民面前。他根本没有被选的机会，既然不站在政府一边，乡下的选民们就会把他看成公众的敌人。

“这还有什么说的!”德·宣特维尔先生又说，“他只想得到一样东西，那就是廉价的面包，让他付给工人们的工资也可以减低些。”

刚去倒一杯波尔多酒的田庄主人，又把酒瓶放回桌子上。

“看，这就是最令人恐惧的!”他嚷道：“一方面，我们这些人，乡下的农民们，需要把我们的谷物卖上价；另一边，工业削减，催着跌价。这是激烈的斗争，这该怎样结束，你能告诉我吗？”

真的，这个今天最恐怖的问题是社会机体要因此而崩裂的最大冲突。问题超过旧日贵族的了解，他只摇摇头，表示反对。

胡得根倒满他的杯子，一口喝干。

“这不能结束……如果农民的小麦卖了很好的价钱，工人势必要饿死；如果工人有饭吃，农民就要饿死，怎么办呢？我不知道，我们互相吞噬吧！”

随后，他两肘放到桌子上大发议论，他愤怒地发泄自己心里的郁积；他对这不劳而获的地主和政客一点也不明白自己赖以生活的土地情形，心里不免产生轻蔑，这隐藏着的轻蔑，可以从他颤抖的声音听出来。

“您向我要您下次演说时所需要的材料……那么，好！首先，舍米特之所以不能获利，这完全是您的过失。罗比甲，您的佃户，之所以要自暴自弃，不改善他的耕作方面，因为他的租约将满期，他怀疑您会增加租金。人们从看不见您，人们嘲笑您，盗窃您的产业所得，这是很自然的……其次，您的破产还有更为简单的理由：这因为贝斯已枯竭得使我们都已破产，是的！肥沃的贝斯，供给食物和母亲般的贝斯已变得贫瘠了！”

他继续说下去。例如在他的年轻时代，劳尔河另一边的贝尔舒是一个穷苦区域，贫乏得几乎不种小麦，这里的人都以到克罗亚、砂多屯和波尔瓦尔来做收获的雇工以为生；今天靠着工钱的不断增高，贝尔舒已逐渐繁荣，不久，将超过贝斯；至于它借牧畜——如蒙杜勃洛、圣加来和顾搭伦等市场供给这平旷区域的马牛和猪等——致富，那更不用说了。贝斯，它，只靠它的绵羊来养活。两年前，当羊瘟害死绵羊的时候，贝斯曾经可怕的恐慌到那样地步，如果灾祸继续下去的话，就会把整个区域破产掉。

他开始谈到他个人的奋斗，他的一生经历，他和土地奋斗三十年之后，越斗越穷的经历。他总是缺少资本，总不能按意愿改良有的田庄，除了他，任何人都不采用这个方法。对于肥料也是同样的故事，人们只使用田亩的肥料，这其实是不够的：然而他的一切邻居，看见他尝试使用化学肥料，都嘲讽他，化学肥料的一些不良后果也往往给嘲笑者以充足理由。他虽然对轮种的观念不非常赞成，但自从人为的草场和刈割的植物耕种逐渐流行之后，他也不得不采取当地的方法：不休耕的三年轮种制。只有一种机器，打麦机，开始被他接受。这是墨守成规的致命的和无可避免地麻木；如果他，聪明的进步主义者，接受科学的方法，那么那些头脑顽固的、反对新事物的小地主们，又怎样呢？一个农民情愿饿死，也不愿意从他的田亩上拿一把泥土，送给化学家去分析，让他可以知道土质里多了什么，少了什么，它需要什么肥料，应该采取什

么耕作方法，才可以达到成功的目的。从无数世纪以来，农民只向土地收取东西，而从来不想到还给它什么，只知道他很吝啬使用的两只母牛和一匹马的肥料；其他的一切都认真自然，种子被掷在不管什么样的泥土里，随着偶然发芽，如果不发芽的话，他则咒骂老天。终于有一天，他受到了教育，决定去采用合理的和科学的耕作时，生产就会成倍增加起来。可是，直到那时，既无知、又固执，没有预先可用的铜子，他杀害了土地。就是这样，贝斯，法国的古代谷仓，平坦和没有水的贝斯，只种它的小麦，现在已逐渐枯竭，血脉里已流干，已不能养活这个愚昧的民族。

"啊！什么都完了！"他粗暴地喊。"我们的子孙看到土地的破产……您也知道我们农民从前都是将一个铜子一个铜子积蓄起来，去购买他们渴望多年的一小块土地，今天却去购买西班牙、葡萄牙甚至墨西哥的金融证券？他们不愿冒险去拿一百法郎去改良一公顷的田地！他们已对父亲们跟老迈的跛驴一样，在旧习里旋转没有了信心，孩子们只有一个梦想，就是抛弃母牛和田间的污泥，自己溜到城市里去……这是什么样的教育，您知道！这应该拯救一切的绝妙教育，使孩子们产生了愚蠢的虚荣和对安适的兴趣，它反而煽动这迁徙，使乡村人口日益减少……喏！在罗涅，他们有一个教员，这勒构，这逃开耕犁的家伙，对耕种的土地，总是怀有莫大的憎恨。啊！好！他每天都把他的学生看是未经教导的生牛；存着读书人的轻蔑，把他们赶回到他们父亲的肥料堆里去，您怎么要他完成对孩子们的教育，使孩子们喜欢他们所处的境况呢？解救的良药，我的上帝！我们需要解救的，我想这就是在学校开一些农业课程……看，议员先生，这就是我提醒您注意的一个事实。您要在这上头多说话，如果还不太迟的话，孩子们或者就在这些学校里得救！"

德·宣特维尔先生，并没有认真地谛听，在这整大堆的凶暴论证前面，他心里充满着不适，他连忙答道：

"无疑的，是这样的。"

趁女仆送来饭后果点：一块软滑的乳酪和许多水果、而打开厨房门的机会，他看了看捷卡琳的漂亮侧面，他眏眼、轻轻地摇动身体，想引起可爱姑娘的注意；随后，他用曾经征服女子的如笛声音又说：

"可是您怎么没有对我谈起小地产？"

他发表流行的意见：一七八九年创立起来的小地产，由法律给以准备去复兴农业的有利条件；总之，大家都是地主，每个人都使用自己的智慧和力量去经营他的一小块土地。

"您让我静些吧！"胡得根说，"小地产在一七八九年以前就已存在，而且差不多占有了很大比重。另外，对于土地分成小份的好或坏，还有很多要争论的。”

他把两肘重新放在桌子上，吃着樱桃，嘴里接连吐出核子，他投入到了谈的问题中。在贝斯，二十公顷以下的遗产，占全数的百分之八十。很长时期以来，差不多全部的短工，都购买大产业分裂开来的小块土地，由他们花时间去耕种。真的，这是再好不过了，因为工人从此被禁在土地上，为了小地产的好处，人们还可以说，它会使人变得尊贵，比较自傲和充满智慧。最后，由于地主贡献了的全部力量，土地的生产也比较多，品质也比较优良。可是另一方面，却含有很大的弊端！首先，这优点只靠过多的劳动：父亲、母亲和孩子们每天都忙得要死。其次，分散的小块即使不说浪费时间，一定会增加运输量，毁坏道路，加重生产的各种额外开支。机器的使用，似乎是不可能的，太小的一块块面积还有别的弱点，科学的采取准会劝人废除的三年轮种制，因为向同一田亩要求接连的谷物，养麦和小麦，的确是不合理的。简单地说，过分的分成小块，似乎很明显地要变成一种潜在的威胁，所以大革命爆发两天后，由于惧怕大产业的恢复，在法律上给它优待以后，人们终于利用免措施，促使小土地的很容易地交换。

“您听我说，”他继续解释，“斗争已在大小地产中间发生而且逐渐变得严重起来……有些人，像我这一类的地主，是拥护大产业的，因为我们可以使用逐渐增多的机器和不断运转的巨大资本，我们似乎走上科学和进步的方向……另有些人，如大多数不明了农业情形的，只坚信个人的努力，夸张小地产的优点，梦想我不知道的小规模耕作，每个人只准备他自己的肥料，只顾着他的四分之一‘亚尔奔’，一粒一粒挑选他的种子，给这些种子以所要求的土地，然后在玻璃的御寒器下单独培植每一株植物……这两种主张，哪一种会取得最后胜利呢？只有魔鬼才知道！我心里怀疑，如我对您说过的，我很知道每年破产的大田庄，被很多人弄到手里，小地产当然占得上风。此外，在罗涅，我还知道一个很有趣的例子，一位年老的女人，为了她自己和她的男人，从不及一‘亚尔奔’的土地上，获得真正的安逸，甚至甜美的享受：是的，加加嬷嬷的确创造自己奇迹。他们之所以叫她这绰号，因为她并不退缩，竟把她自己和她老头子的尿壶，好像依照中国人的方法，倾倒在她的蔬菜上。然而这仅是田园的手艺，我不相信谷物，也跟胡萝卜一样会一畦一畦苗长起来；如果为了自足，农民应该生产一切，那么，我们的贝斯人在我们分成棋盘似的贝斯只种唯一的小麦，我们将变成什么呢？……总之，这个世上的人将看见未来到底属于小地产者呢，还是大地产者……”

他的话中断了，并马上再喊着说：

“喂！这咖啡呢？难道这不是为今天喝的吗？”

“除非马上把大的和小的都弄垮；这就是人们正在进行的……您可以对自己说，议员先生如果人们不救助它的话，农业已到死亡的边缘，一切都压迫它，企图扼死它，例如赋税，外国的竞争，工资的连续高涨，倾向工业和金融证券的金钱趋势等等。啊！真的，人们并不在乎诺言，不论州长们、部长们或皇帝，每个人都全部接受。随后，只见大道上扬起灰尘，而什么都没有到来……您要知道准确的情况吗？今天，一个还能维持的农民，只用掉自己和他人的钱财。我，我还有几个铜子的储蓄，这还可以过得去。但是我认识有些人，他们的土地只给出三厘的利息，却向别人借进六厘的钱！破产是无可避免的，注定走向深渊。一个借钱的农民是一个完蛋的人，他一定会一直留下他的衬衫。前一星期，人们又驱逐我的一个邻居，让法官夺去家畜、土地和房子之后，父亲、母亲和四个孩子流浪街头……然而，看，人们答应我们创立一个农业银行，以合理的利率贷款给农民们，已经很多年就这样干了。但是，你去看看他们是否来了吧！……这甚至激起一般好的劳动者的厌恶；他们不敢让他们的女人生一个孩子。谢谢吧！多一张口，就是多一个挨饿的，人们都失望，不敢让他生下来！倘若没有为一切人吃的面包，人们就不再生孩子，整个民族都去灭亡吧！”

德·宣特维尔先生当然觉得很没雅兴，他勉强露出担忧的微笑，喃喃说：

“您看事物并不乐观呢！”

“这很实在，有些日子我简直要把一切都搞杂。”胡得根快活地答道：“所以，看，这种种困扰已持续三十年！……我不知道为什么我还这样固执，我很应该出卖田庄去做别的事情。无疑的，这首先一定是习惯要我这样：其次，或者是希望会改变；再其次，也许是激情在我心里作怪，为什么不坦白说清楚呢？土地这家伙当它抓住你的时候，它再也不肯放手……喏！请您看这家具上头，这或者是愚蠢的，但是我一看见这个，就觉得很心里舒服。”

他伸出手，指着一个由轻纱挡住苍蝇侵犯的银杯，这是在一个农业赛会里得来的光荣奖品。这些每次他都胜利的赛会只给他虚荣的刺激和所以固执的原因。

他不顾客人的显著厌倦，仍迟迟留下，喝他的咖啡；第三次拿哥虐克酒倾入他的杯子时，他抽出他的表并突然站起来。

“糟糕！已两点钟了，我，我要马上举行村委员会！……是的，这要讨论一条道路问题。我们很同意付出一半费用，但是对另一半，我们却想由国家补助。”

德·宣特维尔先生离开他的椅子，终于能摆脱主人的纠缠，觉得相当舒服。

“最后，听我说吧，我可以帮你们的忙，我替你们去获得你们所需要的帮助……您既然那么着急，您愿意坐上我的两轮轻马车，让我送您到罗涅吗？”

“再好没有了！”

胡得根出来，要人驾上留在院子中央的马车。当他再次走进来时，已找不到议员，他终于看见他在厨房里。议员推开门，他微笑，站在笑容可掬的捷卡琳前面，满口称赞她，和她站得那么近，他们的面孔差不多互相接触：两个都互相嗅探，相互了解，以明亮的目光互相说出心中的话。

德·宣特维尔已又一次坐上两轮轻马车，小高业姑娘还留下胡得根一会儿，向他的耳边轻轻低语：

“嗯？他比你可爱些，他，他并不觉得我有什么不好，应该收藏起来！”

车轮在路上的小麦田中间滚动时，田庄主人又回到土地问题上来，他永远的牵挂。现在他供给书面记录，各项数字，因为好几年以来，他留着有他的笔记。在贝斯，没有一个人像他这么做，一些小地主和农民们总耸一耸肩膀，永远不理解他。然而只有薄记说明情况，指示哪些产物是有利的，那些产物是损失的；此外，它也记载成本和成本的售卖价格。在他的账目上，每一长工，每一牲畜，每一耕地，甚至每一农具，都有它的一页，一页分为两行：借方和贷方，如此，他会连续知道他的收支情况，好或坏的结果如何。

“至少，”他大笑到，“我会知道我是怎样破产的。”

然而他的话突然停止，轻轻地骂了几句。几分钟以来，两轮轻马车正向前跑去的时候，他竭力注意远处大路边上的情况。即使礼拜天，他派一部新近刚买来的新型翻草机到急于要翻晒的那片苜蓿田亩上工作。长工并不怀疑，不晓得它的主人在这并不熟悉的马车里，继续和三个经过时被他留住的农民，开这机器玩笑。

“嗯？”他说道，“看，一只无用的木屐……压断草，而且使草中毒。相信我的话，已有三只绵羊因为吃了这死去了！”

农民们冷笑着，察视着翻草机，好像把它看作一只滑稽的凶恶畜生。其中的一个宣称：

“这一切只是魔鬼发明来对付我们穷人的……如果刈草季节，不需要我们的女人，她们将做什么呢？”

“啊！好！主人们，他们才不管这一套呢！”长工又说，伸出他的脚腿向机器踢了一脚。“走吧，破烂的枯骨！”

胡得根已听见。他探出车外，嚷道：

“滚回到田庄去，赛飞林，去结算你的账吧！”

长工惊得呆头呆脑留下，三个农民则发出刺耳的轻蔑笑声和讽刺话语然后离开。

"喏!"胡得根说着，跌坐在马车的凳子上。"您曾看见……他们认为我是资产阶级分子，借口我有钱，可以付出很高薪水，他们给我的田庄以较少工作；他们得到我的邻居们的大力支持，这些地主们都指控我在当地不好好干活，他们都很愤怒责怪我，说他们不久将找不到工人，像从前的良好时期一样，做好本应做好的工作。"

两轮轻马车由巴曹宣·勒·陀伊安大道进入罗涅时，议员看见高达神父从马葛龙的店铺出来。那一星期天做过"弥撒"以后，这教士曾留在后者家里吃午饭。重新为他再要被选的顾虑所困扰，他问道：

"宗教的精神，在乡下怎样贯彻的呢?"

"哦！只是习惯要他们参加'弥撒'，其实一点儿也没有什么信仰!"胡得根毫不在意地答道。

他把马车停在马葛龙小酒店前面。马葛龙则和神父一起站在门口那；他的副村长是穿一件油腻旧大衣的店铺老板。但是珊利娜，身上穿着的印度花布罩衫，很快跑来，推着她的女儿贝尔蒂：她是这一家的光荣，打扮得像小姐一样，穿着一件很合身锦葵色花纹的绸衫，因这晴朗星期天变得懒惰和变得死静的村庄，此刻被这意外地被意外拜访。农民们一个一个出来，孩子们从母亲的裙子后面，缩头缩脑。尤其是郎该涅家里，发出骚动。他，手里握着剃刀，伸出他的头；他的老婆，佛洛莉，停下秤四个铜子的烟草，让她的面孔紧贴玻璃，两个心里都难过，因这些站在他们劲敌门前的先生气得发狂。人们逐渐走近，许多小团伙已形成，罗涅，自这一端到那一端，已知道重要的大事。

"议员先生，"脸色很红又紧张的马葛龙重复说，"这实在很荣幸……"

但是德·宣特维尔先生不听他的，因看见贝尔蒂的漂亮面容感到快活，她明亮的眼睛，很大胆地注视他。她的母亲说了她多大，讲述她在哪里结束学业，她自己也满面笑容不断给以敬意，说先生若愿意赏脸的话，就请他进来。"怎么可以说我愿意或不愿意，我亲爱的小姐!"他喊道。

这时拦住胡得根的高达神父又恳求他要村委员会决定教堂的基金，让罗涅可以请得住持的堂长。每隔六个月，他总再提这个问题，列举他的理由：他的累了，他和村庄争吵不休，至于信徒们若有本村的教士，崇拜会怎样获得方便，那就不必说了。

"不要对我说'不'字!"看田庄主人做了一个坚决果断，他很快加上说。"您还是提出它，我等着回音。"

德·宣特维尔正要跟着贝尔蒂留进去时候，教士连忙赶过去，露出他的固执和善意的留住他。

“对不起，议员先生。这里的可怜教堂沦入这样状态！……我要指给您看，您必须替我筹得修理费用。我，人家不听我的话……来，您来，我请求您。”

往日的贵族很烦恼地拒绝他的邀请，然而胡得根由马葛龙嘴里听到许多委员已在村委会中等了他半小时，立刻无拘无束随便说道：

“就这样吧，您去看看教堂……打发一下您的时间，一直到我的，再回家。”

德·宣特维尔先生只得跟随神父走去。人越聚越多，许多人开始随着他的脚步行走。人们逐渐壮起了胆，都想向他要求一点什么。

当胡得根和马葛龙上去进入对面村委会的办公室时，那里已到了三个村委员，黛勒梅和别的两个。办公室是一个刷石灰水的大房间，除了一张白木的长桌和十二把草垫椅子，没有其他家具，在开向大路的两道窗户之间，有一个柜橱，那里面保存着纪录和各种散乱的行政文件；墙壁周围的木板上，堆放着一个资产者赠送的好些帆布救火带，人们不知道怎样放置它们，它们反而变成无用的东西，因为村里还没有抽水泵。

“先生们，”胡得根有礼貌地说，“我真对不起，因为我必须邀德·宣特维尔先生吃午饭。”

没有一个人说一句话，他们不知道是否应该接受这个道歉。他们曾从窗口看见议员到来，不久将举行的选举；把他们的头脑搅得很乱。

“魔鬼才知道！”田庄主人宣告，“如果我们只有五个人，我们将不会有任何决议！

幸而郎该涅赶进来。首先，他决定不去参加开会，道路问题并不引起他的兴趣，他甚至希望他的不出席能够阻止表决。随后，德·宣特维尔先生到来，改变了他的想法，他因而受到好奇心的烦扰，为了解真实的情况，他决定上去看看。

“好！我们已到了六个，看，我们可以表决了。”村长喊道。

作为书记的勒构，胳臂下夹着会议记录簿，露出傲慢和不愉快的态度出现在那里，并没有什么阻止人们宣告开会的。可是黛勒梅和他的邻人，蹄铁匠克鲁，一个黑而干瘦的高个子，开始小声嘀量着什么。注意到别人在偷听就马上闭上了嘴巴，不再说下去。然而人们已听到一个名字，独立候选人，乐舒丰丹纳；于是做过互相试探之后，终于借一句话、一声冷笑和面容的简单抽搐，大家都谈论这陌生的、他们一点也不认识的候选人。他们拥护好秩序，既延续事物的维持，也主张应该服从能保证谷物售卖的权力。这位先生难道相信自己比政府还要强有力吗？难道他能够使小麦的价钱一直升到每公担三十法郎吗？散发广告，承诺黄油多于面包，空口说白话，不对任何事物和任何人负责的态度，这只是一种傲慢的吹嘘。他们终于认为他是冒险家，一个不正当的人，他奔走各个乡村，唯一的用意不过想如像窃农民的钱财一样，盗窃他们的选

票而已。胡得根很可以向他们解释乐舒丰丹纳先生，虽然是自由贸易论者，其实，也绝对皇帝的一切决议，他却志愿地让马葛龙展示他那波拿巴主义者的热情和黛勒梅宣告他那知识有限者的普遍意见；郎该涅由于他开设烟草店的地位，只好闭口，在一个角落里暗自神伤，吞下他的共和主义的模糊思想。虽然德·宣特维尔先生没有被提名发言，他们所说的一切却间接指点他，好像他们都向这官方候选人的头衔表示屈服。

"好吧，先生们，"村长再说，"我们正式开会吧！"

他坐到桌子前面，一把后背较宽而且装有靠手的主席椅子里。副村长坐在他旁边的位置，四个委员站着，两个倚靠在一堵窗的边上。

勒构拿一张纸递给村长，并在他身边低语说话，然后仓皇地走出去。

"先生们，"胡得根说，"看，这是小学教员交给我们的一封信。"

信的内容公开宣读出来了。这是根据他工作的勤勉，希望年薪增加三十法郎。大家的面容都转成阴郁，显然他们对村庄的公款都显得很小气，仿佛他们中任何人都要从自己的荷包里掏出钱，尤其对小学，他们更不愿示以慷慨之心。甚至没有讨论，他们就断然拒绝了。"好！我们请他等着。这年轻人，他太急躁……现在开始讨论我们的道路问题吧！""对不起，村长先生，"马葛龙打断他的话，"关于教堂的事……我愿意说一句话。"

惊讶的胡得根于是明白高达神父为什么在小酒店老板家里吃午饭。那么，什么野心怂恿后者，要他这样冲动呢？其实，他的提议也遭受到小学教员要求增薪的同样命运。他徒然解释人们已够富有，可以支付一个属于本村专订的堂长的费用，只以巴曹宣·勒·陀伊安的剩余为满足，实在不大体面。大家都耸一耸肩膀，质问他，如果这样，做"弥撒"是否会做得更好些。不！不！必须整修神父的住宅，一个属于自己的堂长花钱太多了；每星期天，另一个的半小时已尽够了。

村长因他的助手的介入，觉得自己的尊严受到损伤，立刻结束说：

"这不须讨论，委员会已做出决定……现在应该谈到我们的道路问题，这必须结束……黛勒梅请您费心去喊回勒构先生。这家伙，难道他相信我们会为了他的信，会一直讨论到晚上吗？"

在楼梯上等候的勒构带着严肃的态度走进来，得知人们不让他知道他的要求的结果，冷漠地担忧地站着，心里胀满暗暗的蔑视：啊！这些乡下佬，多么龌龊的种族！他只得从橱子里拿出道路的图样，摊展在桌子上。

这图样委员们早已看过多次。许多年以来，它一直搁置在那里。但是大家仍然走进，他们手肘支靠着下颚，又一次陷入沉思。村长列举对罗涅的种种有利之处：比较徐缓的斜坡可以使马车一直开到教堂前面；和现在经过克罗亚的砂多屯大路比较，可以缩短八九公里路程；本村只要负担三公里的建筑费，关于一直可以和砂多屯到奥尔良大路接合的另一段，他们的邻居，布朗维尔的居民们已表决修建。人们听着他，眼睛注视着纸张，而没有一个开口发言。阻止计划实现的关键是官价收买土地的问题。每个人都把这看作捞取金钱的良机，都担心，想知道自己的一块土地是否将被动用，他的一方丈土地卖给村庄，是否能得到一百法郎。如果他的田亩不被开掘到，那么，为什么他要表决别人的致富呢？他当然可以嘲笑徐缓的斜坡和比较缩短的路程！他的马只多费些力量，还是可以拖上去的。

所以，胡得根不需要催促他们发言，就可以知道他们的意见。他之所以那么热心要建筑这条道路，主要因为它经过他的田庄前面并通到他的许多田亩。同样，道路边缘有自己土地的马葛龙和黛勒梅也催促别人去表决。这已有了三个，可是克鲁和另一个委员，在这个问题，并没有什么利益可图，郎该涅则粗暴地反对这个计划。首先因为他在这里得不到半点好处，其次，因为他的劲敌，副村长，会捞得可观的好处。如果让人捉摸不透的克鲁和另一个不投赞成的票，他们是三个对三个。胡得根变得很优虑重重。最后辩论开始了。

“这有什么用？这有什么用？”郎该涅反复说。“既然人们已有一条大路！这的确是糟蹋金钱的方法，从约翰的袋子里拿出来，放到彼得的袋子里……至于你，你曾答应将你的土地捐赠给村庄。”

这是影射马葛龙的阴谋话语。可是后者非常后悔他日前的慷慨发作，马上作从容的撒谎。

“我，我什么都没有答应………谁对你提到这个？”

“谁，就是你自己！他妈的！……在很多人面前！喏！勒构先生当日他在，他可以作证……是吧，勒构先生？”

小学教员，因等着他要求加工资的命运气得快疯了，只做粗暴的轻蔑手势。他们的肮脏故事，这难道与他有关系吗?!

“那么，确实的，”郎该涅继续说，“如果这地上已没有老实存在，这等于生活在丛林里！……不！不！我不要你们的道路！这只是美丽的盗窃！”

看见事情已变不可收拾，村长连忙加以干涉。

“这一切都是没有根据的。我们不应该为个人的事争吵……指导我们的应该是公众利益，共同利益。”

“当然，”黛勒梅处理似的宣告。“新的道路给整个村庄带来很多利益……不过，也

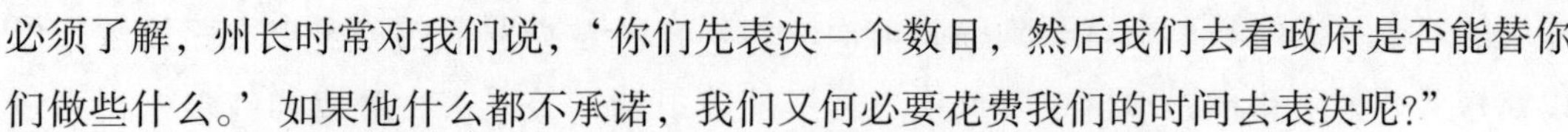

必须了解，州长时常对我们说，‘你们先表决一个数目，然后我们去看政府是否能替你们做些什么。’如果他什么都不承诺，我们又何必要花费我们的时间去表决呢?”

一时间，胡得根以为自己应该发出他一直秘而不宣的大消息。

“至于这点，先生们，我可以向你们报告德·宣特维尔先生曾答应替我们从政府方面得到费用的一半补助……你们都知道他是‘皇帝的亲信’。他只要在吃饭后果点时提到我们就好了。”

郎该涅自己也因而不确定了，好像上帝的圣体经过他们眼前一样，一切面孔都露出庄重虔诚的表情。不论怎样，议员的再度当选已得到保证：‘皇帝的朋友’一定是好人，一定是站在职位和金钱源泉里的大富翁，是著名的、可敬的和有势力的主人！另外，大家什么也不能做。这些事情当然会进行得很好，为什么要谈论它们呢?

然而胡得根，对克鲁的沉默态度，还非常不放心。他站起来，向外面看了一眼，看见乡警，命令他去寻找罗亚骚老爹，不论死活，都要领着他来。这罗亚骚是一个听不见的老农民，马葛龙的舅父，由马葛龙活动别人，给他选为村委员会的委员，可是他从来不来开会，因为，他说，这会震碎他的头脑。他儿子在波特利田庄里当佣工，他对村长存着绝对忠心。所以待他带着惊惶的态度一出现，胡得根只要向他的一只耳朵深处喊一声，这是为道路问题就行。每个人都已拙劣地书写他的表决票，鼻子倾在纸上，两臂圈住，使别人不能看到。随后，人们开始做一半费用的表决，拿写好的票，投入一个和教堂舍施匦相识的白木小箱里。多数是绝对的。有六票赞成，只有郎该涅的一票反对。克鲁这家伙也投赞成票。待每个人在小学教员事先准备好、只让表决结果空白留下的纪录簿上签了字，主席就宣布散会。大家都沉重地离开，互相不招呼、不握手，先后散乱，走入外面的楼梯。

“啊！我忘了，”胡得根对没有离开还等着的勒构喊道：“您的增薪要求已被拒绝……委员会认为本村对小学已花费太多了!”

“全都是畜生!”年轻人脸色气得发青，只留他一个人时喊道。“那么，你们去和你们的猪猡一起相处吧!”

会开了两小时，胡得根在村公所前面，找到刚从村庄溜了一圈回来的德·宣·特维尔先生。首先，教士并没有让他离开，一定要他看看教堂的贫困之一：屋顶崩裂、玻璃破碎，四周的墙壁赤裸裸，没有半点装饰。随后，当他最后由需要再刷的更衣室里逃出来时，完全变得胆大的居民们又彼此抢夺他，每个人都把他领去，向他提出一个要求，或某种想得到的好处。一个拖着他走到因缺少资金已不再疏浚的公共水塘边；另一个要在哀格尔溪岸他所指定的位置上建造一个掩蔽的洗衣场；第三个要求扩大门前的道路，使他的马车可以自由行动；甚至一个老太婆，推着议员走到她家里，向他指着她的红肿两腿，问他在巴黎是否认识一种医治的药品。他十分恐慌，喘气，只微笑，装出和蔼可亲的样子，总是满口答应。啊！一个真正的好人，他和穷人们一起，并不显示骄横！

“那么，我们就走吧？”胡得根问道。“大家在田庄里等着我。”

但是珊利娜和她的女儿贝尔蒂恰又跑到她们门口，要求德·宣特维尔先生进去一会儿；正如后者所愿，他终于能休息一下，他看见年轻的姑娘和她眼圈罩有淡蓝暗影的亮如星子的眼睛，已感到莫大的安慰。

“不！不！”田庄主人再说，“我们没有时间，下一次吧！”

他强迫他迷迷糊糊地登上两轮轻马车；对依然站在那里的教士的问题，他回答村委员会并不能解决教区问题，还是维持原有的状态。车夫鞭打他的马，车子在表示亲密和快乐的村庄中间溜走。只有神父一个人很生气，再走上罗涅通往巴曹宣·勒·陀伊安的三公里路程。

半个月以后，德·宣特维尔先生获得大多数选票，又一次当选为议员；从八月起，他实践他的承诺，本村已得到开辟新路的补助。建造的工作马上开始。

开工的头一天傍晚，黑而干瘦的珊利娜在泉水池边，听两手交叠在裙子底下的培贵嫂长时间谈着无穷无尽的话语。一星期以来，泉水池已因这道路的大事情，起了骚动：人们只讨论着有些人得到补偿金钱而另外一些人则诽谤、愤恨。培贵嫂每天总要珊利娜知道佛洛莉·郎该涅说些什么；不！这当然不是为引起她们的争吵；恰恰相反，她不过要她们互相解释罢了，因为这是互相平和相处的最好方式。女子们都忘记自己，笔直站好并摇晃胳臂，留下谛听，盛满的水瓮则安在她们脚边。

“那么，她告诉我，副村长和村长两人就这样打算，心里不过想在地皮上盗窃金钱。她还说您丈夫曾答应过不要地价……”

这时，佛洛莉手里提着水瓮，从她家里出来。待她这柔和而肥胖的人一到那里，珊利娜立刻两拳放到自己臀部上，存着她自以为是贞洁的粗恶观念，破口大骂，用种种低下的话语攻击对方，说她的无赖女儿怎样卖淫，并责怪对方自己也时常被顾客们推倒；另一个拖着她的布鞋，显出悲伤的样子，只反复喃喃着：

“看，这是个多么肮脏的婊子！看，这是个多么肮脏的婊子！”

培贵嫂扑倒她们中间，想强令她们互相抱吻，这几乎要她们抓住彼此的发髻。然后，她提出一个新闻：

“喂！话又说回来，你们知道木宣女儿们将去领到五百法郎吗？”

“这是不可能的吧！”

一会儿，争吵已被遗忘，大家都走近，站在分散的水瓮中间。这完全是真的！道路在高挪伊那上头，向着木宣女儿们的田亩截过去，切去其中的二百五十公尺；两法郎一公尺，这正好是五百法郎；此外，边缘的土地又因此获得增高的价值。这的确是一种运气。

“那么，”佛洛莉说，“莉兹虽然有了孩子，却变成真正的佳偶——伍长这大傻瓜，固执土地要娶她，还是有好的嗅觉。”

“除非，”珊利娜补充道，“仆多再来恢复他的位置……筑好这道路，他的一份也得到很大利益。”

培贵嫂转过来，用手肘推她们。

“嘘，你们住口吧！”

这是莉兹，快活地摇摆着她的水瓮走来。于是泉水池前面的行列又开始了。

六

莉兹和佛兰佐史卖掉太肥而且不再生产的布朗舒特，决定那个星期六到克罗亚市场购买另一头母牛。约翰情愿为她们效劳，请他们坐在田庄的一辆篷车里，由他领着她们一起去，他设法腾出下午的时间。主人对于年轻人和木宣长女之间所传播的相好风声，表示看重，于是准许他借用他的车辆。真的，结婚已确定。至少，约翰曾答应下一星期到仆多身边去办一次交涉，向他提出或是或否的问题。他们两个之中的一个，必须有所选择。

于是他们于下午一点钟左右动身，他和莉兹坐在前面的凳子上，佛兰佐史一个人占着后面的第二把凳子。有时，他转过来，向后者微笑，因为她的两膝靠近并挤热他的腰部。她比他小十五岁，这多么可惜；经过长久的考虑和拖延，他之所以克制自己去娶姊姊，心里一定存有潜在的观念，以为从此可以凭亲戚身份生活在妹妹身边。接着，他就让自己任意做去，一个人有时对自己说，他可以这样做或那样做，而常常不知道为什么却做了那么多事！

一进入克罗亚，他捏好制轮机，使他的马向坟场的陡峭斜坡上跑去；等他在大街和格卢哀斯路的十字街口出来，想到“好农夫”小饭店去放好车辆时，他忽然指着前面穿过这格卢哀斯路的一个男人背部。

“喏！人们可能以为这是仆多呢！”

“的确是他，”莉兹宣称，“不用怀疑，他是到贝伊雅舒先生家里去。难道他接受他的一份吗？”

约翰笑着抽响他的鞭子。

“我不知道。他是那么狡猾，我们没法估计他！”

仆多装着没有看见他们，其时他从远处就已认出他们。他弯下脊梁走去；两个都注视他远去，口里不说，其实都想着他们可以去和他攀谈。到了“好农夫”的院子里，默默留下的佛兰佐史首先由篷车的一个轮子走下来。这院子已摆满卸去马、辕木放置在地上的车辆，小饭店的旧建筑物里，则发出一阵阵嗡嗡的活动声响。

“那么，我们到那边去吧？”约翰送他的马到马厩后回来时问道。

“当然，马上就去。”

然而走到外面，年轻人和两个姑娘简直朝着神殿路到圣乔治广场的牲畜市场方向，循着大街到处游荡，停留在两边安顿着的果子和蔬草女商贩们中间。年轻人戴一顶绸制鸭舌帽，黑呢的裤上罩一件大的蓝工衣；她们也作星期天应有的装束，头发被紧裹在小圆帽下，穿彼此相似的罩衫、灰铁色裙子上的暗黑呢胸衣，穿戴着细纹的棉布大围裙紧紧地束着。他们互相挽起胳臂，鱼贯而行，在群众的手肘相碰之间，挥动他们的手。女仆们和资产阶级妇女们在许多蹲着的农妇前面来回冲撞，每个农妇都在地上放着敞开盖子的一篮或两篮货物。他们认出弗里麦嫂，她那满满两篮里装有生菜、青豆、李子，和三只活兔，旁边的一个老头子刚卸下他按斗出售的一车马铃薯。两个女人，母亲和女儿，——后者是著名的淫荡姑娘诺琳，在缺腿的一张桌子上，摆放着咸的鲰鱼和鳜鱼，这是原毛桶装货品，强烈咸味刺激人们的喉头。大街，虽然有漂亮商店、药房，铜铁器皿店，以及巴黎式服装店和郎蒲狄安的百货铺，尽管一星期的别的日子，总是那么萧条；每星期六却不够宽阔，店铺里挤满人，街心的道路为女贩们的拥挤所堵塞。

背后跟着约翰的莉兹和佛兰佐史就这样一直挤到波陀尼埃尔路的鸡鸭市场。那里，各个由庄送来许多带格子盖的大篮，雄鸡们在里面歌唱，鸭子们缩头缩脑。剥掉毛的死母鸡，一层一层摆放在小木箱里。接着还是农妇们，把自己带来的四五市斤黄油、几打鸡蛋、各种乳酪，摆放在那里，其中有大而干瘦的、小而肥软的，和精制而灰白的。许多乡下女人还带来了绑着双脚的母鸡。贵妇人们围着讲价，大批鸡蛋被运到，使得个小饭店“家禽商约会”门前聚集了一大群人。帕眉尔正在这些卸下鸡蛋的男子们中间；因为星期六，是罗涅的休息日，她到克罗亚找活干，干得几乎累折腰。

“看，这是一个赚得自己面包的女人！”约翰提醒他们道。

人流继续增大。还有许多车辆从蒙杜勃洛大路到来。它们排成行列，慢慢经过桥上。右面和左面，劳尔河舒展着它的徐缓曲线，在草场的相平之处静静地流淌，左面围绕着镇里的许多花园，花园的紫丁香树和金雀花的枝叶悬挂在水上。上游一个硝皮厂的水磨发出响亮的“滴克搭克”声，另一个小麦大磨坊，一幢庞大的建筑物，上面有好些气管，上面有白粉在连续飞舞。

“那么，好！”约翰说道，“我们到那边去吗？”

“好的，好的。”

他们由大街走过去，停在镇公所对面，瞧瞧在圣吕班小麦市场的广场上，运来四袋小麦的郎该涅站着，两手插在他的衣袋里。四周围绕着一圈低三下四的农民们，胡得根一面大声吼着，一面做愤怒的手势。人们曾经满怀希望能够涨点钱；但十八法郎一公担的价钱已发生动摇，最后可能会跌下二十五生丁。马葛龙走过，他的胳膊挽着女儿贝尔蒂，他穿未清洗过的油腻的大衣，她穿细纱的罩衫，帽上还插了一束玫瑰花和君隐草。

莉兹和佛兰佐史由神殿路转过来，沿着在节日摆满杂货、铜铁器皿和绸布等货摊的圣乔治教堂前行时，她们发出一声呼喊：

“哦！罗斯伯母！”

真的，这是副安老太婆，由她的女儿，代替黛勒梅来送养麦的凡娜请她坐在自己车子里拉过来。不过想让她借此散散心。她们都站在一个磨刀匠的滚动小摊前面等着，老太婆拿她的几把剪子交给他。三十年以来，都是他替她磨剪子的。

“怎么，是你们这两个家伙！”

凡娜转过身来，瞥见约翰，又说道：

“那么，你们是来闲逛的吗？”

一晓得堂妹们要去买一只代替布朗舒特的母牛时，她立刻饶有兴趣，跟他们一起去，因为养麦已送过。丢在一边的约翰，跟着四个并排而稍稍隔开的女人背后；走到圣乔治广场。

这广场，是一个宽大的四方形，展布在教堂合唱室尽头。半圆形部分的后面，教堂的石砌老钟楼和它的钟，则高高耸立在广场之上。道边长着浓密菩提树围绕广场的四周，两边由嵌在界石上的索链保护住，另两面则装着拴吊牲畜的长木杆。广场的这一边，通向好些长满青草的花园，到这里的人有理由相信自己是在一个牧场里。向两条大路沿着走过去，“圣乔治”“赖辛纳”和“好收获”等小酒店就在这里排列着，广场上的地面被人踩得很硬，一阵一阵的风卷起白的灰尘。

背后跟着其他三个人的莉兹和佛兰佐史费很大的劲，才穿过群众集合着的中央四方形广场。模糊的人堆里，有一切的蓝色，自新棉布的粗蓝，一直到洗过二十次的褪色棉布的淡蓝，人们只看见从无檐小帽上点缀的、少数贵妇人移动她们阳伞的发光丝绸。一阵一阵笑声和粗暴叫喊消失在嗡嗡声里，有时还传出马的嘶声和母牛的鸣叫。一头驴子开始尖声鸣叫。

“从这里走，”莉兹回过头说。

好些马被拴在底面木杆上，赤裸裸地全身颤动，只由一根绳子缚在头颈和尾巴上。左面是相对自由的各只母牛，由出卖者的手牵着，为了更好地显示它们，有时给它们变换一下位置。许多人驻足观看；这里人们并不笑，也不大说话，静悄悄的。

四个女人立刻围到一只黑白相间的母牛前面，仔细瞧着这瞧着那。这是一只由夫妇两人领来出售的不同凡响的母牛，女主人头发棕褐，态度固执，牵住她的畜生；男主人，在后面，闭着口，一动也不动。她们用尽脑力审视了五分钟，交换一句话或一瞥目光；然后她们离开，走到二十步以外，同样站在第二只母牛前面。这一只很大，全身油光发亮，由一个面容漂亮，手里紧握着小树棍，几乎还是孩子的年轻姑娘牵着出售。随后，自畜生行列的一端至另一端，她们还作七八次同样长久和同样默默地站立。最后，四个女人回到第一头母牛前面，再次做专心的审视。

这次是绝对认真的。她们排成一行，她们用尖锐而固定的目光，想把哥当丁种看穿似的。此外，出售的女人也不说什么，眼睛朝向别处，好像她没有看见她们再回到这里一样。

接着凡娜弯下，向莉兹说了一句话。副安老太婆和佛兰佐史也彼此在耳边交换一个观察的意见。接着，她们又落入沉默和不动，审视着。

“多少钱?”莉兹突然问道。

“四十‘比斯多尔’，”农妇回答。

她们露出立刻要走的样子；她们寻找约翰时，却很惊异地发现他和仆多在她们背后，像老朋友一样聊着天。从舍米特来买一只小猪的仆多正在那里砍价。许多小猪被关在装载它们来的车后一个移动的猪圈里，小猪们叫着并且互相撕咬，几乎要把它们的耳朵都咬破了。

“你愿意卖二十法郎吗?”仆多问货主人。

“不，三十法郎!”

“嘘！你去和它睡觉吧!”

他很快活地，向女子们走来，向他的母亲、姊姊和两个堂妹发出适意的欢笑，好像他刚刚离开她们。此外，她们也保持她们的和蔼态度，似乎没有想起两年的不快和吵闹。以前只听到人们曾在格卢哀斯路遇见他，他母亲才用她眼皮皱缩的眼睛看他，想看出他为什么要到公证师家里去。可一点结果也没有。他们两个都闭口不谈这个。

“那么，堂妹，”他再说，“你是来买一头母牛吗？……约翰告诉我了……喏！那里有一只，哦！一只真正的好畜生，是全市场上最棒的一只！”

他正好指着那只黑白相间的哥当丁种。

“四十‘比斯多尔’。老天哪！”佛兰佐史喃喃说。

“给你当然是四十‘比斯多尔’，不懂事的小家伙！”他说，立刻向她的背上拍了一掌，有意和她开玩笑。

但是她有点恼火了，带着愤恨的态度紧紧盯着他。

“你还是老实点，嗯？我不愿意和男子们玩耍。”

他因而更快活起来，他转向一直是在那里、脸色有点苍白的莉兹。

“那么，你呢，你愿意我帮你讲价吗？我打赌我可以用三十‘比斯多尔’买到它……你愿意赌五个法郎吗？”

“好的，我很愿意……如果你高兴这么干的话……”

罗斯和凡娜点头赞成，因为她们知道这家伙在市场上是残暴的、固执的、无耻的、扯谎的家伙，他可以将自己的货物卖三倍的价钱，而几乎不用一点金钱地买到别人的一切。所以女子们让他和约翰一起向前走去，而她们自己则迟迟留在后面，装着和他们不认识的样子

牲畜那一边的群众在增加，许多人已离开洒满阳光的广场中央的地方，走到边缘的树下的道路上。那里人来人往，人流不断。工衣的蓝色，因菩提树的阴影变成深谙，树叶的摇曳斑点，在各个光彩的面孔映上淡绿。虽然市场一点钟以前就已开始交易，任何人都还没有实际上买一点什么，大家都用尽脑筋搜寻着。但是各人头上的温暖微风里，却掠过一阵喧闹。这是两只并排吊着的马，直立着，互相咬啮，发出狂暴的嘶鸣声和它们蹄子落在石地上的摩擦响声。大家都有些害怕，妇女们惊慌地逃走，高声咒骂。鞭子如枪声一样噼啪抽响；原有的平静重新恢复了。在惊慌所留下的空地上，一群鸽子又重新落到地上，啄食马粪里的荞麦。

“喂，老妈妈，您的母牛要卖多少钱！”仆多问站着的农妇。

后者没有马上被制服，很平静地重复说：

“四十‘比斯多尔’。”

首先，他并不认真，只以玩弄的态度来应付一切。他开玩笑，并转向还一声不响留在一边的男人搭腔。

“喂！老头子，你的资产阶级夫人说过四十‘比斯多尔’，你觉得值吗？”

接着他一面咕噜地说话，一面更仔细察看，觉得它正具有一只好乳牛所必须具备的各种要求：干瘦的头，小角和大眼睛，稍稍有点胖大的腹部，布满大的筋脉，脚跟根本可以说是细长的，娇小的尾巴，生得很高。他低下头去，想知道胸部的长度和乳头的弹性，看它的位置是否齐整，出乳的细孔是否都完全穿通。随后，一只手支靠在牲畜身上，他用机械的动作，触摸臀部的骨头，并开始做巧妙的讲价。

“四十‘比斯多尔’，嗯？这价钱太贵了……您愿意卖三十‘比斯多尔’吗？”

于是他的手去摸索骨头的力量和良好位置。接着，他摸下去，滑入两腿中间，光滑的皮肤显出漂亮郁金色的地方，看它是否会产出丰富的乳汁。

“三十‘比斯多尔’，这样才公平？”

“不行，四十。”农妇答道。

他转过身，要离开的样子，于是她准备说话。

“喏！这是一只好的畜生，确实很好。到三位一体节还只有两岁，半个月之内，它将生产……您买去，确实很有益处的。”

“三十‘比斯多尔’，”他坚决地说。

看他逐渐走远，于是她向她的丈夫投射一瞥目光喊道：

“喏！为了快些离开这里……您愿意出三十五‘比斯多尔’吗？我马上卖给您。”

他站了一下，故意低估母牛的价值。这生得不结实，这缺少强壮肌肉的腰部，总之，这是一只患过病而人们徒劳喂养了两年的动物。他断言说它的脚受过伤，其实，这是不真实的。他有着夸张的恶意，希望激起买主的愤恨和忙乱，他为撒谎而撒谎。可是她只耸一耸肩膀。

“三十‘比斯多尔’！”

“坚决不行，三十五。”

她让他离开。他走到女子们那边，告诉她们，这已咬住，必须向另一只去讲价。于是他们这一群人走了几步，站在一个漂亮姑娘牵着绳子的全黑的大母牛前面。这一只刚好卖三百法郎。他似乎觉得它的价钱很公道，他凝神考虑了一会，忽然他转向第一只。

“既然，已说好了，您让我的钱带到别处去吗？”

“真是的！如果可能的话，但这是不可能的……您那一方面应该果决点。”

她低下头，满手抓起母牛的乳房再说：

“那么，您看吧，这多么可爱!”

他很赞同，但还说：

“三十‘比斯多尔’。”

“不，三十五。”

一下子，一切看来都已无法挽回。仆多挽起约翰的胳臂要卖主好好注意他已放弃这笔生意。女子们赶到他们身边，很兴奋，她们觉得母牛的确值三百五十法郎。佛兰佐史尤其喜欢它，说宁愿拿这价钱去买它。可是仆多非常生气：难道他们就这样让自己被盗窃吗？几乎经过一个小时，他在堂妹们的焦虑中死命抵抗，坚持他的意见；每次，如果有一个买主站在畜生前面，她们都非常害怕。他也一样，他的眼光也不离开它，然而就是赌博，必须生有强壮的胃口。没有人会那么快取出他的钱：人们将好好看见是否有一个愚蠢的人愿意付三百法郎以上的价钱。真的，虽然市场快关门了，仍然没人付钱。大路上，现在人们正试验出售的马。一只全白的，被一个人的喊声激动着向前跑去，这个人手拉着缰绳，在它身边陪着奔跑；巴多亚，脸孔通红而肥胖的兽医，两手插在衣袋里正和买主站在广场的一角，观察着，并高声提出他的意见。各个小酒店里嗡嗡传来喝酒者的连续声潮，他们在无止境的讨价还价中，进去又出来。这是巨大的推撞和喧闹，人们简直听不到彼此的声音：一只小牛和它的母亲被拉开，发出连续的鸣叫；许多狗，黑的长毛犬和黄的狮子犬，在人群中，因一只脚被踏伤，号叫着逃走；随后，在忽然的沉静里，人们只听见被声音扰乱、在钟楼尖顶上飞翔的乌鸦叫声。牲畜的热气，脚蹄烧焦的猛烈臭味，一种刺鼻的黑死疫臭味，从附近的蹄铁店里散播出来，农民们利用赶集的机会，都在那里给他们的畜生装上蹄铁。

“嗯？三十‘比斯多尔’。”再次走近农妇，并不感到疲累的仆多重复说。

“不，三十五!”

看到另一个买主也站在那里讲价，于是他捉住母牛的上下颚，用力拨开它们，要看看里面的牙齿。然后，他做了一下鬼脸，放开它们。正巧，畜生开始大便，几段柔软的牛粪落在了地上；他的眼睛跟随它们，他的鬼脸更加显得丑恶。买主，一个脸色稍带苍白的人，受到刺激，立刻走开。

“不想再买它了，”仆多说。“它的血里有病。”

这次，出售的女人出现了生气的弱点；这是他所希望的，她无礼地看待他，他也用大段的粗暴话语回答她。人们聚集过来，大家都发笑。在女人背后，丈夫还一动也不动。他最后拿手肘轻触她；突然，她喊道：

“您愿意出三十二‘比斯多尔’买去它吗?”

“不，三十。”

他再次离开，于是她用梗塞声音喊他回来。

“那么，好！混账家伙，牵去吧！……但是，他妈的！如果再要压价的话，我宁愿在您脸上打一巴掌！”

她生气，全身被狂怒激起颤抖。他豪爽地大笑着，加上风雅的打趣，说他很愿意和她成为朋友，如果她赞成的话。

莉兹立刻走近。她拉农妇走到一边，在一棵树干后面，给她三百法郎。佛兰佐史已按住母牛，但是还需要约翰从背后推促畜生，因为它不愿意离开。人们已蹓跶了两个钟头，罗斯和凡娜一点也不厌烦，静静等着结局。最后要动身时，他们寻找已不见的仆多，他们发现他正在拍售猪商人的肚皮。他只花二十法郎就买下了他的小猪；为了付清猪价，他开始在他的衣袋里计算他的钱，他刚好拿出所需要的数目，他又在他的半拢的手心里计算它。当他要把手伸进一只袋子深处时，这真就是个麻烦。旧麻布已破裂，畜生的脚和头都露出来。他就这样放到他的臂膀上，他背它回去，让它蠢动嗅触，发出悲惨的叫声。

“喂！莉兹，那么！我的五个法郎呢？我已赌赢了。”

为了开个玩笑，她拿出来给他，以为他不会拿去。可是他真的接过去了，把它放到他的衣袋里。大家都缓缓向“好农夫”小饭店走去。

这是市集的最终时刻，金钱对着太阳，发出金闪闪耀眼的光，并在酒店桌上发出嘹亮的声音。到最后一分钟，一切都很快结束了。在圣乔治广场的角上，只留下几只未卖出的牲畜。大家逐渐向大街方向再涌过去，那里的蔬菜和果子女贩们已从街心散开，带走她们的空篮子。完全相同，鸡鸭的位置上，也只剩麦秆和羽毛。许多篷车已出发，人们在小饭店的院子里赶车，把拴在人行道铁环上的马缰解开。从各方面、向各大路上，“辚辚”的车轮在转动，无数蓝色工衣在石路的摇动里被风吹得越膨越大。

郎该涅利用他的赶集时间，买了一把大镰刀之后，马葛龙和女儿贝尔蒂还留在各个店铺里。佛里麦嫂像上午到来时一样，肩上担着，徒步回去，因为她的两个篮子已装满路上拾起来的兽粪。在大街药房的金色中间，疲累的帕眉尔站着，等着人们给她的兄弟，已患病一个星期的白痴准备一瓶药水：这不知道是什么龌龊东西，将吃掉她那么辛苦赚来的四十铜子的一半。但是最使木萱女儿们和她们这一群人放快悠闲脚步的，是看见耶稣·基督喝得大醉站在街道的宽阔路面上。大家猜测他那天押掉他的最后一块地，借得所需的金钱。他独自发笑，许多五法郎一块的银币，在他的大衣袋里

铿锵作响。

他们最后到了“好农夫”小饭店时，仆多只带着简单的快活语气说道：

“那么，你们都准备要走了吗？……听我说，莉兹，你愿意和你的妹妹待一会儿，让我们吃一块面包，可以吗?”

她不免感到奇怪，看她转向约翰时，他又说：

“约翰也可以留下，我十分高兴，这会使我快活。”

罗斯和凡娜交换一下眼神。无疑的，这家伙有了他的主意。可是他的脸上仍然不表示什么。这也没什么！不应该妨碍他的事情。

“就这样吧，”凡娜说，“你们留下……我，我和母亲先走了。家里的人等着我们。”

没有松开母牛的佛兰佐史面无表情地说道：

“我，我也回去。”

她不改变主意。她说自己在小饭店里感到麻烦，希望立刻领去她的畜生。她变得那么不快乐，人们只得让步。待套上车，母牛被吊在车子后面以后，三个女人爬上去。

只有这时候，等着他儿子坦言以告的罗斯才大胆问他：

“你没有什么要对你的父亲说吗?”

“不，没有什么，”仆多回答。

她注视他的眼睛，她坚持。

“那么，没有什么新的消息吗?”

“如果有什么新的消息，等到可以知道的时候，您一定会知道的。”

凡娜拍打她的马，后者跨开慢步动身，背后的母牛，则拉长颈项，让自己被拖走。于是只有莉兹一个人留在仆多和约翰中间。

从六点钟起，他们三个就坐在小饭店朝向咖啡室的一个厅堂的桌边。仆多希望别人看见他是否请他们吃好东西，走到厨房里定下炒鸡蛋和兔肉。莉兹，此时为了赶快结束并不再奔跑一次，催促约翰去和他谈判。但是吃完炒鸡蛋，开始吃兔肉时，感到局促的年轻人还没说什么。此外，另一个也似乎不大关心这一切。他大吃大喝，咧开大的嘴巴欢笑，在桌下伸长他的膝盖碰撞堂妹和朋友，表示友好。接着，他做比较严肃的谈话，他提到罗涅和新的道路问题，虽然没有一个字提到五百法郎的赔偿和土地的增价，这其实很重要，压在他们所谈的一切深处。仆多虽然恢复了幽默的态度，并和他们碰杯；他的灰色眼睛里明显掠过好“生意”的观念；这第三号地产变得很能带来好处，这要娶的旧情妇会给他带来财产，因为她的土地和他的相连，几乎增加一倍价值。

“他妈的！”他叫喊，“我们不喝咖啡了？”

“三杯咖啡！”约翰吩咐道。

花费一个小时去小饮，喝光水晶瓶的烧酒，而仆多仍然不表明心意。他前进，又退缩，长久拖拉着，好像他还在讲母牛的价钱。这其实已决定，不过还要看看情形罢了。突然，他转向莉兹，他对她说：

“为什么你不带孩子一起来呢？”

她开始笑了，清楚这次已成功；她伸手拍他一下，她觉得很高兴，而且表示宽恕，她只这样答道：

“啊！仆多，你这坏东西！”

这就是结果。他也又说又笑，结婚已决定了。

直到那时，都感到不知所措的约翰，也摆出欣慰的态度，和他们一起快活起来。

“你可知道你回来很好，正及时，我会夺取你的地位呢！”

“是的，人们曾对我谈到这个……哦！我很安静，你们或者会事先通知我吧！”

“当然！……由于孩子的关系，她和你结婚，确实是最好的。这就是我们时常说的，是吧，莉兹？”

“是的，这是再确实不过的！”

一阵感动的表情浸泡他们三个的面孔；他们互相表示友好，尤其是约翰，并不妒忌，诧异自己会从旁促成这两人的结婚；他命仆人拿来啤酒，仆多喊着说，他妈的！人们当然应该再喝点什么。肘部放在桌子上，莉兹坐在他们俩中间，他们现在谈到拍倒小麦的大雨。

但是耶稣·基督在他们旁边的咖啡室里，和一个年纪大的农民紧靠桌边坐着，后者也像他一样喝得大醉，两个发出嘈杂的声音，令人难以忍受。其实，大家都穿工衣，在油灯的赭色烟雾里喝酒、吸烟、吐痰，彼此若不大声叫喊，简直不能说话；他的粗暴和震耳声音还盖过其他人的。他玩“苏茨”牌，到纸牌的最后一张打出，他和他的伙伴之间吵闹起来，后者以平静的固执态度坚持自己的胜利。然而老头子好像是无理的，这再也不会结束。耶稣·基督很愤怒，喊得那么响，老板只得加以阻止。于是他站起来，带着醉汉的激动，一桌一桌走过去，翻动他的纸牌，让别的顾客们观看他的最后打法。他打搅了每一个人。他重新叫喊，再向老头子走回来，后者明知道自己的理亏，仍然顽强抵抗，绝不理睬他的咒骂。

“懦夫！懒鬼！你敢出来一下，我会揍你一顿！”

然而耶稣·基督忽然又坐到对面：他的脾气已平复了，和蔼地说：

“我，我知道一种方法儿……必须打赌，嗯？你有兴趣吗？”

他取出一把五法郎的银币，大约十五至二十枚，他把它们叠成一堆，放在自己面前。

“看，就是这么玩的……你也放上相同数目。”

感到兴奋的老头子一言不发，也从他的钱袋里取出一把，叠成一样的一堆。

“那么，我从你的堆上取来一枚，你看着吧！”

他拿起一枚，像对付祭饼似的，严肃地把它放到舌头上，随后，咽一下，马上吞到肚里。

“轮到你，你也从我的堆上拿去一枚……谁吞得比另一个多，就留下来。看，这就是我所说的东西儿！”

老头子睁大两眼接受，他显出难受的表情，使第一枚消失在喉头里。不过，耶稣·甚督虽然喊着说，他无须着急，却和吃李子干一样吞下钱币。吞到第五枚，咖啡室里发生喧噪、围绕的一圈已构成，大家都呆呆地观看。啊！好家伙！这样让自己的胃囊里填满钱币，真是罕见的奇人！老头子吞到他的第四枚已翻倒，面孔紫色，喘不过气来，发出临终的呼呼声息；一会儿，人们以为他已死了。耶稣·基督站起来，很逍遥，仍然是嘲笑的态度；为了他的好处，他的胃里已填下十枚，还有他赢去的三十法郎。

仆多很担忧，恐怕老头子不脱出险境，自己会受拖累，马上离开桌边；看他的茫然眼睛注视墙壁，并不谈到付钱，虽然吃饭是他邀请，约翰只得替他结算账目。这终于使他成为很友好的伙伴。在院子里，驾上车之后，他抓住约翰的肩膀说：

“你知道，我愿意你也来参加。结婚将在三星期之内举行……我到过公证师家里，已签了证书，所有纸张都已准备好。”

他要莉兹登上他的车子说：

“我们走吧，咕噜！我把你领回去！……我将路过罗涅，这不会让我的路程变长。”

约翰一个人回到他的车子里。他觉得这是自然的，他跟随他们。克罗亚沉睡着，重新沉入死一般的宁静，只由几盏街灯的黄星照亮；从下午热闹的市场里，人们只听见一个喝醉酒的迟迟没有离开的农民的蹒跚脚步。随后，漆黑的大路舒展着。然而他终于看见另一辆车子，载去未婚夫妇的篷车。这比较适当，这很不错。他用力吹他的口哨，脸上被自由的晚风吹拂，心里为轻松的情感所侵占。

七

又到了刈草季节，蓝而热的天边，只有和风吹拂着；结婚定在那一年正好碰到星期六的圣约翰日。

副安夫妇曾好好叮嘱仆多，邀请要从老大，家族的最长者开始。她以富有而被畏惧的王后身份，要求得到别人的恭敬。所以，一天下午仆多和莉兹，两个都穿着盛装，走去邀请她来参加婚礼：先到教堂看看，然后再到新娘家里来吃喜酒。

老大单独在她的厨房里织毛线；不减慢各根长针的动作，她固定地注视他们，让他们说明，接连三次，重复同样的字句。最后，她用尖锐的声音说道：

“参加婚礼，啊！不！当然不！……参加婚礼要我去做什么呢？……这对那些愿意玩耍的人，的确是很好的！”

他们看见她苍白的面孔，因想到这不花一文的大宴，立刻露出光彩；他们相信她一定会接受的；但是习惯要他们一次又一次恳求她。

“我的姑母，喏！真的，没有您来参加是不行的。”

“不！不！这不是为我举办的。难道我有时间吗？难道我有可穿的衣服吗？这时常是浪费……不去参加婚礼，人们也能活得不错着。”

他们只得再次重复他们的邀请，终于她摆出不愉快的态度说：

“好，既然这样的，我将去参加。不过既然这是你们所强迫的，我也只好走动一下的。”

看见他们还不动身离开，于是她心里发生一种斗争，因为按照通常的习惯，在这样的场合，人们必须敬上一杯酒。她已决定，不用摆着已经开过的那瓶，她走到地窖里去。这是因为她还有剩下的几瓶，变得那么刻薄，被她专用做“驱逐堂兄的”，她自己从未喝，专为这些机会拿出来敬客。她盛满两杯，用她那圆圆的眼睛注视她的侄儿和侄女，他们为了不得罪她，只得不露出难堪的样子，一吃喝完。他们离开她，嘴里不免为热辣辣的酸味所折磨。

同一下午，仆多和莉兹也到达白玫瑰别墅，查理夫妇家里去。但是那边，他们却碰到一个凄惨的无法预料的事。

查理先生在他的花园里，面容很激动。毫无疑问，当他剪除爬绕的玫瑰树时，他一定被什么暴烈的情绪刺激，因为他的手里还握着修枝剪，梯子还倚靠在墙边。而且他正在克制自己，并谦虚地请他们进入哀绿蒂摆出并在绣花的客厅里，摆出谦虚的态度。

“啊！你们将在八天之内结婚。这很好，我的孩子们……但是我们将不能参加您的婚礼，查理太太已到沙德尔去，她将在那里逗留十五天。”

他抬起他的沉重眼皮，向少女扫了一眼。

“是的，遇到繁忙的季节，沙德尔举行大的节日市场时，查理太太就到那里给她的女儿帮忙……你们都知道，生意是生意，有些日子，店铺里简直挤不出时间来。爱期姐尔不熟悉她的业务，她的母亲对她还是有用的，尤其是我们的女婿服哥涅的确不大管事……再则，查理太太每当去她的店铺，总是会觉得舒服的。你们说要怎样呢？我们在那里度过我们一生的三十年，合计起来，的确很长久！”

他很感动。眼含热泪，似乎是在回眸他的过去。这是实在的，他的女人；从她住的这资产阶级别墅，和如此富足，而且充满花鸟和阳光的退隐所深处，对犹太人路的小房子，却还往往患着思归病。闭上眼睛，她还重新看见古老的沙德尔从小冈降下，从大教堂广场，一直降到欧尔河边岸。她到达那，穿过喜鹊街和灰门道：紧接着，走近路，她由骑士盾手街，走下扁脚冈陵；犹太人路和鲤鱼板路转角上的十九号房子，它的白色正面和它的经常关闭着的绿色遮窗板，就出现在她的面前。两条路是贫穷的。三十年之内，她曾看见破烂不堪的房屋和衣衫破旧的居民，以及带走黑水的中央阴沟。但是多少星期，多少月，她留在家里的阴影下生活着，甚至没有越过门槛！她因客厅的大沙发和大镜，各个房间的床铺和桃心木家具，因这整个奢侈，这的严肃摆设没有出门，总之，一句话，他们的创造，他们曾赚得资产的事业，很自负。一想到有些亲密的角落，如经久不散的梳妆水的芬芳，还深深印在她皮肤里的这整个房子的特别气味，一种忧伤的昏晕就袭向她，她仿佛感到莫大的留恋。所以她等着工作很忙的时期，她从她的外孙女那接受她答应当天晚上到糖果铺里，就转给她母亲的两个亲吻之后，就马上动身，心里很快活，似乎觉得自己又变年轻了。

“啊！这真不凑巧，真不凑巧！”仆多说，一想到他没有查理夫妇来参加婚礼，的确觉得很糟。“但是表侄女是否愿意写信给我们的姑母请她回来呢？”

已届十五岁的哀绿蒂头发稀少发黄、面孔浮肿，她的血是那么贫乏，乡间的空气好像更加重她的孱弱。

“哦！不！”她喃喃说，“外婆曾好好对我说过，她去帮忙卖糖果，必须逗留两个星期以上。如果我很乖的话，她还会给我带回一袋。”

这是虔诚的谎言。每次旅行，她的外祖母总给她带回许多她以为是她父母店铺里制造的糖渍杏子。

“那么，”莉兹终于提议，“姑丈，即使没有她，您也可以来，您也可以和小姑娘一起来。”

但是查理先生已不再听从，已重新陷入他的激动。他走近窗口，似乎窥伺什么人，他的喉头里压下几乎要冲上来的愤怒。他不能再长久地克制住，用一句话遣走少女。

“你去玩一会儿，我的小宝贝。”

大人们谈话时，她习惯于这样离开。待她一走出去，他笔直站在房间中央，交叉着双臂，一种暴怒使他这退隐官吏般的肥胖而端正黄脸，紧张得发抖。

“你们会相信这个吗？你们也曾见过这样下流的事吗?！……我刚在修剪我的玫瑰树，我爬到梯子的最后一级，漠然地俯向另一边，我瞥见什么？……奥诺琳，是的，我的女仆，奥诺琳和一个男人，一个伏在另一个上头，下一个两腿朝天，正在干他们的龌龊勾当！……啊！猪猡！猪猡！竟在我的墙脚边！”

他窒息，喘不过气来，他带着诅咒的高尚手势，开始来回行走。

“我等着她，把她驱逐出去，婊子，无耻的贱货！……我们不能留住这样一个女人。普通无赖总把我们的所有女仆都弄大肚皮。不到六个月，这仿佛是规定好的，她们的肚皮变得那样，再不能在一个规矩的家庭里工作……这一个，我看见她在胡闹，而且做出那样淫荡的姿态！啊！这确实是世界的末日，放荡再也没有任何限度了！”

听得惊诧不已的仆多和莉兹，为了表示恭敬，对他的愤怒表示同情。

“当然，这确实不大规矩。哦！不，这确实不大规矩！”

然而他重新站到他们面前。

“那么，请你们想象一下，如果哀绿蒂爬上这条梯子，看见这肮脏龌龊勾当的话，她那么纯洁，那么天真，她什么都不知道，我们从不停止监视她，甚至监视到她的思想！……凭我的荣誉说，这简直会使人吓得发抖！……如果查理太太在这里的话，这是多么大的打击！”

恰好，同一瞬间，他向窗外望一下，他看见女孩子，为好奇心所刺激，一只脚已踏到梯子的第一级上。他急忙扑过去，好像看见她走近万丈深渊边岸，他以一种喉头被恐惧梗塞的声音对她喊道：

“哀绿蒂！哀绿蒂！你快下来，为着上帝的爱，你离开那里！”

他的两脚似乎已折断，他让自己跌坐在一把沙发里，继续悲伤女仆们的放荡。难道他无意中撞见一个在鸡埘深处，向小姑娘指出母鸡们的屁股怎样构成的吗?！在外面，目睹农民们的粗鲁行为和动物们的自由交尾，他正有够多的烦恼；如果在他家里，

又要发现不道德的可怕榜样，他真将丧失勇气不敢再生存于世。

“看，她已回来了，”他忽然说，“你们去看吧！”

他按铃，试图恢复适当平衡，他坐着摆出威严的样子接待奥诺琳。

“我的小姐，请您整理您的箱子，马上离开这里。我将多给您八天工钱。”

孱弱而略嫌太瘦的女仆，露出可怜而羞怯的表情，愿意加以说明，嗫嚅说着请求原谅的话语。

“这是无益的，我所能做的一切，就是不把您交给官厅，要它办您妨害风化的罪。”

于是她反抗了。

“喂！那么，这是因为人们忘了付出睡一次的钱吧！”

他笔直站起来，很高大，指向门口，做尊严的手势驱逐她。接着，待她走了出去，他突然感到安慰。

“人们也能想象到这损坏我家名誉的婊子吗！”

“当然，这的确是一个，啊！一个真正的娼妇！”莉兹和仆多殷勤地重复一句。

这后者再问：

“不是吗？这事结束了，姑丈，您将和小姑娘一起来吧！”

查理先生曾在客厅里战栗着。他带着担忧的动作走出向大镜里看看；他满意自己，走了回来。

“那么，到哪里？啊！是的，参加你们的婚礼……你们结婚，我的孩子们，这是很好的……你们信任我吧，我一定来参加；但是我不向你们约定，我是否将领来哀绿蒂，因为你们都知道，在结婚时候，人们总是放纵的……嗯？混账的娼妇，我已给她驱逐出去！这因为我不需要女子们来麻烦我！……再见，你们信任我，我一定会来的。”

仆多和莉兹接着去访问的黛勒梅夫妇，经过习惯的拒绝和坚请之后，他们也接受了。家族里留下要邀请的，只有耶稣·基督一个人。但是，他的确变得难以忍受，他和大家都发生争吵，而且闹出种种最龌龊的事情来损坏他自己一家的名誉；虽然害怕他为了报复会干什么丑恶的勾当，人们却决定撇开他，不请他来参加。

罗涅在等待着延迟了那么长久的结婚，的确是一件大事。村长胡得根只得说自己走动一下；但是一被邀请去参加下午的晚餐，他就道歉；那一天为了一件官司，他被迫要到沙德尔过夜，既然人们也曾客气请捷卡琳太太来参加，她一定会来恭喜的。为了筵席间有阔气的出席，仆多他们曾有一会儿想邀请高达神父来主持典礼。不过，从最初的几句话起，后者就发怒，因为结婚定在圣约翰日，的确没有选择好。当天他要在巴曹宣·勒·陀伊安，为某一奠基礼，必须做一个大“弥撒”：人们怎样要他上午赶到罗涅呢？于是莉兹、凡娜和罗斯等女子们固执起来；她们不谈到请他吃饭，他终于让步了；他在中午到来，心里很不高兴，只愤怒了草地给她们诵过“弥撒”。她们的自负心因而受到深深的损伤。

此外，经过详细的讨论，人们曾决定喜筵将很简单，由于新娘和她所养的，不久就要三岁的孩子的情况，将只在家里举行。然而人们却到克罗亚的糕饼店定下一个装馅的大蒸饼和丰盛的饭后果点，为了显示遇到适当时机，他们也知道花钱，整个费用都集中在这饭后果点里；和圣舒斯特田庄主人歌格尔夫妇出嫁他们长女时一样，他们也有一个漂亮的喜糕，两道蛋乳精制品，四盆糖果和香甜小面包。在家里，除了浓的肉汤，猪血香肠、四只卤炙的童子鸡、四只白葡萄酒调煮的兔子之外，还有烤卤的牛肉和小牛肉。这只为十五个左右的人准备着，因为他们还不知道客人的准确数目。如果晚上还有留下，他们将在第二天去吃完。

上午有云彩稍稍遮住了天空，后来逐渐明朗了。傍晚的月色给人以温暖洁净的感觉，大家都觉得很舒服。人们把食具摆放在宽敞的厨房中央，沸腾着卤汁和烤煮鸡、兔、牛肉的炉灶对面。厨火使房间变得闷热，人们只好让一扇门和两道窗敞开着，干草刚被割下的触鼻香味，由外而飘进来。

从上一天晚上起，木宣女儿们就请罗斯和凡娜帮助她们。下午三点钟，当糕饼商的车子出现时，村庄的妇女们有了一阵骚动，都赶到门口来探望。立刻，为了给大家看一看，人们拿饭后果点放到桌子上。正好老大来得较早，坐下来，把她的手杖夹在两膝中间，眼睛瞪得圆圆的，再也不离开桌子上的食品。啊！浪费这么多的钱，怎么可以呢?！为了晚上可以多享受一些，从上午起，她就没有吃过一点东西。

那些男人们，如新郎仆多、给他做证人的约翰、老副安、黛勒梅和他的儿子，陪着来的耐纳斯等，大家都穿常礼服和黑裤子，戴他们的高绸帽，在院子里玩着击瓶塞游戏。查理先生，前天晚上把哀绿蒂领回砂多屯的寄宿学校之后，一个人来了；虽然自己不参加，他对他们的游戏却蛮有兴趣，有时还发表公证的意见。

但是到六点钟，当一切都准备好的时候，大家必须等待捷卡琳。为恐怕在炉灶前面溅污，大家都撩起裙子，并用别针扣住。莉兹穿蓝的服装，佛兰佐史身上，则是粉红的绸衫，色调很粗劣，已有些过时，由郎蒲狄安作为巴黎的最新款式价钱卖给她们。副安老太婆拿出她的淡紫纺毛混织品的袍子，这是她在当地各次婚礼中已穿过四十年左右；一身绿装的凡娜戴上她的一切首饰，链子和表，一枚领头的扣针，几只戒指和一对耳环。每一分钟有一个妇女出去，到大路上，一直跑到教堂的拐角去观望，看看田庄的贵妇人是否到来。各种的肉烤煮着，人们犯错误，让已经盛好的浓肉汤在盆子

里逐渐冷去。最后发出一声叫喊：

“喏！她来了！喏！她来了！”

两轮轻马车出现了。捷卡琳敏捷地跳下车。她显得楚楚动人，她具有审美的观念，以漂亮姑娘的身份，只穿简单的、布满红点的白细麻布衫，皮肉裸露着，没有什么名贵的首饰，只有两耳戴上闪闪发光的钻石，这由胡得根赠送的礼物，曾光耀于周围的各个田庄。但是帮着领她来的长工放好马车之后，她没有让他走，人们不免觉得奇怪。这是一个名叫德龙的大汉，一个巨人，白的皮肤，赭色的须发，有好孩子一般的面庞。他从贝尔舒来，他到波特利干整理院子的活，还只有十五天。

“德龙留下，你们知道，”她快活地说，“他要带我回去。”

在贝斯，人们不大喜欢贝尔舒人，大家都责备他们虚伪和阴险。人们都默不作声相互看了看，心里嘀咕，这大傻瓜是小高业姑娘的新姘头吧？仆多答道：

“当然他也留下，只要他和您一起就好！”

莉兹说了可以开始以后，大家推着摔着，大声说笑来到了，桌边那里缺少三把椅子，人们跑去寻找那已没有草垫、放上一块木板的两条杌子。羹匙已碰到盆底。肉汤冷掉，盖着一颗一颗的冻结的油珠。这无所谓，老副安说，它将在肚子里重新烧热；这惹起一阵暴烈的狂笑。接着是满口的狼吞虎咽。童子鸡，兔肉、牛肉、小牛肉接连被捧出来，消失在上下颚的可怕声响里。在自己家里对饮食都很节俭，可是一旦来到别人的桌边，他们就吃得几乎要胀破肚皮。为了吃得更多，老大不说话，连续咀嚼吞噬着食物；这八十岁老太婆的扁平和干瘦身体也不可思议地吞下那么多东西，甚至没有一点点膨胀，看来实在是让人感到害怕。出于礼节，大家约定，由佛兰佐史和凡娜来负责侍候，新娘可以不必站起来；但是后者忍不住，每一分钟，总离开她所坐的椅子，撩起两袖，关心那一锅卤汁或割下一块炙肉。其实全桌的人无一不会参加服务，时常有一个人站起，切下面包，或赶急接过一盆菜肴。负责倒酒的仆多，忙得不可开交；为了充分利用各种时间，他曾想过，预先抬一桶穿好孔的酒，放在厨房里；即使如此，他简直没有吃东西的时间。情况变得那么紧张，约翰只好替换他，由他盛满各个酒瓶。坐着的黛勒梅，摆出他的大道理，如果人们不愿意自己的喉头被梗塞，当然需要喝下液体。待人们拿来大如耕犁轮子的装馅蒸饼，大家都默不作声地看着，里面的肉馅勾起他们的食欲；查理先生出于礼貌，甚至还凭他的荣誉作担保，即使在沙德尔，他也从来没有见过这么漂亮的蒸饼。接着，原来已兴奋不已副安老爹随口发出了赞叹声。

“喂！如果人们拿这个胶到屁股上，这会治好那上头的皲裂呢！”

全桌的人都捧腹大笑，尤其是捷卡琳笑得眼泪都流出来了，她嗫嚅着，她喃喃自语：

新郎新娘面对面坐着，仆多在他的母亲和老大中间，莉兹两边是副安老爹和查理先生；其他客人完全随他们的意思各自选位置坐下，捷卡琳坐在德龙身边，后者总以他的温柔而蠢笨的眼睛注视她，佛兰佐史旁边是约翰，只由小徐尔分开，他们两个都答应好好照看他；但是待蒸饼一捧上来，一种强烈的厌食出现在孩子的脸上，新娘只得起来，拖着小家伙抱到床上去睡觉。约翰和佛兰佐史就这样并肩吃完他们的晚餐。她很喜欢活动，面孔被炉火映得通红，他快累死了，同时却被过分的兴奋激动着。他，很殷勤，情愿为她站起来；然而她总不时逃出去。她尤其要抵抗仆多的袭击，后者一变得可爱时，总很顽皮，从坐到桌边吃饭的那会起，就不断戏弄她。他在她经过时，总趁机在她身上摸来摸去；她很愤怒，伸出手还了他一个巴掌；接着，她又在某一借口下，再站起来，仿佛被诱引，要让自己再被偷捏一把，并再打他。她感觉到自己的臀部都被捏青了。

“那么，你留在这里吧！”约翰重复道。

“啊，不！”她嚷道：“不应该让他相信他既是莉兹的丈夫，同时又是我的男人。”

天黑下来以后，人们点起六根蜡烛。三小时以来，人们一直地大吃大喝，最后，十点钟左右，大家扑到饭后果点上。接着他们喝咖啡，并不是一杯或两杯而是接连整碗整碗大喝。打趣的谈话更增加了：咖啡，会使神经兴奋，对太贪睡的男子们，确实是再好不过的；每次若有一个结过婚的客人喝下一大口，大家都捧腹大笑。

“你喝它当然是有原因，”欢笑的凡娜一反平常的保守态度，对她的丈夫黛勒梅说。

他的脸被羞得通红，他提出从容的辩解理由。他借口每天做了太多工作，很劳累；他们的儿子耐纳斯，张着大嘴，在这夫妇秘密所产生的大叫嚣和拍大腿的闹声里狂笑。然而这孩子吃得太多，肚皮都快胀破了。他忽而不见踪影了，人们动身离开时，才发现他和两只母牛睡在一起。

老大是能抵抗和坚持得最长久的一个。到半夜，她存着不能吃完的幻想希望，扑向香甜的小面包。人们已抹光蛋乳精制品的大碗，扫除大喜糕的碎屑。在醉意渐浓时，女人的胸衣脱掉钮扣，男子的裤子松开拉链，人们调换位置，合成一小群一小群，在被卤汁、葡萄酒弄脏的桌子周围谈天。唱歌的尝试没有成功，只有老罗斯，面孔遮着阴影，继续低唱另一世纪的放荡小曲，她年轻时的猥亵歌词，被她左右摆动的头，记下拍子。同时，他们的人数太少，不能跳舞，男子们喜欢一面清空烧酒瓶，一面吸他们的烟斗，并向桌上敲去烟斗里的灰烬。在一个角落里，凡娜和黛勒梅，当着约翰和

德龙的面，估计新婚夫妇的经济情况，和他们的可能希望，这很精确，几乎没有算错一个铜子。这无穷无尽持续下去，每一平方公寸的土地都被鉴定，他们了解罗涅的一切资产，甚至知道衣服所代表的数目。在另一端，捷卡琳占住查理先生，她以无可战胜的微笑凝睇他，她的漂亮的眼睛燃烧着好奇的火焰。她询问他：

“那么，这很好看吗，沙德尔？在那里可以享受无穷的乐趣吧？”

他立刻以环游“城市一周”回答她，赞美种着古老树木的散步路线怎样给沙德尔以绿荫的围带。特别是下面欧尔河沿岸，许多林荫大道，在夏季是很凉爽的。接着还有大教堂，他非常熟悉当地的情形并尊敬居民们所信奉的宗教，他以信教者的身份，详细描述大教堂的建筑。是的，最美的大纪念物之一，在这失掉信仰的基督徒时代，变得太宽广，差不多时常是空的，它的荒凉广场中间，每一星期之内，只有虔诚信女的黑影穿过去；他曾经感受到这没落的无穷无尽的悲伤。某一星期天下午两三点钟的晚褥时刻，他趁经过这里的机会走进去：走到里面，人们简直会冷得发抖，由于花玻璃的关系，人们看不明白。如此，首先只好习惯于阴暗；随后才辨出几个寄宿学校的女孩子，像一小群蚂蚁遗失在那边的穹窿底下，用小笛般的尖锐声音，唱着圣歌。啊！真的，人们就这样为了酒店而放弃教堂，确实是令人悲伤的！

听得惊诧的捷卡琳，露出她的微笑，继续注视他。然后她喃喃说：

“但是，请您告诉我吧，在沙德尔的女子们……”

他已听明白，变得很严肃，然而在大家都喝醉的健谈里，他吐露心里的一切。她脸色很红，颤动着笑声，挤近他身边，仿佛要自己进入每天晚上男子们进出的这神秘里。但是这并不是她所确信地，他对她叙述辛苦的工作。因为他一喝酒就变得忧郁，几乎和父亲相似。随后，待她一说到自己为了玩耍去看看，曾经过砂多屯的妓院门前，见到达维衣路和罗亚曹路转角上，一幢衰败的小房子，它的百叶窗时常关闭着，已一半腐烂。他马上激动起来。是的，后面，在一个没有妥善维护的花园里，只有一个镀锡的大玻璃球，显出房子的正面；在改成鸽子窠的屋顶室天窗前面，许多飞翔的鸽子，对着阳光发出“咕咕”叫声。那一天，很多孩子们在门前的石级上玩耍，人们听见军官的命令，由邻近骑兵队的兵营墙上传过来。他打断她的话，他很生气。是的，是的，他认出这个地方，只有两个可厌的和疲劳的女人，楼下甚至没有大镜子。就是这些陋室损坏职业的声誉。

“但是在一个县城里，您要做什么呢？”他终于说，他的怒火已经熄灭，表明他对上流社会上的容忍哲学做了必要的让步。

那时已清晨一点钟，大家都说要回去睡觉。既然有一个孩子在一起，无须向攒到被头里的新人们玩种种花样，不是吗？要想出种种滑稽的玩意儿，如塞进摩擦发痒的毛，拔掉床的螺丝钉，放好新人们压下时会“吱吱”尖叫的玩具等。对于他们，也差不多只是饭后的芥辣。最好是再喝一杯，并互道晚安。

这时，莉兹和凡娜发出一声尖叫。由敞开的窗户，飞进满地投掷的污物，从篱笆脚下拾掇来的兽粪；这些女人的袍衫已弄脏，满身都被溅污。哪个猪猡干了这样的事？人们跑去，向广场，大路和墙后注视，没有一个人。其实，大家都认同：一定是耶稣·基督为了自己没被邀请而实施他的报复。

副安夫妇和黛勒梅夫妇已出发，查理也如此。老大巡视桌子一周，看看是否还有什么留下，对约翰说过仆多夫妇将饿死在麦秆堆里，她决定走开。到外面的道路上，当别的喝醉的人在石子中间翻倒时，只听见她的坚定和沉重脚步，掺杂着手杖的均匀小敲击，慢慢离远。

德龙为捷卡琳太太驾好两轮轻马车，后者在踏板上转过脸说：

“难道您不和我们一起回去吗？约翰？……不，不是吗？”

准备登上的年轻人，马上改变主意，把她让给伙伴，确定是舒服的。他看她紧靠着她的新情人的大身躯，待车子消失了，他不能阻止自己微笑。他，他将步行回去，他朝院子的一条石凳走去，靠近佛兰佐史身边坐了一会儿，她已被疲惫和热气压倒，他坐在那里浑浑噩噩地等着人们散开。仆多夫妇已到他们的房间里，佛兰佐史曾答应：睡觉之前，她将关掉一切。

“啊！天气多么好！”经过很长的五分钟沉默，她感叹道。

静寂伴着无穷的平和再开始。凉爽和甜美的夜晚，撒满闪烁的星星。发出的干草香味，那么强烈，由哀格尔溪边岸的草场里浸出来。简直像野花的芬芳，弥漫在空气里。

“是的，天气确实很好，”约翰终于重复说：“这会恢复心的平静。”

她不回答，他察觉她已睡着。她溜下，她依靠在他的肩膀上。于是他还停留一小时，想到种种模糊的事情。许多坏的思想侵袭占领他，然后又消散了。她太年轻，在他想来，他等着，好像只有她一个人老去，逐渐会和他的年纪相仿。

“喂！佛兰佐史，应该睡觉了。你会着凉呢！”

她突然被惊醒。

“怎么！啊！这是确实的，到自己的床上，这当然比较好些……再见，约翰。”

“再见，佛兰佐史。”

第三篇

一

仆多最终得到了他的这一份土地，那么强烈渴望得到，而他在占有欲、仇恨 和顽固的疯狂里竟拒绝两年半以上，现在终于成为他所有的了！他自己已不知道为 什么他那么固执，心里很希望去签证书，但是又害怕自己会上当，因没有继承到全 部遗产，今天已割裂和散开的十九“亚尔奔”，不能令自己感到快乐。从他接受以 后，这简直是获得满足的太兴奋，占有的强烈快乐；还有另一件事增加这快乐，一 想到他姊姊和哥哥受到伤害，现在新的道路既然经过他的田地，他的田地因而有了 更多价值，他的心里非常愉快。一遇见他们，他总摆出狡猾者的神态眯着眼睛，嘲笑他们说：

“我毕竟要过他们，而且要他们上大当!”

这不是一切。他还因婚礼的推迟，莉兹给他带来的、靠近他田亩的两公顷土地，感到喜悦，因为两姊妹间势必分产的思想，他没意识到，或者，至少，他要让这分产留很长时间，他希望从此刻到那时，会找到摆脱这分产的方式。连佛兰佐史的一份也要包括进来，他已有八“亚尔奔”耕地，四“亚尔奔”草场，大约两“亚尔奔”半葡萄田；他将保住它们，即使拉掉他的一个肢体，他也永远不放弃他的所有，尤其是高挪伊那，沿着新道路的一块，他将拚拚命拥为已有，这一块现在丈量起来，大约有三公顷。不论他姊姊和哥哥，他们都没有这样的田产，他每次都谈论田产时，都感到由衷的骄傲和满足。

一年过去了，这第一年的占有，仆多是满意的。在他受雇于别人家里的任何时期，他都没有那样深耕过土地；它现在已属于自己，他要深入它的内部，要它的“肚皮”深处都生产谷物。傍晚，他带着他的耕犁精疲力竭回来，犁头的铁如银样闪闪发光。三月里，他锄松他的小麦田，四月里他清除荞麦田里的杂草，他小心看守着，献出毕生精力。当田亩上不需要工作时，他时常满日欢喜，回去看看。在它们的边缘走一周，俯下去，用他的习惯手势，撮起一把他喜欢捏碎的肥土，让它从他的手指之间慢慢漏下去，尤其当他认为湿度适合，他嗅到好的面包会茁长起来时，就觉得非常舒服。

于是从十一月到七月，从绿芽出现到高高的麦茎黄熟，贝斯在他面前舒展它的青色。从他家里，他的眼睛可以瞻望它、鉴赏它，他曾除去厨房内朝向平原的窗户；他站在那里，看见当地的四五十公里，无限广大的面积，裸露展布在苍穹的圆体下。没有一棵树，只有砂多屯至奥尔良大路上的电报柱，笔直溜过去，一直通到看不见的远处。首先，循着地面，在褐色的泥土地中，只有几乎感觉不到那淡淡存在的绿影子。其次，这淡绿色逐渐增强，形成色调差不多一致的一大片绿绒。再其次，麦苗长高并茂密起来，每种植物都有它的浓淡颜色，从远处，他分辨出小麦的黄绿，养麦的青绿，芒麦的灰绿，广阔地链的田亩，在桃红三叶莲的红块中间，向四面八方蔓延。这是贝斯风华正茂时期，穿上它的青装，在它的简单素静里，看来却很平坦，很新鲜。麦茎再长大，这谷物形成深碧而滚动的，一望无垠的大海。万里无云的早晨，升起一种粉红色的薄雾，太阳在净洁的空气里升高，和风吹出温馨的气息，田亩之间因而扬起波浪，这波浪从地平线那边出发，逐渐伸长，一直滚到另一端才消失。一阵摇摆冲淡旷野的色彩，旧金的线纹循着小麦流动，养麦变蓝，震颤的芒麦则有着淡紫的光泽。波动一下又一下连续着，永恒的涨落，在广大海面的风下翻滚。到傍晚，遥远的房子正面，鲜明地被照亮，好像是白帆；突出的钟楼，在地折后面，竖起一只一只桅杆。天气比较冷时，阴暗扩大这大海撒满细微潮湿的感觉，遥远的树林，像大片的黑斑点隐没下去。

天气不好时，仆多也注视它，注视这伸展在他脚下的贝斯，正如一个渔夫从他的悬崖上注视波涛汹涌的大海那样，亲眼看见那里的暴风雨夺去他的面包。他注意到那里落下凶暴的大雨，黑厚的云给旷野罩上灰白的回光，许多红色电光，闪烁于草场之上，接着爆发出剧烈的雷声。他看见一阵雨势，从二三十公里以外到来，先是一团细薄的褐云，像绳子似的卷动，好像大怪物奔驰和呼号的一大堆，最后在截然剖开的麦茎之间，是三公里宽的偃痕，所有的一切都被蹂躏，被折断，被铲平。他的几块田亩没有被破坏，他存着内心快活的嘲弄，悲叹别人的灾难。待小麦逐渐长大起来以后，他的喜悦也随着增加。一个村庄的灰色小“岛”已在地平线，青绿增长的地平线后面消失。剩下的是波特利屋顶，不久也轮到被淹没的境地了。只有一个风磨和它的翼子，孤单地留下，看来，不啻是一个漂流物。到处是小麦，成熟的和充溢的小麦海洋，要土地盖上它的无限青绿。

"啊！他妈的！"仆多每天晚上坐到桌边时说，"如果夏季比较湿润，我们将时常有好的面包可吃！"

在仆多夫妇家里，人们已安排好。他们两个住在底下的大房间里，佛兰佐史只以他们上头木宣老爹睡过的小房间为满足，不过它已被整修过，摆上一张帆布床，一个旧的五斗橱，一张桌子和两把椅子。她照顾两只母牛，过着和以前一样的的生活。然而在这平和里，争吵的原因还潜伏着，两姊妹间的分产问题还是悬而未决的问题。姐姐结婚的第二天，做妹妹监护人的老副安，曾坚持要举行分产，使她们可以避免以后的一切纠葛。但是仆多惊呼，表示反对。这又何必呢？佛兰佐史还太年幼，她不需要她的土地，没有什么改变吗？跟从前一样，她生活在她的姐姐家里，有人供给她食物和衣服，总之，她当然没有什么可叹息的。对提出的一切理由，老头子总是摇头；人们永远不清楚以后将发生什么，最好是把一切照规定的办好。女孩自己也坚持，要晓得她的一份，分好以后，即使再托他的姊夫来照料，也可以。然而后者，摆出嘲笑和固执的姿态，用她表示好意的粗暴话语打败他。从此，人们不再谈到这个，到处显露这样可幸福地过着共同生活的快乐。

"一家人要过得和和气气，我就只知道这个！"

真的，最初的六个月，两姊妹或他们夫妇中间，还没有发生争论，然而事情却缓慢的变糟。这由彼此的恶劣脾气开始。他们互相赌气，终于达到蛮横的话语；其实，"你的"和"我的"这酵素仍默默地继续它的蹂躏，逐渐破坏往常的友善关系。

是的，莉兹和佛兰佐史的确不再以曾经的柔情，互相喜爱。现在再没有人碰到她们披着同一披肩，在逐渐暗淡的夜色里，互相抱着对方的腰身散步了。她们好像被分开，一种淡漠已在她们中间增长起来。自从一个男人来到那儿，佛兰佐史似乎认为她的姊姊已被人抢走。她，从前和莉兹互用一切的她，却不均分这个男人；如此，他变成一种外来的阻碍，挡住她的情感，她只能独自生活着。仆多若抱吻莉兹时，她就走开，总不再抱吻她的姊姊；她的心头受到伤害，好像有什么人在她自己的杯子里喝东西。关于财富问题，她还保持她的孩子想法，她存着奇特的激情：这个，是你的，那个，是我的；从此以后，她的姊姊已经属于另一个人，她就让她去；但是，她希望得到属于她自己的一切，土地和房子的一半。

在佛兰佐史的气愤里，还有另一种她自己也说不明的原因。直到那时，为木宣老爹的鳏居所刺激，没有人再相爱的房子，对她，没有任何令人厌恶的气息。看，现在一个男人住了进来，而且这是一个品质低下的男人，习惯于不规矩的行为，平常总在旱沟深处推倒少女们，他的玩笑有时会震动板壁，他的喘息有时会穿过木板的裂缝。

她在畜生那里看到过，知道所有的情形，她对他们夫妇的胡闹，因而感到厌恶和气愤。白天，她情愿出去，让他们自由自在，干他们的猪猡勾当。晚上，如果他们离开桌边时就开始欢笑，她总对他们喊着说，他们至少要等着她收拾完碗碟。她走到她的房间里去，粗暴地摔上门，并嗫嚅地辱骂；她的牙缝中间总连续吐出：混账的龌龊家伙！混账的龌龊家伙！不论怎样，她都认为自己听见楼下所发生的一切。头埋入软枕里，被头一直拉到眼边，她燃烧着热病，听觉和视觉为各种各样的幻象所萦绕；她因自己已成熟的体内烦扰，很痛苦。

最坏的是仆多，看见她那么在意这件事，总以幽默的口吻，故意开她玩笑。那么，什么？这有什么关系？当她必须尝到这个滋味时，他将说些什么呢？莉兹也笑，觉得这个很正常。于是他对这玩意儿提出他的解释：仁慈的上帝已经把这不花一个钱的享受赠给每一个人，他当然可以尽量享受；不过，不要孩子，啊，为了这个，不，这已经不被期待了！没有结婚的时候，由于愚蠢，人们总生得太多！就像徐尔，虽然只是一个混账的意外，他只得接受。然而一旦结了婚，人们就变得谨重，他宁可像一只雄猫似的被阉掉，也不愿意再生另一个。宽恕他见家里面包已那么快被吃掉，再添吞噬的一张口，他愿去死！所以他睁开眼睛，和他的女人睡觉时总监督着自己。他说，她那么肥，混账的快活家伙，一下就会吞进那玩意儿；为着逗乐子，他又说，他只辛苦耕田，却不播种。小麦，哦！小麦，只要土地的膨胀肚皮能生产出来，他都欢迎！可是小孩子，这已结束，永远不要再生！

在这些持续不断的嬉笑和她所接触所感到的交合中间，佛兰佐史的顾虑逐渐增加。人们不加考虑地说她的性质已改变，真的，她往往为无可解释的脾气冲击，有时很高兴，忽然又很苦闷，有时欢笑，忽然又很烦闷，要发牢骚：她自己解释不明白清这连续的突然为了什么原因。早晨，当仆多一点也不顾忌，一半裸体穿过厨房时，她总以幽暗的目光跟随他。为了毫不起眼的小事，为了她敲碎一个杯子，争吵即爆发在她和她的姐姐中间：这口杯，至少一半，也是属于她的，如果她愿意的话，难道她不能打破全部的一半吗？涉及这些财产问题，争吵转变得很尖锐，让仇恨一直持续许多天。

这时候，仆多自己也有了非常粗蛮的脾气。土地受可怕的干旱之苦，六个星期以来，老天没下过一滴雨；他回来时总捏紧拳头，看见收获物受损害，简直要急疯了。芒麦还很柔弱，荞麦异常干瘦；小麦，在没有结穗之前，已被晒焦，他怎能不忧心呢！他的确很烦躁，的确像田亩的小麦那样，胃收缩在一起，干化的四肢颤动着痉挛，为不舒服和愤怒所绞痛。所以一天早晨，他第一次和佛兰佐史发生争吵。天气闷热，他在井边洗过身体以后，他的衬衫散开，他的没有扣好的短裤从屁股上溜下来；他坐下

吃菜汤时，服侍他的佛兰佐史在他背后转了几圈。最后，她的脾气爆发了，脸色变得通红。

“喂！你应该收进你的衬衫，这很讨厌！”

他不能忍受批评，他发怒说：

“他妈的！你总不时干涉我，你有完没完？……如果这使你厌恶，你不看就是了！……没有尝过滋味的小家伙，你总时常注意那上头，你也很想试试吗？”

她的脸色变得更红，她咕噜着，这时莉兹犯了错误，竟跟着：

“他说得对，你老是给我们惹麻烦……如果一个人在自己家里都不愉快的话，你滚开吧！”

“就是这样，马上离开。”狂怒的佛兰佐史说了，马上离开，把她背后的门关得震天响。

但是第二天仆多重新变得可爱，幽默。夜里，天边布满云，十二小时以来，落下细小、温暖和湿润的雨，这是使夏季乡野突然复活的微雨，他打开朝向平原的窗，从黎明起，他就满脸笑容，两手插在衣袋里，站着注视这救命的雨，嘴里反复说着：

“既然仁慈的上帝替我们工作，看，我们已是资本家……啊！神圣的老天爷！像这样空着两手度过的日子，这的确比无益的而做累得要死的日子要好得多！”

徐缓、温和和无休止的雨，仍然淅沥落下；他听见贝斯，这没有江河、没有泉源和严重干涸的贝斯，慢慢喝下。这是大的呢喃，喉头显示平和的微声。一切都吞下，都浸湿，一切都在雨点下重新焕发出勃勃生机。小麦重新获得它的青春健康，坚挺笔直，高高的麦穗，将膨胀，将变得很大，将充满淀粉。他，跟土地，跟小麦一样，也感到轻松清凉和病已痊愈的满足，也由他的一切毛孔里喝下所需要的水，他再站到窗前喊道：

“喏！太好了！太好了！……这是落下五法郎的无数银币呢！”

突然，他听见有人开了门，他转过来，他认出老副安时，不免有些惊异。

“怎么了！父亲！……那么，您是捕青蛙回来的吗？”

老头子收起一把蓝的大雨伞走进来，把他的木屐留在门槛上。

“美妙的雨水。”他只这样简单地说，“田野的确非常需要这个！”

自从分产办好，签过字并登记好的几年以来，他每天只有一种营生，就是走去再看看他的以前的田亩；人们时常遇见他在它们周围闲荡，表示关切，根据收获物的状态，有时快活或忧闷，总满口咒骂他的孩子们，因为这并不是这样，如果什么都进行得不好，这是他们的错误。这细雨也引起他的欢乐。

“那么，”仆多再说，“您路过时过来看看我们吗?”

直到佛兰佐史说道：

“不！是我去恳求我的伯父到这里来的。”

正站在桌前，剥拣豆荚的莉兹，摆摇两臂等待着，面孔突然变得很严厉。首先握紧拳头的仆多，恢复他的说笑态度，下定决心不再发怒。

“是的，”老头子缓慢解释道：“小侄女昨天曾和我谈过……我要立刻料理的事情，你们看我的主张是否正确。每个人取得他应有的一份，人们就不再为这个发生争吵，相反的，这恰恰阻止彼此争吵……此刻，这应该妥善安排。规定哪些东西是属于她的，这是她的权利，不是吗？我，我无法做主，我是应该受责备的……那么，我们约定一天，我们将一起到贝伊雅舒先生家里去。”

但是莉兹已忍耐不住了。

“为什么她不给我们派来宪兵呢？好家伙！这好像可以说是人们盗窃她！……难道我，我在外面说她是一根真正的溅粪棍子，人们不知道从哪一端去握住它吗?”

佛兰佐史正想用这同样的语调去回答时，仆多，仿佛要和她玩耍，从背后抓住她，并大声喊道：

“看，多么讨厌的蠢话！……即使互相争吵，人们还是相亲相爱的，不实在吗？姊妹之间都不和好，这将很不清爽！”

少女挣扎一下，使自己摆脱出来，正要恢复争吵之际，看见门重新打开，她发出一声快活的感叹。

“约翰！……啊！淋得多么湿！简直是一只地道的落汤鸡！”

真的，约翰，一如既往，刚由田庄里跑回来，只拿一个麻袋掷在双肩上，临时作为遮雨的伞子；他已被淋湿，水往下流，冒出水气，他也欢快地笑着，显出善良的年轻人的快活精神。当他抖动自己身躯时，仆多转到窗前去，站在固执的微雨前面，心里更加感到舒畅。

“哦，下吧！下吧！这是一种降福！……不！说真的！这连续不断落雨，的确很有趣！”

接着，他再回来说：

“你，你来得正好。这两个要互相吃掉双方……佛兰佐史要分产，要离开我们。”

“怎么！这个女孩子！”惊讶的约翰喊道。

他的欲望已变成一种潜伏着的暴烈激情；除了到这房子里看看她，并以朋友身份受人款待，他没有别的满足。如果他不认为自己，相对于如此年轻的她已那么老，他一定已二十次向她求婚了；他徒然等待，相差的十五岁还不能填满。不论她自己、她姊姊或姊夫，任何人都好像没有怀疑他想得到她。所以，就是为了这个，仆多总那么恳切真诚地接待他，并不惧怕任何后果。

“女孩子，啊！这是真正的恰当的字句。”他说着，耸了耸父亲般的肩膀。

但是佛兰佐史站得很笔直，眼睛凝视地上，仍然表示她的固执。

“我要我的一份。”

“这是最明理的。”老副安喃喃自语说。

约翰于是轻轻抓起她的手腕，拉她走到自己的两膝旁，他就这样留住她，震颤的两手触摸她的皮肉，他用淡然的和蔼的声音恳求她留下来。她将到哪里去呢？到陌生人家里，到克罗亚或砂多屯帮着别人去做工吗？在这幢她曾长大的房子里，在这些爱她的人们中间，难道她不觉得这样更好吗？她听着他的话，她也受感染；因为她虽然不太可能想到他可以做她的爱人，但是平常她总愿意听从他；这多半由于友谊，一部分由于惧怕，她总觉得他太严肃。

“我要求我该得到的东西。”她重复说，心里已开始坚持不住，“不过，我不说我将离开。”

“哎！傻瓜！”仆多插进来说，“如果你留下，你要你那些东西干什么呢？同你的姐姐和我一样，你领有一切，为什么你只要一半呢？……不，这是要让人笑掉牙的！……那么，好好听我说，你举行婚礼时，我们再去分产。”

约翰紧紧盯着她的眼睛，开始有些动摇，好像他的心忽然衰弱下去，他的头脑有点发晕。

“你听见吗？你举行婚礼的时候。”

她感到不安，没有不回答。

“现在，我的小佛兰佐史，你去抱吻你的姐姐。这会令人好受些。”

莉兹这个丰满的女人很快活，这非常好；待佛兰佐史一扑到她的头颈上，她就哭了。因拖延分产，觉得很快活的仆多喊着说，他妈的！大家喝一杯。他拿来五口玻璃杯，打开一瓶葡萄酒，而且又寻找第二瓶。老副安的茶褐色面孔发出了光彩，同时解释说他是要尽他的义务。男子们和妇女们一样，大家都喝酒，都祝每个人和全体身体健康。

“葡萄酒，这很好！”仆多做粗暴的手势再把他的杯子放到桌子上喊道：“那么，好！你尽可以说你们所愿意说的，这毕竟不像雨那么珍贵……你们给我看这个，雨还在下！啊！这么大的雨！”

大家都挤到窗户前面，笑逐颜开，沉入一种宗教的找神境界中，注视这温暖的、缓缓地无休止的雨，淅淅沥沥飘落，好像他们看见高而绿的小麦在这甘霖中，茁壮成长起来。

二

夏季的一天，身体已很衰弱、两腿不大能走动的老罗斯，托人叫来她的表外孙女帕眉尔，冲洗她的房子。副安按照他的习惯出门到耕地的周围去溜达。可怜的女人，两膝跪着，沾着水，用力在擦着；另一个则一步一步跟随她，两个的口里则谈同一个故事。

首先是提及帕眉尔的不幸，现在她的兄弟希拉利昂已开始毒打她。是的，这纯洁而又天真无邪的人，这残废者已变得很坏：他的拳头简直能敲碎石块，他从没意识到自己的力量，她总时常害怕他一把抓住她，一下把她打死。但是她不愿别人干涉，赶走那些干涉的人，在她的无限柔情里，她总成功平息他的怒气。另一星期，曾经发生一件丑事，整个罗涅都还在谈论，因为他那么凶残地殴打她，邻居们都跑来，发现他正向她的身上干最令人作呕的勾当。

"喂，我的女孩子，"罗斯为逗出她的秘密，问道："那么，这粗鲁的畜生，真的要强迫你干吗?"

帕眉尔停止揩擦，蹲在她浸湿的褴褛服装里，只是生气，也不言语一声。

"难道这与他们那些要干涉的人们有关系吗？难道他们需要进入我们家里偷窥吗？……我们并不盗窃别人的东西。"

"这倒是千真万确的。"老太婆又说道，"然而你们若像他们所说的那样在一起干，这的确糟糕极了。"

这个不幸的女人沉默一会儿，表情苦痛，双眼茫然，向远处；接着，重新曲成两半，她嗫嚅说话，每一句子都被她的瘦臂的来往擦拭所截断。

"啊！很坏，难道别人知道吗？……神父曾问我，并且对我说，我们将到地狱里去。我不相信可怜而可爱的小兄弟会如同他所说的……一个天真而纯朴的人，神父先生，我曾回答他，一个完全无知的年轻人比刚出世三星期的婴儿还要不懂事；如果我不供养他，他就会饿死，像他这样生活着，确实不太幸福！……至于我，不是吗？这是我的私事。若有一天，他在疯狂发作之时，把我扼死，我倒要看看好上帝是否愿意

饶恕我。”

知道实情已很久的罗斯，看见自己已得不到任何新鲜的详情，立刻摆出一副明理的态度结束道：

“事物若显出某一样式的时候，它不会是另一样式的……这都无妨大碍，只是你所过的生活，我的女孩子，实在太令人同情了。”

她悲叹每个人都有自己的不幸。例如她和丈夫，自从他们好心为了孩子们放弃他们财产之后，他们也忍受种种苦难！于是，她不再默不作声。这是她叹息的永恒话题。

“我的上帝！对父母的敬重，人们最终将忽略过去，不再关注它。孩子们若是猪猡的话，他们还始终是猪猡……不过，只要他们能按期付出年金……”

她第二十次解释，只有黛勒梅一个人送来他的每季度五十法郎，哦！而且不差一秒钟。仆多，他，经常延迟，时常吝啬扣回几个；例如交钱的日期已过十天，她还等着他，他曾答应当晚来付清。至于耶稣·基督，则更简单，他一文不给，人们从来没有看见他的钱的颜色。恰巧那天上午，他还不要脸，还派他的女儿菜籽渣过来，装模作样地做出哭丧的样子，恳求借五个法郎，替她患病的父亲做锅肉汤！啊！他的病，大家都知道：只是鼻子底下的绝妙洞孔想吞进东西罢了！所以人们曾好好款待她，这乞讨的女叫花子！要她负怪转告其父说，如果晚上他不像仆多一样送来他的五十法郎，人们将给他派去执达吏。

“这只是吓唬他一下，因为这怜悯的孩子到底不是坏人。”罗斯加了一句说，在她偏爱长子的感情里，这老太婆已开始被感动。

夜幕降临，副安回来吃晚饭，在他低着头默然咀嚼的当儿，她坐在桌边继续叹息。从他们应得的六百法郎里，他们只得到黛勒梅的两百法郎，仆多的刚刚一百法郎，耶稣·基督连一个铜子也不交付，这恰好等于年金的一半，上帝！这怎么可能呢？那些家伙曾在公证师家里签过字，这是写得明明白白的，而且存在法院里！法院，他们才不管那一套呢！

阴暗里，揩完厨房石地的帕眉尔，如唱苦难歌的叠句，总以同样的话语回应每一叹息。

“啊！当然，每个人都有他的苦处，人们简直会气死！”

罗斯终于决定点灯时，老大带着她的编织物走进来。在这些漫长的日子里，并没有黄昏消夜；但是为了不舍得浪费一段蜡烛，在没有摸索着去睡觉之前，她总到她的兄弟家里，度过漫漫长夜。她马上坐下了，帕眉尔还必须擦亮瓶罐和锅子，因看见她的外祖母到来，已吓得气都不敢喘。

“如果你需要热水的话，我的女孩，”罗斯再说，“你去解开一捆木柴。”

她忍住一会儿，竭力谈及别的东西；因为在老大面前，副安夫妇停止叹息，知道他们若高声叹息自己放弃财产，她会觉得快活。但是激情已超过她的思维。

“去吧，你可以把整捆木柴都放进去，假如这可以叫作一捆木柴的话。这只不过是枯木的碎屑，篱笆的残枝！凡娜真正捡过她的柴堆，才给我们送来这样腐朽的东西。”

留在桌边，面对一满杯酒的副安，于是从他好像要自己幽闭着的沉默里脱出。

“他妈的！关于木柴，你可以不要说了吗？这是没有人要的恶心东西，我们都是知道的！……我，对于黛勒梅送给我当作葡萄酒的这混账酸水，我还说什么呢？”

他举起玻璃杯，对着蜡烛注视它。

“嗯？他到底拿什么放在这里头？这甚至不如桶底洗涤水……那一个，还是规矩的！另两个即使我们渴死，也不会到河边去替我们找来一瓶清水！”

他终于决定一口喝下他的酒。但是他粗暴地再次吐出来。

“啊！毒药！这或者是为立刻把我毒死吧！”

从这时候起，副安和罗斯不再谨慎，尽量发泄他们的怨恨。他们的伤痛的心因而得到慰藉，他们轮流发出咒骂，每个都轮着说出自己的烦恼。例如每星期的十瓶牛奶：首先，他们没有六瓶；其次，这牛奶，即使没有经过堂长先生的手，却不能阻止它一定是好基督徒的。又如所交来的鸡蛋，他们可能是特别向母鸡们定制的，因为在克罗亚的整个市场，人们将找不出同样小的：是的，这是稀有品，而且存着那么恶毒的心肠给予我们，它们是有时间半途变坏了。至于规定交出的乳酪，啊！乳酪，罗斯每次吃了它总闹肚子。她跑去找来一块，一定要帕眉尔尝尝看。嗯？这不是一种丑恶吗？这不要人们喊着报复吗？他们一定给这里面加上粉，甚至或石灰。但是副安已叹息，他已被迫每天只能吸一个铜子烟草；立刻，她又惋惜她必须放弃了黑咖啡；最后，两个同时控诉他们杀害了他们的残废老狗，他们只好下定决心前一天把它淹死，因为现在这只狗对他们确实太浪费了。

“我把一切都给予他们，”老头子喊道，“而这些家伙却开我玩笑，一点也不管我！……啊！只要我们不时狂怒，看见自己陷入这样痛苦里，不用说，这一定会送掉我们性命。”

终于他们停下来，没有开过口的老大，用她强烈的圆眼睛，先盯着她，然后又凝视另一个。

“这做得非常好。”她说。

但是恰在这时仆多进来了。帕眉尔已做完她的工作，趁这机会，接过罗斯放到她

手里的十五铜子就溜走了。仆多站在房间中央，纹丝不动，守着农民从来不愿意第一个先开口的这谨慎的缄默。又流逝两分钟。父亲被迫开始谈他的事情。

“那么，你已决定了，这是可喜的……十天以来，你却让自己一直等着。”

另一个摇摆他的身体。

“能付钱的时候再付钱。各人都知道自己的面包是怎样烘的。”

“可能的，但是关于我们这笔钱，如果坚持下去，你尽可以吃你的面包，而我们两个却要被饿死哩……你已签过字，应该依据日子和时刻来付钱。”

看见父亲动怒，仆多开始说笑。

“那么，您听我说，如果我来得太晚，我马上回去……那么，走来付钱，这不是已经很客客气气了吗？别的人根本不这样做呢！”

提及这有关耶稣·基督的影射，总惹起罗斯的不安，她大胆地去拽她男人的短上衣。他忍住愤怒做了一个手势，接着说：

“这很好，付出你的五十法郎，我已准备好收条。”

仆多不慌不忙摸索着他的钱袋。他不愉快地望了望老大，他的表情因她的在场，显得局促不安。她放下她的编织物，紧紧盯住，等着看他的金钱。

父亲和母亲也走近，两眼紧盯着孩子的手。在这三对瞪得很大的眼睛下，他只得掏出五法郎的第一枚银币。

“一”他说着，拿它放到桌子上。

别的人们有点变得不耐烦，留心他慢慢取银币。他继续高声数着，可是他的声音却逐渐衰弱。数到第五之后，他停住，为了再寻一枚，只得作深的搜索，然后再用重新坚定的声音道：

“六”

副安夫妇仍然等待着，可是再没有新的银币被取出来。

“怎么，六？”父亲终于说，“我们要收的是十……难道在开玩笑吗？上一季，四十法郎，这一季三十！”

仆多立刻改用悲叹的声音。啊！什么都不顺利……小麦又再跌价，养麦长得不成实。连他的马也患病，肚皮肿了起来，如此，他只好两次请兽医来诊视。总之，这是破产，他已不知道怎样去处理这青黄不接的局面。

“这不关我的事，”暴怒的老头子重复说。“付出你的五十法郎，否则，我就上法院告你。”

但是一想到他可以接受先付的六枚，他稍稍消了些怒气；他说要去重写一张收条。

“那么，下一星期，你将再给我二十法郎……我将把这个写在纸上。”

但是仆多迅速伸出的手取回桌子上的钱。

“不，不，不要这个！我愿意不再拖欠。拿收条给我，否则，我就走开……那么，好！说实在的！如果我还欠您的话，这不值得费心付出我的钱！”

这是可怕的，父亲和儿子都固执，两个都毫不厌倦，重复着同样的话语。一个因没有马上拿钱放到衣袋里很恼怒不至，另一个把它紧紧捏在拳头里，决定该放手的时候才放手。母亲只得第二次拉扯她男人的短上衣，于是他重新做出选择。

“哦！混账的家伙，看，你要取得的收条！我应该用巴掌给它胶贴在你的嘴上……拿出你的钱！”

交换面对面地举行了；在这场面之后，仆多开始欢笑。露出可爱而心满意足的态度，他好好向大家祝一声晚安。副安已变得精疲力竭，再次坐到他的桌前。老大，在没有再拿起她的编织物之前，耸着肩膀，并粗暴地对他喊道：

“愚蠢的家伙！”

紧接着是片刻的静寂。门再次被打开，耶稣·基督走了进来。得到菜籽渣通知，知道他的兄弟晚上付钱，他躲在大路之后，他等着他出去，自己可以进来。他的和蔼面孔因为前夕喝醉酒，显得温柔可亲。从门槛上，他的眼睛就笔直盯着副安不小心还放在桌子上每枚值五法郎的六枚银币。

“啊！是伊斯特！”一看见他就觉得幸福的罗斯喊道。

“是的，是我……祝大家健康！”

他向前走来，眼睛盯着银币。转过头来的父亲，跟随他的视线，在担心的惊跳里，瞥见放着的钱。为了藏匿它们，他迅速拿一个盆子盖到上头。可已经太迟了。

“完蛋的蠢家伙！”他想道，因自己的疏忽非常恼火。“老大的话是对的。”

随后他很粗鲁，高声说道：

“你没有付给我们的钱，这确实做得很好，因为如这蜡烛照亮我们一样现实，我明天将给你派来执达吏。”

“是的，菜籽渣曾告诉我这个，”很谦虚恭敬的耶稣·基督感叹道。“我之所以要自己到这里来，因为，不是吗？你们一定不能而且不愿意看见我饿死……付钱，好上帝，当人们没有足够面包时付钱？……我们已卖光一切，哦！我并不瞎说，你们自己可以来看看，如果你们认为我胡扯的话。床上已没有被单，房间里已没有家具，总之，什么都没有了……除此之外，我又患病……”

一声表示不相信的冷笑打断他的话。他装作没有听见，接着说下去：

“可能这不大看得出来，可是这不能阻止我的皮囊里有了什么坏东西。我咳嗽，我觉得我将完蛋……再则，我们若还有肉汤的话！可是我们已没有肉汤，我们将饿死，嗯？这是实情……如果我有钱的时候，我一定会付给你们的。请对我说，哪里有钱，我将拿来付给你们，但是，我应该开始享受留下我的肉汤。看，我已十五天没有尝到肉味了。”

罗斯已开始感动，副安则更生气。

“你把一切都买酒喝掉，毫无出息的懒鬼！你要饿死，只好让你去！那么好的土地，许多年许多年以来，就为我们一家所拥有的那么良好的田亩，你都把它们抵押了！是的，有几个月，你和你的无赖女儿，过着大吃二喝的奢侈欢乐生活，假如此刻这已花完的话，你去饿死吧！”

耶稣·基督不再犹疑，他放声大哭起来。“你说的不是作为一个父亲所说的。只有丧失天性的人才否认他的孩子……我，我有着同情心，就是这个造成我的吃亏……如果你们没有钱的话，这还可以说得过去！但是你们既然有钱，难道这可以拒绝，可以向一个儿子拒绝一次施舍吗？……我将到别人家里去乞讨，这将是无与媲美的，啊！是的，这将是漂亮的！”

每一句话，从他的眼泪中吐出来，他总向盆子斜视着，这使老头子吓得发抖。随后，他装作窒息喘不过气来的样子，只发出一个人被杀时的震耳叫喊。

被悲泣弄得心烦和感动的罗斯，合起两手恳求副安。

“看，算了吧，我的男人……”

但是后者还挣扎，还拒绝，马上打断她的话。

“不！不！他开我们玩笑……你愿意住口吗，畜生？这样叫号，难道还稍微有些理性吗？邻居们会赶来，我们大家都被你气死了！”

这更增加醉汉的号叫，他像牛叫似的嚎说：

“我还没有对你们说，执达吏明天将到我家里扣押我的一切东西。是的，为了我曾签给郎蒲狄安的一张期票……我只是一只猪猡！我丧失你们的体面，我不得不因这个去死掉。啊！猪猡！一切都是我所应受的，我应该投到哀格尔溪里去喝一口，直到我永远不再口渴……假如我还有三十法郎的话……”

副安特别疲劳，被这场面弄得无法抵抗，一听到这三十法郎的数目，难免吓得颤抖。他揭开盆子。既然这家伙已经看见它们，已透入陶器数过它们，这又何必再遮住呢？

“你要全数，他妈的！难道这是合理的吗？……啊！你惹我们厌恶，那么，你取去一半，立刻滚蛋，让人们永远不再看见你！”

耶稣·基督突然停止悲泣，好像考虑一下，然后说道：

“十五法郎，不！这太少，这不能付清我的债务……给我二十，我就放开您。”

然后，待他握到五法郎的四枚银币，他立刻引起他们全体的快活，叙述他怎样对培贵玩过恶作剧的花样：假的钓线，放在哀格尔溪的保留部分，放得那么好，乡警要抽回它们的时候，失足跌到水里去。他设法让自己喝过黛勒梅所交给的一杯坏酒，才动身离开；他认为黛勒梅太恶劣，胆敢拿这样酸的东西送给他的泰山，确实是一个混账流氓。

“不论怎样，他毕竟是可爱的。”等他出去再关上门以后，罗斯说道。

老大站起来，折好她的编结物，准备离开。她先看看她的弟媳妇，然后固定地注视她的兄弟；她终于出去，临行时，在忍住沉默已久的愤怒，对他们喊道：

“没有一个铜子，完蛋的蠢家伙们！你们不要向我要求一个铜子，我永远永远不会舍给你们的！”

走到外面，她碰见仆多，后者从马葛龙家里回来，曾在那里看见耶稣·基督很快活地走进去，袋里“铿锵”响着银币。他模糊地怀疑到已发生的事。

“哎！是的，这大流氓劫去我付出的钱，啊！他开我玩笑，拿这钱到酒店去大喝一顿！”

气急败坏的仆多，用他的两拳敲击副安夫妇的门。如果人们不给他开，他将推撞进去。两个老人已准备睡觉，母亲脱下她的便帽和罩袍，只留下裙子，她的灰白头发垂散在太阳穴上。当他们决定再开门时，他扑到他们中间，哽咽地喊道：

“我的钱！我的钱！”

他们害怕，避开昏乱，还不了解这是怎么一回事。

“难道你们确信我每天工作，苦得要死，是为我那混账的哥哥吗？他游手好闲，什么都不干，你们要我来供养他，让他拿我的钱去大吃大喝！……啊！不，啊！不！”

副安想否认，但是另一个却粗暴地打断他的话。

“嗯？什么？看，此刻你们也撒谎了！……我对你们说他取去我的钱。我感到这个，我听见它在这无赖的袋子里碰响；我曾流汗辛苦挣来的钱！他拿我的钱去喝酒！……倘若这不是实在的，那么，你们取出来给我看。是的，如果你们还有着银币，请立刻拿给我看……我认识它们，我很了解我自己的钱。马上拿给我看吧！

他固执，他重复二十次这激发他愤怒的同样话语。他最后达到用拳头敲击桌子，要求立刻取出那些银币，他发誓说他将不再抢回，他只愿意看看。随着，当颤抖的老

人们嗫嚅说话时，他的愤怒爆发了。

“他把它们拿走，这是很明显的！……即使上帝的霹雳要霹死我，我也不会再给您带来一个铜子！为了你们两个，我们还可以辛劳得出血，但是要维持这放荡的流氓，啊！我宁愿喜欢割断我的两只胳臂！”

然而父亲终于发怒了。

“看，这已够了，不是吗？我们的事，难道与你有关系吗？你的钱，这是属于我的，我很可以做我所愿意做的一切。”

“您说什么？”仆多说，脸色惨白，握紧拳头，向他走来。“那么，你们愿意放弃一切吗？……啊！好！我觉得这太混账，是的，这太混账，你们确实有钱可以生活的时候，你们却要向你们的孩子们挖去铜子，这实在太愚蠢了！……啊！你徒然说不！你的私蓄仍旧在那里，我知道这个。”

老头子很惊讶，开始犹豫不决，声音破碎，胳臂衰弱，他已找不到他从前的权威来驱逐他。

“不，不，没有一个小钱的私蓄……你给我滚出去！”

“如果我寻找的话！如果我寻找的话！”仆多重复说，他已开始打开抽屉和敲击墙壁。

于是惊怖的罗斯，害怕父亲和儿子中间会发生打架，马上攀住后者的一个肩膀，嘴里喃喃说：

“不幸的家伙，那么，你要杀死我们吗？”

忽然，他向她转过来，紧抓住她的手腕，不去看她那可怜的憔悴、衰老和灰白的头，对她的面孔喊道：

“您，这是您的过错！这是您拿我的钱给予伊斯特……您向来没有爱过我，您是一个老混蛋！”

他用特别粗暴的手势推撞她，把昏晕的她推开，使她跌坐在墙边。她发出一声轻微的呻吟，他注视她一会儿，看她像破布堆似的蜷缩在那里；随后，他带着疯狂的态度动身，他拼命关上门，嘴里骂道：

“他妈的！混账透顶！他妈的！”

第二天，罗斯不能离开床铺。人们请来费呐医师，后者再来看过三次，依然没有减轻她的病势。作第三次的诊视时，他发现她已到弥留时刻。他拉副安走到一边，好像要帮他的忙，他愿意马上给他写好一张埋葬许可证：这使他可以避免一次奔跑，对辽远的村庄，他都使用这样的方法。然而她还持续三十六小时。他，副安，对别人的询问，总回答这是衰老和劳苦的结果。身体既然不能再支撑，当然要回去。但是在知道故事的罗涅，大家都说这是忽然碰撞一下的中风。有许多来参加葬礼，仆多和别的家人们，在这送殡里，也自处得很好。

在坟场里，在填满墓穴之后，副安独自回到他们两个曾共同生活并受苦五十年的家里。他站着吃了一块面包和一块乳酪。然后，他在空的房子和菜园里闲逛，不了解怎样去消除他的悲痛。他已没有什么要做的事。他出去，走到高原上，站在他从前的田亩边缘，看看小麦是否已经茁壮成长。

三

整整一年之内，副安就这样一声不响生活在荒凉的房子里。人们总时常发现他拖着两腿，摇摆着微颤的两手，来回走动，什么事情也不做。他常常在牛栏的发霉食槽前面停留许多小时，又转身站到空的仓房门口，好像被深深的沉思钉住在那里。菜园使他稍微工作一下；然而他已衰老，他更弯向似乎召他回去的土地；有两次，人们曾抢救他，因为他摔倒在地，鼻子埋入生菜的田畦里。

自从二十法郎送给耶稣·基督之后，只有黛勒梅一个人缴付年金，因为仆多顽固，不愿再给一点钱，宣布他宁可去上法庭，也不高兴看见他的钱溜到他那流氓哥哥袋子里。这后者，真的，还每隔一些时候，要从他的父亲，被他的眼泪闹得发昏的老副安那里，索要强迫的施舍。

看这感到孤独苦闷并不断受到剥削的老头子处在这样可怜的被抛弃的境况里，黛勒梅于是有了请他同住的打算。为什么他不卖掉房子住到他的女儿家里去呢？他不缺少东西，人们也不必再拿二百法郎年金付给他。第二天，听到这供献的仆多，马上跑来，口若悬河地说了他做儿子应尽的义务，也作相似的请求。给他去乱花金钱，不！但是只要能够维持他父亲一个人的生活时，他尽可以来，他将舒舒服服吃饭和睡觉。其实，他的秘密思想一直是他的姐姐诱引老头子到她家里去，一定是打算得到大家都料得到的私蓄。然而他自己也开始怀疑这徒然被嗅探的金钱是否存在。他假装慷慨，供献出他的屋顶；他明明知道他的父亲将拒绝，然而一想到后者也许会接受黛勒梅夫妇的热情招待，不免感到痛苦。实际上，副安，不论对他儿子或女婿的建议，都显示差不多近于恐惧的极大厌恶。不！不！与其到别人家里去吃肉，宁肯留在自己家里啃干面包，还比较舒心些。他既然在那里生活一辈子，他也将死在那里。

事情就这样一直持续到七月中旬，罗涅主神节的圣亨利日。一个覆上帆布的节日跳舞场，平常都安置在哀格尔溪沿岸的草地上；那边，在村公所对面的大路边上，建立三个木板屋：一个是放枪的；另一个是售卖所有东西，连彩带都不缺少的杂货铺；第三个是可以赢得麦芽糖的旋盘戏。然而有一天，到波特利去吃午饭的贝伊雅舒先生，走下来和黛勒梅聊天，后者请他陪着到副安老爹家里，使他听从他的有道理的话语。自从罗斯逝世之后，公证师也一样劝告老头子退休到他的女儿身边去，卖掉用不着的、此刻已太大的房子。它一定可以卖得三千法郎，他甚至提供自己的帮忙，愿意替他保存金钱，为了满足他的零散需要，他可以拿一笔一笔小金额，付给他的利息。

他们发现老头子处在他平常的忙乱状态中，随着偶然践踏，明显留在他要锯断而找不到工作力量的一堆木头前面。那一天上午，他的两手比平常抖得更厉害，因为不久以前，他又受到耶稣·基督的粗暴纠缠。这位无赖儿子，为了第二天的节日，要得到所需的二十法郎，曾到他那里玩着吵闹的把戏，威胁他，要拿他特意藏在袖子里带来的尖刀，戳穿自己的胸膛。他只好给他二十法郎。他立刻带着哀伤的态度，向公证师承认这件事。

“那么，您，您将永远不再做这些了吗？我，我已不再能够，我已不再能够！”

于是贝伊雅舒先生利用这个机会说道：

“这是不能持续的，您将留下您这副老骨头。到您这样年纪独自生活着，是不明智的；如果您不愿意被吃掉，您应该听从您女儿的话，卖掉房子并搬到她家里去。”

“啊！这也是您的劝告！”副安噜咕着。

他向假装不愿意插嘴的黛勒梅投向轻视的目光。但是一注意到这不信任的目光时，后者便立刻说话。

“您知道，父亲，我不会说什么，因为您或者相信我有什么好处可图似的……说句真心话，不！这将是很麻烦的搬动……不过，看见您本可以过着安适的生活，而您自己却料理得这些差，这确实使我很气愤，不是吗？”

“好，好，”老头子回答，“还应该仔细思量……待决定的那一天，我一定会告诉您的。”

即使他的女婿和公证师都不能逼出更多的话语。他叹息人们接连来麻烦他，他的逐渐死去的权威就躲藏在这老人的固执里，即使这与他的安适相反，他也不理会。让出土地已经使他那么痛苦，一想到再没有房子，就会感到模糊的恐惧。现在又因为大家都要他说“是”，他偏要说“不”。那么，这些家伙在这里一定有什么利益可图吧？等他觉得高兴的时候，他才同意。

前些日子，非常快活的耶稣·基督犯了示弱的毛病，竟拿四枚五法郎的银币炫耀给菜籽渣看，他只紧紧将它们握在自己的手心里，才敢睡去。因为上一次，这无赖女儿，曾趁他喝醉回来，从他的长枕头下偷去一枚，借口他一定遗失在路上了。这一次，早晨一醒来，他就感到害怕，他的拳头已在睡眠里放开；但是他又发现它们被压在他的屁股下，一枚一枚都是温热的，他因而觉得很愉快。一想到他可以到郎该涅那里去花掉它们，他的嘴边就淌下唾沫：这是节日，只有猪猡，才袋子里带钱回到自己家里！上午，菜籽渣白费力气向他阿谀奉承，向他要一枚，很小很小的一枚，她说。他不给她，他甚至不感激她偷来做成炒蛋给他吃的许多鸡蛋。不！这应该使她觉悟，她只好好爱她的父亲是不够的，金钱是只为男子们制造的。于是她狂怒地穿上她的丝毛杂织品的蓝袍子，这是她父亲大吃大喝时说她也应该出去应酬应酬，特地买来送给她的一件礼物。离开门口不到二十公尺，她转过来喊道：

"爸爸！爸爸！你看！"

举起手，从她的纤细指端，她向他展示一枚五法郎的漂亮银币。

他认为自己已被偷了，脸色变得苍白。他搜索自己的衣袋，然而二十法郎确实还在他的袋子里。混账的小娼妇，她一定拿她的鹅子做了买卖。真会玩有趣的把戏，他只发出慈父的嘲笑，让她溜走了。

耶稣·基督只在道德看法上是严肃的。所以半小时以后，他忽然陷入极大的愤怒。当他正想离开，关好房门之际，一个穿星期天服装，路过下面大路上的农民突然跟他打招呼：

"耶稣·基督，噢哎！耶稣·基督！"

"有事吗？"

"你的女儿仰面朝天躺在那儿着。"

"真的吗，这又怎样呢？"

"有一个男人伏在她上头。"

"在什么地方？"

"那边，在威廉田亩拐弯的旱沟里。"

于是他很气愤，向天挥舞他的两拳。

"好！谢谢！我马上去取鞭子！……啊！狗娘养的！混账家伙，她丢了我的面子！"

他回到他家里，从门后左边的铁钩上取下他准备在这样的场合中使用的车夫大鞭子；在胳膊下夹着他的鞭子，动身了，跟打猎的时候一样，他弯下上半身，循着荆棘丛溜过去，不打算被看见，一下子出现在情人的面前。

但是待他从大路转角一过来，站在一块石子高处探望的耐纳斯，就发现他了。这是岱尔芬爬在菜籽渣身上；其实，每人都轮到一次，一个做守望时，另一个则和她玩耍。

“小心！”耐纳斯喊道，“看，耶稣·基督来了！”

他看见了鞭子，连忙像野兔似的，逃走了。

在长满草的旱沟里，菜籽渣挣扎了一下，把身上的岱尔芬弄翻到一边。啊！要完了！她可恶的老爸来了！然而她还很机警，她拿五法郎的银币给那个男孩子。

“把它藏在你的衬衫里，以后还给我……快，他妈的！撒开你那两条腿！”

耶稣·基督马上过来，震撼着大地，呼呼发响的大鞭子。

“啊！讨厌的小家伙！啊！没出息的小婊子！你去‘跳舞’吧！”

认出乡警的儿子时，已捉不到他，另一个没有穿好短裤，就向荆棘丛里爬着逃走。她由于裙子散开，一下，他的鞭子就打到了她的大腿根上，他要她站起来，他拉她走出旱沟。

“喏！婊子的女儿！……喏！看，这是否会塞住你的那个骚眼！”

菜籽渣不说一句话，活跃向前逃窜。她父亲的平常手段就是她回去，把她关闭在家里。所以她设法向平原方面逃去，希望令他厌烦。这次，靠着偶然的相遇，她就要成功了。不一会儿，查理先生和他领着到节日市场去的哀绿蒂，站在那里的大路中间。他们看见了一切，女孩子的眼睛睁得很大，表示她的天真惊讶；她的脸色因羞耻，变得血红，心里充满资产阶级分子的激愤。最坏的是这肮脏的莱子渣，认出她，愿意躲到他的庇护下。他拒绝她，但是鞭子已到来；为着避免它，她在她的丈公和她的表妹周围打转；她的父亲，则满口咒骂，说着军营的粗暴话语，责备她的行为，他也跟着她转，用尽全部力气，接连抽响他的鞭子。查理先生被封锁在这丑恶的圈子里，既慌张又惊奇，只得将哀绿蒂的面孔埋入他的背心里。他的头脑昏乱到，自己也变得很粗野。

“但是，龌龊的骚眼，你愿意放开我们吗?！谁要我走到这混账的地方，混在这婊子的家族里！”

菜籽渣离开遮蔽，觉得自己完蛋了。打到的鞭子缠着她的两腋，使她像地陀螺似的旋转；另一下击倒她，并抽去一绺头发。从此，再被领到坚实的道路上，她的脑里只有一个观念，就是尽她的可能，赶快回到她的洞窟里。她跳过篱笆，越过旱沟，在穿过萝卜田时，害怕自己在各个萝卜根株中间被绊倒。但是她的大腿不能跑得太快，如雨的鞭子，落在她的圆壮的肩膀上，落在她的微微哆嗦的腰部上，落在这过早成熟的女孩子的身体各部分；其实，她真不管这一套，她终于觉得这是可笑的，她认为受这样猛烈的瘙痒，确实很有趣的。这是带着神经质的笑，她一跃回到了她家里，躲藏在长鞭莫及的地方。

“拿出你的五法郎，”父亲说，“这是罚款的。”

她发誓说没有，但是他发出不相信的冷笑，他审视她。待他找不到什么之后，他又大怒起来。

“嗯？你是不是拿它们给了你的情人……他妈的混账，你给他们快乐，同时又倒贴他们！”

他气极了，把她一个人关在家里，告诉她在第二天前他不打算回来。

她看了一下自己的身体，只有两三处印上青的斑纹，她接着穿好衣服，戴好帽子。接着，她慢慢地弄掉门上的锁，对这工作，她有极高的手段。最后，她逃走，甚至不再弄掉门：啊！好！如果窃贼要来的话，就让他们随便写吧！她知道向哪里去寻找耐纳斯和岱尔芬，她直奔哀格尔溪边岸的一个小树林里。真的，他们正在那里等候她；这是轮到她的表兄耐纳斯来和她玩耍。他带着三个法郎，加上只有六个铜子。当岱尔芬拿她的银币还给她时，她摆出慷慨的样子，决定他们一起去吃掉。他们向节日市场走去，她给自己买了一个红缎的大结，插在自己头发中间，她要他们去放枪赢得杏仁饼。

然而耶稣·基督正要到达郎该涅家里的时候，他遇见培贵，看后者的闪亮铜牌扣在一件全新的衣服上。他粗暴地招呼他。

“喂！你，如果你就这样做你的巡逻的话！……你知道我在哪里发现你的岱尔芬吗？”

“在哪里？”

“在我女儿身上……我将写信给州长，猪猡的父亲，自己也同样是个猪猡的混账家伙，请他立刻撤掉你的职务！”

这一回，培贵也怒火万丈。

“你的女儿，我只看见她的两腿朝天……啊！她引坏岱尔芬。假如我不请宪兵们去收拾她的话，上帝会用雷击我的头顶！”

“你试试看吧，你这个家伙！”

两个人，鼻子对着鼻子，简直要互相吞噬。接着，紧张松弛了，他们的愤怒渐渐平息了。

“应该互相解释，我们进去喝一杯。”耶稣·基督说。

“没有钱。”培贵回答。

于是，耶稣·基督愉快地拿出他的五法郎的第一枚银币。让它在手掌里跳跃，递到他的眼前，让他看看。

“嗯？我们去花掉它，来吧，老家伙！这次轮到我，你已付得够多了。”

他们喜笑颜开地走进郎该涅家里，那一年，郎该涅有了一个主意：节日跳舞场的主人，因上一年赚不到钱，不来租他的小木屋。小酒店老板，就在他店铺贴近的仓房里安顿一个跳舞场；他甚至拆穿板壁，现在厅堂已相通。这个好主意召来全村的顾客，他的劲敌，对面的马葛龙，因没有主顾，气得快要发疯了。

“马上拿两瓶来，每人一瓶！”耶稣·基督高声喊道。

看见佛洛莉侍候他，一面固然因店里有那么多顾客，显得神采奕奕，另一面却不免露出慌张失措的态度，他发觉自己打断了郎该涅正站在一群农民中间高声朗诵。被人询问，郎该涅正摆出重要的样子回答，这是他儿子维克叨从军队里写来的一封信。

“啊！啊！年轻的小伙子！”感到兴趣的培贵说，“他讲些什么？应该再给我们读一下。”

郎该涅于是再开始他的诵读。

“我亲爱的父母亲，这是一封为你们而写的信，看，我们到法兰德斯的里尔已一个月缺七天了。这里，地方并不坏，只是葡萄酒的价钱太贵，因为一瓶酒总卖十六个铜子……”

信的内容，在它写得很紧的四页里，几乎没有别的什么。同样的琐细事情，用拖长的句子，不断重述着。然而每次提到葡萄酒的价钱，大家都一致惊奇：法国竟有这样的地方，完蛋了的卫戍区！读到最后几行，人们有了索钱的尝试，要求十二个法郎去替换一双穿破的皮鞋。

“啊！啊！年轻的小伙子！”乡警重复说。“他妈的！看，居然是一个大人了！”

喝过两瓶酒之后，耶稣·基督再要了两瓶，这次是瓶口封好的，每瓶一法郎的陈酒；为了激起惊诧，他不断付钱，他把他的钱放在桌子上敲响，轰动整个小酒店：待第一枚的五法郎喝完了，他取出第二枚，重新拿它放到伙伴的眼前晃了一下，喊着说，你以为再没有了，其实还有！下午就这样在顾客们进去和出来的推撞里，在逐渐增长的酣醉中间度过去。一切人，平常是那么忧郁，那么沉思，此刻都高声叫喊，用拳头敲击桌子，一个高瘦个子想剃胡子，郎该涅立刻请他坐在别的人群中间，他给他的面颊剃得那么粗暴，人们听见剃刀摩擦皮肉的响声，仿佛人们正在刨刮一只猪的。第二个人接着占去他的位置，这是连续的现实。各人的舌头开始活动，人们都咒骂对面不敢再出来的马葛龙。跳舞场不移到上头来，难道这不是他——这不胜任的副村长——的过失吗？这没有关系，人们还知道料理自己的事，街上还是安顿一个跳舞场。当然，他很喜欢表决新道路的经费，使人对他让出的土地付三倍的钱。这影射掀起哄然的笑声。肥胖的，那天将是胜利化身的佛洛莉，每次看见珊利娜的青白面孔，经过对面的窗玻璃后面时，马上跑到门口去显示她那副侮辱性的快活。

"拿两根雪茄烟来，郎该涅太太，"耶稣·基督的响亮声音吩咐道。"价钱贵的，十生丁一根的。"

夜色已降下，人们刚点起煤油灯时，培贵嫂走进来，她是赶来寻找她的男人的。

"喂！你回去吗？已经八点多钟了。应该去吃晚饭了。"

他摆出醉汉的庄严态度，凝视她。

"滚你的吧！"

于是耶稣·基督显示他的慷慨。

"培贵太太，我请您吃晚饭……嗯？我们三个去大吃一顿……您听见了吗，老板娘！拿出您所有的最好菜肴，如火腿，兔肉和饭后果点等等您不要害怕。您走进来看一下……当心！"

他装起长久搜索他自己的袋子样子。接着，他忽然取出他的第三枚银币，而且给它举得很高。

"咕咕！啊！看，它飞出来了！"

人们笑的脑都要涨破了，一个大胖子，喉头被梗塞，几乎要笑死了。耶稣·基督这家伙确实很有趣！有几个人甚至开玩笑，自上至下，摸索他的身体，仿佛他的皮肉里藏有无数银币，可以这样连续取出来，一直到他不再口渴为止。

"那么，听我说，培贵嫂，"吃饭的时候，他不断地重复说道，"如果培贵愿意的话，我们一起睡觉……这行吗？"

她很肮脏，她说，她不知道自己将留在这里过节。她生得獐头鼠目、又黑又瘦，看来简直像一枚生锈的旧针。耶稣·基督这家伙，并不延迟，马上向桌下捏摸她的赤露腿根。丈夫泥醉，嘴边流涎，继续说笑着，并高声吼叫道，这不要脸的淫妇即使有两个男人也不太多。

十点钟敲过，跳舞开始了。从相通的门，人们看见由铁丝吊在梁木上的四盏煤油灯射出亮光。铁蹄匠克鲁带着他的多管喇叭，和巴曹宣·勒·陀伊安一个制绳匠的侄儿，玩小提琴的年轻人，站在那边。入场是自由的，只要每舞一次，付出两个铜子。仓房的硬地，由于灰尘关系，已洒上水。乐器不吹奏时，人们听见外面放枪的干裂和

均匀响声。平常是那么昏暗的大路，此刻由其他两个木板屋——金黄灿烂的玩具店和装饰着镜子、挂上红帐幕、看来简直和小神殿没有分别的旋盘铺——的反射灯，照得很明亮。

“怎么！看！小女儿来了！”耶稣·基督睁着润湿的眼睛喊道。

真的，这是菜籽渣进入跳舞场，后面跟着岱尔芬和耐纳斯。虽然父亲曾给她关闭在家里，他看见她走到那里似乎并不奇怪。除了她头发里闪光的红缎结之外，她的颈项周围还有一串假珊瑚的项圈，火漆制的密集假珍珠，辉映在她的褐色皮肉上。其实，三个都因自己在木板屋前面闲荡，吃过太多糖果，已被肚里的不消化胀得很疲惫，很不舒服。岱尔芬，穿工人的罩衫，赤头，小野蛮人的蓬乱圆头，没有戴帽子，只顾高兴吹拂着旷野的空气。耐纳斯，已被城市的温雅需要困扰，身上穿一套从郎蒲狄安店里买来的衣裤，这是后者在巴黎低级缝衣铺里大批定制来的这些紧紧裹住身躯的狭小服装之一；因恨他所轻视的村庄，他还戴一顶圆的高士帽。

“小女儿！”耶稣·基督喊道，“小女儿，你来品尝这个……嗯？这是最好的！”

他要她在他的杯里喝酒，培贵嫂则严肃地问岱尔芬：

“你拿你的鸭舌帽做了什么？”

“我已丢了。”

“弄丢了！……你走进来，让我敲你一巴掌！”

但是培贵加以干涉，一想到他的儿子玩过早熟的玩意儿，他自豪地说笑。

“放开他吧！看，他已长大了……那么，没出息的寄生虫们，你们一起胡闹吗？……啊！好家伙！啊！好家伙！”

“你们去玩吧，”耶稣·基督慈爱地结束说，“你们要乖乖的。”

“他们已像猪猡似的喝醉了。”再进入跳舞场时，耐纳斯带着厌恶的样子说道。

菜籽渣开始发笑。

“喏！我相信你的话！我早就打算把他们变成这样的……就是因为这个，他们才变得非常可爱的！”

跳舞场活跃起来，人们只听见克鲁的多管喇叭发出爆竹般的响声，遮住小提琴的细小演奏。水洒得太多的硬地，在重重的脚底下，变得泥泞；不久，从一切摇动的短裙里，从一切被腋下汗水浸湿的男子短上衣和妇女胸衣里，透出一阵由煤油灯烟气逐渐加强的公羊骚臭。但是在两次四组舞中间，一件新的事情激起大家的轰动。贝尔蒂，马葛龙的女儿已走进来，她身上的轻丝织物服装，和圣吕班日克罗亚收税官的小姐们所穿的一模一样。那么，什么？她的父母准许她到这里来吗？或者她从他们背后逃出来的吧！人们注意到她只是因为她父亲为了家族憎恨，曾禁止她和自己看上的一个制车匠的儿子跳舞。大家因而大开玩笑：单独损害自己的健康，这似乎不再使他觉得好玩了！

耶稣·基督虽然喝得烂醉，一会儿起来，却已注意到头面可厌的勒构笔直站在相通的门口，注视贝尔蒂在她的舞伴胳臂里跳跃着。他不能再忍受。

“嗯？勒构先生，您不邀您的爱人跳舞吗？”

“谁？我的爱人？”小学教员问道，脸色因胆汁的浪潮变得铁青。

“就是那边，有漂亮眼睛的那一位！”

勒构，因自己的心事被他猜到，很愤怒，转过身，站在那边一动也不动。他保持着沉默，这是上等人由于谨慎和轻蔑，故意让自己保持沉默的方法之一。郎该涅走进来，耶稣·基督挑逗他。嗯！他这吃墨水的家伙，他已放弃他的追逐吗？人们将送给他富有的女郎呢！这并不因为“没一根”小姐的确是那么可爱，因为她只头上生毛。他很兴奋，肯定这件事，仿佛他曾亲眼见过。从克罗亚到砂多屯，大家都这么说，年轻男子们都开她玩笑。没有一根毛，凭荣誉说，那地方如神父的下颌一样赤裸裸。大家因这现象觉得惊奇，于是都踮起脚尖凝视贝尔蒂，留意她，看每次跳舞领她回来，在她的裙子飞舞里显得很白时，各人都不免做讨厌的轻微鬼脸。

“老流氓，这当然不和你的女儿一样，”开始用“你”同郎该涅谈话的耶稣·基督再说，“你的女儿是有的。”

后者摆出虚荣的样子答道：

“啊！这当然！”

据说苏珊妮现在已在巴黎的高级妓院里。他显得非常慎重，只谈到一个漂亮的位置。然而农民们还陆续进来，一个田庄主人向他问到维克叨的消息，他重新拿出信来。“我亲爱的父母亲，这是为告诉你们，看，我们到法兰德斯的里尔已……”人们听着他，有些已听过五六遍的，也走进来。的确有十六铜子一瓶酒的事吗？是的！十六铜子！

“完蛋了的地方！”培贵重复说。

这时约翰出现了。他马上走去向跳舞场里望了一眸，仿佛他要在那里寻找某一个人。他回来了，很失望，很不安。两个月以来，他不敢再到仆多家里作频繁的访问，因为他觉得后者对他不但冷淡而且差不多近乎敌视。无疑的，他没有好好隐藏他对佛兰佐史表现的态度，这增长的、此刻已惹起他狂热的友谊，他的朋友已觉察到。这一定使这位阴险的年轻人非常不高兴，因为他扰乱他的计划。

“晚安。”约翰走近副安和黛勒梅饭桌边说。

“您愿意和我们一起喝酒吗，伍长？”黛勒梅有礼貌地提议。

约翰接受了，碰杯时，他又说：

“这真奇怪，仆多还没有来。”

“正好，他来了！”副安说。

真的，仆多走进来，但是只有一个人。他慢慢在小酒店里转一周，和那里的人们握手，随后，抵达他父亲和他姊夫的桌子前面。他站着，拒绝坐下，不愿意喝什么。

“那么，莉兹和佛兰佐史不来跳舞吗？”约翰终于问道，他的声音颤颤发抖。

仆多的严峻的小眼睛一直凝视他。

“佛兰佐史已睡觉，这对年轻人，倒比较好些。”

但他们附近的一个场面引起他们的兴趣，打断了他们的谈话。耶稣·基督和佛洛莉争吵起来。他要求“洛姆”酒，浸着糖块吃，她拒绝去拿来。

“不，再没有您所要求的酒了，您已喝得够醉了。”

“嗯？她唱些什么？……啊！你这家伙，难道你相信我不付你的钱吗？我将购买你的混账酒店，你愿意吗？……喏！我只要擤一下鼻涕，你看！”

他拿第四枚五法郎隐藏在他的拳头里，他装起抽出银币的样子，然后像显示圣体匣似的移动它。

“看，我若伤风时，这就是我所擤出的！”

一阵哄然的呼喊震动墙壁，佛洛莉被打败了。拿来一瓶“洛姆”酒和方糖。他还要一个生菜盆。耶稣·基督这家伙于是两肘摆得很高，红的面孔被灯光辉映着，从容搅动五味酒，吸引整个厅堂的注意力，周围的空气已过分变得暖热，弥漫着煤油灯和烟斗所发出的不透明的薄雾。但是看着银币生气的仆多，忽然大怒起来。

“大猪猡，你这样喝掉你向我们父亲那里盗窃来的金钱，难道一点也不羞耻吗？”

另一个只以开玩笑的态度对待他。

“啊！你说话了，小老弟！……那么，你的肚子没有喝下什么，才说这样的蠢话吧！”

“我说你是一个混账的家伙，你将到徒刑场去结束你的生命……第一个原因是因为你使我们的母亲被悲愁苦闷杀死……”

醉汉摇动他的汤匙，在生菜盆里敲出一阵粗暴的响声，他拼命忍住梗塞他喉头的笑声说：

“好，好，你再继续下去……逼死母亲的，当然是我，如果不是你的话！”

“我还说，如你这一类的贪吃家伙，这实在值不得要小麦苗长起来……一想到我们的土地，是的！我们那两位老人曾花了那么多劳动，留给我们的这全部土地，你把它抵押掉，送给别人，这怎么不使人生气！……龌龊的流氓，你对土地做过点什么？”

一下子，耶稣·基督激动起来。不再搅动他的五味酒，他摆出得意的姿态，让自己仰翻在他的椅子上，看见一切饮客都沉默地听着去判断，他高声喊道：

“土地，啊！土地！它正在开你玩笑呢，土地！你是它的奴隶，愚蠢的家伙，它夺去你的快乐，你的力量和你的生命！它甚至不会使你变得富有！……至于我，我蔑视它，我会交叉着两臂，只伸长我的脚腿，向它踢上几下，那么，好！我，你看，我是享受年金的小富翁，我舒舒服服喝我的酒！……啊！不知好歹的糊涂虫！”

农民们还欢笑着，仆多因受这粗暴的攻击很惊诧，只嗫嚅说：

“没有半点用处的混账家伙！游手好闲的懒鬼，他自己不做工，还满口夸耀这没出息的生活！”

“土地，喏！这只是滑稽的开玩笑罢了！”激动得再也忍不住的耶稣·基督继续说。“说实在的！如果你还经常留在那上头，关心这滑稽的玩笑！你的头脑简直已生锈了……难道这存在吗，土地？它是我的，它是你的，它不是任何一个人的。它不是老头子的吗？老头子不是只得把它分给了我们吗？而你，你也不是要把它分掉，给予你的孩子们吗？……那么，这去，这来，这增加，这减少，尤其是这减少；因为看，有了你的六‘亚尔奔’，你是一位大先生，而父亲却有十九‘亚尔奔’……我，这使我讨厌，这太少，所以我喝掉一切。再则，我宁可喜欢可靠的投资，土地，你看，小老弟，这会立刻垮倒！我不放一个小钱在那上头，这可以嗅到是龌龊的生意，完蛋的灾祸，将去扫除我们大家的灾祸……总之，无可挽救的破产！我们大家都是被骗的一群傻瓜！”

小酒店里逐渐弥漫着死一般的静寂。任何人都不再笑，农民们的担忧面孔都转向这大家伙，他在酣醉里接连发出非洲老兵、城市游荡者和酒店政客的混杂思想。从他最显著的怪论来判断，他还是一八四八年的人，两膝跪在一七八九年前面的人道共产主义者。

“自由，平等，博爱！应该再开始去革命！人们在分配的过程中盗窃了我们，资产阶级先生们把一切都抢走了，他妈的！一定要强迫他们再还出来……难道一个人不和另一个人同有价值吗？例如这一切土地属于波特利那混账家伙，而没有半点为我们所有，这难道是公道的吗？……我要求我的权利，我要分得我的一份，一切人都将分得自己的一份。”

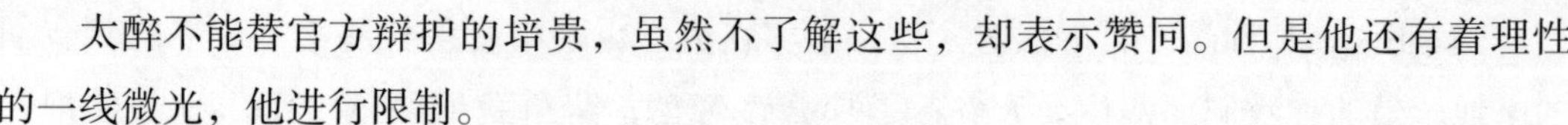

太醉不能替官方辩护的培贵，虽然不了解这些，却表示赞同。但是他还有着理性的一线微光，他进行限制。

“这个，是的，这个，是的……然而，国王是国王。凡是属于我的，却不是你的。”

一阵喃喃地同意声响流动着，仆多进行他的报复。

“那么，你们不要去听他的，他是一个杀头坯！”

笑声再开始，耶稣·基督丧失一切谨慎的分寸，站起来，用拳头敲击他面前的桌子。

“那么，到下一次革命，你等着我吧……是的，我将和你谈话，混账的懦夫！今天，你摆出利落的样子，因为你和你的村长，你的副村长以及你的只值四铜子的议员站在一起！嗯？你吮舐那一位的靴子，你够愚蠢，才会相信他是最强的，他将帮助你卖掉你的小麦。啊！好！我，我没有什么可卖的，我把你们大家，无论是村长还是副村长、议员和宪兵们，都胶贴在我的屁股底下！……明天，这将是我们轮到做最强的，这不只是我一个人，还有一切不高兴再饿死的可怜家伙们，还有你们这些人，是的，你们这些人，当你们自己没有面包可吃，疲于养活资产阶级先生们的时候，你们也会加入我们的队伍了！……地主们将完全被铲除！我们将砸碎他们的头颅，土地将属于取得它的人。你听见吗？小老弟！你的土地，我将取得它，我将在它上面拉屎！”

“那么，你来吧！我将向你放一枪，将把你像狗样打死！”仆多喊道，他是如此生气，所以愤怒地关上门就走了。

勒构始终保持着沉默的态度谛听着，也以不能再让自己受到连累的公务员身份，动身走开。副安和黛勒梅，鼻子埋向他们的啤酒杯，不哼一个字，觉得很惭愧了，知道他们若加以干涉，醉汉一定会喊得更高。在邻近的许多桌边，农民们终于生气：怎么？他们的财产将不是他们的，人们将走来抢去它们吗？他们自言自语咒骂着，他们正想向“分产者”扑过去，正想用他们的拳头赶他出去之际，约翰站起来。他的目光始终没有离开过耶稣·基督，面孔很认真，没有忽略过他的一句话，好像他要在这些激怒他的事物里，寻找哪些是公道的。

“耶稣·基督，”他说道，“您最好住口…这一切，都不是可以随便说的，如果您偶然说得很对的话，您也不大谨慎，您会自找麻烦。”

这年轻人是那么冷静，提出的主意又是那么明智，这突然浇灭了耶稣·基督的兴奋。他重新跌坐在他的椅子上，嘴里宣告，其实他真不管这一套。他再开始他的轻薄玩笑：他抱吻培贵嫂。她的丈夫被酒压倒，已伏在桌子上睡觉；他调好他的五味酒，向生菜盆里喝掉它。欢笑又在浓密的烟雾里恢复了。

在仓房深处，人们还继续跳舞，克鲁膨大他的多管喇叭的伴奏，它的雷声，阻遏小提琴的细小音调。汗水从各人的身体上流下，给煤油烧的连续烟气增加强烈的臭味。人们只看见菜籽渣的红结，轮流在耐纳斯和岱尔芬的胳臂里旋转。贝尔蒂也一样忠于她的爱人，只和他一个人跳舞。在一个角落里，那些受过她辞谢的年轻人嘲笑她：当然咯！这可笑的傻瓜之所以不讨厌她底下所没有的，他要守住她，当然是对的。因为他们还认识别的很多人，不顾她的富有，为了看看是否可以和她结婚，宁愿等着她长出来。

"我们去睡觉吧，"副安对约翰和黛勒梅说。

到了外面，当约翰离开他们时，老头子沉默地走着，似乎正在熟思他刚才所听见的话。突然，好像这些话语使他决定，他转向他的女婿说：

"我去卖掉我的破房子，我将搬到您家里去生活。这就这样决定……再见！"

他慢慢单独回去。但是他的心是难过的，他的两脚触碰着黑暗的大路，一种凄惨的忧伤使他如一个喝醉酒的人一样踉跄走着。他已没有土地，不久，他将不再有房子。这仿佛是人们在他头上锯掉梁木，拆去青石瓦。此后，他甚至没有一块可以遮蔽自已的石头。和困苦无告的穷人没有差别，他将日夜在旷野里闲荡，天若下雨的时候，冷的雨点，无穷无尽的雨点，将连续落到他身上。

四

八月的太阳，从清晨五点钟，就升上了地平线，贝斯在火热的天空下，舒展它的成熟小麦。夏季下过最后的几次骤雨后，时常增长的碧绿平面逐渐变黄。现在，这是金黄的，似乎反映着天边烈焰的大海，遇到微微的和风。眼前是小麦，人们不能看到房子或树，一望无际的小麦；有时，在炎热里，沉重的静寂笼罩熟睡的麦穗，生殖的气味，从土地里冒出。分娩已完成，人们觉得膨胀的种子，由共同的"子宫"里涌现出重而温暖的颗粒。面对这无边的平原和这巨大的收获物，一种不安浮现在大家的脑筋里，这就是人，在这无限的面积里只有虫一样大小，将永远看不到他的尽端。

一星期以来，在波特利，胡得根收割芒麦，现在已开始收割小麦。前一年，他的收获机坏了，因他所雇用的长工们不安好心；他很失望，连自已也达到不相信机器的效力。他只得从升天节起，早已安排好一组干活工人。依照平常的习惯，他在贝尔舒的蒙杜勃洛雇用他们：一个高瘦的组长，另五个男的刈割夫，六个女的收拾工，其中

四个是中年妇人，两个是少女。用两轮货车给他们带到克罗亚，最后再由 田庄的车子去接回来。这一切人，少女，妇人和半裸的男子们，都混杂睡在此刻已空出的羊棚麦秆上。

这是捷卡琳最忙乱的时刻。太阳的升上和降下决定工作的时间；从清晨三点钟，人们就在沉乱忙碌中起来，到晚上十点钟，才还回到麦秆垫里去。为了四点钟 的肉菜面包汤，她一定第一个离开床铺，同样，待完成九点钟的大晚餐：咸猪肉牛肉和煮白菜以后，她是最后一个去睡觉；在这两顿饭中间，还有其他三顿：面包和乳酪的早餐，第二顿肉菜面包汤的午餐和下午面包和牛奶的点心：一共是五餐，而且都很好，必须提供润喉的苹果酒和葡萄酒，因为辛苦的收获夫们是苛求的。但是她笑，好像是受快乐的刺激，在她雌猫般的温顺中，却有着铜铁的肌肉；这抵抗疲倦的能力是那么惊人，她不但不休息，还接连以她的肉体杀害粗暴的大牧牛夫德龙，这巨人的皮肉惹起她的欲火，给她真正的快乐。她控制他，使他成为自己的奴仆，她领他走到各个麦仓、干草房或羊棚里去，现在，牧羊夫既然和他的绵羊们，睡到外面，她已不再害怕他的窥视。特别是夜里，她尝遍男性的甜美滋味，她每次出来，总是欢畅，舒服，充满弹性和活动力。胡得根一点也看不到，一点也不知道。他沉在他的收获疯狂中，他热爱土地的疯狂，每年一到收获时期总喷发一次，面对倒下的成熟麦穗，他的人整个儿颤抖，头脑发烧，心在跳动，肉在激动，他完全处在特别的兴奋里。

那一年的各个晚上是那么酷热，有时约翰不能在马厩附近、他所睡的阁楼上度过。他出去，他喜欢和衣躺在院子的石板上。这是因为各匹马所发出的活的热气和蒿草的臭味驱赶他，同时也是失眠。对佛兰佐史的印象深刻，他抱住她，他紧紧占有她的种种萦绕观念，要他离开窒闷的睡所。现在捷卡琳既然忙于别处，让他平静地留下来，他对这少女的纯洁的感情却转入情欲的疯狂。连续二十次，在这半醒半睡的痛苦里，他发誓说，第二天一定赶去，他一定会占有她；待他一起来，用一桶冷水浇过他的头以后，他又觉得这很恶心，他对她实在残忍；接踵而来的夜里，苦刑又再开始。收获夫们在那里的时候，他认出其中的一个女人，已和一个刈割工结了婚，两年前，她还没有出嫁时，他曾和她发生过性关系。一天夜里，他的烦扰竟那么难以忍耐，他跑到羊棚里，从张口打鼾的丈夫和一个兄弟中间，拉着她的脚。她毫不抵抗，就向他屈服。在这燥热的黑暗里和坚实土地上，这是默不作声的交合。硬的泥地上，尽管经耙子推过，从绵羊们的过冬里还保持着那么尖锐的阿摩尼亚臭味里，眼睛流着激动的泪水。二十天以来，他每夜都再到这里来。

从八月的第二周起，工作已展开。收割夫们，由北边的各个田亩开始，向克格尔

溪边岸的那些土地向下走去；一束又一束，向无限大的平面倒下，每一镰刀下去，现出圆的截痕。淹没在这巨大工作里的细小昆虫们都自豪地走出来。在他们成行的平缓进行后面，平坦的土地重新显现出来，变成荒地，收拾女工们弯下腰，踏过去。这是贝斯的最悲惨大寂寞里，显得最愉悦的时期，撒满活动的人，劳动者的连续工作，载运车和马的穿梭往来。一望无垠的面积上，一组一组收获者做一样的向前倾运动，同样的胳臂摇摆，有些是那么邻近，人们听见铁的尖声，另有些形成黑的一堆一堆，跟无数的蚂蚁一样，一直伸展天边，各方面都有空隙，仿佛在一块被蚕食的大布里，到处都已经破裂。贝斯，在这蚁群的活动中间，一块又一块，失掉它的华丽外套，这夏季披上的唯一装饰，一下就变得荒凉和赤裸裸。

这最后几天，十分燥热。尤其是最难忍耐的那天，约翰装运麦束到仆多田亩附近，属于田庄的一片土地上，人们想在那里重叠高八公尺、集拢三千札的一个巨大麦堆。收割的麦田已因干旱爆裂。在仍旧站着一动也不动的小麦上，空气燃烧着；人们可以说，他们本身，在这阳光的照耀里。没有一点点叶丛的阴凉，地上只有人的瘦小影子。从早晨起，在这天边的烈日下，流汗的约翰，装上并放下麦束，不作声，只每一次运输，向旁边刈割着的仆多背后，变成个半圈，收拾麦束的佛兰佐史，发射一瞥。

仆多只得雇用帕眉尔帮他忙。佛兰佐史已忙得喘得不气来，他不相信已怀孕八个月的莉兹，有什么大用。这怀孕使他的愤怒。他，他曾那么小心防备！这混账的孩子怎么会钻进那里面？他推着他的老婆，责备她故意生进去，总不断叹息许多小时，仿佛一个穷人，一只流浪的动物被领到他家里，吃掉他的一切；八个月以后，他一看见莉兹的肚皮就咒骂她：不争气的肚皮！比一只鸭还要笨！全家的破烂！早晨她曾来拾掇麦束；但是他遣走她，因她的拙笨，大发脾气。她要回来，必须送来四点钟的点心。

“他妈的！”仆多说，“我的背脊被烤着，我的舌头是一片真的刨花！”

他再直起腰来，光着的两脚踏在肥大的皮鞋里，身上只穿一件衬衫和一条棉布短裤，敞开的衬衫，一半散在短裤之外，让人看见胸口的汗毛，一直露到脐眼。

“我又要喝点东西！”

他走去，从他的汗衫底下取出他隐藏在那里的一瓶苹果酒。随后，待他把这已热的饮料喝下两口，他才想起他的小姨。

“你不渴吗？”

“当然很渴。”

佛兰佐史拿起酒瓶，并不嫌弃，大口地喝着，当她仰向后，腰部弯曲，隆起的胸口几乎挣开细薄的棉布时，仆多注视她。她也在一半已破碎的印花布罩衫里流下汗水，

上端已脱扣的胸衣露出她的健硕。在她遮蔽头和后颈的蓝手帕下，她的眼睛从热而冷漠的面孔中间，似乎显得庞大。

没说一句话，他又重新开始工作，摆动他的臀部，每一镰刀欠下麦茎，铁的嚓嚓声音和他的行走合拍。她再弯下去，跟随他，右手握着小刀，用它收拾陷在小畦中间的麦穗，接着每三步给它们扎成麦束放倒下去。当他再立直，拿手被揩拭额上的汗水直往下滴，屁股很高，头低到地面上，显现这雌兽献身的姿态时，他的舌头似乎异常干燥，他以沙嘎的声音喊道：

"懒鬼！你看看……你简直在穿珍珠呢!"

三天以来，邻近田亩上，散落已被割下等着晒干的小麦，帕眉尔正在给它们扎成一捆一捆。人们无须监视她，因为仆多采取别人不常用的方法，要她接受每一百束付多少钱的工作，借口她并不强壮，她已太老，身体已很虚弱，如果他像对付年轻的姑娘们那样，每天给她三十铜子，他一定会有所损失。即使剥削她的工资，她甚至还要恳求他，他才决定以基督徒支持慈善事业的忍让态度，雇用她。可怜的女人，尽她的瘦弱胳臂所能容纳的，举起三四束麦秆；然后拿预先准备好的草绳，费力扎好麦捆。捆扎是如此辛苦，平常都由男子们留着自己做，这消耗了她的精力，胸口被不断的重量压碎，胳臂因紧箍那么大堆的麦茎并竭力抽紧草绳而累断。早晨，她曾带来一个酒瓶，每隔一小时，她总到邻近静的和肮脏的水塘里盛满，不顾腹泻从天气燠热以来，就在她的过分和连续劳动里，惹起她的衰弱，她仍然贪馋地喝下。

但是天边的蔚蓝色已消退，显出白热化穹隆的苍白；燃烧着的太阳，好像落下的滚烫炭火。这是吃了中饭以后，大家开始午睡的窒闷时刻。黛勒梅和他的一组人，本在那附近整理麦捆，四捆放下面，一捆盖上头，作为屋顶，忙于建造"蜂房"，现在他们已消失，全体都睡在什么地折深处。一会儿，人们还看见十五天以前卖掉房子，此刻已生活在他女婿家里的老副安；接着，他也躺下去，人们不再看见他。在空的地平线里，远处，在火烧般的连片荒田的底面上，只留下老大的干瘦侧面，她看着他的工人们开始在很散乱的"蜂房"中间慢慢叠起一个高麦堆。她好像是株被年纪僵化了的树木，不再害怕太阳，笔直站着，不流一滴汗水，摆出粗暴态度，注视这些熟睡的人们。

"啊！嘘！我的皮肤要爆炸了!"仆多说。

然后转向佛兰佐史：

"我们睡一会儿吧，嗯?"

他的目光寻找一处阴凉，可是找不到。笔直的阳光到处乱射，哪里也没有一丛荆棘丛可以遮蔽他们。最后，他注意到田亩尽端，在一条小旱沟里，未割的小麦，投下棕褐的一线。

“哎！帕眉尔！”他喊道，“你也像我们这样睡觉吗?”

“不，不，没有时间。”

在酷热的平原里，只有她一个人继续工作。如果晚上她不带回她的三十铜子，希拉利昂将殴打她；因为他不但以他的畜生情欲伤害她，现在他还盗她的金钱去喝烧酒。但是她的最后力量已支撑不住她。她的身体扁平，既没有浑圆胸口，又没有臀部，仿佛是一块被劳苦的工作刨平木板，她每次收拾并结好新的一捆，身体都轧轧发响，几乎就要崩裂。苍白的脸色，如一个被磨蚀的老铜圆；虽然只有三十五岁，却像六十岁那么老，她像一头快要衰落和将死的牛马，在绝望中挣扎，让燃烧的太阳抽去她的残生。

仆多和佛兰佐史并肩躺下。他们冒着汗，现在他们寂然无声，闭上眼睛，一动也不动。立刻，铅般的熟睡压倒他们，他们睡了一点钟，不停止的汗水，在这沉重的和静止的酷热空气里，从他们的肢体上流下。佛兰佐史再睁开眼睛时，她看见侧转躺着的仆多，用淫荡的眼注视着她。她再闭上眼睛装睡。虽然他还没有对她说过什么，她却清楚觉得自从他看见她长大起来，变成一个真正的妇人后，他要占有她。这观念激起她的烦恼：这猪猡，他敢干她每夜听见他和她姐姐干的事吗？这禽兽般的交合从来没有激怒她到那样程度。他敢吗？她等候，虽然不知道，潜意识里却有点爱他，她想他若动到她，她就掐死他。

她刚闭紧眼皮，仆多突然抱住她。

“猪猡！猪猡！”她推阻时嗫嚅说。

他，带着疯狂的姿态冷笑，低声重复说：

“傻瓜，好好让我干吧！……我对你说，他们都睡熟了，没有人注视我们。”

这时候，帕眉尔的灰白头发和垂死头颅现在小麦上面，随着声音转过来。但是她不指望那一位来帮助，她不比一头母牛伸出它的嘴脸，更会使人注意。真的，她很冷淡，重新去扎紧她的麦捆。人们再听见她的腰部随着每一努力轧轧发响。

“傻瓜，品尝这滋味吧！莉兹什么也不会知道的!”

一听到她姊姊的名字，已经衰弱和失败的佛兰佐史又格外僵挺起来。从此，她不再退缩，用她的两拳打击，用她已被一直脱到臀部的两腿踢着。这个男人，难道是她的吗？难道她愿意接受另一个女人的残余吗?

“你去和我的姐姐睡吧，猪猡！你弄死她，如果这使你觉得有趣的话！你让她每夜

生一个孩子吧!"

仆多在手脚的还击下开始生气，咕噜说话，以为她只单纯害怕后果。

"混账的傻瓜，我向你发誓，我将抽出，我不会使你生孩子!"

她的脚一下踢到他的下腹，他只得放掉她，他那么粗暴地推开她，她忍住痛苦的叫喊。

他们的玩耍正是应该完结的时候了，因为重新站起来的仆多，一眼看见莉兹送下午的点心走来。他跑去迎接，留住她，让佛兰佐史可以再放下她的裙子。一想到她将去说出真相，他懊悔自己没有用他的脚跟一下踏死她。但是她并不说话，她只坐在麦束中间，摆出固执和蛮横的神情。待他再开始割麦以后，她依旧不起来工作，像安逸的公主似的，一动也不动。

"那么，什么?"因走疲倦了，躺下的莉兹问她，"你不工作吗?"

"不，这使我讨厌!"她狂怒地回答。

于是仆多不敢再刺激她，立刻向他的老婆发脾气。她再到这里来，做什么？和母猪一样躺着，朝太阳晒热她的肚皮，这倒好看呢！啊！瞧她这样子，真不是什么干净东西，这和一个要让自己晒成熟的绝妙葫芦没有差别！她也因这一句话觉得高兴，她还保持着丰腴女人的快活，这或者是很现实的，这会使她肚皮里的小家伙慢慢茁壮并成熟起来。在火热的天边下，她挺起这圆滚滚的肚皮，仿佛是一颗巨大的种子，露出生殖的土地。但是他并不笑。他粗鲁地要她再站起来，他要她想方设法帮助他。被这垂到她腿根的大肚皮阻碍，她只得跪下，借侧斜的动作，收拾麦茎，她粗声喘气，肚皮移动，倾到右腰部，她的样子很难看。

"你既然一点事也不做，"她对她的妹妹说，"你至少要回到家里去……你去做晚上吃的小菜。"

佛兰佐史一言不发，慢慢远离。在这窒闷的酷热里，贝斯恢复它的活动，各组的小黑点重新出现，骚动的景象一直扩展到无限。黛勒梅和他的两个长工已构好他的许多"蜂房"；老大观看她的麦堆高起来，准备拿她依靠着的手杖，打到偷懒者的面孔上。副安走去看一下，回来站在他女婿的工作前面沉思。随后，他迈开老人回忆和惋伤的沉重步子到处闲荡。佛兰佐史，头脑里"嗡嗡"响着，还没有好好从刚才的震动恢复过来。她沿着新的大路行走，忽然听到一个声音呼唤她。

"来吧，你到这里来吧!"

这是约翰，一半隐没在他早晨就从邻近田亩里运来的无数麦捆后面。他刚卸下他的车子，朝向太阳等着。需要第二天才去堆叠大的麦堆，他只很简单把它们一堆一堆放好，构成三种“墙垣”，其中有深而缜密的洞窟，简直和房间没有分别。

“你来吧，是我！”

佛兰佐史机械地服从这命令。她甚至没有向后注视一下的恐惧。如果转过来，她一定会看见踮高身体的仆多，因看见她而离开大路而觉得惊异。

约翰首先开玩笑。

“你很自负，你走过去，不向朋友们说一声日安！”

“对！”她回答，“您藏匿着，人们看不见您。”

于是他叹息现在到仆多夫妇家里，人们总给以很坏的接待。但是她的脑袋似乎并不在这里，她一言不发，她只吐出简短的话语。她好像已累死，自动让自己跌坐在洞窟深处的麦秆上。只有一样东西充满她，留在她的皮肉里，而且是具体的，尖锐的：这男人在那边，田亩的边缘忽然袭击她，他的滚烫两手，她还觉得她的腿根留下箍捏的印痕，他的气味还跟随她，她还感到他那雄性的、她经常等着的接触！在情欲被克制的伤痛里，呼吸很不自由。

约翰于是不再说话。看见她这样翻倒，自弃着，他脉管里的血怦怦跳响。他没有估计到这相遇，他抑制自己的欲念，他以为欺侮这少女，将来会有报应的。但是他心头的声音震昏他，他多么渴望想占有她，如同在他的狂热夜晚里一样，占有的形象激起他的疯狂。他睡到她身边，起先只以她的一只手为满足，然后拿起她的两手，紧紧握着，似乎要把它们握碎，甚至还不敢拉它们放到自己的嘴边。她并不抽回，她再次睁开沉重眼皮的茫然眼睛，凝视他，没有微笑，没有羞涩，她的长面孔只神经质地展露着。就是这近似痛苦的沉默视线，使他突然变得很粗暴。他的手很快伸入她的身裙下，他握住她的腿根。

“不，不，”她喃喃说，“我恳求您……这是龌龊的……”

但是她并不自卫。她只发出一声痛苦的呻吟。

她似乎觉得土地已在她的底下溜走；在这昏迷里她已不再知道，是另一个回来了吗？她感到同样的粗暴男性在太阳下工作时涌出汗水的同样酷烈气味。在她固执紧闭着的眼皮的红黑光焰里，脑袋变得那么模糊，嘴里只咕噜出不愿意的字句：

“不要生孩子……你抽出去……”

他作忽然的跳跃，这样避开和失掉的人类种子，一下落入成熟的小麦里，滴到土地上，永恒繁殖的土地从来不拒绝，腰部总开始撒下的一切种子。

佛兰佐史再次睁开眼睛，一言不发，她已变呆了。什么？这已完了，而她却没有较多的快感！这只给她留下一阵疼痛。当她惋惜着自己的被欺骗，另一个的观念涌上

来。她身边躺着的约翰惹起她的愤怒。为什么她让步？这老头子，她并不爱他！和她一样，他也一动不动躺着，因刚才的冒险而惊惶。最后，他做一个不高兴的手势，他寻找可以对她说的话，可是一句也找不到。他更加感到局促，只采取抱吻她的主意；可是她退缩了，她不再愿意让他碰到她。

“我必须离开，”他喃喃说。“你，你再留一下。”

她不回答，把目光投向万里青空。

“不是吗？你再等五分钟，不要让人看见你和我同时走出去。”

于是她决定张开她的嘴唇。

“好，你走吧！”

这就是一切，他抽响鞭子，骂骂他的马，低着头，迈开沉重的脚步，慢慢远离。

但是因佛兰佐史消失在整堆麦捆后面而感到惊讶的仆多，看见约翰离远时，不免产生起疑心。不告诉莉兹，他动了身，弯下上身，带着狡猾的猎人姿态走去。随后，再急促的奔跑，他扑到洞窟深处的麦秆中间。佛兰佐史还没有动，她仍处于蠢笨的麻木之中，茫然的眼睛朝向空际，两腿还始终是赤裸裸的。这没什么可否认的，她一点都不想否认，她也不想否认。

“啊？混账的婊子！啊！龌龊的淫妇！你是和这个无赖同床，而对我，却用脚猛踢我的下腹！……他妈的，我们去看吧！”

他抓住了她，从他的充血面孔上，她清楚地看到，他想利用这次机会。既然已和另一个人睡过，不能轮到他睡，待她重新感到他重新捉住她的两手的燃烧，她又为第一次的愤怒所侵袭，立刻加以反抗。他已到这里，她不再惋惜他，她甚至没有意识到这意志的突然改变，她已不再要他。

“你愿意放开我吗？猪猡……我咬你！”

他只得第二次放弃他的强迫。但是他嗫嚅说着愤怒的话语，他因他们没有他而享受的这快活气得发狂。

“啊！我早就疑心你们同床……我很久以前就应该把他驱逐出去！……他妈的婊子，你让这混账家伙磨蚀你的兽皮！”

猥亵话语的浪潮继续着。他吐出一切丑恶的字句，用不掩饰的粗暴谈到她刚才的行为，说得她赤裸裸的，没法遮掩她的羞惭。她虽然也气得脸色苍白，却装起坚定和镇静的态度，只以简单的声音，回答每一句的龌龊咒骂。

“这与你有什么关系？……如果这使我觉得愉快的话，难道我不是自由的吗？”

“啊！好！我，我将把你驱逐出去……我将把这事情告诉莉兹，我将说明我怎样发现你，你的衬衫还撩到你的头上；既然这使你觉得好玩，你将到别处去塞满你的臭孔!”

现在他推撞她，要她在他面前行走，他领她回到他老婆等着的田亩里去。

“你对莉兹说吧……如果我愿意的话，我将离开。”

“如果你愿意的话，啊！这就是我们要去看的！……用脚尖踢着屁股，赶你出去!”

为了抄近路，他要她穿过高挪伊那边，直到那时，他还迟迟不让出她和她姐姐分掉的田亩。突然，为她留下他很感动，一种敏感的想法跳到他的脑际；他在一闪的电光里看见，如果他驱逐她，切成两半的田亩，被她分去一半，或者会落入她的情人手里。这观念寒了他的心，使他的愤怒同愿望立刻消失殆尽了。不！这是愚蠢的，不应该为了一个姑娘，要你的嘴朝天张开，不能得到满足，却要放弃一切。女人的玩意儿，这会重新找到；土地则不同而论，既然它已落入自己手里，最现实的，还是继续保住它。

他不再说什么，放慢脚步，向前走去，不知道在会见他的老婆之前，怎样收回他的粗暴。最后，他做出决定。

“我，我不喜欢坏的心肠，正因为你显出厌恶我的样子我才烦恼……不然，我不大愿意使我的女人在她现在的处境里感到悲伤……”

她猜想他也害怕自己的秘密会被泄露给莉兹。

“这个，你尽可放心。但是，如果你告诉她的话，我也告诉她。”

“哦！我一点也不害怕，”他摆出完全平静的态度回答。“我会说你撒谎，你为我突然撞见你的事，采取报复。”

随后，当他们快要到达时，他连忙用急速的声音结束说：

“那么，这只是我们中间的事……应该等着我们两个再去谈论这个。”

莉兹的确已开始惊讶，不了解佛兰佐史怎么这样和仆多走回来。后者解释这懒鬼躲到那边的一个麦堆后面赌气。同时，一声沙嗄的叫声打断他们的谈话，他们马上忘记了这件事。

“那是什么？谁叫喊?”

这是一声极为可怕的叫喊，长长的高声呻吟，仿佛一只被杀牲畜的临死呼号。它在太阳的酷烈光焰里出现并随即消失了。

“嗯？这是谁？一定是一匹马，它的骨头已崩裂了!”

他们转过来，他们望见还站在邻近荒田许多麦束中间的帕眉尔。她的衰弱胳臂，向她的扁平胸口，努力扎紧最后的一捆小麦。可是她又发出一声叫喊，这更刺心，含

有丑恶的不幸悲伤；她放掉一切，自己身体转，跌翻在小麦里，被猛烈的晒了她十二小时的太阳轰倒了。

莉兹和佛兰佐史连忙赶去，仆多不紧不慢的脚步跟随她们。从周围的各个田亩赶来，一切人，如黛勒梅和他的长工们，在那边闲荡的副安，用手杖尖端驱除石块的老大等，也随着赶来。

“那么，发生了什么事？”

“是帕眉尔突然病倒了。”

“从那边，我就清清楚楚看见她倒下！”

“啊！我的上帝！”

大家在她的周围，怀着疾病打倒农民的神秘恐怖，睁眼注视她，不敢走近。她笔直躺着，脸孔朝天，胳膊交叉成十字形，好像在这消耗她精力并以辛苦劳动杀害她的土地上被钉死。一定是某一脉管断裂，一丝鲜血从她的嘴边流下。在这过分劳动，牛马般工作下，她已更加精疲力竭地离去，在这割过的麦田中间，她那么干瘦，萎缩得那么小，她只是没有肉，没有性别的一团破布，她在这收获庄稼的旺盛繁殖里，吐出她最后的微小气息。

因为老外祖母曾抛弃她，从来不和她说话的老大终于向前走来。

“我很难相信她已经死了。”

她用她的手杖推她。空洞无神的眼睛向直射的阳光张开，张大的嘴巴和旷野的气息接触，身体已一动也不动。在下颌上，一丝血已开始凝结。俯下去的外祖母于是接着说：

“她当然已死了！……还是这样好！从此再不要别的人们来负担了。”

大家很震惊，不敢再动。不去找村长，人们能碰她吗？他们首先低语，随后，为了让别人听见，又高声叫喊。

“我去找来靠在那边麦堆上的梯子，”黛勒梅终于说。“这可以用作担架……一个死人，永远不应该让她留在地上，这是很不好的。”

但是待他带着梯子回来，人们要拿麦捆放到上头，替尸首做一张临时床铺时，仆多喃喃说话，表示不悦。

“你的小麦，人们会还给你的！”

“确实如此！我就期望这样！”

对这种慷慨大方稍稍感到惭愧地莉兹加上两束小麦作为枕头，人们于是抬着帕眉尔的尸体放到上头。佛兰佐史因这死亡落在她和男人第一次发生关系中间，感到昏乱

不知所措，沉入一种梦想，不能使自己的眼睛离开尸体。她非常悲伤，尤其奇怪这不久以前她怎么会是一个女人。她和副安就这样留下来看守，等候动身；老头子也无言无语，看他的态度好像想起那些离世的人，的确是很幸福的。

等到太阳开始西沉，人们都准备回去的时刻，两个男人走来抬起担架。担架并不重，他们不怎么需要替换。然而别人陪伴他们，整个送殡队伍因而形成。为着避免大路的迂回曲折，人们穿越许多田亩。在麦捆上，尸体已僵硬，头后的麦穗重垂下去，而且伴随脚步的合拍震动而摇摆。现在天边只留余晓的热气，沉重压在蔚蓝天空里的赭色热气。劳尔河流域另一边的地平线上，淹没在薄雾里的太阳，独向贝斯的地面倾注金黄的光线，从这金黄、从这晴朗傍晚的镀金里，一切似乎都是收获物。依然挺着的小麦显出粉红火焰的冠饰；各片割过的荒田里，则到处竖起闪亮淡紫的根株碎屑；从无限大的各方面，众多的麦堆，高的接连浪头，在这金黄的“海”上堆起，好像过分蔓延，一边是光辉的，另一边已暗黑，一直延展到辽远偏僻平原，投出拉长的阴影。一种肃穆降临，天际高处，只传来云雀的歌声。在疲劳的、低着头像柔顺羊群样跟随担架的劳动者中间，没有一个人说话。大家只听见梯子，在成熟小麦上躺着的死者摇摆下，发出轻微的声响。

那一天晚上，胡得根替做完约定工作的收获工人们，结算账目。他们的一个月工作，男子们拿走一百二十法郎，妇女们赚得六十法郎。这是一个好年头，整个收割期，没有下过一次暴雨。所以这是组长，后面跟着他的一组人，在大的叫喊中间，拿穗子编成十字形的麦束呈献给他们视为一家主妇的捷卡琳；传统的告别晚餐吃得很畅快：人们仔细品尝了三只烧羊腿和五只兔肉，彼此碰杯喝酒到深夜，大家都酩酊地睡去。捷卡琳也已喝醉，搂着德龙的颈项，几乎被胡得根捉住。约翰很昏乱，走去扑到他阁楼的麦秆垫上。无视疲倦，他并不睡觉，佛兰佐史的形象再度干扰他。这激起他的近乎愤怒的诧异，因为经过那么多夜晚想占有她，而一旦真的和她发生关系时，却感到那么少的乐趣！自从那一次以后，他顿时觉得所有的一切都是无所谓了，他决心将不再去干这种事情；看，刚睡下，他又看见她站着，他仍在性欲显现的迷乱中，要再占有她：刚才的行为再显现在他眼前，这做法，他没有好好去感觉，此刻又来冲击他的身体。怎么去再占有?! 第二天，以及后来的所有日子，他将在哪去拥抱她？一种冲动突然使他吓得颤抖，一个女人跑到他身边：这是贝尔舒女人，收拾麦束的女工，责备他最后一夜为什么不来。首先，他拒绝她，接着他紧紧抱住她，使她难以呼吸；他若和另一个一起，他也将这样肢体抱紧，一直抱得昏乱过去。

在这一瞬间，突然惊醒的佛兰佐史起来，为了呼吸，走去打开她卧室的天窗。她

曾梦到人们相打，几只狗在咬着下面的门。待空气给她清爽一下，她重新有了两个男人的想法，一个想强迫她，另一个已占有她；她不再想得更远，这只很简单，在她的脑里翻转，而不使她判断并决定什么。她侧耳朵，那么，这并不是梦幻吧？一只狗在远处，在哀格尔溪边岸叫着。随后，她想起来，这是希拉利昂，从黑夜一降临，就在帕眉尔的尸体旁边号叫。人们曾试图驱赶他，可是他抓紧，他咬人，他不想放开这些剩余：他的姊姊，他的老婆，他的一切；他连续发出呼号，使黑夜充满他的悲惨哀鸣。

佛兰佐史全身颤抖，站着听了很长时间。

五

“希望哥利喧不和我同时降生！”莉兹每天清早都这样反复说。

莉兹拖着她的巨大肚皮，忘记了自己，呆在牛栏间里，以恐惧的眼睛，注视母牛，后者的肚皮也十分膨大。没有一只牲畜像它这样胀大，它变得细长的脚腿上边压载着一只圆的大木桶。九个月恰巧是在圣菲亚克尔日，因为佛兰佐史曾小心记下她给它送去交配的日期。不幸，莉兹，对她这方面却不能确定，大概只一段时吧！这孩子那么奇怪地发育起来，因为人们不想要他，她不能知道确切的日期。但是这一定在圣菲亚克尔日左右，或者前夕，或者第二天。她总担忧地说：

“期望哥利喧不和我同时降生！……如果这样，这将是一件令人头疼的事？啊！真糟糕！我们将很清爽呢！”

她们很关心十年以来就在家里的哥利喧。它终于成为家庭一员。冬季除了它腰部所散发出的温暖之外，没有别的燃烧，仆多夫妇和佛兰佐史都藏到它身边。它自己也显得很亲热，特别是对佛兰佐史。它用它的粗糙舌头舔她，为了拉她，给她呆在自己身旁，它用嘴咬出她裙子的碎块。所以当生产的日期逐渐接近时，她更小心看护它：送给它热的菜汤，每天暖和的时候，牵它出去散步，总之，每时每刻都照顾它。这不但是人们喜欢，同时也是它所代表的五十“比斯多尔”，它所供给的黄油和乳酪、牛奶，要是人们失去它，同时即失去一笔真正的财产。

收割以后，十五天左右已过去。在共同的家庭里，佛兰佐史已习惯了这样的生活，因为她和仆多中间，什么都没发生。他好像已忘了，她自己也不再想到这些令她烦恼的事情。被她看见并告诉过的约翰，已不再来。他只在篱笆的角落里窥视她，哀求她晚上逃跑出来，到他所约定的旱沟边去见他。但是她不愿这样，很惊恐，在采取小心的措施后，隐藏她的冷漠。她答应：以后，待家里不再需要她的时候，再和他相见。一天晚上，他蓦然撞见她走下，到马葛龙家里去买糖，她抛拗着不再跟他到教堂后面，她总时时谈到哥利暄，说它的骨头已开始裂开，臀部已张开，对这些确定的前兆，他自己也说现在这将不会持续得更长时间。

看，恰是圣菲亚克尔日前夕，莉兹吃过晚饭，她恰和她的妹妹到牛栏间去观察母牛，看它的后腿根被胀大的肚皮叉开，很受苦，嘴里轻轻叫时，她突然也被大的阵痛侵扰。

“我是怎么说过的！”她愤怒地叫道。“啊！我们将很爽呢！”

她曲成半圆，捧住她的肚皮，为了惩罚这绞痛的腹部，她粗鲁地敲打它，她大骂，她对它说话：难道它不该让她平静些吗？它很可以等候一些时间！这仿佛是苍蝇叮她的肚皮，疼痛从腰部开始一直到她的膝盖。她不愿躺到床上去，她践踏自己，重复说着，她要使这个再钻进去。

大约十点钟时候，当人们给小徐尔送到床上睡觉以后，仆多看见什么都没有到来，很烦恼，他终于决定去休息，让莉兹和佛兰佐史执拗留在苦痛更增大的母牛身边。两个都开始担忧，虽然骨头方面的工作好像已完毕，这来得不大顺利。过道已张开，为什么小牛还没出来呢？她们承奉畜生，鼓励它，给它送来好吃的东西，它所喜欢的糖，可是它排斥，低下头，臀部被深的颤动激动。到半夜，一径都拧曲着的莉兹忽然觉得放松些。对她，这还只是假的告急，游动的阵痛；她确信像她忍住大便似的，她已使这个再攒进去。整夜，她和她的妹妹看护哥利暄，看护它，浸热毛布，拿它熨贴在它的皮肤上；另一头母牛，从克罗亚市场最后买来的卢全特，看见这燃烧着的蜡烛，似乎很惊异，则睁开它淡蓝的朦胧大眼睛紧紧注视着她们。

太阳升起时，佛兰佐史，看见还没动静，决定跑去找她们的女邻居弗里麦嫂。后者负有见识丰富的盛名，她曾帮助过那么多母牛生产，遇到困难的场合，为了免得兽医的听诊，人们当然喜欢跑去找她。她一到，马上噘起嘴，露出为难的样子。

“它的样子不好看，”她小心地说，“从什么时候发作的？”

“快十二小时了。”

老太婆继续在畜生后面转来转去，微微摇头，到处观察，这不高兴的嘴脸激起其他两个女人的恐惧。

“但是，看，水胞来了，”她好像下定论地说。“应该等着去看。”

于是整个上午都在看着水胞露出，胀满水的袋，向外挤压。人们研究它，探测它，判断它；虽然它延长而且很大，这还是个水胞，和别的任何一个，没有什么不两样。

可是从九点钟起，工作又停住，水胞不再动，悬挂着，很可怜，连续为均匀的摆动、母牛的被痉挛所激动。母牛的状况，一看就知道已更恶劣了。

仆多从田亩里回来吃午饭时，他也害怕起来，但是一想到自己要花钱，全身不免有点颤抖，他说要去找巴多亚来治病。

“一个兽医！”弗里麦嫂讽刺地说，“为的请他来杀害它，嗯？曹西斯老爹的一个例子就很明白白在大家面前垮倒……不，你看，我去破坏水胞，你的水牛，我去寻找它，我！”

“然而，”佛兰佐史唤起她的注意，“巴多亚先生不允许别人戳破水胞。他说，这有帮助，这里面胀满的水会帮助小牛出来。”

弗里麦嫂愤怒地耸了一下耸肩。巴多亚！于是用剪子一戳，她戳破长的袋。水伴着闸坝奔腾的声响流下来，大家马上躲开，可是已太迟，身上都被测到。一会儿，哥利喧发出比较匀称的呼吸，年老的妇人胜利了。她的右手搽上黄油，伸进去，想法去认识小牛的位置；她不慌不忙，尽在那里头寻找。没有回到田亩去的仆多也一动不动地等候着，不敢再呼吸。

“我已摸到了脚，”她喃喃说，“但是头不在那里……如果找不到头，这不大好……”

她只得把她的手抽出。哥利喧为猛烈的镇痛所震动，肚里推得那么凶，两只脚已出现。这通常是这样，仆多他们发出安慰的叹息：看见这两只脚出来，他们以为已将要得到他们的小牛；从此，他们的脑里只被唯一的思想占有着，拉！使得立刻可以取得它，好像他们害怕它会再进去，不再出来。

“顶好是不要催促它，”弗里麦嫂明理地说，“它一定会好好出来的。”

佛兰佐史也答应这样。但是仆多很激动，他每一分钟走来摸摸两脚，愤恨它们还不长长。突然，他拿来一根绳，由他的女人，和他一样激动的莉兹帮忙，向看见的两脚上打好一个牢牢的结；培贵嫂，不知为何，正好在那时进来；于是仆多、弗里麦嫂，培贵嫂和佛兰佐史，就连莉兹也带着她的大肚皮蹲好，大家都先后捏到绳子上，开始拖拽。

“噢哎！拉吧！”仆多喊道，“大家一起拉！……啊！讨厌的骆驼！它一寸也不动，它胶在那里头！啊噫！用力吧！啊噫！用力吧！哦，拉出那家伙！”

流着汗和喘息着的妇女们也重复说：

“噢哎！拉吧！……啊噫！用力吧！哦！拽出那家伙！”

但是不幸已发生。已一半朽腐陈旧的绳子，突然被拉断，大家都发出叫喊和咒骂，倒在蒿草里。

“一点也没有关系，我没被碰痛!”一直翻滚到墙边的莉兹，当人们再扶她起来时这么说。

然而刚刚站好，她已感到头晕，她必须坐下去。一刻钟以后，她捧着肚子，昨夜的疼痛又开始了。而且更剧烈，有着均匀的间隔。她，她曾相信自己已使这个再攒进去！母牛的生产不来得更快，现在她又被袭击了，而且达到非常难忍的程度，她很可能赶上它。这是多么不幸的遭遇！人们躲不开命运，这是说过的，她们两个将同时生产！她发出大的呻吟，她和她的男人中间经常争吵。那么，他妈的！为什么她也拖拉？母牛的水胞，这难道与她有关系吗？最好，她首先清空她自己的！她那么苦，她只以咒骂回答他：猪猡！混账家伙！她的儿袋，要是他不给她装满，一定不会那么妨碍她！

“这一切，”弗里麦嫂引起他们的注意，“都是空话，这都无济于事!”

培贵嫂加上说：

“至少可以减轻疼痛。”

幸运的是为了摆脱小徐尔，人们已把他送到姊夫黛勒梅家里去了。那时已三点钟，人们一直等到七点。什么都没来，家里简直是一个地狱：一边，莉兹固执坐在一把旧的椅子上捧着绞曲的肚皮呻吟；另一边，哥利喧在逐渐严重的震颤和流汗里，只不断叫号。第二只母牛，卢全特也开始做“哞哞”的惧怕悲鸣。佛兰佐史的脑袋于是昏乱了，高声说话和咒骂的仆多还喜欢拖拉。他喊来两个邻居，好像要拔出橡树的根子，他们用一条新的，这次不会再断的绳子，六个人一起拽着拖拉。但是被搅动的哥利喧，侧斜翻倒。

“这家伙，我们将不会得到它!”满身流汗的仆多宣称。“混账母牛可能和小牛一起丧了命!”

佛兰佐史合起两手，做出哀求的态度。

“哦！你去找巴多亚先生！要花钱就得花钱，你去找巴多亚先生!”

他的脸色变得很阴沉。经过最后的激烈的内心斗争，没说一句话，出去驾好他的篷车。

自从人们再谈到兽医之后，弗里麦嫂装起不再关心母牛，现在却替莉兹担心。她对分娩也是内行的，所有女邻居生产时都由她经手。她似乎很忧虑，她不对培贵嫂隐藏她的恐惧，培贵嫂喊回正在驾车的仆多。

“喂！听我说……她很受苦，您的女人。您也可以同时领回一个医生。”

他沉默，眼睛瞪得圆圆的。那么，什么？再一个要别人服侍她吗?！当然他不会为

一切人去花钱的！

“不！不！”莉兹在两次阵痛间隔喊道，“我，这经常会很顺利！我们没有可从窗口掷出去的钱！”

仆多急忙鞭击他的马，篷车在降下的夜色里，消失在克罗亚大路上。

两小时以后，当巴多亚最后到来时，他发现一切仍旧留在同一情况里。哥利喧侧斜躺着喘气。

莉兹像一根昆虫似的绞曲她的肚皮，已经常一半从她的椅子上溜下。事情已持续二十四小时。

“看吧，我来究竟是为哪一个？”爱说笑的兽医问道。

而且立刻用“你”称呼莉兹：

“那么，我的大肚皮嫂嫂，如果这不是为你的，那么，为了给我快乐，请你睡到你的床上去。”

她不回答，并不离开。他已开始检查母牛。

“糟糕！您的畜生，它，快要完了。你们老是这么迟来找我……你们曾拖拉过，我看得出来。嗯！你们宁愿喜欢给它扯成两半，而不愉快等着，混账的蠢家伙们！”

大家都带着阴郁的面容，恭敬并且失望的态度听着他；只有弗里麦嫂抿紧嘴唇，充满轻蔑。他脱去他的大衣，撩起他的袖口，为了可以再抽出，先拿一根小绳结在两脚上，然后把它们再送进去；接着，他伸入他的右手。

“啊！这用不到说的！”过了一会儿他再说，“这确实正如我所预料的：头曲缩在左边，你们可以一直拉到明天，它将永远不会出来……你们知道，我的孩子们，它已完蛋，你们的小牛！我并不想为转动它，而向它的乳齿上戳破我的手指。其实，即使如此，我也不会成功，我只是杀害母牛罢了。”

佛兰佐史因而大哭起来。

“巴多亚先生，我恳求您，请您救回我们的母牛……这可怜的哥利喧，它很爱我……”

脸色因阵痛变青的莉兹和身体本来很健康，对别人痛苦向来都那么硬心肠的仆多也在同样的恳求里表示悲痛和感动。

“请您救救我们的母牛，我们的老母牛，许多许多年以来，它就给我们那么好的牛奶……请您救回它吧，巴多亚先生……”

“但是我们要听明白，要好好同意，我就被迫去割碎小牛。”

“啊，小牛，尽不要管它，小牛！……请您救救我们的母牛，巴多亚先生，请您救救它吧！”

于是带来一幅蓝色大围裙的兽医，要他们借给他一条棉布裤；到卢全特背后，身上一丝不挂，他只单单穿上裤子，然后拿围裙紧紧系在他的腰部间。当他带着阔嘴狗般的面孔，又胖又短，在这轻便的服装里再出现时，哥利喧抬起它的头，停止呻吟，无疑的，它已觉得惊讶。但是等待竟那样收紧大家的心，没有一个人露出微笑。

“请燃点蜡烛！”

地面放上四根直立的蜡烛，他腰部向下展露在不能再站起的母牛背后的麦秆里。一会儿，他平直躺下，鼻子伸向畜生的腿根中间。然后，他决定捏住小绳，再把两脚拉出来，加以仔细观察。在身边，他摆一个长的小盒子，他借一个手肘挺起他的上半身，取出里面的一把切割刀时，一声沙哑的呻吟激起了他的注意，并使他立刻坐起来。

“怎么！我的大肚皮嫂嫂，你还留在这里吗？……所以，我对自己说，这并不是母牛！”

这是莉兹被巨大的阵痛侵袭，腰部被拉扯。

“但是他妈的！那么，你到你的房子里去做你的事情，让我留在这里做我的吧！听见你在我背后呼号，凭我的名誉说，这扰乱我，这打击我的神经……算了吧！这难道有理性吗？喂！你们这些人，你们将她领走吧！”

弗里麦嫂和培贵嫂决定要莉兹被夹在每个人的一只胳臂下，领着她到她的房间去。她放弃着，不再有抵抗力量。但是路过一根蜡烛孤独燃烧着的厨房时，她要求她们让一切门都打开，认为这样最少会离得较近些。弗里麦嫂按照乡间的习惯，已准备好一个苦难的床铺：一条简单的被单被掷在房间中央的一札麦秆上并放好三把翻倒的椅子。莉兹蹲坐着，两腿分开，后背靠一把椅子，右腿和左腿则支撑在第二把和第三把椅子上。她甚至没有脱衣服，还穿便鞋的两脚半弯着，她的蓝袜一直卷到膝盖；她的裙子被撩到胸口，显出大而丑的肚皮，她的两腿根很肥，很白，张得那么大，人们始终可以看到中心。

牛栏间里，仆多和佛兰佐史被巴多亚照亮，两个都坐在他们的脚跟上，每个都拿近一支蜡烛，兽医则再次卧下，用切割刀向小牛的左腿弯周围切断一段筋络；他揭开皮，拽出破碎和脱节的肩膀。但是脸色变得惨白和头脑开始昏晕的佛兰佐史让她的蜡烛跌下，马上逃走，口里喊着说：“我可怜的老哥利喧……我讨厌看见这个！我讨厌看见这个！”

巴多亚愤怒，特别是他必须再站起来，扑灭蜡烛跌落麦秆里所引起的火灾。

“他妈的女孩子！这刺激您这公主般的神经……这会使我们像火腿样被烤炙！”

佛兰佐史继续奔跑，扑到她姊姊分娩的房间里，跌坐在一把椅子上，经过她刚才所看见的，她姐姐的下部张开，不再感动她，好像这是一件自然的平常的事。她做了一个手势，赶跑这皮肉活活割下的景象。她嗫嚅地描述兽医对母牛所做过的一切。

“不能让他这样做，我必须回到那里去。”莉兹忽然说，不顾她的疼痛，要离开她的三把椅子。

可是弗里麦嫂和培贵嫂听了生气，把她硬留在原位。

“啊！这个，您愿意好好并安静地留下吗?！那么，您的身体里到底有了什么?”

弗里麦嫂加上说：

“好！看，您……您也挣破您的水胞了！”

真的，水突然迸射出来，由被单底下的麦秆马上吸收去，驱逐的最后努力已开始。赤裸裸的肚皮，无视它的疼痛，继续推动，胀到要爆炸的样子，穿蓝袜的两腿则以青蛙游水般的无意识行为，一张一翕。

“好吧，”培贵嫂再说，“为了使您可以安心，我，我到那边去，我将给您消息。”

在这之，她只在房间和牛栏之间连续奔跑。为了节省行走，她最后甚至从厨房中间高声喊叫。兽医卧在溅满血和沾液的蒿草里，继续他的切割，这是劳累的和肮脏的工作，全身上下都弄脏了。

“很顺利，莉兹，”培贵嫂喊道。“不要懊悔，您尽力推动吧……我们已割出另一边肩膀。现在要拉的是头……头，他已握住它，哦！一个头！……干过这一下，这已完毕，身体已整个被拖出来。”

莉兹带着刺骨的呻吟，接受手术的每一演变；人们不知道她究竟为她自己还是为小牛在受苦。但是忽然仆多送来头，愿意指给她看。

“哦！多么漂亮的小牛！”

她并没有停，肚皮推动得更凶，筋肉紧张，腿根膨大，好像为无可安慰的失望所侵袭。

“我的上帝！多么不幸！……哦！一只漂亮的小牛，我的上帝！……这多么不幸！一只多么漂亮的小牛，一只多么好的小牛，从来没有见过这么漂亮的！”

佛兰佐史也叹息，大家的悲愤变得那么冲动，充满那么多含蓄的恶意，巴多亚因而感到受到侮辱。他跑来，可是由于礼貌，他停留在门外。

“喂，我曾事先告诉过你们……你们曾恳求我救回你们的母牛……我的好家伙们，这就是我晓得你们要说的！应该到处去叙述我曾杀掉你们的小牛，嗯?”

“不错，不错，您的确曾预先告诉过我们，”和他回到牛栏里去的仆多喃喃说。“不过，这也确实是您把它割碎的。”

卧在地上三把椅子中间的莉兹为她的肚皮而痛苦，为一块圆球所掠过，这圆球从腰部的皮肤底下下来，一直达到两腿根深处，促成肌肉的连续扩大。站在姊姊面前的佛兰佐史，因为悲伤，直到那时她什么也没看见，现在忽而很惊讶，她姊姊的裸体，对她只显出缩影：两腿抬高，一个圆的洞穴，在肚皮圆球左右形成的角度中间，凹进去。这是如此出人意料，如此变形，如此巨大，她并不认为不安。她向来没有想像过这样的东西，这简直是无底木桶的大洞，干草房的大天窗，平常都由这里投下刍秣，而且四周才有黑而浓密的常春藤。然后，当她注意到另一较小的圆球，孩子的头，捉迷藏般的游戏里努力出来和缩回，一阵阵剧烈的笑的欲望支配着她，她只得咳嗽，使别人不致怀疑她存有坏的心肠。

“还要稍稍忍耐一下，”弗里麦嫂说。“就要出来了。”

她跪到两腿中间，窥伺孩子，准备去接受他。可是正如培贵嫂所说的，他仍然不发出来，一下又一下的行礼，迟迟不出来；甚至有一会儿，他离开，人们以为他已回到里头去了。佛兰佐史于是摆脱这“炉口”朝向她的幻觉；待她的眼睛一掉开，那种不舒服的感觉又来到她身上。她走来拉起她姐姐的手，向她表示同怜。

“唉！我可怜的莉兹，你真痛苦啊！”

“哦！是的！哦！是的，没有一个人怜惜我……如果人们怜惜我的话……哦！啦啦！这再开始，那么，他不出来吗?!”

这可能持续得很久，忽而牛栏里传来一阵赞叹。这是巴多亚看见哥利喧仍然激动，仍然哞哞鸣叫，觉得很奇怪，疑心里面或者还有第二只小牛。真的，再伸入他的手，他拉出一只，这次，却毫无困难，好像他从袋子里抽出一块手帕。他这喜欢说笑的大胖子感到那么大的快活，他忘记礼貌，手里捧着小牛，背后跟来开玩笑的仆多，他一直跑到分娩者的房间里来。

“嗯？我的大肚皮嫂嫂，您要有一只活的……喏！我就给您一只！”

他狂笑，他赤裸裸只裹在他的围裙里，他的两臂，两孔和整个身体都溅满兽粪，手里捧着的还润湿的小牛，头太重，睁开惊异的眼睛，看来好像是醉态朦胧的。

在一阵赞叹中间，莉兹看见它，不免为无可抵抗的和无法停止的狂笑发作所掀动。

“哦！多么滑稽！哦！要使我这样笑，这多么愚蠢！……哦！啦，啦，我多么受苦，这挣裂我！……不，不，不要再逗我发笑，我会笑死的。”

笑，在她的肥胖胸口深处轰响，降到她的肚皮里，再从这里借暴烈的气息推动着。

当兽医将小牛放到他面前，想用手背揩拭他前额流下的汗水时，欢悦达到最高点。

他的面孔溅上很长的一线牛粪，大家都捧腹大笑，分娩者喘息，发出母鸡生蛋的尖锐叫声。

“我要笑死了！你们停止吧！完蛋的笑，我的皮肤都要崩裂了！……啊！我的上帝！啊！我的上帝！这要笑死我了！……”

张开的洞穴更挣圆，简直可以相信还继续跪着的弗里麦嫂要消失在里面。一下，整个血红的孩子，带着湿漾漾的和灰白的两端，似乎从一个妇女炮身里发射出来。人们只听见巨大瓶子倾空的“格鲁格鲁”声响。随后，婴儿啼叫，受震动的母亲，如表皮收缩的一个袋子，则笑得更凶。仆多拍击自己的腿根，培贵嫂捧住她的腰部，巴多亚发出响亮的笑声，佛兰佐史的一只手，在她姐姐的最后努力里几乎被捏碎，也满足她忍住的欲望；她还看见这个：一个真正的大教堂讲厅，丈夫可以整个住进去的大厅堂。

“这是一个女孩子。”弗里麦嫂说道。

“不！不！”莉兹说，“我不要她，我要一个男孩子。”

“那么，我拿她再放进去，我的漂亮嫂嫂，明天你将再制造一个男孩子。”

人们狂笑不止，简直要发疯了。随后，小牛还留在人们的面前，终于安静下来的分娩者说着惋惜的话：

“另一只那么漂亮……不论怎样，这到底给我们凑成一对！”

命人拿三公升的甜酒给哥利喧喝下以后，巴多亚就离开了。在房间里，弗里麦嫂脱掉莉兹的衣服，并让她睡下；培贵嫂协助的佛兰佐史，则搬去麦秆并开始扫除。十分钟之内，一切都恢复秩序，如果没有那用温水洗涤的婴孩的呱呱的哭声，简直不会怀疑这里曾有过分娩。但是婴儿裹上襁褓，被放到摇篮里，她也逐渐不作声了。现在已累得要死的母亲，则沉入熟睡，几乎变黑的充血面孔，显露在灰褐棉布的大被单里。

将近十一点钟左右，两个女邻居离开之后，佛兰佐史对仆多说，他最好爬到干草房去休息。她，为了过夜，拿一个垫褥掷到地上，她打算躺下睡觉，要让自己不离开她的姐姐。他不回答，默然抽完他的烟斗。大的静寂统御着，人们只听见莉兹熟睡的强烈呼吸。待佛兰佐史一跪到床脚阴暗角落里的垫褥中间，依然一声不响的仆多突然从背后翻倒她。她转过来，目击他的收缩和血红面孔，她马上明白。又是“这个”袭击她，他仍然没有放弃占有她的观念；经过刚才不大可喜的事物，他这样突然要在他的女人身边去占有她；这想法在他的体内强烈地翻搅着。她拒绝他，她推倒他。他们中间于是发生无声的和喘息的斗争。

他冷笑，喉头的声音被梗塞。

“看吧，这对你有什么关系？这会损害你什么？……我可以做你们两个的丈夫。”

他很认识她，他知道她不会叫喊。真的，她抵抗，不说一句话。她太自负，不想叫唤她的姐姐，她不愿意任何人干预她的事，连这个，也不要别人多管。他压住她，激起她的窒息，他就要战胜她了。

“这将那么好……既然我们可以一起生活着，我们将不再离开……”

但是他忍住一声疼痛的叫喊。她的手指甲刺入他的头颈；于是他气得发狂。

“如果你相信你将嫁给他，嫁给那个混账家伙的话……只要你没有成年，永远休想实现你的愿望!”

这次，当他用粗暴的手，向她的裙下乱捏乱摸时，她在他的两腿中间，踢了那么重的一脚，他痛得大叫一声。他一跃而跳起来，很惊吓，他注视旁边的床铺。他女人仍然熟睡着，发出同样平静气息。然而他只得做了一个可怕的威胁手势离开了。

当佛兰佐史躺到她的垫褥上，重新沉静下来的时候，她睁开眼睛默想。她不愿意，她将永远不让他占有她，就算她有这欲望，也一样。然而她惊讶，因为所说的她可以嫁给约翰的想法，还从未在她的脑里出现过。

六

两天以来，约翰在罗涅附近，胡得根所领有的田亩上工作，后者命人将一部打麦机安顿在那里。这是一部平常总在波纳瓦尔和克罗亚中间移动的机器，由砂多屯的一个机器匠租给他的。约翰驾着他的车子和两匹马，从邻近的麦堆里载来麦捆，然后再把打下的净麦运到田庄里去；机器从早到晚开动着，在空中飘扬着灰尘，使当地充满连续而巨大的轰隆轰隆声响。

约翰很苦恼，他一直在绞尽脑汁找到他怎样才可以再占有佛兰佐史的方法。一个月以前，恰在这打掉的小麦中间，他曾和她发生关系。她总惧怕，总不断逃避他。他很失望，似乎永远也不会再来了。这是一种增长的欲望，但是她惧怕着他。他一面驾驭他的畜生，一面自问他为什么不直截了当到仆多夫妇家里要求和佛兰佐史结婚。他和他们中间还没有发生过什么公开的争吵，彼此还维持着表面的友谊。每次经过时，他还向他们喊一声日安。自从这结婚的观念一出现在他的脑里，好像这是再占有女郎的唯一方法，他确信他的义务就在这里，如果他不娶她，他将是一个不规矩的人。

然而第二天上午，约翰回到机器那边去的时候，恐惧又出现了。如果他不看见仆

多和佛兰佐史一起到田亩里，他将永远不敢冒险去办交涉。他想莉兹平常对他很好，他和她谈话，不怎么怕。将他的两匹马托给一个伙伴照顾后，他逃出去一会儿。

“怎么？是您，约翰！”莉兹喊道，她分娩的虚弱中走出来，健壮起来了。“人们已不再看见您了。到底发生了什么事啦?”

他道歉了。随后，非常急忙，他又羞怯而鲁莽又急迈地说起他的心事。她首先以为他要说他爱她，因为他曾爱过他，曾想让他做老婆。但是他立刻加上说：

“那么，如果人们愿意让她嫁给我的话，这就是为什么我也很高兴和佛兰佐史结婚。”

她注视他，她显得那么惊骇。他开始嗫嚅说：

“哦！我知道，这不会就像这样容易成功的……我只不过愿意和您谈一谈罢了。”

“当然啰!”她终于回答，“这确实惹起我的惊骇，因为一想到你们两个的年纪，我不大期望会有这样的要求……不论怎样，首先应该知道佛兰佐史的意见。”

他是存着一切都说了的计划到来，希望使结婚成为势在必行的事。可是一种顾虑到最后的一会儿，突然阻止他。如果佛兰佐史没有向她的姊姊说过，如果还没有一个人知道他们的关系，他有第一个说话的权利吗？这激起他的灰心，由于他的三十三岁，他不免感到羞惭。

“当然，”他喃喃说，“我将和她谈起这个，我不会强迫她的。”

然而莉兹待她的惊异过去之后，马上露出愉悦态度注视他。所谈的事显然并不使她感到不愉快。甚至她还完全是鼓励的。

“这将随她所愿意的，约翰……我，我并不同意仆多的话，认为她的年纪还太轻。她将到她的十八岁，她的身体那么结实，简直可以嫁给两个男人……再则，姊妹之间尽管很相爱；现在，看，她已变成妇人，我宁愿意雇用一个我可以指挥的女仆，代替她的位置……如果她说‘是’，您就娶她吧！您是一个好的对象，俗话说得好，最老的公鸡，总往往是最好的。”

这话从她口中说出，由此，她和她妹妹已不再互相了解，一步步扩大起来，这暗中敌对增加了。自从一个男人，带着雄性的意志和欲望到了那里之后，嫉妒和憎恨的酵素已逐渐发作。

感到幸福的约翰在她两边面颊盖上狂吻时，她加上说：

“正好，我们今天替我们的小女孩子举行洗礼，晚上我们将举行家族晚宴……我请您也来参加，如果佛兰佐史非常喜欢嫁给您的话，您可以向她的监护人，副安老爹提出您的要求。”

“好！就这样约定，今天晚上再见！”

他跨开大步，赶到他的两匹马身边，他整日催促它们，要他的鞭子接连“唱歌”，噼啪的声音简直像节日上午放出的鞭炮。

真的，仆多夫妇，经过很长的延误，终于决定替他们的女孩子举行洗礼。首先，莉兹硬要自己完全变得结实，能参加洗礼的晚宴。随后，她在野心和虚荣的想法下坚持要请查理夫妇做她的教父、教母；为了展示他的善意，查理先生接受了，可是得等他太太回来，她已经去沙德尔了，给她女儿的“店铺”帮忙。那时九月的节日市场刚开始，犹太人路边的房子到处都是顾客。此外，正如莉兹对约翰所说过的，人们只邀少数亲人来参加简单的家庭晚餐，除了教父和教母之外，全部客人只有副安、老大和黛勒梅夫妇。

但是到了最后时刻，巨大的困难，因不再对罗涅息怒的高达神父而出现。只要他还希望村委员会终于会花钱供养一个教士，他一直竭力忍受他的辛苦，如每一“弥撒”要他步行六公里，以及一个不真正信教的村庄屡次找他麻烦，向他提出种种刻薄的要求等等。忍让已达极点，他已不再心存在幻想，村委员会每年否决神父住宅的修理，村长胡得根总宣称村里的财政预算已太重，只有副村长马葛龙，由于心里隐藏着的野心计划，还和教士们敷衍。神父此后没有任何要注意的顾虑，他粗暴地对待罗涅，在宗教的仪式上，只给它以最必要的，不做多余的祈祷，不高兴浪费燃烧的神烛和香。所以他和妇女们发生连续的争吵。尤其是六月里，为了第一次领圣体礼，曾爆发真正的战斗。五个孩子，两个女的和三个男的，参加他每星期“弥撒”后，要他们学习的“教理问答”，他既然必须再来接受他们的忏悔，就要求他们自己到巴曹宣·勒·陀伊安去找他。所以，妇女们的第一次反抗反省了。谢谢！走去三公里，回来又三公里！让大的男孩子和女孩子们一起奔跑，难道人们会知道这将怎样变化吗？接着，他截然拒绝到罗涅来举行仪式，唱歌其他的一切时，可怕的暴风雨终于爆发了。他硬要在他的教区里举行，五个孩子是自由的，如果他们有这愿望的话，很可以赶到那边去。十五天之内，在泉水池边，妇女们都喃喃说着愤怒的话语：那么，什么？他在她们自己村庄替她们主持洗礼、婚礼和葬礼，而他不愿意到这里来好好举行第一次领圣体礼！他固执，他只做一次默诵的小“弥撒”，遣走五个领圣体礼的孩子，不加一朵花和一句安慰的祈祷。因仪式结束得那样快，她们很烦恼，流着眼泪恳求他再作晚祷的时候，他甚至猛烈地推撞她们。什么都不要想！他只给她们他所应该给的，如果她们的顽固脑筋不使她们反叛上帝，愿意到巴曹宣·勒·陀伊安去，她们会有大“弥撒”、晚祷和其他的一切！自从有了这争吵之后，高达神父和罗涅之间的感情已不复存在，最小的

冲突都能引起最后的破裂。

为了女孩子的洗礼曾到神父那商谈，他说要把它定在礼拜天的“弥撒”之后。但是她恳求他星期二下午两点钟再来，因为教母只在那一天上午，才从沙德尔赶回；他终于答应，不过吩咐她要绝对正确，他喊着说，他已决定不再等候一秒钟。

礼拜二，准时两点钟，高达神父，已到教堂里，喉头因他的奔跑，呼呼喘着，身上因一阵突然的骤雨被淋湿。还没有一个人到来。只有希拉利昂在讲厅的进口，打扫神父住宅的一角：人们总不时看那里塞满着破碎的石板。残废者从他的姊姊去世后，依靠公众的施舍生活，每隔一定时间偷偷留给他一个法郎的教士，虽然很希望他来做这清除工作，可是每次决定，每次又被放弃，经过二十次的犹豫，最后才付诸实施。数分钟之内，他细心观察他工作。接着，他突然发出第一声怒吼。

“啊！这个！难道他们捉弄我？现在已两点十分了！”

当他转向广场另一边，注视仆多夫妇的沉静房子，跟睡着一样，没有一点声息时，他看见乡警，口衔烟斗，在门廊底下等候着。

“您敲钟吧，培贵！”他喊道，“这会催促那些迟到的家伙们快些到来！”

培依靠撞在钟的绳子上，跟平常一样，他已喝得很醉。堂长走去穿上他的白法衣。从礼拜天以来，他在登记册上已准备好证书，他打算独自了结仪式，不要惹起他生气的合唱童们的协助。待一切都已安排好，他又觉得不耐烦。另一个十分钟又流逝过去，继续响的钟声，似乎很固执，在荒凉村庄的大静寂里发出愤怒的声浪。

“但是他们究竟在干什么？那么，应该拉着他们的耳朵过来吧！”

最后，他看见老大从仆多夫妇家里出来，她带着凶狠的老女王姿态行走，尽管她已八十五岁，还站得那么笔直。一种大的烦恼惹起亲人们的不安：除了他们从上午就白白等着的教母，一切被邀者都已到齐。惊惶的查理先生总不断重复说，这很怪异，他昨天晚上还收到她的一封信，确信的，或者被滞留在克罗亚的查理太太，每时每刻都会到来。担忧的莉兹知道教士不大喜欢等候，终于有了主意，先派老大去请他等待一会儿。

“那么，什么？”他从远处询问她，“这是为今天呢，还是为明天？……你们或者认为上帝是听从你们的命令吧？”

“很快就来，堂长先生，很快就来。”老太婆镇静答道。

恰好，希拉利昂已清理了石板的最后垃圾，他的肚皮上捧着一大块石头走过去。他在他的弯曲两腿上摇摆，可是并不屈下，他的身体像岩石一样强壮，他有精力简直可以抬起大牛。他的歪嘴流下唾液，而没有一滴汗水浸湿他的粗硬皮肤。

高达神父因老大的不在意，感到愤怒，立刻斥责她。

“喂，老大，既然碰到您，我问您，您这样有钱，只有一个外孙，竟让他在大路上去乞讨，这难道是仁慈的吗?”

她态度恶劣地反驳道：

“母亲曾不服从我，孩子对我当然没有任何关系。”

“那么，好！我已事先通知您，我，我再一次告诉您，如果您存着坏心肠，您将到地狱里去……那一天，我若不给他一点钱，他就会饿死！今天我不得不想出要他做点工作。”

听到“地狱”二字。老大的脸上露出隐隐的微笑。如她平时所说的，她太了解地狱，在这个世上，是让穷人承受苦难的。但是希拉利昂搬运石板的情景，却比教士的威胁，更加使她惊讶。她惊讶，她从来不认为他这残废者，一双柔曲的脚腿，会有如此强大的力量。

“如果他要干活的话，”她终于又说，“人们还是可以帮他找到的。”

“他的位置是在您家里，您留着他吧，老大!”

“这要再三思，让他明天来吧!”

已听明白的希拉利昂立刻哆嗦到那种程度，他在外面，当他的最后一块石板落到地上时，几乎压碎他的两脚。他慢慢走开的时候，不免向他的外祖母偷偷看了一下，简直是恐怖，是挨打和柔顺动物的恐惧目光。

又半点钟流逝过去。培贵重新抽吸他的烟斗。静默和沉着的老大留在那里，好像她的在场足以表示人们应向教士表示的尊敬。后者逐渐更愤怒，则每隔一会儿，走到教堂门口，透过空的广场，向仆多夫妇的房子，投击闪烁的目光。

“那么，您继续敲吧，培贵!”他突然喊道。“如果三分钟之内，他们不能赶到，我，我就溜跑!”

钟声再激起百年老乌鸦们的飞翔和鸣叫，在这狂乱的撞击声中，人们看见仆多夫妇和他们的人，按顺序出来，然后走过空的广场。莉兹很狼狈，教母还是没有来。人们决定慢慢向教堂走去，希望她会到来。没有走多远，高达神父马上催促他们。

“你们说吧，如果这是为嘲笑我的话！那么我太轻易被欺侮了，看，我已等了一个钟头……婴儿，快些吧!”

抱着新生孩子的母亲、跟随来的父亲仆多、祖父副安、姑丈黛勒梅、姑母凡娜，一直到穿黑礼服，教父显得很高贵的样子，查理先生，都被他推着，向洗礼堂走去。

“堂长先生，”过分谦卑的仆多不免泄露狡诈和嬉笑的态度问道，“劳您费心了，再

等一下如何?"

"谁? 等谁?"

"教母，堂长先生。"

高达神父的脸色由白变红，简直使人害怕他要被中风打倒。他不能呼吸，他嗫嚅说:

"那么，你们另选一个吧!"

大家都面面相觑，黛勒梅和凡娜摇头，副安声称:

"不能这样做，这将是一件愚蠢的事!"

"千万请原谅，堂长先生，"以为应该以受过好教育者身份解释事物的查理先生说:"虽然不是本意，但这确实是我们的过失……我妻子曾正式写信给我说，她将于今天上午回来。她在沙德尔……"

高达神父震动了一下，很生气，这次却忘掉一切顾虑。

"在沙德尔，在沙德尔……我替您感到可惜，您也混在这里面，查理先生。但是这不能继续下去，不! 不! 我不能再忍受……"

于是他大发牢骚。

"我不明白人们要在我身上怎样去开罪在天的好上帝! 每次我到罗涅来，总是受到新的羞辱……那么，好! 我已多次说过，我已警告过你们，今天我离开这里，决定不再来。你们把这个通知你们的村长，你们再去寻找一个堂长，你们给他工资，如果你们希望有一个的话……我，我将去报告主教，我将对他述说你们是谁，我很肯定他一定会赞同我的提议……是的，我们会看到谁将受到制裁。你们将跟畜生一样，去过着没有教士的生活……"

他们大家都心存好奇地谛听他，心里其实都存着事不关己的冷淡。他们是实际的人，再也不害怕生气的和惩罚的上帝。既然魔鬼的观念此后只能令他们发笑，既然他们已不再相信风、雹和雷等被掌握在一个复仇的主人手里，他们又何必害怕，屈从和购买宽恕呢? 这当然是浪费时间，最好还是对政府的宪兵们，最有力量的人，保持尊敬。

高达神父看见仆多嘲笑，老大藐视，黛勒梅和副安也在他们的严肃和尊重下，显得很淡然; 这逃出他掌握的人民终于引起最后的决裂。

"我非常清楚你们的母牛比你们还有更多的宗教……再见了! 你们这些野蛮人的孩子，你们拿他浸在水塘里，举行他的洗礼吧!"

他跑着脱掉他的白法衣，再穿过教堂，在那么大的愤怒里离开，参加洗礼的人们，被抛弃在这样窘迫的状态里，没有时间添说一句话，大家都目瞪口呆地看着他离远。

然而糟糕的是这时候，高达神父刚向马葛龙那边的新路走下去，人们看见一辆篷车由大路上到来，其中坐着查理太太和哀绿蒂。前者解释她逗留在砂多屯，很想抱吻可爱的外孙女，人们准许她领来度过两天假期。她对迟到显得很担心，她甚至没有赶到白玫瑰别墅，放下她的行李。

“应该去追赶堂长，”莉兹说。“只有狗，才不经过洗礼！”

仆多马上跑去，人们见他这样也很快跑下马葛龙那边的新路。但是高达神父已抢先走了，新生孩子的父亲跑过桥，登上冈陵才瞥见他在顶巅的道路拐弯上。

“堂长先生！堂长先生！”

他最后转过来等着。

“还有什么事？”

“教母已到那里……洗礼，这是不能拒绝的。”

他待着不动留下一会儿。随后他跟在农民后面，重新走下冈陵，他们就这样回到教堂里。没有再说一句话。仪式很快就结束了，教士急忙诵过教父和教母的“信条”，粗蛮地给孩子敷油、撒盐和倒水。他已领他们在登记簿上签字。

“堂长先生，”查理太太说，“我有一盒糖果赠给您，可是放在我的箱子里，没有取出来。”

他做了一个道谢的动作，起身离开，并转向大家重复说了一声：

“那么，再见了，这次！”

仆多夫妇和他们的人，因如此快跟随他举行仪式，简直喘不过气来，只看到他带着长黑袍的飞舞，消失在广场转角上。整个村庄的人都在田野里，那边只有三个孩子希望得到糖渍杏子。人们只听见远处不断转动的打麦机的轰隆轰隆声响。

待他们一回到门口停着的篷车和箱子的仆多夫妇家里，大家都赞同先去喝一杯酒，回来再吃晚饭。那时只有四点钟，一直到七点，人们将做什么呢？厨房的桌子放着许多玻璃杯和两瓶红酒，查理太太于是决定要人们搬下她的箱子，赠给她的礼物。她打开它，抽出稍稍过时的罩衫和女帽，然后再拿出里面的六盒糖果一起赠给分娩者。

“这是从母亲的糖果店里取来的吗？”注视它们的哀绿蒂问道。

查理太太一会儿感到不安。接着她镇定地说：

“不，我亲爱的小宝贝，你的母亲没有这特别的货品。”

于是再转向莉兹说：

“你了解，为了衬衫和被单等，我曾想到你……在一个家庭里没有什么比陈旧的衬

衫和被单等，更有用处……我曾向我的女儿要来，我曾掳空她的衣橱。”

一听到衬衫和被单等字样，全体的人，如佛兰佐史、老大、黛勒梅夫妇和副安本人，都靠过来，在箱子周围绕成一圈，他们注视老太婆打开整捆破布，它们虽然经过碱水洗得很白，仍然发出麝香的持续气味。这首先是几条细棉布的破旧被单，其次是许多碎裂的女子衬衫，显然可以看出花边已被人剪掉的痕迹。

查理太太打开，摇动并加以说明。

“是的！这几条被单并不新。显然已经时间长了，受过身体的摩擦，已用旧了……你们看，它们中间已裂开一个大洞；可是边缘还是好的，人们可以从那里面可以裁出一批衣料。”

大家的鼻子都伸到那上头，尤其是妇女们更加注意，老大和凡娜抿紧嘴唇，展现心里的羡慕。仆多露出无声的笑容，出于礼貌，竭力忍住刺激他喉头的戏谑；副安和黛勒梅很严肃，对这些被单和衬衫，土地之外的真正财富，则表示恭敬。

“至于这些衬衫，”查理太太展开它们说道：“你们看吧：它们一点也没有用旧……啊！撕裂的地方，是有很多，这是真正的损坏；既然不能经常重缝它们，既然这最终会补得很厚，而且显得不大富有，所以人们宁可给它们弄到旧布堆里……但是你，莉兹，你将从这里得到不少好处。”

“那么，我还可以穿！”年轻的农妇喊道：“我，我的衬衫补上几块，这很平常！”

“我，”仆多眏一眏眼皮，露出他的狡猾姿势说道，“我也很高兴你拿它们给我做几块手帕。”

这次人们都公开表示高兴，而眼睛留意每一条被单和每一件衬衫的小哀绿蒂则大声喊着说：

“哦！奇怪的气味，这香得厉害！……这一切都是妈妈用过的吗?”

查理太太很肯定。

“当然，我亲爱的……换句话说，这是她店里那些女郎们穿过的。哦！在商业里，确实需要她们！”

待佛兰佐史帮助莉兹把一切都放到她姐姐的衣橱里以后，人们终于举杯，为受洗礼孩子的健康干杯，教母因自己名乐莉，这孩子由她赐名，所以也叫乐莉。随后，大家忘记自己，谈了一会儿；人们听见坐在箱子上的查理先生，因急于想知道那边的事物进行得如何，不等到单独和她一起，就接连询问查理太太。他还很激动，他还时常梦想从前那么辛苦创立起来，事后又那么惋惜不再见到的那个妓院。消息并不好。是的，他们的女儿还有适当的手腕和头脑，可是他们的女婿服哥涅，这柔软的哀克叨尔，并不帮助她。他只是抽烟度日，其他什么都不顾及了。如各个房间的窗帘溅上斑渍，红色小客厅的镜子已龟裂，到处的水壶和面盆都敲了缺口，而他一点也不管：让人家爱护客厅的一切装饰，一个男子的胳膊是那么必要，而他却什么都不管！查理先生对他这样闻到的每一损害，总发出一声叹息，他的两臂垂下，他的脸色非常可怕。她以更低声音喃喃说出的最后一句怨言，简直激起他的极大愤怒。

"最后他和一个胖姑娘上去……"

"你说什么?"

"哦！勿用怀疑，我曾亲眼看见他们。"

查理气得举起了拳头。

"无赖家伙，疲劳他的人员，毁坏他的业务，吃掉他的资产！……啊！这是一切的完结!"

查理太太不让他继续说下去，因为哀绿蒂已从她去看看母鸡的院子里回来。人们还倒空一瓶酒，箱子已再被放到篷车上，查理夫妇步行，一直跟到他们家里。人们都回到了自己的房间里。

单独留下以后，仆多对一下午的损失很不高兴，脱掉他的短上衣，在铺着石板的院子一角，开始打麦；因为他需要一袋小麦。但是一个人工作，他很快就厌倦了，为着激起自己的兴奋，他缺少耞子合拍打下的双重音节。他叫佛兰佐史过来，她的身体像男人一样强壮。无论怎么累，他仍时常拒绝购买一部牛马转动的打麦机，和一切小地主一样，他说，他情愿喜欢按照需要，一天一天翻打。

"哎！佛兰佐史，你来吗?"

莉兹，鼻子倾向酱煮小牛肉和胡萝卜的锅子上，曾命她的妹妹监视铁叉的烤猪肉，不愿让后者服从他。但是乱发脾气的仆多说要敲她们两个一顿。

"他妈的雌畜生！我真想揍你！……我们一定要节约，不能随便让人来吃饭，我们必须好好赚得面包!"

佛兰佐史已重新变成柔软的侍婢，恐怕溅到泼出的污渍，只得跟随他。她拿起一把由皮条箍连住长柄和羊桃树击棍的耞子。她耞子很好用。她用两只手，要它在自己的头上飞动，给它掼到麦捆上，击棍则随它的全部长度，发出一声干响。她不再停止，重新举得很高，好像在铰键上转动，给它再打下，她的动作像个铁匠。在她对面的仆多也随她的上下，作同样的打击。不久，他们兴奋起来，先后的节奏逐渐加速，大家看着上下翻动的棒，并在他们的颈后旋转，形成脚上被系住的鸟雀的连续飞翔。

不久仆多让停住。耞子停下来，他翻转麦捆，接着，耞子又掀动。再过十分钟，

他又命令新的停止，他拆开麦捆。麦粒还没有下来的。他还没捆麦秆时，直到六次，它就这样经过木棍敲击。一束又一束，麦捆接连放上去。经过两小时，房子里的人听得见耞子的打击声，田亩远处则转来蒸气打麦机的延长轰声。

现在血已升到佛兰佐史的面颊，胸口膨胀，面部通红，她所散出的气氛如可见的火焰微波，在她周围的空气里颤动。她呼吸急促。无数麦秆碎屑悬挂在她飞动的头发上。每打一下，她再举起耞子时，她的笔直膝盖挣紧她的裙子，臀部和两乳因而膨大，整个身体像是要从衣服里挣脱出来，甚至借此可以看见她这结实女郎的赤裸裸身体。胸衣的一个钮扣已脱掉，仆多看见头颈焦线下的白嫩皮肤，随着胳膊的转动露出的洁白的皮肤也在不停地动。他似乎更激动，好像一只勇于工作的异性动物用它的腰部给他以兴奋的鼓励。耞子仍继续打击，颗粒跳跃，在一对木棍的急促“多克多克”下，麦粒哗哗地被打下来。

傍晚时副安夫妇来了。

“我们必须打完。”仆多对他们喊道，并不停止他的工作。“快，更勇敢些，佛兰佐史！”

她仍继续工作着，干得非常起劲。约翰得到在外面吃晚饭的准许，就这样走来，看见他们正努力在打小麦。他觉得有点不痛快。他注视他们，好像他蓦然撞见他们一起在这热的工作里配合，彼此同意向好的地方，揍得非常准确，两个都流汗，那么兴奋，那么衣衬散乱，他们不像是在劳动而像是在亲热。那样热心工作着的佛兰佐史或者也有同样的感觉，因为她突然停止，感到局促。仆多于是转过来，生气地看了他一眼。

“你，你到这里来做什么？”

但是莉兹恰好出来迎接副安和黛勒梅夫妇。她和他们走近，她非常高兴地喊：

“喏！这是实在的，我没有告诉你……我上午曾看见他，我曾邀他今天晚上来吃晚饭。”

她丈夫的表情很古怪，为了辩解，她加上说：

“我曾想起，副安伯父，他要向您提出一种要求。”

“什么要求？”老头子说。

约翰的脸孔发红，他吞吐说不出话来，事情这样进行，来得这么唐突，有些话在大家面前不能说。此外，仆多曾粗暴地打断他的话，老婆射向佛兰佐史的嬉笑目光，已足以告诉他这不速之客将要谈些什么。

“你说点儿正经的吧？她不是你的嘴所能啄的，混账的乌背鸟！”

这粗暴的接待使约翰恢复了勇气。他转过身来，向老头子说道：

“看，这就是要告诉您的故事，副安老爹，很简单……你既然是佛兰佐史的监护人，为了娶她，我应该向您说话，不是吗？……我喜欢她，只要她同意我就和她结婚。”

佛兰佐史被约翰的话吓着了。其实她应该等着这个，不过她从来没有想到约翰会这样马上提出他的要求。他应该和她提前打个招呼呀？这突然推撞她，打扰她的情绪，她不能说她是否因希望或恐惧而颤抖。由于刚才的工作，她的整个身心还没有平静下来，她的心急促地跳动，她站在两个男人中间，她感到血往上涌，他们甚至感到她的热力放射一直达到他们身上。

仆多不让副安有回答的时间，他带着增长的暴怒再说：

“你这么大年纪想娶一个少女真是不可思议，您不感到害羞吗？……为了你的龌龊老皮，人们将拿小母鸡嫁给你！”

约翰开始生气。

“这与你无关？只要我们彼此相爱！”

他转向佛兰佐史，让她可以表示她的意见。但是她很昏乱，站得笔直，没有明白他们究竟谈些什么。她不知道该怎么说。此外，仆多又好像要杀她似的注视她，强逼她再吞进她要说的“是”字。她对于仆多太重要了。这后果的突然思想终于使他急得发狂。

“我们看吧，爸爸，我们看吧，黛勒梅，这女孩子嫁给这老家伙，他甚至不是当地人，他带着他的混账躯壳到处流浪，不知他是哪里的人，这不惹起你们的讨厌吗？……一个不成材的木匠，当然因为他要隐藏什么干过的龌龊勾当，才让自己变成农民，混到我们的队伍里来！”

他反对城市工人的整个憎恨都爆发了。

“以后又怎样！只要我们相爱！”约翰只这样重复说，为了表示可爱的态度，打算让她第一个去叙述他们的故事。“好吧，佛兰佐史，你稍微谈一下吧！”

“这是实在的！”为了摆脱妹妹，急于想她嫁出去的莉兹喊道：“你不要说了，如果他们俩都同意的话？你无权限至她，她很可以不理你，请你滚出去散散步……你总是麻烦我们，使我们觉得讨厌！”

仆多于是看见少女若开始说话，事情就要成功。他尤其害怕的是他们的关系一被认识，结婚就将被看作是合理的。正在这时老大来了，后面跟着带哀绿蒂回来的查理夫妇。他用手势呼唤他们。随后，面孔涨得绯红，他已找到，他伸出拳头威胁他女人

和小姨，他张口大叫说：

“他妈的臭母牛！……是的，两个都是臭母牛，都是龌龊的烂婊子！……你们愿意知道吗？我和她俩都发生过关系，我对你们说，我曾和她们两个睡觉，不要脸的婊子们！”

查理夫妇张口结舌，当面受到这接连说出的猥亵话语。查理太太仿佛要用她的身体遮蔽听着的哀绿蒂；随后，推她走向菜园，她自己也很高声喊着说：

“你来看生菜，你来看生菜……哦！多么美丽的白菜。”

仆多继续咒骂，想出种种详情，叙述这一个有了她的一份时，他满口脏话，人们不敢说的阴沟里的丑恶脏水。莉兹，因这突然的发作，很惊异，只耸一耸肩膀，重复诵着：

“他真的疯了。”

“那么你告诉他，他只在无耻地撒谎。”约翰向佛兰佐史喊道。

“他说的不是真话！”少女摆出平静的态度回答。

“啊！我撒谎！”仆多再说，她没有表情地说：“啊！现在不是秋天，在麦堆里，你曾愿意这个！……但是，现在是我要你们这两个婊子，每夜和我玩这玩意儿！”

这发狂的大胆消去约翰的勇气并激起他的昏乱。现在他可以解释他曾占有过佛兰佐史吗？这在他看来，似乎是龌龊的，所以需要她的帮助。再则，黛勒梅夫妇、副安和老大都采取保留态度。他们并不表示惊讶，他们显然想着，他真的和两个女人发生过关系的话，他确实是主人，可以任意支配她们。有了权利的时候，人们是可以任意利用的。

从此，仆多在他占有的无可争辩的力量里，认为他没有失败。他转向约翰说：

“而你，混账家伙，你来干什么，扰乱我的家庭给我马上滚蛋……嗯？你拒绝……你等着，等着吧！”

他再拾起他的耞子，他乱舞柄子上的击棍，约翰只有抢到佛兰佐史所有的另一耞子，作为自卫的时间。人们想拆开他们，可是他们的样子那么可怕，人们不敢向前。长的柄子使彼此的打击达到许多公尺以外，院子因而都被扫清。只有他们两个在中央，彼此保持着隔开的距离，扩大他们舞动耞子的圆周。他们闭着嘴什么也不说。

仆多发出第一打击，还俯下的约翰若不跳跃退到后面，脑袋就得重重挨一下打。他立刻借筋肉的突然坚挺，举起并击下他的耞子，仿佛一个打麦者竭力要压散麦穗的颗粒，但是另一个也已击下，两根棍子互相击打，在它们的皮条上弯曲，形成受伤鸟雀的疯狂飞翔。接连三次，同样的冲突再度产生。人们只看见这些木棍，举倒半空，在柄子尽端旋转并发出砰砰的尖锐响声，脑袋每时都有被去掉的危险。

然而妇女们叫喊时，黛勒梅和副安想扑过去。约翰躺在地上，他被仆多击倒：乘虚偷偷从地面掠过去的一下，已接触到他的两腿。他再站起来，他在疼痛所激起的十倍力量里掀动他的耞子。击棍划一个大圆圈，扑向右面，而另一个却在左面等着它。棍子再近一点他的脑袋就保不住了。只有耳朵轻轻被擦伤。倾斜的打击落到截然裂断的胳臂上。骨头因而发出玻璃敲碎的声音。

“啊！杀人的凶手！”仆多怒号道，“他杀死我了！”

约翰愤怒地丢开武器。接着，一会儿，他注视大家，好像因当时那么快发生的事物突然惊呆。他做了一个失望的手势，跛着脚慢慢离开。

他来到菜园前，他看见从菜园篱笆上参观战斗的菜籽渣。她还发笑，她曾到那里来，在这洗礼的晚餐，谁也没邀请她父女去游玩。耶稣·基督若知道这家庭的小节目，他兄弟的胳膊被击断，一定会大笑一顿！这由她看来是那么好玩，她也捧腹狂笑，好像受到难忍的瘙痒，她几乎要向后倒下去。

“您揍得好！”她喊道，“骨头发出一声‘克拉克’！这太有趣了！”

他像是累得不想说话，放慢他的脚步。她跟随他，她吹口哨，唤走她曾领来，使她可以借口站在墙后谛听的一群鹅。他机械地向那边，还继续在薄暮里开动的打麦机走去。他想一切已完蛋了，他将不能再看见仆多夫妇，他们不会再在一起了。真蠢！十分钟就够了：他不想寻找的一次争吵，那么不幸的一下打击，恰在事物开始进行的时候发生！他不能和佛兰佐史结婚了！机器发出轰隆轰隆的延长声响，听来很像不幸的凄惨呻吟。

但是田野里有了偶然的相遇。菜籽渣领着回家的一群鹅，在十字路口转角上，遇到无人照看的曹西斯家的鹅，没有看守的人，全体再向村庄走下去。带头的两只雄鹅忽然停住，只凭一只脚摇摆，一只的黄色大嘴，转向另一只；每群鹅都学着领头鹅的嘴的样子，全体的身体也向同一边摇摆。一会儿，它们完全停止不动，简直可以说这是武装士兵们的侦察，两个斥候队互相交换它们的口令。随后，睁着圆而满意的眼睛，有两只鹅走向两个方向；每只都在它的首领背后溜跑，一致摇摆着，回到它们自己家里去。

第四篇

一

从五月起，波特利田庄所养的绵羊剪过毛并卖去其中一部分之后，牧羊夫苏拉斯领着它们出去放牧。总共是四百只左右畜生，他得全负责。牧猪童小奥古斯特及两只可怕的狗皇帝和屠杀看守着。直到八月，羊群在休耕的、种三叶莲和苜蓿的田亩或大路边缘的荒地里吃草。

这是丑恶的时期。收获物被割空，看去非常荒凉的贝斯，没有一簇绿丛，只展布它的赤裸裸田亩。夏季干旱，干裂了全部土地；任何植物的生长都已消失，只留下枯草的遗迹，麦田里坚挺株脚的竖起，一望无垠的方形，扩大忧郁和荒凉平原的空灵，好像整个大地着火似的。淡黄的回光，模糊的明亮，暴风雨天色的青灰反射，似乎还遗留在地面上。被烤炙的泥土，割过的麦株残茎，起伏不平，整个地上都是车辙，一切都显出是黄的，而且黄得很凄惨。若刮起很小的微风，立刻飞扬起大灰尘，以它们的细灰覆盖斜坎和篱笆。天色晴朗，只是这荒凉之上的又一悲伤。

那一天正好刮起大风，热而猛烈的气息，云彩飞快地跑着；太阳从云间脱出时，射下的光线，像火烧的一样，烤炙着皮肤。从早晨起，苏拉斯，即为他自己和他的畜生们，等着人们从田庄里载来的水；因为他所在的荒麦田在罗涅北面，远离一切水塘。在围场里，在栅栏中间，躺着的绵羊们发出短促而困难的呼吸；偃卧在外面的两只狗，也挂出舌头喘息。牧羊夫，为了稍稍有点遮阴，坐在他每次移动羊圈时推着行走的两轮小木屋附近，这是给他作为床铺衣橱和食橱的一个狭小房舍。但是到了正午，正值夏季，他再站起来向远处观望，要想知道他派去看看木桶为什么还不送来的奥古斯特是否已从田庄回来。

最后小牧猪童已再出现，口里喊着：

“快来了，今天缺少马。”

“蠢家伙，你没有带来给我们喝的一瓶水吗？”

“啊！没有，我没有想到这个……我，我已喝过了。”

苏拉斯捏紧拳头，想打他一记耳光，小孩要躲开，他咒骂，尽管口渴梗塞他的喉头，他仍然决定不喝水去吃东西。奥古斯特非常不放心，听从他的命令，从车子里抽出八天以前的面包，老的核桃和干的乳酪。两个开始吃午饭，两只狗走来坐在他们面前窥伺着，每隔一会儿，它们的嘴攫到一块面包皮，这那么硬，吃着面包发出响动。虽然他已七十岁，牧羊夫的牙齿还像孩子的一样嚼得很快。他常立正站着，这样可以减轻劳累，像荆棘棒似的结实，面孔划下更多皱纹，在他天光的土色蓬乱头发下，看来不啻是树的赤皮。他打了放猪的孩子，后者不再担心，正拿割下的面包和乳酪藏到车子里的时候，他把他打倒在车子上。“喏，完蛋的混账家伙，等着水到来，你给我喝掉这个！”

直到两点钟，什么都没有出现。在突然统御着的极大静寂里，变得很难忍受。随后，尘土飞扬，这是吹盲眼睛、窒塞气息、格外加重口渴苦刑的一种尘物。

牧羊夫强忍着，没有一声呻吟，终于发出满意的叹息：

“他妈的，这并不太早哪！”

真的，两辆车子，刚像拳头那么大，出现在远方。一辆车上拉着水桶一辆车上拉着小麦。这后一车子停止在大路上，德龙跟着另一辆，穿过荒麦田，一直走到羊圈，所用的托词是给约翰帮一手，其实他想借此闲荡并闲聊一会儿。

“那么，这真要我们大家都渴死啦！”牧羊夫喊道。

口渴的羊群涌到栅栏旁边，作悲哀地鸣叫。

“忍耐一下！”约翰回答，“大家别急，水足够你们喝了。”

立刻人们安顿好水槽，然后接上木板沟，给它盛满水，板沟下面既然有一漏孔，留在那里的两只狗，即尽量舐饮；不再等待的牧羊夫和牧猪童则向木板沟里贪馋地喝下。整个羊群排列着，只能听见喝水的声音。不论畜生和人，全体都因水的迸射和溅湿，觉得幸福。

“此刻”，再感到快活的苏拉斯说，“亲爱的帮我把羊群向前圈一下。”

约翰和德龙表示同意。在大的荒麦田里，羊圈不时旅行，几乎只在同一位置上逗留两三天，这正好让绵羊们有吃完杂草的时间；这样还有一定好处，可使这儿的土地变得肥沃。当牧羊夫，得他的两只狗帮助，看守着羊群时，两个男子和小牧猪童拔去木椿，把栅栏搬到五十步以外；他们重新给它们插入一个广大的正方形上，畜生们没

有等它完全关闭之前，自己走进去。

苏拉斯像年轻人一样推起车子，把它推到羊圈附近。随后谈到约翰，他问道：

“那么，他怎么了？简直是，他载着好上帝去埋葬呢!”

看约翰忧郁地摇头，因为这年轻人以为自己已永远失掉佛兰佐史以来，总这样愁眉不展，显得似乎有无限的心事在烦扰，他加上说：

“嗯！这里头一定有什么雌的问题在作祟……啊！可恨的淫妇们真该杀了她们!”

德龙带着他的巨人肢体和漂亮男子的天真态度，马上笑起来。

“这种说法适合于一个人很累的时候。”

“我没有力量再干，我没有力量再干，”表示轻蔑的牧羊夫重复说，“难道我曾和你试过吗？……你要知道，我的儿子，其中有一个假如和她来往，你顶好是没有力量再干，因为这一定会变得很丑恶!”

这提及他和捷卡琳关系的影射，长工的脸很红。一天早晨，苏拉斯曾突然撞见他们一起在仓房深处许多养麦袋后面抱着胡闹。他非常憎恨这旧日洗碗碟，今天却变坏了。因这缠绕在他脑里的憎恨，他终于决定要他的主人睁开眼睛。可是从第一句起，后者即露出那么可怕的态度注视他，他重新吞下他的话语，只盼望小高业逼他再说，要使人驱逐他的日子，他才开始揭露。他们整天在一起干架，他恐怕被人像对待一只残废的老畜生那样被逐到外面，她等着自己变强，在整个贝斯区城里，没有一个牧羊夫，比他更知道放牧他的，既没有伤亡，又没有损失，把整片的田地都收拾干净，不让一根杂草留下。

老头子因为这要说话的欲望，有时会非常孤独，继续说道：

“啊！如果我那混账的老婆，没有在死去之前，吃掉我陆续赚得的全部家当，为了不看见那么多的龌龊勾当，我早就离开了！……这小高业姑娘，看，确实是一个烂婊子，她的屁股确实比她的两手做过更多工作！她的地位，这当然不是靠她的功绩得到！她之所以这样都是卖身所得，这还有什么说的，人们一想到主人让她睡在他的亡妻床上，她终于要他单独和她吃饭，仿佛她是他的真正老婆，我们的肚皮都会气破！应该等着，一定会有那么一天，我们大家，连她自己也在内，都被驱逐出去！……啊！一个真正的烂婊子！一个和最后一只猪猡胡缠的龌龊娼妇!”

德龙听到每一句话，握紧了拳头。他隐隐生起他这巨人力量，使之成为可怕的愤怒。

“看，这已够了，嗯?”他喊道。“如果你还是一个年轻人的话，我早就揍你一顿……她的小指头都比你的整个老枯骨，来得规矩些!”

但是苏拉斯摆出嘲笑的态度，在他的恐吓下，只耸一耸肩膀。从来不笑的他，突然发出沙嘎笑声，好像是不再用的滑车发出锈滞的轧轧声响。

“傻瓜啊！多么可怜的一只大金丝雀！你非常笨，正和她的狡猾一样！啊！她的贞节，她可以在玻璃下面显给你看！……我既然对你说，整个区域的男人都曾经过她的肚上，这并不是假话！我，我散步，即使不当心，只要注视一下，我就会看见这些臭孔被人撞塞的女郎们！但是，她，她被人干了多少次！不！这确实太脏！……喏！她刚十四岁的时候，就在马厩里和马提亚老爹，今天已故世的一个驼背睡觉；后来，她在干活的一天，又和一个男孩子，今天已去当兵的小牧猪童威廉，靠近粉团，干那玩意儿；在一切角落里，不论在麦秆上、袋子上、地上，总之，在一切角落里，她和田庄雇用过的一切长工发生过关系。……此外，不需要向那么远去寻找，如果你和他交谈，这是就有一个，我曾看见他一天早晨正在干草仓里给她塞得紧紧的！”

他发出一阵新的笑声，他投向约翰的斜视目光，使他很不安。自从他们谈到捷卡琳之后，约翰只曲圆背部，一声不响。

“现在请什么人去动她一下试试看吧！”德龙像一只狗突然被人夺去口里的骨头似的怒吼道。“我将让他尝尝那滋味！”

苏拉斯对他审视了一会儿，惊讶这粗鲁的家伙怎么会有这么大的嫉妒心。随后，重新进入他长久沉默的蠢态里，他只以他的简短声音做结论：

“这只是你的事情，我的孩子。”

当德龙向载到风磨里的车子走去时，约翰还和牧羊夫逗留几分钟，用木槌帮他敲打有些没有插深的木桩；老头子看他那么沉默，那么忧郁，终于又一次问道：

“不会是小高业姑娘要你这样愁闷吧？”

年轻人有力的摇头，回答一个“不”字。

“那么，是为另一个吧？……那么这另一个我从来没有看到你们在一起，她究竟是谁呢？”

约翰看着苏拉斯老爹，心里思忖：老人们在这些事物上有时是非常有经验的。他也想找个人述说一下，于是向他叙述整个经过，他怎样占有佛兰佐史，和仆多干仗之后，他又为什么很沮丧，以为自己永远不会再占有她。甚至有一段时间，他害怕后者因胳臂被打断会把他告上法庭，这伤损虽然已被疗好一半，现在还不让他做任何工作。可是仆多并没有控告，可以肯定的，他一定认为让法庭来干涉他自己的事情，将永远是无益的。

“那么你曾操过佛兰佐史吗？”牧羊夫问道。

"是的，但只有一次！"

他严肃地留下，仔细思考，终于表示他的意见。

"应该去找副安老爹，把这个对他说明白，也许他会让她嫁给你。"

约翰非常惊骇，因为他一向没有想到这如此简单的手续。羊圈已整修好，他动身离开，决定当天傍晚他就去看老头子。当他跟在他的空车后面走远时，苏拉斯恢复他的不变的看守，以灰色的瘦长影子，截断旷野的平衡线。两只狗中间的小牧猪童，则躲到摇动小木屋的阴影底下。忽然大风停止了，暴雨的密云已飘向东面；天气很热，太阳在湛蓝的天边照耀着。

傍晚，约翰早一小时放工，没有吃晚饭之前，就到黛勒梅夫妇家里去，拜访副安老爹。走下冈陵时，他看见凡娜和她的丈夫在他们的葡萄田里割掉叶子，使里面的一簇一簇葡萄暴露出来。上个月梢，大雨曾淋湿它们，葡萄还没有完全成熟，必须利用这最后几天的好太阳。老头子不在那边，年轻人放缓脚步，希望单独和他聊一会儿，这是他最喜欢的。黛勒梅夫妇的房子坐落在罗涅另一边，过了桥的部分；这是一个小田庄，最近还加上仓房和敞棚，三排不整齐的建筑物，关住一个相当广大的，每天早晨都清洁的院子，里面的肥料堆很齐整，仿佛曾经过小绳的规划。

"日安，副安老爹！"从大路上约翰用有些浮动的声音喊道。

老头子低着头坐在院子里，两膝中间放一根手杖。然后随着第二声召呼，他抬起头来，终于认出说话的人。

"啊！是您，伍长，怎么，您走过这里吗？"

他那么自然地招待他，没有表示任何怨恨，年轻人走进去。但是他最初不敢和他谈到他想谈的事情，一想到这样叙述他翻倒佛兰佐史和她发生关系的全部经过，他的勇气慢慢消失了。他们只谈晴朗的天气，葡萄因而受益的一些闲话。再有八天的好太阳，葡萄酒将是甘美的。随后，年轻人愿意向他表示可亲的态度。

"您是一个真正的资本家，当地没有一个地主，像您这么幸福！"

"是的，确实是这样。"

"啊！人们如果拥有像您所有的几个孩子，真是令人羡慕的，因为人们即使走过许多地方，也找不到更好的！"

"是的，是的……不过您要知道，每个人都有他的困难。"

他的表情变得更阴沉。自从他住到黛勒梅夫妇家里以后，仆多不再付他的年金，说他不愿意让他的姊姊去享用他的金钱。耶稣·基督从来不给一点儿小钱，而黛勒梅既然赡养他的岳父，要他在自己家里吃饭和睡觉，也就停止一切缴纳。但是老头子所苦恼的，并不是缺少零用的钱，尤其是他还可以向公证师贝伊雅舒家领取来自他房子卖价的每年一百五十法郎利息，这正好等于每月可以用十二个半法郎。有了这个，他可以用于他的小小享受：每天上午的两个铜子烟草，郎该涅给他喝的一小杯烧酒，马葛龙卖给他的一大杯咖啡。因为凡娜很小气，只在人们病倒的时候，才从她的橱子里取出咖啡和烧酒。

“啊！是的，一切都很好，”约翰再说，并不知道他刚刺到他的伤口，“一旦住到别人的屋顶底下，就不再像在自己家里。”

“是的，这很对，的确是这样！”副安的愤怒声音重复说。

他站起来，好像为反抗的需要所激动：

“我们去喝一杯……我或者还有请朋友喝一杯的权利吧！”

但是一到门槛上，一种恐慌又来困扰他。

“扫清您的鞋底，伍长，因为您看，他们对于清洁，总制造大堆故事。”

约翰拙笨地进去，很想在主人们没有回来之前倾诉他的心事。他惊讶厨房里的整齐：挂好的铜锅闪烁发光，没有一粒灰尘玷污家具，人们曾借洗濯的力量磨坏方块石地。这是又冷又干净，好像没有什么人居住着。靠近火边，煨着一锅昨夜的白菜汤，使它不致冷掉。

“祝您的健康！”老头子拿出一瓶开过的酒和两口杯子说。

害怕他此刻所做的，或者会引起他女儿的斥责，他喝自己的一杯时，他的手忍不住发抖。他像一个人冒着一切危险再让杯子放下并补充说：

“如果我对您描述凡娜从昨天起，因为我吐痰，已不再理睬我的话！……嗯？吐痰！难道所有人都不吐痰吗？有这需要的时候，我当然要吐……不，不，不时受到这样的嘲弄，这无异要我马上滚蛋！”

他再倒满一杯，因偶然遇见一个他可以与之畅谈的知己朋友，觉得很幸福，他不让他插进一句话，他尽量减轻他心里的忧虑苦闷。这只是细微的倾诉，只是一个老头子因别人不能忍受他的过失，太过要他遵从非他自己所有的种种习惯而大发脾气。但是严重的责骂，或不友善的款待也没有像这些琐事激起他的更多烦恼。老人们是敏锐的，忍不住些微委曲。用太重声音重述的一句劝告，在他看来，比一记耳光，还更让人难堪。对于这方面，他的女儿，显出过分的敏感，这是她这规矩的和疑心重的农妇的虚荣之一；任何话语，若稍稍有误会，她即感到被伤害，并马上赌气；因此她和她父亲中间的关系，每天都变得更僵。从前分产的时候，她确实显得是友好的，现在却已逐渐吝啬，她的行为甚至可以算是真正的迫害，她总时常跟在老头子背后揩拭、扫

除，每天为他所做的和所不做的种种，推撞他、打扰他。其实，没有什么重大的，这只是逐渐的整个苦刑，他终于受不了，往往一个人躲在各个角落里悲叹低泣。

“应该想到都是自己人，不要太过认真，”听他的每一句诉苦，约翰都这样回答。“只要忍受，人们一定会和好的。”

但是点起一根蜡烛的副安反而更激动，更气愤难平。

“不，不，我已受够了！……啊！如果我早知道这里等待我的是这样的情形，我卖掉我房子的那一天，情愿死去，不愿意再过现在所过的日子……不过他们若以为我已被他们驯服，他们就想错了。我宁肯到大路上去敲石子。”

他气得喘不过气来，只得坐下去，年轻人趁这机会，终于对他谈到自己的事情。

“那么，请听我说，副安老爹，您知道，我是为一件事，才来看您。我很后悔，既然另一个要打我，我只得自卫，不是吗？……这不能阻止我和佛兰佐史和好，此刻只有您能处理这个……希望您到仆多家里去，您将对他说明经过。”

老头子立刻变得很谨慎。似乎觉得很不安，黛勒梅夫妇的回来恰好使他摆脱这个困境。遇见约翰在他们家里，他们似乎并不诧异，跟平常一样，他们也好好招待。但是从第一眼，凡娜看见酒瓶和两口玻璃杯放在桌子上。她撤去它们，走去拿来一块抹布。接着，并不抬眼看他，虽然已四十八小时没有对他说过一句话，此刻却异常冷漠地告诉他：

“父亲，您该清楚我不喜欢这样。”

副安再挺直，全身颤抖，因这当众的谴责，震怒莫名。

“怎么？又来了吗？他妈的！难道我请朋友喝一杯的权利都没有了吗？……你的酒，你给它藏起来吧！我宁肯每天去喝水！”

一下子，这是她因这样被他责备，觉得很窘。她的脸色因而变得苍白，她立刻答道：

“您可以喝掉整个房子，如果这使您觉得满意的话，您喝死，也没关系……我所不愿意的是您弄脏我的桌子，您的杯子泼出酒，像在小酒店里那样，印下一个一个痕迹。”

父亲眼里溢满了泪水。他说出最后一句话。

“少注意一点卫生，多存点孝心，这有用处的多，我的女儿。”

当她粗暴地揩抹桌子时，他站到窗前，注视降临的黑夜，全身都被他隐藏着的失望所震动。

黛勒梅试图不插嘴，只以他的沉默，支援他老婆的坚定和合理态度。他不希望让约翰走开，要他在碟子上放着的玻璃杯里再喝一杯。她用很低的声音，从容地说对不起。

“人们总是想不到和老人一起，会有那么大的麻烦。他们死不悔改……那一个并不凶狠，他已没有改正的力量。这不能阻止我宁可照料四只母牛，也不高兴一个老人。”

约翰和黛勒梅点头同意她的话。可是她的话被耐纳斯的突然回来打断。这孩子穿得像城里的青年，上下身是时髦的短上衣和裤子，这是制成品，由她父母在郎蒲狄安店里买来的服装，头上戴一顶小而硬呢的帽子。他，细长的颈项，被剃过的后颈，湛蓝的眼睛，漂亮而柔和的面孔，他露出少女般的暧昧态度摇晃着。他总厌恶土地，第二天他将动身到沙德尔一个经营公共舞场的菜馆老板家里去服务。很久，他的父母不赞成这逃避耕作的主意，但受到阿谀的母亲终于使父亲下了决心。从上午起，为了告别，耐纳斯就和村里的朋友们一起玩耍和喝酒。

一会儿，他好像因看见一个外人在他家里感到为难。犹豫了一会儿，他决定了：

“听我说，母亲，我去请他们在马葛龙那里吃晚饭。但是我没钱。”

凡娜瞪着他，张开嘴，想拒绝他的要求。然而他是那么爱慕虚荣，约翰在场她不能表示吝啬。当然他们的儿子可以花费二十法郎而不妨碍他们！她一句话也不说，立刻走去拿钱。

“那么，你和什么人一起来的呢？”父亲问耐纳斯。

他瞥见门外的一个影子。他走到门边，认出留在外面的年轻人：

“喏！这是岱尔芬……快请进来吧！亲爱的孩子！”

岱尔芬犹豫着走进来，致敬并道歉。他只是乡下人的打扮，上下身是蓝的罩衫和短裤，脚上也只穿他的工作大皮鞋，脖子上没有领结，皮肤已被烈日晒得焦黑。

“那么，你岱尔芬，”很看得起他的黛勒梅再说，“如果有一天，你想动身到沙德尔去吗？”

岱尔芬瞪圆双眼，立刻粗鲁地回答：

“哦，他妈的！不！在他们的城市里，我将郁闷死！”

父亲对自己的孩子斜视了一眼，另一个为了他的伙伴则接着说：

“到那边，这对耐纳斯是有益处的，他有漂亮的衣服，而且能吹小喇叭！”

黛勒梅微笑，因为他儿子擅长吹小喇叭，使他的心里充满无限的骄傲。接着，凡娜已走回来，手里紧紧捏着两法郎一块的银币，她向耐纳斯的手里缓慢地数下十个，这都是从小麦堆底下取来，全部是雪白的。她并不相信她的柜子，她就这样分成小的数目，将它塞入房子的一切角落深处，不论是麦堆里，煤堆里或沙里，到处都有它们

隐藏着；所以当她付账的时候，她的钱有时是这一颜色，有时又是另一颜色，黄的，白的或黑的，完全随它所藏的地方改变。

“这的确很可爱，”耐纳斯作为感谢时说。“你来吗，岱尔芬？”

两个快乐的小家伙马上溜走，人们听见他们的笑声越来越模糊。

副安老爹，对于刚才所发生的整个场面都没有转过身来，忽然离开窗前，向院子里走去，约翰于是喝光杯中的酒。他想告辞了，又遇见老头子站在外面的黑夜里。

“算了吧，副安老爹，您愿意到仆多家里去谈一下，使我可以娶到佛兰佐史吗？……您是主人，您只要说句话就管用。”

老头子，在黑暗里，发出激动的声音反复说：

“我不能……我不能这样……”

接着他大发脾气，承认他的决定。他和黛勒梅夫妇的关系已不可能完好，第二天他将到多次邀请他的仆多家里去生活。即使他的儿子要打他，这也比他的女儿用针一下一下戳死他来得好过些。

约翰因这新的阻碍生气，最后说。

“我应该告诉您，副安老爹，我和佛兰佐史，我们曾一起睡过觉。”

苍老的农民只哼一声：

“啊！”

然后，他经过考虑再说：

“那么，女孩子的肚子已大了吧？”

约翰相信她不会怀孕，因为他们曾专门避免，因此回答：

“这也许是可能的。”

“那么，等着吧！……如果她的肚皮大起来，我们再商量吧！”

这时凡娜出现在门槛上，召呼他的父亲去吃晚饭。但是他回过头，高声喊着说：

“你的晚饭，你可以把它放到你的屁股上！我要去休息了。”

他由于很生气，肚皮空空的，上去睡觉。

约翰随着迟钝的脚步，重新走上回田庄的道路，他被那么大的忧虑烦扰，他再到高原时，没有清楚认识到所走过的大路。繁星闪烁的夜显得沉重闷热。在停涩的空气里，重新感到落在远处的大雷雨的逼近和经过；向东面的天边，只看见电光的接连闪射。他抬起头，看见百只磷光的眼睛和烛光一样闪动着，而且随他的脚步声音，向他接近。这是整群绵羊在他沿着边缘经过的羊圈里。

苏拉斯老爹的缓慢声音问道：

“那么，怎么样，我的年轻人？”

趴在地上的两只狗因嗅到田庄的一个认识的人，并没有动。小牧猪童被燠热逐出晃动的小木屋，睡在一个犁沟里。只有牧羊夫一个人，沉浸在黑夜里，笔直站在平原中央。

“那么，怎么样，我的年轻人，这已成功吗？”

约翰甚至继续答道：

“他说，如果女孩子的肚皮大起来，人们再商量。”

他已越过羊圈，老苏拉斯的这一严肃的回答，才从广大的静默里，传到他的耳边：

“这是合适的，应该等着。”

他继续走着。无边的贝斯展开，被压在沉重的熟睡里。他只感到无声的悲凉；被烤炙的荒麦田里，经过太阳燃烧的破碎泥土上弥漫着焦臭的气味，欢唱和跳跃的许多蟋蟀，发出炭火落入灰里样的暴烈声响。只有各个麦堆的影子，在这忧郁的空虚里突起。每隔二十秒钟，在地平线的边缘上，闪烁的电光划出快速而令人悲伤的淡紫线纹。

二

从第二天起，副安就去住在仆多夫妇家里。搬场并不麻烦任何人，两包旧衣服，老头子一定要自己动手拿过去。他因而来回走两次，黛勒梅夫妇徒劳要引出他的解释，他不声不响，起身离开。

在仆多夫妇家里，人们将楼下厨房后面的一个大房间，空出来给他住，直到那时，这里只储藏着食用的马铃薯和喂母牛的甜菜。最坏的是只有辟在两公尺以上的一个天窗，照进地窖般的日光。敲硬的泥地，一堆一堆蔬菜，散步在各个角落里的残物，使房间变得很潮湿，墙壁的赤裸裸石灰上因而流下黄的泪水。此外，人们让一切都留下，只搬空一角，放上一张小铁床，一把椅子和一张白木小桌。

于是仆多胜了。自从副安在黛勒梅夫妇家里以后，他一直存着嫉妒的狂怒，因为他并不是不知道人们在罗涅所说的话语：赡养他们的父亲，当然不会妨碍黛勒梅夫妇或使他们的拮据；至于仆多夫妇，还有什么说的？他们根本就没有可以供养他的！所以起初，他只催促他去吃好小菜，只想把他养得胖胖的，这只不过要证明父亲不会在他家里饿死。此外，还有来自房子售价的一百五十法郎年金，父亲一定会留给收养他的那个孩子。另一方面，不再担负老头子生活后，黛勒梅付出他的一份二百法郎年金，

仆多期望得到这二百法郎。他曾预计过一切，他对自己说，决不轻易从自己的袋子里拿出半个铜子，他将享受做孝顺儿子的光荣，而且还有得到报答的希望。他还时常惦记老头子藏在某处的私蓄，关于这一点，他一直就没有确凿的证据，但他并没有放弃这念头。

这是副安的真正蜜月。仆多夫妇优待他，将他介绍给邻居们，嗯？多么美丽的面容！他有衰弱的可能吗？乐莉和徐尔，经常留在他膝边的两个孩子，占去他的时间，骚动作为祖父的心头。但是尤其因恢复老人的怪癖，在媳妇治家的较大放任里，过着更自由的生活，他觉得幸福。莉兹虽然是个好主妇，家里也很整洁，却没有凡娜的精细和敏感，这样他可以随意吐痰，任意出入，由于农民随工作的时刻，每次经过面包前面总要切下一块的习惯，他也可以每一分钟吃东西。三个月就这样过去，人们已到十二月，可怕的寒冷，床脚下的水壶里的水早已结冰，但是他并不叹苦。解冻浸湿房间，墙上滴下了的水点，他不觉得这有什么，他曾在如此的恶劣条件里生活过。只要他有烟草，咖啡，人们不再揶揄他，扰乱他，他连国王也不想做。

自从那天气晴朗的早晨，一切都发生了变化，他回到房间里找他的烟斗，当他马铃薯上翻倒了佛兰佐史。被回来取甜菜的副安撞见，她一句话没说，默然离开房间。和儿子面对面的老头子马上生气了。

“龌龊的猪猡，在你老婆的隔壁，要和这个女孩子睡觉！……而她又不愿意，我曾看见她挣扎！”

脸上胀得血红的仆多，并不愿接受这谴责。

自从莉兹分娩时和约翰打架以后，仆多再次跟在佛兰佐史背后发狂。他期待他受的伤能够康复，现在，在房子里，他总扑到她身上，相信他若一次占有她，她便会随他所愿。难道这不是延缓结婚，保存女郎和土地的最好方式吗？顽固不放弃他所掌握的财产，硬要占有他人的田地，以及未获满足的男性情欲，受了抵抗的击打，他因而变得更加疯狂，这两种激情甚至已达到了混合境界。他的老婆很肥，像是一堆肉移动的；她哺乳乐莉，常常把她挂在乳头上；另一个年轻的小姨则嫩肉飘香，胸口像小牝牛那么有弹性和坚实。他不厌恶任何一个：同时给他两个，一个软的，一个硬的，每个都在他的种类里，显得很可爱。他已够强壮，可以做两只母鸡的好公鸡，他梦想土耳其贵人们的生活，终日受到侍候，抚摸和充满怯意的享受。如果她们都同意的话，为什么他不使两个姊妹同时做他的老婆呢？这是紧缩友谊和避免分产的真正方法，他对于失掉土地感到无穷的恐怖，好像人们威胁他，要割掉他的一个肢体！

从此，无论在牛栏间里，在厨房里，在任何角落里，只要他们单独留下一分钟，即发生突然的攻击和防御。仆多扑过去，佛兰佐史拼命反击。通常是相同的短促和粗暴场面：他将自己的手伸到她的裙下，抓住赤裸裸的一把皮肤和“鬣毛”，好像要骑到一只畜生身上；她，咬紧牙齿，眼睛昏黑，向他的两腿中间，猛烈打上一大拳，强迫他放掉捉捏。一声不响，只发出他们的热烈气息，硬塞的呼吸，斗争的轻微声音：他忍住疼痛的叫声，她再放下她的裙子，跛着脚离开，被抓伤的下腹带去五个手指在这里留下创伤的感觉。即使莉兹在隔壁房间里，甚至在同样地点上，只要她一转身，向一个衣橱里整理被单和台布时，他也放大胆子这样，好像他老婆的在场更刺激他的情欲，确定女孩子一定不会叫，一定会保持她的顽固的和自负的缄默。

自从副安老爹看见他们在马铃薯上的胡闹之后，争吵就爆发了。他走去将这事情无礼地叙述给莉兹听，使她可以阻止她的丈夫再胡闹。后者对他叫喊：他不要管他们的闲事。并立刻发怒，反对她的妹妹：如果她烦扰男人们的话，这只好让她去，不必替她可惜！因为这世上有多少男人，就有多少猪猡，男人都是猪猡！应该等着这一套！但是晚上她和仆多闹得那么凶。第二天，她带着半闭的，争吵时被拳头打黑的一只眼睛，走出他们房间。从这时候起，互相争吵就再没停止；如果不是三个一起互相吞噬的话，总时常有两个：或者丈夫对老婆，或者小姨对丈夫，或者姐姐对小妹，简直要相互吃掉。

于是徐慢而潜意识的憎恨在莉兹和佛兰佐史中间，增加起来。她们从前的相爱因而达到没有显著理由的怨愤，使她们自早到晚发生冲突。其实唯一的因素是男人，是她们中间的这腐败因素仆多。佛兰佐史在他缠绕她的烦恼里，每次他动到她，她的意志如果不坚强准备着抵抗，任意让他摆布的需要，她很久就已落入他的掌握。她严惩自己，固执保持这公平的简单观念：自己不给出任何东西，也不向别人取得什么。她的愤怒是自己感到嫉妒，厌恶她的姐姐，因为后者独占这男人。在他身边，她自己也充满想得要死的欲望，却不高兴分给别人，当他肚皮向前露出胸口、追逐她的时候，她暴怒，向他的雄性裸体上吐痰，她用这唾液赶他回到他的老婆那里去。她尽最大可能克制住的情欲，因此得到一种慰藉，好像她向她的姊姊面上吐了一口，减少自己心里的痛苦，莉兹，她并没有嫉妒，相信仆多大声喊着说他曾和她们两个睡觉，只是故意吹牛，并不是她确信他不会做这样的事，而是她以为她的妹妹，带有她的倨傲，一定没有退让。她只憎恨她的屡次拒绝使家里变成一个真正的地狱。她越肥胖起来，越堆缩在她的脂肪里，越存着贪婪的自私喜悦，过着奢侈的生活，把周围的快乐都引到她身边。一个人有着可以幸福的一切时，反而这样争吵，损坏日常的存在，难道这是可能的吗?! 啊！这没有出息的小家伙，她的混账性质是他们家里所以烦恼的唯一原

因！

每天晚上睡觉时，她总对仆多喊道：

“这是我的妹妹，但愿她不再惹我发怒，不然，我将赶她出去！”

他并不赞成，并不赞同她这样了解事物。

“啊！很漂亮的处理！整个地方都会扑到我们身上……他妈的骚娘们！是我拿你们两个浸到水塘里去洗一下，使你们可以马上恢复如初！”

又两个月过去了，时常被虐待，因而气得颤抖的莉兹，如她自己所说的，“即使两次咂吮她的咖啡，也感觉不到它的好滋味，”她妹妹推拒她男人新攻击的一些日子，她可以从恶劣脾气的复发上猜到它。如此，她现在生活在仆多遭受这些失败的恐惧里，他如果阴险地跟在佛兰佐史裙子后面溜着走，她就很担忧，相信会看见他再出现时，一定变得很粗犷，打破一切，给家里惹起难堪的苦刑。这是一些丑恶的日子，她并不饶恕这完蛋的妹妹，她竟那么固执，仍旧不设法处理好事物。

特别那一天是可怕的。仆多曾和佛兰佐史一起到地窖里去装苹果酒，他再上来时，被料理得那么不好，那么发脾气，为了一点琐事，为了他的菜汤太热，他拿盆子掼到墙上，打了莉兹一记耳光，愤然离开。

后者痛苦，带着肿而血红的面颊再站起来。她马上扑向她的妹妹身上，喊着说：

“混账婊子，你还是和他睡觉吧！……我已受够了，如果你固执，要是他打我，我将溜跑，我！”

佛兰佐史惊讶地听着，整个面孔变得很惨白。

“像上帝听到我一样实在，我只喜欢你们干这龌龊勾当！……这样，他或者会让我们安静些！”

她再次跌坐在一把椅子上，轻轻饮泣；她的整个肥胖人品似乎都已融解，她说出她的放弃，她想过着幸福生活的唯一愿望，假如要付出平分的代价也可以。她既然还可以保留她的一份，这并不使她缺少什么。别人对这上头，的确存在愚蠢的观念，因为这当然不是像吃去的面包那样会损耗。难道人们不应该互相谅解，为了和好，彼此应该紧紧拥抱的，终于过着家庭的恩爱生活吗？

“算了吧，为什么你不愿意呢？”

佛兰佐史愤怒的尖叫声：

“你比他还要混账！”

她已离开，走到牛栏间里去痛哭。旁边的哥利喧则用它的昏乱大眼睛凝视她。最激怒她的，并不是她所说的那件事本身，而是这献殷勤的退步，为了家庭平安容忍他们睡觉的卑鄙。如果她有属于自己的男人，她将不让出一小段，甚至这么小的也不肯！她不赞成她姐姐的怨恨，已变成轻蔑。她发誓说，现在，即使要毁掉她身体的整个皮肉，她也不同意。

但是从这一天起，生活更加糟糕了。佛兰佐史变成出气筒，随时被殴打的畜生。她的地位降低，每天做侍婢的事情，粗重的工作把她压倒，而且接连受到斥责，推撞和打伤。莉兹不再容许她有一小时的闲逛，天未亮之前，要她从床上跳下来，夜间要她留得那么迟，有时这不幸的女郎躺到床上睡去，而没有脱掉衣服的力量。仆多也毒辣地虐待她，用小小的狎昵对付她，或者向她的腰部重击几下，或者拼命捏她的腿根，种种粗暴的触摸，要她身上伤到出血，她眼里充满泪水，仍然坚定地抵抗，保持她固执的缄默。他冷笑，看见她忍住皮肉受伤的叫喊，几乎要昏晕过去，他才稍微感到满足。她的身体到处被捏青，印下抓伤和凝血的斑痕。在她的姐姐面前，她特别保持她的勇气，为了不承认事实，她甚至不颤抖，好像男人的这些手指摸索她的皮肤都不是现实的。然而她不是总是能控制她的筋肉的反抗，她有时用很快打过去的耳光答复他；接着，就发生激烈的战斗，仆多殴打她，莉兹借口分开他们，伸出脚上的重木屐猛力踢他们。小乐莉和她的哥哥徐尔，则发出撕心裂肺的号叫。四周的一切狗都狂吠。这激起邻居们的可怜。啊！多可怜的姑娘，她真有忍耐的勇气，留在这苦刑场里。

真的，这使罗涅感到惊愕。为什么佛兰佐史不逃走呢？只有知道内情的人摇头：她没有成年，她必须再等十八个月。逃走就自己犯错误，不能带去她的财产，这是很愚蠢的，她要仔细考虑，这样做很对！只要她的监护人副安老爹还能支持他的话！但是他住在他的儿子家里，也不大舒服。溅到乱拳的恐惧，使他安静地呆在某一边。此外，年轻的姑娘。在她只靠自己的粗野勇敢和自负里，也不让他干涉她的事情。

此后一切争吵都以下面的同样咒骂作为结束：

“那么，快滚开！”

“是的，这正是你们所希望的……从前，我真太愚蠢了，我竟要离开……现在，你们可以杀死我，而我仍然留下。我等着我就得的部分，我要土地和房子，我将得到它们，是的，我将取得应得的一切！”

开始几月，仆多的恐惧是佛兰佐史会因约翰的关系受孕。自从他在麦堆里突然撞见他们之后，他计算日子，他以偷偷地用眼睛观察她，担心她的肚皮会胀起来。因为一个孩子的降生会破坏一切，引起结婚的必要。她，很安静，明明地知道她不会怀孕。但是一注意到他对她的身体感兴趣，她即开他玩笑，故意将自己肚皮向前挺起，使他相信它已膨大。现在他一抓住她，她就感到他在向那里探索，用他的大手指摸索它：

她终于傲然的态度对他说道：

“看，这里面真的有了一个！他正在长大！”

一天早晨，她竟然折好几块抹布，缠在她的肚皮上。晚上，人们差点互相残杀。看见向她投射的残暴目光，一种恐怖侵入她的身心：万一真有一个孩子怀在肚里，这残暴的畜生，为了杀害她，一定会给她狠命的打击。她于是停止了玩笑，缩回她自己的肚皮。此外，她又在她的房间里，偶然撞见他，鼻子伸向她的肮脏布帛，正在看看他所怀疑的事情是否属实。

“那么，你可以生一个！”他的讥讽的态度对她说。

她很愤怒，脸色气得很苍白，回答说：

“如果我不生一个的话，也不是因为我并不愿意。”

这是实在的，她经常固执拒绝约翰的要求。仆多仍然热烈表示他的胜利。他攻击这位爱人，一个英俊的男性，我可以送给你！他不能种下一个孩子，那么，他是腐烂的吗？他靠偷袭的手段可以打断别人的一只胳膊；可是他那么缺少筋力，竟然不能使一样一个年轻女子怀孕！从此，他以种种影射烦扰佛兰佐史，有时竟敲击破漏的锅底嘲弄她。

当约翰知道仆多瞧不起他、骂他无用不会生孩子的时候，他说要打烂他的嘴巴。他时常监视着佛兰佐史，他恳求她同意，人们将看见他会使她怀孕，一个大的！愤怒使他的欲望加信增长。但是一想到同这年轻男人再一干这个，她总感到厌烦；由于潜意识的讨厌，每次，她都找到种种借口拒绝。她并不憎恶他，她只不想和他做爱罢了。有时因刚受过仆多攻击，脸色气得绯红，心里非常愤怒，在一个篱笆后面投入他的怀抱，但却还不致糊涂到委身给他，她确实是不大愿意和他做爱。啊！猪猡，她只谈到那个猪猡，兴奋而又激动，待另一个要趁机会同他发生关系，她就立刻变得冷漠下来。不！不！这是她的耻辱！一天被推到极端，她允许等到以后，他们结婚晚上再来。这是第一次，她许下诺言，因为直到那时，他一要求她做他的老婆，她总不做切实的回答。从此，这好像已互相约定：他将娶她，不过要等到她的成人，她有权支配她的财产和要求清算账目的一天。这合理的理由使他感动，他劝她忍耐，除了开玩笑的观念过于袭击他的狂热时刻之外，他停止烦扰她。她因这遥远而不分明感到安慰和平静，她握住他的双手，用美丽的眼睛注视他，用机敏女人的态度恳求他，从而阻止他，好像她只愿意冒险由她的丈夫给她生下一个孩子。

然而确信她没有怀孕的仆多却又有了另一种恐惧，就是她万一再和约翰发生关系，她的肚皮还是会膨大起来。他虽然继续挑剔他的没有用，可是他却怕得哆嗦，因为所

有的人们都告诉他：后者曾发誓要使佛兰佐史怀孕，要使她一直瞒到眼睛，像任何女子都没有那么瞒过似的。所以自早到晚，他都监视她，不让她得一分钟的安静，好像害怕和对付一只一转眼就会恶作剧的家畜，必须用鞭子吓唬，吊住她，控制她的行动。这是一种新的苦刑，她总时常发觉她的姊夫或她的姐姐跟在她的裙子后面。大小便的时候，她不能蹲到肥料坑的洞孔上而不遇见窥伺她的一只眼睛。夜间，人们把她锁闭在她的房间里。一天晚上，发生了一次争吵，她竟然发现她的天窗也被封锁住。随后，她还是成功逃走出去，回来时，就有丑恶的场面和询问等着她。有时甚至检察她的身体，丈夫抓住她的两肩看看，老婆把她扒得半裸。她因而更和约翰接近，她甚至同他约会，从而挑起他们两个的愤怒，她觉得很幸福。如果没有他们到处跟在她背后，她也许会对他让步，终于和他做爱。不论怎样，她已答应他，她凭着她所有的最神圣之物发誓说，仆多自吹曾和两个姊妹睡觉，一心想做公鸡，强迫别人承认的虚假东西，其实，只是无耻的撒谎。约翰被怀疑烦扰，内心觉得这事情是合情合理的，也似乎相信她的话。离开时，他们互相抱吻，变成很好的朋友，如此，从那一天起，她即认为他是她可以交心和信赖的人，一有些微急事，她总设法去看他，没有得到他的同意，她不做任何冒险。他，一点也不动到她，只以彼此有着共同利益的朋友身份看待她。

现在佛兰佐史每次在屋外墙后同约翰约会时，谈话总是相同的。她粗暴地解她的胸衣或撩起她的裙子。

“喏！那猪猡又狠狠掐了我一把。”

他检察，仍然坚决而冷漠地不烦扰她。

“这会遭到报应的，应该把这个指给邻居们看——尤其是不要马上报复。待我们有了权利，我们也就有了正义。”

“而我妹妹还做他的帮凶，你知道，昨天，他扑到我身上时，她不但不拿一桶冷水泼到他背上，她反而溜跑呢！”

“你妹妹，她和这家伙一样该死……一切都很好。只要你不愿意，他当然不能够，这是肯定的。其他的一切都与我们无关？……我们应该一致，他已完蛋了。”

副安老爹虽然尽量避免干涉，但却混在一切争吵里。如果他保持沉默，人们强迫他表示立场；如果他出去，回来时总再次遇见家里的吵闹，他的出现往往更加激起他们的愤怒。直到那时，在物质上他的确没有怎样受苦。可是此后种种缺乏已开始，面包被量过，小小的享受已被取消。人们不再像最初的日子那样，让他的肚里装满食物，他切得太厚的每片面包都引起令人难堪的粗暴话语：多么大的洞孔！那么，人们越不工作就越会吃东西！每一季，他到克罗亚，向贝伊雅舒先生领回房子所卖得的三千法

郎利息时，他总被窥视劫夺。佛兰佐史终于从她姐姐那里偷得几个铜子，给他买烟草，因为她也一样，人们不让她身边有零用的钱。自从他敲碎天窗的一块玻璃，为了避免重新装上这块玻璃的花销，人们给它塞上麦秆以后，老头子在他所睡的潮湿房间里，觉得很不舒服。啊！这些混账孩子，全体都一样！他从早到晚咕噜着怨言，他十分地懊悔不应该离开黛勒梅夫妇家里，他因自己从坏的跌到更坏的情况而非常绝望。他隐藏着这懊悔和失望，他都隐藏着，只由无心的字句表现出来，因为他知道凡娜曾说过，"爸爸，他将跪着要求我们再收养他！"这已完结，这将永远像一根固执的木棒横在他的心头。他宁愿在仆多家里饿死和气死而不高兴屈辱，回到黛勒梅夫妇那边去。

有一天，他到公证师家里领来他的年薪之后，恰巧从克罗亚步行回来，坐在一个旱沟深处休息。闲逛到那里察看野兔窟的耶稣·基督看见他坐着沉思，专心在他的手帕里点数五法郎一枚的许多银币。他马上蹲下，爬过去，一声不响，悄悄走到他父亲的位置上面。于是他爬下，很惊骇地看见他仔细包好一个大的数目，大约八十法郎。他的眼睛闪闪发光，一阵无声的笑，显露他的像野狼一样野狼牙齿。立刻，从前想到过，他一定藏有私房的观念，浮到他的脑里。显然，老头子执有隐藏着的证券，每季他趁访问贝伊雅舒先生的机会，去领得利息。耶稣·基督的第一个思想是要向他悲泣，强迫他给出二十法郎。然后，这在他看来似乎太少，另一个计划扩展在他的头脑里，他以刚才爬近时的轻轻动作，借赤练蛇般的柔软滑溜，慢慢地离开。如此，重新走到大路上的副安，毫不怀疑，只在更远的百步以外碰见这家伙带着回到罗涅去的无所谓的姿态走着。他们一起走完全段路程，他们谈天，父亲当然马上攻击仆多夫妇，一对丧尽天良的人，他责备他们要把他饿死。大儿子很和善，眼睛润湿，提议把他从这些流氓手里拯救出来，轮到请他住到自己家里去。为什么不？在他家里，人们都从早到晚说笑。为两个人烧饭的菜籽渣，可以为三个人做菜。有了铜子的话，这将是很美妙的女厨子！

这建议激起他的惊诧，马上为模糊的忧虑所侵袭，他断然拒绝。不，不，这不，到他这么大的年纪，不可以从这一个家里跑到另一个家里，每年改变他的习惯！

"总之，父亲，这是我的好心，您去考虑吧……看，您要时常记得，您不会流落在街头。这些混账家伙，若不好好款待您，您若讨厌了的话，您可以移到宫堡里来！"

耶稣·基督离开他时非常疑惑和忧虑，自问老头子既然很有钱，他究竟怎么吃掉他的年薪。每年四次，领得这样多五法郎一块的整大堆银币，这最少有三百法郎，他到底用在什么地方？如果他不花掉它们，那么，他一定还保存着吧？应该去看看这个。那么，的确是一笔很可观的私蓄！

那是十一月份里一个既潮湿又湿乎的日子，当副安老爹回家时，仆多要抢劫他卖掉房子以后，每三月所领得的三十七个半法郎。此外，早已说好老头子将它们全数和黛勒梅夫妇所付的每年二百法郎交给仆多。但这次，一块五法郎的银币错放在他所结的手帕里，当他翻过他的衣袋，只摸到三十二个半法郎时，他的儿子发怒。说他是骗子，责备他给它兑换掉，花在喝酒和种种丑恶的事情上。父亲很惊骇，手捏住他的手帕，暗暗地存着要被搜索的畏惧，他解释道，凭他的伟大上帝发誓，他一定擤鼻涕时丢掉它。家里，再一次，一直吵闹到晚上。

令仆多大发脾气的，是领回他的犁耙时，他瞥见约翰和佛兰佐史从一堵墙后面逃跑。后者借口为她的母牛寻找草料走出来，不再回去，因为她已料到等着她的争吵场面。夜色已降，暴怒的仆多，每一分钟出一次门，到院子里，一直向大路上行走，窥伺这婊子是否最后从她的“雄畜生”那里回来。他大声咒骂，满口恶浊话语，而不看副安老爹经过争吵后，坐在石凳上平息刚才的急促，呼吸这十一月被太阳照着，如春季那么温暖的空气。

一阵木屐的声响从斜坡传过来，佛兰佐史已出现，她曲成两半，肩膀上负着她用旧布结好的一大捆草料。她流着汗喘息着，身体的一半被隐在草料下。

“啊！他妈的！执意拖延时间的婊子！”仆多喊道，“你认为你可以开我玩笑，自己躲在外面，让你的混账情人给你‘刨划’两点钟，而不顾这里有工作等着你去做！”

他把她推倒在跌下的那捆草料上，他刚扑到她身上时，莉兹也从房子里出来咒骂她。

“哎！躺着小便的懒鬼！你快过来吧，让我用脚去揩清你的屁股！你不害羞吗?!”

但是仆多已伸向她的裙下，满手抓捏。他的狂怒经常变成情欲的突然侵袭。他一面撩起她的裙子，把她压在草上；一面喉头梗塞，面孔涨得铁青，嘴里咕噜着猥亵话语。

“混账的娼妇！这次轮到我来尝一下滋味……即使上帝的霹雳要轰击我，我也要在另一个之后给你来一下！”

于是狂暴的斗争进行着。副安老爹，在阴暗的夜色中，看不大清楚。然而他却看见莉兹站着注视并让他这样做。至于他的男人则不断滚动，每一秒钟被抛到另一边，徒然挣扎到精疲力竭，可是仍随着偶然，不论在任何地方满足自己的情欲。

当这已完毕时，佛兰佐史借最后的推撞，最后能摆脱出来。喘着气，嗫嚅地说：

“猪猡！猪猡！猪猡！……你不能够，这不算数……我真不管你这个！你将永远、永远达不到目的！”

她胜利了。她拿起一把草，在浑身的颤抖里揩拭她的大腿，好像对于这拒绝的固执，她自己也稍稍感到满意。做挑衅的手势，她将这把揩过的草掷到她姐姐脚边。

“喏！这是你的……如果我把它还给你，这不是你的过错！”

莉兹赏给她一记耳光，封住她的嘴巴时，离开石凳的副安老爹，立刻愤怒得要命，举起他的手杖，横加干涉。

“混账家伙！两个都是混账家伙！你们不愿让她安静些吗？……看，这已够了，嗯？”

亮光出现在邻居们家里；人们开始担心这凶暴的残杀。仆多连忙催促他的父亲和年轻女郎走到厨房深处，那里燃一根蜡烛，照亮吓得躲在一个角落里的乐莉和徐尔。莉兹也再进去，当老头子由阴暗里出来之后，她很惊异，仍沉默不语，他继续向她吼道：

“你，你也太卑鄙，太愚蠢……你站着旁观，我看见你了。”

仆多用他的全部力量，敲着桌子。

“肃静，这已结束了……我将揍第一个再讲话的人。”

“如果我，我愿意继续下去的话！”副安用颤抖声音问道，“难道你也揍我吗？”

“揍您和揍别的人一样……你让我恶心！”

佛兰佐史勇敢地站到他们中间。

“我请求您，我的伯父，您不要干涉我的事情……您明白，我是已经长大了，足以保卫自己。”

但是老头子没理她。

“让我说，这已和你没有关系……不关你的事。”

举起他的手杖，他再说：

“啊！你想揍我，强盗！……应该看看这是谁惩戒谁？”

仆多很快伸出一只手，夺掉他的手杖，把它扔到橱子底下。用那种凶暴的眼光对着他说。

“您愿意让我安静些吗？嗯？如果您相信我会容忍您的话，啊！不！那么，您看着我，看看我叫什么名字吧！”

两个面对面对峙着，沉默一会儿，形势很可怕，彼此都尽力想征服对方。儿子，自从分到田产以后，体态变得更健壮有力。父亲被他的六十年劳作毁了，变得更枯瘦，更瘦小，只有他的皱缩面孔还保持着他的巨大鼻子。

“你叫什么名字吗？”副安再说，“我太知道了，你是我养的，我还不知道吗？”

仆多冷笑。

“不应该养我……啊！这多好，各人都轮到一次，我有着你的血统，我不喜欢别人羞辱我……再说一句，您让我安静些，否则，就会更糟！”

“在你当然是这样……我，我对我的父亲却从来没有这样无礼过。”

“哦，啦，啦，看，多么好听！……您的父亲，如果他不是自己死掉，一定是您把他谋害了的！”

“龌龊的猪猡！你撒谎！……他妈的！他妈的混账的畜牲！你给我马上再收回去！”

佛兰佐史第二次试图插到他们中间，莉兹很惊慌。但是两个男人推撞她们，虽然流着同样的血也要争个你死我活。

副安要自己显得高大，设法恢复他昔日做家长的无上威严。半世纪之内，当他握有财产和做父亲的权威时，不论老婆，孩子或畜生们，大家都在他的手下提心吊胆地生活。

“说你曾撒谎，龌龊的猪猡，说，你曾撒谎，不然，就像照着我们的烛火那样，我将使你‘跳舞’！”

他举起手，以从前要一切人都认输的姿势威胁他。

“说，你曾撒谎……”

年轻时感到巴掌之风，立刻牙齿相撞，抬起手肘来躲避的仆多只摆出侮辱的嘲弄姿态，耸一耸肩膀。

“如果您相信您会使我害怕的话……像这样竖起的东西，在您还是主人的时候，的确是有用的！”

“我还是主人，你的父亲。”

“算了吧！老不死的老滑头，您什么都不是……啊！您不愿意让我安静些吗?!”

看见老头子举起颤抖的手，要打他，他很快握住它，要捏碎它似的把它捏在自己的粗硬手掌里。

“啊，您真是混账的固执者，那么，必须生气，才能使您恢复清醒的头脑，把您的愚蠢念头再放入已不再被人理睬的脑壳里去吧！……难道您还有什么伏处吗？您只消费，只要别人花钱！看，这就是您应知道的一切！……当一个人活过了他的时代，拿土地让给别人，他只好吞下草料，而不要再麻烦他们！”

他一面说话，一面摇动他的父亲，要后者感到他每一句话的份量。接着，一下推撞，他使他颤抖地和蹒跚地后退，跌坐在窗口附近的一把椅子上。老头子留在那边，喘息一会儿，在他往日权威不再存在的屈辱里，觉得自己失败了。这就完蛋，从他的

财产被剥夺以后，他已不再算数了。

接着是十分静寂，大家都摇摆着手，默默留下。孩子们因害怕大人们会打耳光，也不敢呼吸。随后，各人的工作恢复了，仿佛什么都没有发生过。

“那么，草料呢?”莉兹问道，“你给它留在院子里吗?”

“我去把它放到可以晾干的地方。”佛兰佐史回答。

当她再进来，人们坐到桌边吃晚饭时，个性难改的仆多，又把他的手伸入她张开的胸衣里，他说，要寻找咬她的一秉性跳蚤。这不再使她生气，她甚至和他说笑。

“不，不，它躲在可以咬你的某一部分。”

副安没有动，显得僵硬，默然留在他的阴暗角落里，两颗大的泪珠从他的面颊上流下来。他回忆他和黛勒梅夫妇决裂的那个晚上，晚上又再开始，这是自己不再能做主人的屈辱，要他固执不吃饭的同样愤怒。人们呼唤他三次，他拒绝他的一份菜汤。忽然，他站起来，他消失在他的房间里。第二天，曙光刚刚出现，他就离开仆多夫妇，搬到耶稣·基督家里去了。

三

耶稣·基督是很会放屁的怪物，连续的屁在房子里笼罩着，维持着他的喜悦。不，这还有什么说的！在这家伙家里，人们确实不感到烦恼，因为他放一下，总伴随着滑稽的说笑。他厌恶那些胆小的、被遏制在两块皮肉间，只以拙笨担忧迸射出来的低微声音。每次，在舒服和果敢的姿势里，翘起他的屁股，他总摆出严肃的势态，发出急迫的招呼他的女儿。

“菜籽渣，快过来，他妈的！”

她跑来。一声放出去，好像是枪弹射向空际，来得那么颤动，她因此跳跃一下。

“跟着追过去！让它穿过你的齿缝，看看它是否有结子！”

另有些时候，她到来，他马上要她的手放到他的屁股上。

“你拉吧，没出息的家伙！应该使它爆炸出来！”

待爆炸一放出太塞满火药的地雷般的轰隆响声，他说：

“啊！这很困难，不过还是谢谢你！”

有时，他或者向面颊上举起一支想象的步枪，对着作长时间瞄准，待“武器”一放出去，他又吩咐：

“跑去寻找，把它拿回来，懒鬼！”

菜籽渣喘息，因为笑得那么大，往往跌坐在地上。这是时常更新和增长的快活。她显然认识这把戏，等着最后的轰响，他依旧在活泼和滑稽的喧闹里获得他的胜利。哦！这父亲，他真够有趣的！有时他说到一个到期不付租金的房客，他给他赶出去；有时，他显出惊诧的态度，转过来，严肃地致敬，好像桌子对他说了日安；有时，他装起拿整束花球，献给神父先生、村长先生和贵妇人们。这可以确信耶稣·基督这家伙能从他的肚皮里放出他所愿意的声响，他的肚皮简直是一个真正的音乐箱。如此，在克罗亚的“好农夫”饭店里，人们和他打赌，“如果你放六下，我替你付一杯酒的钱。”他果然放了六下，每次他都赢钱。这变成一种光荣，菜籽渣因而很自豪，待他一翘起屁股，她就觉得很有意思，事先笑得弯下上身，在他要她感受的恐怖和温情里，她总存着连续的佩服，欣赏他的本领。

副安老爹安顿到宫堡（当地居民都这样称呼偷猪者所栖止的旧日地窖）的晚上，从女儿捧来菜肴侍候父亲和祖父，然后像毕敬毕恭的女仆一样站到他们背后的第一餐起，快乐就这样响亮地维持着。老头子拿出五个法郎，一阵令人陶醉的香味散布开来，配洋葱的小牛肉和赤豆，由小女儿煮得那么有味，她简直要吮舐溅到手指的汁液。送来赤豆时，她因笑得那么昏晕，差不多打碎她的盆子。耶稣·基督在没有坐下之前，放了三声干脆而均匀的响屁。

“节日的礼炮！……这表示大餐已开始！”

接着，他再收缩，发出孤单、巨大和咒骂的第四声。

“这给仆多夫妇那两个浑蛋！但愿他们拿它去塞住他们的嘴巴！”

到来以后，脸色还很阴沉忧郁的副安，突然欢笑。他点头赞成他。这马上使他觉得舒服，在他的年轻时期，人们也引证他是一个滑稽家伙。当年孩子们都在他家里，平静地听着他这父亲的连续炮声，长大起来。他的手肘放到桌子上，面对耶稣·基督这大魔鬼，看他睁着湿润的眼睛，露出善良的流氓态度审视他，他难免被安适的情绪所侵袭。

“啊！爸爸，这还有什么说的！我们将去过着很甜蜜的生活！您将看见我的花样，我，我将负责让您远离种种烦恼！……既然您到了这么大的年纪，将和鼹鼠们一起去吃泥土，您拒绝一块美味的肉，这会给您什么利益呢？”

副安，在他一生的俭朴里，感到犹豫不决，心头升起要让自己享受一下的想法，也最后说着同样的话。

“满口吃掉一切，不把任何东西留给别人，这当然是再好没有的……祝你健康，我

的孩子!”

菜籽渣拿出泮葱和小牛肉款待他们。房子里有一会没声音，耶稣·基督为了继续谈话，它像人的歌唱声调，透过他椅子的麦秆垫。立刻，他装出认真和询问的态度，对着他的女儿:

“关于这个，有什么说的?”

她沉默着，最后捧着肚皮坐下去。但是最使她受不了的，是吃过小牛肉和乳酪之后，祖父和父亲的最后抨击。他们已开始抽烟，并喝掉桌上放着的一瓶烧酒。他们已大醉，嘴巴里粘滞，彼此都不再说话。

耶稣·基督看着门口喊道:

“请进来!”

副安被诱惑，因很久不参与这玩意儿，所以很生气;于是回答道:

“看，我来了!”

两个拍手大笑，鼻子对着鼻子，嘴边流下唾液，彼此互相调侃。这确实很有趣。但是菜籽渣却觉得太可笑，她溜到地上，全身被狂笑激动到那样，她也让自己放出一声，不过很轻、很微弱，仿佛是两个男子所弹奏的大风琴音调里的小笛节奏。

耶稣·基督很愤怒，感到非常不高兴，马上站起来，在表示权威的手势里，伸出他的胳臂。

“滚开这里，小猪猡!滚开这里，混账的臭家伙!……他妈的!我去要你学学应该怎样尊重你的父亲和你的祖父!”

他从来不能忍受她玩这狎昵的游戏。必须长到一定岁数，才可以玩耍。他用手驱散空气，假装起自己被这笛子的小气息熏昏，臭得不能忍受的样子。他说她的只有火药气味。随后，看这小犯罪者，脸涨得通红，因她的轻慢，很尴尬，为了不出去，竭力否认并挣扎，推他一把，推到门外。

“混账的肮脏家伙，抖抖你的裙子!一会儿后，待你呼吸过空气，身边变得清洁后再进来。”

真正无忧无虑和轻松的生活从这一天开始。把女儿赶出卧室，让给老头子，这是老旧的地窖，由板壁隔成两半的房间之一;她为表示友好，只得退到底面，在岩石里造成的一种后间的洞窟里。据说，那里辟有很广大的地下层，已被崩坍的泥土堵塞了。最糟糕的是宫堡，这狐狸的洞穴，每到冬季，当大雨落下，流水在冈腹的陡峭斜坡上卷下一堆一堆石子时，总是更往下沉。如果种在上头的几株百年菩提树，不以它们的大根，整个支撑住，连破屋本身，它的古旧基础和后来砌上的干石补贴，也会随着滑掉。但是春天一到，这是一个很可爱的凉爽角落，消失在荆棘和山楂树下的石洞。遮住窗户的野蔷薇，撒满零落如星的淡红花朵，门口也有野金银藤垂下，如果要进去，必须用手拨开这天然的帐帘。

确定无疑的，菜籽渣并不是天天晚上都有洋葱小牛肉和赤豆，可以供她做来享受。这只在耶稣·基督从他父亲身边得到一块白的银币，而他不大随便，不压制他，只使用贪吃和亲密热情去骗到这银币的日子，大家才可以享受好的菜肴。每月的最初几天，他从黛勒梅夫妇那里领得他年金的十六法郎，人们总举行一次盛大的宴会。此外，每一季，当公证师付给他三十七个半法郎的年金时，这简直是他们要粉碎一切的大节日。首先，他只取出十铜子的银币，愿意这情况持续下去，顽固地保持他往日的吝啬；接着，他渐渐放任自流，心头被种种奇特的故事搔痒和摇晃，完全让这没出息的儿子任意摆布他，有时感动到流泪，他放出两三个法郎，自己也落入贪馋的需要里，时不时对自己说，既然迟早要吃光，最好是快快乐乐吃掉一切。此外，人们也应该把这公道还给耶稣·基督：他和老头子均分，即使他剥削他，至少他应该使他觉得好玩。起初，胃里装满，他对于私蓄根本不在意，不尝试要知道它。他父亲是自由的，可以任意享受他的所有，他只支付大吃大喝的钱，人们不能向他要求更多的。只有到下半月，老头子的衣袋变得一贫如洗以后，他才梦想起这隐藏在某地、他曾偶然看见的钱。从此，没有一个铜子可以逼得出来。他咕噜着埋怨，总是咒骂菜籽渣，因为她总拿不加黄油的马铃薯糊侍候他，他勒紧肚带，心里想把可用的铜子埋藏起来而让自己缺乏一切，这实在太愚蠢。这私蓄，总有一天应该被发掘出来，并被花掉。

就在这些艰苦的夜晚舒展他这大懒鬼的肢体时，他也要设法抵抗他的厌烦。他始终很开心，很活泼，仿佛他吃过好的晚餐，用他的；连环炮声恢复房里的愉悦。

“拿这些放到萝卜里！菜子渣，他妈的！拿这些黄油放上去！”

即使在这些艰难的月底，副安也不感到厌闷；因为女儿和父亲经常出去活动，没法盛满空空的锅子；被引诱的老头子也终于参与他们的盗窃。第一天，他看见菜籽渣带回一只母鸡，晓得这是她用钓线从一堵墙的另一边钓来的，他十分烦恼。随后，她确实使他大笑，他就不再管她。第二次，一天上午她躲藏在一棵树的繁茂枝叶里，让钩着一小块肉的钓钩悬在散步的一群鸭子中间，一只鸭子突然扑过去，吞下一切，连肉、钓钩和小绳头都落入它的嘴里，它消失在空际，一下被抽去，喉头梗塞，没有发出半点叫声。这当然不大雅观。不过生活在外面的都是些畜生，不是吗？这应该属于捞取它们的人，只要不盗窃金钱，我的上帝！人们还是规矩老实的！从此，他对于这小家伙的劫掠花样很感兴趣，这有许多不可置信的故事。有时搬回所有主帮她搬运的

一袋苹果；有时向放牧的母牛们拧下一瓶牛奶；甚至洗衣妇们的衣服，由她包上石块，沉到哀格尔溪深处，夜里她再回来伸进水里捞出。人们只看见她在大路上行走，她的一群鹅是她奔跑乡野的连续借口，她站在一个旱沟岸边，以看守她牲群寻觅食物的半醒半睡姿态窥伺着盗窃的机会；她甚至利用她的一群鹅作为真正守卫的狗，若有一个不相干的人要蓦然撞见她或捉住她的时候，带头的雄鹅发出尖锐叫声，预先通知她。此刻她已满十八岁，几乎不比十二岁的高大，生着山羊头，斜裂的绿眼睛，左面弯曲的阔嘴巴，她还时常和白杨树新枝一样柔软和苗条。在她父亲的破旧大衣里，她的少女小胸口，虽然不膨大，却已变得很坚实。她简直是一个真正的男孩子，她只爱她的小畜生，蔑视男子们。但这无法阻止她和某一顽童互相推着玩耍时，终于会朝天仰卧着，让对方伏在肚上，结束她的游戏。这是自然的，因为她为这个而生，这不致引起什么坏的后果。她的运气很好，还留在她这般年纪的顽童们手里，如果成年的男子们，认为她丑陋的老家伙们不让她安静些，她会变得很龌龊。总之，正如觉得好玩和被引诱的祖父所说的，她除了偷得太多，稍微缺少端庄，他还是一个很有趣的女孩子，并不像人们所相信的那么没出息。

然而副安跟随耶稣·基督，穿过耕种的田亩去做偷猎的闲荡，尤其感到特别快活。在一切农民——即使最规矩老实的也一样——的心底都存在着偷猎的念头，张开的兔网，放到水底下的钩线，野蛮人的种种小发明，狡猾的花样，抵抗乡警或宪兵们的连续斗争等等引起他的兴趣。一有戴帽章和黄围带的人，从大路转角上出来，在小麦上闲逛，父亲和儿子就躺到一个斜坎上，装出一副沉睡的样子；随后，突然“四脚”沿着旱沟爬过去，儿子便过去重新捞起他的钓线，父亲则仍然以好老头的态度，继续监视着逐渐消失的黄围带和帽章。惊尔溪里有很肥壮的白鲈鱼，钓到之后，卖给砂多屯的鱼贩，每条可以得到四十或五十铜子。最惹人讨厌的是它们竟那么狡诈，每次必须肚皮贴地，卧在草上，窥伺许多小时。往往他一直赶到劳尔河，那里的泥底潜伏着很多很漂亮的鳗鱼。如果他的钩线捞不到什么，耶稣·基督即会想出便利的钓法，夜间利用阴暗，偷窃沿岸资产阶级人们的卖鱼店铺。其实，这只是一种好玩，他的全部激情还在打猎里。他所造成的危害一直扩展到一二十公里；他并不讨厌任何猎物，小竹鸡之后，他捕鹌鹑，甚至云雀之后，他打白头翁。他很少使用步枪，因为它的响声，在这平坦的地面上，会传得很远。在苜蓿和三叶莲里长大的小竹鸡，他没有一窠不认得的，所以他清楚知道地方和时间，小竹鸡睁着昏沉沉的眼睛，身上被露水淋湿，被他用手轻易捉捕。对于云雀和鹌鹑，他有很完善的黐竿，他用石子击打似乎由秋季狂风送来的白头翁密群。二十年以来，他就这样歼灭当地所有的猎物，以致人们在哀格尔溪边岸的荆棘丛里，看不见一只兔子，这是一般猎户所最愤恨的。独有野兔逃出他的手掌，实际上数目也少得可怜，它们在平原上随意奔跑，要追赶它们是极其危险的。哦！波特利的几只野兔，他梦想捕捉它们，每隔一个时期，他情愿冒坐牢的危险，要拿猎枪去打它一只。看见他带枪去的时候，副安就不跟随他：这太愚蠢，最后准会被捉住的。

预料的事情就自然地发生了。应该说田庄主人胡得根，因自己领地上的猎物被破坏，十分恼怒，给培贵以最严肃的命令；后者因从来没有捉到一个人而烦恼不已，为着窥伺，躺在一个麦堆里睡觉。一天清晨，天还没有大亮，火焰掠过他面上的一声枪响突然把他惊醒。这是耶稣·基督埋伏在麦堆背后，枪头几乎接触到猎物身上，打死一只野兔。

“啊！他妈的！是你！”乡警喊道，同时抢去另一个为捡野兔而靠近麦堆放好的猎枪。“啊！流氓！我早应该疑心是你了！”

在酒店里，他们两个一起睡觉；可是一到田野上，彼此就不能相遇而不发生任何危险。一个时常准备着捉住另一个，这一个也时常决定敲碎那一个的可恶嘴脸。

“那么，是的，是我，你又怎样？你想吃粪吗？……马上还我的猎枪！”

培贵已因他的被捉觉得烦恼。平常，他若瞥见耶稣·基督在左面，他总悄悄向右边走去。何必要和一个朋友闹出丑恶的故事呢？但是，这次，他必须尽他的职责，不能再听之任之了。此外一个既然犯了过失，至少应该有点礼貌。

“你的猎枪，混账家伙！我要扣住它，我拿它放到村公所里……不要动，不要装起狡猾的样子，否则我将向你的腑脏里放出另一枪！”

耶稣·基督被解除了武装，非常愤恨，他犹豫，很想扑到他的喉头上。随后，看他向村庄走去，他也开始跟随他，手里仍然握着那只在他胳膊下尽情摇摆的野兔。两个不说话，走了一公里，互相投向凶暴的目光。每一分钟，相杀似乎变得不可开交；然而他们两个的忧闷却逐渐增长起来。多么糟糕的相遇！

走到教堂后面，距宫堡只差两步路的地方，偷猎者尝试他的最后努力。

“算了吧，老朋友，不要做傻瓜……到我家里去喝一杯。”

“不，我必须写报告。”乡警用坚定声调答道。

他顽固地摆出老军人只服从军令的态度，拒绝盛情邀请。然后停止下来，看另一个抓住他的胳膊，要领他进去，他终于说道：

“如果你有墨水和一支钢笔的话，这也没有关系……无论在你家里或别处，我都不在乎，只要纸上可以写好，什么地方都一样！”

培贵到耶稣·基督家里时，太阳已升起来，早在门口抽吸烟斗的副安老爹马上明白了，而且很担忧；尤其看见他们的神态，事情似乎很严重。人们找出墨水和一支生锈的旧钢笔，乡警两肘张开走在桌子上，摆出可怕的沉思态度，开始寻求他的字句。同时，菜籽渣听从她父亲的吩咐，捧出三只玻璃杯和一瓶葡萄酒来侍候他们。从第五行起，培贵的脑筋已枯竭，对于事实的复杂叙述，再也找不到恰如其分的字句。他喝完满满一杯酒，于是形势就逐渐缓和下来。第二瓶出现，然后是第三瓶。两个小时以后，三个男人，鼻子对着鼻子，互相作粗鲁和友好的谈话：他们已喝得酩酊大醉，已完全忘记了清晨的事情。

"混账的王八蛋！"耶稣·基督喊道："你知道我曾和你的老婆睡过觉吗?!"

这是真实的。自从上一次节日以后，他总在各个角落里翻倒培贵嫂，虽然他认为她是老皮，没有鲜嫩的情调。但是喝过酒会发坏脾气的培贵，马上被激怒了。他空肚时，固然能容忍所说的事情，一喝醉了，他高举一只空瓶，他高声骂道：

"他妈的猪猡！"

瓶子砸在墙上摔碎了，没有击中眼睛湿润，嘴里流涎并露出和蔼微笑的耶稣·基督。为了平息乌龟的怒气，大家决定一起留下，马上去吃掉野兔。待菜籽渣做好炙烤的兔肉，香味一直散到罗涅另一端。这是持续了一天的粗野节日。夜色降临时，他们还留在桌边，吸吮兔子骨头。人们点起两根蜡烛，他们继续进行。副安再找到二十铜子的三个银币，派女孩子去购买一瓶白兰地。当地居民们都已熟睡，他们还一小口一小口喝酒。耶稣·基督，用探摸的手，一直在寻找火柴，忽然碰到已开始的书面报告，溅上了酒和卤汁，还留在桌子一隅上。

"啊！这是实在的，应该写完它！"他嗫嚅说，肚皮为醉汉的欢笑所震动。

他注视白纸，心里默想开玩笑的花样，这足以表示他完全蔑视文字和法律的滑稽玩意儿。突然，他将纸放到正对面，向那上头放一个粗而又重，可以说末端有弹性的响屁。

"看，这已签过字了！"

大家——培贵也在内——都开玩笑。啊！那一夜宫堡并不觉得厌烦与乏味！

就是在这时期前后，耶稣·基督交上一个朋友。一天傍晚，他正伏在路旁的旱沟里，当宪兵们走过去时，他发现里面已有一个流浪汉占去位置，这一个也不大愿意被人瞧见，他们闲聊起来。这是一个好家伙，他名勒洛亚，绰号大炮，一个木作坊工人，两年以前，由于有了讨厌事情，离开巴黎，宁愿生活在乡下，从这村庄移动到另一村庄，在这里做八天工，到更远之处又做八天工，老板们若不雇用他，则从这一田庄转到另一田庄，出卖劳动力。现在，再也找不到工作，他只沿途乞讨，依靠偷来的蔬菜和果子度日。如果人们能准许他睡在一个麦秆堆里，他就觉得很幸福了。其实，他生成的样子，不太容易使别人信任他，他很肮脏，很丑恶，衣服褴褛，身体被贫困和种种恶习所损坏，面孔又那么瘦那么苍白，稀少的蓬乱颊须，妇女们只消一看见他，就马上会关门。最使别人感到他可怕的，是他满口大谈丑恶的议论，他说要割掉富人们的头颈，总有一天他将夺得别人的老婆和葡萄酒，让自己宴乐到胀破肚皮。这是伸出拳头，用阴郁声调吼出的威胁，从巴黎郊区学来的革命理论，以激烈字句融汇而成的社会改革，它的狂奔浪潮不免惹起农民们的惊怖。两年以来，天色将晚时，各个田庄的人们总看见他这样到来，要求麦秆的一角，给他睡觉。他坐在火旁，他用他所说的恐怖话语吓唬他们，使他们全身的血液都吓得快要凝洁。接着，第二天，他消失了，八天以后，他又在薄暮的同样阴郁时刻，带着破坏和死亡的同样预言，再次出现在他们面前。这可疑的形象，穿过旷野，背后遗留那么大的恐怖和愤怒，这就是为什么居民们此刻都到处排斥他，不愿意接待他的原因。

耶稣·基督和大炮马上变成心灵相通的好朋友。

“啊！他妈的！”前一个喊道，“一八四八年，在克罗亚我没有杀掉他们全体，的确犯了极大错误！……我们去吧，老朋友，应该去喝一瓶！”

他领他到宫堡里，晚上要他和他同睡。待另一个慢慢述说，他觉得对方的知识那么胜过他自己的，这伙伴知道那么多东西，有着那么多一下会把社会改造好的美妙思想，他立刻对他肃然起敬。第三天，大炮离去。两星期后，他又回来，又在天刚亮时，再动身走了。从此，每隔一个时期，他总落到宫堡里，像在他自己家里一样吃饭和打鼾，每次出现，总发誓说，三个月之内，资产阶级们一定会被清除。一天夜晚，趁父亲出去打偷猎的埋伏，他要翻倒女儿，和她睡觉；但是菜籽渣很愤怒，脸上羞得绯红，马上打他一记耳光，把他咬得那么深，他只得放开她。啊！这老家伙！他把她当作什么人？他这样混账，简直以为她是容易受欺骗的傻瓜！

副安也一样，不大喜欢大炮，他说他是一个懒鬼，心存要在断头台上结束自己一生的奇特思想。有这强盗留在那里的时候，老头子就变得非常抑郁，他宁愿到外面去抽他的烟斗。此外，他的生活又重新变坏，自从整个讨厌的故事，激起父子间的分裂之后，他在耶稣·基督家里已不再像从前那么乐于享受。直到那时，他的长子只拿他所分得的土地，一块一块卖给他的兄弟仆多和他的妹夫黛勒梅；每次，必须签字的副安，晓得产业仍然留在自己家族里，只赞同签字，而不发一言。但是，看，这已轮到最后一块田亩，偷猎者曾拿它作为抵押，借来很多的钱，债主因为没有收到约定利息

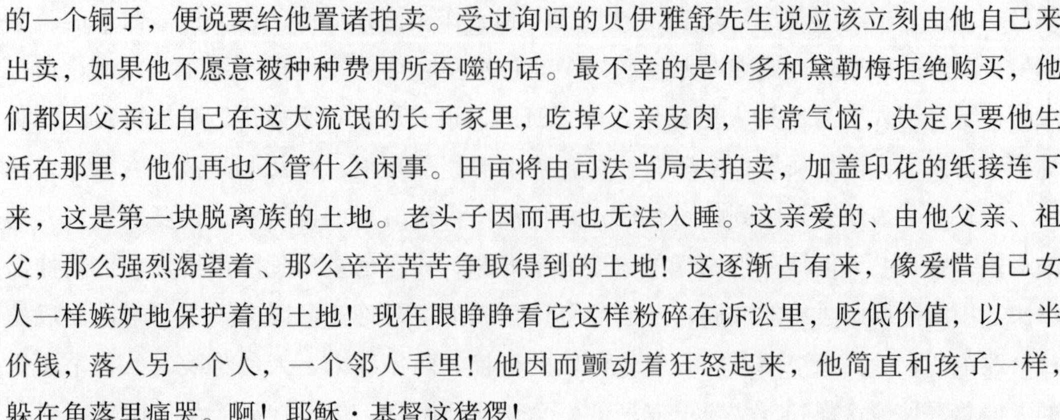

的一个铜子，便说要给他置诸拍卖。受过询问的贝伊雅舒先生说应该立刻由他自己来出卖，如果他不愿意被种种费用所吞噬的话。最不幸的是仆多和黛勒梅拒绝购买，他们都因父亲让自己在这大流氓的长子家里，吃掉父亲皮肉，非常气恼，决定只要他生活在那里，他们再也不管什么闲事。田亩将由司法当局去拍卖，加盖印花的纸接连下来，这是第一块脱离族的土地。老头子因而再也无法入睡。这亲爱的、由他父亲、祖父，那么强烈渴望着、那么辛辛苦苦争取得到的土地！这逐渐占有来，像爱惜自己女人一样嫉妒地保护着的土地！现在眼睁睁看它这样粉碎在诉讼里，贬低价值，以一半价钱，落入另一个人，一个邻人手里！他因而颤动着狂怒起来，他简直和孩子一样，躲在角落里痛哭。啊！耶稣·基督这猪猡！

父亲和儿子中间发生可怕的争吵。后者默然不回答，让另一个凄惨地站着责备、叹息，高声发泄他的痛苦，直到精疲力竭。

“是的，你是一个杀人凶手，你看，你好像拿一把刀，来割我的肉……那地那么好，简直没有更好的田亩！吹口气都能长庄稼的好地！……只有你的确是懒鬼和卑鄙的小人，才把它抛弃给另一个人，而不想敲碎自己的头颅……他妈的！他妈的混账东西！给另一个人，就是这愚蠢的念头刺痛了我的心！那么，你这酒鬼，你这没出息的家伙，难道你的脉管里全是劣酒吗？……这一切，这宝贵的土地落入别人手里，都因为你给它喝光，混账的流浪汉，龌龊的猪猡！”

待父亲的喉头梗塞，疲惫不堪下去的时候，儿子才安静地答道：

“老头子，您这样操心，多么愚蠢！如果这可以使你好受，您打我吧；但是您不大是哲学家，啊！不！……那么，什么？我们并不吃掉它，您所说的土地！如果我们拿一盆好菜来侍候您，您将显出丑陋的嘴脸。我在那上头借贷，这是我生产五法郎一块银币的手法。随后我们出卖它，您要知道人们也曾出卖我的老板——耶稣·基督。如果再有我们也得喝它们，看，这是真正的睿智！……啊！我的上帝！土地，人们总得死去，那时土地不再属于我们！”

然而父亲和儿子都表示同意的一点都是他们共同憎恨执达吏维谋，一个可怜的家伙，人们要他从事克罗亚执达吏所不愿担负的苦役。一天傍晚，他冒险向宫堡里送来一张判决通知。维谋是很丑陋的“一堆”，脸上生一簇黄毛，只有他的红鼻子和泪眼朦胧从那里露出。时常穿“先生”的服装：一顶黑礼帽，一件常礼服和裤子，旧的不堪入目。他在全区里受农民的欺侮和殴打是有名的了，每次远离任何援助，他不得不来办差时，总成为农民的出气筒。流播着种种传说说曾经有好些长棍在他的肩膀上被打断了。时常有人强迫他浸入深水塘或用长叉驱逐他，或者让他跑上两公里。甚至有一次他被母女俩脱掉裤子，狠狠打了屁股。

正凑巧，耶稣·基督恰带着他的猎枪回来，坐在一段树干上抽烟斗的副安老爹，愤怒地对他说：

“看，混蛋的家伙，你给我们带来的屈辱。”

“您等着看吧！”偷猎者咬紧牙齿喃喃说。

但是维谋，一看见他身边有猎枪，就害怕地停止在三十步以外。他这个可怜的人。

“耶稣·基督先生，”他颤抖地说，“您知道，我是为那件事来的……我把这个放在这里，好，祝您晚安！”

他把盖印花的纸放在一块石头上，就赶紧离开，另一个喊道：

“他妈的喝墨水的家伙！人们都向你学习礼貌！……你不能把印花放好吗?!”

看可怜的人惊慌站着，一动不动，他拿猎枪做瞄准姿势。

“如果你不快些滚开，我将送给你一颗铅弹……好吧，你再拿起你的纸，赶快到这里来……更近些，更近些，还要更近些，可怜的懦夫，否则，我就放枪!”

吓得瑟瑟发抖，脸色苍白，执达吏在他的短腿上犹豫。他的目光充满哀求看着副安老爹。后者在他反对法院杂税和农民们都认为执达吏是这些杂税的制定者，仍然继续抽吸他的烟斗。

“啊！我们终于碰面了，这并不太糟。拿你的纸给我，不！不要拿在你的手里，好像受气的样子！要很有礼貌地，他妈的！要高高兴兴地……哪！这样，树!”

维谋因这大家伙的嘲笑，觉得全身都已瘫软，在他嘲弄的威胁下，眏眏眼皮，等着可怕的拳手和巴掌。

“现在你转过去。”

他心里明白，一动也不动，缩紧他的屁股。

“你转过去，或者我推你转过去!”

他知道必须忍受。他很悲哀转过去，他自动露出他那瘦猫般的小屁股。另一个于是兴奋地抬起他的脚，向他选好的地方踢了他一下，踢得那么重，使他重重地栽倒在地，跌倒在数步以外。执达吏困难地再爬起来，开始奔跑，昏乱地听见这可怕的喊声。

“小心！我放枪了!”

耶稣·基督拿他的猎枪架到肩膀上瞄准。不过他只欠起屁股，啷！他发出一声惊天动地的响声，吓得维谋又跌倒在地。这次，他的黑帽在石子中间滚动。他跟随它，把它拾起来，继续飞跑。在他背后，“枪”声继续着，啷！啷！啷！响个不停，一阵真正的排枪，终于使他变得很蠢笨。他像一只受伤的野兽，向斜坡上奔去，已经到了一百

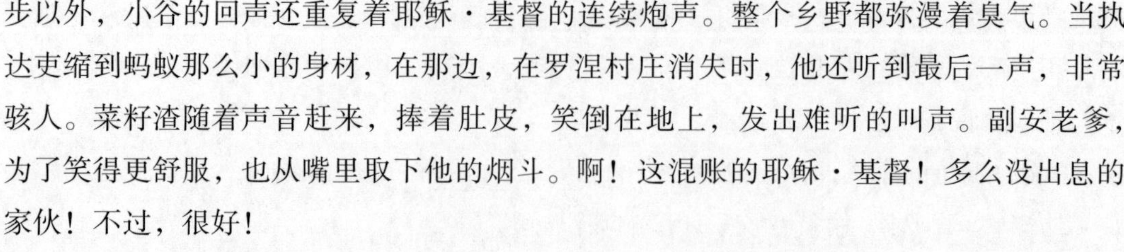

步以外，小谷的回声还重复着耶稣·基督的连续炮声。整个乡野都弥漫着臭气。当执达吏缩到蚂蚁那么小的身材，在那边，在罗涅村庄消失时，他还听到最后一声，非常骇人。菜籽渣随着声音赶来，捧着肚皮，笑倒在地上，发出难听的叫声。副安老爹，为了笑得更舒服，也从嘴里取下他的烟斗。啊！这混账的耶稣·基督！多么没出息的家伙！不过，很好！

然而又一个星期，为了土地的出卖，老头子必须交出他的签字。贝伊雅舒有了一个购买者，最好还是听从他的忠告。所以九月的第三星期六，镇里两大节之一，圣吕班日前夕，父子俩终于决定到克罗亚去。正好，父亲从七月以来，要到收税官家里去领取他保存着的那些证券的利息，打算利用这一旅行，让他的儿子迷恋于热闹的节日。两人步行往返。

副安和耶稣·基督到了克罗亚入口，站在地面过道关闭着的栅栏前面，等着火车驶过去时，坐篷车来的仆多和莉兹赶到他们身边。马上，爆发了争吵，他们互相咒骂，直到栅栏的门再拉开，他们已走出很远，还听得见谩笃声。

"去吧！懒鬼！我供养你的父亲！"耶稣·基督，拼命喊道。

到了格卢哀斯路的贝伊雅舒先生家里，副安挨过很长的讨厌的时刻。整个事务所都被侵占，大家都利用市集的日子到这里来，他必须等两个多小时。这使他想起从前他来决定分产的那个星期六，无疑的，那一星期六，差点上吊。当公证师终于接待他，他应当签字时，老头子寻找他的眼镜，并擦拭它们；但是充满水的眼睛使镜面模糊了，他的手又是那么地颤抖，人们把他的手指拿着放到纸面的适当的位置，以便让他在墨水的溅涂里，签下他的姓名。他为此流汗、颤抖，笨拙地注视他的周围，好像是行过手术，在人们给他割掉一条腿之后，他睁开眼睛四下里张着寻找这一条腿。贝伊雅舒先生一本正经地训诫耶稣·基督。他要把他们全部辞退掉，嘴里谈论着现行的法律：放弃财产是不道德的。因此人们一定要提高它的税率才能阻止它代替遗产。

出来走到大街上的"好农夫"饭店门口，副安在集市的喧闹中抛弃了耶稣·基督。实际上，后者也正在暗暗冷笑，明明知道他要去做什么。故意让他离开后，真的，老头子马上混到波多尼埃尔路去，那里的一幢豪华舒适房子，在花园和院子中间是收税官哈地的住宅。哈地是一个脸上烁烁发光和快活的胖子，黑颊须梳得整整齐齐，他的为人为当地农民们一直惧怕，大家都指责他，使他们昏乱。他在窄小的办公室里接待他们。这房间被栏杆分成两半，他自己占了一边，他们站在另一边。平时那里有十多个人等候着，彼此挤得很紧。而此时，却只有仆多一个人到来。

仆多从来不打算一次付清税款。他三月里收到税单，他就接连发八天坏脾气。他

狂怒地复核地税、人头税、动产税、门窗税；但是使他更为愤怒的是看见增加的生丁，他说，每年都要升高许多。随后，他等着接到不要罚金的催促。这时常可以使他获得又一次为期八天的延缓。他每月赶集，缴纳十二分之一；每月总是同样的苦刑重新开始，他简直要气病了，他付出税款，仿佛是要送他的头颈去割掉。啊！这混账政府！看，这真是一个侵吞人民金钱的机关！

“怎么，是您，”哈地先生快活地说，“您来得正好，否则，您恐怕还得付出法院费用。”

“现在就差这个了！”仆多咕哝道，“您知道我将不付给您硬加到我头上的六个法郎地税……不，决不，这是不公道的！”

收税官笑起来。

“每月您都唱这个调调儿一遍！我曾对您说过，您在哀格尔溪附近旧草地上的栽种，肯定增加了不少收入。我们就根据这个，要您多交六法郎！”

但是仆多粗暴地争辩道。啊！是的，我的收入已增加！这譬如我的草地，从前是七十公亩，自从小溪改道以后，侵吞两公亩，现在只剩下六十八公亩。但他仍然时常按照七十公亩交税，这难道公道？哈地先生平静地回答，土地册子上的丈量问题不归他管，应该等着人们再去丈量。他继续再作他的解释，他尽量多使用对方都不懂的数目字和专用术语窘迫他。随后，他摆出嘲弄的样子结束了他的解释：

“总之，您可以不缴纳；我尽不管这个！我将派执达吏到您家里来催缴。”

仆多惊慌失措，压下他的狂怒。自己既然不是最强的，当然只好让步；他反对这神秘和复杂权力的累极度仇恨，随着他的恐惧，不断增长，他觉得自己头上有行政和司法等机构，这些资产阶级懒鬼们在压迫他简直透不过气来。他磨磨蹭蹭地取出他的钱袋。粗大手指颤抖着，在市场上他赚的铜子，探摸了一遍，然后把它放到自己面前。他一连点了三次铜子数目，付出这样一大堆，这又使他的心头更如刀绞般疼痛。最后，他瞪着模糊的眼睛正注视收税官收去铜子之际，他的副安老爹出现了。

老头子一开始没有认出他儿子的背部，后者一转过来，使他很吃惊。

“您近来一向可好，哈地先生？”他嗫嚅说，“我从这里路过，想来向您打一个招呼问候您一下……我们好久没有相见了……”

仆多当然不是容易受骗的傻瓜。他打过招呼，以匆匆忙忙的态度走开了。但是五分钟以后，好像又想要询问一件忘记了的事，他又返了回来，恰碰到收税官交付证券利息的好时刻，他把五法郎一块的一堆银币，共一季度七十五法郎，放在老头子面前。他的眼睛立刻闪闪发光，但是他避免和他父亲对视目光，他装起没有看见后者向银币

上掷下他的手帕，用像老鹰扑鸡的姿势抢到手里，又迅速塞入他衣袋深处。然后，他们一起出来，副安很狼狈，斜眼向他的儿子瞟了一眼；仆多则显出一幅好脾气，突然恢复亲切的感情。他不再放开他，他坚持要用他自己的篷车给他领回去；他一直跟着副安老爹走到“好农夫”饭店。

耶稣·基督和布伦克维尔的小萨波在那里，小萨波是种葡萄的农民，另一个有名的滑稽家伙，也能放简直会使风磨旋转的屁。所以两个一碰面，立刻赌十瓶葡萄酒，看哪一个用屁能熄灭更多蜡烛。在许多朋友都十分地激动和鼓励中，他们一直陪着他们走到厅堂。人们站成圆圈，一个在右，一个在左，脱下短裤，屁股瞄准着，每个都一下接一下射熄他的蜡烛。然而萨波成功了十次，耶稣·基督才只有九次，最后一次缺少足够的气息。他显得很苦恼，面子已发生问题。再努力一下吧！难道自己真那么没有用，竟让自己被小萨波打倒吗？像风囊从来没有那样煽动过似的，他拼命鼓气，向外发射：九！十！十一！十二！克罗亚的鼓手，每次重点蜡烛，几乎自己也被卷走。萨波达到十次时，肚子已完全空了，而胜利的耶稣·基督还挤出两下，喊着要鼓手再次点起蜡烛，他说，这些是为最后献礼的。鼓手遵命点起蜡烛，它们燃烧着，发出金黄色的火焰，它们笔直地向上升，好像是太阳在他的头上光荣地照耀着。

“嗨！这他妈的耶稣·基督！多么好的肚肠！应该给他金质奖章！”

朋友们扯着肘子呼叫，仿佛要挣裂上下颚似的说笑。他们的喧闹里其实既有钦佩又有嫉妒，因为这说明只有身体生得很结实，才能包容那么多气，并随意收发。人们喝光了十瓶酒，一直持续了两小时，根本没有谈到别的。

仆多趁他的哥哥穿上短裤时，在他的屁股上拍了一记友好的巴掌；在这家族光荣的胜利中，和睦似乎又恢复了。好像返老还童的副安老爹又一次叙述从前哥萨克兵在贝斯的故事：是的，一个哥萨克兵张开口睡在哀格尔溪边岸，向他的嘴里，他放出一个粘性的屁、结果他的头发都被胶住了。

仆多领副安和耶稣·基督坐到他的篷车里。莉兹也显得很可爱。他们不再互相吞噬，他们都忽而爱护父亲。但是从酣醉中稍稍清醒的长兄，不免偷偷考虑：小老弟变得如此可爱，那么，这家伙一定在官家的收税里发现到隐藏的私蓄吧？啊！不，再等一分钟！如果直到那时，他，这无赖仍然保持温文尔雅，尊敬老头子的私蓄，此后，他才不会那么愚蠢，让它再回到别人家里去。现在家族既然已恢复和好，他将不再生气，慢慢去料理好这个。

到了罗涅，当老头子要下来时，两个儿子立刻扑过去，争相表现恭敬和殷勤。

“父亲，请您靠在我身上。”

“父亲，把您的手给我。”

他们迎接他，把他放在大路上。他在他们两个中间，很感动；他们心里已有了确信，此后再也不怀疑了。

“那么，你们，你们为什么？你们这样真心爱我，究竟为了什么？”

他们的目光吓着了他。他更喜欢他们和平常一样，那样待他。啊！糟糕的命运！现在他们已知道他有钱，他将有麻烦绕身！他带着苦恼回到宫堡里。

恰好，两个月没有出现的大炮，坐在一块石头上，等候耶稣·基督。一看见他，他就对他喊道：

“喂！听我说，你的女儿和一个男人在树林里鬼混呢！”

这一下，把父亲气坏了，脸色变得血红。

“啊！给我丢尽面子的婊子！”

他从门后取下车夫的大鞭子，跑下岩石的斜坡，一直赶到小树林里去。但是菜籽渣的一群鹅，当她朝天仰卧着的时候，却尽职地保护着她。嗅到父亲到来的雄鹅，马上迎上去，后面跟着它的群众。两翼掀起，头颈伸出，尖叫着，发出连续威胁的警告，跟着的鹅群，则展成作战阵势，伸出同样的颈项，它们的大黄嘴张开，准备咬啄。随着鞭子的响声，人们听见两只畜生在叶丛底下逃走的声音。得到讯息的菜籽渣已溜跑了。

耶稣·基督再挂上他的鞭子之后，似乎被一巨大悲伤困扰。或者他女儿的风流放荡，要他怜悯人类的肉欲吧；或者在克罗亚获得他的胜利，当他荣归故里时，突然遇到这样的丑行，心里不免感到难过。他无奈地摇一摇头，他对大炮说：

“喏！你要知道吗？这一切都不如一个屁！”

在淹没着阴暗的溪谷之中，翘起屁股，好像要炸毁地球，他放出轻蔑和响亮的一声。

四

这已到十月的头几天，葡萄的收获就将开始。这是丰收的幸福星期，不友好家族，照寻常的习惯，将在庆祝酒桌上，恢复和好。八天之内，罗涅发出葡萄的香味。大家吃了如此多，每一篱笆一都可以看见，妇女们撩起裙子，男子们扯下短裤。口边玷污的爱人们，都在葡萄田里，亲吻的情人。这每年总以男子们醉倒和少女们怀孕，作为

结束。

从克罗亚回来的第二天起，耶稣·基督即开始寻找私蓄。因为老头子可能不会随身带着金钱和证券散步，他一定把它们藏在什么洞窟里。但是菜籽渣徒然帮助他的父亲尽了惯盗的狡猾和灵敏嗅觉，他们翻遍了房子全是徒劳，仍然什么都没有找到。这只到下一星期，偷猎者偶然从一块木板上取下一个已经不用的破裂旧锅子，才发现那里面的细褐豆底下藏有一捆纸，由帽底的橡皮布仔细包裹着。可是其中却没有一个银币。无疑的，金钱一定还藏在别的地方。五年中，父亲既然没有什么开销，不用说，当然已积蓄起很大的一堆。这的确是年息五厘的许多证券，可以领得整整三百法郎年金。耶稣·基督正点数并嗅摸它们的时候，他发现另一张盖印花的纸，上面满是粗大的字迹。读了内容，他简直惊呆了。啊！他妈的！那么，他知道金钱在哪里了！

这是多么滑稽可笑的一个故事！在公证师家里分产的十五天以后，副安因自己再没有什么土地，一丁点儿也没有，这深深刺伤了他的心，他简直要病倒了。不！他不能这样生活着，否则将毁掉的！于是他做了一件荒唐的事：一个热爱女人的老头子一定要想法回到曾欺骗过他的“荡妇”那里去，献出他的最后金钱。他，在他的时代是一个聪明的人，而今却中了一个朋友。曹西斯老爹的圈套！这领有的猛烈欲望，为了土地，宁愿劳瘁一生的“雄性”老人们的骨子里，一定生根发芽了，为了满足它，他们往往会变得发狂。这曾经那么猛烈的侵扰他，他忍不住终于和曹西斯老爹签订一张契约，约定只要后者活着的时候每天上午能领得十五个铜子，愿意死后让给他一“亚尔奔”土地。订好这样的交易，不顾他已七十六岁，而出售者的年纪比他年轻十年！事实是这后者玩弄卑鄙的手段，就在那以后躺到床上去睡着：他咳嗽，他装起病得那么厉害，好像随时都会断气；如此，另一个被贪得的无厌的家伙，以为自己是两个之中的最奸猾者，急于想敲定这笔好的生意。不论怎样，这证明一个人为了一个女人或一块土地，若有了可怕的欲火，他与其去签什么契约，还不如赶快死掉。因为每天上午付十五个铜子，这已持续五年；他越付出钱，看着土地就越心热，越想占有它！他已摆脱他一生长期劳作所带来的一切苦恼，他只要最终获得土地，自己尽可以安安静静去死掉，然后再转过来。仍然让自己被它愚弄和收拾！啊！人，不论老的和年轻的，真是不太聪明！

不一会儿，耶稣·基督很想把全部契约和证券，都拿走。可是理智却不允许他：这样做了之后，他必须溜掉。这并不像现成的银币，他可以全部偷去使用，他必须等候它再生出银币来。他很愤怒，把这些纸又放回原处。他的愤怒变得如此强烈，他不能忍住他的怒火。从第二天起，罗涅即认识曹西斯老爹的事情，为了很平凡的、至多只值三千法郎的一“亚尔奔”土地，每天要付十五个铜子的故事。五年之内，这已花了将近一千四百法郎，如果这可恶的老头子再活五年的话，他虽然花了许多钱，还是得不到他的土地！因此人们都嘲弄他。不过，从分产以后，他若对着太阳拖曳他的干瘦躯体时，本来人们已不再理他；此刻既然知道他是享受年金的小富翁和地主，大家又转过来，尊敬他。

尤其是家族的亲人，简直如苍蝇一样可恶。凡娜因她的父亲不再安顿在她家里，反而退隐在她这无赖哥哥的洞窟深处，精神上受到打击伤害，一向只和他保持着很冷漠的关系；此刻也给他送来日常的衣服，黛勒梅穿过的旧衬衫。然而他很严峻，他含沙射影地说，“爸爸，他将跪着恳求我们再收养他！”所以他接待她时，只说了一句话，“那么，现在是你跪着要求我再住到你家里去吧！”这话一样刺入了她的心脏。回家以后，她因侮辱和羞愧而痛哭。她这自负的农妇的尊严受到侵害，她受不了任何的屈辱。她规矩，勤劳和富有，一向很倨傲，时间长了，整个地方都因这倨傲跟她不和好。黛勒梅只得答应此后将由他拿应付的年金，送给父亲；因为她这一方面，她已向上帝发誓，她永远不再和他说半句话。

然而仆多却引起大家的惊讶。一天，他来到宫堡，唯一的目的，他说，不过想来看看老头子。嘲笑的耶稣·基督取出一瓶烧酒，父子俩于是互相碰杯。但是他的嘲弄终于变成惊讶，他看见他的兄弟拿出五法郎的十个银币，然后给它们排拍在桌子上说：

“父亲，我们必须算清我们的账目……看，这是我应该付给您的最后一季年金。”

啊！他妈的卑劣小人！好几年以来，他不再拿一个铜子付给父亲。此刻又向他显示他金钱的颜色，难道他不是来笼络他吗？所以，他马上推开老头子伸过来的胳臂，他又收去桌子上的银币。

“当心！这是对您说，我有付给您的钱……我给您保存着，您知道它们在等着您。”

耶稣·基督愤怒地生气了。

“喂！听我说！如果你愿意领去爸爸的话……”

但是仆多却快活地谈论这件事：

“什么！你妒忌吗！我去供养父亲一星期，你也去供养一星期，这难道不很自然吗？嗯？如果您愿意自己截成两半的话，父亲？……我在等着这时期到来，祝您健康！”

他动身离开时，邀请他们第二天到他的葡萄田里参加葡萄收获。人们将尽肚皮的容量，把采下的葡萄吃个够。总之，他显得那么可爱，其他两个认为他是一个绝妙的流氓，只要不让自己上他的当，他还是很有趣的。因为高兴，他们陪他走了一段路。

正好在冈陵底下，他们遇见带着哀绿蒂沿哀格尔溪散步回到他们白玫瑰别墅里去的查理先生和查理太太。三个都因爱斯姐尔的去世，穿着丧服。女孩子的母亲在七月里死掉，这当然死于过分辛苦，因为外祖母每次从沙德尔回来，总是清楚地说她的可怜女儿，因懒得要死的丈夫逐渐不管事，为了维持犹太人路那店铺的好声誉，不顾自己的健康，让自己那么辛苦，一定会累得送掉性命。所以她不敢领哀绿蒂去参加，消息也只在她母亲睡到地下三天以后才告诉她。对查理先生，这是多么大的震动！经过那么多年以后，一天早晨他重新看见鲤鱼板街角的十九号时，他的心紧缩得多么厉害！这涂黄的十九号和它时常关闭着的绿百叶窗，他一生的事业，今天挂上黑幕，小门打开，狭巷被四根蜡烛中间的棺材塞住，看到这种情景，他怎么能不悲伤！最使他感动的，还是全区同情他痛苦的方式。人们在肃穆中走到教堂里。全院的五个姑娘，穿暗色的袍子跟随着，如当天晚上沙德尔的有些居民所谈论的，态度都很合适。其中一个到坟场里甚至悲泣。总之，在这方面，查理先生只感到满意。但是第二天，他询问他的女婿哀克叨尔·服哥涅，并视察全院的情形时，他又多么痛苦！看到他那时代永远不会容忍的种种放纵和疏忽，他觉得这里缺少一个男子的坚强手腕。然而他愉悦地觉察到，五个姑娘送葬时所表现的好态度，使她们在城里获得那么有利的认识，一星期之内，接连来了很多客人，她们简直没有空暇。他离开十九号时，脑里充满不安的思虑，他并不向哀克叨尔隐藏他的担忧！现在可怜的哀斯姐尔既已不在那里掌舵，那么如果他不愿意吃掉他女儿的财产的话，他就应该改正自己的过错，认真去管理院里的事情。

仆多马上邀请他们也来参加葡萄收获。但是由于女儿的丧事，他们拒绝了。他们显出忧郁的神情，手势也很徐缓。他们所能接受的一切，就是他们将去尝尝新酒。

“这是要散散这可怜的女孩子的心，”查理太太宣称。“自从我们要她离开寄宿学校之后，她在这里，只有那么一点消遣！你们要怎样，总不能总让她留在课堂里吧！”

哀绿蒂低着眼睛，谛听他们的谈话。她变得很瘦长，脸色像在暗处长大的百合花那么苍白。

“那么，对于这年轻的姑娘，你俩将怎么办呢？”仆多问道。

她的脸更红起来，她的外祖母随着答道：

“真的！我们还不大知道……她可以提出她自己的意见，我们将让她自由选择。”

但是拉查理先生走到一边的副安，摆出很有兴趣的姿态问道：

“很好吗？生意？”

他面容很烦恼，只耸一耸肩膀：

“啊！真糟透了！今天上午我刚好看见沙德尔的一个人。就是为了这个，我们才这么烦恼！……一个完蛋的妓院！人们在走廊里打架，监督得那么坏，人们甚至不再付钱。”

他交叉起他的两臂，为了减轻窒闷他胸口的闷气，他猛力地呼吸，这是他从上午以来一直不能消散的新烦恼。

“您知道这无赖现在竟出去逛咖啡馆了！……逛咖啡馆！逛咖啡馆！而不管自己家里也有一个咖啡馆！”

“那么，确实是完蛋了！”听着的耶稣·基督摆出确定的态度说。

他们沉默了，因为查理太太和哀绿蒂后面跟着仆多，已走近了。现在，他们三个都谈到死者。少女说，她未能抱吻她可怜的妈妈，心里很悲伤。她露出她的简单态度加上说：

“但是不幸似乎来得那么迅速，在糖果店里，人们又似乎工作得那么辛苦。”

“是的，为了准备许多洗礼时用的糕饼。”查理太太连忙说，同时眏眏眼睛，转向别的人们。

然而没有一个人微笑，大家都摇头表示同情。目光投向她手指上戴着的一个戒指，少女哭丧着脸，亲吻它。

“看，这就是她留给我的一切……外祖母从她的手指上取下，套在我的手指上……她已戴过二十年，我将一辈子都保存它。”

这是一只旧的结婚戒指，这是从普通首饰店里买来的粗劣装饰品之一，磨损得那么厉害，上面的线纹几乎都已磨蚀了。人们感到这样用旧它的手，不厌恶任何工作，经常在洗濯的面盆里，要整理的床铺里活动，到处摩擦揩抹和探摸。这戒指，它包含着那么多故事，它在黄金深处留下那么多事情，男子们只张大鼻孔，一动不动地注视它，不说一句话。

“当你也像你母亲一样磨损它，用旧它，”查理先生说，“你也可以休息。……如果它说话，它将告诉你，人们将怎样过，赚得生活的金钱。”

流下眼泪的哀绿蒂重新让她的嘴唇贴在戒指上。

“你知道，”查理太太再说，“我们要你去结婚时，我愿意你也使用这个纪念品。”

但是少女听到最后这几个结婚字眼，她的温柔情感，受到那么强烈的震动和那么刺激的羞涩，为了遮蔽她的面孔，她胡乱地扑到了外祖母怀里。祖母的微笑平息着她的激动。

“没关系，不要怕羞，我的小兔子……你一定要习惯这个，这并不是什么丑恶东

西。当着你面，我一定不会说什么丑恶的……你的表叔仆多刚才问起你，我们将怎样安置你。我说让你结婚……算了吧，算了吧，你看，不要靠在我的披肩上；她会擦红你的皮肤。”

其摆出十分满意的样子，放低声音说：

“嗯？教养得怎样？她还都不明白呢！”

“啊！如果没有这个小天使的话，”查理先生最后说，“我刚才对你们所讲的一切，我们将真正感到苦闷！……除了这些，我的玫瑰树和我的瞿麦花树今年也使我很烦躁，我不知道我的鸟笼里发生什么，我的所有鸟都得了病。只有钓鱼还给我少许安慰，昨天，我曾钓到三市斤重的一条白鲈鱼……不是吗？人们住到乡下，当然是为了过幸福生活的。”

他们彼此离开。查理夫妇重述他们将去尝尝新酒。副安、仆多和耶稣·基督默然走了几步，随后，老头子提出他们的总结意见：

“不论怎样，能娶得这女孩子并得到她财产的年轻人，是一个很有运气的家伙！”

罗涅的鼓敲响了，是葡萄收获的开始。星期一早晨，整个村庄的人都纷纷出动，每人都有自己的葡萄田，家家都到哀格尔溪冈陵上去工作。但是最引起本村感动的是前夕薄暮，村委员会供养的一个神父，乘一辆马车，在教堂前面下来。由于天色已那么阴暗，人们没有认出他。所以大家的饶舌都没有停止，高达神父和罗涅发生不和以后的数月之内，一直固执的不让自己的脚迹踏到这里。他为那些亲自到巴曹宣·勒·陀伊安的人们，举行洗礼、忏悔和婚礼；至于死者的葬仪，尸体即使腐烂了，人们也不会看见他来料理。可是有一点始终是难以理解的，在这时期，任何人都似乎不想去死。他向主教宣告他宁可割断自己的肢体，也不愉快再把上帝带到那么不尊敬他的一个丑恶区域；那里的居民们，自从不再相信上帝之后，全体都变成放荡鬼、醉汉和应该堕入地狱的罪人。主教显然支持他，等着反叛信徒们的悔过，让事物就这样挨过去。所以罗涅已没有教士：不再举行“弥撒”和别的任何教仪，简直处于野蛮状态里。首先，大家不免有点惊骇；后来人们感到这并不比以前更坏。随后，人们就逐渐习惯，风既不更大，雨也不更多，村里还节省一大笔经费，那么，一个教士既然不是不可缺的，事实已经证明收获物并不因此遭受任何损失，人们也不因此死得更快，尽可以永远不要他来干涉大家。很多人都这样想，不但包括郎该涅之类的坏蛋表示赞成，而且知道计算的有理性者——例如黛勒梅——也认为这样是合算的。不过，其他很多人，却因没有一个堂长很苦恼。这并不因为他们比那些人更有宗教情感：滑稽的上帝已不再使他们吓得颤抖，他们可不管这可笑的玩意儿！但是仿佛怕别人说，不花钱去供养一个堂长，显得他们太穷，太吝啬。最后，大家的心底里都有这样的观念：对根本没有用处的琐事，有时也要花掉十个铜子，为了宗教，即使浪费一点冤枉钱，也无所谓。只有二百八十三名居民，人口比罗涅少十人的马尧尔供养一个教士，他们总是带着挑战的态度来嘲笑他们的邻居，这结果便会引出互动拳脚的争吵。此外，妇女们有着悠久的习惯，婚礼或葬礼。逢到大节日，男子们出于从心里也到教堂里去。简言之，既然时常有教士们存在，即使用之玩笑，也得有一个。

村委员会当然提出这问题来讨论。村长胡得根虽然不会虔诚的修行，但由于拥护权力的原则，却支持宗教，因为妥协的思想，犯下中立的政治过失。村庄是贫穷的，何必要用一大笔费用去修理堂长住宅呢？本村的负担，是巨大的；尤其是他还希望再请回已表示不再来的高达神父。此外，马葛龙，从前排斥教士的副村长，又站到了另一边，认为他们没有一个教士，确实是可耻的。从此这马葛龙的心里一定隐藏着想推翻村长、取而代之的想法。正好，胡得根因田庄里的种种忧虑，感到厌倦，对于开会不再感兴趣，让副村长一个人去做事。因此，村委员会受这马葛龙的摆布，给出对本村建立教区的必要经费。开辟新路时，他虽然曾答应过将赠出地皮，但结果却领去所征用土地，从这以后，人们都认为他不守诺言，是可耻的骗子。可是由于他有钱，大家仍很敬重他。只有郎该涅一个人抗议，反对会使本村落入耶稣会会徒们手里的表决。培贵也被迫迁出了堂长的住宅和菜园，住在一所破旧的房子里。工人们又对堂长住宅进行了一个月左右的装修。就是这样，一个堂长就能安顿在重新粉刷过的小住宅里。

曙光一出现，各个车辆到冈陵斜坡装上了四五个无盖的大木桶。有许多女人携带她们的篮子坐在里面；男子们步行，鞭击着拖车的畜生们。一长列先后跟随着，一车一车的人们都在喊叫和欢笑中。

郎该涅夫妇的一辆恰在马葛龙夫妇的车子后面，因此，六个月以来，彼此碰见不说话的佛洛莉和珊利娜，由于现在的原因，也就再次和好了。前者和培贵嫂一起坐着，后者则带来她的女儿贝尔蒂。马上，落到神父身上。很快的话语，由马蹄声伴奏着，在早晨的清新空气里人们接连交谈了起来。

“我，我看见他和车夫一起搬下他的箱子。”

“啊！……是怎样的？”

“哦！瞧得不很清楚，那时已很黑……在我看来，他似乎很高，很瘦，有着长得异常苍白的面孔，或者只有三十岁并不强壮。态度很柔和。”

“据说，他是从奥凡涅人那会里来的，一年有八个月积雪的山谷。”

“啊！真苦！大概是因为这个，他才到我们这里来，一定会觉得很舒服！”

“当然是这样！……他名叫马德兰。”

“不，马特林。”

“马特林和马德兰，这不是个男人名字。”

“或者他会到葡萄田里来看我们。马葛龙曾答应领着他来。”

“啊！很好！应该看看他！”

一辆一辆车子停在冈陵斜坡脚下，哀格尔溪沿岸的道路上。在小葡萄田的一行一行葡萄根株中间，妇女们身体曲成两半，翘着屁股开始工作，用手里的小镰刀割下盛满她们篮子的葡萄。至于男子们，他们已有够多工作，他们把篮子倾到背负的大篓里，然后又把大篓馒大木桶里。待一辆车的各个大木桶都已装满，再拖着车子离开，把它们倒入酿酒桶里，然后又回来重新装载。

那天早晨，露水那么大，妇女们的罩衫马上被浸湿。幸好天气很晴朗，太阳立刻晒干了它们。三个星期以来，一直没有下过雨，因夏季潮湿，大家原本都感到失望的葡萄，都忽然成熟，而且变得很甜：这就是为什么，这明朗的太阳，在本季里虽然那么热却激起他们全体的活跃。大家都说笑、叫喊、吐出要使少女们笑得捧腹的猥亵话语。

“这珊利娜，”佛洛莉站直，注视邻近葡萄田里的马葛龙嫂，告诉培贵嫂说，“她，因她的贝尔蒂有着小姐姿态，那么自负！……看，小姑娘的脸色已经变黄，而且正逐日干枯下去！”

“这还有什么说的！”培贵嫂宣称，“他们不嫁女儿，给她保存在家里，当然会有这样结果！他们不让她嫁给制车匠的儿子，的确犯了很大错误……此外，根据一般人叙述，那个姑娘因为有了坏习惯，自戕她的身体。”

她们边割葡萄边说：

“这不能阻止小学教员继续在她的周围旋转。”

“啊！是的，”佛洛莉喊着回答，“这勒构，他总鼻子伸到兽粪里去拾取铜子……恰好，看，他已走来帮助他们。一只漂亮的乌鶺。”

于是她们住口。维克叨十五天以前刚从军队里回来，他拿起她们的篮子，倾入岱尔芬背上的大篓里。岱尔芬是由郎该涅这大懒鬼雇来收获葡萄的，借口自己必须留在家里看守他的店铺。年轻的帮工，从来没有离开过罗涅，如生根的小橡树一样固着在土地里，忽然碰见维克叨，不免惊得张口结舌。后者已改变得那么厉害，嘴上已经有了髭须，颔下也长出了小胡子，在他还戴着的警察帽底下，摆出那么神气的样子，差不多没有一个人还认得他。不过，他以为自己这样会引起另一个的羡慕，却大大想错了。他徒然对他叙述卫戍区的种种好玩事情，尽情宴乐的谎言，玩姑娘和喝酒的快乐；这农民只摇摇头，心里固然很惊讶，可是一点也不被诱惑。不！不！如果要他离开他所住的角落，这未免太难堪，他不能接受！他已两次拒绝和耐纳斯一起到沙德尔一个饭店去发财。

"那么，没出息的饭桶！如果你必须去当兵呢?"

"哦！当兵！……那么，我一定会抽得免役的好签。"

维克叨充满轻蔑，不能使他摆脱这个观念。一个身体生得哥萨克兵的人，居然宣告不愿意去服军役，多么可耻的大懦夫！他一面谈话，一面继续把篮子倾入伙伴背上的大篓里，这大家伙虽然背的很重，而身体始终不弯曲一下。为了夸张的说笑，他暗暗指点邻近的贝尔蒂说：

"喂！听我说，自从我动身以后，她那地方已长起来了吗?"

岱尔芬被大笑震动，因为马葛龙女儿的现象，在年轻男子们中间，还是很大的谈笑资料。

"啊！我的鼻子没有伸到那里过……可能，春天里已茁长起来了。"

"我没去给它浇水，"维克叨带着讨厌的努嘴结束说，"这等于和一只光滑滑的蛤蟆接触……再则，这不大卫生，那地方没有毛，这一定会使人伤风!"

一下子，岱尔芬笑得那么凶，他的背上大篓子向旁边倾覆；他取下它，把它倾入一个大木桶深处，人们还听见他笑得喘不过气来。

在马葛龙夫妇的葡萄田里，贝尔蒂继续装出小姐样子，使用她的小剪，代替一把镰刀，她害怕芒刺和黄蜂，她又着急又失望。她容忍勒构的殷勤，她虽然很厌恶他，却因这唯一有教养的人向她献媚，感到倨傲。他终于拿他的手帕去擦干她的皮鞋。但是一种意外的出现，引起他们注意。

"好上帝!"贝尔蒂喃喃说，"漂亮的罩衫，她的确穿上一件！……人们曾对我说她昨天晚上，刚好和堂长同时到来。"

这是郎该涅夫妇的女儿苏珊妮，在巴黎经过三年的疯狂生活之后，突然冒险，再出现在她的村庄里。前夕下车之后，她睡午觉，让她的母亲和兄弟先动身去收获葡萄，她答应随后就来，打算忽然降临在全体都在工作的农民们中间，以她身上的鲜艳服装压倒他们。感觉果然是很奇特的，因为她穿了一件蓝绸罩衫，它深厚的蓝色使天边的淡蓝黯然失色。在沐浴她的太阳光底下，从葡萄蔓的黄绿中间突出来，显现在天空里，她确实是富丽的，取得了真正的胜利。马上，她大声说话，笑得很响，她举起落入嘴里的葡萄球咬嚼，她同岱尔芬及她的兄弟维克叨开玩笑，后者仿佛因她而很自负。她

引起培贵嫂和她母亲的赞叹，她们都眼睛润湿摇摆着两手，表示欣赏。此外，这欣羡又为邻近葡萄田的收获者所分享。工作暂时停下，大家都瞻望她，她已那么强壮并漂亮起来，他们都犹疑，不敢认出她。以前的丑姑娘，此刻已变成很有趣的女郎，无疑的，这一定是由于她装扮自己嘴脸上小黄毛的方式。看她穿得那么富丽，身体那么丰韵，她的愉悦面孔又显得丰艳，人们观察着，透露出极大的敬重。

珊利娜抿紧嘴唇，脸上泛起不舒服的浪潮，也在她的女儿和勒构中间，忘记了自己。

“嗯？一个好看的！……佛洛莉总向愿意听她讲话的人叙述，她的女儿在那边有许多侍仆和车子。这或者是很实在的，因为要自己身上这样穿戴着，必须得赚很多的钱才行。”

“哦！这些一文不值的家伙们，”想显示可爱态度的勒构说，“她们所享受的钱大家都知道是怎样赚来的！”

“她们怎样赚来，这有什么关系，”珊利娜辛辣地又说，“她们还是有钱可以供自己享受！”

然而这时，苏珊妮已看见贝尔蒂，认出这位老朋友，她从前是一个“圣母之女”。她摆出很可爱的态度，向前走来。

“日安，你好吗？”

苏珊妮凝视她，笑着重复问道：

“很好，不是吗？”

“很好，谢谢你。”感到局促和失败的贝尔蒂答道。

那一天，郎该涅夫妇获得了胜利，这给马葛龙夫妇真正打了一闷棍。珊利娜气得发昏，拿自己女儿已经皱缩的黄瘦脸孔和别人女儿的好看面容，仔细作以比较。这难道是公道的吗？一个淫荡的姑娘，自早到晚，都有成批男人经过她身上，但她一点也不倦怠，仍然保持着鲜艳和粉红的颜色！而一个贞淑的年轻女郎，每夜都单独睡觉，却和分娩过三次的老妇人一样衰枯！不！美德并没有受到报答，不值得留在父母家里过本本分分生活！

总之，全体收获葡萄的人都向苏珊妮表示祝贺和赞美。她抱起来并吻着已经长大起来的孩子们；谈到过去的种种回忆，令老人们非常感动。不论过着什么生活，只要能发财，人们还是无须顾及他人的闲言碎语。那一个，现在已富有，依旧不唾弃她的家庭，还回来看看朋友，到底还保存着热心肠。

到十一点钟，大家都坐下吃面包和乳酪。这并不是他们爱吃这些东西，而是因为从黎明起，他们接连不断地吞下葡萄，食道被糖汁粘住，肚皮胀得滚圆，里面在沸腾，需要清洗一下。每一分钟，总有一个少女不得不溜到某一篱笆后面去。自然，人们都开她们玩笑，男子们向她们，发出“哦！哦！”的叫声，要她们注意好的行为。总之，这是最大的快活，能使人们感到凉爽并有益于卫生。

吃完面包和乳酪时，马葛龙陪同马特林神父出现在底下大路上。人们马上就丢开了苏珊妮，从此把所有注意力都集中到堂长身上。直率地说，第一印象不大有利：一根真正木杆样子，面容很忧郁，好像他要抬好上帝去埋葬。然而，他在每一葡萄田前面打招呼，对每一个人说一句可爱的话语，人们终于觉得他彬彬有礼，虽不强壮，但很温柔。这一个，人们很可以要他随自己的意思做事，这一定比那麻烦的神父高达容易对付。在他背后，人们已开始快活起来。他走到冈陵高处，站住不动，注视着平坦无垠的，灰色的包斯，突然被一种恐惧或失望的忧伤侵袭，他习惯于奥凡涅狭小山谷地平线的明亮大眼睛，因而饱含热泪。

仆多夫妇的葡萄田刚好在那里。莉兹和佛兰佐史剪割葡萄球；领来父亲的耶稣·基督，装作正在工作，拿一篮一篮倾入背篓里的样子，已由他所吞下的葡萄引起陶醉。这在他的肚皮里发酵得那么厉害，使他的肚皮膨胀着那么多气体，他的一切洞孔里都发出响屁。神父的在场更刺激他，他是顾及不到礼貌的。

“缺乏教养！”仆多对他喊道，“你起码要等堂长先生离开之后！”

但是耶稣·基督并不买账。他答道：

“这并不是故意要向他这样做，不过随意而为罢了！”

副安老爹正如他自己所说的，坐到地面的“椅子”上，他因晴朗的天气和漂亮的葡萄收获，觉得既舒服又疲倦。他存着狡猾的恶意暗地里讥笑葡萄田就在邻近，现在居然向他说一声日安的老大。后者自从听说他享有年金之后，就又开始敬重他。随后，远远看见她的外孙希拉利昂趁她不在旁边的机会贪馋地吃下葡萄，她马上丢下她的兄弟，扑到他身边，用携带的手杖击打他：食槽边的猪猡！你消耗了的，比你劳力赚得的还要多！

“看！姑母，一个小气鬼！她一打起人来，着实有趣！”为了讨好，坐到父亲身边一会儿的仆多说，“滥用这没有心眼的可怜人，因为他像驴子似的体格和呆笨，难道这是可爱的吗？这怎么说得过去呢？”

接着，他攻击黛勒梅夫妇，他们正好在底下大路边缘上工作。他们拥有当地最漂亮的葡萄田，整片约两公顷左右，他们有十个人在干活。他们的葡萄树，栽种得很好，经过很细心地修整，结出繁密葡萄球。他们因而显得那么倨傲，他们仿佛单独在另一边收获，甚至看见因肚痛而强迫奔跑的少女们，也没有表示快活。无疑的，要他们上来向父亲致敬，这会折断他们的脚腿，因为他们装作不知道他就在这儿。黛勒梅这混蛋，摆出一副喜爱工作并喜欢公平的样子，一个可笑的痴呆！凡娜这泼妇，经常为放斜了的一个屁而生气，要别人像崇拜偶像一样崇拜她，甚至没有意识到她损害别人的卑鄙事情，所以，也是一个混账的女人。

“父亲，最直率的，”仆多继续说，“只有我很爱您，而哥哥和姊姊……您知道，为了些鸡毛蒜皮的事情就互相离开，我的心里还很难过呢！”

于是他再次攻击佛兰佐史，说她的头脑已被约翰挑拨坏了。但是她现在却只能安静地留下。如果她动一动的话，他就会把她浸到水塘里，让她洗个澡。

“算了吧，父亲，应该尝试一下……为什么您不回来呢？”

副安谨慎地听着，没言语。他等着这小儿子把邀请终于说了出来。他不愿意回答是或否，因为人们永远不知道以后的变化。发现他哥哥仍在葡萄田另一端，仆多于是接着说：

“不是吗？住在耶稣·基督这拐子家里，到底不大妥当，那到底不是您应该呆的地方。说不定某一天，人们发现您已被谋杀了……再者，喏！我，我会养活您，您可以任意吃饭和睡觉，我甚至还可以付给年金。”

父亲似乎惊呆了，只挤挤眼睛。看他仍然不言不语，儿子提出他可以接受更多的舒适享受。

“其他各种小花销，如您的咖啡，您的一小杯烧酒，您的四铜子烟草和您所喜欢的一切，您都可以随意享受。”

这太好了，副安甚至感到惧怕。很显然，在耶稣·基督家里，一切都正在变坏。不过，再到仆多家里，厌烦的事情会不会再开始呢？

“再说吧！”他只这样回答一句，为了停止谈话，他马上站起来。

人们一直工作到傍晚。车子不断拉走盛酒的大木桶，并带回来空的。淡红的天边下，在映上夕阳金黄光辉的各块葡萄田里，往来的篮子和背篓，活动在这搬运葡萄的整个兴奋中间。贝尔蒂身上出毛病了，她被那么难忍的肚痛侵袭，她的两脚甚至不能奔跑。她蹲在葡萄支柱中间大便时，她的母亲和勒构只好用他们的身体构成围屏，维克叨和岱尔芬想要给她送来草纸，可是佛洛莉和培贵嫂不让他们来；因为有些界限，只有没有受过好教养的人才敢越过。最后，大家都回去。黛勒梅夫妇最先离开，老大强迫希拉利昂和马一起拖拉，郎该涅夫妇和马葛龙夫妇，在缓和他们敌对的半醉里，表示友好。大家特别注意到的是马特林神父和苏珊妮的礼貌。无疑地，看见她穿戴得

最有气质，他一定认为她是贵妇人，因此，他们并肩行走，他对她充满敬意，她也佯装甜蜜地问他，星期天做“弥撒”的时刻。耶稣·基督跟在他们背后走来，因为一向都激烈反对教士们，就在醉汉的固执玩笑里，又开始他的可厌的恶作剧。每走五步，他就放一个屁。娼妇控制住自己，不让自己笑出来，教士则装作没有听见。他们很严肃，背后伴随着这“伴奏”，在收获葡萄者的滚动行列最后，交换虔诚的宗教观念。到了罗涅之后，仆多和副安，觉得羞愧，努力要耶稣·基督别再作声。但是他还继续奏乐，堂长先生若因此生气的话，实在不值。

“他妈的！我曾认真对你们说过，这并不是针对什么人！这只是我一个人的兴趣罢了！”下一星期，人们被邀到仆多家里品尝新酒。查理夫妇、副安、耶稣·基督和别的四五人，一定于七点钟前来吃烧羊腿、核桃和乳酪，一个真正的晚餐。白天，仆多装好他的酒，一共六大桶，美酒随着酿酒桶的叮哨作响，完全冲满。但是邻居们并没有他那么早，有一个还正在收获，从早晨起，光着身子，践踏着葡萄；另一个，手持木棒，监督着发酵，在未发酵葡萄汁的沸腾中间，压入搅动器；第三个，有一部压榨机，榨干葡萄渣，然后将它取出，送到院子里。就是这样，从每一座房子里，从滚热的酿酒桶、流注的压榨机、充溢的盛酒桶，从这一切当中，从整个罗涅，散出酒的“灵魂”，它的浓烈酒香足以熏醉闻到的居民们。

那一天，离开宫堡时，副安突然产生一个预感，使他从破锅子的细褐豆底下，取出他的证券。应该把它们藏在自己身上，这样稳妥些，因为他认为耶稣·基督和菜籽渣睁着贪婪的眼睛，向各处搜索。他们三个很早就动身，他们和查理夫妇同时到达仆多家里。

浑圆的月亮，那么大，那么清朗，简直像太阳照耀着。副安进入院子时，看见驴子全代洪，在敞棚底下，把它的头伸到一个小木桶深处。发现它自由留下，并不使他惊讶，因为这非常奸猾的家伙，很容易靠它的嘴弄开门上的插闩。但是，这小木桶使他担忧，他走近来，他认出这是地窖的一个小木桶，为了装入大酒桶，还充满压榨机里流下的葡萄酒。可恶的全代洪！它已喝空它！

“喂，仆多！你赶快来！——你的驴子在玩它的花样呢！”

仆多出现在厨房的门槛上。

“你说什么？”

“看，它做的好事！”

全代洪没理会这叫喊，终于平静地吸完液体。也许它已这样慢慢喝了一刻钟，因为小木桶很可以容二十公升的酒。所有的酒都已消失，它的肚皮简直就要撑破。待它

最后再抬起头来，人们看见它的鼻子流下酒，眼睛底下一线红的痕迹，显示出它一直浸到酒里。

“啊！畜牲！”仆多跑着怒吼道。“这已轮到它来玩花样了！要说做坏事，没有哪一个无赖会像它那么可恶！”

人们若谴责它的放荡，全代洪平常总挣开斜的耳朵，做出它尽不管这一套的样子。这次，喝醉了，什么也不在乎，它从容地“冷笑”，表示它并不懊悔自己做过的放荡行为，只摇摆它的脊梁。它的主人推撞它，它踉跄着，不想离开。

副安只得用肩膀撞它逼迫它行走。

“但是这头畜牲已喝得要醉死了！”

“醉得像牝驴，这句话这时说正合适。”耶稣·基督唤起他们注意，同时睁着友爱的眼睛欣赏地凝视它。“整整一小木桶，一口气就喝完，多么大的喉管！”

仆多不大想开玩笑，随着喊声跑来的莉兹和佛兰佐史也一样。首先是酒遭到损失；其次，并不只是损失使他们觉得难过，重要的是他们的驴子竟在查理夫妇面前犯下这无耻行为，他们实在认为有点可耻。由于哀绿蒂的缘故，他们两个已抿紧他们的嘴唇。然而最大的不幸是偶然一起散步的苏珊妮和贝尔蒂，正好在他们的门前遇见马特林神父；他们三个都停下来，想要看看热闹。现在有这几个人对准眼睛看着，这真是一个清爽的故事呢！

“父亲，您推它走吧！”仆多低声说。

副安推它走。但是幸福的全代洪，觉得现在的状态很好，没有恶意，润湿的眼睛，显出嘲弄的神情，流涎的嘴边，被笑意掀起，它像和善的醉汉似的，拒绝离开原来的位置。它装作没有听见，在它摆开的脚腿上摇摆，每次被推，都退缩回来，仿佛它觉得这玩意儿是很滑稽的。当仆多加以干涉，也用力推它时，没过多久，驴子就翻倒，四脚朝天，然后随着脊梁滚动，开始嘶得那么高声，似乎再也不管这一切注视它的人们。

“算了吧，算了吧……既然它已喝醉，不应该向它要求理性；当然它没有听见，顶好是帮助它找到它的住所。”

查理夫妇走开，绝对因这狂暴和胡闹的畜生，感到侮辱；哀绿蒂的脸色则很红，掉开头，仿佛她只得忍受一个猥亵的景象。在门外，教士，苏珊妮和贝尔蒂的小集团，一声不响，只以他们的态度，表示抗议。许多邻居们赶来，开始发出高声地嘲笑。莉兹和佛兰佐史，很难为情，简直要哭出来。

然而，仆多压下他的愤怒，在副安和耶稣·基督帮助下，努力要全代洪再站起来。

这并不是一件容易的事，因为这家伙，肚里滚动着一小桶的酒，的确像五十万魔鬼那么重。待人们给它扶起一端，它的另一端又垮下去。最后，他们成功了，为它再站起来，四脚立起，他们甚至还推它行走了几步，可是在退后的突然“礼让”里，它又翻倒。为了达到马厩，必须使它穿过整个院子。人们没法达到目的。这怎么办呢？

“他妈的，他妈的混账家伙！”三个人都满口咒骂，向各方面注视，不知道从哪一部分去推动它。

耶稣·基督有了主意，要逼它向敞棚墙边走去，从那里，沿着房子的墙转一周，一直赶它走到马厩。虽然驴子碰到石灰，擦伤它的皮肤，但总是还在行走。不幸的是这摩擦一定使它变得难以忍受。

父亲几乎被撞倒，两个兄弟同声喊道：

“捉住它！捉住它！”

于是在光辉银白的月色，人们看见全代洪带着它的两只抖动的大耳朵，在院子里，弯弯曲曲的狂乱奔跑。人们已太搅扰它的肚皮，它因而发晕。第一次呕吐使它停止下来，一切都已颠倒。它想再动身，随着又跌翻，倾斜站在它的坚挺脚腿上。它的颈项伸长，一阵可怕的津浪在它的腰部激荡。在醉汉减轻肚里难过的向后倾侧里，每一努力，都使它的头向前，他和人一样拼命呕吐。

哄然的笑声爆发在门外集合着的农民们中间。马特林神父，胃很虚弱，脸色变得很苍白，则在口里咕噜着愤怒话语，从搀扶着他行走的苏珊妮和贝尔蒂中间离开。昏乱和哭泣的哀绿蒂，则扑到她外祖母怀里，接连询问它是否就要死去。查理先生徒然发出他旧日服从的老板的严肃声音喊着“够了！够了！”。而这家伙还继续呕吐，院子都充满了像水闸泻出般的奔腾残物，一条真正的红沟，向水塘里流去。随后，它翻倒并滚动着，腿根分开，显得那么难看，翻仰在街心的醉汉，也从来没有它那样引起大家的厌恶。简直可以说这无赖的畜生故意这样做，要它的主人感到耻辱。

“那么，够了，把它抬走吧！”

真的，没有别的什么主意可采取，因为全代洪变得比破布还要柔软，它被沉重的倦怠压倒，已呼呼睡着。仆多跑去寻来一副担架，六个男子帮助他载上驴子。人们抬走它，它摇摆着头，肢体放松着，那样昏迷打鼾，似乎还显出鸣叫和嘲弄周围人们的样子。

自然这意外的事首先损坏晚餐的兴致。不久，人们的精神都已恢复平静，甚至那么开怀畅饮新酒，到十一点钟左右，大家都和驴子一样喝醉了。每一会儿，总有一个人出门到院子去小便。

副安老爹很快跃。再住到他的小儿子家里来，这或者是对的；因为今年的葡萄酒确实很好。他离开桌边，出去解手，他的头脑正在阴暗中间转动着这主意之际，忽而听见跟随他出来的仆多和莉兹，并排蹲在篱笆旁边，低声争吵，因为丈夫责备妻子对他的父亲显得不够温柔。混账的蠢妇！为了再请他回来，能够取得他的私蓄，必须拿花言巧语去笼络他。老头子从酣醉里惊醒过来，觉得全身寒冷，马上做了一个手势，确定人们并没有偷去他袋里的证券。待大家都互相抱吻离开，而他又重新到了宫堡里之后，他已完全决定不再搬家。但是当夜，他看见激冷他的心头的一个景象：只穿衬衫的菜籽渣，进入他的房间闲荡，搜索他的短裤，他的短上衣，并一直察看他的皮鞋。显然，耶稣·基督因不再发现从细褐豆锅子里飞跑的私蓄，正如仆多所说的，为了可以取得它，一定派他的女儿来寻找。

副安所看见的景象，在他的头脑里发生了那么强烈的激动，他不能留在床铺上。他起来，开了房间窗户。皎洁明亮的月光，酒的气味从罗涅透上来，中间混有八天以来沿着墙边践踏的葡萄香气，这葡萄收获时的整个芬芳，将变成什么呢？到何处去呢？他可怜的钱，他将不再离开它，他将把它缝在他的皮肉里。接着，等到外面的香味向他面孔吹来时，全代洪的形象再浮到他的脑里：一头驴子，生得很结实，它可以喝一个人所能喝的十倍的酒，而不会醉死。这没有什么关系！在他的小儿子家里被盗窃，或在他的大儿子家里被盗窃，他没有什么选择。趁等着的时候，最好还是留在宫堡里，睁开眼睛防备着。他这一副老骨头都因这个而颤抖。

五

好几个月流逝过去，冬季之后，接着春天也已告别；罗涅的日常活动还继续着，在不断重复工作的单调生活中，必须经过许多年，才可以看出事物的完成。然而七月里，在酷烈的大太阳下，将近的普选，却使村庄的居民们激动了。这次，其中确实隐藏着一件大事。人们都谈论它，都等着候选人们的巡回旅行。

报告砂多屯工厂主——乐舒丰丹纳先生，要到来的星期天上午，一场可怕的争吵正好爆发在仆多家里的莉兹和佛兰佐史中间。这例子已明显证明，事物虽然没有显然完成的样子，却暗地里进行着；因为联系着两个姊妹，时常近乎中断，又时常再接上去的最后一根线，由于每天争吵的消耗，已经变得越来越细小，一碰到实在没有像鞭打一只猫那么重要的琐事，一碰到蠢得可笑的机会，这根线就截然断裂了。

这一天上午，佛兰佐史领回她的两只母牛，在教堂前面停下来和遇见的约翰谈了一会儿。这应该说她是有意挑衅的。她之所以要在他们所住的房子前面，和情人相见，唯一的目的不过想激怒仆多夫妇罢了。所以当她再进来时，莉兹马上向她喊道：

“你知道，你若愿意见你那些男人，就该设法不在我们窗下！”

旁边听着的仆多，正在磨一把镰刀。

“我的那些男人，”佛兰佐史重复说，“我在这里已看得很多了，我的那些男人！其中有一个，如果我愿意的话，将不在我们窗下相见，这不要脸的猪猡，他一定会在你的床上来占有我！”

这提及仆多的影射，使莉兹气得发狂。很久以来，她唯一的愿望，就是为了她家庭的平安，随时随刻要把她的妹妹驱逐出去，即使要分去财产的一半，她也不吝惜。这就是她要被她男人打骂的原因。后者的意见相反，决定狡猾到底，只要他和她没有得到他们所需要的满足，他并不因自己没有和小姨睡觉感到失望。莉兹却为自己不再是主妇，觉得愤怒。现在她被一种特别的嫉妒烦扰着，虽然看见他经常追逐她的妹妹，不免气得发狂，可是她还准备让他翻倒这小娼妇和她发生关系，意思不过想赶快结束。她憎恨佛兰佐史的年轻，有着结实的小胸口，和袖口撩起后两臂赤裸的雪白皮肤。如果她有支配权，她将愿意他去损坏这一切，她自己也会帮助他扑到那上头，并不因分去她的丈夫而痛苦，在她们增长的和恶毒的竞争里，她只由于看见她的妹妹比她好，能提供更多快乐。

“烂婊子！”她吼道：“是你在缠绕他！……如果你不时常粘靠在他身边，他不会跟在你这没有揩干净的孩子屁股后面奔跑！这真清爽呢！”

这谎言那么刺激佛兰佐史，那么引起她的反抗。她在冷静的愤怒里，从容地答道：

“这很好，看，这已够了……你再等十五天，我将不再妨碍你，如果这是你所要求的话。是的，十五天之后，我将有二十一岁，我将溜跑。”

“啊！你愿意做成年人，啊！你就是这样打算，才给我们造出那么多苦恼！……那么，好！混账家伙，不是在十五天以后，就马上要你滚蛋……去吧，你快滚蛋吧！”

“这也好……马葛龙店里正需要一个人。他会雇用我……早安！”

佛兰佐史行动了，这并不怎样复杂，她们中间没有什么别的事情。仆多放下他磨快的镰刀，马上扑过去，想用几下耳光使他们恢复和好，并再一次连上她们将近破裂的关系。可是他暴怒的行为来得太迟，只能向他的老婆打了一拳，后者的鼻子因而淌出血来。他妈的母货们！这就是他所惧怕的，这就是他阻止那么久的恐怖事情！小姨飞跑，整堆龌龊的故事因而开始！他看见一切都在逃走，一切：女郎和土地，都在他

面前溜跑。

那一个星期天，在马葛龙家里，人们很忙乱，因为大家都等着候选人之一——乐舒丰丹纳先生，砂多屯建筑工厂老板的到来。在最后的议员期限里，德·宣特维尔先生引起当局不满。有些人说他显露奥尔良派保王党的友谊，另有些人则认为他以风流的丑事，损坏都伊勒里宫名誉，下议院一个执达吏的年轻女人，不顾他的年纪，仍然对他爱得发狂。不论怎样，州长的庇护已从卸任的议员身上抽去，转移给从前反对党的候选人乐舒丰丹纳先生；巴黎的一个部长曾到他的工厂里访问，他自己也曾写过一本关于自由贸易的小册子，得到皇帝很大的关注。德·宣特维尔先生因被抛弃，很愤怒，仍然坚持他的候选；为了使他的商业经营更顺利，他需要当选为议员；因为借舍米特一半毁坏并押给别人的那些田地的收入，已不够他的开销。这样，由于特殊的意外事件，情况已经转变，大地主成为独立的候选人，大工厂老板则当了官方的代表。

胡得根虽然是罗涅村村长，却始终忠于德·宣特维尔先生，他决定不顾行政当局的任何命令，如果人们极力地，他甚至准备做公开的斗争。第一，他认为一个人像验风机那样，只随州政府的些微气息而旋转，未免不规矩，要犯投机嫌疑；第二，在主张保护政策者和拥护自由贸易者中间，他终于相信，此刻农业既然处在恐慌的崩溃过程里，他的利益使他和前者站在一起。若干时期以来，捷卡琳给他带来的悲伤和田庄里的种种忧虑，阻止他照料村公所的行政，只让副村长马葛龙处理例行公事。所以，当选举的利益要他再出来主持委员会的会议时，他发现副村长显示坚强的敌意和他抗衡，不免感到惊诧。

马葛龙存着野蛮人的谨慎，暗地里进行他的工作，终于达到了目的。要做村长的欲望，在这变成富有、堕入懒惰、穿肮脏服装、过闲散生活，这是他生活的唯一消遣。他曾秘密埋下攻击胡得根的地雷，利用罗涅居民反对昔日封建领主和今天资产阶级子孙领有土地的天生憎恨，给他以猛烈的中伤。土地！他当然是没有花过一个钱白白得来的！这是大革命时期真正的盗窃行为！没有什么说的，一个一贫如洗的家伙，遇到好运气，蓦然变成富翁；待他的袋子里满了，这时常就会恢复流氓的行为！至于波特利田庄发生那么不清爽的丑事，那就不用说起！那高业小姑娘，由于主人特殊的趣味，从长工们草垫上抢去睡觉的女仆，简直是一种侮辱！这一切都以粗鲁字句在当地传播着，激起居民们的愤怒，甚至那些为自己利益所驱使，也任意翻倒女郎或出卖女儿的人们，也喊着反对他。如此，绝大多数的村委员们最后都说，一个资产阶级分子，当然要和资产阶级分子们站在一起，作盗窃和淫污勾当！要好好治理农民们的村庄，必须选出一个农民村长。

正好，关于选举问题的第一次抵抗，引起了胡得根的惊讶。他一谈到德·宣特维尔先生，一切面孔都变得像木头。马葛龙看见他还始终忠于失宠的候选人，就暗暗对自己说，他控制着战斗的真正优势，这是要打垮胡得根的绝妙机会。所以他支持州长的候选人，乐舒丰丹纳先生，口里喊着说，一切拥护好秩序的人，都应该援助政府。宣告信仰就够了，他不必向委员们做理论的解释；因为在大家要被扫除的恐惧里，他们总站在扫除柄的一边，决定支持最强者，统治的主人，使任何事物都不会改变，小麦因而可以卖得很贵。黛勒梅这规矩和公道的农民，就是这样主张；他的意见引导克鲁和别的人们。最使胡得根受到连累的是只有郎该涅一个人和他站在一起，因为他很愤怒，非常不高兴马葛龙占得那么重要势力。此外，诬蔑也成了战斗的武器，人们控告田庄主人是一个"赤色党徒"，是那些想建立共和国来杀害农民的无赖流氓们之一；于是马特林神父很慌乱，以为他的小教区职位是靠副村长的努力得来的，不顾主教同情于德·宣特维尔先生的暗暗保护，也劝告居民们选举乐舒丰丹纳先生。但是最后的一下打击动摇了村长的信心，传播的流言都说开辟那一条自罗涅直达砂多屯的著名大路时，他曾贪污，曾把表决的一半经费放入他的荷包里。到底是怎么回事呢？人们不加说明，故事还始终是神秘的和丑恶的。当人们向马葛龙询问这件事的经过时，他露出一个人要顾全某些礼节、只好闭口的惊恐、痛苦和慎重态度；事实很简单，不过是他暗地里造出这谣言罢了。

十五天以前，在特地到砂多屯去的一次旅行里，马葛龙曾向乐舒丰丹纳先生表示谦卑的敬意。他曾恳求他：如果他愿意到罗涅来的话，除他的门前之外，不要在任何别的地方下车。这就是为什么那一星期天吃过午饭后，这位小酒店老板，不断出门到大路上去窥伺他的候选人是否到来。他曾预先通知黛勒梅、克鲁和其他的委员们都到他家里，为着忍耐，他们喝空了一瓶葡萄酒。副安老爹和培贵也在那里玩一局纸牌。小学教员勒构，正热情在诵读他带来的一张报纸，借以掩饰他从来不喝一点饮料的习惯。但是，两个主顾，耶稣·基督和他的朋友，大路上流浪的工人，大炮，惹起副村长的不安。他们摆出嘲弄的样子，面对面坐在一瓶烧酒旁边。他向他们投射斜视的目光，他徒然想赶走他们，因为这两个强盗，违反他们寻常的习惯，并不叫喊，只是不顾在场的人那一套态度。三点钟敲过了，答应两点钟赶到罗涅的乐舒丰丹纳先生还没有到来。

"珊利娜，"马葛龙忧虑地问他的女人说，"为了再算一会儿，请他们大家都喝一杯，你从地窖里拿来波尔多酒了吗？"

侍候客人们的珊利娜做了忘掉的惊惶手势；他亲自扑到地窖里去。贝尔蒂在隔壁

房间，在门经常开向酒店的杂货铺里，摆出女店员的优雅姿态，取粉红的帽带送给三个农妇看。已经上工的佛兰佐史不顾休息的礼拜天，则用毛刷拂拭各个格子的灰尘。要显示权威和重要性的副村长，曾立刻接待后者，因她躲到他的保护下，使他觉着受敬重的满意。他的女人正好要寻找一个助手。只要他劝不成功她同仆多夫妇和好这件事，他愿意供给她膳宿；她曾发誓，如果有人要强迫她回去，她宁可自杀。

突然，一辆四轮轻马车驾着两匹很壮丽的贝尔舒马，停止在门前。单独坐在里面的乐舒丰丹纳先生走下来，因没有任何人在那边迎接他，他感到惊异和不快。他正犹疑不定进入小酒店之际，马葛龙每只手拿一瓶酒，刚从地窖里走上来。这对于他来说是真正的昏乱和失望，不知道怎样摆脱他手里的两瓶酒才好，只嗫嚅说：

“哦！先生，多么不凑巧！……两小时以来，我一动也不动等候着；因为只下去一分钟……是的，这是为请您的……您愿意喝一杯吗，议员先生？”

现在还只是候选人，被这怜悯人的昏乱引起感动的乐舒丰丹纳先生反而显得更生气。这是一个刚三十八岁的高大男子，头发剪得很短，胡子修饰得很齐整，穿着不太讲究的端正服装。他显出严酷的冷漠，说话的声音很简短，很独断，他身上的一切都显出发号施令的习惯，显出他任意指挥他厂里一千二百工人并时常得到服从的神气。所以他此刻也似乎决定用鞭子去领导这些农民们。

珊利娜和贝尔蒂很快跑过来，后者在她的倦怠眼皮下，闪出她大胆的明亮目光。

“请进来，先生，请您给我们这无上的荣幸。”

但是这位先生却以一看视线，观察她，衡量她，并彻底地判断她。然而他终于走了进去，但拒绝坐下。

“看，这是我们委员会里的朋友们，”恢复镇静的马葛龙又说，“他们非常高兴认识您，不是吗？先生们，你们都很高兴吧！”

黛勒梅、克鲁和其他的人们都站起来，都因乐舒丰丹纳先生的冷峻态度，觉得骇异。在这沉静的气氛里，他们听着他预先想好向他们说的东西，他和皇帝的共同理论，尤其是他的进步思想，在行政当局的优待下，代替旧候选人已被判决的政见；随后，他开始预许建筑许多公路、铁道和运河，是的！一条穿过贝斯的运河，终于可以消解数世纪以来就始终燃烧这广大平原的枯竭。农民们惊得张开他们的嘴。什么？他说什么？此后，田亩里将有水吗!？他继续说下去，他终于拿权力的威严和季节的冷酷，威胁不好好选举的居民们。大家都互相看着。看，这确实是具影响力和可以做朋友的一个人。

“无疑的，无疑的。”候选人每谈一句，马葛龙都这样重复说。然而对他的粗暴，

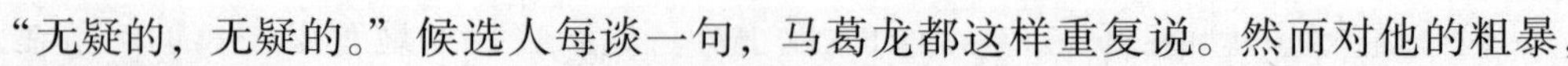

也不免稍稍感到不安。

但是培贵总是有力地点头，赞成这军人般的武断讲话。老副安睁着眼睛，似乎说这是一个人。勒构，平常是那么镇静的小学教员，此刻也很感动，脸色变得很红；其实，人们却不知道他是表示高兴，还是愤怒。只有两个流氓，耶稣·基督和他的朋友大炮，充满明显的轻蔑，态度显得那么超越，他们只冷笑并不时耸一耸肩膀。

乐舒丰丹纳先生一说完话，马上向门口走去。副村长发出一声忧伤的叫喊。

"怎么！先生，您赏脸吗？不留下和我们喝一杯吗？"

"不，谢谢，我已耽搁了……人们在马尧尔，在巴曹宣，在二十个地方等着我。晚安。"

一下子，贝尔蒂甚至不陪伴他；回到杂货铺里，她对佛兰佐史说：

"看，一个没有礼貌的人！我还是要再选另一个老的！"

乐舒丰丹纳先生再上他的四轮轻马车时，抽响鞭子时的呼呼声使他转过头来。这是胡得根坐在自己由约翰驾驭的简陋篷车里到来了。田庄主人只偶然听到工厂主访问罗涅的消息，他的一个长工曾在大路上遇见四轮轻马车；他跑来看当前的危险；他尤其担心的是八天以来他接连催促德·宣特维尔先生出席他们这里的晤谈，而不能使他离开什么裙带的缠绕，或者他仍然被那位漂亮的执达吏老婆拖住吧！

"怎么！是您！"他快活地向乐舒丰丹纳先生喊道，"我还不知道您已在进行竞选运动了呢！"

两辆马车车轮靠车轮并列着。彼此都不下来，他们俯身互相握一下手，而且只谈了一会儿的话。因曾经一起在砂多屯市长家里吃过午餐，他们是互相认识的。

"那么，您反对我吗？"乐舒丰丹纳先生突然用他的粗暴口气问道。

胡得根，由于他做村长的地位关系，打算不做太公开的活动，看见这魔鬼的情报做得那么好，只得地沉默一会儿。但是他也不缺少应付的才能，为了做出不丧失友谊的表现，他答道：

"我不反对任何人，我只为我自己……我要选的人，将是保护我的一个。当我一想到小麦价钱跌到十六法郎一公担，只够我生产它的费用时！这等于不必再动到农具，马上去饿死，还要好些！"

另一个立刻兴奋起来：

"啊！是的，保护政策！不是吗？禁止外国小麦进口，增加外国小麦的进口税，法国小麦可以涨上一倍价钱！最后，法国遭受饥饿，四市斤面包要卖二十铜子，穷人们被饿死……怎么，您，一个进步的人，您敢说到这些丑恶的东西上来呢？"

"进步的人，进步的人。"胡得根重复说，"无疑的，我是这样一个人，但是那么昂贵的代价，不久，我将不能再付出这漂亮头衔的费用……机器，化学肥料，一切新的方法，您看，这确实很美丽，很合理，这只有一种害处，就是它会根据好的逻辑造成我们破产。"

"因为您是一个没有耐性的人，因为您要求科学产生直接的和完全的结果，因为您没有信心去做必要的摸索，直至怀疑已经被验证的真理，跌入一切否定之中！"

"这或许是这样。那么，我只做过种种试验。嗯？您说吧，为了这个，您请当局给我奖励勋章，而让别的好家伙们再继续下去吧！"

胡得根对于他认为有决定性的打趣发出一声大笑。乐舒丰丹纳先生马上接上说：

"那么，您愿意工人饿死吗？"

"对不起，我首先愿意农民们活着。"

"但是，我，我雇用一千二百工人，我不能增加工资，否则，我会马上破产……如果小麦涨到三十法郎一公担，我将看见他们像苍蝇似的饿死！"

"那么，好！我，我没有长工们吗？小麦若跌到十六法郎一公担，我们只好抽紧裤带，乡下将有无数可怜的穷人，躺在旱沟深处活活送命。"

随后他笑着继续加上说：

"真是的！各人都为他所信奉的圣人传道……如果我不向您出售昂贵的面包，这将使法国的土地遭受破产，如果我把小麦卖得很贵，这将使工厂锁上它的厂门。您的人工费用增加，您的制成品随着昂贵起来：我的农工，我的衣服，我所需要的千百种东西将接连涨价……啊！"

这两个人，农业家和工厂主，保护政策者和自由贸易者，一个带着阴险的和善冷淡，另一个显出他敌对的坦白大胆，互相注视。这是近代斗争的状态，现代经济在生存竞争领域上的战斗。

"人们将会强迫农民去养活工人。"乐舒丰丹纳先生说。

"那么，您要首先设法使农民不至于没有饭吃。"

他终于从他的篷车里跳下，另一个转向他的车夫指点一个村庄的名称。马葛龙因为看见他村委员会的朋友们走到门槛上听着他们谈话，很担忧，高声喊着大家一起去喝一杯；但是，候选人重新拒绝了，他不和任何人握手，他翻仰在他的四轮轻马车里，在两匹大柏尔舒马的蹄声中，被拖着离开。

大路另一角上，正站在自己门口磨快一把剃刀的郎该涅，曾看见这整个场面。他发出轻蔑的冷笑，并高喊道：

“亲吻我的屁股并说一声谢谢吧！”胡得根，他却进去，喝了一杯酒。约翰将拖车的马牵到一扇遮窗板旁拴好，也跟他的主人进去。佛兰佐史做了一个小小的手势唤他到杂货铺里，对他叙述她离开的经过；他受到那么大的感动，并十分害怕他会在人前连累她，他只咕噜着说说彼此再会面时商量此后应如何进行，就悄悄回到小酒店里坐在一把凳子上。

“啊！见鬼！如果你们投票选举这家伙的话，难道你们还不感到厌恶吗？”胡得根再放下他的玻璃杯时喊道。

他和乐舒丰丹纳先生的谈话，使他决定做公开的斗争。万一垮倒在地上，也无所谓。他再不顾到他的情面，他拿自己和德·宣特维尔先生比较，后者是那么高尚，既不目高自大，又时常乐于为别人服务，总之，真是古老法国的一个真正贵族！至于那“放干屁”的这小子，今天样式的百万富翁，嗯？他妄自尊大，从高处注视人们，甚至不肯尝一尝当地的葡萄酒，一定是恐怕自己会中毒！算了吧，算了吧，这是不可能的！人们不会拿一匹好的马去换一匹独眼的马！

“喂！听我说，你们有什么可以责怪德·宣特维尔先生去呢？看，多年来他一直担任你们的议员，他总为你们办事……你们抛弃他选举上一次普选时曾和政府作对的那家伙，你们难道忘记他曾把你们看作一群低贱的人吗？那么，老天爷！请你们想想他的那副面孔吧！”

马葛龙不愿意直接参与进来，装起帮助他女人服侍的样子。所有农民都听着，面无表情，黛勒梅答道：

“我们不认识他的时候，当然不会相信他的话！”

“但是这只叫得好听的鸟，现在你们已看透他了！你们曾听见他说他希望小麦卖得便宜，他将支持外国小麦来压倒我们的小麦。我曾对你们解释过，这将是真正的破产……他对你们做出漂亮的承诺，假如你们相信他的胡言乱语，你们的确是够愚蠢的！是的！是的！你们去选他做议员，以后他会不顾你们，任意胡来的！”

模糊的微笑出现于黛勒梅焦褐的面孔上。正直的和沉睡在低级智慧深处的整个精明，都由以下的几句徐缓话语表现出来：

“他爱说什么就说什么，我们愿意相信什么就信什么……他或另一个，我的上帝！……我们只有一个主意，您看，就是要有一个巩固的政府，使我们的各种事务可以顺利地进行；那么，不是吗？最稳妥的办法是把政府所要求的议员送到政府里去……这位砂多屯的先生既然是皇帝的朋友，这就够了，我们应该去选举他！”

胡得根听见这最后的进攻，不免很惊慌。可是皇帝的朋友从前却是德·宣特维尔

先生呀！啊！这农奴的种族，他们总时常拥护鞭击他们和供养他们的主人，今天。他们还残留着世袭的屈辱和自私自利，除日常的面包之外，还没见过，也不懂得任何别的东西！

“那么，好！他妈的！我可以向你们保证，如果这乐舒丰丹纳一旦当选为议员，我，我就辞职，不做这无聊的村长！难道你们以为我是今天说白明天说黑的一个傀儡吗?！……我以荣誉担保，如果这些共和党的强盗万一进入都伊勒里宫，你们就会和他们站在一起！”

马葛龙的眼睛现出得意之色。总之，这已成功！村长已签过他将垮倒的字据。因为他所提出的诺言，不得民心，就足以使当地表决反对德·宣特维尔先生。

但是这时候被人忽略的耶稣·基督和他的朋友大炮坐在角落里突然狂笑不止，他摆出轻蔑的嘲弄态度一遍遍大声说：

“全是蠢货！全是蠢货！”

很凑巧，仆多恰好随着这一句话走进来。他敏捷的眼睛从他站在门槛上时，就已发现佛兰佐史在杂货铺里，并立刻看见约翰靠墙坐着倾听并等候他的主人。好！情妹和情哥都在这里，等着瞧吧！

“喏！我兄弟来了，他是全体中最蠢的一个！”耶稣·基督怒吼道。

威胁的嘟囔声音传出来，大家都说要把这胡闹的家伙轰出去时，绰号大炮的勒洛亚，用巴黎郊区工人所特有的曾参加过一切社会党集会的沙嘎声音加以干涉：

“不要再说了，我的老朋友！他们实际上不像他们所表现得那样蠢……那么，听我说吧，你们这些操劳农民们，如果将印着大字的一张纸贴在对面的村公所墙上，上面写明：首先，废除一切税捐；其次，军役也废除。你们将说什么呢？……嗯？终日和泥土做伴的山炮，你们将怎样说呢？”

所产生的效果是那么奇特，黛勒梅、副安，克鲁和培贵等，都张口结舌，眼睛睁得圆圆的；勒构放下报纸；已动身离开的胡得根，又走进来；仆多忘记了佛兰佐史，也坐在一张椅子角上。所有人都注视着这服装褴褛的人，这大路上的流浪汉，这乡间的恐怖分子，这靠偷窃和强迫舍施生活的流氓。上一星期，因为薄暮时他如幽灵般出现于波特利田庄，人们曾驱逐他，不准他留在那里。所以他此刻又睡在耶稣·基督这无赖家里，或者明天他又会从那里消失的原因了。

“我看见这已正好搔到你们大家的痒处。”他露出高兴的态度再说。

“见鬼！确实是这样！”仆多忏悔道，“当我想到我昨天还拿金钱送给收税官的时候！这永远不会终止，这将吃光你身上的皮肉！”

“看不见自己的孩子们去当兵，啊！这的确很好！”黛勒梅也喊道，“我，我将出钱去换得耐纳斯的免役，这一定会花掉许多冤枉钱！”

“如果你不出钱，”副安加上说，“别人就会夺去你的孩子们，让他们去送死！”

大炮摇头，笑着表示胜利。

“你已清楚看见，”他对耶稣·基督说，“这些终日和土地做伴的乡下佬，并不像你所说的那么愚蠢！”

接着，他转过来：

“有些人喊着告诉我们说，你们很保守，你们不愿别人去革命……保持你们自己的利益。是的，你们真的是这样，不是吗？我们将让别人去革命，你们将帮助别人完成将给你们利益的一切。嗯？为了几个铜子和你们的孩子们，你们将会不惜冒险！……不然，你们将是一批可怜的傻子！”

任何人都不再喝酒，一种不舒服的表情开始出现在脸上。他摆出讥讽的姿态，继续说下去，因他将要激起的效果，觉得好玩。

“这就是为什么我，我很安心，你们用石块把我赶离你们的门口，把你们认识得很清楚……如这位胖先生所说的，待我们这些主张分产的赤色党徒，一旦进入都伊勒里宫，你们一定会表示同意，将和我们站在一起！”

“啊！不会！”仆多、黛勒梅和别的人们同时喊道。

专心听着的胡得根只耸一耸肩膀。

“您只在浪费自己的唾液，你这大言不惭的家伙！”

但是大炮仍带着一个信仰者的坚定信心，继续微笑。他向后翻倒，背部靠近墙边，无意识地轻轻摇摆着，反复摩擦他的右肩和左肩。他解释他的意思，这很神秘的革命，由他向一个又一个的田庄宣告的大事业，因为不太被人了解，总不时激起主人和长工们的恐怖。第一，巴黎的同志们将夺得政权，这也许将自然地发生，将枪毙一部分人，不会像人们所以为的那么可怕，整个陈旧的社会，因为它已经腐烂得那么厉害，就会自动倒塌下来。第二，一旦成为绝对的主人，从那时起，人们就废除年金、占有很多资产，务使全部金钱和劳动工具还给全体人民；人们将组织一个新社会，一个广大的金融、工业和商业机构，完成劳力和享受的合理分配。在乡下，这将是更简单的。人们将开始把地主的财产充公产，将没收土地……”

“那么，您去试试看吧！”胡得根重新打断他的话。“人们将以大叉子的打击接待你们，没有一个小地主会让你们取去一撮泥土。”

“我曾说过人们将烦扰穷人们吗？”显出嘲弄态度的大炮回答。“只有我们是可笑的

蠢家伙，才会和小地主们发生冲突……不，不，人们首先将尊敬只种几块‘亚尔奔’土地，一生劳苦得要死的可怜虫……人们要没收的只是您这一类胖先生要长工们流汗赚钱的二百公顷……啊！他妈的！我不相信您的邻居们会拿他们的大叉子来打您。他们将太高兴了。”

马葛龙仿佛认为这事情很滑稽，发出一声大笑，大家都模仿他；田庄主人，脸色变得苍白，马上感到古代式的憎恨：这流浪汉的话是对的，这些农民中没有一个——甚至最规矩的也一样——不想帮助别人去剥夺他波特利的产业！

“那么，”仆多认真地问道，“我，我大约有十‘赛济埃’土地，我将保存它们，人们会让我保存它们吗？”

“当然，同志……不过，我们确信后来你们在旁边看见国家农场所将得到的结果时，不用别人请求，你们将自动献出你们的土地……大规模的耕作，使用很多的钱，很多的机械和别的种种设备，这就科学的观点说，是再好没有的。我，我不太知道这中间的详情。但是应该听巴黎的同志们对于那上头的说法，他们解释得很好：如果人们不决定去进行集体经营，耕作就会完蛋了……是的，你们将自动献出你们的土地。”

仆多做了一个很不信任的手势，既然人们不再向他要求什么，他已安心，可是他已不再了解。至于胡得根自从这家伙在国家大耕作的问题上模糊不清的说法之后，重新被好奇心驱使，仍然倾着忍耐的耳朵谛听着。其他人们，则仿佛在剧场里看戏，等着最后的结束。有两次，青白面孔变得绯红的勒构，想插嘴；但是每次他都以谨慎的态度，咬住舌头不作声。

“那么，我的一份呢?!”耶稣·基督突然喊道：“每个人都应该有他的一份。自由、平等和博爱。”

大炮一下就很生气，举起手，好像要给他一巴掌。

“你让我安静些，不要再说你的什么自由、平等和博爱了！……难道人们需要自由吗？这不过是漂亮的空谈！那么，你愿意资产阶级们再把我们放到他们的袋子里吗？不，不，不管人民愿意和不愿意，人们将强迫他们幸福！……那么，你同意做执达吏的平等者和兄弟吗？但是，蠢猪，你那一八四八年的共和党人，就因为存着这些愚蠢的念头，才干出他们那龌龊的勾当！”

感到无言以对的耶稣·基督宣告他是赞成大革命的。

“你使我气得出汗。你住口吧！……嗯？一七八九年，一七九三年，是的，将刺碎我们耳朵的美妙音乐和漂亮谎言！这甜言蜜语，在决定要做的伟大事业之旁，难道是存在的吗？人民一旦当家做主，你去看这个吧！这不大拖延，一切都将垮倒，我预言，我们这一世纪，如人们所说过的，一定以优于上一世纪的漂亮方式结束。这是一次绝妙的大扫除，一吹从未有过的大清洗！”

大家都慌张起来，耶稣·基督这醉汉，因人们不再是兄弟的景况存在，于是也退缩，惊怖并让人感到厌恶。直到那时一直很注视听着的约翰也做了一个愤怒的手势以示反抗。但是大炮站起来，眼睛闪闪发光，面孔一副先知的表情。

“这一定会实现，这是命里注定，不可避免的，正如向空中抛出一块石子，它必然会再跌下来一样……这里面既没有什么教士的故事也没有另一世界的事物，没有什么权利和正义或人们一向没有见过实现的东西，更没有什么老天或人们从来只口头说说的好天父！不，这只有我们大家享受幸福的需要……嗯？朋友们，为了每个人只献出最少的劳动，得到最大的好处，你们说大家会不互相同意去促其实现吗？各种机器将代替人力；每天只做四小时的监工工作；将来或者会达到完全交叉着两臂安闲地散步。到处是娱乐，一切需要得到充分满足，是的！大家可以吃喝玩乐，比今天所能享受的，要多三倍，因此人们的身体将更健康。由于有了较好的组织和生活，就不会那么辛苦，由于有了完善的医院和好的养老院，穷人病人和老人都会消失。一个真正的天堂！科学将使每个人过得很舒服！总之，这是我们活在世上的真正享受！”

仆多兴奋到极点，一拳打在桌子上吼道：

“税捐完蛋！军役抽签也完蛋！一切烦恼，都完蛋！剩下的只有娱乐！……我签字！”

“当然，”黛勒梅明确地宣告。“只有蠢猪才不签字！”

副安赞成，马葛龙、克鲁和其他的人们也一样。培贵已惊呆，因他的强权思想受到干扰，走来轻声问胡得根是否应该把这些攻击皇帝的强盗马上抓起来。但是田庄主人只微微耸了一下肩，浇灭了他的怒气。啊！是的，幸福！以取得人权方式梦想过它之后，今天人们又以科学去梦想它。这可能是较合理的，可是这仍然不是短期内就能实现的。他再动身，他唤走全神注意讨论的约翰，这时胸口仿佛压着狂怒、几乎喘不过气来的勒构，突然忍不住插嘴道：

“至少，”他终于用他的辛辣声调说道，“你们别在这些美梦没有实现之前，全部玩完……死于饥饿或枪弹，如果饥饿要你们变得凶狠的话……”

人们望着他，不理解他的意思。

“这是一定的，如果小麦继续从美国进口，五十年之后，法国将没有农民……难道我们的土地能和那边的竞争吗？我们刚开始在这里试验真正的耕作，我们就会被那边运来的小麦浪潮淹死……我曾读过一本书，详细地论述了这一点，你们大家都将完蛋

……”

但是处在愤怒中的他，突然意识到这一切惊惧的面孔都转向他身上。他甚至没有说完他的话，就做狂暴的手势结束它，就又装作沉入他报纸的阅读里。

“真的，只要人民不占领大片土地，美国的麦将会把你们全部毁掉。”

“而我，”胡得根总结说，“多次强调，不应该让这小麦进来……除了这个，如果你们已够受的话，不要我再当村长，如果你们不怕小麦跌到十五法郎一公担，你们选举乐舒丰丹纳先生去当议员吧！”

他再登上他的篷车，约翰紧随其后。待这后者和佛兰佐史交换同意的目光，赶前面的马前进时，他对赞成他的主人说：

“不应该太想到那些事情，人们会因而变成疯子。”

在小酒店里，马葛龙同黛勒梅窃窃私语好长时间，恢复讥笑别人态度的大炮，则喝完白兰地，打算要向狼狈的耶稣·基督开玩笑，他称他为“一七九三年小姐”。但是仆多，放下他的沉思，忽然发觉约翰已离开，他吃惊地看见佛兰佐史和贝尔蒂一起，站在厅堂门口倾听。他有着严肃的事情要做，不料却在政治问题上浪费时间，这不免使他生气。政治这肮脏东西，确实很讨厌，它硬是引起你的兴趣，要你浪宝贵的时间。他在一个角落里，和珊利娜进行长久的交谈，后者阻止他马上做出丑事；正好是人们平息了佛兰佐史的怒气，让她自动回到自己家里去；仆多也接着离开，临走时威胁要带一条绳子和一根木棍来寻找佛兰佐史，如果人们不劝她回去的话。

下一星期天，乐舒丰丹纳先生当选为议员，胡得根向州长申请辞职，马葛龙最后变成村长，他的皮肤里因而暴露出自负的胜利。

那天晚上，人们突然撞见狂怒的郎该涅在他的得胜敌人门口撒尿。他高声吼道：

“现在既然是猪猡们当权，我当然可以在我所喜欢任何地方带走！”

六

一星期过去了，佛兰佐史还不肯不回到她的姐姐家里去，大路上因而发生一个丑恶场面：拖着她的头发走的仆多，因佛兰佐史凶狠咬他的大拇指，他只得放开，因此，马葛龙害怕起来，主动把疯女赶出去，对她宣告作为本村权力代表，他不能再鼓励她反抗。

但是老大正好路过，她领走佛兰佐史。她年纪已八十八岁，只存着阴险的念头想

到她的死，她打算让她的财产继承人发生诉讼的无穷烦恼：借口不得罪任何人，故意写得迷离的奇特遗嘱，将引起他们的争吵，她将迫使他们全体去互相吞噬。存留在她脑里的一个观念是，她既然不能带走她的财产，她死去时，至少可以感到她已捉弄亲人们的安慰。如此，除了看见她的家族因她的遗产互相争斗之外，她没有别的更大娱乐。所以她很热心要她的侄女安顿在她家里，虽然有一会儿她的小气不要她这样做，可是一想到她吃不了许多面包，干许多的活，她就马上决定。真的，从下午起，她就要她洗刷楼梯和厨房。当仆多走到她家里时，她站着，摆出她这老鹫鸟般的丑恶嘴脸对待他。他，虽然在马葛龙店铺里说要砸碎一切，一到她面前，也怕得发抖，遗产的希望使他瘫痪了全身力量，他只喃喃说话，不敢和可怕的老太婆发生冲突。

“我需要佛兰佐史，既然她不愿意呆在您家里，我就收留她……再则，看，她已成年，您应该向她归交您的账目，这应该去谈论一下。”

仆多气愤而又无可奈何地离开，而且因感到要来的种种麻烦使他很害怕。

真的，八天以后，也就是八月中旬，佛兰佐史就有二十一足岁。这时，她已可以自己做主。但是她实际上只是改变了受难的方式，因为她也被她的姑母吓得发抖，在这吝啬鬼的阴冷房子里，她累得要死，一切都要发自然光，不许使用肥皂或刷子：只使用清水和两臂。一天，由于一时的疏忽，竟把麦粒掷给母鸡们吃，她的头几乎被手杖敲碎。人们说，因想节省马的力气，老大要她的外孙，希拉利昂拖拉耕地的犁子；人们造出这个谣言，但她的确把他看作真正的畜生，不时鞭打他，要他做繁重工作，滥用他这粗人的力量，使他累得要死，躺在地上；此外，他又吃得那么差，和猪猡一样，只吞下面包皮和残余小菜，在他惊恐的屈服里，继续忍受着痛苦的饥饿。当佛兰佐史明白她凑掩犁的一对时，她只有一个愿望：尽快脱离这个地方。就是为了这个，结婚的意识突然浮到她的脑里。

这很简单，她只想赶快离开。她坚持儿时就要她苦恼的这些公道的观念之一，她宁可去死，而不愿再回去和莉兹一起生活。她的理由是唯一正确的，她恨自己，怎么会忍耐得那么久；对于仆多的种种，她哑然不作声，她只愤怒地说到她的姐姐，如果没有她，人们还可以住在一起。今天，这已破裂，完全破裂；她只生活在收回她的一份应得遗产的观念里。这自早到晚麻烦她，她生气，因为这需要许多繁杂手续，她不能马上实现。怎么？这个是我的，那个是你的，人们不能在三分钟之内办好吗?！那么，这不是人们暗地里互相约定要盗窃她吗？她怀疑整个家族，她终于对自己说，只有男人，一个丈夫，可以使她摆脱这个局面。无疑的，约翰虽然没有一点儿土地，而且比她大十五岁。但是没有别的年轻人向她求婚，由于仆多家里的种种事情或者没有

一个愿意冒险来娶她，因为罗涅的人都那么怕他，所有人都不愿他反对自己。那么，什么？她和约翰只来过一次，既然没有什么后果，这当然没有什么关系，不过他却既柔和又规矩。她既然不爱另一个，就哪一个都一样，她只要嫁给不论哪一个人，使他可以保护她，使仆多可以气得发狂。并且，她也将有一个属于自己的男人。

约翰心里对她保持着深厚的友谊。他对她的占有欲已平息了，这大半因为他想她想得太久。然而他还是很可爱的回到她身边，既然预许的诺言已交换过，他自视是她的男人。他一直支持到她的成年，在他等着的观念里，不但按她的意思行事，反而阻止她争吵，不要她在姐姐家里做损害她自己利益的事。现在，她能提出说服别人，要别人站在她这一边的更多理由。所以他一面固然责怪她不应那样粗暴地离开，一面却对她重复说她掌握着好的一端。总之，对于她喜欢的别的一切，他已准备好了。

一天傍晚，他到老大的牛栏间后面来看她，就决定了结婚。一道破烂的栅栏开向那边的一条小街，一个在外，另一个在内，粪汁的小沟穿过他们的脚腿中间，他们两个面对面地谈话。

"你知道，伍长，"她第一个说，同时凝视着他的眼睛，"如果你还愿意和我结婚，我立即就答应你。"

他凝视她，他缓缓地答道：

"我不再和你谈起这个的原因是，我恐怕自己好像只为你的财产才要求娶你……然而你的话还是对的，现在是时候了。"

短暂的沉默。他把自己的手放到年轻女郎支靠着栅栏的手上。然后，他再说：

"你不要因小高业姑娘的观念，因流传着的种种故事，感到烦恼……看，三年多以来，我甚至不再碰到她的皮肤。"

"那么，我也一样，"她宣称，"我不愿意仆多的观念引起你的苦恼……那猪猡总到处叫嚣说他已占有我。是不是你也相信了？"

"这里的一切人都相信他。"为了避免直接的回答，他喃喃说。

随后，看她还盯着他，他加上说：

"是的，我也相信他……真的，我了解这个，因为我认识这家伙，你无法拒绝，除了落入他的魔掌之外，你别无他法。"

"哦！他曾尝试，他已把我的身体蹂躏够了！但是我若对你保证说，他从来没有得逞，你相信我吗？"

"相信。"

为了对她表示他的兴奋，他终于胳膊支靠在栅栏上，拿起她的手，紧紧握它在自己手里。感到牛栏间的肮脏水流浸湿他的皮鞋，他挪开他的两腿。

“你好像那么高兴住在他家里，他抱住你，又好像使你觉得很有趣……”

她感到某种不舒服，她本来正直和那么诚实的目光，垂了下去。

“尤其是你似乎很不喜欢和我在一起，你还记得吗？不论怎样，我因没有使你受孕而气得发狂。幸好还是没有生孩子，以后再生也一样。这至少显得比较清爽些！”

他的话停止了，他要告诉她，她已站在小沟里。

“当心，你已浸湿了。”

于是她也跟着移开她的脚。她结束说：

“那么，关于结婚问题，我们都没意见了。”

“是的，完全同意，日期由你来定吧！”

他们竟然不互相抱吻，他们只像好朋友一样，在栅栏之上握手告别。随后，彼此离开。

晚上，当佛兰佐史讲出她要嫁给约翰的决定，并解释她需要一个男人去索回她的财产时，老大开始不作声。她睁开滚圆的眼睛，笔直站着；她估计她也许会受到损失，损失利益和乐趣；直到第二天，她才赞成她结婚。整夜，她躺在佛兰佐史的草褥上，她翻来覆去的考虑，因为她几乎睡不着觉，直到天明，她想象反对家族的种种厌恶的事物。这结婚，由她看来，对所有人，将有意想不到后果，她的心里因而燃烧着真正青春的热情。老大已预料到最初的烦扰，她将把它们搞得更烦扰，使它们成为致命的。所以她向她的侄女宣告，出于表示她的友谊，她将负起一切责任。她这样说时可怕的挥舞她的手杖，加重她的语气：既然大家都不要她，她就做她的母亲，大家看吧！

首先，老大将副安叫到她面前，讨论他的监护账目的问题。但是老头子不能做出任何解释。人们请他做监护人，这并不是他的错。总之，既然是贝伊雅舒负责一切，就应该向贝伊雅舒去说。此外，等他一发觉她们故意要反对仆多夫妇，他更夸大他的糊涂。年老和生性怯弱使他觉得不知所措，受到所有人支配。怎么能和仆多夫妇发生冲突呢？经过许多夜的恐惧和颤抖，看见耶稣·基督和菜籽渣在他的房间里闲荡，让他们的赤臂，一直伸到他的长枕底下去偷窃他的证券，已经有两次，他差点儿回到他们家里去。如果他不赶快溜跑，总有一天，他们会在宫堡里谋杀他。老大，从他这里一无所获，送走他时对他喊着说，如果有人曾损害到女孩子的一份财产，他将到法院去受处分，所以他非常害怕。身为家族会议一分子的黛勒梅，也受到同样的威吓，回家时觉得那么不舒服，凡娜于是跑到他背后，对他说，他们宁可自掏腰包赔偿，而不愿意陷入诉讼的纠纷。一切已经开始了，这已开始显得很好玩。

问题是先分产呢还是先结婚。对于这点，老大想了两夜，最后，决定马上结婚：佛兰佐史和约翰结了婚，在丈夫的协助下，要求她的一份，这就增加仆多夫妇的麻烦。所以她加速事情的进行，她又有了年轻姑娘的脚劲，她忙于准备她侄女的证书，取得约翰的文件，到村公所和教堂里，办好一切手续，她让她的热情一直持续到：要他们两个签过利息很高，将还一倍数目的借据，借出必要的金钱。最使她痛心的，是她在这过程中不得不贡献几杯葡萄酒；可是她有她的变味的酒，她的"驱逐堂兄的"酒，那么难喝，为了不得罪她，人们只好忍住，不敢露出厌恶的态度。由于家族的种种麻烦和纠纷，她决定不吃喜餐。大家只来参加"弥撒"的同时给新夫妇以祝福，干一杯"驱逐堂兄的"酸酒就行了。查理夫妇被邀请，借口他们的女婿服哥涅惹起他们的忧虑，他们婉转辞谢。担忧的副安睡到床上，借口有病。大家只黛勒梅一人因为要向约翰，一个好人，表示他所保持的敬重，高兴地来作证。约翰这方面，只领来他的证人们，他的主人胡得根和田庄的一个长工。罗涅感到很迷乱，这结婚，来得这么快，含有那么大的矛盾，使得每个人都站在门口观望。到村公所里，马葛龙，全身膨胀显示他的重要，面对前任的村长，过分增加繁杂和手续。在教堂里出了一件意外，马特林神父做他的"弥撒"时昏晕过去。他的身体很糟，自从他生活在这平坦的贝斯之后，他惋惜他故乡的山岳，因新教区居民们对宗教的冷淡，使他心里非常悲恸，因妇女们的流言和连续争吵，感到那么大的苦恼，他甚至不敢再拿地狱威胁她们。她们瞧不起他，她们利用他的弱点找他的麻烦，甚至在崇拜上帝的事物中都难为他。然而珊利娜，佛洛莉和别的妇女们看见他鼻子向前晕倒在祭台上，却显出很大的怜悯，她们说这是新夫妇不久就要死的一个预兆。

人们决定，在完成分产之前，佛兰佐史继续住在老大家里，因为新娘，在她这固执姑娘的意志里，一定要收回她的房子。后来十五天的时间，何必要向别处租赁呢？等着的时期，约翰只得继续在田庄里当耕夫，只有每天晚上回来和她相会。虽然他们并不因不能一起生活而生气。他们的洞房之夜，是不成功和令人扫兴的。当他拥抱她、占有她时，她开始哭得那么凶，哭得上气不接下气；然而他不仅不粗暴，不仅没有使她的疼痛，反而很可爱的进行着。最坏的是她在悲泣中间，回答他说，她并没有什么反对他，她也不知道原因，她要这样哭个不停。当然这类似的故事，根本不可能激发一个男人的激情。后来，他徒然再占有她，紧紧抱她在自己胳臂里，他们没什么意思，甚至比第一次在麦地做爱时，还不痛快。这些东西，如他自己所说明的，若不马上实现，那就将失去原有的味道。可是不顾这不适服，这妨碍他们心头不安的，他们却很一致。他们过完这一夜，不能睡觉，互相决定他们分得房子和土地之后，事物将怎样进行呢？

第二天，佛兰佐史就要求分产。但是老大却不那么着急。首先，她愿意将自己的快活拖长，一针一针刺出这个家族的血。其次，她懂得怎样利用女郎和她丈夫的劳力，她每晚要他们做两小时工作，付出她的房租，所以她根本不着急要看见他们离开，安顿他们自己的家。然而她必须去问仆多夫妇，他们分产的意志如何。她自己，则以佛兰佐史的名义，要求房子，一半耕地的，一半草场的，和一半葡萄田；她认为这一“亚尔奔”就基本上可以抵房子的一半价值。总之，她认为这是合理的和公道的要求，并且这样和善的处理，可以避免诉讼，并可以不让时常会夺去财产最肥一块的法院，从中渔利。仆多，由于老大的干涉，非常烦恼，但出于她的遗产关系，又不得不尊敬她，然而终于再不能听下去。他粗暴地走出来，甚至忘记了自己的利益想要伸手去打她。他单独留下了气得脸红得都快到耳朵的莉兹，在咕噜着愤怒的话语。

“房子，他居然想要房子，这厚颜无耻的淫妇，一钱不值的婊子，她结婚后，从未来看我一下……那么，好！姑母，请您对她说，只有我死掉了，她才会得到房子。”

老大始终很镇静。

“好！好！我的女孩子，不用过于激动……你也要房子，这是你的权利。我们等着看吧！”

三天之内，她就这样在两个姊妹中间，来回游说，将这一个所说的荒唐话传述给另一个，或将另一个粗鲁的咒骂传给这一个，她们因此而被激怒，甚至到了几乎病倒的地步。她毫不厌倦地穿行在她们中间，尽量让她们知道她多么爱她们，忍受劳苦，狗一样地做着调解，她的侄女们又应该怎样感激她。最后，她们彼此商定去分掉土地；至于房子、家具和牛马等，她们决定由司法当局去拍卖。两个姐姐的每一个都发誓说，不论付出多么大代价，即使脱下自己的最后一件衬衫，都要赎回房子。

所以格洛波哀来丈量地产，要把它们分成两份。一共有一公顷草场，一公顷葡萄田，和两公顷耕地。对于高挪伊这块地产，仆多从结婚以后，就固执不想放弃，因为刚好他父亲留给他的田亩相连，构成了将近三公顷的一大片，在罗涅这是最好的产业。所以一看见波洛格哀放下他的丈量矩并竖好他的标杆时，他快气疯了呢！老大在那边监视着，恐怕会打架，而约翰则远远避开，不想到场。这引起一阵争论，仆多要求将界线和哀格尔小溪谷并行划下，这使他的田亩就可以和分到的任何一块相连；然而姑母则要求垂直划分，没有别的目的只是故意和他为难。她终于战胜，他气得捏紧拳头，喉咙因忍受的愤怒而梗塞。

“那么，他妈的！如果我拈到第一份，我的田将被截为两半，难道让这一块在那一

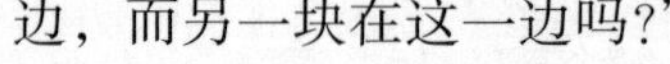

边，而另一块在这一边吗?”

“是的！我的孩子，这要你拈出号码去替你决定。”

一个月以来仆多早就愤怒不已。首先，女郎逃出他的掌握；自从他再不能在她的裙下整把捏住她的皮肉，失掉他总有一天会完全占有她的希望后，他因忍住的情欲而非常难过。她已结了婚，一想到一个男人在自己床上占有她，尽可能从她那里享受她所想要的一切，他体内的血就沸腾了。接着，现在，又有一个人要从他的手里夺去土地，这无异于割掉了他肢体。女郎，还可以重新找到；而土地，他早认为是自己的，他曾发誓永远不还给她的土地却被其任意占有！他双眼血红，他寻找方法，他模糊地想到只有令人恐惧的宪兵才阻止了他去犯种种暴行。最后，大家约定都到贝伊雅舒先生家里面谈。在这里仆多和莉兹还是第一次同佛兰佐史和约翰面对面站着。老大出于兴趣，借口要阻止事情变得更糟，于是也陪他们到了这儿。五个人一声不响，神态坚定，走入公证事务所。仆多夫妇坐在右面，约翰站在坐在左面的佛兰佐史背后，好像他并不想参与其中，只是允许他的女人分产。又高又瘦的姑母占据了当中的位置，时而靠向这边，时而靠向另一边，转动她的圆眼睛和她的鸷鸟般的鼻子，似乎觉得很满意。两个姐姐一句话也不说，互相不看一眼，面孔严峻的、仿佛相互并不认识。只有男人们的意见交换很快、很尖锐，目光简直像劈刀样锋利。

“我的朋友们，”没有被这种不良气氛所打动、仍然很镇静的贝伊雅舒先生说，“在没有进行别的事情一切之前，我们先去结束你们都同意的地产平分事件。”

这次，他首先要他们签字。证书已准备好，只有每份还在姓名后面还留有号码的空白：他们只得在拈纸阄之前签字，为了避免种种讨厌的纠纷，他当场举行拈纸阄。

佛兰佐史抓得是二号，莉兹只好取去一号，仆多的面孔，因膨胀的血管，变得暗黑。他妈的！运气一直都这么不顺！他的田亩被截成两半！这混账小姨和她的男人的那块地，则插在他左面一块和右面一块中间！

“他妈的！他妈的！”他狠狠地骂道。“他妈的混账猪猡！”

公证师请他到街上去再咒骂。

“就是这个，在那平原上头，给我们切断，”莉兹唤起别人的注意，甚至不转向她的妹妹。“或者人们会同意交换一下。这会调整我们的田地，而不涉及任何人的利益。”

“不！”佛兰佐史干脆地回答。

老大点头赞成她：破坏拈纸阄的决定，将会带来不幸。这命运的无情打击引起她的快活，站在他的女人背后的约翰，仍然一动也不动；他那么坚决的躲在一边，面无表情地。

“好吧，”公证师再说，“我们设法快点结束，不要再浪费我们有用的时间。”

两个姊妹都同意让他去为房子、家具和牛马等的拍卖。贴出的通告上的出售定是本月第二个星期天，它将在他的事务所里被拍卖，委托书里写明，买得的人，从拍卖那一天起，就有享受所得产业的权利。举行拍卖之后，公证师还要处理两继承人中间的一些账目。这都没有什么争论，全都被接受。但是这时监护人副安，由一个书记领着进来；由于耶稣·基督喝醉了酒所以人们不让他进入。虽然一个月以前，佛兰佐史就已成年，但监护的账目还没有什么报告，这就使这事情更为复杂；为了摆脱责任，不得不把它料理清楚。老头子要注视他们，他睁着的小眼睛，从这些人转移到那些人，他唯恐自己会受连累，会被拖到法庭里去而一直颤抖着身子。

大家都睒动眼皮倾听着，公证师诵读账目总表，因听不明白，很担忧，恐怕脱过一个字，而这个字，正是他们的不幸。

“你们要发表什么反对意见吗？”贝伊雅舒先生读完时问道。

他们都很昏乱。什么反对的意见呢？或者他们忘记了他们会受损失的事物吧！

“对不起，”老大突然宣称，“这，佛兰佐史的正确账目完全不是这样！只有我的兄弟故意蒙住眼睛，才没有看见她是被盗窃的！”

副安咕噜答道：

“嗯？什么？……我可以在上帝面前发誓，她的一个铜子我都没有拿过。”

“我说，佛兰佐史，自从她的姐姐结婚以后，马上就到五年，长期为他们家当女仆，他们欠她工资。”

仆多听到这意外的打击，跳离了他的椅子。窒息也使莉兹喘不过气。

“工资！……怎么？给一个妹妹吗？……啊！好，这太猪猡了！”

贝伊雅舒先生只得叫他们住口。他肯定说，要求工资完全是未成年人的权利，如果她愿意的话。

“是的，我愿意，”佛兰佐史说。“我愿意把一切属于我的取回。”

“那么，她所吃掉的呢？”仆多气得哆嗦并喊道。“面包和肉，这她吃到肚子里，一定会被消化的。人们可以探摸她，她并不是因为舔食墙壁才长那么胖的！”

“那么，被她用了的衬衫被单，袍子和其他他的种种布帛呢？”莉兹愤怒地继续说。“还有洗衣的消耗呢？她那么流汗，两天之内，她弄脏我一件衬衫！”

感到苦恼的佛兰佐史再答道：

“正因为我努力工作才会流汗。”

“流汗，会干的，这不会玷污什么。”老大补充说。

贝伊雅舒先生重新加以干涉。他对他们解释，一边的工资同另一边的食物和生活费用，这笔账目应当清算。他拿起一支钢笔，他设法根据他们的指点，把这一账目写出来。但是这是可怕的。老大支持下的佛兰佐史把在居家中所做的一切列举出来，提出种种要求，她认为她的工作很贵，列举她在家里所做了的一切，如料理两只母牛和家务，洗濯厨房食具和她姐夫把她作为男人使用的田亩工作。仆多夫妇极度愤怒，也从他们那一方面，过分加大生活费用的数目，计算饭食，在衣服上撒谎，甚至要求节日给予她的金钱。然而，任凭他们怎样刻薄，结果还是他们欠她一百八十六法郎。他们因而两手颤抖和眼睛赤红地留着，拼命把可以减去的细账找出来。

大家正要去接受这数目时，仆多突然喊道：

“再等一分钟！还有她的月经停止时，我们请来医生为她诊视……他来过两次。这花掉六个法郎。”

老大对大家同意他们所获得的胜利不高兴。她推撞副安，要他想起从前女孩子住在他们家里，替波特利田庄做过几天工作。这是三十铜子一天的五天或六天吧？佛兰佐史喊六天，莉兹则仅承认五天，她们不停地粗暴争执，就如互相投来石块。昏乱的老头子，他把两拳在自己前额上敲击，有时说这个对，有时又赞成另一个不错。佛兰佐史终于战胜，所得的总数是一百八十九法郎。

“那么，这次再没有忘记了的，的确是全部的数目了？”公证师问道。

仆多，在他的椅子上，好像已被毁灭，已经被压倒在继续增加的数字中，不再奋斗，自信自己已达到不幸尽端。他只喃喃地用悲伤的声音说：

“如果她要的话，我会把衬衫脱给她！”

但是老大还保留着最后的可怕打击，一个被大家都忘记了的很大和很简单的数目。

“那么，请听我说，那上头，所领得的开辟道路的赔偿五百法郎呢？”

仆多一跃站起来。张口结舌无话可说，没有可能的争论：他曾领得金钱，他必须把一半还出来。一会儿，他寻找；随后，狂怒突然发作并袭击他的大脑，找不到反驳理由，他凶暴地扑向约翰身边。

“混帐的龌龊家伙！你把我们的友谊破坏了！没有你，大家都很和好，都很亲密，都还过着一家人的舒服生活！”

约翰在沉默里显得很有理性，他只得作自卫的准备。

“不要动到我，不然，我就揍你！”

佛兰佐史和莉兹从椅子上站起来，彼此都笔直站在自己的男人面前，慢慢增长的仇恨在她们的脸上膨胀。如果公证师不脱出他职业需要的冷淡，老大和副安似乎都不想阻止的大打架一定会发生，彼此一定会把头发和帽子扭成一团。好在贝伊雅舒先生立刻加以干涉：

“他妈的！你们要等着到街上去再争吵！准备去撕掉彼此的皮肉，这的确是可恶的！”

看大家都全身颤抖，恢复平静，他又说：

“你们都已同意，不是吗？……那么，好！我去把监护的账目写好，让你们签字，然后我们去把房子拍卖作为结束……请你们从这里离开吧，你们不要争吵，因为闹出蠢事的代价是很贵的，有时会引起莫大的损失！”

这最后的话语终于使他们的怒气平息了。但是他们出来时，等着父亲的耶稣·基督辱骂整个家族。他高声吼着说，无疑的，为了盗窃，要一个可怜的老头子参加这些龌龊的故事，确实是真正的耻辱。由于喝醉酒，心肠变得很软，像刚才把他载来的时候一样，他要副安老爹坐在一个邻居借给他的一辆手推车的草垫上，给他再领回去。仆多夫妇从另一边溜跑。老大则催约翰和佛半兰佐史走向“好农头”饭店，她要他们花钱请她喝一杯黑咖啡。胜利的喜悦在她的眉目间显现出来。

“我确实很高兴，还大大笑了一顿。”她终于剩下的方糖在她的口袋里说。

当天老大又想起另一主意。回到罗涅，她跑去和那个老头子，据说从前曾做过她情人的曹西斯老爹商议。仆多夫妇既然发誓要抬高房价，即使要留下他们的皮肉，也不足惜。她对自己说，年老的农民也可以从她这边去抬高卖价！或许不会令别人疑心，一定会让他买去；因为他恰是他们的邻居，他当然可以有扩大自己产业的愿望。在给他谢礼的条件下，他立刻接受了。所以，本月第二星期天，举行拍卖时，事情发生得像她预料的一样。重新到贝伊雅舒先生的事务所里，一边是仆多夫妇，另一边是由老大陪着的佛兰佐史和约翰。此外，还有少数农民，几个模糊的想法在他们心中：如果价钱很便宜，他们也想购买。但是经过四五次由莉兹和佛兰佐史喊出简短的声音，竞买房子的价钱已升到它所值的三千五百法郎。于是曹西斯老爹加入争购，他抬到四千，接着又加上五百法郎。仆多夫妇很慌乱，面面相觑，这是不再可能的，这一切金钱的观念激冷他们的血液。然而莉兹仍然让自己一直喊出五千。等到年老的农民一下加到五千二百时，把她压倒了。这已完结，以五千二百法郎的拍卖价，房子被出售。仆多夫妇冷笑，只要把佛兰佐史和她的丑恶家伙也打倒，能领得这一笔大数目，也确实不错。

可是一等到莉兹回到罗涅，重新进入这古老的住宅，她在这里诞生，她在这里长大的房子时，她就开始痛哭。仆多也很悲伤，他的喉头梗塞到那样，他终于通过向她

发泄来减轻痛苦。他咒骂，他发誓说他将一直给出他身上的最后一根毛；但是这些没有良心的女人，她们不像为了淫乐，容易把她们的两腿放开，却把钱袋死死捏住，不舍得拿出必要的数目。他撒谎，其实这是他要她停止的；他们互相打架。啊！副安一家的可怜老房子，由一个祖先在三个世纪以前建造起来，今天已摇摇欲坠，到处修理过，到处支撑着并布满裂缝，已经在贝斯大风的吹袭下向前倾斜的破旧住宅，现在已落入别人手里！你说吧，三百年以来，人们就住在这里，人们终于爱它，尊敬它，像真正的神圣遗物，所以它是遗产中很宝贵的！仆多用很重的一巴掌打倒莉兹，后者再站起来，向他那么凶猛地冲过去，几乎把他的一条腿折断。

第二天下午，又是另一个打击，突然爆发了霹雳的响声。曹西斯老爹上午跑去作别人委托他的声明，从中午起，整个罗涅都知道他是为取得约翰准许的佛兰佐史买进房子。这不只是房子，而且还有家具，全代洪和哥利喧。仆多家里好像被雷电猛然袭头了，发出痛苦和不幸的狂叫。男人和老婆躺在地上痛哭，存着自己不再是强者的失望，高声喊着说，这些不要脸的婊子玩弄了他们。尤其激起他们愤怒的，是听见他们被整个村庄讥笑，认为他们显得那么愚蠢，那么不聪明。他妈的！这样被人欺骗，在这花样里，让人驱逐出来，多么难受！啊！不！真是的，大家等着去看吧！

当天晚上，老大以佛兰佐史的名义走到他们家里，和仆多作有礼貌的商谈，问他打算哪一天搬家，他失掉一切谨慎，把她赶出门外，只简单地回答一句：

“你去吃粪吧！”

她离开时很高兴，她只向他喊着说，人们将把抛达吏派给他。真的，从第二天起，苍白、担忧的脸色带着比平常更可怜的面容，走上街道，在邻居的多嘴妇女们的窥伺下，小心叩击仆多夫妇的门。里面不回答，他不得不更猛地敲，他甚至胆敢呼唤并解释这是为催促他赶快搬走。于是屋顶室窗口打开，唯一的同样话语被抛出来：

“你去吃粪吧！”

盛满这东西的一大罐，倾倒下来。维谋自上至下，溅污了全身，带回他的催促。罗涅因而还笑得捧住腰部。

但是约翰马上被老大领进砂多屯一个律师家里。后者对他们解释，在接收房屋之前，要等待至少五天工夫：送进要求审判的状纸，庭长的判令，书记室发出这判令，最后才执行驱逐，为了这个，如必要的话，执达吏还应将武装宪兵请来帮助。老大认为这未免太久，要他加速办理，争得提早一天执行。那一天是星期二，她回到罗涅时，到处宣告，星期六下午，仆多夫妇若不乖乖离开他们的房子，势必和窃贼一样，宪兵们将用军刀把他们驱逐到街上。

人们将这消息告诉仆多，他做了一个可怕的威胁手势。他对愿意听他的人喊着说，他将不会活着出来，在拉他离开房子之前，宪兵们必须把墙拆掉。他的愤怒达到那么奇特的狂暴程度，当地的居民们不知道他装疯呢，还是真的变疯了。他在大路上过去，在他的车前站着，随他的马奔跑，不回答，也不喊一声当心。夜里，人们遇见他，有时在这边，有时在那边，不知道他从何处——或许从魔鬼那里——回来。一天上午，他被发觉在自己家里堵住障碍物，关闭门后透出可怖的叫声，大家都以为这呼号来自莉兹和两个孩子。邻居们都纷纷感到不安，他们相谈，一个年老的农民终于献身，拿一条梯子放到窗边，让自己爬上去看看。但是仆多打开窗门撞倒梯子，老头子翻倒，几乎跌断了脚腿。他们在自己家里都不自由吗？他晃动拳头，他高声喊道，如果他们再烦扰他，他将把所有人的皮剥掉。最坏的是莉兹也显露出来，她带两个孩子，也满口咒骂，控告邻居介入不该看的地方。人们因而不敢再加干涉。但喧闹声却使恐怖增长，人们终于全身颤栗走来窥听街上可以听见的丑恶叫号。一般聪明的人都相信他自有主意。别的邻居们则发誓说，他的头脑已昏乱，这将闹出一个不幸的惨事作为结束。人们始终不知道正确的情形。

星期五，等着被驱逐的前一天，一个场面发生了，更加感动了许多人。在教堂外仆多遇到他父亲，马上和小牛一样哭泣，跪在他面前，要求他饶恕他从前对他做过的坏事，或者能恢复他已丧失的好运就是这个给他带来不幸。他恳求他回来，再在他们家住下来，他似乎相信只有这回来才能把他丧失的好运恢复过来。他的呼喊使副安烦恼，因他的表面忏悔很惊讶，只得答应：待家庭的一切麻烦都结束的那一天，他将接受他的请求。

星期六终于到来。仆多的激动一天一天增加，自早到晚，他无理地驾上或卸下他车子的马匹；在这无益惹起惊慌的马车的狂奔面前，人们都赶快躲开。星期六，从八点钟起，他再一闪把车子驾好；可是他不出去，他在他的门口站着，他呼唤经过的邻居们。他冷笑，哭泣，用粗暴的字句，高声喊出他的事情。嗯？被这混账的小家伙，他供养五年的小娼妇玩弄，遭受那么大的侮辱，这真是滑稽！是的，是的！这确实是一个不要脸的婊子！他的老婆也一样！两个婊子，两个姊妹，为了争取谁先和他睡觉而互相打架！他使用种种丑恶的形容，再来叙述这谎言，作为报复。莉兹出来，可怖的争吵马上发生。他当众殴打她，他要她全身感到轻松和舒服地滚开，他自己也因打得很重，感到满意。他留在门口窥伺法庭派来的人，他嘲笑并咒骂司法执行者：他在路上做什么，那混账的执达吏？他不再等候他，他已胜利了。

只到下午四点钟，维谋才带领两个宪兵出现。仆多的面孔瞬间变得很苍白，他马

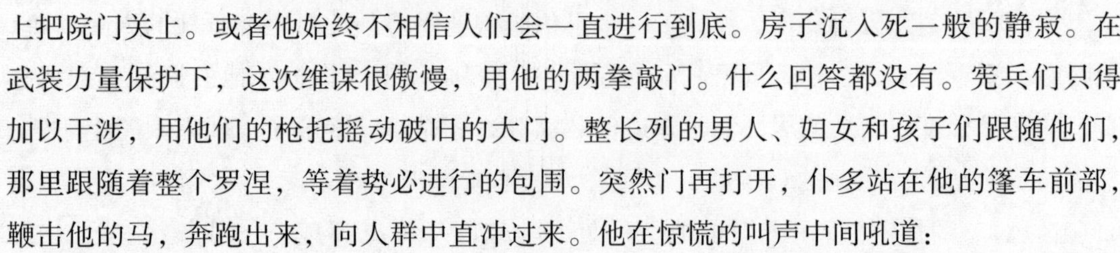

上把院门关上。或者他始终不相信人们会一直进行到底。房子沉入死一般的静寂。在武装力量保护下，这次维谋很傲慢，用他的两拳敲门。什么回答都没有。宪兵们只得加以干涉，用他们的枪托摇动破旧的大门。整长列的男人、妇女和孩子们跟随他们，那里跟随着整个罗涅，等着势必进行的包围。突然门再打开，仆多站在他的篷车前部，鞭击他的马，奔跑出来，向人群中直冲过来。他在惊慌的叫声中间吼道：

“我去淹死！我去淹死！”

这已完蛋，他说要去把自己了结，将和他的车子、他的马，他的一切，投到哀格尔溪里去！

“当心！我去淹死！”

在接连的鞭击和篷车的疯狂奔跑前面，好奇的观众因恐怖而散去。但是看他扑到斜坡上，几乎要冲断风快的车轮，许多男子跑去阻止他。这混账家伙的奇特头脑，只为惹起别人的麻烦，很可能酿成惨剧，让自己掸到小溪的水里。人们追上他，一定会打起来，跳到马的头上，闯入他所驾的车子里。人们再领他回来时，他全身坚挺，紧咬牙关，不说一个字，在无用的狂怒和无声的抗议里，让命运去做完它的工作。

这时候，老大领着佛兰佐史和约翰来接收他们所买得的房子。仆多只是面对面，以他现在只关心自己不幸结束的混浊目光，注视他们。但是这轮到莉兹出来爆发出像疯子样的叫喊和吵闹。在那里的宪兵们，重复摧她赶快整理好她的包裹并溜走。既然他的男人那么卑贱怯懦，不能保护她，不敢殴打他们，这必须服从。她两拳放在屁股上，跳起来咒骂他。

“没出息的家伙，让我们被赶到街上的混账东西！说，你的血管里已没有血了吗？你不会向这些猪猡身上扑去，猛烈他们一顿吗？……滚吧，懦夫，没有用的懦夫！你不再是一个男人！”

她的丈夫无动于衷的立在那儿，她正向他的脸上喷射这愤怒的话语时，他终于那么凶恶地推开她，发出痛苦的尖叫。但是他仍然保持他的沉默，他只对她身上投射他的混浊的目光。

“好吧，我的妈妈，让我们快些吧！”得胜的维谋说。“只等到你们再把钥匙交给新的屋主时，我们便即刻离开。”

现在，莉兹愤怒着，开始搬家。三天以来，她和仆多已把很多东西，如农具和粗重的器具，移到他们的女邻居弗里麦嫂家里，大家都明白他们还是等着被驱逐的。因为他们曾和年老的妇人讲妥，为了给他们回去的时间，她将她的太大住宅租给他们，只保留她和她疯瘫男人居住的一个房间。既然家具及家畜等，和房子一起卖掉，莉兹只要搬走她的衣服、被单、桌布、垫褥和其他的细小物件。一切都从门和窗户里，一直滚落到院子中间。她的两个孩子、小的乐莉死死抓住她的裙子不肯撒手，大的徐尔则在纷乱的包裹中间翻滚，以为他们的末日到来，没命地哭叫。看仆多甚至不给她帮忙，老好人的宪兵们看不过眼，着手把散乱着的包裹搬到车子上。

但是一看见佛兰佐史和约翰，站在老大背后等着，一切又变得更糟。她扑过去，她向她吐出她心里郁积着的怨恨浪潮。

“啊！龌龊的婊子，你和你的混账乌龟来看热闹……啊！好！你看见我们在受苦，这好像你吸我们的血……贼！贼！贼！”

说过这最后的咒骂，她的喉头哽住，气得再也说不出话来。每次，她搬一件新的东西到院子里，她总再拿这个“贼”字骂她的妹妹，并且恶狠狠地瞪她几眼。后者不回答，脸色纸一样苍白，嘴唇抿得很薄，眼睛里闪着灼然的光焰，她假装正专心注意损伤她姐姐的监视，只用眼光留意搬出的物件，看看人们是否拿走了什么属于她的东西。正好，她认出厨房的一条杌子，那是包括在拍卖之内。

“这，这是我的。”她的粗暴声音说道。

“你的吗？那么，拿去吧！”另一个回答，立刻把杌子抛到水塘里，让它漂浮着。

房子已搬空。仆多拿起马的络头，莉兹再拾掇她的两个孩子：她的最后两个“包裹”，挂在右臂上的徐尔和左臂上的乐莉。接着，她终于离开古老的从小一直住着的住宅，走近佛兰佐史，向她的脸上用力吐了一口口水。

“喏！这是给你的！”

她的妹妹也马上吐口水。

“喏！这也是给你的！”

姐妹两个，在这狠毒憎恶的告别里，慢慢揩净脸上的口水；彼此的目光仍然互相注视，交织着仇恨，她们的心已永远分别，除了她们同一血统的敌对愤懑以外，再没有任何别的联系了。

终于，仆多再次启动他的嘴，对着房子打了一个威胁的手势，高声发出临别赠言：

“等着瞧吧，不久再见，我们很快会再回来的！”

为了一直看到底，老大紧随着他们的脚步。然而她在心里已早就打完主意：现在这两个既已被打垮在地上，她打算转过来反对别的两个。他们那么快离开她，她觉得他们已太幸福，她一定设法让他们难堪不可。好奇的观众逗留很久，彼此低声私语着。佛兰佐史和约翰随着他们走入空的房子。

正在弗里麦嫂家拆卸他们的破旧什物之际，仆多夫妇看见副安老爹突然出现在他

们面前，不免感到诧异。这老头子，神情很紧张，目光向后窥探，好像有什么不幸跟在他身后，并上气不接下气地问他们：

“这里可以给我一个角落睡觉吗？我来住在这里。”

这是巨大的恐怖要他奔跑着逃开宫堡。夜间，他每次醒来，都能看见只穿衬衫的菜籽渣，在他的房间里，移动她男孩子般的平板削瘦的裸体，拼命寻找他终于藏到外面一个岩洞深处，再用泥土严严实实堵住洞口的一扎证券。耶稣·基督派她来做这搜索工作。这混账的孙女，由于她的敏捷和柔软，赤露着两脚，在椅子中间，在床铺底下，到处滑溜。她存着狂热的心思干这摸索勾当，坚信老头子穿衣时一定再拿他的纸张放到身边，因没有觉察他在睡觉之前给它们藏到何处，很愤怒；因为肯定什么也没有，她要伸入她的细长胳臂，并用那么灵巧的手探测它，祖父几乎觉不到它的轻微的触动。但是，看，那一天吃过午饭后，他被衰弱打倒，头脑那么昏沉，他翻倒在桌子旁边。苏醒过来时，他还那么疲惫，睁不开眼睛，他发觉自己还躺在地上的同一位置上，他感到耶稣·基督和“菜籽渣”正在给他脱掉衣服，他不免异常惊异。这两个家伙非但不抢救帮助他，反而只有一个主意，就是很快利用这难得的时机，到处搜遍他的身体。她尤其使用恼怒的粗暴，不再轻柔地探摸，她拉扯他的短上衣，他的短裤。啊噫！两条锋利的目光射向他的皮肤，察看他的身上的窟窿，借以保证他没有把他的私蓄塞入什么皱褶里。她用两手翻动他，分开他的肢体，像探摸空的旧袋子那样搜索寻找他。一点也没有！那么，他究竟藏在什么地方呢？必须剖开他来看看里面的情形！如果他动弹，他们会杀掉他的那么大恐怖袭击他，他只得闭着眼睛假寐，手脚不动，继续装起昏晕的样子。等到他终于被放弃，变得自由以后，却立刻逃走，坚决打完主意不再睡在宫堡里。

“那么，你们这里有一个角落给我睡觉吗？”他再问道。

仆多似乎因他父亲的这意外回来，觉得愉快，这等于损失了的金钱又流回他家里。

“当然，老爸爸，我们就挤点吧！这将给我们带来好运气……啊！他妈的！如果只要有良心就有好报的看法说，我将要发财了！”

佛兰佐史和约翰慢慢走入空的房子。夜的黑幕已拉下，最后一线忧郁微光照亮各个沉寂的房间。这一切都是很古老的，这祖先的屋顶曾遮蔽过三世纪的辛勤劳作和贫困；所以，像在村庄古老教堂的阴影里，这里似乎拖拽着什么沉重东西。各道的门大开着，仿佛一阵狂风在屋梁底下吹过去，翻倒的许多椅子，躺在搬场以后的纷乱中间，简直可以说，这是一幢死掉的房子。

佛兰佐史到处注视，缓步走了一圈。模糊的感觉，迷茫的回忆从她的头脑里苏醒。

就在这儿，她儿时曾戏耍；数年以前，在厨房的桌边，她的父亲永远地走了，在那连草褥都没有的简陋的床前面，她想起有些晚上莉兹和仆多相爱时闹得那么响，虽然隔开一层天花板，她总能猜到他们的每个动作。现在难道他们再来烦扰她吗？她清楚地觉得仆多还在这里。一天晚上，他曾捉住她，她曾狠狠咬他一口，那边，再那边，她也受过同样的暴行，在一切角落里，她都发现要她心里充满羞涩的感情。

随后，佛兰佐史转过来，看见约翰留在那里，的确有些吃惊。那么，这外来的人，他到这里来干什么？他显出不安的神态，他似乎只来拜访，不敢碰到任何东西。一种孤独的感觉，抓住她，她失望，她因自己得胜不感到更大的快乐，反而悲哀。她曾相信自己会喊着愉快地住进来，会在她的姊姊背后欢呼胜利。房子并没使她觉得高兴。有什么东西堵着似的不舒服。这或者是渐暗的天空使她如此吧！她和她的男人，终于沉浸于夜的黑暗里，继续从这一房间闲荡到另一房间，甚至没有点起一支蜡烛的勇气。

但是一阵声响吸引，认出全代洪像往常一样，进入那里，搜寻开着的食橱，开始快活起来。老哥利喧也在隔壁牛栏间深处鸣叫。

于是约翰把佛兰佐史拉到自己臂弯里，轻轻亲吻她，好像表示无论时光如何流逝，他们还是会幸福甜美的。

第五篇

一

冬天的耕作没有开始之前，无边无际的贝斯，在九月的苍茫天空下，铺满肥料。从早晨到晚上，缓缓地运送田野的道路上前进着。高高装载腐败麦秸的车子，冒出大的蒸气，好像他们把热量搬给大地。四处的田亩都鼓起一小堆一小堆，这是牛栏和马栅蒿草的波动海洋；在一些土地上，人们已铺平肥料堆，它们散开的波浪远远使地面上遮盖着浅黑的污点。这是将来春天的茁长津，夹杂着这兽粪的发酵流动着；腐败和分解的东西回到共同的“子宫”里，死将再去制造活的生命。

一天下午，约翰装了很重的一车肥料来到的高挪伊田亩里。他和佛兰佐史成为夫妇，住在在他们家里已一个月，他们也过着乡间单调的生活。他到达时，看见仆多在附近田亩上，两手握着大叉子忙着摊开前一星期送到这里的一小堆一小堆肥料。两个男子只互相交换了一下目光。他们都这样遇见，既然他们的田亩是相连的，他们只得这样被迫一起劳作着。仆多尤其觉得痛苦，因为佛兰佐史的一份，从他的三公顷里分出去，切断他的田亩，使他的有一段在左面，另一段在右面，这强迫他作不断的迂回。他们向来不彼此交谈。如果有争吵爆发的一天，他们也许会互相杀戮。

然而约翰马上开始卸下他车上的肥料。爬到里面，一直没到屁股，他正用大叉子挑空腐烂的麦秸时，从中午开始就在巡视的胡得根路过附近大路上。田庄主人对他的长工还保留着很好的记忆。他停下来，和他说话，他的身体已衰弱，脸孔已被田庄的忧虑和其他的种种烦恼划上皱纹。

“约翰，为什么您不试试磷酸盐呢？”

他不等着回答，好像要长久减轻自己的烦闷，继续说起来。这些腐败的麦秸，这些肥料，耕作好的真正问题就在于他们。他，他曾试过一切，他曾经过这惊惧的变化，这有时会激起农民们激烈的使用肥料的疯狂。他的忧虑是因为旁边没有屠宰场，他不能尝一尝液体的血。现在他使用大道上刮下的土炭，旱沟的泥泞，炉灶的草灰，特别是砂多屯一个呢绒厂扫除得到，由他买来的剩下的羊毛。他的准则是来自土地的一切，再被搬去还给土地，肯定是好的。他在自己的田庄后面，挖下几个非常大的混合肥料窟，让整个地方的所有脏东西，锹子偶尔收拾到的残渣，像死掉的畜牲，道边角落里或留在水塘里的发臭污物等，都堆积在那里。这简直是贵重的黄金。

"用磷酸盐，"他又说，"我经常得到很好结果。"

"这很昂贵，您会被骗去很多钱的！"约翰回答。

"啊！这是确实的，如果您向走街串巷的小商小贩，专在乡间做生意的行商购买的话……在所有的市场上，都需要一个熟练的化学家来分析这些肥料，它们很少有纯的，总是掺入种种假货……将来的希望，在这里；不过，在这希望没有实现之前，我们大家都将垮掉。我们应该有勇气为人家去受苦。"

约翰搅动肥料发出来的臭气稍稍激起他的快活。他爱它，好像这是土地交配所发出的气味，他慢慢呼吸它。

"毫无疑问，"他沉默一下继续说，"到现在还没有什么比农田腐烂麦秆，更有肥料价值。不过，这永远都是不够的。再则，人们又经常破坏它，既不知道如何准备，又不知道如何使用……喏！这个可以看出，您的这个已被太阳曝晒过。您没有好好遮蔽它。"

当约翰向他忏悔：他仍然在牛栏前面，保留仆多夫妇的原有洞窟时，他生气，反对墨守成规。他好几年来，已把他的肥料坑里铺上层层泥土和杂草。除此之外，他又建立一系列导管，使厨房的洗碗水、家畜和人们的大小便，田庄的所有阴沟水，都流到粪坑里来；每星期两次，人们用水泵灌洒这些肥料堆。最后，他已达到宝贵地利用厕所里的东西。

"说句实在话，真的！丧失上帝所赐予的财产，真是太愚蠢了！我和我们的农民们一样，对这上头还保留着可恶的观念。但是加加妈妈使我的信仰发生了改变……加加妈妈，是您的女邻居，您一定认识她吧？那么，好！只有她一个人走在踏实的路上，株脚灌进她的小便的白菜，不论就大小或滋味说，的确是白菜中的珍品。没有什么可说的，一切都从她的尿壶里出来！"

约翰开始发笑，他从已经卸空的车上跳下来，把肥料分成一个个小堆。胡得根在这热雾之间跟随他。

"只要一想到光是巴黎的厕坑能肥沃三万公顷的土地，我们怎么能不惊讶呢！估算

已做过。人们白白损失，在掺粪屑的化学肥料方式下，人们只利用了其中很小的一部分……嗯？三万公顷！您在这里可以看见它们，您将看见整个贝斯盖满了，绿油油的小麦会那么丰盛地茁壮成长起来！"

他做了个幅度很大的手势，指着一望无垠的原野，平坦的贝斯。他，在自己的激情里，看见巴黎，整个巴黎，淹没在厕坑的浪潮中，人类肥料汇成汹涌的江河。小沟都充满了肥沃的液体，铺展在每一亩田上，粪便的海洋，在激发生长臭味的浓郁气息下，对着太阳，高涨起来。这是大城市将它所接受的生命，还给无限大的旷野。土地慢慢喝下这肥沃的水，从装满的田亩里。面包，将以收获物方式显现在富饶的平原上。

"那么，我们需要一艘大船吧！"一想到这广袤无垠的大平原淹没在厕所污水下，心里觉得厌恶又好玩的约翰问道。

但是这时候，有人要他转过头来。他惊诧地认出莉兹站在停在大路旁边的篷车上，尽她的全部力量向仆多喊道：

"喂！听我说！我到克罗亚去寻找费呐先生……父亲昏倒在他的房间里了。我想他就要死了……你，你回去看一下。"

甚至不等听到回答，她鞭击她的马，她的身影在笔直的大路上摇动并逐渐缩小。

仆多并不着急，铺完他那最后几小堆肥料。他咕噜说话。父亲患病，在他看来是一种烦恼，或许这只是他的假装，想以此邀人怜惜吧！随后，一想到他的女人竟毫不心疼地花费医生的诊费，这或许是非常严重的，他决定还是穿上他的短上衣吧！

"那是一个秤过他的肥料的人！"关心邻近田亩腐烂麦秆的胡得根喃喃说。"对吝啬的农民，土地也是吝啬的……对于一个凶狠的家伙，您和他发生过争执，您应该特别小心，不要大意……世上有这么多淫荡女人和卑鄙男子，这是不可能变好的？土地怎么给我们提供好的结果？不用说，它已受够了，再也不给我们产生果实了！"

正当仆多带着沉重脚步归返罗涅之际，他，也向波特利走去。约翰单独留下，做完他的工作，每隔十公尺远，放下几大叉肥料，这些壅积的小堆里立刻透出加倍的阿摩尼亚气。还有许多小堆，在远处冒烟，给地平线笼罩着淡蓝的细雾。一直到冰冻时期，整个贝斯始终是温暖的，而且充溢着这肥料的气息。

仆多夫妇仍然住在弗里麦嫂家里，除了地下室那一间，留给她自己和她的疯瘫男人住之外，他们占有整个住宅。他们总感到这里太狭小，他们尤其惋惜不再有可以种地的菜园，因为弗里麦嫂当然要留下自己的，足以养活并服侍残废者的一角。如果他们住在邻近会激起佛兰佐史的怒火，这就要他们搬家，寻找一个更宽阔的安顿场所。只有一道中间墙分开两个不动产。故意要被隔壁听见，他们大声地说，他们只暂时住在那里，一有机会，他们一定回到自己家里去。那么，不是吗？何必要搬动，给自己找来不必要的麻烦呢？他们为什么并怎样能再回去呢？他们并不加以解释，就是这建立在未知事物上的疯狂确信，要佛兰佐史气得几乎发疯，因为这破坏她做自己家里主人的快乐。至于有些时候，她的姐姐莉兹把一架条梯子靠墙放好，爬上来向她可怕的咒骂，那更不用说了。自从在贝伊雅舒先生家里正式结账之后，莉兹总武断说自己被偷了，总由这一院子里向另一个院子发出永不停止的可怕淫视。

再说仆多终于赶到家里，他发现副安老爹躺在厨房后面，干草仓里面，他所占用的一个偏僻角落里的床铺上。两个孩子，八岁的徐尔和三岁的乐莉看守着，他们倾斜老头子的水壶，在地上玩着画水沟游戏。

“怎么啦？”仆多站在床前问道。

副安已恢复知觉。他大睁着的眼珠儿慢慢转过来，固定地注视。

“唉，听我说，父亲，工资太多了，不要开愚蠢的玩笑……今天您不应该这样僵硬地躺着！”

乐莉和徐尔打碎了水壶，他给他们每人一巴掌，他们发出大声哭叫。老头子再没有闭下眼皮，仍然以他扩散了而固定的瞳孔注视着。仆多想，他既然这样麻木，全身不能再动一下，也没有什么可干的。只好去看医生说些什么。他后悔离开他的田亩。但为了做点事情，他马上到门前去劈柴。

可是莉兹差不多立刻领来费呐先生，后者长久地观察病人，她和她的男人，则显出担忧态度等候着。如果这突发的病一下结果老头子的性命，他们就可以摆脱他的纠缠；但是现在，这可能持续很久，而且或许会要花很多的钱；如果他死掉，他们还没有得到他的私蓄，凡娜和耶稣·基督一定会来打扰他们。医生的沉默终于激起他们的不安。当他走到厨房里坐下开方时，他们决定好好地问他一问。

“那么，他病得很严重吗？……嗯？这是否得持续八天？……我的上帝！如果要这样长久的话！您在那上头还给他写些什么呢？”

可是费呐先生不回答，他已听惯了农民们因疾病感到烦扰的这些询问，他一向采取明智态度和举措，只看他们是无知的牛马，而不和他们谈话。他经常遇到这些突发的病症，他有着医治它们的丰富经验，比任何学历高的医生都能干，总能使他摆脱生命危险。但是他们责怪他故意加给他的平庸，却使他更加看不起他们，使他摆出严肃的态度对待他们，不管他们怎样怀疑他所用药品的功效，这只会增加他们对他的恭敬；多花钱不是会多有效力吗？

“那么，”在药方前面，感到惊慌失措的仆多再说，“您相信只要吃下这一切，他就

一定能够会好些吗?"

医生只耸一耸肩膀。一句话也没说，他回到病人的床前，显得十分关切，观察到经过轻微的脑充血的沉重打击，忽然有了少许发烧，他不免很惊讶。眼睛盯住他的表，计算脉搏跳动，甚至不想从黯然注视他的老头子那里得到任何表示。离开时，他只简单地说:

"这病恐怕得三个星期才会好……我明天再来。今天夜里他若说胡话，你们不要惊慌害怕。"

三个星期！仆多夫妇只听见这句话，觉得很沮丧。如果每天都要吃这么多的药，不知道要花多少钱？最可怕是仆多已经登上他的篷车，跑到克罗亚的药房里去抓药了。这是一个周末，弗里麦嫂看见莉兹单独留在家里，看上去她是那么烦恼，只是来来回回地走，什么事也不做，听到所发生的事，老太婆也十分失望：她从来没有运气，如果这事情发生在另一天的话，她就可以顺便请医生诊视一下她的男人。副安病倒的消息，已在罗涅传播开了，因为人们看见不知道羞耻的菜籽渣很快跑来，在她没动的祖父的手可以回去对耶稣·基督说，在他确实还没有死之前，她拒绝离开。这无赖的姑娘终于走开以后，老大马上出现了，毫无疑问，她显然由凡娜派来看看的；这一个站在她兄弟的床前，她尖锐的眼睛像观察哀格尔溪的鳗鱼似的观察他；接着，又紧紧地蹙一蹙眉头离开，好像惋惜他不会一下子就死去。从此，家族的亲友们就不再走动。既然，他能脱险，不致死去，他们又来做什么呢？

一直到半夜，房子到处都是乱纷纷。仆多带着恶劣的脾气回来。所购的药品里面有搽腿的芥子膏，还有每一小时给他喝的药水，以及等病情稍好些，准备第二天早晨给他吞的泻药。弗里麦嫂很愿意帮他们侍候；但是到十点钟，被浓重的睡意压倒，她走去睡觉。也想去睡觉的仆多推撞莉兹。他们留在这里干什么？注视着老头，这当然对他不会有什么安慰。现在他已开始说胡话，高声谈着不大连续的事情，他一定相信自己跟过去很久的年轻时期一样，在田野里做劳苦的工作。莉兹听到这些低声喃喃说出的古老故事，感到极大的不舒服，仿佛父亲已被埋葬，此刻又再回来，她正要跟着已开始脱衣服的丈夫走去休息时，突然想到应该收拾收拾病人放在一把椅子上的衣服。她仔细地搜寻各个衣袋，细心摇动它们，她在衣袋里只发现一把坏的小刀和一根小绳。随后她就把它们挂到衣橱里，忽而瞥见一块隔板中间，放着一小包纸，她眼睛立刻亮了，她的心头惊跳一下：私蓄！窥伺了那么久，一个月来，他们总在所有奇特地方寻找它，现在却到了在她的手下！那么，突发的病给老头子翻倒时，他是正想改换他的隐藏所吧？

"仆多！仆多！"她喊道，喉头那么梗塞，他穿着衬衫就跑来了，以为他的父亲已断气了。

开始对他只是光脚站着，呼吸几乎停止了。随后，一种疯狂的快乐袭击了他们俩，他们手挽着手，像两只活泼的小羊一样，在彼此面前跳跃，早已把病人忘得九霄云外。现在，老头子的眼睛紧紧地闭着，头被"钉"在软枕里，接二连三地说着他昏迷状态下的断续的活。他正在耕地。

"哎！混账家伙，你愿不愿意吗？你愿意好好走吗？……这块地根本没有浸湿，这块地简直是石块，他妈的！……胳臂都要在这上头折断，我早就该购买别的田亩！……'狄啊，吁！'快走，你这个混账东西！"

"嘘，不要出声！"颤栗地转过身来的莉兹喃喃说。

"啊！别管他！"仆多答到，"难道他能听见吗？怎么，你没有听见他现在满口说着胡话吗？"

于是他们坐在床附近，激动着他们的快乐是那么猛烈，他们的两腿都似乎都累断了。

"再说了，"他加上说，"人们不能发现我们曾搜索过，上帝可以作证，我的确不大想到他的私蓄！它是自己跳到我手里……好吧，我们来看看我们的收获吧！"

他，已经拆开纸包，高声计算。

"两百三十，七十，刚三百整的……就是这个数目，上一次在税收官那里，他曾经领得一季的税金，五法郎的十五枚银币，我曾确切计算过……这是五厘利息。嗯？这么难看的几张小纸头，竟然会生出这么多的钱，这真是很奇妙的？这和真实一样可靠！"

但是老头子的突然冷笑使莉兹感到惊慌，重新命他住口；他或者正在作查理第十治下那一年的大收获，收到那么多小麦，几乎都装不下了。

"有！还有！……有了这么多，这可真有趣！……啊！好家伙！真多！硬是有的！"

他的干涩的笑声，似乎是一种喘息，他的所有快乐都隐蔽在心底深处，因为他纹丝不动的面孔上，没有半点表情。

"有些天真的想法，掠过他的头脑。"仆多耸一耸肩膀说。

接着是一刹那的静寂，两个都眼盯着证券并思索着。

"那么，"莉兹终于喃喃说，"应该把它们再放回去，嗯？"

然而他做了一个有力的手势，表示否定。

"哦！不，绝不，把它们再放回去？……他将寻找它们，他将大喊大叫，如果家族

的其他猪猡们知道，这会给我们带来太多麻烦。”

她听见父亲哭泣声，很激动，她的话第三次被中断了。这是太大的一种苦难，一种莫大的失望，不知道怎么回事，悲哀的呜咽仿佛从他过去的整个生活中发出来，因为他只发出逐渐空洞的声音重复诵着：

“这已完蛋……这已完蛋……这已完蛋……”

“难道你认为，”仆多粗暴地再说，“我会把这些纸张还给这失掉清醒的神志的老头子吗？……让他撕碎它们或烧毁它们，啊！不，谈也不要谈！”

“这，这倒是很实在的！”她嘟囔回答。

“那么，看，这已足够了，我们睡觉吧……如果他问起这些证券，我会回答他，我会料理我的事。但愿别人不来麻烦我！”

他们将这些纸张藏在一个旧五斗橱底下，走去睡觉，在由他们看来，这似乎比放到一个锁好的抽屉深处，更为可靠和安全。父亲单独留下，因害怕而大哭，没有蜡烛照着，他仍然整夜在昏迷中继续说胡话。

第二天，费呐先生发现老头子已变得平静，好得比他所预料的还要快上许多。啊！他们这些耕地的老牛，他们的灵魂舍不得离开，好像被肉体钩住！他所害怕的可能发生的严重高烧，似乎已退去了。他写下含铁质药品，金鸡纳和名贵的补剂；药品的昂贵，再次使仆多夫妇惊慌。他动身时，又和窥伺他的弗里麦嫂争吵了一番。

“亲爱的我的好女人，我早就告诉过您，您的男人和这块界石是同样材料……我不能医治，我无法让石头行动，这还要我告诉您吗？……您知道这一切将怎样完结，不是吗？不论为他或为您着想，结束得最快，总是最好的”。

他鞭击他的马，弗里麦嫂满面流泪，跌坐在界石上。是的，她看护她的男人，的确很久，已十二年了；她的力量已随着年纪一点一点消逝尽了，她害怕自己将不能再种她的那一小块地。但是，一想到她会失掉这好像已变成她的孩子、由她搬动，由她脱换衣服，一想到她拿糖果宠坏的残废者，她的心就痛得要碎了。他还使用的一只好胳膊，也已逐渐没有感觉，所以现在她必须拿烟斗插到他的嘴里。

等到八天以后，费呐先生看见副安能站起来，不免表示骇异。虽然还不大结实，可是他固执地自己下床走动，因为，最能阻止死的就是一个人不愿意死。仆多在医生背后冷笑，因为从第二天开始，费呐先生已除去他所开的药方，他暗地里宣告，最可靠的办法是让疾病去吞没它自己。然而赶集那一天，莉兹到底良心发作，带回上次所开的药品；星期一，等到费呐医生最后一次来看时，仆多向他述说老头子的病又几乎再发了。

“我不知道他们把什么东西放在您的瓶子里，这使他觉得非常不舒服。”

就是那一天晚上，副安打算开口说话。从他起来行走以后，他整天都愁眉苦脸，在房子里蹓跶，头脑里一片空白，想不起他把自己的证券到底隐藏在什么地方。他到处搜索和寻找，拼命作失望记忆的努力。随后，一种朦胧的印象浮到他的脑际；或者他没有隐藏它们，它们还留在格板上吧？如果他想错了，如果没有人拿走它们，他不是自己去惹人注意，招认这从前积蓄，以后又那么小心地隐蔽着的金钱吗？再经过两天，他还努力回忆，还在这私畜突然消失的狂怒和不该开口的必要之间挣扎。然而事实已越来越确定，他想起，他受病魔打击的那天上午，曾把纸包放在这个位置上，等着把它塞到木缝里。这个裂缝使他在床上看到，他已被剥夺，心里忍受这难言的痛苦，他决定说出一切。

吃完晚饭，莉兹整理桌上的盆碟。从老头子再起来的那一天起，就以嘲弄眼睛留意他的仆多，随时等待着这要发生的事情。他在他的椅子上摇摆，看见他的父亲那么激动和那么不舒服，他对自己说，这次老家伙一定要开口了。是的，带着柔软两腿在房间里蹒跚行走的老头子，突然站到他面前。

“那么，那一包纸呢？”他的梗塞喉头发出嘶哑的声音问道。

“嗯？您说什么？……那一包纸，什么纸？”

“我的钱！”身体一下子挺直，显得很高，很可怕的老头子吼道。

“您的钱，此刻，您还有钱吗？……您曾那么高声发誓说，养大我们花掉你太多的钱，您已不再留下一个铜子……啊！狡猾的老东西，您还有钱吗！”

他还在不停摇摆，他冷笑着，觉得很好玩，认为自己从前的嗅觉的确很灵敏，因为是他第一个觉察到他藏有私蓄。

副安气得浑身都颤抖了。

“把钱还给我！”

“您让我拿什么还给您？我有吗？我知道您把钱藏在什么地方吗？”

“你把钱偷走了，他妈的！拿它还给我，否则我打得你吐出来！”

他记不清自己的年龄，抓住儿子两肩，用力摇动他。可是他的儿子也站起来，也抓住他，却并不推撞他，只高声对着他喊道：

“是的，我把它拿走的，我把它保管着……我替您保管着，听见了吗？头脑已搬家的老畜生……你别不承认，现在到了从壁橱那里取来这些纸的时候了，因为您发昏，要撕碎它们……不是吗？莉兹，他要撕碎它们？”

“哦，你真会这么干的。当一个人不知道他做什么的时候你已经糊涂了！”

副安很惊骇，听到这些话感到恐怖。他已经想不起任何事情，难道他已疯了吗？如果他和手里玩着图画的孩子一样，真的要撕碎自己辛苦多年的证券，那么，那也是潜意识地做的，一想到自己已变成没用的疯子，一个去死掉的老废物。他胸口似乎破裂，已没有勇气和力量。他哭着说：

“喂！请把它还给我？”

“不！”

“我的身体已经一点点地好起来，把它还给我！”

“不！不！我不能让你毁了它，或拿它点您的烟斗，谢谢！”

从此仆多一直坚持拒绝还出证券。此外，他们还公开谈论，整个悲剧：他正要撕碎它们的时候，是他们怎样恰好赶来，从病人手里抢下来。一天晚上，他们甚至向弗里麦嫂指出证券上有破裂的痕迹。是他们夫妻两个这样的不幸，不让金钱被撕得粉碎，大家都因而不受到损失，谁能埋怨他们责怪他们这样做呢？大家虽然都怀疑他们撒谎，却又都违心地高声赞成他们。尤其是耶稣·基督再也忍不住了：这私蓄，在他家里没有找到的这包纸，却一下就让别人发现并抢跑了。有一天，他曾把它握在自己手里，可是他太愚蠢，居然给它再放回去！真是他妈的笨蛋！自己一向被人看作狡猾的窃贼，这真是太冤枉，太不值得了！所以他发誓说，父亲一旦因为这个而垮倒的话，他要和他的兄弟算账。凡娜也说，一定要算清彼此应得的账目。但是只要老头子不再取回他的钱，并随意处置它，仆多夫妇当然很安心，更不会和他们争吵。

副安这一边，他拖着脚步走过一家又一家的门口，到处叙述这件事。只要他能留住一个行人，他即向他哭诉他的悲惨的命运。一天上午，就是这样，他走进隔壁，他侄女的院子里。

佛兰佐史正在那里帮着约翰装一车肥料。约翰在坑窟深处，用手里的大叉子，挑空里面的堆积，佛兰佐史则在上头，接受一扎一扎的腐烂麦秆；为了能装得更多得更多，她用脚跟一下又一下踏实它们。

副安老头站在他们面前，借手杖支靠身体着，便开始他的诉苦。

“嗯？本来就属于我的钱，他们给拿去了，却怎么也不肯还我，这多么可恶！……若是你们的话，你们将怎么办呢？”

接连三次这样的询问。他这样来和她谈天，她觉得很难办，为了避免任何与仆多夫妇可能发生的争吵，她只冷淡地接待他。

“您知道，伯父。”她最后还是答道，“这与我们可不相干，能逃走那个地狱，我们确实已太幸福了！”

她转过身来，继续在车子里用力踩踏，肥料已升到她的大腿根，约翰给她送来一叉又一叉的腐烂麦秆，她几乎被淹没。她被热气笼罩着，在粪坑的令人窒息气味里，她觉着心里很舒服，很平静。

“我可不是疯子，这可以看出来，不是吗?”好像没听见回答的副安继续说。“那可都是我的钱，他们应该还给我……难道你们相信我会撕碎它们吗?”

不论佛兰佐史或约翰都不哼一声。

“只有发疯的人才会这么干，嗯？可是我并没有发疯……你们完全可以替我作证。”

突然从装满的车子高处，她挺起了身子，显出很高大，很健康和很强壮的姿态，仿佛她在那里成长起来，以帮助繁殖的气味从她身边蒸发。她两手放在屁股上，胸口鼓鼓的，她现在已是真正的妇人了。

“啊！不，不，我的伯父，看，足够了！我，我们不愿意卷入这些混账事情……喏！我们已说到这地步，最好，您还是不要再来看我们。”

“那么，你就这样赶走我吗?”老头子浑身颤抖着问道。

约翰认为自己应该干涉一下。

“不，这就是说，我们不愿意和别人发生争吵。如果他们看见您在这里的话，那将有三天打架……各人都喜欢它，不是吗?”

副安一动也不动站着，他暗淡的眼睛，显得十分可怜。接着，他动身离开。

“好！我早就应该知道需要援助的话，我应该向别处，而不应该来找你们帮助我。”

他们等他走了之后，心里不免觉得很难过，因为毕竟他们还不是坏人。可是又能怎么样呢？这不但丝毫不能帮助他，连他们自己也一定会因此丧失胃口和睡眠。她男人走去寻找马鞭时，她拿起一把锹，仔细收拾地下的兽粪，再把它们掷到车子上。

次日，副安和仆多之间发生粗暴的争执。其实，证券问题的争吵，每天总再开始，一个抱着不变的固执，重述他的永恒乞讨：“把它还给我!”另一个也以永恒的拒绝“让我安静些吧!”然而事情已逐渐变糟，尤其是老头子开始寻找他儿子可能隐藏这私蓄的地方，情况恶化了。现在轮到他来搜查整个房子，橱柜的夹板，墙壁，听听是否发出空响。在他的唯一忧虑里，而他的目光总连续从这个角落游移到另一角落；每当他一单独留下，就立刻遣开孩子们，带着顽皮少年趁父母不在家一样，用一下扑到侍女身上的激情冲动，从事他的搜索。那一天，仆多偶尔回来时，看见副安正腹部向下，整个身体趴在地上，鼻子伸入五斗橱底下，正在研究他的那些钱是否就藏在那。这激起他的怒火，因为父亲几乎达到他的目的：他在下面寻找的东西就隐蔽在上头，已经被大理石的重量封锁住。

“他妈的！你这个老东西！看，您现在要做滑溜的毒蛇了，您快给我站起来!”

他从腿上拖他，要他再站起来。

“啊！这个！这一切该结束了？您的眼睛不要再向所有洞穴里窥探了？我已受够了，我不高兴我的房子，被检查到细小的裂缝也不放过!”

副安因突然被他撞见，很尴尬，只盯着，忍住心里发作的愤怒，再重复一句：

“把它还给我!”

“求你让我安静些吧!”仆多指着他的鼻子狂吼道。

“那么，我要离开这个受苦的地方。”

“就这样，您滚蛋吧，祝您一路顺利！狗娘养的！如果您再回来的话，您就是一个不要脸的家伙!”

他抓住老头子的胳臂，把他撵了出去。

二

当副安走下冈陵斜坡时。他的愤怒突然平息了，他站在下面大路上，因自己到了外面，呆然站着，不知道走向哪里才好。教堂钟楼已敲三点，潮湿的在这阴暗的秋季下午冷冷地吹着。他颤抖，因为事情发生得太突然，他甚至没有拾起他的帽子。万幸的是他还带有他的手杖。一会儿，他向克罗亚走去；随后，他自问他从这边，究竟要何去何从，他像平常一样拖脚步，重新走入罗涅。当他经过马葛龙店铺门前，想进去喝一杯葡萄酒；但是摸摸衣袋，没有一个铜子，因怕别人已晓得刚才发生的一切，他被羞耻侵袭，不敢露面。正好，他似乎觉得郎该涅站在自己店门口，像观看大路上的叫花子似的，正以斜视目光紧紧看着他。勒构在小学一道窗玻璃后面，也不理他。这是很容易了解的，现在他已完全被剥夺，不再有什么财产，这次而且一直被剥削到他身体的皮肤，他已再度落入一切人的轻蔑中。

走到哀格尔溪时，副安让自己背部靠在桥的栏杆上，站了一会儿。随着黑夜的降临，到何处去睡觉呢？甚至没有一个屋顶可以容纳他。培贵夫妇的狗，他看见它走过去，也心生羡慕，因为这畜牲至少还有一个麦秆的洞窟，可以过夜。他徒然寻找，在他的愤怒松弛之后，他已昏昏欲睡。双眼欲重，竭力回忆去寻找，可以御寒的角落。这忽而转成恶梦，为暴风的吹袭所惊醒。他认为不应该这样失望。别人不会让他这么大年纪的一个人死在外面。

他机械地走过桥，到了黛勒梅夫妇的小田庄前面。侧斜去过，从房子背后转过，使得人们看不见他。那里，他又贴靠在牛栏间的墙边，重新休息一下，他可以清晰地听见自己的女儿凡娜在里面谈话。那么，他曾想到再让自己安顿在她家里吗？他自己却说不出口，只有他的两腿领着他走来。仿佛他已进去，他再看见住宅内部，左面的厨房，干草仓尽端，他曾住过的楼上房间。难过得几乎要坐在地上，如果不靠着墙，他几乎要昏倒在地。很长时间，他一动不动，他的衰老脊梁贴靠在这房子边上。凡娜仍然在牛栏间里侃侃而谈，而他不能辨出她说什么；那声音令他不安。她一定正在斥骂一个女仆，她的声音更高起来，那么严峻，那么刻薄，虽然没有粗鲁的语句，但她向这不幸的女人说出那么伤人心的话，后者因而哭起来。他也深受感触，因确信他若推开门，他的女儿也会拿这恶劣声音接待他，他立刻挺直他的身体，不再示弱。他想象她重复说着："爸爸，他将跪着要求我们再收养他！"这一句话，像当空一个炸雷使他猛然惊醒。不！不！宁可饿死，宁愿睡在任何篱笆后面，也不要去睡这个女人的自负态度，他挣扎着离开墙，他蹒跚地走远。

副安为着不再重走大路，避免自己被大家窥伺着，即从桥那边的哀格尔溪右岸，再爬上去，不久，他走到葡萄田中间。他的意图一定是这样避开村庄，一直抵达广大的平原。不过，他必须经过宫堡旁边，由于天生的本能，仿佛一只负重的老畜生要回到它有养麦可吃的马厩里，他的脚腿也似乎领着他向这破旧的洞窟走来。爬上斜坡使他感到一阵窒息，他坐在一个偏坡上喘气并反省。不用怀疑，如果他去对耶稣·基督说，"我将到法院去控告，你帮着我去反对仆多。"这家伙当然会张开胳臂欢迎他。晚上，人们可以举行一次放荡的欢宴。从他所在的角落里，他恰嗅到丰盛的菜肴，这一定是由上午一直持续到现在的大吃大喝。他被诱引，肚皮空空的，于是马上走近前去，他辨出大炮的声音，闻到耶稣·基督要庆祝这位朋友出现时，菜籽渣烧得那么好的赤豆气味。为什么他不进去和这两个无赖一起享乐呢？他已听见他们在烟斗发出的浓雾里的高谈阔论，他们已喝得那么醉，身上很暖和，他确实很羡慕。耶稣·基督突然放出的屁声刺激他的心头，他正向门上伸出他的手时，菜籽渣的尖锐笑声击退他的勇气。现在是这菜籽渣惹起他的恐怖，他的脑里还时常看见她很瘦削，单穿一件衬衫，带着赤练蛇般的裸体，扑到他身上，探摸他，似乎要吃掉他的情景。那么，这又何必呢？父亲固然能帮助他取回他的证券，而女儿仍然在那里，要从他的皮肤下，再偷去它，这又何必多事呢？门突然被打开，这卑贱的女孩子大概嗅到有什么人隐藏着，马上向外面投射出一瞥。他只有迅速扑到荆棘丛背后，然后逃走了；在降下的夜色里，他只辨出她的闪闪发光的绿眼睛。

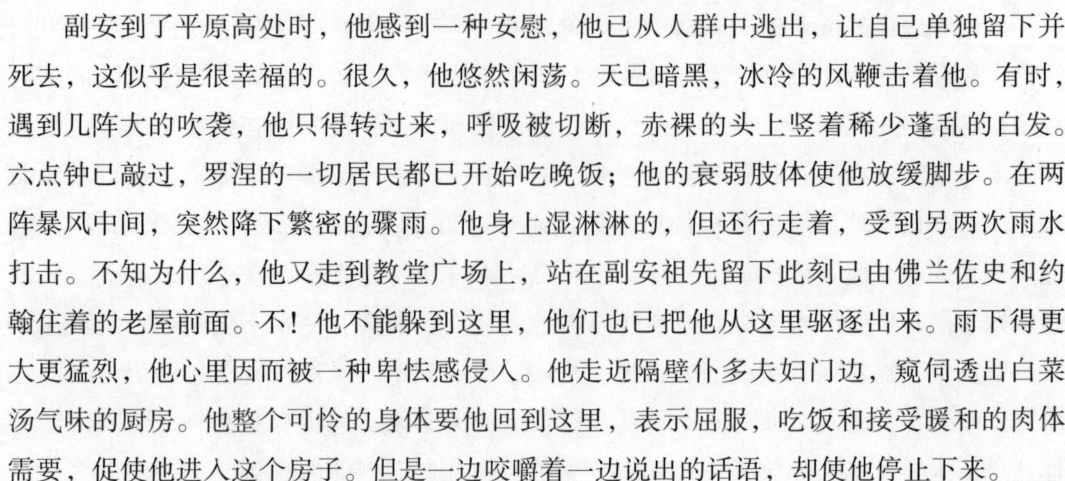

副安到了平原高处时，他感到一种安慰，他已从人群中逃出，让自己单独留下并死去，这似乎是很幸福的。很久，他悠然闲荡。天已暗黑，冰冷的风鞭击着他。有时，遇到几阵大的吹袭，他只得转过来，呼吸被切断，赤裸的头上竖着稀少蓬乱的白发。六点钟已敲过，罗涅的一切居民都已开始吃晚饭；他的衰弱肢体使他放缓脚步。在两阵暴风中间，突然降下繁密的骤雨。他身上湿淋淋的，但还行走着，受到另两次雨水打击。不知为什么，他又走到教堂广场上，站在副安祖先留下此刻已由佛兰佐史和约翰住着的老屋前面。不！他不能躲到这里，他们也已把他从这里驱逐出来。雨下得更大更猛烈，他心里因而被一种卑怯感侵入。他走近隔壁仆多夫妇门边，窥伺透出白菜汤气味的厨房。他整个可怜的身体要他回到这里，表示屈服，吃饭和接受暖和的肉体需要，促使他进入这个房子。但是一边咬嚼着一边说出的话语，却使他停止下来。

“那么，出去的父亲，如果不回来呢?”

“让他去吧！他的肚皮太能吃了，如果他觉得饿的时候，他一定会回来的!”

副安走开，恐怕别人会看见他和挨打的狗一样，硬要回去吃东西，可怜地站在这阴暗的门边。他的呼吸被心里的羞愧梗塞，一种野蛮的决心袭击他，要他让自已躲到一个角落里活活饿死，人们将看见他的肚皮是否太会吃了！他又走下斜坡，跌坐在铁蹄匠克鲁门前的一段梁木上。脚腿不再能载负他，他自弃在大路的黑暗和荒凉里，因为黄昏消夜已开始，在恶劣的天气里各处房子的门都关上，里面似乎没有一个人生活着。现在，骤雨已平息了暴风，他已没有再站起来并寻找一处遮蔽所的力量。他的手杖放在两膝间，脑壳被大雨洗濯，一动也不动地留下，因遭遇那么多苦难，变得很蠢笨。他甚至不再考虑，这仿佛就是这样：没有儿女，没有房子，没有任何东西的一个人，当然只好抽紧裤带，睡在外面。九点已敲过了，接着是十点。雨还继续下着，几乎要溶解他的老骨头。但是许多提灯出现了，而且很快溜过去：黄昏消夜散场了，他还是清醒了一下，认出老大从她可以节省一段蜡烛的黛勒梅夫妇家里回来。他努力站起来，肢体因而轧轧发响，他远远跟随她，但他赶得不够快，不能和她同时进去。站在再关上的门前，他犹疑，他几乎晕倒。最后，他敲门了，他已太不幸了。

应该说，他敲得很不凑巧，因为老大由于前一星期发生了一连串不幸事故，引起了她的烦恼，此刻正存着非常残暴的脾气。一天傍晚，她单独和她的外孙希拉利昂留下，在没有遣他到麦秆垫上去睡觉之前，她还想利用他的劳力，要他再劈几块木柴，他慢条斯理地做工作的当儿，留在柴间深处监视他的外祖母满口咒骂他，责备他太懒惰。直到那时，他还处在惧怕她的屈辱里，这残废和愚笨的粗汉，虽然有着公牛般的坚强筋力，却让她滥用他的力量，甚至不敢向她抬起眼睛。然而好几天以来，她似乎应该当心他，因为在过于辛苦的劳役下，他总全身颤抖，发热的血使他的肢体坚挺起来。为了刺激他，她用手杖尖端打击他的后脑勺确实是错了的。他放开斧头，正视着她。她因这反抗而愤怒，正向他的腰部，他的大腿根，他全身各处抽打时，突然，他扑倒在她身上。她以为自己被翻倒，被践踏，被扼死；但是，不，自从他的姊姊帕眉尔去世以后，他的情欲一直没有得到满足，他的愤怒变成雄性发狂，再也意识不到年纪和亲属关系，几乎只有性的感觉。这畜牲要强奸她，要强奸这八十九岁的老祖宗，这身体跟木柴一样干燥，只留下雌性裂缝的枯骨。她还很结实，保有不可侵犯的力量，不让他这样做，她还能抓起斧头，一下劈开他的脑壳。听到她的喊声，邻居们跑来，她叙述了经过，说出详细情况：再松一下，她就要被奸污，这家伙已达到边缘。希拉利昂在第二天才死去。法官曾来过，接着是埋葬。总之，种种烦恼困扰着她，好在她现在已恢复平静；不过，她深恶人们的忘恩负义，她已下定决心，永远不再帮家族里任何人的忙。

副安只得连敲三次，因为那么恐惧，不敢敲重，她似乎没有听见。最后，她回答了，她决定问道：

“是谁?”

“我。”

“谁，你?”

“我，你的兄弟。”

无疑的，她一定已马上辨出声音，为了高兴，强迫他再说一次，她并不着急。经过一霎时的沉默，她再问道：

“你来做什么?”

他颤抖，他不敢回答。于是她粗暴地打开了门。但是看他要进来，她立刻用她的瘦削胳臂挡住门口，她仍然让他留在街上的大雨下，凄惨的雨点还没有停止。

“我知道你来做什么。黄昏消夜时，人们已对我说过……是的，你犯了愚蠢的错误，再让自己被吃掉，你甚至不知道保存你隐藏着的钱，你希望我收容你，嗯?”

随后，看见他请求原谅，喃喃地说出辩解的理由，她就生气了。

“好像我没有预先告诉过你似的！但是我已经对你说过多次了，只有卑怯和愚蠢的人，才放弃自己的土地！……如果这正如我所预料的，看，现在你被你的混账孩子们驱逐出来，和乞丐一样，夜里在大路上奔跑，甚至没有一块石头可以给你睡觉，这再好没有了！”

他伸出两手，悲泣着，他尝试推开她。她使劲挡住，她终于倾诉出心里的愤恨。

“不！不！你去向盗窃你财产的那些人要求一张床铺。我，我不欠你什么。家族里的人，还责怪我干涉他们的事情……其实，这一切，都没有什么关系，你已送出你的财产，就是为了这个，我将永远不能饶恕……”

再次挺直她干枯的颈项，睁开她这鸷鸟般的圆眼睛，她朝他的面孔看了一眼，砰的一声关上她的门。

“这做得很好，你死在外面吧！”

副安一动也不动，木然对这残忍的门笔直站着，他的背后，雨继续单调地倾泻着。最后，他转过去，再走入墨黑的，由天边徐缓和冰冷雨水淹没着的夜里。

他到哪里去呢？他的脚腿在一块一块水洼里滑溜，为了不碰到墙垣和树木，他的两手向黑暗里摸索。他不再思想，他认识这村庄一角的每一块石头，好像是辽远的，不熟悉的和可怕的地方，他觉得自己在这里是迷路的陌生人，不晓得怎样行走。他转向左面，害怕踏入洞窟，他再向右面转过来，他全身颤栗地停下，似乎到处都有威胁。碰到一个栅栏，他循着它一直走到一道没有关好、在他手下慢慢推开的小门。泥土忽然凹陷下去，他滚入一个洞窟。这里很好，雨不再透入，而且非常暖和。但是一声嗷嗷的鸣叫警告他，他和一只猪猡一起，这畜牲受到烦扰，以为人们给它送来食物，已让它的长嘴伸到他的腰部。一种斗争进行着，他那么衰弱，有可能会被吞噬的恐惧，使他走出来。不能走得更远，他就靠在门上睡觉，尽量缩成一团，这样伸出的屋檐可以给他遮住雨水。然而水点还继续淋湿他的脚腿，一阵一阵的风吹在他被淋湿的衣服上，使他发冷。他羡慕猪猡，如果他不是因为听到它在他背后，发出贪馋的吞噬气息，咬蚀门板，他一定会回到它身边去。

天色还没有大亮，副安从他陷入的半醒不睡里摆脱出来。他的心头又感到耻辱，这是很难堪的一种耻辱，他对自己说，他的事或者已在整个村庄里传播，大家都知道他和困苦无告的穷人一样，在大路上流浪。一个人一旦没有了钱，他不必再希望什么公道，或等待什么怜悯。他沿着篱笆溜过去，他的心里很不安，恐怕会看见一堵窗打开，一个早起的女人会认得他。整个白天，他就这样从一个隐蔽所逃到另一个隐蔽所，在这么大的慌乱里，每隔两小时，他就以为自己已被发现，总改换一个躲避的洞窟。现在他脑壳里激动着的唯一观念，是要知道死去是否要很长久。受寒冷的苦，还不算很厉害，最使他难忍的，还是饥饿，无疑的，他肯定会这样活活饿死。这或者还需要一天或一夜。只要天边还是明亮的，他就并不示弱，他宁可这样死掉，而不愿意回到仆多夫妇家里。但是一种凄惨的忧虑随着降下的薄暮，侵入他的身心，他害怕再在这固执的大雨下，再过一夜。寒冷重新一直渗到他的骨头，无可忍受的饥饿好像在挖蚀

他的胸口。待天边一黑下来，他觉得自己好像被这些倾泻的阴暗淹没并卷走：他的头脑不再听指挥，他的脚腿自动行走，这是畜生的本能领着他去；就是这样，毫不自愿地，他重新走到他推开门的仆多夫妇厨房里。

正好，仆多和莉兹刚要吃完白菜汤。仆多听到声音转过头来，他注视一声不响，湿漉漉衣服上接连冒出水气的副安。很长的一霎时流逝过去，他终于摆出嘲笑态度说道：

“我知道你是不要脸的。”

被冻结住似的老头子默然不开口，不说一个字。

“算了吧，女人，既然饥饿再领他回来，还是给他点东西吃吧！”

莉兹已站起来，给他送来一盆白菜汤。但是副安拿起盆子，走去坐在旁边的一条机子上，好像他拒绝再和他的孩子们同桌吃饭；接连一大汤匙又一大汤匙，他囫囵吞下菜汤。饥饿猛烈袭击着他，他的整个身体都发抖。仆多却不慌不忙吃完他的晚餐，坐在他的椅子上摇摆，远远戳起预先切好的一块一块乳酪，用刀尖送入口里咀嚼。老头子的贪馋，吸引了他的注意力，他的眼睛跟随汤匙，他冷笑。

“喂！听我说，在凉爽里散步，似乎打开了您的胃口。但是不应该每天这样奔跑。否则，要养活您，实在太花钱了！”

父亲咽喉里仍然发出沙嘎的声音，不说一个字，仍然接连吞下去、吞下去。儿子继续说：

“啊！这逃宿的滑稽家伙！他或者到外面去看什么婊子吧——就是这个挖空您的肚皮，嗯？”

还是没有回答，同样的固执沉默，只有他一汤匙一汤匙吞下菜汤的响亮声音。

“哎！我对您说话，”发怒的仆多喊道，“您应该向我表示应一声的礼貌。”

副安甚至不从他的菜汤里抬起他的固定和昏乱的眼睛。可是他似乎没有听到，没有看见，好像被孤立在十余公里以外，仿佛他愿意说，他只回来吃东西，他的肚皮在这里，他的心已在别处。现在，为了不损失他所吃一份的残余，他拿汤匙刨刮他手里的盆底。

莉兹被他巨大的饥饿所吓倒，开始干涉她的丈夫。

“既然他要装出死的样子，你让他去吧！”

“这因为我不愿意他再开始开我玩笑！”仆多狂怒地再说，“一次，这还可以过去。但是您听见吗？混账家伙？从今天的故事里，您应该获得好的教训！如果您再麻烦我，我将让您饿死在大路上！”

副安吃完，困难地离开他的机子，还是默然不响，从这似乎更扩大的坟墓般的静寂里，他转过身，他一直拖曳到楼梯底下他所睡的床上，和衣躺下。睡眠压倒了他，他马上睡去，没有打鼾，很快陷入铅一样重的黑乡里。走来看他的莉兹，回去对他男人说，他也许已死掉。然而不愿烦劳自己去看一下的仆多，却耸一耸他的肩膀。啊！死掉！这从哪里说起！难道这样就算死掉吗？不过他一定走了很久很久，才陷入这样的状态里。第二天早晨，他们进去投射一看时，老头子还没有动过；下午，他还睡着，只到第二夜的早晨，他像被毁灭似的足足睡了三十六小时才醒回来。

"怎么！看，您已再起来了！"仆多冷笑说，"我，我以为这会继续下去，您不再吃面包了！"

老头子既不看他，也不回答他，只出门走到大路上坐下，呼吸清晨的新鲜空气。

从此，副安一直固执着。他似乎忘掉人们拒绝还给他的证券；至少，他不再谈论它，不再寻找它，或者已变得冷淡，不论怎样，他这样一直忍受下来；但是他和仆多夫妇的关系，已完全决裂，好像被分开，被掩埋，他始终保持着他的沉默。不论在任何情况下，不论有什么必要，他再也不向他们说一句话。生活还始终在一起，他睡在那里，并在那里吃饭，他自早到晚看见他们，碰到他们；却不看一下，不说一个字，只露出盲者和哑巴的神态，好像一个黑影，在活人们中间慢慢移动。等到疲于招呼他，却再也不能从他那里得到一声回答之后，人们终于让他留在他的固执里。仆多和莉兹也停止和他说话，只容忍他和移动位置的家具一样，生活在他们周围，最后甚至不再清楚地意识到他的在场。他们所养的马和两只母牛都要比他引起更多注意。

整个房子里，副安只剩下一个朋友，已经九岁的小徐尔。当四岁的乐莉用和全家人一样的冰冷的眼光注视他，板起阴险和怨恨的面孔，总时常摆脱她的胳膊，仿佛她已判决这无用之人的死罪时，徐尔则喜欢留在老头子两腿中间。他是他和别人生活联系的最后一根线，遇到必须说一个"是"或"否"的回答时，徐尔被当成传达使者。他的母亲派遣他，他带回回答，因为祖父只为他才脱出他的沉默。此外，在他所处的被抛弃的环境里，孩子像小主妇似的，早晨帮他整理床铺，负责给他送来一份菜汤，他拿到窗边，放在两膝上，独自吃着，因为他再也不愿意恢复和他们同桌的位置。接着，他们一起玩耍。副安的幸福是手里牵着徐尔，笔直向他们前面作很久的散步；那些日子，他惊他心里所郁积着的东西，他谈话，接连地谈话，他简直要激起他的小伙伴的昏乱，自从他停止使用他的舌头之后，他已失掉转动这器官的习惯。但是咕噜地说着含糊话语的老头子和脑里只有鸟巢及野桑果的孩子，却能互相了解，彼此往往作数小时的默契交谈。他教他安放捕鸟的黐竿，他替他做关蟋蟀的小笼子。这孩子的柔弱的小手被握在他手里，向这旷野，他再没有土地和家庭的荒凉道路走去，这就是唯一支持他，要他再生活一段时间的全部快乐。

此外，副安仿佛已从活人数目里被涂抹了，仆多代替他行动，借口这老家伙已神志不清，每次都是他去替他领钱和签字。来自房子卖价的一百五十法郎年金，直接由贝伊雅舒先生付给他，只有黛勒梅和他发生麻烦，后者不愿意拿他所应付的二百法郎赡养金放到父亲以外的任何人手里；所以黛勒梅要求副安在场。但是他没有转过身，仆多就抢去桌上的钱。这两笔加起，已有三百五十法郎，把钱捏到手里的儿子却时常发出悲叹的声音说，他不得不加上同样或者更多数目，才能养活老头子。他不再谈到证券：它睡在那里，要等到后来再看。至于所领的利息，据他说，仍然由他用去履行父亲和曹西斯老爹所订定的契约，每天付十五个铜子，一直到死为止，购买一“亚尔奔”土地。他喊着说，人们不应当放弃这契约，因为放进去的钱已太多。然而传播着的流言都说，曹西斯老爹受到恐吓，怕自己会被他暗杀，已同意取消契约，把所领得的一半数目，两千法郎的一千，还给他。这老扒手之所以缄默，完全由于他的虚荣心，不愿意显出自己也轮到被玩弄。仆多的嗅觉告诉他，副安老爹将先死：他假定人们一定会暗暗给他致命的打击，使他不会再爬起来。

一年流逝过去，虽然日趋衰弱的副安还活着，这已不是过去那个，过于喜好清洁的老农民：干枯的脸皮剃得很光滑，颊须梳得很整齐，身上穿新的罩衫和黑的裤子。现在他没有肉的瘦削面孔上，只留下露骨的逐渐垂向土地的大鼻子。每一年，他都稍稍更弯曲，他的腰似乎已折断，只等着最后的翻倒，一下跌入路旁旱沟里。这时，他支靠在两根手杖上，拖着脚步行走，脸被长而肮脏的白胡子布满，穿他儿子的破碎旧衣服，身上那么褴褛，在太阳下显得那么讨厌，看来好像是衣衫破旧，人们都悄悄躲开的老叫花子。在这漆黑深处，只有畜生或人形动物拼死要生活的本性点绰着。贪婪的需要驱使他扑向杂菜面包汤上，他的胃从来不满足，如果小孩子不反对的话，以至要偷徐尔的面包片。所以人们就这样减少他的食物，找个托词说他会胀死，总不时利用机会，不让他吃饱。仆多责怪他从前和耶稣·基督一起住在宫堡里，已养成坏习惯。其实，这是千真万确的，因为这俭朴的老农民，身体很坚强，只靠面包和清水生活，却在那里养成大吃大喝的恶习惯，对肉和烧酒有了嗜好，此刻再也不能忘掉。因为放纵的行为那么容易传染，即使一个儿子要带坏他的父亲，父亲也不能拒绝他的诱惑。莉兹看见葡萄酒减少了，只得把它紧紧锁起来。煮牛肉汤的日子，小徐尔总在旁边看守着。自从老头子在郎该涅店里欠了一杯咖啡的钱之后，后者和马葛龙都被告知，他们若拿什么饮料赊给他别人将不承认。他还时常保持他的冷漠，但是他若有时看见他的盆子没有盛满，或被除去他的一份葡萄酒，他就以生气的眼睛看着仆多，表示他贪馋的无能和愤怒。

"是的，是的，您看着我吧，"仆多说。"如果您承认我能养活什么都不做的牲畜的话！喜欢吃肉的时候，人们就应该去赚得它，只晓得显出贪馋的恶棍！……嗯？活到您这样一把年纪，落入这么放荡的坏习惯，您不害羞吗？"

副安由于倨傲的执拗，因他女儿所说过的话，很令人伤心，仍然不回到黛勒梅夫妇家里去，他宁愿喜欢在仆多这里承受一切，整天听着恶劣的责怪甚或粗鲁的咒骂。他不再想到他的其他儿女；他自暴自弃在那么大的烦倦中，要逃出这地狱的观念，甚至没有浮现他的脑里：别处也不会过得更好，这又何必移动呢？凡娜若遇见他，总坚挺地走过去，决心永远不再先向他说话。心地善良的儿子，耶稣·基督对他离开宫堡的龌龊方式，固然还怀有愤恨，却开他玩笑，一天晚上，请他到郎该涅店里，喝得很醉，然后就这样再带他回到他的门口，屋子里因而乱七八糟发生可怕的事情，莉兹必须洗濯厨房，仆多则发誓说，下次，他将赶他睡在肥料堆上；如此，惧怕的老头子现在不信任他的大儿子到那样程度，他甚至还有决心拒绝一杯清凉的饮料。往往他坐在外面的小路旁边时，也看见菜籽渣和她的一群鹅走过来。她停下，睁开她的细小眼睛搜寻他，而且和他闲聊了一会，她背后的畜生们，则伸着警惕的颈项，立在一条腿上等候着她。但是一天上午，他发觉她偷走他的一块手帕。从此，若从较远之处，看见她，他就摇动他的手杖驱赶她。她开玩笑，赶她的一群鹅朝他身边扑去，只有在遇到一个行人威胁她说，如果不允许她的祖父安静些，她将受到打耳光的惩罚时，她才逃开。

但是直到那时，副安还能行走，这是一种自慰，因为他还恋着土地，在他这很像年老热情者经常为从前情妇们印象所萦绕的怪癖里，他总多次上去再看他的旧日地产。他迈开老人的沉重步履，慢慢在道路上散步；他停止在一片田亩边，支靠着他的两根手杖，默默逗留几个小时，然后，他拖曳到另一片前面，重新一动也不动，像一棵茁壮成长在那里，现在已经枯老的树木似的，重新忘记了自己。他的茫然眼睛已不能清楚辨出小麦、荞麦和稞麦。一切都很模糊不清，许多混杂的关于过去的回忆浮起：每一年，这田亩曾生产那么多公担。甚至日期和数字也终于混杂了。只有一种活的和执拗的感觉停留在他的心里：土地，他曾那么热切期望，那么占有过的土地，六十年之内，他曾向它献出所有，——如他的肢体，他的心和他的生命——的土地，这忘恩负义的可亲而又可憎的田地，此时已落入另一男性的手心中，还继续生产，而不给他保留一点！一想到它不再认识他，他没有留下一个铜子或一口面包，他必须死，腐烂在它底下。这无情无义的家伙，将借他的老骨头，去重视青春，一种更大的忧闷就侵入他的心坎。真的！为了达到这样赤裸裸和残废的地步，竟让自己被劳苦的工作折磨着，实在太不值得！他这样在他的旧日田地周围闲荡了很久以后，回去躺到床上，沉陷在那么大的疲倦里，人们甚至再听不见他的呼吸。

然而他要生活下去的最后兴趣，也和他的脚腿一起消失了。那以后，他行走变得那么困难，几乎离不开村庄。晴朗日子，他有三四处最喜欢停留的地方：克鲁铁蹄铺前面的梁木，哀格尔溪的桥，小学附近的一条石凳，他慢慢从这一处挪到另一处，每次要花一小时工夫，才能走完二百公尺，弯曲、破碎和脱节的腰部摇摆着，穿着木屐一步挨一步地蹒跚走着，好像拖曳着报废的破车前进。往往，整个下午，他忘记在一段梁木上，蹲坐着享受的阳光的滋润。眼睛睁得很大，木然留着。经过的人们不再向他打招呼，因为他已变成一件东西。甚至他的烟斗，也让他厌烦不已，它那么沉重压在他的牙齿间，而装烟草和点起它的巨大工作又耗费他的力量，他已不再吸烟。只有不愿换地方这样一个愿望，在中午的酷烈太阳下，他若一移动，身上就冷得发抖。这是意志和权威毁灭后的最后没落，这是一只受苦的老畜生，在它被冷落时品尝人世间的各种苦难。其实，他并不叹息，他存着完蛋老马的观念，它既然已被使用过，现在既然只无益地吃掉荞麦，人们可以宰杀它。一个老头子，毫无用处，只花费金钱罢了。他自己也曾祝愿他父亲的死。如果他的孩子们也盼望他的了结，他不感到惊讶或悲伤。应该是这样的一个结局。

有一次一个邻居询问他：

“那么，副安老爹，您的身板还很硬朗吧?”

“啊!”他咕噜道，“要死去，真不容易，这要花大力气，我不缺少这个意志!”

他的话是说，好，他听见由命地忍受着，既然他已重新变得一无所有，既然土地要欢迎他回去，他就接受死并盼望死立刻来召唤他。

还有一种更令他难受的是。徐尔，受了小乐莉引诱，也开始讨厌他。后者看见他的哥哥和祖父在一起，似乎很妒忌。这老家伙，他烦扰我们?他们两个一起玩耍，当然更加有趣。如果她哥哥不跟随她，她就悬挂在他的肩膀上，领他走开。随后，她装出十分可爱的样子，竟使他忘记了他殷勤小主妇般的服务。久而久之，她以担负这征服任务的真正小妇人身份，要他完全归附她，听从她的指令去做任何事。

一天下午，副安走到小学前面等候徐尔，他当时感受那么大的厌烦和疲倦，他想到他的孙儿，希望和他一起走上冈陵斜坡。但是乐莉和她哥哥出来，当老头子伸出颤抖的手去拉孩子的小手时，她发出刺耳的笑声。

“看，他又烦你，那么，你放开他吧！”

接着转向别的许多顽皮的孩子，她说：

“嗯？他任自己被他纠缠，真蠢！”

于是徐尔在嘘声中脸羞得绯红，他要做大人，他一跃挣脱出来，向他的祖父，要和他一起散步的老家伙，喊出他妹妹所说的话：

“你使我觉得讨厌！”

副安很慌乱，眼里含着泪，他蹒跚着看见小手从他手里抽回去，感觉他脚下的地面都已崩陷。笑声更增加，乐莉强迫徐尔在老人周围跳舞，要他学着孩子们的圆舞音调：

“他将跌倒，他将跌倒……他将吃他的面包，他将收拾他，好，很好……”

头昏脑涨的副安，没有一点儿力量，拖着沉重的脚步走了两个小时，才孤单回到家里。什么都完了，孩子不再给他送来杂菜面包汤，不再帮他整理床铺，上面的草褥，一个月也不翻一次。他甚至不再和这孩子可以聊天，他陷入沉默，孤寂整个笼罩了他，更完全。不论对任何事或任何人，他永远不再言语一句。

三

冬季的耕作马上要完了。这冷而阴暗的二月下午，约翰带着他的一部犁到达高挪伊的大块田地上，这里还有两小时的工作。他要撒下苏格兰某一变种小麦在这块土地，他旧日主人胡得根曾劝他作尝试一下，甚至他还答应可以拿几百公升种子供他使用。

约翰马上在他前面留下的犁痕上开始工作，使犁头深深探入泥土中，两手提着小犁柄，他向马发出激励的沙哑叫声：

“狄啊，吁！咳噜！”

太阳之后的大雨，使田地中松软的土变得那么坚硬。犁的尖头和锋口在这铁一样的田地里，几乎只翻开它们所切截的一带。他听见粗硬泥块碰到翻动它的犁耳发出轧轧声响。土地上盖的一层肥料也被埋到深处。有时，一个障碍，一块石子，使他手里的犁柄猛的抖动一下。

“狄啊，吁！咳噜！”

约翰借着他伸出的胳臂，犁得那么直，简直可以说是用长绳划好似的。他的马低着头，脚腿陷在纹路里，他则迈着均匀和谐的步子，一步步向前走着。犁好像被胶粘住，不能前进，他紧握的两拳摆动一下，除去阻碍的泥泞和杂草。接着，犁又滑溜过去，留下后面松动的泥土。这接连被翻起的，肥沃的泥土，一直裸露到深处。

一到地头，他马上转过来，开始划下另一条。不久，一种陶醉，落在全部被搅动的土地里，侵入他的身心，仿佛是什么潮湿的角落有很多种子在发酵，透出强烈的气味，接触到他的嗅觉。他脚步沉重，紧紧盯着土地，有点发晕。他永远不会成为一个真正的农民。他虽然生活在这土地上，依然是城市工人，依然是参加过意大利战役的老战士。凡是农民们看不见和感觉不到的，如静寂的平原，太阳和微雨底下，由土地发出的芒香的气息，他却看得见，感觉得到。所以他时常想退隐乡下。但是一想到他将放弃快枪和锯刨，耕犁同样会满足他喜好平静的滋味。田野固然很幽静，对于爱它的人固然很好，可是像寄生虫的窠巢，胶贴在它附近的村庄，靠它的肉生活的“人虫”，却足以丧失它的光荣，使它的身体中遍布各种毒素。他想起他从来没有像他多年前到达波特利以后受过那么多伤痛。

为了让自己松弛一下，约翰只得稍微掀起他的犁柄。犁痕肯定已经微微倾斜，引起他的坏脾气。他转过身，更用心地工作，叫喊着让快走。

“狄啊，吁！咳噜!”

是呀，在这十年的时间里，他经受了多少苦难！开始他和佛兰佐史在很长时间都走不到一起。随后，他和仆多夫妇叫骂。没有一天不碰到讨厌事情。这时，他们已结婚两年，他已占有他的佛兰佐史，自言自语，他真正感到很幸福吗？他，他虽然非常喜欢她，但是他明明白白猜到她并不爱他，他一直没得到自己希望得到的爱，用自己的胸怀和嘴唇。虽然两个人生活得都很幸福，夫妇的生活很美满。然而这并不是一切，当他在床上搂抱她的时候，她却想着别的事情，他感到她是冷淡的，他们之间有很大的距离。她已经有了五个月身孕，这样不快活种下的一个孩子，只给他的母亲带来痛苦。这身孕并没有使他们更加接近。他特别因为渐晰的一种感觉，他们进入房子那一夜所尝到的滋味，很受苦。所以他一直觉得自己对他的女人是一个外来人，一个从另一个地方来的不相识的男人，生长在别处，她不知道是什么地方，一个不像罗涅居民们想的陌生人，好像他与她们的形状不同，虽然他已使她怀孕，他和她还是不可能联系。结婚以来，因为痛恨仆多夫妇，一个礼拜六，她从克罗亚带回一张盖有印花的纸，打算把遗嘱写好，将所有都留下来给丈夫，然而因她曾问过别人，假如她死时没有孩子，房子和土地还是她姊姊的，仅仅现款和家具留为他们夫妇所共有。随后，就这件事，没有对他做过任何说明，好像不打算如此了，这张纸还是白的，被放在五斗橱里。虽然以为这没有多大关系，他却觉得一种不可告人的悲痛，他看这就是缺少情爱的表

现。其实，今天肚里的孩子就快出生，难道还有必要一张遗嘱呢？但是，每次他拉开五斗橱，看见变成无用的盖有印花的那张纸，心中不免感到悲伤。

停止了工作，让他的马呼吸一下。他自己也在寒冷的天气里摇动身体，赶走他的昏晕。靠着缓缓的眼神，他注视苍茫的大地，无边的平原，那里，很远之处有别的许多耕犁，在天边灰暗中消失。他惊讶地认出副安老爹在新的大路上，由罗涅走来，被一种记忆驱赶，想满足再看一看某一田亩角落。随后，他低下头，一心向眼前，脚下翻开的土地，看了一分钟：它是黄的和浓密的，翻转的泥块，跟返老还童的鲜肉一样，显现在上面的亮光里。底下，被掩埋的肥料，则变成肥沃和助长生产的一层。他的思维渐渐模糊，为了吃饭，人们要这样搜索土地，的确是一种奇特的观念。他觉得自己得不到佛兰佐史的爱，心里着实厌闷，对于这成长在那儿的，对于很快将出生的孩子，对于他虽然努力去做一切工作，而生活还不更幸福等等，他也作不清的沉思，他再拿起犁柄，大叫道：

"狄啊，吁！咳噜！"

约翰做完耕作时，从旁边的一个村子走回来的黛勒梅停止在田亩的边岸上。

"您听我说吧，伍长，您知道消息吗？……好像将有战争发生。"

他抛开犁，又站起来，很感动，因心里所受的打击而惊异。

"战争，这怎么啦？"

"听别人谈起，就要和普鲁士人开火了……而且登在报纸上。"

约翰凝神的双眼，重新看见意大利，那边的打仗，骇人的屠杀，他那么好运气，没有被伤害而安全脱离危险。如今这段时间，他多么强烈希望自己顺顺利利生活在他的角落里呀！看，由一个路人在大道上大叫一声，这时已使他全部血液都燃烧！

"真是的，如果普鲁士人想对我们下手……我们不能让他们来开我们的玩笑。"

黛勒梅不同意这个看法。他摇着头宣称："如果像拿破仑失败以后那样，人们再看见哥萨克兵来糟蹋的话，这将是乡野的完蛋。互相杀戮不能有任何好处，最好是互相谅解。"

"我听说的，是替他人着想……我曾把免役金钱，储存在贝伊雅舒先生那里。不管有什么发生，明天去抽签的耐纳斯不能出去战争。"

"当然"，已经平静的约翰最后说："就像我似的，我不再欠他们什么，现在我已结婚，我管不着他们去打仗……啊！这是和普鲁士人打仗！那么，好！我们会给他们教训，看，这就是我所要说的一切！"

"晚安，伍长！"

“晚安！”

黛勒梅又起身走了，在更远之处停下，叫出他的话，再走更远些又第三次报告他的新闻。不久，通看他的消息就要发生战争，在灰暗天边的大阴郁里，掠过整个贝斯。

约翰完成任务立刻到波特利去寻找胡得根答应过的种子。他解下羁轭，把犁放在地的一边，他跳到他的马背。他走远时，副安的想法又在他脑中回荡，他寻找他，而没有再发现他。无疑的，老头子为了遮蔽寒冷，一定躲在仆多夫妇田亩还放着的一堆麦秆后面。

到达波特利，拴好畜生，约翰忽然大叫。所有人也许都去了外面上班了。他走进没人的厨房。他的拳头正在桌上敲击的时候，听见捷卡琳的话从乳酪和黄油制造房所在的地窖里传上来。人们由开在楼梯脚的一个洞孔下去，这洞孔如此的不利，一直担心会有意外发生。

“嗯？谁在上头？”

他蹲在峻急小梯的第一级上，她在下面认出他。

“怎么是你，伍长。”

在乳酪和黄油制造房，只由一个通风眼照亮的灰暗里，他也望着她。她在许多大碗和乳酪器中间工作，牛乳凝结的水分从乳酪器里一滴一滴掉进石槽深处，她的袖口一直卷到两腋，她的赤裸裸的胳臂溅满白的乳浆。

“你下来吧，……难道我使你害怕吗？”

跟以前一样，她用“你”称呼他，用一种骚女人的姿态。但是他很不自然，不敢移动。

“因为主人曾说给我种子。”

“啊！是的，我知道……你等着，我马上就来。”

她一上来，在灿烂的阳光下，他感到整个新鲜的，她的全身，她的赤露，和雪白胳臂，都有牛奶香味透出。她用充满淫邪诱惑的眼神，她终于开笑似的说：

“那么，你不抱吻我吗？……并不是由于娶了别人，一个人就能不表示应有的礼貌。”

他抱吻她，她特意装起要留下两个响亮的吻在他脸上，因为告诉他，这全是因为友谊。但是她使他觉得发昏，许多回忆，在这微小的颤动里，又一次在他全身掠过。和他的老婆，他那么喜爱的佛兰佐史，他从来没有感受过这个。

“好吧，来，”捷卡琳再说。“我给你指出你需要的种子……你想，女仆也到市场里去了。”

她从院子穿过，进入小麦仓房，从一排袋子后面转过去，就是那里，墙边附近，一堆小麦，由几块木板支撑住。他在她后面，在这安静角落深处，他这样如此一个人和她一起，他的呼吸难免有些急促。立刻，他装起注意种子，苏格兰小麦的漂亮变种。

“哦！多么大的颗粒!”

但是她发出喉头的鹧鸪声音，她很快把他领回她所关心的题目上来。

“你的女人已有了身孕，你们玩得舒服，嗯？……你说吧，你们生活得很幸福，爱得很火热吧？可爱得像我一样吗？”

他的面孔显得很红润，她感到非常可笑，她因这样引起他的害羞，感到高兴。接着，在一种突然的回忆里，她的脸色变得阴郁。

“你知道，我，我有着很多烦恼。幸而这已过去了，我已有利地逃离出来。”

是这样的，一天下午，胡得根看见他的儿子列昂，好久没有回家的上尉，突然出现在波特利。从第一天开始，这回来看看的军人，发现捷卡琳把她母亲的房间占用了，知道了大概的情况。一会儿，她吓得哆嗦，因为她正想与主人结婚，继承到田庄产业的野心。但是上尉犯了玩弄旧把戏的错误，他要和她睡觉，特意使父亲蓦然撞见，使他能够脱她的缠绕。这非常容易。她显示狂暴的贞节，大喊大叫，流出许多眼泪对胡得根说，她在这家既然不再被尊敬，她要马上走。两个男子中间于是发生骇人的争斗，儿子要他父亲把眼睛睁开，这终于更严重的后果。两点钟以后，他再动身，他在门槛上大叫说，他宁愿把一切都损害，如果他有一天回来，这仅仅是为赶这臭婊子滚蛋，他将用长靴踢她离开这个房子。

捷卡琳赢了，犯下的错误是她相信她能够冒险。她向胡得根表示：所经过的地方都会咒骂这样大声地争吵，如果他不正式娶她，她要离开他。甚至她已着手收拾她的箱子。可是田庄主人还因跟儿子的决裂，非常不快，尤其因他暗暗承认自己的错误，心里还痛得出血，现在又听见她这无理的要求，感到更加气愤，马上给了她一个重重的两巴掌，她几乎被他打死。此后也不再提离开，她知道她太性急。实际，现在，她已成为绝对的主妇，公开睡在夫妇的房间里，单独和主人在另一边吃饭，指挥工作，料理账目，身边藏着银柜的钥匙，她那么专制，他对自己要采取的决定，也征求她的意见。他已衰弱，她很希望解除他最后的反抗，打算尽量使他精力耗完后，终于能强迫他和她结婚。在等着的时期，既然他的狂怒发作时，曾发誓不让他的儿子继承到财产，她私下里用力使他决定把她变为继承人。她相信自己现在是田庄的主人，因为一天夜里在床上，她曾得到他的允诺。

“好几年以来，我这样费力让他感到兴奋，”她结束说，“你应该明白，这并不是因

为我喜欢他的漂亮眼睛。”

约翰禁不住大笑。她一面说话，一面用机械的手势，把她的赤裸的两臂伸入小麦里，她又拉它们出来，然后又伸进去，她的皮肤上扑满了纤细的灰粉。他注视这游戏，他大声喊出他后来又懊悔的一个想法。

“那么，和德龙呢？这还时常很好吗？”

她好像没有感到被伤害，她自由地说话，好像跟一个老朋友密谈，她非常果断地答道：

“啊！这大傻瓜，我很爱他，他缺少理智，真的，他太挑剔！……难道他不嫉妒吗?！是的，他对我作过凶狠的叫骂，他只让我和主人睡觉，而且还是非常不乐意！我确信他晚上来听我们是否已经睡下。”

约翰又显出高兴。然而她，她并不笑，她对这巨人，存着莫名的恐惧，她说他和一切贝尔舒人一样，是狡猾，不实在。他曾威胁她说，她若欺骗他，和其他人有关系，他就掐死她。所以，不顾她对他的粗壮的身体，——她那么纤弱，他简直能用他的拇指和其他四个手指捏碎她——还保持着好的滋味，她现在只有颤抖的害怕。

接着，她动一动她美丽的肩膀，好像说她还勾引别的男子们。她微笑着说：

“那么，伍长，我们既然是如此好，同你一起这肯定更有意思！”

妩媚的眼睛盯着他的脸，她再伸手去搅动小麦。他，感到自己已经屈服了，忘掉他离开了田庄，他的婚姻和即将出生的孩子。他向种子深处握住她的手腕，循着她的扑满灰粉的胳臂一直往上摸，一直摸到好像让男人摸硬的姑娘胸脯，这就是她所喜欢的。她一看见他在洞孔上头，她就想重温过去的温情，就想把他再从另一女人，正式妻子手里抢夺回来，使她可以尝到丑恶的喜悦。他拥抱她，把她按倒在小麦堆上，她已昏晕，发出鹧鸪般的鸣声时，一个高而瘦削的形象，牧羊夫苏拉斯的脸在袋子后面露出来了，发出粗暴的咳嗽和吐痰声音。捷卡琳一跃而起，喘气的约翰则吞吞吐吐说：

“啊！好，就是这样，我还要拿走五百公升……哦！这麦粒多么大！这麦粒多么大！”

她，很愤怒，注视牧羊夫没有离开的背部，从她的嘴里嘟哝说：

“不管怎么样，这真是太难忍受！我确信仅有我一个人呆着时，他仍然在那里麻烦我。我要跟你说，我要想法把他赶走！”

没有热情的约翰赶忙从仓房处走出，到院子里御下他的马，虽然捷卡琳坚持不想放弃她的淫乐，向他屡送秋波，要他躲到胡得根夫妇的屋子里面。但是他宁愿逃跑，躲闪着说明天他还会再来。手里握着马络头，他徒步行走，出来等候他的苏拉斯，则

在门口对他说道：

“那么，世上再不会有干净的人了，你也回来再和她通奸吗？……那么，请你帮助她，事先通知，假如她不想我多说，最好她也什么也不说。啊！这里将有丑恶的争吵，你去看吧！”

但是约翰做了一个粗暴的手势，不理他，拒绝再卷入他们的冲突。他心里充满惭愧，因他没有达到目的的玩意儿，非常不高兴。他认为自己非常喜欢佛兰佐史，他在她身边却从来没有这些愚蠢的性欲。那么，难道他更爱捷卡琳吗？难道这淫荡的姑娘独特的吸引力，要他的皮肤下燃烧着欲火吗？全部过去都在他的头脑里醒过来，顾不上心中的反对，他觉得自己再要回去看她时，他就愈加愤怒。全身抖动，他跳上他的马背，目的是赶回罗涅，他狂奔。

恰好，那天下午，佛兰佐史打算为她的两头母牛割一捆苜蓿。从前一直是她做这工作，一想到在那上头，在大地上，能够找到她的男人，她就下了决心，因为她不大愿意一个人去冒险，害怕在那里会遇到仆多夫妇，她们因不再有整块土地归他们所有，总不停寻找可恶的争吵。她带上一把镰刀，马能装回割下的一捆草。可是她到了高挪伊时，没有看见约翰在工作。难免感到奇怪，实际上没有提前告诉，他要离开。犁仍然在那里，他，他也许去什么地方了呢？让他十分担忧的是，认出仆多和莉兹站在田亩前面，摆出不高兴的样子，晃动他们的胳臂。很明显他们从那个附近的村庄回来，站在那里，双手空无一物，身上穿礼拜旧衣服。一会儿，她转过身走掉。但是因这恐惧愤怒，她是自己的主宰，她完全有理由能到土地上去，肩上扛着大镰刀，她继续走近。

事实是佛兰佐史如果如此碰见仆多——特别是仅仅一个人的时候——她非常烦乱。这两年，她不曾跟他说一句话。可是一看见他，她的全身总掠过一阵强烈的激动。这也许是愤怒，也许也是其他什么吧！有好几次，她去她的苜蓿田里去，在这同一条路上，她就如此看见他在她前面行走。他好几次转过头来，用他略带黄斑的阴暗的眼神看她。一阵微弱的震颤掠过她的身体，不顾她的努力，她放快脚步，而他的脚步，则有意放慢，路过他旁边时，他们的眼神，彼此对视了一秒钟。然后，知道他在自己的背后，她不免感到紧张，她的身体因而坚挺，她已不再知道行走。在他们的最后一次相遇里，她慌乱极了，想从大路上跳到苜蓿田里去，她被怀孕女人的大肚皮妨碍，她笔直翻倒。他看见爆发大笑。

夜晚，当仆多含着恶意向莉兹讲述她妹妹的翻跌时，两个都射出闪烁着相同思想的目光：假如这臭婊子和她的孩子一块摔死，丈夫就不会得到任何东西，土地和房子

将还给他们。从老大那里知道，他们知道遗嘱始终没有写成，自从怀孕以来，遗嘱也变成无用的。但是他们从来没有好运气，没有什么说的，命运不可能帮他们摆脱母亲和孩子，睡觉时，只不过为了闲谈一下，他们又回到这上头来，因为只空口说到别人的死，这当然不能使他们死。如果佛兰佐史死掉，没有后继人，什么都能治理好，这是这样圣明上帝显示多么大的公道！莉兹，被她的憎恨毒害，终于发誓说，她妹妹已不再是她的妹妹，假如不管做任何事，就可以让他们回到被那臭妓女那样可恶地驱逐出来的家里，她想在屠宰凳上捉住她的头。仆多并不显得十分残忍，他说，只要看见孩子在没有诞生之前就完蛋，这已经是非常好了。这怀孕特别激起他的愤怒：一个孩子，这将是他固执希望的完结，财产的永远失去。当他们两个都睡到床上，她吹熄蜡烛，发出一声尖刻的笑声，说，只要孩子们不出来，他们是不会走的。黑暗里统御着一霎时的静寂，然后，他问她为什么说这样的话。靠他身边胶贴着嘴放进他的耳朵，她向他坦白一个秘密：上个月，她又觉到很大的乏味，发觉她的肚皮里又有孩子了。如此，不通知他，她溜到马尧尔一个老巫婆，萨奔嫂家里。再怀孕，谢谢吧！他将会好好接待她！很简单，萨奔嫂，只用一枚针，给她摆脱了。他听着，既不赞成，也不反对，他的满意只从他所表现的嘲笑方式透露出来，他只提出主意。为了佛兰佐史，她应该得到这样一枚针。她也显得非常高兴，满怀搂抱他，向他的耳边吹着说，萨奔嫂曾教给她另一方式，哦！多么奇怪的样子！嗯？到底是哪一种？那么，好！一个男人能够毁坏他所造成的：他只要占有女人，在她的肚皮上划三个十字，并倒诵一遍《圣母经》就可以了。孩子，假如肝脾里有了一个的话，好似风一样消散了。仆多止住了笑，他感到可疑，可是古代迷信浸入他们家族的骨髓，激起他们的震抖，因为所有人都知道马尧尔的老太婆曾让一头母牛变成鼬鼠，一个死人重新活了。既然她曾肯定这样说，这一定是假的。莉兹显得很阿谀，要他试一试在她身上倒诵一遍《圣母经》，并划三个十字，该知道她是有什么感觉没有。不，什么都没有！那么，这只要一枚针就够了。在佛兰佐史身上，这将造成多么大的损害！他开玩笑，难道他能够吗？喏！既然他已知她睡过，这又有什么？一直没有！现在，他已不承认这件事，他的女人非常嫉妒，则用她的手指陷入他的皮肉。

打这儿开始，他们的脑子里经常有个孩子的念头，这逐渐成长的小东西将永远夺去他们的房子和土地，他们那里能忍受呢？一看到年轻的妹妹，他们的目光就马上射到她的腹部上。望着她从道路上走来，他们打量着她，发觉胎儿已很成长了，很快就不能再破坏它了，他们都很激动。

“他妈的！”仆多从他所审察的土地里回来，怒吼道，“小偷的确已耕去我们的一尺

土地……这没有什么说的，看，这是界石！”

佛兰佐史隐藏她的恐惧，迈开同样的平静脚步，继续走进。于是她明白他们之所以做愤怒手势的原因，约翰的犁一定截到他们的那块田亩。那里有着连续的争吵对象，不到一个月就会发生中界问题的争吵。这呆得靠殴打和诉讼作为结束。

“你听见”，他提高声音继续说，“你们已侵占我们的土地，我要让你们尝尝我的厉害哩！”

可是少妇甚至不转过头来，走入她的苜蓿田里。

“人们对你说话，”愤怒生气的莉兹叫道。“你来瞧瞧界石，假如你不信任我们的话……应该明白所造成的损害。”

在她妹妹故意装起的沉默和轻蔑面前，她失掉了一切分寸，捏紧拳头向她身边走来。

“喂！听我说，难道你拿我们开玩笑吗？……我是你姊姊，你应该尊敬我。为了你对我所做过的所有愚蠢的事，我非常清楚的要你跪下要求饶恕。”

她站在她面前，因累积的怨恨而发狂，眼睛也被充溢的血蒙得看不见东西。

“跪下，跪下，婊子！”

佛兰佐史还是不说话，和赶走他们的那夜一样，向她脸上吐一口水。莉兹大喊时，仆多马上插进来干涉，粗暴地撇开她。

“滚开吧，这没你的事。”

啊！是的，她让他做去！他非常能揉绞她，就像要砍掉一棵坏树一样，打断她的脊梁。他很可以把她杀掉，搅成狗饲料拿去喂狗。很可以像玩弄妓女一样玩弄她，她将不会反抗，宁可愿意帮助他！从这时候起，她挺着身子窥探，看看是否有人来扰乱他。在他们的四周，在阴黑的天空，无边的灰色平原展布着，不见半个人影。

“你去吧，四周没有一个人！”

仆多向佛兰佐史走去，后者看见他一脸的凶相，胳臂挺得结实，以为他来揍她。她没有扔掉她的大镰刀，可是她全身哆嗦。其实，他已很快捏住柄子，他从她身里拉掉它，把它扔到苜蓿田里。为了躲避他，她只得倒退，她就这样过到邻近的田亩，向那里所安顿着的麦秸堆走去，好像希望借它作为她的防御城墙。他并不急忙，似乎也推着她向那里走去，两臂缓缓张开，脸上露出了冷笑，但肌肉很松弛。这时她明白他不想殴打她。不！他愿意其他东西，她曾拒绝那么久的东西。于是她更颤抖，她从前是那么勇武，曾还击得那么凶狠，曾发誓他将永远达不到目的，此刻却她觉得的力量已远离她，她已完全失去反抗的勇气。然而，她已经不再是女孩了，到圣马丁日，她

将满二十三岁，而此刻她已是一个真正的妇人，唇还很红，闪烁的大眼睛就像银币一样散发光芒。这时她的身体里有了一般温热和酥软的感觉，她的肢体似乎都因此而没有知觉了。

仆多强迫她不断后退并终于用低沉而热烈的声音说道：

“你非常了解我们之间的事，它还完全没有结事，现在我要你，我将占有你！”

他顺势迫使她靠到麦秸堆上，他抓住她的两肩，并掀翻她。可是，与此同时，她因袭着长久抵抗的习惯里，她昏乱地拼命挣扎。他避开她疯狂地乱踢，竭力压住她。

“现在，你既然已经怀孕，你这傻瓜！你还冒什么傻气呢？……算了吧！我当然不会再让你曾加负担！”

她大哭起来，好像陷入悲哀的思索中，她两臂曲放在胸前，脚腿为神经质的震颤所激动，她不再有力量自卫。他不能占有她，每施行一次新的探入，他都被甩到一边。一种愤怒，使他变得很粗暴，他转头向他的女人说：

“他妈的懒鬼！你就这样看着我们！……帮我一手吧！如果你愿意这干成功的话，捉住她的两腿吧！”

莉兹笔直地站着，一动也不动，在十公尺以外。她的眼神从地平线远处再转过来注视他们两个，而她的脸孔上没有一线纹路皱动。听到她男人的召唤，她毫不迟疑，走过来，抓住她妹妹的左腿，隔开它，坐在上面，好像她要压碎腿骨。佛兰佐史，就这样被“钉”在地上，完全放弃，四肢无力，合上她的眼睑。然而她并没有失去知觉，当仆多占有她的时候，她被无比尖锐的幸福痉挛袭击，她的两臂紧紧箍得他喘不过气来，并发出一声长的尖叫。飞过去的几只乌鸦，不免感到惊异。麦秆堆后面，隐在那里躲避酷寒的老副安露出他的灰白面孔。他看见一切，无疑的，他也害怕，因而他再埋入麦秆里。

仆多再站起来，莉兹重新地直视他。她只有一种思想，就是保证他曾好好干过一回，在他占有着这占有的狂热中，他已忘记一切，既没有画十字，也没有倒诵一遍《圣母经》。她很惊讶地站着，心里产生莫名的怒气。那么，这是为了肉体的快感，他才干了这一下吗？

但是佛兰佐史不给他解释的机会。一会儿她躺在地上，仿佛让她所认识的这粗暴爱情的快乐焚火灭尽。突然，事实溢满了她的脑里：她爱仆多，她从来没有爱过，从来没有像这样爱过其他的男人。这发现使她充满惶恐不安的心绪，要她在一向所持有公道观念里，发作狂怒反对自我。一个不属于她的男人，一个属于她所憎恨的姊姊的男人，一个只有她变成卑鄙小人，才可以和他发生关系的唯一男人！可憎的“我”竟

让他一直干到底，而且她还把他抱得那么紧。他知道她完全属于他了。

她一跃而起，眼睛昏花，服装散乱，她的断续话语吐出她的全部悲苦。

“一对猪猡！一对混蛋！……是的，两个都是无耻之徒，都是猪猡！……你们污辱我，强奸我。一些被判死刑人，也不能做这样十恶不赦的事……我将告诉约翰，肮脏的蠢猡！他去和你们理论！”

仆多冷笑，只动一动肩膀，因终于达到目的，非常欢喜。

“你让我安静些吧！你觉得如此舒服，你将想得要死，我明明白地感到你下身摇动……我们将又开始干这个！”

这玩笑激起莉兹的坏脾气，要反对她丈夫的全部的不满，全都爆发在她妹妹身上。

“这是实在的，婊子！我曾看见你。你曾搂抱他，你曾强迫他……我说过我的一切不幸都从你身上来，我的话非常正确！现在，你敢重复说你没有调戏和引坏我男人吗？是的，我结婚的第二天，在我还替你擤鼻涕的时候，你就引惑他！”

她的嫉妒爆发了，这是她显示的独特嫉妒，这是少注重性的行为，更多地憎恨她的妹妹在生活中夺去一半的嫉妒。假如这和她同血统的女郎不诞生，难道她必须均分一切吗？她讨厌后者比较年轻，比较新鲜而多为男人欲望所喜欢。

“你撒谎！”佛兰佐史喊道。“你很知道你完全撒谎！”

“啊！我撒谎！这或者不是你要勾引他，一直追逐他到地窖里吧！”

“我！我！刚才也是我吗？……只有不知羞耻的婊子才捉住我！是的，你想坐断我的腿！这个，你看，我不清楚，或者是不值一文的婊子，才干这样可恶的勾当，或者几乎要谋杀我，你才如此无耻，你这肮脏的家伙！”

莉兹马上打了她一巴掌，作为回答。这粗暴激起佛兰佐史的发疯，她因此向她身上扑去。两手放在衣袋深处的仆多冷笑着，只以两只母鸡为他相打的公鸡身份看着她们，不加以干涉。战斗继续那么凶狠激烈，头上的便帽被拉掉，身上的皮肉被抓伤，她搜索能损伤到另一个生命的地方。两个拼命互相推撞，渐渐回到苜蓿田里。但是莉兹发出一声惨叫，佛兰佐史的指甲已陷入她的脖子。于是她满眼看去都是红的，她有了马上杀死她妹妹的明晰和尖锐思想。向她的左面，她看见刚才跌下的大镰刀，锋口向天，柄子横在一簇小蓟上。这好像在一闪电光里，她借她手腕的全部力量推撞佛兰佐史。不幸的少妇站不稳脚跟，转过来向左翻倒，发出一声悲惨的叫声。大镰刀已插入她的腰部。

“他妈的！他妈的！”仆多嗫嚅说。

这就是一切。一秒钟就够了，不能挽救的已发生了。莉兹目睹所愿的事物那么快就实现了，不免惊得张口结舌，她注视被切断的，鲜血在奔流的罩袍。难道铁已刺到孩子，才使血流得这么凶吗？在麦秆堆后面，老副安的灰白的脸重新伸出来。他曾看见这致命的打击，他的混沌眼睛接连映动着。

佛兰佐史不再动，仆多走近，不敢接触她。一阵风吹去，一直激冷他的骨头，在可怖的颤抖里，他的全身毫毛都竖起来。

“她已死了，我们快跑吧，他妈的！”

他抓起莉兹的手，如同被大风席卷似的，他们循着荒凉的大道逃走。低而阴暗的天似乎跌在他们的脑壳上，他们的狂奔，在他们背后，似乎群众在追赶他们的声响。他们由空而平坦的平原跑去。他，他的罩衫被风鼓大，她，她的头发被风吹散，她的便帽握在手里，两个都重复诵着同样的话语像野兽一样：

“她已死了，她妈的！……我们溜跑吧，他妈的！”

他们接连向前的脚步拉得更长，他们的话语已听不明白，只咕噜着不情愿的，和他们逃走合拍的声调，只发出还听得明白的呼吸：

“死了，他妈的！……死了，他妈的！……死了，他妈的！”

他们不见了。

过了几分钟，在约翰跟着他的马飞跑回来后，这是一种非常大的苦痛。

“那么，怎么回事？究竟发生了什么？”

再次睁开眼眼的佛兰佐史还是没有一点动的意思。只有她的痛苦大眼睛很久的盯他：她并不说什么，好像离他已很远，寻思到其他他什么。

“你已经受伤，你流血，说话，我请求你！”

他转向走过来的副安老爹。

“您在这儿，这究竟是怎么发生的？”

随后佛兰佐史缓缓的声音开始说话。

“我在割草……我跌倒在我的大镰刀上……啊！这已经不行了！”

她的眼睛寻找副安的目光，她好像要跟他说其他的事，只有家族应该了解的事。老家伙，在他受惊的愚蠢里，好像已听清楚，马上重新说：

“这是很实在的，她跌倒，她受伤……我在这里，我曾看见……”

一定要跑到罗涅找来一副担架。在路上，她又昏了过去。可以肯定抬她回去后，她肯定不能活了。

四

第二天正好是一个星期日，罗涅的青年们要去克罗亚抽签，夜幕就要将临了，当老大和弗里麦嫂跑来脱掉佛兰佐史的衣服，然后小心翼翼地给她睡好时，鼓在下面大路上咚咚敲响，这在阴郁的薄暮里面对可怜的人们，的确是真正的丧钟。

约翰没有了清醒的头脑，起身去寻找费呐先生，路过教堂时，他碰见兽医巴多亚来为曹西斯老爹的马看病。虽然另一个不高兴，他却粗暴地强使他进来看看受伤者。但是在丑恶的伤口面前，他毅然拒绝加以治疗。这又何必呢？没有什么可挽救的。两点钟以后，约翰领来费呐先生，后者也做了相同手势。没有别的办法，只给她减轻临终痛苦的麻醉药。五个月的身孕更增加了病情的复杂，人们感到孩子，在戳着洞孔的生殖腰部里就要因母亲的死而死去。想办法给她敷上药并包扎一下，在没有起身回去之前，医生虽然答应第二天再来，却说怜悯的女人将不能熬过夜里。然而她竟挨过了，上午九点钟左右，为了集合壮丁们到小学前面，鼓再开始敲响时，她还苟活着。

整个夜晚，天边好像是水，约翰木然坐在房间深处，眼里充满眼泪，听见外面下着真正的倾盆大雨。这时，在潮湿和温暖的上午，他又闻到好似被丧幕挡住的鼓声。雨已不再落下，天边还始终是灰暗的。

鼓仍然咚咚响着。这是一个新的鼓手，马葛龙的一个侄子，刚从军队里回来，他狠狠地擂击，好似他领一团兵去参加战斗。整个罗涅都受烦扰，因为几天以来流传着的消息说，不久就要发生战争了，那一天，更加重平常要去抽签时原已特别紧张的情绪。谢谢吧：让自己去前乡去让普鲁士人打碎头颅吧！本村有九个青年去抽签，这也许向来没有这样多过。耐纳斯和岱尔芬也在他们里面，他们两个以前是形影不离的，今天却已分开，前者在沙德尔一个饭店里工作。前天晚上，耐纳斯回到他父母的田庄里睡觉，他已那么变样了，岱尔芬甚至不再认识他！手里握着一根拐杖，头上戴一顶绸帽，一条天青色的领带，由枚别针别的紧紧的，看起来的确是一位真正的先生。他请一个裁缝给他剪裁衣服，他嘲笑郎蒲狄安的现成衣服。反过来，另一个，就已经更粗厚，身体蠢笨，头在阳光下被晒焦黑，好像地上的植物，力量却已长得非常大。马上，他们恢复从前的友情。昨夜他们一块玩了一部分时间，此时却互相换着胳臂用，随军鼓不停擂响的固执和讨厌的召唤，去到小学前面来。

父母们都跟来，黛勒梅和凡娜，由于耐纳斯的温柔、感到了不起，愿意看着他起身。因为他们已经给保险，存好免役的钱，他们是没有什么害怕的。说到培贵，他的乡警铜牌擦得很亮，说因为培贵嫂哭丧着脸，要打她耳光：那么，什么？岱尔芬不是非常结实，很可以去替祖国服役吗？青年本身却不爱这一套，他说，他一定会抽得一支好的签号。要九个都到齐，足足费了一个小时，他们排好队时，勒构将一面国旗递给他们。大家讨论谁将有执这一面旗的光荣。依照寻常惯例，这总是最高大和最强壮的人，因此大家最后答应由岱尔芬来扛它。他好像很烦乱，虽然他的拳头很大，实际上，他是怯懦的，心里难免因他没有做过的事情而担忧。看一根这么长的旗杆，一定会妨碍他的胳臂！希望它不给他带来不好的运气！

在大街两角上，佛洛莉和珊利娜，都没有离开自己的店铺，手里握着扫帚，给各自的厅堂，最后扫一下。马葛龙态度很阴郁，从他的门槛上注视着，出现在自己门口的郎该涅，当发出凌辱的冷笑。应该说这后者已得胜，因为前一天酒揖局的稽查搜到四大桶隐藏在他劲敌柴间里的葡萄酒，这完蛋的冒险曾强迫他的眼中钉，他的邻居送出村长辞职书：没有人都不怀疑匿名的告密信肯定是郎该涅写的。为了遭受更多不幸，马葛龙又因另一件事大发疯气：他的女儿贝尔蒂和他所拒绝的车匠儿子发生那种暧昧的事件，他只得让她嫁给他。八天以来，在汲水的泉水池旁边，妇女们只谈论女儿的婚事和父亲的吃官司。罚金免不了，也许他还要坐牢。所以在他邻居的冷笑面前，马葛龙因别人也已开始嘲笑他，感到很不安，宁可再走进去。

但是岱尔芬已拿起国旗，鼓重新敲响，耐纳斯迈开大步，其他七个跟随他。这构成一小队，由平坦的大路走去。很多孩子跟着奔跑，少数父母，黛勒梅夫妇，培贵和别的好些人，一直走到村庄尽头。培贵嫂挣脱她的丈夫，马上上去，偷偷溜入教堂。随后看见这里只有她一个人，原本不虔诚信教的她，马上让自己跪下哭泣，请求好上帝为她的儿子留下一支好签。在一点多钟之内，她嘟哝着这热烈的祷告。远处，在克罗亚那方面，国旗的侧影渐渐没有了，鼓的滚动也消失在空气里。

这直到十点钟左右，费呐医师才又出现，看见佛兰佐史还活着，他好像很奇怪，因为他认为自己只要来写埋葬许可证了。他审察伤口，摇着头关心人们对他说过的事情，可是没有任何怀疑。人们只得再向他重复：这只有魔鬼才明白，不幸的女人，她怎么这样跌在一把大镰刀的锋口上呢？因这拙笨，很愤怒，很不高兴，他再起身走了。然而约翰却仍然很沉郁，眼睛停在佛兰佐史身上，她一觉得她丈夫的目光询问她，马上闭紧眼皮，默然不作声。他猜到一种撒谎，猜到她对他隐藏着什么事件。天还没大亮，他躲出去一会儿，跑到那上头的苜蓿田里，他要看看情形。他没有看见一点明显的形迹，脚步已被夜里的大雨抹去，只有一个被踏过的位置，不用怀疑，这肯定是她

摔倒的地方。医生走了以后，他又坐到垂死者枕边，一个人和她留下，弗里麦嫂已去吃午饭，老大为了回去看一下，只得走开一段时间。

“喂！你难过吗？”

她紧闭眼睛不说话。

“喂！你没有对我隐藏什么事情吗？”

假如没有她喉头发出的微弱的小气息，他认为她已死去。昨夜以来，她就仰卧着，好像被不动和沉默压倒。在燃烧着她的高热里，由于她那么害怕说话，她心底里的意志好像一直紧张，抵抗昏迷。她仍然赋有独特的性质和顽固的头脑，经常不照其他的榜样，做所有事情，总私下里存着激起别人害怕的想法。也许她仅服从家族的一种亲密的情感，比憎恨和报复的需要还要强烈的情感吧！既然她就要死了，又何必多说呢？这是人们必须掩藏在自己中间，掩藏在大家都一块生存的一角土地里的事物，不管用什么代价，始终不能说告诉一个外来的人。约翰是外来的人，她素来不能用爱情爱他的这个男子，不是自家的人儿，她带走他种下而不能出生的孩子，好像她被她已经怀孕的事情惩罚。

可是他自从把她从死亡中抬回来之后，就想到遗嘱。整夜这缠绕在他的脑里，假如她就这样死去，他仅有家具和全部现款：藏在五斗橱里的一百二十七法郎的一半。他非常爱她，他愿意献出自己的肉去保护她。可是她假如死，他就会没了房子和土地，想到这些，更增加他的悲伤。到了这种地步，他不敢向她开口：这是如此难堪，再则，又经常有人在旁边。最后，对于意外事件发生的方式，发现自己不会知道得更多，他就决定了，他开始提到另一问题。

“也许你还有没办完的事吧？”

坚挺躺着的佛兰佐史好像没有听见。在她紧闭的眼睛上，在她木然不动的脸上，没有显露什么。

“你知道，因为你姊姊关系，你如果有了不幸的话……那边，在五斗橱里，我们还藏着一张纸。”

他拿来盖有印花的纸，他用非常困难的声音继续说道：

“嗯？你希望我帮助你吗？要知道你是否还有写的能力……我，这不是为我的利益。这不过想到你肯定不想将任何东西留给那么伤害你的那些家伙。”

她的眼皮掠过一阵轻微的颤抖，这说明她已听见了。那么，她拒绝吗？他想不明白，不免很诧异。她自己也许也不能说，在没有被钉入棺材之前，为什么要这样装死。土地和房子不是这个人的，他只是过路的人偶然经过这里，和她生活若干时期。她没

有什么欠他的，腹中的孩子和她一道去了。凭什么名义，财产要脱离家族的掌握呢？她主张公道的幼稚和固执的念头不免表示抗议：这个是我的，那个是你的，我们分离，永别了！是的，就是这些事，就是其他还更不清楚的许多事也逐渐隐没，她的姐姐形象也已后退，完全消失在辽远之处。只有虽然屡次被殴打，她还是爱，还是渴望，还是原谅的仆多，在她面前出现。

可是约翰很愤怒，他也为占有土地的激情所传染，所毒害，他抬起她，尽力要她坐好，设法拿一支钢笔放到她的手指中间。

“算了吧，这怎么可能？……你爱我反而不及爱他们吗？他们要回一切，这些无赖们！”

于是佛兰佐史终于睁开她的眼睛，她转向他的目光，激起他的烦躁。她明白她将死去，她睁大的眼睛里显出深深的绝望。为什么他要打扰她，激起她的痛苦呢？她不能这样，她也不想这样。只有疼痛的微叫声从她的口里发出。随后，她又倒下去，她的眼睛又闭上。

那么大的不舒服侵入约翰的身心，他由于自己的粗暴觉得可耻，正当他手里握着盖有印花的纸烦恼地留下时，老大已回来。她已看得清清楚楚，她领他走到一边，要知道他是否取得遗嘱。他吞吞吐吐说谎也许烦扰佛兰佐史，他握拿这张纸隐藏起来。她好像同意他，他继续站在仆多夫妇这一边，预料到：后两者若继承到财产的话，她将有很丑恶的场面可看。她坐到桌前，又开始编结时，高声接着说：

“我，这很实在，我将不损害任何人……很久以前，我就准备好我的遗嘱。哦！每个人都有他的一份。假如我拿较多的一份，给予某一个人，我就确信自己太无原则了……那里面也有你们的，我的孩子们。这将会能够到来，总有一天，将会到来！”

这就是她每天告诉各个亲人的话语，由于习惯，她这时又在这死者的床铺附近重述它。每次，当想到她假如死了，这绝妙的遗嘱一定会激起他们全体互相吞噬，暗暗的冷笑即抓搔她的心头。她所写下的条款，没有一项，她不故意在底下放上争讼的可能性。

“啊！假如某人能带去他的一切的话！”她结束说。“但是既然不能带去，就应该让别人去受用！”

弗里麦嫂也跟着回来，坐在桌子另一边，老大对面。她也编结。下午的时间消失了，两个老太婆平静地谈话，留着不动的约翰，则在恐怖的等待里行走，出去或者进来，医生说过，没有什么可做的，人们就什么也不做。

第一，弗里麦嫂惋惜人们不去寻找巴曹宣的一个接骨者，也能医治创伤的苏尔陀

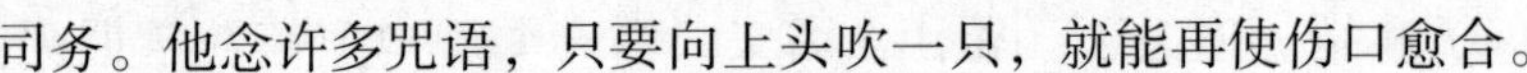

司务。他念许多咒语，只要向上头吹一只，就能再使伤口愈合。

第二，“一个自负的人！”变得恭敬的老大宣称。“就是他又治好劳利容一家人的胸骨……看，劳利容老爹的胸骨跌下来。这渐渐弯曲，这重重压在他的胃上，这样，他就慢慢黄瘦。最坏的是劳利容妈妈也轮到患这完蛋的病症，如你们所了解的，这可怕的毛病是互相传染的。

第三，看，他们全体，如女儿、女婿和三个孩子，都被传染到……凭我的良心说，如果他们不请苏尔佗司务，拿贝壳的梳子擦洗他们的胃，给他们放好这个，他们一定会病死。”

另一个老太婆颔首支持她的每一细节：这是大家都知道的，没什么可争辩的。她自己也举出另一事实。

“这还不是苏尔佗司务拿活的鸽子劈成两半，放到蒲登家那小女孩头上，治好她的发烧吗？”

她转向木然站在床前的约翰。

“若在您的位置上，我会请他来看看。这也许还不太晚。”

可是他做了一个愤怒的手势。他，被城市的傲慢变坏，一点也不相信这类事情。两个老妇人继续闲谈很长时间，互相说出药品，拿香菜藏在腰部伤口贴近的草褥底下，袋子里放三棵橡实，可以医好红肿，一杯由月亮照白的清水，空腹喝下去，可以赶走腹内的污气。“那么，听我说，”弗里麦嫂突然又提议，“假如不去寻找苏尔陀司务，您很可以去请来神父先生。”

“看，这是一个绝妙的主意！神父先生，他到这里来，能做些什么呢？”

“他当然能做些有益的事！……他将带来好上帝，有些时候还是不坏的！”

她耸了耸肩膀，好像说，人们已没有这些观念。各人只管自己的事，好上帝在自己家里，俗人们也在他们家里。

“其实，”她沉默一下唤起别人注意，“神父将不会来，他已病倒了……培贵嫂刚才对我说，下礼拜三，他将坐车离开，因为医生曾宣告，如果人们不领去他，他一定会死在罗涅。”

真的，从他担任这小教区职务的两年半以来，马特林每天衰溺下去。面对这平坦的贝斯，它的无限大舒展，使他的心头淹没着忧郁，思乡病，惋惜他奥凡涅山区的失望，总不断啃蚀他的健康。没有一棵树，没有一块岩石，只有咸的水塘代替那上头的活水，潺潺奔流的瀑布。他的眼睛逐渐褪色，他的肉更减少，人们说他患着要死的肺病。如果他在他的信女们身边还能找到若干安慰的话！但是从他原有的教区，那么虔诚的古老地方出来，到这没有宗教变坏的区域，只尊重表面的修行习惯，在他的胆小和担忧里，烦扰他的灵魂。妇女们的叫喊和争吵激起他的烦乱，她们滥用他的懦弱，简直是她们代替他指挥礼拜的仪式，他因而很惶惑，充满焦虑，时常害怕自己会不自愿地犯下渎神的罪。他还受最后的可怕打击：圣诞节那天，一个圣母之女，没有嫁人的姑娘，在教堂里，忽然被分娩的苦痛袭击。发生了这丑事以后，他拖曳着脚步行走，看他将要死去，大家只得再让他坐车回到奥凡涅。

“那么，看，我们又将没有教士了！”弗里麦嫂说。“谁知道高达神父是否愿意再来？”

“啊！那郁怒的大胖子！”老大喊道，“他会被恶劣的血胀死！”

但是凡娜的进来要她们住口。从整个家族里，只有她一个人前夕已来过，她此刻再来打听消息。约翰只用他颤抖的手，对她指出佛兰佐史。显示悲悯的静寂游漫着，随后，凡娜放低声音询问病人是否要求过她姐姐。不，她没有开过口，仿佛莉兹并不存在。这是很可惊讶的，因为人们徒然争吵得很凶，死到底是死。如果在离去之前不恢复好，那么，到什么时候才能和好呢？

关于这一点，老大的意见以为应该询问佛兰佐史。她站起来，她俯下去。

“喂！我的小的，那么，莉兹呢？”

垂死者仍然不动。在她闭紧的眼皮上。

“她或者等着人们去寻找好，我去。”

于是佛兰佐史仍然不睁开眼睛，只在枕上轻轻滚动她的头说了“不”字。约翰要别人注意尊重她的意志。三个女人再坐下去。莉兹不自动到来的观念现在惹起她们的惊奇。在各个家族里，往往有着很多固执。

“啊！人们经常有着那么多不愉快的事！”凡娜叹息道。“譬如从今天早晨起，由于这服军役的抽签，我已不再生活着，这当然不大有理性，因为我很知道我的耐纳斯将不会去当兵。”

“是的，是的，”弗里麦嫂喃喃说，“这仍然扰乱人们的情绪。”

垂死者重新被忘记了。人们谈到运气，谈到将去当兵或不去当兵的青年们。那时已三点钟，虽然这还太早，至少要到五点钟左右才有消息，来自克罗亚的流言“空中电报”却不知道怎样由这一村庄飞过另一村庄，接连传播着。布里甲夫妇的儿子抽得十三号：这真正没有运气！顾友夫妇的儿子拈到二〇顽立六号，当然是很好的一签！但是提到别的好些年轻人，大家的意见并不能取得一致，听到的肯定话语是相互矛盾的，这更增加剧烈的感动。关于岱尔芬或耐纳斯没有一点消息。

“啊！我的心悬挂着，简直要脱钩了，这不是很愚蠢吗?!”凡娜重复说。

人们叫住向这儿走的培贵嫂。她已再到教堂里祷告过，她和没有灵魂的躯体一样闲荡着。她的忧虑变得如此强烈，她甚至不停下来闲谈。

“我经不能再站在这儿了，我去迎接他们。”

站在窗前的约翰不听他们，注视着外面。从早晨以来，他有好几次注视到年老的副安，拿着他所依靠的两根手杖，在屋子四周，拖着脚腿行走。突然，他又看见他，面孔胶贴在一块窗玻璃上，竭力想辨出房子里的东西。约翰打开窗户，老头子露出很惊骇的态度喃喃着询问病情怎样变化。很坏！这是最后的弥留。于是他伸进头远远注视佛兰佐史，注视得那么长久，他好像不再能离开。凡娜和老大瞥见他，又想到要派人去寻找莉兹的观念。应该所有人都去尽点责任，这不能就这样结束。但是她们要委托他去喊莉兹的时候，哆嗦的老人马上逃走。他咕噜着，他被沉默胶粘着的齿龈里嚼出含糊字句。

“不，不，……不可能的，不可能的……”

约翰因他的惊恐，很受震动，妇女们做放弃的手势。不管怎么说，这只是两个姐妹的事情，人们当然不能强迫她们恢复和好。此时，一个声音传来，开始很微弱，如一匹大苍蝇的嗡嗡飞响，随后逐渐强大，好像一阵风在树林中里滚动，凡娜惊讶地跳了起来。

“嗯？鼓声……看，他们已回来了，晚安!”

她消失了，甚至没有最后一次抱吻她的堂妹。

老大和弗里麦嫂走到门口来观看。房子里只剩下佛兰佐史和约翰：她，在她的固执不动和沉默里，也许已听见一切，愿意和藏在洞窟深处的畜生一样，就这样死去。他，站在开着的窗户前面，被一种疑惑所激动，或整个无限大平原的痛苦。啊！这鼓声，听见它渐渐增大起来，在他身心里擂响，它的连续滚动，把他从前的回忆：如军营，打仗，和可怜家伙们，过着悲惨的生活！

当国旗重新出现在平坦大路，被薄暮遮暗的远处时，一群顽童立刻跑去迎接壮丁们，一群父母集合在村庄入口。九个青年和鼓手似乎都已很醉，在傍晚的阴郁里高声唱歌，身躯缠上三色彩带，大部分签号都由扣针扣在帽子上。望见村庄，为了虚张声势，他们唱得更高，迈开征服的步伐走了进来。

还是岱尔芬握着国旗。但是他只让它放在肩膀上，简直以为它是一点用处也没有的一块妨碍的破布。他表情颓丧，面孔严肃并不唱歌，他没有把签号扣在鸭舌帽上。一瞥见他，全身颤抖的培贵嫂很快扑过去，冒着被他们这一些人撞翻的危险。

“那么，怎样？”

岱尔芬很愤怒，不放缓他的脚步，把她推到一边。

“你让我讨厌！”

培贵向前走去，喉头也跟他老婆一样被塞住，一听见他儿子的话，他不问更多的。注视着母亲哭泣，不顾他的爱国夸口，也用尽世上的一切困难，拼命忍住他自己的泪水。

“你还想问他干什么？他已经中了签！”

留在荒无人烟大道后面，两个都很艰难地走着，男的想起他当兵的苦难生活，女的则转过她的愤怒，反对她曾去祈祷过两次而始终不应验的好上帝。

耐纳斯的帽子扣上一个壮丽的红蓝色的二一四号。他显出他有好运，已获得他所期待的胜利，他举起他的手杖，打拍子，指挥其他人们的合唱。凡娜看完签号不表示快活，反而发出深成忏悔的叫喊：啊！如果早知道这样的话，他们不应该拿一个法郎付给贝伊雅舒，作为保险费。但是她和黛勒梅仍然抱吻儿子，好像他刚从一次大危险中逃脱。

“放开我吧！”他喊道，“这真讨厌！”

一小队人，在他们的兴高采的前进中，继续向前穿过骚动的村庄。父母们不敢再冒险去抱吻，相信他们一定会被推开。这一切家伙，不论是中签的或没有中签，都带着恶劣脾气回来。实际上，他们也不知道说什么，眼睛睁得很大的，由于高声喊唱，简直像喝多了酒的陶醉。一个可笑的小个子，以他的鼻子玩着喇叭声调，正好抽得一个坏的签号。别的两个，脸色苍白，眼圈发黑，肯定在拣得好签的数目里。似乎发狂的鼓手，带头行走，假如要带他们走到哀格尔渎深处，他们全体也一定会跟着他翻下。

最后，在村公所前面，岱尔芬交还国旗。

“啊！他妈的！我已受够了，不再要这给我带来不幸的该死的玩艺！

他握起耐纳斯的胳臂，拽他走开，其他的人们则在终于知道消息的父母和朋友们中间，涌入郎该涅小酒店。马葛龙站在他的店门口，因落入他的劲敌手里，不免感到烦躁。

“来，”岱尔芬的短促声音重复说。“我要你第一个看看某种奇特的东西。”

耐纳斯跟随他。人们尽有回来喝酒的时间。可恶的鼓不再震碎他们耳膜，两个就这样向逐渐罩下阴暗的空无一人的大路走去，这会让他们休息一下。伙伴们住口，沉入一定很不愉快的考虑里，耐纳斯则又对他说起一件大的买卖。前两天晚上，在沙德尔，他到犹太人路去玩耍，知道查理夫妇的女婿，服奇涅要出售他的妓院。由这样一

个笨蛋，不断被他的姑娘们吃掉的荒唐家伙来管理，已不能再继续下去。可是若由一个不懒惰，不愚蠢，有着强壮胳臂和熟悉商业的年轻人来经营，这是一个多么容易整顿的好场所！在那里又不知道可以赚得多少钱！事情而且来得很凑巧，他在他的饭店里恰掌管跳舞场的事，他熟悉姑娘们的性质，应该去看看！那么，最好的办法是要惹起查理夫妇的恐惧，向他们指出十九号存在着那么多肮脏事物，立刻就会被警察局封闭了，这只要花一块面包费用，就可以购得它。嗯？这总比耕种土地来得有价值。这马上可以变成一位先生！

心在别处的岱尔芬朦朦胧胧地听着他，当另一个向他的腰部很重地拍一下时，他不免惊得发跳。

"幸运的人，总是有运气的，"他嘟哝说，"你，你生来可以使你的母亲骄傲。"

他重新陷入沉默中，耐纳斯则已摆出聪明的年轻人样子，向他解释，他的父母若给他必要的资金，他将把十九号改良得很好。他的年龄还嫌太轻些，不过他已感到经营的真正才能。恰好，他看见菜籽渣在大路的阴暗里，溜过他们身边，跑去和他的什么情人幽会。为了显出他对待女子们的随便，趁她路过的时候，重重地给她拍一下。菜籽渣第一个还击他，然后，认出他和他的同伴后，说道：

"怎么！是你们两个……看，都长得这么高了！"

一想到他们从前的游戏，她笑起来。还是她改变得最少，由于尽管她已二十一岁，她还是顽皮的孩子，她的胸口还很小，她的身材和白杨树的新枝一样，还经常是柔软的和苗条的。这相遇使她觉得很快乐，她先后抱吻他们两个。

"我们还时常是好朋友，不是吗？"

假如他们同意的话，她也很愿意……可是这只是重新遇到的快乐，好似人们再见时，要相互碰杯似的。

"喂！听着，"耐纳斯开玩笑似的对她说，"我也许去购买查理夫妇的铺子。你到那里来工作吗？"

等了一会，她不再玩了，喉头被哽塞，突然大哭起来。大道的阴暗好像又夺去她，她已沉浸在孩子般的失望里，哽咽了地说：

"哦！这蠢猪！这蠢猪！我不再爱你了！"

岱尔芬沉默着不吱声，随后，他摆出坚定的态度重新走了。

"来吧，我带你去瞧瞧某种奇特的东西。"

于是他加快步，离开大路，穿过葡萄田，到本村神父住宅修理好以后，乡警只得搬去居住的房屋里去。他和他的父母就一直住在那里。他要他的伙伴走进厨房，他点起一段蜡烛，因他的父母还没回来，感到非常高兴。

“我们去喝一杯，”他宣告。马上拿两口玻璃杯和一瓶酒，放到桌子上。

喝过以后，舐响他的舌头，他加上说：

“那么，这是要对你说，假如他们认为我已被抽得坏签号所制住的话，他们已猜错了……从前，当我们的叔父米席尔故世，我必须到奥尔良去生活三天时间，那里的环境那么坏，不像在我们自己家里，我感到非常不舒服，我就几乎病死。嗯？你一定认为这很愚蠢，但是你要怎样呢？这比我自己还强，我不能忍受，我仿佛是一棵被人拔掉，就会干死的树木……他们攫住我，他们要带我到撒旦那里去，到我甚至一点也不认识的地方去吗？啊！不，啊！不。”

听见他如此说的耐纳斯，只耸一耸肩膀。

“每一个人总是这样说，随后，他仍然不得不动身……有宪兵们来强迫你哩！”

岱尔芬不说什么转过身来，他的左手拿起墙边一把劈柴的小斧头。接着他很平静，将他右手的食指放在桌边，很干脆的砍下去，食指随着脱离了。

“看，这就是我要指给你看的……我希望你能对别的人说，一个胆小鬼能否做这样的事！”

“他妈的愚蠢的东西！”被烦扰的耐纳斯喊道，“难道人们可以伤害自己吗!?你已不再是一个男子！”

“我不管这一套！……宪兵们，请他们来吧！我保证我不会动身去当兵！”

他拿起砍下的手指，把它抛到燃烧着葡萄枯枝里去。然后，摇动他血淋淋的手，他拿他的手帕包扎它，为了防止流血，并拿一根小绳紧紧缠住它。

“在没有再去和别人会面之前不应该阻止我们喝完这一瓶酒……祝你健康！”

“祝你健康！”

在郎该涅小酒店的大厅里，大家身处烟雾和高叫声中，人们已彼此不懂。除了抽签回来的青年们之外，还有许多的人留在那里：耶稣·基督和他的朋友大炮，忙于引诱副安老爹尽量多喝酒，他们三个围着一瓶烧酒坐着；已很醉的培贵，被他儿子的坏运气击倒，伏在一张桌子上睡觉；黛勒梅和克鲁玩着扑克，纸牌戏。至于勒构，不顾吵闹，鼻子俯向一本书，装起阅读的样子，那更不用说了。妇女们头脑发热地打架，起因是由于佛洛莉到泉水池去寻找一瓮凉水，她在那里遇见珊利娜指控她曾接受税吏的津贴，出卖了邻居，于是就伸出锋利的指甲，向她身上抓来。闻讯跑去的马葛龙和郎该涅也几乎扭打起来。前者咒骂后者卑鄙，说郎该涅趁他正在浸湿烟草时要税吏来捉住他，后者冷笑，说马葛龙无耻，当面对他提起他的不得不辞职的原因。由于捏紧

拳头并喊得很凶很快乐，大家都卷入争吵。照这样下去，只一会儿，人们恐怕会发生普遍的搏斗。完结之后，厅堂里还残留着没有满足的愤怒和争斗的空气。

最初，这几乎爆发在本店儿子—维克叨和壮丁们中间。他，已服过兵役，为了在这些青年们面前显示果敢，所以喊得更高，推促他们去做愚蠢的打赌或倒竖起酒瓶，向他喉头深处倾空一瓶酒，或借助他的鼻子吸完他的一满杯，而不让一滴沾到他的嘴。有人忽然提及马葛龙夫妇和他们就要结婚的女儿，贝尔蒂，嘲笑他们的女儿“没一根”小姐，装起滑稽样子，重新谈到从前的笑话。好吧，结婚第二天，应该向她的丈夫问起这个：她有呢，还是没有？对于这个，人们已谈论那么久，却始终不知道正确与否，这毕竟是愚蠢的！

看见维克叨突然生气，人们不免很诧异，因为他从前是最热心说她是没有的。

“看，这已够了，她是有的！”

一阵呼喊接住这肯定的话语。那么，他曾看见她和别的男人，或他曾和她睡过觉吗？但是他断然否认。即使不太相信，人们也能看见。一天，为了搞个水落石出，使自己精神不再受烦扰，他曾设法去弄明白这个。到底怎样他才晓得的呢？他不说，这与任何人都没有关系。

“她有，凭我的荣誉说。”

但是这是可怕的，顾友的儿子，喝得烂醉，虽然知道，只不过不想让步，所以固执喊着说：她没有。维克叨也高声回答：他也曾说过没有，他现在之所以不再这样说，并不是要支持这两个龌龊的流氓马葛龙夫妇！这是因为真理是真理，人们不能瞎扯。然后他扑到壮丁身上，人们马上拉掉他的两手。

“说她有，他妈的！否则，我将揍死你！”

其实，很多人都保留着疑问。没有一个人能解释郎该涅儿子的愤怒，因为他平常对女子们是严酷的，他曾公开否认他的姊姊。人们都说她的龌龊淫乐使她住到医院里。这腐烂的苏珊妮！她顶好不要回来，不要以她的生疮身体毒害他们！

佛洛莉重新拿来葡萄酒，于是大家徒然重新碰杯，辱骂和巴掌仍然留在空气里。没有一个人离开这里去吃晚饭。喝好酒的时候大家都不饿。壮丁们高唱一节爱国的歌，混着那么凶暴的拳头打击桌子，三盏煤油灯闪动着灯光冒着黑烟。人们几乎已窒息，黛勒梅和克鲁决定打开他们背后的窗户。就在这时候，仆多进来，溜到一个角落里。他没有他平常的挑衅态度，他转动他的模糊的小眼睛，先后注视厅堂里的人们，有时看看这个，有时看看那个。不用怀疑，他是来打听消息的。他需要知道，他不再能留在他从前就幽闭着过活的家里。耶稣·基督和大炮的在场似乎引起他的强烈震动，即使看见他们要副安老爹喝醉酒，他也不向他们争吵。同时他也很久探测黛勒梅的面容。但是没有被可怖的喧哗吵醒的、睡着的培贵尤其惹起他的忧虑，他真的睡着，或者只装作狡猾的假寐呢？他用手肘推撞他，发觉他靠着他的衣袖流涎，才稍微安下心。于是他的全部注意力集中在小学教员身上，后者的奇异脸色，着实使他震惊。那么，这家伙不显露他的平日面容，究竟有什么心事呢？

真的，勒构虽然装作要自己沉浸在他的阅读里，却不时为猛烈的惊跳所激动。壮丁们的歌唱和他们的愚蠢快乐，使他气得发抖。

“一群无知的蠢家伙，”他只喃喃说，强忍住他心里的牢骚。

几个月以来，他在村里的地位变得更糟。对孩子们，他是凶狠和粗鲁的，他总以巴掌惩罚他们，要他们回到父亲的肥料堆里去。但是这些凶狠现在更严重了，他对一个小女孩闹出很凶恶的事：他的戒尺敲裂她的一只耳朵。孩子的父母们写信要当局撤换他。此外，贝尔蒂·马葛龙的结婚又打破他的旧日希望，使他以为就要实现的美好计划成为泡影。啊！这些乡下佬，这龌龊种族，竟拒绝他爱他们的女儿；为了一个女孩子的耳朵，竟想夺去他所吃的面包！

突然，好像在他的课堂中间，他用他的书向张开的手里拍响，他喊着告诉壮丁们：

“稍静一下，他妈的！……让普鲁士人来打碎你们的嘴脸！这在你们看来，难道你觉得很有趣的吗？”

人们诧异，眼睛都转向他身上。真的，不，这并不有趣。大家都表示同意。黛勒梅重述这意见：每个人都应该保卫自己的田地。如果普鲁士人到贝斯来，他们将看见贝斯居民不是一群懦夫。但是如果要去替别人的田亩打仗，不，不！这并不有趣！

这时，背后跟着耐纳斯的岱尔芬走了进来，脸色通红，眼睛里燃烧着热望。他已听见以上的话，他和伙伴们坐到桌边，他喊道：

“就是这样，让他们来吧，混账的普鲁士人！大家会看到人们将怎样去杀掉他们！”

大家注意到紧缚在他拳头周围的手帕，询问他。他说这没有什么，这只是被刀割伤了。他伸出另一只拳头，击摇桌子，他叫拿来一瓶葡萄酒。

大炮和耶稣·基督并不愤怒，只以优越的怜悯的态度，注视这些青年。他们也认为，只有年轻，才会蠢得这样漂亮。大炮在他要组织的未来幸福的观念里，甚至显出柔和的感动。下颌放在两手中间，他高声说话：

“战争，啊！真糟糕，这是我们该做主人的时候了……你们都知道我的计划：不再纳税，不再服兵役。每个人，都以最小可能的劳动，获得最大可能的满足……这样的日子会到来；如果你们站到我们这一边的话，你们能保护你们孩子和金钱的日子，就

要来临。”

耶稣·基督点头赞成，再也忍不住的勒构，却大发牢骚：

“啊！是的，您这滑稽的牛屄客！您的地上天堂，您那不顾别人愿意与否，要强迫他们去过幸福生活的绝妙方式！看，这不过是漂亮的夸口罢了！在我们这里，难道能实现吗？我们不是已太腐烂了吗？必须由野蛮民族，哥萨克人或中国人，先来扫荡一下！”

这次的震惊是那么猛烈，厅堂里充溢着死一般的静寂。那么，是什么？使这阴险毒辣的人，这冷酷的家伙，从来不向任何人显示意见颜色，因害怕他的上司，每次一涉及做人所应遵守的事情，马上逃走的他此刻居然说话了！大家都听着，尤其是仆多很担忧，等着他将说的话。好像这些事物和自己所惧怕的案件可能会有关系。开着的窗户释放烟雾，夜晚的潮湿温暖透进来，人们深深感到沉睡和黑暗乡野的广大平静。小学教员心里膨胀了十年的胆怯，此刻，在他生活受到拖累的狂怒发作里，已不顾一切，终于倾空他胸头所郁塞的憎恨。

“难道您相信这里的人们比他们的小牛还要愚蠢，让您来对他们说，现成烤好的许多云雀将会落到他们嘴里吗？……但是在您还没有组织好您的理想社会之前，土地已崩塌了，一切都已完蛋了！”

在这粗暴的攻击下，从来还没有遇见一个对手的大炮，显然发生动摇。他要重述他巴黎那些先生们的故事，一切土地将属于国家所有，实行科学的大耕作。这个截然打断他的话。

“我知道，这都是不值一谈的蠢事……很久以前，当您去试您的耕作时，法国平原就已被消灭，淹没在美国小麦底下……喏！对于这点，我所读的这本小书，正好道出详细情形。啊！他妈的！我们的农民们可以睡觉，蜡烛已被吹熄了！”

他用他教学生们功课的声音，谈到那边的小麦。一望无垠，像整个王国那么广大的平原，很小的贝斯，若和它相比，只是一块简单而干燥的泥土罢了。那么肥沃的大片土地，他们非但不施肥，而且必须借准备的收获物去消耗它们，这不能阻止它们仍然两季生产。许多三万公顷的田庄，被分成一区一区，然后又分成一大组一大组，每一区在一个监督的管理下，每一大组又在一个大组长的指挥下，各区各大组，都有住人、关家畜、藏农具和作厨房的很多木屋。耕作的队伍，在春季雇用来，以作战军队的方式组织好，生活在广大旷野里，得到住屋、食物、浆洗衣服和医药的供给，到秋季才被遣散。许多公里的田亩，要被一起耕作，一起散播种子，要收割的小麦，和海洋一样宽阔，简直看不见它们的边岸，人们只负责监督，一切工作都由机器代劳，他

们的耕犁装有两面锋利的犁头；巧妙的播种机、刈草机、捆缚收获机、卸除麦秆和装置颗粒入袋的自动打麦机，农民们只是一群机械匠，骑马跟随每一机器的一小队工人，他们经常准备着下来旋紧每一个螺丝头，调换每一枚螺丝钉，锻好一个零件。最后，土地变成大的银行，由金融家来经营，土地被划成规定的版块，剪除得精光，发挥科学的技术力量，生产出勤劳人手所能生产的十倍收获物。

"你们使用只值四个铜子的农具，还指望和他们斗争，"他继续说，"你们什么都不知道，什么都不愿意，你们只蹲伏在你们的旧习惯里，你们不要妄想吧！……啊！真是的！那边的小麦，它们将一直没到你们的两膝！而且会不断扩展，巨大的货船将时常给你们载来更多的。你们稍等一下，这将一直高到你们的肚皮，你们的肩膀，你们的嘴巴，然后超过你们的头，给你们整个都淹没了！这是一条江河，一条瀑布，一阵汹涌的，你们大家都会被浸死的泛滥海潮！"

一想到这外国小麦像大水一样泛滥，农民们都被惊慌侵袭，睁圆他们的眼睛。他们现在已很受苦，难道此后正如这家伙所说的，他们将被淹没和被卷走吗？这在他们看来似乎已成为就要发生的事实。罗涅，他们的田亩和整个贝斯都将被吞噬。

"不，不，永远不！"喉头馒的黛勒梅喊道。"政府将会保护我们。"

"一只漂亮的乌鹳，政府！"勒构摆出他的轻蔑态度继续说。"那么，但愿它保护自己吧！……最可笑的是你们选了乐舒丰丹纳当议员。波特利田庄主人，拥护德·宣特维尔先生，他至少遵守他的思想……其实，这一个或那一个，都是装着木腿的同样无能的家伙。没有一个议员对于外来的小麦敢表决收太多的附加税，保护政策是不能拯救你们，晚安，你们全完了！"

于是发生大喧哗，大家都抢着说。这可恨的小麦，难道人们不能阻止它进来吗？人们将在码头上凿沉货船，人们将以子弹发射载它来的那些人。他们的声音变得颤抖，他们伸出胳臂，哭着恳求政府把他们从这丰饶的，这威胁到本国的廉价面包里拯救出来。人们从来没有碰到过这类事；从前唯一的恐惧是饥荒，经常害怕没有足够的小麦；现在只有达到真正完蛋的地步，才害怕会有太多面包。他陶醉在自己的话中，他压下四周的愤怒议论，继续说：

"你们是一个没有潜力的种族，将被愚蠢地热爱土地的情感吞掉。是的，你们始终是小块土地的奴隶，它缩减你们的智慧，你们有时被它谋杀！看，你们和土地'结婚'已那么多年，而它已欺骗你们……你们看美国情形吧，农夫是土地主人。没有任何关系，没有家庭和回忆来束缚他。待他的田地一贫瘠，就把他转移到较远的地方去。一听说人们在一千多公里以外，发现比较肥沃的平原，他马上卷起他的帐篷，安顿到那里去。只要有机器，他始终能任意的收获庄稼，他是自由的，会逐渐致富，而你们却是一群囚徒，会因贫困而饿死！”

仆多的脸色变得惨白。勒构说到谋杀时注视着他。他竭力装出从容的样子。

“人们想怎样生活的，就怎样生活着。既然您自己也说这将不会改变什么，生气又有什么用呢！”

黛勒梅表示赞成，郎该涅，克鲁，副安，岱尔芬和壮丁们，大家又开始笑起来，壮丁们认为这场面很有意思，希望这或许会以打架作为结束。大炮和耶稣·基督，因看见被他们称为“使墨水的”这家伙，比他们喊得更凶，也开起玩笑的。他们已站在农民们一边。

“生气，这多么愚蠢！”耸一耸肩膀的大炮大声道。“应该努力去组织大家。”

勒构做了一个可怕的手势。

“那么，好！我，我彻底告诉你们……我是主张打倒一切，把一切都打垮在地上！”

他的表情苍白，他向他们说了这个，好像他要拿这个殴打他们。

“混账的懦夫们，是的！乡下佬，一切乡下佬……一想到你们是多数的，而且你们让资产阶级和城市工人吃掉你们，这怎么不奇怪呢！……他妈的！我只有一种懊悔，就是我有一个乡巴佬的父亲和一个乡巴佬的母亲。或者就为了这个，你们更令我厌恶！……因为这没有什么可说的，你们如果能利用你们自身的力量，你们将成为主人。不过，看，你们却互相孤立，互相猜疑，完全没有知识，你们总不大能和好。你们将全部卑鄙手段都花在互相争斗上……嗯？在你们的心里，你们究竟隐藏着什么？那么，你们仿佛是这些停滞的水塘吗？人们以为它们是深的，可是连只猫都淹不死。既然有潜伏的力量，有可以实现未来一切的力量，……除了这个，更可恨的是你们已停止相信教士们。假如没有好上帝存在，那么，还有什么妨碍你们呢？因为地狱的恐惧束缚你们，人们还容易了解你们匍匐着，忍受压迫。但是现在，你们去吧，你们去掠夺一切，焚毁一切吧！……在等待的期间，更容易和更有趣的事是你们可以罢耕。你们大家都有钱，可以坚持到所应该坚持的那么久。你们只为自己的需要耕种，不用再把一袋小麦或一斗马铃薯等任何产物运到市场去。不久，人们就可以见到巴黎人饿死！他妈的！这将是多么清洁的大扫除！”

人们可以感到，一阵冷风，透过开着的窗户，由黑暗深处吹进来。几盏煤油灯吐出很高的火焰。尽管这发狂者给予每个人很坏的评价，任何人都不再打断他的话。

他于是高声叫喊，用他的书敲击一张桌子，上面的玻璃杯因此而互相碰响。

“我对你们说了这些，可是我自己却很安静……你们纵然是一群懦夫，待时刻一到，还是你们将把这一切打倒在地上。以前，往往是这样。此后，也不会不这样。你们等着贫困和饥饿逼迫你们像野狼似的涌入城市……这外国载来的小麦，这或者就是你们实行反叛的好机会。有了太多的时间，接着就会不够，人们因而将再看到饥荒。大众经常为小麦而革命，而互相残杀……是的，是的，城市被焚毁，被铲平，乡村变成荒地，土地没有人耕种，为荆棘所侵占，到处流血，血流成河，使不毛的田亩再给我们死后诞生的人们生长出可吃的面包！"

勒构粗鲁地打开门，他出去了。在他背后的惊怖里，升起一阵叫喊。啊！这强盗！人们应该砍掉他的头！直到那时，一向都那么平静的一个人！他一定已变成了疯子。黛勒梅以他的平常镇静宣告他将写信给州长，人们催促他去这样做。尤其是耶稣·基督和他的朋友大炮，似乎更愤怒，前者想起他在一七八九年，一向拥护自由平等和博爱的人道主义，后者存着他的强权思想，主张写上建立于科学基础的社会组织。他们脸色苍白地留下，因找不到一句可回答的话，而愤恨，比农民们还要生气，口里喊着说，像这一类怪物，人们应该把他送到断头台上去杀掉。仆多，在这凶暴者所要求的整个流血面前，在这激烈家伙用手势洒向土地的如何流血面前，全身哆嗦着，站了起来，脑里被神经质的和无意识的不安情绪所激动，好像他也表示赞成。接着，他沿外面的墙垣溜走，以斜视的目光看看是否有人跟随他，然后，他也消失了。

立刻，壮丁们又开始他们的豪饮。他们高声谈笑，正当佛洛莉烧炙香肠时，耐纳斯推揉他们，告诉他们岱尔芬已身子向前，失去知觉，跌伏在桌子上。这可怜家伙的面孔已像白纸那么苍白。他的手帕，从他受伤的手上落下，染着一块血迹。于是人们高声向沉睡着的培贵叫喊。他终于醒来，注视他孩子毁伤了的拳头。无疑的，他已明白，所以他拿起酒瓶喝完它，并高声吼叫。随后，他蹒跚地领着孩子出门，人们听见他在外面，在他的咒骂中间发出哭声。

那一夜吃晚饭时，听说佛兰佐史意外事件的胡得根，出于他对约翰的友谊，到罗涅来打听消息。步行出来，在黑夜里吸他的烟斗，在旷野的寂静里消除烦闷，在没有进入他从前长工的家里之前，他走下冈陵斜坡，心里已稍稍平静，想循着大路蹓跶一下。但是来到下面，勒构的声音，由小酒店开着的窗户，吹向黑暗的乡夜里，却要他停下来，站着不动。他决定再走上去，可是这声音仍然跟随他。现在，到了约翰的房子前面，他还听见它，似乎随着距离变得像刀的锋口一样细薄尖锐，这声音也越清晰。

外面，约翰背靠在门口墙边。他不能再留在佛兰佐史的床铺前，他几乎窒息，他太痛苦。

"那么，您感觉怎么样，我可怜的年轻人？"胡得根问道，"您家里的情况还好吗？"

不幸者做了一个烦恼的手势。

“啊！先生，她要死了！”

彼此都不再说话，又一次的静寂，勒构的声音继续升起，始终是颤动的却又是固执的。

过了几分钟，不论他愿意还是不愿意，还继续听着田庄主人，让自己口里说出这些愤怒的话语。

“嗯？那一个，您还听见他高谈阔论吧，一个人悲伤的时候，他所说的，确实很奇特、很有趣！”

在这垂死的女人附近，听到这恐怖的声音，他的一切忧闷又侵入他的心头。他那么热烈爱着的土地，他怀着热烈激情，近乎以恋爱的激情爱着的土地，自从最后的收获以来，已引起他的绝望。他的资产已丧失。用了好长时间，波特利甚至不再给他吃的东西。不论花费多少精力，新的耕作方法，改良的肥料或机器，什么都不能成功，没有挽救的办法。他缺少资本，证明他的失败。可是他还怀疑，因为破产是普遍的。罗比甲夫妇，因付不起他们的租金，已从舍米特被逐出来，歌格尔夫妇将不得不卖掉他们的圣徐斯特田庄。没有办法打破牢狱，他最近只觉得自己更变成他所有土地的囚徒，每天投进去的金钱，花费了的工作，总以更短的索链锁住他。灾祸已临近，已将结束小地产和大地产的冲突，将杀害它们两者。从预料时开始，小麦一公石跌到十六法郎以下，小麦只卖得霉蚀的价钱，许多社会原因，一定比人的意志还要坚强，最终引出土地的破产。

突然，感到了失败的悲伤的胡得根赞成勒构的意见。

“他妈的！他说得很对！……既然种族已完蛋，土地已枯竭，但愿一切都垮掉，我们大家都饿死！”

想到捷卡琳，他加上说：

“不幸的是我的皮肤下还有另一种毛病，在这一切还没有到来之前，它已蚀坏我的腰部，我已完蛋了！”

但是在房子里，人们听见老大和弗里麦嫂行走和喃喃说话的声音。闻到这轻微的语声，约翰不免颤抖。他再进去时，可是已太迟。佛兰佐史已经断气了。也许已断气很久。她没有再睁开眼睛，没有再放松嘴唇。老大触摸到她的身体，只是发觉她已不再存在。固执和变薄的面孔，显得很白，她似乎只是睡着。约翰站在床脚，注视她，因脑里的模糊观念依然留着，感受他所有的痛苦，惊异她不愿意留下遗嘱，所以觉得有什么东西，在他的生存里破裂和完结。

这时候，胡得根悄然和他打了招呼，随着离开，面孔仍显得很阴郁，他看见大路上的一个黑影，从窗边逃脱，向黑暗深处跑去。他想到这或者是什么闲荡的野狗。其实这是仆多跑来打探死的消息，此刻正去告诉他的老婆莉兹。

五

第二天上午，佛兰佐史的尸体举行大殓，棺材正停放在房间中央两把椅子上的时候，约翰，看见莉兹和仆多先后走进来，他惊奇地跳起来，他非常愤怒。他的第一个举动是要驱逐他们，这些没有良心的亲戚，不来抱吻死者，待人们在她身上钉好棺盖，他们却悄悄来了，好像从活着的她的面前解脱出来，现在已不再害怕。但是在场的家族成员们，凡娜和老大却制止他这样做：在一个死者周围争吵，不会带来好运气。而且，这又算得了什么？人们不能阻止莉兹赎回别人对她的怨恨，而决定去看守她妹妹的遗体。

仆多夫妇，打算靠用这棺材获得的尊敬好好留着。他们不说，他们会再来占有这房子。但是，他们却以自然的方式完成这占有，现在佛兰佐史既已不再在那里，仿佛事情是自动进行着。虽然她现在还留在房子里，可是已为永远离开，做好准备，并不比一个家具更显得妨碍。莉兹，坐一会儿之后，忘记自己本来的责任一直去打开橱柜，看看各种物件，在她搬到隔壁期间，是否变换过位置。仆多已在马厩和牛栏间走动里闲荡，摆出主人身份，向各处巡视。晚上，他们两个都似乎自己回到他们家里，现在只有放在房子中央的棺材妨碍他们。其实这只要忍耐一夜就行了。次日早上，地板上就将被搬空。

约翰在本家族的亲人们中间踱步，头脑很混沌，不知道做什么才好。最初，房子，家具和佛兰佐史的遗体出现在他眼前。但是待时间逐渐过去，这一切都从他身边离开，似乎被转到别人手里。夜色更暗，任何人都不再向他说一句话，他在那里只是被容忍的一个擅入者。他从来没有这样痛苦过。觉得自己是一个外人，在这些人中间，没有他的一个亲属，一提到要驱逐他出去，他们大家都会互相联合，表现一致。连他死去的可怜女人也似乎不再属于他所有，当他说到要在她身边守夜时，凡娜借口守灵的人已太多，甚至故意要赶走他。然而他依然固执留下，甚至想从五斗柜里取出自己所藏的一百二十七法郎，使它们不至于不翼而飞。莉兹刚到这里，打开抽屉时，一定看见它们和盖有印花的那张纸，因为她曾很快和老大作喃喃耳语。就是从那一会儿起，她

才那么自在地安稳着，肯定没有遗嘱存在。现钱，她还是得不到它。在第二天的计划里，约翰对自己说，他至少要拿到这个。然后，他在一把椅子里挨过夜晚。

第二天很早，上午九点钟，葬礼就举行了。下午动身的马特林神父，现在还能做“弥撒”，一直走到墓穴。可是他在那里昏倒，人们只得抬他回去。查理夫妇，黛勒梅和耐纳斯也来宣布。这是很简朴的埋葬，没有什么太多啰唆。约翰悲泣。仆多也揩拭眼睛。到最后时刻，莉兹宣布，她的腿已累断，她将没有力量一直伴随她可怜妹妹的遗体走到坟场。所以只有她一个人留在房子里。老大、凡娜，弗里麦嫂，培贵嫂和其他女邻居们都跟着走去。回来时，所有人都故意逗留在教堂广场上，打算参与头天晚上就已预料到并等待着的争吵场面。

直到那时，两个男人，约翰和仆多都避免争斗。现在两个人都以同样坚定的步伐，向着房子走去。从斜面，他们互相凝睇。人们去看吧，从第一瞥起，约翰就明白莉兹为什么不参加送殡。她想单独留下，着手搬家，至少先搬一部分回去。一小时就足够了，她把所有包裹掷过弗里麦嫂的界墙，然后把可能打碎的东西放在小车上推过去。最后，把她的儿女，领到院子里，并对已开始争吵的徐尔和乐莉打了一巴掌，副安老爹也被她催促得坐在一副石凳上喘气。房子已重新被占领。

“你到哪里去?”仆多突然问道，阻止走到门前的约翰不让他进来。

“我到我家里去。”

“你家在哪里？你的家……并不在这里吧，我想！这里是我们的家，你休想进来!”

莉兹跑着赶来，两手放在屁股上，比她男人喊得更高，骂得更凶。

“嗯？什么？他要做什么，这个腐烂的人？……他毒害我的妹妹时间已够长，很明显：若没有他，她不会因她所遇到的意外而送命，她已表明她的意愿，她不让她的半点财产留给他……那么，你揍他吧，仆多！禁止他再进来，不要让他把疾病传给我们!”

约翰，因这粗暴的攻击，喘不过气来，还竭力作没必要的抗争和辩解。

“我知道房子和土地将还给你们。但是家具和家畜，也有一半是我的……”

“一半？你真不要脸!”莉兹打断他的话继续说。“龌龊的乌龟王八蛋！你甚至没有带来你的木梳，你只有光腚一个人进入这里，你敢拿去这里任何一样东西的一半，你这不知耻的混蛋！那么，应该说女子们为你挣钱，一个猪猡的漂亮职业!”

仆多做扫除门槛的动作支持他的女人：

“她说得很对，你滚开吧！……你已有你的短上衣和短裤，你穿着它们滚蛋吧！人们不会从你身上剥下来。”

家族的人，尤其是女子们，凡娜和老大，站在三十公尺以外，似乎以她们的沉默表示赞成。约翰，在这侮辱下脸色变得铁青，心里受不了这丑恶指控打击，立刻生气喊得和他们一样高。

“啊！就是像这样，你们要吵闹。……那么，好，这将有可怕的争吵。首先，我要进去，只要动产没有分好，我仍然在我家里。然后，我去寻找贝伊雅舒先生，请他贴上封条，并派我做这里的看守人……我在我家里，是你们应该滚开！”

他向前走去，脸色显得那么可怕，莉兹放开门口。但是仆多扑到他身上，打斗立刻发生，两个男子在厨房中间翻滚。女人的争吵还在里面继续着，现在要知道是谁，丈夫或姐姐和姐夫被逐到外面。

“那么，拿书面证据，把你们成为主人的证书，拿给我看。”“证书，我们已毁掉，我们有这权利，这就够了！”“那么，像我们所说过的，并且和执达吏一起来，你们领来帮助执行的宪兵们吧！”

“执达吏和宪兵，规矩的好人当然不要别的任何人干涉，自己料理自己的事情。”

约翰站在桌子后面，感到想做最强者的强烈需要，不愿意离开他女人刚死过的，好像他生活的全部幸福都要他留下的这住宅。仆多，一想到自己不应该放弃这再占领的位置，也变得一样狂暴，终于明白他必须了结这可怕的争吵。他说：

“那么，就是这样，你一定要啰嗦，要麻烦我们！”

他跃过桌子，想重新扑到另一个身上。但是后者抓起一把椅子扔到他的两腿中间，使他绊倒。为了自卫，约翰正想跑去躲在隔壁房间深处时，女人忽然想起钱，她曾在五斗橱抽屉里发现的一百二十七法郎。她以为他跑去抢它们，因此她先扑过去，打开抽屉，发出一声痛苦的嚎叫。

“钱！昨天晚上，这个混蛋他妈的已把钱偷去了！”

从此，约翰开始昏乱，他必须保护他的衣袋。他喊着说钱是属于他的，他很愿意同他们算清账目，他们一定还欠他很多。但是夫妇俩并不听他的，女人扑过去，得比男人还要凶狠。随着狂暴的推动，他从房间里被逐出来，重新回到厨房里，他们三个，在家具边缘蹦跳旋转，扭成混乱的一团。她再来，用她的指甲陷入他的后颈，仆多，则更凶狠，用他的头作为武器，循着暴烈的进势，撞击他，使他四脚朝天，仰在外面大路上。

他们留在那边，用他们的身体堵住门口，高声喊道：

“贼！偷去我们的钱！……贼！贼！贼！”

约翰再站起来以后，在痛苦和愤怒的嗫嚅里答道：

"很好，我将到砂多屯的法官那里去，他将会使我再回到我家里；我将到法院去控告，要你们赔偿损失……再见！"

他做了一个最后的威胁手势，他消失了，看见他们打架后，家族的人由于可能的诉讼，都小心翼翼地走开。

仆多夫妇于是发出一声胜利的叫喊。那么，这个外来人，这个篡夺的混账家伙，他们终于赶了他出去！他们已回到房子里来，他们早就说过他们一定会回来的！房子！房子！一想到他们又住在这里，又住在这祖上留下的旧屋——从前由一个祖先建造起来的古老房子里，他们忽然兴奋得发狂，他们奔跑，穿过各个房间，因为高声叫喊几乎要喊破喉咙。孩子们，乐莉和徐尔，也四处奔跑，拿一个破的锅子，作为铜鼓敲击。只有仍坐在石凳上的副安老爹不笑，睁着他的混沌眼睛注视他们跑来跑去。

仆多突然停下来。

"他妈的！他从那上头溜走，希望他没有损害我们的土地！"

这是愚蠢的，然而这充满激情的叫声打扰他的精神。土地的观念，在担忧的快乐震颤里，浮到他的脑际。啊！土地，它比房子还要抓住他的心！那上头的这块土地，将填满他两小段中间的空隙，将恢复他三公顷的一大片，那么完美，连黛勒梅也没有这样完整的田亩！好像一个被渴望的，以为失掉的女人回来，他的全身筋肉，都因快乐而颤抖。存着另一个可能会抢去土地的疯狂恐惧，马上想再去看看土地的需要盘旋在他的头脑里。他跑着动身，嘴里咕噜着：但愿他还不知道那边的情形，自己实在太受苦了。

的确，为了避开村庄，约翰恰向平原上走去。由于平常的习惯，他循着波特利的道路前进。仆多看见他时，他正好沿着高挪伊田亩走过去。但是他并没停下，他只向这块经过那么激烈争夺的土地，投出疑惑和悲伤的一眼，仿佛他责备它给他带来不幸。因为一个回忆润湿他的眼睛，他想起他第一次和佛兰佐史谈话的日子，那时她还很年轻，母牛哥利喧不是在这高挪伊的苜蓿田里拖着她奔跑吗？他低着头，放慢步伐走远。仆多不放心，窥视他并怀疑他会损害土地，也走到那里。他站着，长久地审视它：它仍然在这里，它并没有不健康的样子，任何人都没有损害它。他的心膨胀着，在他重新和永远再占有它的观念里，他向它走去。他蹲下，用两手拿起一个泥块，捏碎它，放到鼻孔旁边嗅，然后再让它从手指中间漏下去。这确实是他的土地，他走回自己家里，轻轻唱歌，仿佛已被泥土气息陶醉了。

然而约翰仍然睁着茫然的眼睛，向前行进，却不知道他的两腿领他到何处去。最初，他想跑到克罗亚去见贝伊雅舒先生，请他设法再使自己回到已被逐出的家里。后来，他的愤怒已平息。他今天固然可以再回去，而明天他必须又出来。既然事实已经造成，那么，为什么不立刻吞下这苦恼呢？其实，那些流氓们的话是对的：他一无所有地到来，当然也应该一无所有地离开。但是最刺痛他胸口，最要他决定忍受的是，佛兰佐史临终时的意志，既然不高兴把她的财产留给他，她一定愿意事情像这个样子。所以他放弃马上行动的计划；在他摇摆着走路时，他的怒火再燃烧时，只发誓要控告仆多夫妇，要拖他们到法庭上去，强迫他们交出他的一份，使他可以取得夫妇共有的全部动产的一半。人们将看见他是否和没出息的懦夫一样，任人剥夺。

约翰抬起眼睛，惊异自己已走到波特利前面。他只有一半意识内心推理，领他向田庄走来，好像它是一个避难所。真的，如果他不愿意离开当地，那里不是给他留下办法：住宿和工作吗？胡得根非常器重他，他不怀疑他会立刻被收留。

但是远远看见小高业姑娘发狂似的穿过院子，他感到一阵不安。十一点钟已敲过，他已落入一个可怕的灾祸里。早晨，在女仆没有下去之前，少妇发现楼梯脚的洞孔，这位置非常危险的洞孔敞开着；胡得根已跌死在底下，腰部碰到梯级的突角被折断。她喊叫，人们闻声跑来，一种恐怖激起田庄的混乱。现在，主人的尸体躺在餐室的一个垫褥上，捷卡琳则在厨房里显出失望和悲哀，面容颓丧，没有一点眼泪。

约翰一走进去，她即以梗塞的声音掩住她的悲痛，喃喃告诉他：

"我早就说过，这洞孔，我希望人们改换它的位置……但是谁能让它开着呢？昨天晚上上来时，我确信它是关好的……从今天早晨起，我就在这里搜寻我的记忆，想不起谁会打开它。"

"主人在您之前下去的吗？"被意外事件引起惊骇的约翰问道。

"是的，天刚微明……我还睡着。我似乎听见一个声音在底下呼唤他。我一定在做梦吧……以前，他总这样起来，时常不带亮光走出，要突然去查看起床的长工们……他没有看见洞孔，就跌了下去。但是谁，究竟是谁让这洞孔开着呢？啊！我真急死了！"

脑里轻轻掠过怀疑的约翰，马上丢掉这疑惑的推测。对于这死亡，没有半点好处，她的失望是真诚的。

"这是很大的不幸，"他喃喃说。

"哦！是的，很大的不幸，对于我，是很大的不幸！"

她瘫坐在一把椅子上，很沮丧，好像墙壁都在她的四周倒塌下来。打算和她结婚的主人！曾发誓要把一切都在遗嘱上留给她的主人，现在已死了，来不及签好任何证书！她甚至没有领得工钱，儿子就要回来，后者临走时所说过的，将用靴尖踢她，驱

逐她出去，她什么都没有！只有少数首饰、衣服和她身上所穿的东西！多么大的灾祸！多么大的毁灭！

捷卡琳所没有说的，而她脑里也不再想到的是牧羊夫苏拉斯的辞退，他前一天晚上才被解雇。她认为他太老了，不能做任何工作，她因他总跟在她背后注视她，气得发狂。胡得根虽然不同意她的主张，他因他现在已被她征服，那么屈服于她的淫威，也只好让步，只好用奴隶般的顺从，买得幸福的夜晚。被好言和许诺辞退了的苏拉斯，睁着无神的目光注视他的主人。随后，他慢慢向后者叙述一切，他放下心里对这放荡姑娘——他今后不幸的根源——所背负着的包袱，他说出她和长工们怎样通奸，特别是经过那么多人之后的德龙怎样和她搭话、和她勾结……后者的故事是大家都已知道的，他怎样和她发生那么无耻的和放荡的关系。如此，在当地，人们都说主人不以为耻，喜欢享受长工的战利品。听得混乱的胡得根徒然想打断他的话，因为他宁愿装作不知道，不想忍受他被迫必须驱逐她的烦恼，他不想知道更多的。老头子却一直说下去，没忘记他蓦然撞见他们胡闹的任何一次。他的话很有次序，他的心头因而逐渐轻松，倾空了他埋藏很久的怨恨。捷卡琳不知道这告密，胡得根带着他若再看见她，立刻会扼杀她的恐惧向旷野里逃走，回来时，他仅仅把德龙辞退，说他太懒惰，竟让院子变得那么脏。于是她明显怀疑被人出卖了，可是她不冒险去保护德龙，得到赞许。他那一夜仍旧睡在田庄里，打算第二天再处理这件事情，再设法留住他不走。这一切此刻都变得颠倒，命运的打击已破坏了她十年劳苦的预定计划。

约翰正一个人和她留在厨房的时候，德龙出现了。从前天起，她没有再看见他，其他的长工们态度很抑郁，什么也不干，都在田庄里闲荡。她一瞥见这贝尔舒人，这皮肤像孩子般的大家伙，刚看他进来的侧斜方式，她就发出一声尖刻的叫声：

“是你曾打开楼梯脚的洞孔！”

突然她明白了一切，而他却脸色黯然苍白，嘴唇颤抖，眼睛睁得又大又圆的。

“是你曾打开那里的洞孔，曾呼唤他，要他跌下去。”

约翰被这场面震动，只得后退。其实，他们两个，在激动他们的剧烈情绪里，都似乎忘记他的存在。德龙低着头，慢慢招供。

“的确，是我……他已辞退我了，我将再也见不到你，这是不可能的……再则，我已想过，他若死了，我们将自由，将可以一起过两个人的快活日子。”

在激起她整个身心的神经质紧张里，她坚挺地听着他以满足又气愤的咕噜声音，说出他简单的脑子深处所盘旋着的一切：一个长工放弃对主人的一向服从，谦恭产生残害的嫉妒，为了保证他要单独得到这女人，实行他的犯罪和阴谋计划。

“那一下我的确已干过，我相信你会喜欢这结局的……我之所以预先没有对你说过什么，因为我怕使你左右为难……那么，现在，已经没有这个人了，我来带走你，使我们可以一起离开，我们去结婚。”

捷卡琳的粗暴声发作了。

“你，但是我不爱你，我不跟着你！……啊！为了占有我，你杀死他！你一定比我想象的还要白痴！在他没有和我正式结婚并写好遗嘱之前，你做了这样的蠢事……你使我破产，你夺掉我要进嘴的面包。这是你这愚蠢的畜生，打碎了我的骨头，嗯？你明白吗？……你以为我会跟你走！喂！你认真点儿看着我，难道你要开我玩笑吗？”

在这对待他的出乎意外的惊异里，他也张口结舌地谛听着：

“因为我曾寻开心，因为我们曾一起享受快乐，你就以为可以时常打扰我……我们去结婚！啊！不，啊！不，如果我需要和男人结婚的话，我将选择一个比较聪明的……喏！你滚蛋吧！你使我厌恶，你使我害病……我不爱你，我不要你。你滚蛋吧！”

一阵愤怒迅速传遍全身。那么，什么？他没有得到丁点好处，就杀了人吗？她是属于他的，他将抓住她的脖子，把她带走。

“你是一个自以为是的婊子，”他怒吼道。“这不能阻止你会乖乖跟我走。否则，和对付那家伙一样，我将料理你的事情。”

小高业姑娘攥紧拳头向他走去。

“你试试看吧！”

他是很高大、很健壮的，而她的身材却很微小，只是一个很瘦弱的漂亮女郎，没有什么力量。可是她显得那么阴险凶恶，牙齿咬得紧紧的，露出刀一样的尖锐目光，结果还是他向后退缩。

“这都完了，你滚蛋！……我宁可这辈子不再看见一个男人，也不和你一起走……你滚蛋！滚蛋！滚蛋！”

德龙在胆小食肉兽般的退缩里，对心头的惧怕让步，狡猾地延缓他的报复，倒退着离开。他盯住她，他还说道：

“死的或活的，我将取得你的身体！”

捷卡琳等他一走出田庄，即发出一声摆脱劫难的叹息。随后，转过来，全身颤抖，看见约翰还在那里，她并没有吃惊，她在直率的兴奋里喊道：

“啊！坏蛋，如果我不怕自己被牵累的话，我将一定要宪兵来捉住他！”

约翰心头吓得冰冷，然而一种后悔、后怕的反应产生在捷卡琳体内：她窒息，哭着摸到他的胳臂里，反复说着，她不幸，哦！非常不幸！她的眼泪持续流下，她要自

己被同情，被抚爱，她搂抱他，好像她很愿意他带走她，做她的保护神，留她在他身边。他刚开始厌烦她时，死者的内弟由田庄一个长工去通知的公证师贝伊雅舒到了院子里，从他的两轮轻马车上轻快地跳下来。捷卡琳于是跑去对他表示她的难过。

偷偷从厨房里逃出的约翰，再次走回空旷的平原，在三月要下雨的灰暗天边下行走。但是他什么也没注意到，他被刚才听到的事件困扰，他所感到的震颤又加入他自己不幸的悲凉。他已有了他的一份不幸命运，不顾他怎样同情可怜他旧日主人胡得根的命运，自私的情绪要他加快脚步。出卖小高业姑娘和她的情人，这不是他的事儿，让法院去查明真相吧！有两次，他转过来，觉得人们呼唤他，好像觉得自己是他们的同谋者。走到罗涅的最前几幢房子前面，他才开始正常呼吸：现在他对自己说田庄主人既已死于他所犯下的过错，他想到这伟大的真理：倘若没有女人，男人们一定会享受更大和更多幸福。佛兰佐史的回忆又出现到他脑里，一阵大的感动梗塞他的喉头。

约翰再看见自己站在村庄前面时，想起他是到田庄去找工作的。立刻，他感到不安，他考虑现在他可以去求谁的怜悯，他忽而记得数天以来查理夫妇想找一个园丁。他何不去贡献自己的劳力呢？他和他们毕竟有点亲戚关系，这或者是自荐去做工的好时机。他马上向白玫瑰别墅走去。

那时已午后一点钟，女仆领他进去，查理夫妇已吃完午饭。哀绿蒂恰在倒咖啡，查理先生命内侄婿坐下来，请他也喝一杯。从昨夜起，没有什么东西到过他的肚子，约翰欣然接受了。他的胃缩得太紧，这会使它清醒一下。但是看见自己在这桌边，和这些有钱人坐着，他不好意思再问园丁的位置。停一会儿，待他有了可以启齿的机会，他再提出要求。查理太太开始可怜他，悲悼这不幸的佛兰佐史死去，他因而很感动。不用怀疑，这亲戚一定相信他是来向他们告别的。

之后，女仆报告黛勒梅父子到来时，约翰马上被遗忘了。

“请他们进来，并再拿两只盛咖啡的杯子。”

从上午起，查理夫妇要打算一件大事。出了坟场，耐纳斯一直陪着他们走到白玫瑰别墅。查理太太和哀绿蒂第二次进入他们的房子时，他留住查理先生，从容不迫地和他谈判，如果彼此都愿意的话，他希望成为十九号的主人。据他说，他所知道的房子将只卖得很低的价钱。服哥涅已让它颓败衰减到不值五千法郎的代价。那里的一切都要更换，家具已破旧，人员选得那么不风趣，那么难看，连驻扎的士兵也到别处去寻欢作乐了。在将近二十分钟之内。他就这样压低妓院的价值，以他的内行话语，懂得讲价的学问，他年纪虽轻，却显得那么难能可贵的特殊才能，激起他丈公的昏乱和惊讶。啊！好家伙！看，这是个多么有眼力和手段的年轻人！耐纳斯说，吃过午饭以后，他将和他的父亲还要来做认真商谈。

回到他们屋里以后，查理先生和查理太太说起这件事情，后者也惊讶这年轻人怎么会有那么多本事。他们的女婿服哥涅只要能赶上他的一半就行了！为了不上这青年的大当，被他欺骗或耍弄，应该当心，应该好好谈判。这很重要，要从衰败里抢救哀绿蒂的嫁资。然而他们的恐惧深处却有着无法抑制的同情，愿意看见十九号即便受到损失，也应该由一个会恢复它声誉，会使用坚强和巧妙灵活手腕的强有力主人来把持。所以当黛勒梅父子进来时，他们立刻以很恳切的态度接待他们。

“你俩愿意来点咖啡，嗯？……哀绿蒂，你把方糖拿来。”

约翰稍稍向后推开他的椅子，大家都坐在餐桌四周。黛勒梅新剃过胡子，焦黑的面孔非常平静，在外交的沉默里，一言不发。耐纳斯则穿整齐的服装，漆皮鞋子，金棕榈纹的背心，颈下是鲜绿色的领带，他不时微笑，显得非常轻松，很可爱。当面色羞红的哀绿蒂向他递过糖罐时，他凝视他，寻找一句风雅的话语。

“表妹，您那一块方糖，确实很大。”

她脸上羞得更赤红，这可爱青年的话语，在她的天真单纯里激起那么大不安，她不知道该说什么才好。

上午，耐纳斯以狡猾的年轻人身份，只冒险说过他的打算的一半。在埋葬的坟场上看见哀绿蒂之后，他的计划突然扩张了。不但他将拥有十九号，而且还要娶得这个少女。要进行的方式是很简便的。首先，一个钱也不用花，他只娶她，把那所经营的房子，作为嫁资。其次，她现在虽然给他带来这有大麻烦的资产，将来她将继承查理夫妇的产业，他可以获得真正的财富。这就是为什么领来他的父亲，决定马上提出他的要求。

一会儿，人们只闲谈这季节里真正温暖的天气。梨树的花开得很盛，但不知道花能好好结果否？人们终于喝光咖啡，正式的谈话将开始了。

“我亲爱的宝贝，”查理先生突然对哀绿蒂说，“你应该到花园里去玩玩。”

他支走她，想立刻向黛勒梅父子说明他心里要说的话语。

“对不起我的丈公”，耐纳斯插进来说，“如果您喜欢表明您的好意，愿意让表妹和我们一起留下的话……我要对您谈到与她有关系的事。不是吗？一次结束，总时常比反复谈来得好些。”

于是他站起来，摆起教养良好的年轻人样子，提出他的请求。

“那么，这就是要对您说，如果您愿意，她也乐意的话，我将娶我的表妹，我若和她结婚，我会非常幸福的。”

骇然一下子显现出来。尤其是哀绿蒂似乎吃惊得要马上离开她的椅子，由于一直红到脚跟的害羞慌乱，飞快扑入查理太太的怀抱里。她的外祖母，努力去平静她的羞惭。

“好了吧，好了吧，我的小宝贝，这已有点过分了，你应该有理智些！……因为别人要求和你结婚，这不会吃掉你……你的表兄没有提什么坏事情，你看他，不要显出傻傻的样子！”

不论说什么都不能使她再露出藏起的面孔。

“啊！真是的！我的孩子，”查理先生终于宣告，“我的确没有想到你会提出这个要求。你若事先和我谈起它，这或者比较好些，因为你看，我亲爱的小宝贝是多么容易激动……但是不论怎样，你可以相信我依然器重你，因为在我看来，你似乎是一个有勇力的小伙子，一个勤勉的劳动者。”

直到那时脸上没有动过一下的黛勒梅，也吐出三个字：

“这当然！”

明白自己应该表示什么的约翰也加上说：

“啊！是的，这还有什么说的！”

查理先生已恢复平静，他已考虑过，耐纳斯不是一个糟糕的配偶，既年轻，又勤勉，而且是富有农民们的独养子。他的外孙女不会找到更好的。所以，和查理太太交换一下目光，他继续说：

“这只是孩子的事情，这完全应该看孩子的意思。关于这种事，我们从来不违反她的心愿，只要她同意，将没有什么问题。”

耐纳斯于是风雅地再度提出他的请求。

“我的表妹，如果您乐意给我荣幸和快乐的话……。”

她的面孔仍然藏在她外祖母的怀抱里，但是她没等他说完，便重复三次的用力点头表示同意。无疑的，堵住眼睛，这给她多大勇气。在场的人都默默不语，因她这样快表示接受觉得惊奇。那么，她爱这个她没见过几面的年轻人吗？或者她只要一个，无论是谁，只要他是漂亮的男子吧？

查理太太笑了，亲吻外孙女的头发，嘴里重复说：

“可怜的小宝贝！可爱的小宝贝！”

“那么，好！”查理先生又说，“既然她愿意，我们也愿意。”

“自然，我的小伙子，我们将放弃另一件事，就是你上午向我说起的那一件。”

耐纳斯显出惊讶。

“那么，怎么呢？”

“怎么，为什么？但是因为……好吧……你是很清楚的！……我们让她留在圣访院的修女们那里，一直呆到二十岁，然后去做……总之，这是不可能的！”

他眨一眨眼睛，扭一扭嘴巴，即使别人明白他的意思，又恐怕自己会说得太多。一个受过那么多教育的小姐！在完全无知里教育起来，那么绝对纯洁清白的一个小姑娘！

“啊！对不起，”耐纳斯断然宣告，“这不再能实施我所预定的计划，这违背我原来的意愿……我为建立我的事业，才打算结婚，我要我的表妹和那经营的房子。”

“糖果店！”查理太太喊道。

说了这三个字以后，论争就开始了，而且陆续反复十次。糖果店，算了吧，这是公平的吗？年轻人和他的父亲仍然固执坚持它，作为嫁资，说人们不能放弃这个，这将是未来夫妇的真正财源。他们请约翰表示意见，后者也点头表示赞成他们。最后他们全体都高声吵叫，忘记了自己，道出猥亵的内情，忽而一个意外的插嘴，要他们沉默不再争吵。

哀绿蒂终于缓缓抬起她的头，摆出她在阴暗里长大的优雅百合花姿态，站起来，显露她枯黄的面孔、空灵眼睛和枯涩头发。她凝视她们，她平静地说：

“表兄说得很对，人们不能放弃这个。”

查理太太很惊讶喃喃答道：

“但是我的小惊讶，如果你知道的话……”

“我知道，很久以前，奥诺琳，就是因男子们关系被辞掉的那个女仆奥诺琳，已告知我一切……我知道，我曾考虑过，我向你们发誓，人们确实不能放弃这个。”

一种惊异钉住查理夫妇。他们的眼睛睁得圆圆的，他们在沉重的惊呆里，审察她。那么，什么？她知道十九号的存在，晓得人们在那里所做的事和所赚的钱，总而言之，他们所经营的职业，而且用这么痛快直爽的口气谈论它！啊！贞洁的天真少女，她接触到一切而不脸红！

“人们不能放弃这个”，她重复说。“这太好了，这可以赚得更多的利益……其次，这是你们曾工作过，曾那么辛苦工作过的房子，难道可以让它脱出家族的关系吗？”

查理先生的头脑已迷乱了。在他的惊骇里，升上一种从心底出发、梗塞他咽喉的、难以言语形容的感动。两个都相信这是一种巨大的牺牲，都用过度兴奋的声音表示拒绝。

“哦！亲爱的小宝贝，哦！亲爱的小宝贝！……不，不，亲爱的小宝贝……”

但是哀绿蒂的眼睛湿润，她亲吻她母亲的戒指，她手指上戴着的纪念品，在那边工作里磨损坏的旧结婚戒指。

“不，不，你们让我随我的想法做去……我愿意和妈妈做一样工作。她所做过的，我也能做。既然你们自己也做过，这没有什么不名誉……这非常使我喜欢，我可以向你们保证。你们将看见我确实能帮助表兄，我们两个的确能很快整顿好那边的一切！这必须好好进行，人们一向不真正了解我！”

于是一切顾虑都已不存在，查理夫妇开始流泪。感动的泪水开始流淌，他们像孩子似的哭泣。勿用怀疑，他们并不在这观点里给她教养起来。不过，既然血统在发言，他们又能怎样呢？他们认得天性的叫声。这完全和她母亲哀斯妲尔一样。后者也受过同样的教育，他们也曾把她安置在圣访院的修女们那里，完全无知，终日和道德的最严格要求做伴，然而她仍然变成一个优越妓院的主妇。教育没有什么作用，是智慧最终决定一切。但是查理夫妇的极大感动和他们涌现出无法抑制的泪水，尤其从这荣耀的思想里来：十九号，他们的事业，他们的骨肉，将由破产里救赎回来。哀绿蒂和耐纳斯拥有他们青春的奔放热情，将在那里持续他们的种族。他们好像看见它已复兴，已重新进入公众的宠儿，已和他们主持时最兴旺的日子一样，荣耀地闪烁于沙德尔。

等到查理先生终于能开口说话时，他拉他的外孙女扑入他的胳臂里。

“你的父亲曾带给我们那么多忧虑，你将完全慰藉我们，我的小天使！”

查理太太也紧紧搂抱她，他们的哭泣联成合唱。

“那么，这件事就这样已取得一致意见了吗？”想得到确定承诺的耐纳斯问道。

“是的，已完全同意了。”

黛勒梅成功了，他这做父亲的人，因偶尔使用意外的方式妥当安置了他的儿子，觉得异常得意、兴奋。他发表意见说：

“啊！当然啰！如果你们那边将永远不会产生懊悔，我们这边也将没有……不需要对孩子们预祝走运。只要能赚钱，这当然会顺利进行的。”

就在这最终决定上，人们再坐下去，安静地讨论种种细节。

约翰知道他妨碍他们。他自己在这些兴奋的情绪里，也感到很为难，如果他知道怎样出去的话，他早已走掉了。他终于领着查理先生走到偏僻一角，和他谈到园丁的工作。查理先生面孔很肃穆：他家里要一个亲戚来服务，这根本不可能！从一个亲戚身上将捞不到任何好处，他们不能随便责骂他。此外，从前夕起，位置已给予另一个人了。约翰离开，哀绿蒂，则以她处女的单纯声音说，如果她的爸爸要做坏事，她将负责纠正他，请他恢复理智。

约翰到了外面，迈开徐缓的脚步向前走去，再也不知道为了获得工作，他将到哪里去叩门。在一百二十七法郎里，他已付过他老婆的埋葬费，十字架和修饰坟墓周围的钱。他差不多只留下全数的一半，凭着这些，他还可以度过三星期生活，以后怎样，他还可以等着命运的安排。劳苦并不是他的恐惧，他的唯一焦虑是：为了他的诉讼，他不想离开罗涅。三点钟已敲过，接着是四点和五点。很久，他在旷野里机械地走着，脑里盘旋着他忽而回到波特利和回到查理夫妇家里的忽隐忽现的幻想。到处是一样的：金钱和女人，普通人为之而生，为之而死的金钱和女人。如果他的全部痛苦都从这两样东西产生，那么，这没有可意外的。一阵衰弱拖住了他的两腿，他想到他还没有吃过东西，他向村庄走回去，决定住到出租房间的郎该涅家里去。但是穿过教堂广场时。那么，他为什么让他的两条裤子和一件短上衣留给这些流氓坏蛋呢？

天色已暗下来，约翰很难辨出坐在石凳上的副安老爹。他走到里面点着一根蜡烛的厨房门前时，仆多认出他，马上扑过来，阻止他进去。

“他妈的！又是你……你还来做什么？”

“我要取回我的两条裤子和我的一件短上衣。”

一阵激烈的争吵爆发了。约翰坚持要到橱子里去寻找。手握一把小镰刀的仆多发誓说要割断他的喉头，如果他敢走过门槛的话。最后，人们听见莉兹的叫声，在里面喊道：

“啊！算了吧，应该还给他，他的破烂衣服……你不会穿上这个，它们都是些没用的垃圾的！”

两个男子默然不再作声。约翰等着。他的枯涩声音嗫嚅说：

“你快滚吧！他们将像杀害你的老婆那样杀害你！”

这是引起眩晕的一道闪电。约翰明白了一切：佛兰佐史的死和她所以保持沉默的顽固。他已有过疑心，他不再怀疑她要拯救她的亲人们，使他们可以逃脱惩罚。莉兹拿两条裤子和一件短上衣，从开着的门口，很快掷过来，擦过他的面颊时，他不发一点声响或做一个手势。

“喏！看，这是你的脏东西！……臭得那么厉害，简直会让我们得上传染病！”

于是他拾起它们离开了。只有走出院子，站到大路上的时候，他才向房子举起拳头，喊出冲破寂静的唯一话语。

“杀人恶魔们！”

接着，他消失在墨黑的夜里。

仆多很惊骇，因为他记起曾听见副安老爹在做梦时所咕噜出的一句话。约翰的那

句咒骂，如同子弹一样，射中他的心口。那么，什么？他以为事情已和佛兰佐史一起埋葬了，现在又要宪兵们来捉去他们吗？自从上午他亲眼看见她进入地下以后，他才开始呼吸，看，老头子都已知道一切！难道他装起愚蠢的样子在刺探他们吗？这终于引起仆多的忧虑，他再进去时心里感到非常的不舒服，他让他盆里的杂菜面包汤一半留下。听他说明原因的莉兹，也全身哆嗦，再也咽不下丁点儿东西。

两个在重新占有的房子里，曾庆祝过幸福的第一夜。此刻，这笼罩着不幸的夜晚，确实是很丑陋的。等着把乐莉和徐尔安顿到别处去，他们暂时要这两个孩子躺在五斗橱前面的一个垫褥上过夜。小家伙们还没有睡着，他们自己已经躺到床上，吹熄蜡烛。但是他们翻来覆去，像在燃烧的铁条上旋转的肉串，他们终于开始低声谈话。啊！这父亲，自从他再跌入童年的状态以后，他竟压得那么辛苦！一个真正的负担，他那么费钱，简直累断了他们的腰背！人们想象不到他吞下那么多面包，很贪吃，满手拿起吃的肉，在他的胡子里倒翻葡萄酒，变得那样埋汰肮脏，只要看见他，人们就会恶心。这是完蛋老畜生的一种邪癖，一个人的可厌完结，在他的时代，虽然不比另一个更猪猡，现在他却变得那么不知好歹。真的，既然他不打算自动死去，就应该拿鹤嘴锄来帮他一个忙！

"一想到我们若轻轻戮他一指头，他就会跌倒的时候！"仆多喃喃说。"他却还继续生活着，他决不管他会妨碍我们的那一套！这些老家伙，越不理他，越惹起损失，他越抓住不放！……那一个，他将永远不会死去！"

仰卧着的莉兹也说道：

"他回到这里，这糟透了……他在这里生活得太舒适，他将享受一个新生命……我，如果我向好上帝祈祷的话，我将恳求他不要让他在这房子里再多睡一夜。"

他们两个都不谈到他们的真正担心：父亲已知道一切，他可能出卖他们，甚至会在无意中泄露他们的秘密。这个，确实是最让人无法忍受的。他是一种消费，他妨碍他们，他阻止他们无顾忌地享受被偷得的证券年金，这还可以过去，他们还能很久容忍他。但是他的一句话可能会割下他们的脑袋，啊！不，这超过准许界限。应该去整顿一下。

"我去看他是否睡着，"莉兹突然说。

她再点起蜡烛，先确定乐莉和徐尔的确已睡熟，然后，单穿衬衫，溜到隔壁贮藏萝卜的，再放上老爹的小铁床的房间里去。她回来时，全身颤栗，两脚被石地激得冰凉，她再躺到被头下，紧紧靠近并搂住她男人，为着再缓和她，后者马上把她抱到自己的胳臂里。

“那么，怎样？”

“那么，好！他睡着，由于喘不过气来，像鲤鱼似的张开嘴巴。”

一霎时，两个人都沉默了，但是他们徒然拥抱着，一声不响，他们听得见他们的思想在他们的皮肤下急促、紧张地跳动。这时常喘息的老头子，人们那么容易了结他。一点小东西塞到他喉头，一块手帕或几个手指就够了，就可以永远摆脱他。甚至这是真正对他有益处的。他这样苟延残喘地活着，要别人和他自己都受累，他静静地睡到坟场里去，不是更好些吗？

仆多更紧地把莉兹搂抱在他的胳臂里，现在两个都感到很热，仿佛他们的欲望烧热他们脉管里的血。他忽然一下子抛开她，也赤脚跳到石地上。“我也去看看。”

手里握着蜡烛，他消失了，她则屏住呼吸，在黑暗里大大地睁着两眼，静静谛听着。但是许多分钟过去了，而没有些微声音从隔壁房间透出。末了，她注意到他粗重地没有亮光，只发出他脚底的柔软摩擦回来，行动那么急促，他不能压制他喘息的鼾声。他一直走到床边，摸着再找到她，低声耳语说：

“你来吧，我不敢单独下手。”

莉兹跟着仆多，伸出胳臂，怕互相撞到。他们不再感到寒冷，只有他的衬衫使他们的热无法散出。蜡烛被放在老头子房间一个角落上。但是它足够亮，使他们可以辨出他仰卧着，头从方枕上滑下。他那么挺直，由于年纪，身上已那么瘦削，如果没有困难的喘息从他大大张开的嘴里吹出，人们以为他已死了。牙齿很少，那里只有一个嘴唇似乎陷进去的黑洞。他们两个都俯在上面，好想看看里面是否还存在着的生命。但是他们的胳臂变得柔弱、举轻若重，拿不论什么塞住洞孔，这本来是很容易的，要实行它，却觉得那么艰难。他们离开，接着又走回来。他们的舌头干燥得不能说一个字，只有他们的眼睛互相交流，她用目光向他示意枕头：去吧，他还等着什么？他眨动眼皮，推她走到他的位置上。忽然，莉兹抓起枕头，猛扑到父亲的面孔上。

“没出息的家伙，没有胆子的懦夫，那么，时常需要女子们先动手！”

于是仆多也奔过去，用他身体的整个重量压在上面，她则爬到床上坐着，这是凶暴的发狂，他们两人拿拳头、肩膀和大腿根挤压他。父亲发出剧烈的震动，他的脚腿带着弹簧破裂的声音伸直。或者可以说他在跳跃，如同一条离了水在打挺的鱼，然而这并不长久。

“我相信这已完了，”呼吸急促的仆多咕噜道。

仍然堆缩坐着的莉兹，不再摇动，凝视一下，看看是否有生命的迹象在皮肤下回答她。

"这已成功，什么都不再颤动。"

她让自己滑下来，衬衫一直卷到屁股上，她拿捧枕头。但是他们发出一声恐怖的咕噜叫喊。

"他妈的！他是全黑的，我们完蛋了！"

真的，不可能对别人说是他自己闹成这种情况。在他们拼命闷压他的狂暴里，他们竟使他的鼻子陷入嘴巴深处他的脸成了平的！他是淡紫的，一个真正的黑人。一会儿，他们觉得地面在他们脚下晃动：他们听见宪兵们的脚步声，监狱的铁索，断头台的快刀。这干得不妙的蠢事使他们充满恐怖的懊恼。此刻怎样去改正他，弥补所造成的大祸呢？即使徒然用肥皂去擦洗他，他将永远不会再变成白的。就是看见他显出这灰褐色的忧虑，他们忽然想到一种补救的主意。

"如果我们拿火柴燃烧他的话，"莉兹低声地说。

觉得轻松的仆多终于强烈地吸了一口气。

"好的，就这样，我们说：是他自己点起的。"

随后，证券的思想浮到他的脑际，他手舞足蹈，他的整个面孔都被胜利的笑容所掩盖。

"啊！他妈的！很好，我们可以使他们相信他和他的纸张一起燃烧……而且不必交出要清算的账目！"

随即，他跑去找来蜡烛。但是她害怕火灾，更加不愿意他走近床边。她拿起一根，点着它，开始点燃父亲的头发和很长很白的胡须。这散发烤焦的脂肪气味，这显示小的黄火焰发出轻微的噼啪的声响。突然，他们向后退缩，张开口，目愣站在那里，好像一只冷的手，从头发上拽扯着他们。在火伤的残酷痛楚里，没有完全被闷死的父亲，睁开眼睛，这胡须烧掉，大鼻子压陷，焦黑而丑恶的面具凝视他们。他暴露痛苦和憎恨的可怕表情。接着，他的全部面孔松懈，他已死了。

已经慌乱的仆多，听见门口传来大的叫号声时，不免脱出一声狂怒的嚎叫。这是两个孩子，乐莉和徐尔，身上单穿衬衫，被声音惊醒，被这打开门的房间大亮光诱惑来。他们曾看见一切，他们吓得嚎嚎地尖叫起来。

"他妈的寄生虫！"扑到他们身边的仆多喊道，"如果你们多嘴，我将掐死你们……看，你们要好好记住！"

他打过去的两记巴掌，把他们掀翻在地下。他们再站起来，没有一滴眼泪，跑去蜷缩在他们的垫褥上，一动也不敢再动。

他，要结束他的工作，不顾他的老婆反对，他点起麦秆垫。幸而房间是那么阴冷潮湿，麦秆只慢慢向上升起。一阵大的烟雾腾起，已一半被窒息的他们赶忙打开天窗。随后，火焰卷动，一直透到天花板。难闻的气味，肉被烤焦的气味，增加起来。如果麦秆不熄灭，只在身体的沸腾下冒烟，整个的古老住宅，或者会像干草堆似的毁灭。在铁床的横栅上，因而只有这一半烧焦，失掉原来面目和已经无法辨认的尸体。麦秆垫的一角还始终完好无损，一段被单还搭在那里着。

“我们溜走吧，”尽管有很大热气散播着，哆嗦的莉兹说。

“等着，”仆多回答，“应该先收拾一下。”

他搬一把椅子放到床头，他拿老头子的蜡烛扔在那上面，要使别人相信它是跌倒在麦秆垫上的。他甚至还很狡诈，在地上烧掉一束破纸。人们将只找到灰烬，他将叙述前夕老头子曾找到并保存他的证券。

“已整理好了，我们去睡觉吧！”

仆多和莉兹跑着离开，先后碰撞、摊搡，重新躺到他们的床铺里。曙光出现时，他们还没有睡去。他们不说什么，只微微哆嗦，颤抖之后，他们只听见他们的心怦怦跳动。这是隔壁房间仍然开着的门打扰他们。要去关掉它的念头更引起他们的不安。最后，彼此仍然紧紧拥抱在一起，他们只好假寐中。

邻居们清晨听到仆多夫妇的绝望叫唤，飞快跑来。弗里麦嫂和其他妇女们检查被翻倒的蜡烛，烧掉一半的麦秆垫，化成灰烬的纸张。全体都喊着说，这迟早有一天会发生的，由于这又轮回堕入幼稚状态的老头子，她们已像巫师一样预言过一百次。房子没有和他被烧掉，这还是走运了！

六

两天以后，副安老爹被埋葬的那天上午，约翰在郎该涅店铺楼上他所借住的小房间里，由于在清醒中挣扎了一夜，非常疲倦，很迟才醒来。他并没有为他的诉讼赶到砂多屯去，只是这诉讼的观念阻止他离开罗涅；每天晚上，他总把这件事延缓到第二天，待他的愤怒逐渐平息，他的心里总更犹疑：这是最后的斗争，要他醒着，很兴奋，不知道采取什么决定才好。

仆多夫妇！这两个杀人的野兽！这些狠毒的凶手们！一个规矩的人应该控告他们，要官方杀掉他们的头！一想到老头的死亡，他就知道一定是他们干了这惨无人道的谋杀，这还有什么说的！卑劣的刽子手们，为了不让他说话，竟然已给他活活烧死！佛

兰佐史和副安，他们既然杀了一个，自然会迫使他们再杀另一个，现在将轮到谁呢？他想下一次一定是轮到他自己，人们都暗地里知道这个，如果他仍然执拗住在当地的话，他们将由某一树林角上赏给他一颗铅弹，那么，为什么不马上告发他们呢？他已决定，他一起来，就去对宪兵们讲述这谋杀的故事。随后充满疑惑又抓住他，他不信任他将作为证人的这案件，他怕自己会像犯罪者一样受苦。何必再为自己造出忧虑呢？不用怀疑，这不大勇敢，可是他给自己一种辩解的理由，他对自己重复说，他之所以不说话，这是服从佛兰佐史的最后意志，夜里有二十次，他先情愿去告发，然后他又不再愿意，他因这应尽的、而他却屡次逃避的义务，觉得很不舒服。

九点钟将近时，约翰从床上跳下来，他在冷水的面盆里浸湿他的头。突然他采取最后的决定：他将不讲什么，他甚至不去起诉，不想争回家具的一半，这玩意儿确实不值得他去浪费时间。一种自负要他恢复平静，高兴自己不是这些卑贱小人里一分子，他很愿意自己做一个外来人。他们很可以互相吞噬：如果他们全体都互相吃掉，这将是绝妙的摆脱！他在罗涅挨过十年生活的痛苦和憎恶，汇成愤怒的浪潮，反从他的胸口涌上来。参加过意大利战役之后，离开军队，想到他不再拖军力，不再干杀人勾当的那一天，他是多么快乐！从此，他生活在残酷无耻的故事里，终日和凶狠的野蛮人们，打交道。自从他一结了婚，他的心头充满了苦涩；但是看，他们现在已盗窃，已开始杀人！这是一群真正的狼，被放纵在那么辽阔和那么平静的平原上！不，不！这已够了，这些吞噬的野兽已对他破坏了可爱的家园！应该消灭整群的时候，为什么只要追猎一对雄的和雌的呢？

这时候，前夕从小酒店里拿上来的一张报纸重新落在约翰眼里。看见关于不久将打仗的一篇文章，他感到愉快，这些战争的风声，从好几天以来就已散播着，激起人们的恐怖；他心底里还不知道的想法，这消息所吹醒的潜伏情绪，整个没有好好熄灭的火焰突然再生并重新燃烧起来。他要离开的最后狐疑，他不知道将到何处去的这个念头，好像被一阵大风卷得一无剩余。那么，好！他将去上前线，他将再去从军，对祖国，他已履行过他的义务；但是什么？既然失去职业，既然生活又勾起他的厌烦，既然被敌人们轻侮，觉得异常愤怒，最好还是再去揍他们一顿。整个轻松，整个暗暗快乐激动他的身体和灵魂，口里吹响那在意大利引导他痛痛快快地上战场时的喇叭声调，他穿好衣服。人们的确太卑鄙，破灭普鲁士人的希望，给他以极大安慰；在这角落里，他既找不到一丝平静，各个家族既在这里互相喋血，这和他回到战场里去互相戕杀，没有什么区别。他杀人杀得愈多，土地因而染得愈红，在这混账的，人们给他带来的痛苦和贫困生活里，他更加相信自己已复仇！

下楼以后，约翰享用过佛洛莉给他送来的两个鸡蛋和一块咸肉，接着，他喊郎该涅来核算他的账目。

“您这就要离开了吗，伍长？”

“是的。”

“您离开，还能再回来吗？”

“不。”

异常惊讶的小酒店主人，虽然没有发表他的意见，却把目光固定在他的脸上，难道这大傻瓜，他将遗弃他的权利吗？

“此时您将去做什么？或者您会再变成木匠吗？”

“不，我去当兵！”

郎该涅的眼睛由于惊骇，一下瞪得圆圆的，他忍不住发出轻蔑的笑声。啊！愚蠢的家伙！

约翰已踏上克罗亚大路时，最后的感动强迫他停止下来，再爬上冈陵斜坡。他不愿意就这样不向佛兰佐史坟墓做最后道别就离开罗涅。接着也是另一件事要他回来的原因，他愿意再一次欣赏这无限大的平原展现着由于长久在那上面劳作的结果，他终于爱上郁郁苍苍的贝斯。

在教堂后面，坟场的门敞着，只在周围有一段一半已破坏的小墙，小墙那么低矮，从坟墓中间，目光可以以地平线这一端，转到另一端。三月的苍白太阳明亮弥漫着雾气、好像罩上纤细朦胧的白纱，几乎只有一线蓝尖锋的天边；沉睡的贝斯在这柔和的亮光下，因冬季的寒冷，变得麻木迟钝，仍然迟迟不醒来，仿佛这些恋体的女子们，虽然已不完全睡着，为了享受舒适，却避免翻动，远处被淹没而不可见，平原似乎更广大，它展布着已经绿油油的秋季小麦，养麦和稞麦的方形田亩；在依然光秃秃的耕地里，人们已经在做春季播种，到处，在肥沃的泥土中间，人们舞动着撒种的连续手势，向前行走。可以清楚地看到金黄的种子，仿佛是活的生命，从最近的好些撒播者手掌里跳跃出去。接着，他们的影子缩小、消失在天穹里，种子的波浪簇拥着他们，远远看来，它们似乎只是颤动的亮光。在十数公里之外，在无边无际的四角，未来夏季的生命纷纷浸浴在阳光里。

面对佛兰佐史坟墓，约翰停住脚步。这坟墓位于一排中间，副安老爹的洞穴，已准备妥当，就在它旁边静静地等着。乱草占据着整个坟场，村委员会从来不情愿拿出五十法郎给乡警，使他担任扫除工作。许多十字架和坟墓的装饰，都在原位置上腐烂得乱七八糟；只有几块生苔藓的石头还顽强地抗争着。但是这偏僻角落的情趣，就在

它的被抛弃上，只有很老很丑的几只乌鸦在钟楼尖端上盘旋和鸣叫，骚扰它的极大安静。这里是世界极端，人们都安静且安心在潮湿土地和一切遗忘里。约翰心头正浸透这死的平静，正注视广大的贝斯，并使它充满生命额动的翻钟时，钟开始慢慢敲响，先三下，然后是另两下，最后发出连续的响声。这是副安尸体已被人抬起，就要到来。

掘墓人，一个跛足者，拖着脚腿走来，看一看他所掘的墓穴。

"太小了"激动地留下想看看的约翰唤起他的注意。

"啊！真是的！"跛足者答道，"烤焦了，他已缩得很小。"

前天，仆多夫妇一直颤抖到费呐医师来检查。然而医生的唯一目的是很快签了埋葬准许证，使他可以避免徒劳的奔跑。他一来，注视一会儿，愤怒反对各个家庭的愚蠢，竟把蜡烛留给头脑已糊涂的老人；如果他发生什么疑虑的话，他也抱着不说出它的细心，我的上帝！这固执的父亲，人们终于给他烤炙一下！他曾看见那么多，这不大算数。在他的无牵挂里，在埋怨和鄙视组成的疏忽里，他只耸一耸肩膀，这乡下佬，多么混账的种族！

仆多夫妇心里的石头总算落了地，此后只要抵抗家族的进步就行了，其实一切都在预料之中，他们都已站稳脚跟等候着。待老大一出现，他们马上哭声大作，使自己不致显出难堪样子。她审察他们，很惊讶，认为哭得太凶，这实在不大聪明；然而，她只怀着散一下心的想法跑来，因为对于遗产，她没有什么可要求的。凡娜和黛勒梅走到时，危险就立刻开始了。后者恰被任命为村长，取得马葛龙辞掉的地位，这使他的女人充满那么大傲慢，她的皮肤都要因此胀破。她曾遵守她的誓言，父亲死了，而她始终没有和他恢复友好；她的敏感性伤口还流血，她恨他恨得那么深切，竟站在尸首前面，感情仍毫无波澜。但是有了悲泣的声音。他的眼泪浸湿他伏着哭喊的遗体，他大叫着说，这是使他再也无法站不起来的打击。

然而在厨房里，莉兹已备好玻璃杯和葡萄酒；他们开始谈话，很快，他们把来自房价的一百五十法郎，剔除出去，因为这已定好，它们将留给最后服侍父亲的孩子们，不过还有应该均分的积蓄，仆多于是编造出他的故事，老头子怎样从五斗橱的大理石底下，再取出他的证券，夜间他怎样凝视它们，觉得那么快乐，终于拿它们来点着身上的毫毛；人们甚至已找到纸张的灰烬；有很多人，如弗里麦嫂和其他妇女们，可以证明。在叙述中，大家都盯着他，而他一点也不慌张，他捶打胸口，证明这和月光一样清白。其实凡娜带着她这傲慢女人的爽快，减轻心里郁闷，骂他们夫妇是杀人凶手和偷窃财产的贼：是的！他们曾烧死父亲，他们曾偷去他的财物，这是一目了然，没有什么可以遮掩的！仆多夫妇，很凶恶，以粗鲁的咒骂和丑陋的控诉回答她。啊！人

们想给他们引出灾祸！那么，老头子在他女儿家里几乎吃死的放进毒药的杂菜面包汤呢？如果有些人要说他们的闲话，对于这些人，他们也可以说得很多，耶稣·基督知道这类似的罪恶很可能发生，重新开始大哭，喊出悲哀的呼号，啊！他可怜的父亲，难道真的有那么无耻和卑鄙的儿子要烧死自己的生父吗!？当他们吵得喘不过气来的时候，老大吐出狠毒的字句，更煽动他们的怒火，于是因这场面很忧虑的黛勒梅，走去关掉门和窗户，从此，他必须维持他的官方地位，其实，他还时常拥护合理的处理办法，所以他终于宣告，这一类事情是不应该说的。要是邻居们听到他们的争吵，这会很糟呢！人们将去上法庭，在那里，好人或者比坏人还要受到更多损害。大家都住口：他说得很有道理，在法官面前“洗清自己的脏衣服”的确没有半点价值。仆多的为人激起他们的恐惧和惊慌，这强盗很可能导致他们的破产。在这被接受的罪恶深处，在这不可告人的谋杀和盗窃的志愿沉默里，还混有农民们宁愿和乡间一般反叛者偷猎者，猎场看守人的杀害者站在一起的同谋，他们害怕这一类人的复仇，他们宁愿不把这些无赖交给法官们去裁决。

老大留下喝着守灵的咖啡，其他的人们离开，很不客气，好像从他们所蔑视的人家里出来。但是仆多夫妇微微一笑，只要他们拥有金钱，此刻可以确信自己不再被打扰，他们不在乎他们有礼或无礼。莉兹再找到她的高声话语，仆多愿意把事情处理好，定购棺材，到坟场去看看人们在那里挖掘墓穴的位置。应该说罗涅的农民们，活着若互相仇恨，死后，也不喜欢并肩在一起。人们都按照行列埋葬，所有的位置都由运气的偶然定夺。两个敌人若一下又一下死去，这要官方感到不好处理，因为后一个亲属说，与其让他躺在另一个附近，他们宁愿不入土，把他保存在家里。很不凑巧，马葛龙当村长期间，他以权谋私，在行列以外，买去一块坟地；不幸的是这一块坟地恰接触郎该涅父亲已被埋葬着，而郎该涅自己也保留位置的长眠之地，从这时期以后，后者就不再停止愤怒，他和他劲敌的长期斗争更激发他的愤恨与不满，一想到他的残骸将在这家伙的残骸旁边慢慢消失，他身后的生存将受到侵害，他就气得发狂。所以，仆多一观察到留给他父亲的坟地，也在同样的情感里，大发脾气，佛兰佐史占去左面的位置，这还可以过去，然而霉运却是正对面的上一行列里葬着曹西斯老爹的亡妻，她的男人在她附近保留一角，如此，曹西斯老爹这拐子，若终于死掉，他的两脚将伸在副安老爹的脑壳上。这想法能被忍受一分钟吗？揭发出这终生年金每天交付十五铜子的卑劣故事以后，两个老头子就互相痛恨，两个之中的卑鄙小人，要另一个上当的混蛋家伙，将永远永远在他头上“跳舞”，这怎么能忍受呢？但是，他妈的！如果家族有着容忍这个的坏心肠，富安老爹的骨头为了反对曹西斯老爹的骨头，一定会在他的

四块木板里翻动！心里暴发愤怒，仆多走到村公所里来发作，和黛勒梅发生争执，现在他既然作了村长，他就强迫他商定另一块地。随后，看他的姊夫不愿意，不愿意脱出通行的惯例，拿马葛龙和郎该涅的可悲榜样，作为例子，他就骂他是卑劣下贱的小人，被收买的坏蛋，他在大路中间高声喊着说，家族的其他人们既然不想知道父亲在地下是否觉得舒服，只有他是唯一的好儿子。他诅咒谩骂，惹起村庄的不安，他带着满脸愤怒地回到家里去。

黛勒梅又碰到另一更严重的困难。马特林神父前两天已动身离开，罗涅重新回到没有教士的情况，想再供养一个的尝试，可这小教区的奢侈浪费，而且没有获得成功，村委员会终于表决取消这笔经费，恢复原有的状态，教堂只由巴曹宣·勒·陀伊安的堂长来主持。但是高达神父虽然受主教的规劝，却发誓说他将永远不再给它带来上帝的真言，他因那位同事的离开，非常愤怒，指控居民们一半杀害了这可怜的人，唯一的目的是迫使他再回来。他正到处喊着说，下一星期天，培贵可以敲他的“弥撒”钟，一直敲到晚祷，忽而副安的突然死亡使情况更加复杂；一下就达到尖锐的状态，一个死人的葬礼，这并不像简单的‘弥撒’，这不能留到以后去执行。黛勒梅，因这突发情况，感到舒服，平常虽然很看重理智，心里其实也很讦诈，马上决定亲自到巴曹宣去和堂长谈判。后者一瞅见他来，他的脑袋开始发胀，他的面孔就变黑，马上做手势示意他，不让他开口，不！不！不！宁可失掉他的教区职位！当他听说这是为一个殡葬的仪式时，他更气得说不出一句话来。啊！这些无宗教的野蛮人，他们故意死了！啊！他们坚信这样会强迫他退步，那么，好！他们自己去处理，这一定不是他去帮助他们上天堂！黛勒梅安静地等着这最初的怒潮平息下去；随后，他发表自己的观点，人们只对畜生或狗拒绝圣水，一个死人不能酣眠在他家族的胳臂里；最后，他要他注意他个人的理由，死者是他的岳父，罗涅村长的岳父。好吧，这定在第二天上午十点钟。不！不！不！高达神父反抗，吵得喉头就像是塞着骨头。农民，虽然期望夜晚会给他带来规劝，却只好离开，没有获得他的转变。

“我对您说‘不’！”教士从他的门口最后一次劝告他。“不要指使别人敲钟……不，永远不!”

第二天，培贵怀着村长的旨意于十点钟开始敲钟。人们去看吧！在仆多夫妇家里，一切都已安顿妥当，入棺，前一天已在老大的熟练眼睛下举行过几次。房间已被清洗，从火尖中留下的，只有躺在小块木板之内的父亲。钟敲响，当家族的人们聚集在房子前面等着抬出棺材时，他们看见高达神父，由马葛龙那条路上过来！因奔跑而喘息，脸色那么血红，那么愤怒，头上光光的，只以粗暴的一只手舞动他的三角帽，他担心自己会受脑充血打击。他不注意任何人消失在教堂里，立刻他又出现了，身上穿白的法衣，两个合唱童走在他前面，一个拿好十字架，另一个捧着圣水瓶。跑着，赶到死者家里，他向遗体诵过很快的没人听得懂的经文，不顾人们是否抬着棺材跟在他后面，他再向教堂而去，像疾风那么快，他在里面开始做他的“弥撒”。克鲁和他的多管喇叭以及两个合唱童跟着他一同消失了。坐在第一行的是死者的亲人们，仆多、莉兹，凡娜，黛勒梅，耶稣·基督，老大和查理先生，后者试图凭借他的出席，增加殡葬的荣耀，他带来查理太太的道歉，因为她早在头两天就陪哀绿蒂和耐纳斯一起到沙德尔去了。至于菜籽渣则在该来的时候，发现她的一群鹅缺少了三只，她就跑去寻找它们。在莉兹背后是乐莉和徐尔，他们很听话，也叉起两臂，圆圆瞪着一双黑而很大的眼睛，老老实实地坐着，一动也不动。在另外的一些凳子上，很多相识的人挤着坐在一起，尤其是弗里麦嫂，培贵嫂、珊利娜和佛洛莉等，总之，有了真正可以自以为荣的参加送殡者，在没有诵“弥撒”的首段经文之前，当堂长转过来问信徒们的时候，他令人害怕地张开胳臂，仿佛要打他们巴掌。培贵已喝得差不多如同一滩软泥，还继续敲钟。

总之，虽然做得时间很短，这是一次合于仪式的“弥撒”。大家并不因此而不满，都原谅神父的令人讨厌的脾气，因他的愤怒露出微笑，因为这是正常的，在他的失败里，他当然也是很不幸，同样，全体都因罗涅的胜利非常高兴。同好上帝斗争而取得了最后战胜，一种嘲笑的满意舒展着各人的面容。人们硬是逼迫他带回他们其实都认为无所谓的好上帝。

“弥撒”结束了，洒圣水刷子从各人手里传接过去，然后，送殡的队伍再一次形成：十字架，合唱童们，克鲁和他的多管喇叭，由于刚刚急忙做过“弥撒”喘气的神父，由四个农民抬在肩头的棺材，家族的亲人们和跟在他们后面的送殡者。培贵再一次给钟敲得那么响，钟楼的那些乌鸦都带着凄惨的呼叫四面飞散。立刻，人们走进坟场，这只要转过教堂的拐角就到了。歌声和音乐，在四周的静寂里，在笼着雾气，晒热乱草，激动平静的太阳下，更高更响地爆发着。棺材这样沉浸着大气忽然显现得那么渺小，大家都很惊骇。留在那边的约翰，因而受到一阵感动。啊！可怜的老头子被年纪压得那么瘦削，被生活的苦难缩得那么弱小，他在这玩具般的“箱子”里，那么小可怜的“盒子”里，一定不会很舒服吧！他并不占大的位置，他不妨碍这土地，不妨碍这广大的完整，他一生为它而点燃着无法控制的狂热，甚至为它而熔化自己筋肉的土地！遗体抬到开着的墓穴边沿，约翰的目光跟随它，投向更远之处，穿透矮墙，从贝斯这一端，移到另一端。在耕地的舒展里，他重新看见延续到无限的撒播种子的农夫们，带着他们的有韵律的起伏，纷纷向张开的犁畦撒下活的和如雨的种子波浪。

仆多夫妇，一看见约翰，那交换着担忧的一瞥。难道这家伙到这里来等着他们，要闹出什么丑事吗？只要感到他还在罗涅，他们总不能睡安稳觉。拿十字架的合唱童，把它插在墓穴脚下，高达神父，则站在乱草里停放的棺材前，很快诵着最后的祝福。但是送葬的人们，看见后到的马葛龙和郎该涅执着向平原那边注视着，却有了摆脱浓重压抑的机会，大家于是都向这一边转过来，关心天边滚动着的一道巨大烟雾。这一定在波特利，这简直可以说是许多麦秆堆在田庄后面燃烧。

“Ego sum……”神父狂热地诵道。

各人的面孔都再向他转过来，眼睛都向棺材逼视；只有查理先生继续和黛勒梅开始做小声交谈。他上午曾收到查理太太一封信，觉得十分快乐，心情格外舒畅。在沙德尔一下车，哀绿蒂即显得很惊讶，和耐纳斯一样的有毅力，有主意。她已玩弄手段，摆脱他父亲的干涉，主持那边的事物。这还有什么说的！这是真正的天才才能！有锐利的眼光和铁样的手腕！查理先生对于他已很美满的晚年表示温柔的感动，他住在他的白玫瑰别墅里，他所收集的玫瑰树和瞿麦花树，从来没有长得那么好，他鸟笼里的那些鸟，已完全恢复，恢复它们的歌唱，歌唱的柔美，激动他的灵魂，使他感到甜蜜。

“阿门”，捧圣水瓶的合唱童很高地答道。

马上高达神父的狂怒声音开始诵出：

“De piofunolis clanuavi ad te，Domine……”②

他继续下去，拉凡娜走到一边的耶稣·基督则重新残暴的攻击仆多夫妇。

“另一天，如果我没有喝得那么醉……但是这样让自已被盗窃实在太蠢了！”

“说到被盗窃的话，我们也是一样，”凡娜低声地说。

“因为，”他接着说，“这些无赖已拿到父亲的证券……他们已很久享用它们的利息，他们早就和曹西斯老爹处理好那件事，我知道这个……他妈的！难道我们不去和他们打一场官司吗？”

她从他面前退缩，很快拒绝了。

“不，不，不是我！我有我的种种事情，我已够忙了……你，如果你愿意的话。”

耶稣·基督轮到做了一个恐怖的手势，他既然不能催促他的妹妹带头去进行，由于他和法庭的私人关系，他不大能够确定会有可靠的结果。

“哦！我，人们对我想象很多东西……这都没有什么关系，一个人若是规矩的给予他的报答，一定让他可以挺着前额走去。”

听着他的老大，看他摆出无畏者的高贵样子，再次挺直他的身躯。她时常谴责他，在他的无赖贫困里，只是一个愚昧的蠢材。这样一个大家伙，为了分得他的一份财产，不到他的弟弟家里去打碎一切，这简直使她生起同情之心，为了故意要开他和凡娜玩笑，她马上向他们重述她的平常诺言不曾更现的语气，好像东西会从天上跌下来。

“啊！当然，我，我将不损害任何人的利益。遗嘱很久就已立好；每个人都有应当属于他的一份，如果我偏心某一个，给他比别人多一些的遗产，我将不会安稳的死去。伊斯特的名字我已写在那上头，你，凡娜，你也一样……我已九十岁，这会到来，这我也是躲避不了的！”

但是她不相信她说过的任何一句话，在她独有的固执里，她似乎决定自己永远也不会了结。她将看见他们一个一个都被埋葬了，如今又一个，她的兄弟，她亲眼看到他离开。人们在那里所做的一切，这抬来的死者，这开着的墓穴，这最后的仪式，似乎都是为邻居们，而不是为她的。她高而瘦削，胳臂下，夹着她的手杖，她站在坟墓群中，没有一点感动，只怀着好奇心，要看看这死亡落在别人身上的烦恼。

教士喃喃诵出赞美诗的最后一节：

“Etipse sedinaet gsrael ec omniqus iniqui ta tifus”

他从圣水瓶里拿起洒圣水刷子，向棺材上面晃动着，然后大声说。

“Reqwiescolt in paee”

“阿门，”两个合唱童回答道。

棺材被放下去。掘墓穴者络好绳子，两个人的力量就够了，这很轻，并不比小孩子的身体更重一些。接着，行列再排成，洒圣水刷子再一次从一个人手里传递到另一个人手里，各人都拿它向墓穴之上舞画着十字。

走到近前的约翰，从查理先生手里接到它，他的眼睛转过来注视着墓穴深处。他的目光，因刚才很久注视无限大的贝斯，看见许多播种者散布在平原四周直到地平线，笼罩着闪着亮光的雾气，撒下未来的面包而完全晕眩，然而向土地里，他辨出这缩小的棺材和它金黄小麦色的狭小纵木盖子；肥润的泥块已开始溜下，已将它吞噬了一半，看见的只是一切苍白的斑痕，和那边伙伴们掷到犁畦里去的那一把小麦种子一样。他摆动圣水刷子，他将它转递给耶稣·基督。

“堂长先生，堂长先生！”黛勒梅小心翼翼地喊道。

他跟在高达神父背后跑着。后者等到仪式一做完，马上迈开暴风那么迅疾的脚步逃走，忘记了带走他的两个合唱童。

“还有什么事？”教士问道。

“为感谢您的辛苦……那么，星期天，和往常一样，人们将在九点钟敲钟，难道不是吗？”

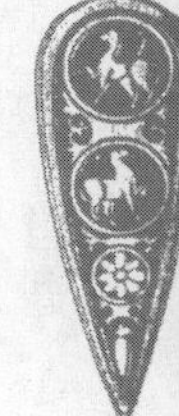

发觉堂长只呆呆地看着他，并不回答，他连忙补充说：

‘我们有一个患了重病的可怜女人，只单独一个人，身上一个铜子也没有……帮人傅草的罗珊莉，您认得她……我曾给她送过几次杂菜面包汤，但是我也只能做做这些而矣。”

高达神父的面孔马上放松下来，感动的慈善震颤驱走他的粗暴，他失望地搜遍他身边，却只找到七个铜子。

“您把五个法郎借给了我，礼拜天，我将照数还您……星期天再见！”

他走了，被新的慌张刺激得直喘气。毋庸置疑，罗涅的这些堕落地狱者，他们迫使他再带来的好上帝一定会把他们全体都送到炼狱里去烤炙；不过，什么？要让他们在这生活里太辛苦，这也不是一种理由。

黛勒梅回到人群身边时，落入一阵激烈的争吵中间，首先，送殡的亲友们都以眼睛余光留意掘墓穴者掷到棺材上面的一锹一锹泥土。但是偶尔要马葛龙和郎该涅肘靠肘，站在墓穴边缘，关于坟地问题，后者刚大声斥骂前者。欲离开的家族亲人们留下，不久也在这斗争里，这伴随着一锹一锹均匀和沉重声响的争吵里，激动起来。

“你没有权利，”郎该涅喊道。“你白白做过村长，你也应该随着他们一起埋葬；那么，这是为了找我麻烦，你才来粘在我爸爸身边吗？……但是他妈的！你还没有埋葬进去！”

马葛龙答道：

“你放开我，让我安静些吧！……我曾付过钱，我在我“家”里。我将到这里来，你这一类的肮脏猪猡休想阻止我到这里来！”

两个互相推撞，他们走到他们的特许坟地，他们将永远长眠的几尺坟地跟前。

“但是糊涂的懦夫，一想到我们将在这里，如真正的好朋友，变成残骸的邻居，这不会使你觉得难受吗？我，这简直燃烧我的血……整整一生，人们既然互相仇视，到这下面，彼此又并肩睡着，这会平静，这会恢复友好吗?！……啊！不，啊！不，永远没有和平的一天！”

“我才不信你所说的那一套！在这世上，我觉得你是无用的，我已不睬你逗留在哪里，死后，我当然更不会担心你是在我身边无用地腐烂掉。”

这蔑视终于激起郎该涅的愤怒。他嗫嚅说，他若后死就宁愿夜里来挖去马葛龙的骨头。另一个正摆出嘲笑态度回答他很愿意看见这个之际，妇女们也加进来争吵。黑而瘦削的珊利娜很愤怒，马上反对她的丈夫。

“你没有道理，我已经对你说过，在那上头，你没良心……如果你再固执的话，你将一个人留在你的洞窟里。我，我将到别处去，”

如用伸出的下颌指点佛洛莉，后者，虽然懦怯和喜好叹息，也不示弱。

“谁知道谁将损害另一个……不应该生气，我的风流淫妇。我也不愿意你的烂肉，把疾病传给我的遗体。”

终于要培贵嫂和弗里麦嫂插进来干涉，使劲分开她们。

“算了吧，算了吧！”前者重复说，“既然你们是一致的，既然你们都不愿意并肩安息！各人都随他的主意去做，各人都可以随心所欲。”

弗里麦嫂点头赞成她。

“无疑的，这是自然的……例如我的老头子，他将死去，我宁愿把他保留着不葬，而不愿意让他和从前他曾讨厌的顾友老爹并肩躺着。”

一想到她的疯瘫者也许不会挨过这个星期，泪珠立即涌到她的眼角。前夕，想抱他睡下去，她曾和他一起跌倒。真的，他若死去，她一定会很快跟着他离开。

但是郎该涅忽然将矛头对准走回来的黛勒梅。

“喂！听我说，您，您是公正的，您应该命令他从这里滚开，再命他和别的人们一起退到行列后面去！”

马葛龙只不以为然地耸一耸肩膀，黛勒梅则肯定说，后者既然付过钱，坟地是就他的。这是不必再争的，看，这就是全部理由。竭力要自己镇静的仆多于是被狂怒掀倒。家族的亲人们本来还处在某种保留里，一锹一锹的泥土仍然在老头子的棺材上不断撒下。但是他的愤懑已积得太多，用手势指出黛勒梅，他对郎该涅喊道：

“啊！真是的！如果您希望这家伙去了解情感的话！他怎么好好地让他的父亲和一个窃贼并肩葬着！”

这是大失面子的诽谤，家族里发生争吵，凡娜站在她男人的一边，说真正的错误是他们失去他们的母亲罗斯时，没有在她坟边，为他们的父亲买得一块坟地。耶稣·基督和老大，也攻击黛勒梅，他们也愤怒反对这和曹西斯老爹邻近，认为这是不可宽恕的，不合常理的事物。查理先生也赞成这意见，不过语气里较委婉罢了。

人们终于不再互相争吵时，仆多却以压倒一切声音吼道：

“是的，他们的骨头将在地下互相拨动，将互相争斗！”

一下，亲戚们，朋友们和认识的人们，大家都表示同意。确实是这样，他已说过：骨头将在地下互相翻动。副安的一族人，在他们中间，一定会互相侵噬。郎该涅和马葛龙，将在那里争夺他们的腐烂骨肉。珊利娜、佛洛莉，培贵嫂和别的妇女们，将以她们的流言和爪牙，激起那里的毒害。互相仇恨的人，即使被埋在地下，也不能一起休息着。在这太阳晒着的坟场里，在这生满杂草的平静里，自一棺材至另一棺材，这些死了的老人们，将作永无休止的凶狠斗争，这坟墓中间的同样斗争正引起这些活人的冲突。

但是约翰的一声喊叫分开他们，要他们全体都回过头来看。

“火在波特利燃烧?”

这是确信无疑的，烈焰从屋顶窜出，显得很苍白，在太阳地里摇曳。一道大的浓烟慢慢向北面推移。人们正好看见菜籽渣很快从田庄那边跑来。寻找她的三只鹅时，她曾观察到最初的火星，她欣赏这，直到想起第一个来报告这火灾消息，她立刻向这里奔跑。她跳起，跨坐在矮墙上，她用她这孩子般的尖利声音喊道：

“哦！烧得很厉害！……是德龙那大坏蛋再回来放火，在三个地方，在仓房，马棚和厨房里，他点上火。他刚烧起麦秆时，别人已捉住他，已把他打得半死……除了房屋，许多马、母牛和绵羊都被烤着，像肉串一样。不，应该听他们大叫！人们从来没有像他们那么叫得厉害!”

她的绿眼睛闪闪发亮，她大笑起来。

“那么，小高业姑娘呢！你们都知道自从主人死后，她一直有病在床。那么，人们已忘了她，仍然让她睡在她的床铺上……她已开始烤焦，她仅有单穿衬衫逃走的时间，啊！两腿赤裸裸的她在大野地里奔跑，看来真够好玩呢！她全身颤抖，她露出她的屁股和她的前面，因为人们不大喜欢她，要她注意一点品行，大家都高声对她喊着：呜！呜！……只有一个老头子说：‘看，她出去，正如她进来时候一样，只有一件衬衫遮住她的屁股！’”

一阵新的快活降临，扭曲着她的身体。

“那么，你们来吧，这太可笑……我，我再到那里去。”

她跳下，她再向烧着的波特利飞快跑去。

查理先生，黛勒梅和马葛龙，差不多全部农民都跟随她。由老大领头的妇女们，为着仔细地看，也离开坟场，向大路上走去。仆多和莉兹留住郎该涅，不显出有意的态度，要问他关于约翰的行止：那么，他已有了工作，他将住在当地吗？当小酒店老板回答：他将动身，他将再去当兵时，心头减去很大重负的莉兹和仆多，发出同样的话语：

“看，一个多么愚蠢的家伙!”

这一下子好了，他们将再开始过幸福的生活。他们对掘墓穴者将填好的副安老爹的洞窟，看了一眼。看，两个孩子依然时时注意着母亲的呼唤。

“徐尔、乐莉，我们回去吧！……你们要乖乖的，你们要听话，不然，那个人会来抱去你们，把你们也埋到地下去!”

仆多夫妇，催促儿女在他们面前行走，这两个孩子什么都知道，睁着黑而沉默的大眼睛，显出很有理性的深沉态度。

坟场里只留下约翰和耶稣·基督。这后者，不在意田庄那边的景象，只远远留意着大火。在两个坟墓中间，他一动也不动站着，表现哲学的终极忧郁。或者他想到存在已化成烟雾飞跑了。重大的观念既然经常很能让他激动，在他的虚幻梦想里，他终于潜意识地抬起他的屁股。他放一下，放两下，接连放了三下。

“他妈的!”喝得很醉，穿过坟场走到大火那边去的培贵说。

他刚经过他身边，第四下那么贴近地轻触他，他以为觉得轰声打击他的面颊。于是离远时，他对伙伴喊道：

“如果这臭风再继续下去的话，天将下粪了。”

耶稣·基督向他的肚皮上探摸一下。

“那么！真是的！……我急于要大便了!”

迈开沉重的脚腿，他连忙走开，他消失在矮墙拐角上。

约翰只单独留下。远处从大火吞噬着的波特利，只升上盘旋的赭色浓烟，飞过广阔的耕地，向分散的播种者上面，投下云的阴影。他慢慢再使他的视线移到脚下，他注视新土的隆起，下面睡着佛兰佐史和副安老爹的坟墓。他早晨的愤怒，他对于人和物的厌恶，在这幽深的平静里烟消云散了。不是由于他的意志，或者由于温暖的太阳关系，他觉得自己又为温情和希望所激励。

唉！是的，他的主人胡得根，为了采用新的发明，确实经过很大麻烦，他从机器，肥料和这整个还没有好好被应用的科学里，未曾获得什么好的结果。随后，小高业姑娘给他以致命打击。此时此刻，他也睡在坟场里。整个田庄，没有留下半点东西，只有热风卷去那里的灰烬。但是这都没有什么关系！墙壁可以燃烧，可是人们毁灭不了土地。土地，人类的乳母，仍然时常留在那里，将养活耕种它的农夫。它有的是空间和时间，等着人们知道如何使它给出更多产物，它仍然生产不可或缺的小麦。

就像人们所报告的那些革命故事，那些政治扰乱，它们的土地也没有什么关系。据说，土地将落入别人手里，大洋那边的收获物将过来压倒我们的小麦，我们的田亩上将只生起荆棘。那么，以后呢？难道人们能损害土地吗？它仍然属于为着不饿死，只得再耕种它的人类。如果许多年之内恶草会在那里蓬勃长起来，这会让它休息，它会重新变得年轻和肥沃。土地不会卷入我们这些发狂的昆虫争吵里，它不管我们的斗

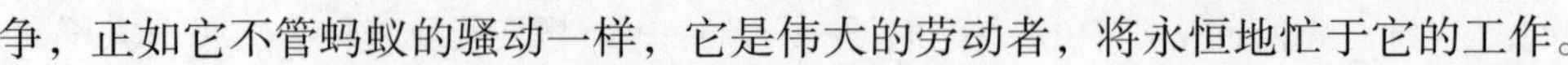

争，正如它不管蚂蚁的骚动一样，它是伟大的劳动者，将永恒地忙于它的工作。

同时在它上面产生使大家所受苦的一切。血，眼泪，痛苦，激起愤怒和反抗的一切，佛兰佐史被杀害，副安被杀害，凶狠的卑劣小人们已得胜，各村庄里发臭和嗜血的寄生虫，啃蚀土地并玷污土地的荣誉。可是人们能知道什么呢？正如杀害收获物的冰冻，摧截它们的落雹，践害它们的霹雳等或者是必要的一样，使得世界继续进行，人们也可能需要血和眼泪吧！我们的不幸，在繁星和太阳的大机械里，能有多少重量呢？仁慈的上帝，他的确在嘲笑我们呢！我们只靠每日的可怕角斗，才挣得我们的面包。只有土地是不朽的母亲，我们从它那里出来并最终又回到她那里去的，只有它，人们爱它一直爱到犯罪，只有它，是我们所知道的目的，甚至借我们的丑恶和我们的苦难，连续制造并再制造生命。

很久，这没有系统的模糊梦想，在约翰的脑壳里旋转。但是远处传来喇叭的鸣声，这是跑着赶来可是已来得太迟地吹着喇叭的巴曹宣·勒·陀伊安的消防队，听到这召唤，他突然再挺直。这是战争和它的马，它的大炮，它的戕杀叫喊，在烟雾里掠过去。一种感动扼住他的喉头。啊！他妈的！法国的古老土地，他既然不再有心去耕种它，那么他将好好去保护它！

他动身了，他要他的目光最后一次从没有草的两个坟堆上，移到贝斯的无边耕地，看见分散着的无数播种者，在土地上挥动着连续手势。埋葬死者，散播下种子，面包还将从土地里生长起来。

世界禁书文库

汤姆叔叔的小屋

【美】比彻・斯陀夫人 ⊙ 著
马松源 ⊙ 译

线装书局

◉赛尔比先生和奴隶商人

二月初，一个寒冷、寂静的下午，街道上几株不知名的高大树木，在微风中摇曳着枝丫，舞弄着稀疏的叶影。这时，在肯塔基州一个小镇的赛尔比家，有两个男人正在热烈地谈论着。

一位是体型矮胖，全身散发出一股市侩气息的男人。他的外表十分傲慢、冷酷，却故意装出一副威严的绅士模样。

“这样就不算是买卖了。”这位面目可憎的男人冷冷地说。

“但是，黑利，汤姆是一个非常优秀的黑奴，他既稳重又老实，什么事都会做。我把自己的农场交给他，他管理得有条不紊，工作态度很认真、负责，又有虔诚坚定的宗教信仰。光是这些，就足够抵偿我欠你的债款。”

正在和奴隶商人黑利谈话的是这一家的主人——赛尔比先生。他是一位慈祥、和蔼又安分守己的中年人，为了谈成这笔交易，赛尔比先生舌敝唇焦地想说服黑利。

环视屋内四周精致的装潢和高雅的摆设，就可以知道赛尔比家的生活非常富裕。

“可是，只有一个黑奴，实在太少了。”

黑利斩钉截铁地回绝。

“那么，黑利，你打算怎么个交易法?”

头发已花白的赛尔比先生，一双充满智慧的眼睛在清瘦的脸庞上，仍显得炯炯有神。

“有没有男孩或女孩可以和黑奴一起让给我?”

当他们两个人正在谈话的时候，大门轻轻地开了，一位年约四、五岁的混血男孩走进客厅。这位非常可爱又讨人喜欢的孩子，有着乌亮的卷发；红润的圆脸上，有两个若隐若现的酒窝；一双明亮的大眼睛，闪烁着灵巧、慧黠的光彩。

小男孩很好奇地打量着黑利。

“哟！哈里，来，到这里来唱唱歌、跳跳舞。”

赛尔比先生以非常慈爱的眼神注视着小男孩。

于是，哈里走向前去，开始唱儿歌。那是一首黑人民谣，旋律轻快，词意浅显，很容易朗朗上口。哈里的歌声十分嘹亮，他一边卖力地唱着，一边随着旋律摇晃着身体，手舞足蹈的模样，非常逗趣。

“跳得很好，这孩子真不得了!”

在一旁观看的黑利，十分欣赏哈里的歌舞，他拍着赛尔比先生瘦削的肩膀，高兴地说。

“这个小男孩很棒，怎么样？你再加一个孩子的话，那么我们的交易就算谈成了。这样不是很好吗?”

奴隶商人黑利以贪婪的目光注视着赛尔比先生。

这时，大门又轻轻地开启，一位年约二十五岁的混血女人姗姗走进大厅。她有着一双和小男孩一样，深邃得有如两泓幽寂湖水的大眼睛，以及黑缎般的乌亮秀发。这位美丽绝伦的女人，就是小男孩哈里的母亲丽莎。

“对不起，我在找哈里。”

她为自己唐突地闯入，感到有点羞愧不安。

哈里一个箭步跑到母亲的身边，撒娇地钻进母亲的怀里。

“好吧！那你就带走好了。”

赛尔比先生说完，便对着哈里挥手说再见。丽莎随即抱着哈里退出了客厅。

奴隶商人黑利露出狰狞的笑容，眼睛滴溜溜地盯着丽莎柔美的背影，发出暧昧的笑声说：

“哇！这个女人更不错!”

“哈里和丽莎我都没有意思要卖。”

神情沮丧的赛尔比先生，双眉紧蹙地抽着烟。

“那个孩子卖给我吧！我可以给你很好的价钱，怎么样？赛尔比先生，你答应吗?”

奴隶商人黑利仍不放松地逼迫着。

“我要好好地考虑考虑，再作决定。你今天晚上六、七点左右再来，到时候，我会给你答复的。”

赛尔比先生的眉头皱得更紧了。面对痛苦的抉择，他只有猛吸香烟，似乎想借此使思路更清楚。

黑利听了，轻轻地弯腰行礼，然后走出大门。

“真可恶!”

赛尔比先生砰然关上大门，非常愤怒地自语着。

赛尔比先生是一位平凡、心地善良而且待人亲切的绅士。他从不会虐待、凌辱下人，所以深受下人的爱戴与敬重。但是，宽厚的性情却使他在商场上饱受同行的欺凌。

混血女人丽莎刚才到大厅找哈里的时候，已经隐约听到赛尔比先生和奴隶商人黑利的谈话内容。她心里想着：会不会是听错了？然而，此刻她的情绪已经紊乱，心像小鹿般地乱跳不停。

“丽莎，你今天到底是怎么回事啊？”一进入卧室，赛尔比夫人就觉得她有点异常，因为她做事时，常常心不在焉，不但打破了杯子，还撞翻了工作台。赛尔比夫人叫她到衣橱拿丝绸的长礼服，她却迷迷糊糊地拿了睡衣。

陷入沉思的丽莎，听到塞尔比夫人正对她说话，着实吓了一跳。

“哦，夫人，刚才在客厅时，我听到一位商人正在和先生谈论有关买卖的事……夫人，先生会不会把我的哈里卖掉？”

可怜的丽莎，颤抖着身躯，啜泣地说着，她哽咽的声音充满了惶恐与焦虑。

“卖掉哈里？傻瓜，先生不会这样做的。”

赛尔比夫人怜爱地安慰着丽莎。身体略微发福的她，一双敏锐的眼睛，似乎能洞察人的心事似的。

“何况，也没有人愿意买那么小的孩子……嗯？你帮我梳梳头吧！”

为冲淡室内沉闷的气氛，赛尔比夫人立刻转变了话题。

“可是，夫人，请你……”

“不要再说傻话了，先生绝对不会那样做的。丽莎，你最近太关心这个孩子了。如果每个客人来，你都有这种想法的话，那么，什么人才可以来我们家呢？”

听到赛尔比夫人坚决的语气，丽莎终于放下心来。她对自己刚才的多疑，感到非常的诧异。最后她摇了摇头，便开始用灵巧的双手，为夫人装扮。

另一方面，赛尔比先生一想到要将出卖汤姆和哈里的事告诉夫人，心里就觉得无比沉重。因为这件事必定会遭到夫人强烈的反对。为此，赛尔比先生整日愁眉不展。

◉奴隶的命运

美丽动人的丽莎，小时候就受到赛尔比夫人的疼爱，并且在夫人无微不至的呵护

下长大。虽然目前丽莎已有了幸福的婚姻生活，但是，赛尔比夫人仍然视如己出般地疼爱丽莎。

丽莎的丈夫是附近农场的奴隶乔治。

聪明、能干的乔治，遵照主人哈里斯的吩咐，在一家制造麻绳的工厂工作。由于乔治为人诚恳、工作认真，因此，很快地便成为全工厂最优秀的工人。接着，他又发明了清洗麻绳的机器，受到全工厂人员的赞扬。

善良、朴实的乔治，虽然在工厂倍受厂长和同事的信赖，但是，他的主人哈里斯却不这么想。哈里斯是一位生性暴戾、冷酷的白人。

一天下午，哈里斯到乔治工作的工厂，对厂长说要带走乔治，从此不准乔治再到工厂工作。

“可是，哈里斯先生，这样不是太突然了吗？”厂长满脸疑惑地说。

“突然又怎么样？难道你不知道这个黑奴是我的吗？”

哈里斯的语气非常不友善。

当时的法律认为，黑奴是一件可以任意买卖的商品，因此，心地狭窄的哈里斯，如何处置他的黑奴乔治，任何人都没有权利阻止或反对。

“我认为乔治很适合这个工作。”

厂长仍然十分和气地为乔治说情，但是哈里斯并没有答应他的请求。

这时，气氛相当沉闷，突然，工厂的一位工人插嘴说：

“乔治发明了洗麻绳的机器，你知道吗？”

“哼，这些黑奴经常在想一些偷懒的方法。以后，我绝对不准他们这么做。”

哈里斯不以为然地打断他的话。

乔治听到这个消息以后，异常愤怒。他环抱手臂、咬牙切齿，心想：身为奴隶就一定要听从主人的一切指示吗？无论遭遇如何乖戾的命运，自己都没有办法抗拒，这未免太不公平了……

乔治因愤怒而涨红了脸。虽然他强制压抑着内心的不满，但是眼神里仍透露出喷火似的怒意。

可怜的乔治又被带回主人家里，而残暴的主人哈里斯却叫他做农场里最辛苦、最肮脏的工作。虽然乔治毫无怨言地承受一切，但是内心的不平仍表现在他因愤恨而扭曲的脸上。

黄昏渐近，淡蓝色的炊烟袅袅升起。此时，赛尔比夫人乘坐马车外出，准备参加友人的宴会。

站在可眺望赛尔比家庭院和街道的阳台上，丽莎若有所思地望着逐渐走远的马车，不自觉地发出无奈的叹息。突然间，一只粗糙的大手，悄悄地按住她的肩膀。丽莎惊吓地回头看，迷人的眼睛闪烁着喜悦的光彩。

“乔治，是你啊！吓我一跳。夫人刚刚出门去了。来，到我房间去，我们好好谈一谈。”

丽莎牵着丈夫的手，兴奋地往自己的房间走去。

“我好高兴哟！乔治，你为什么不笑呢?”

看丈夫默默不语，丽莎又说：

“你看看哈里，他是不是又长高了一些，嗯?”

忽然，乔治痛苦地说：

“这个孩子如果没有出生就好了……不，是我自己不应该活在这丑陋的世上。”

听到这句话，丽莎的表情充满了惊惶与忧伤。不久，泪水便滴滴答答地掉下来，她抽搐着双肩啜泣着。

“对不起，让你吓着了。噢！可怜的丽莎，你若是没有遇见我就好了。这样，你也许可以过比较好的生活。”

面对着伤心欲绝的妻子，乔治对自己鲁莽的行为感到愧疚不安。他用伤痕累累的大手，温柔地抹掉丽莎脸上的泪水。

“乔治，你怎么可以这么说。到底发生了什么事?”

丽莎的声音里仍充满着焦急与惶恐。

“唉！一切都不如人意。我们的生活永远是这么穷困，我们永远是受人摆布的奴隶。到底我们是为了什么而活着？干脆一死百了。”

此刻，乔治的心里，除了一份怨恨以外，还有几许对生命的无奈。

“不，乔治，你千万不可以这么说。真的，不可以……如果我们忍耐下去，一定可以……”

丽莎的眼睛出现一股异样的神采。

“忍耐?”

乔治不同意丽莎的说法。

“你以为我没有忍耐过吗？对主人的欺辱，我没有一句怨言，我不是都忍过来了吗？唉！为什么他是我的主人，他有什么权利指使我？他是人，难道我就不是吗？不，我可能比他还强!”

乔治心中积压已久的愤恨，终于爆发了。他涨红了脸，咆哮般地说：

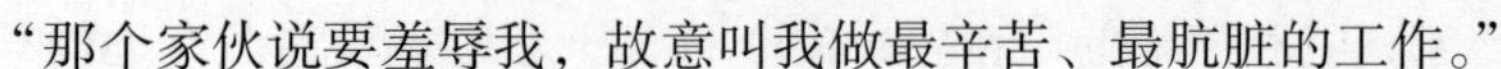

“那个家伙说要羞辱我，故意叫我做最辛苦、最肮脏的工作。”

“但是，我们还是要忍耐呀！我们一定要顺从主人，不然，就不是一个虔诚的教徒了。”

丽莎想以虔诚的宗教信仰，平息丈夫乔治对主人的怨恨。

“你的主人和夫人像对自己的孩子一样对待你、疼爱你，当然你会听从他们。可是，你知道吗？昨天我在搬运货物的时候，主人的儿子站在马厩旁边，莫名其妙地用鞭子抽打马匹，马吓得一直嘶叫。我求他不要再打了，那个家伙却用鞭子打我。我压着他的手抵抗，他就向他父亲告状，说我欺负他。主人知道这件事后，非常生气，就把我绑在树上，叫他儿子用树枝打我。”

“还有，你送给我的狗，乖巧又听话。可是，他们却在它的脖子上绑上石头，然后丢到水池里，让它活活地淹死。现在我已经没有办法再忍耐下去了。”

乔治痛苦地握紧拳头，捶打着墙壁。

“可怜的乔治，无论生活如何困苦，我们都要有信心活下去，一定要相信上帝正守护着我们。”丽莎温柔地说。

“最近，主人还说他让我跟你结婚是错误的，说是因为我跟你结了婚的关系，我才变得这么不听话。他并且命令我跟他家的女奴结婚，不然的话，就要把我卖到南方去。”

乔治的眼睛幽幽地望着远处。

“这怎么可以？我们两个人是正式结婚的。”

丽莎的神情十分紧张。

“奴隶的婚姻根本就不被认可，这个国家也没有制定有关奴隶结婚的法律。如果我们没有结婚，哈里也没有生下来的话，那就好了。这个孩子以后不晓得会被卖到哪里去？”

乔治将视线转移到在阳台上的哈里身上。顽皮的哈里正独自在阳台上，跨着赛尔比先生的拐杖，当作马骑，嘴里呀呀地喊叫，似乎玩得不亦乐乎。

“哈里会被卖掉……”

想到这句话，丽莎的心直往下沉，脑海里又浮现出奴隶商人狰狞的面孔。她好像被人打中一拳似的，脸色发青，呼吸急促。丽莎觉得自己像要崩溃了。

看着哈里，丽莎心里犹豫着是否该把心里所担心的事，告诉丈夫乔治。可是一看到神情忧郁的丈夫，她却一句话也说不出口。

“所以，丽莎，我告诉你，你应该坚强一点，我现在就要走了。”

乔治很感伤地将这个残酷的事实，告诉妻子。

“要走？乔治，你要到哪里去？”

丽莎焦急地摇晃着乔治的手臂。

“我要逃走，逃到加拿大去。”

乔治坐直身躯，语气非常坚决：

“到加拿大以后，我会尽快想办法赎回你和哈里。我们要生活在一起，就只有靠这个办法。如果上帝帮助我们的话，我相信一定可以做得到。”

丽莎听到丈夫即将离开，几乎昏厥。她摇了摇头，恢复意识后，才喃喃地说：

“好可怕！如果被抓到了，怎么办？”

“怎么会被抓到呢？反正不走也是死路一条。现在我只有自由和死亡两条路可以选择。”

乔治走到阳台上，抱起哈里，不断地亲吻着他稚嫩的双颊。

“乔治，你千万不能做傻事啊！走了以后，自己要多保重，不要伤害别人，经常祷告，祈求上帝帮助我们，凡事要多加小心……”

丽莎深情地注视着乔治，以哽咽的声音叮咛即将远行的丈夫。

“那么，我走了。再见！”

乔治紧紧地拥抱着丽莎，两个人都默默不语，浓浓的离愁吞噬着他们的心。不久，乔治放开泪流满颊的丽莎，转身掉头离去。

就这样，这对相爱的夫妻抱着不知何时才能再相见的渺茫希望，挥泪分别了。

◉汤姆叔叔

汤姆叔叔的小屋就建造在赛尔比家的旁边。那是一幢用圆木搭建成的小屋，虽然已相当破旧，但却温馨可人，因为那里住着慈祥和蔼的汤姆叔叔与卡洛婶婶。

小屋的前面有个小小的菜园，园里种植着许多蔬果和花草。每到夜晚，屋子四周便洋溢着浓郁的花香味。

卡洛婶婶是赛尔比家负责煮饭的厨娘。每天，只要赛尔比家的晚餐结束了，她就回到自己的小屋，为丈夫汤姆准备晚餐。

汤姆叔叔的小屋里，除了几样旧家具以外，较引人注目的就只有挂在木造墙壁上的箭袋和长弓。

皮肤黝黑、圆脸的卡洛婶婶，正在炉前烤着面包。小屋的角落里，一个卷发的小孩正和一个刚开始学走路的幼儿嬉闹着。屋内的气氛非常温暖、祥和。

暖炉前面，放置着一张破旧的木桌。这家的主人——汤姆叔叔正在木桌上认真练习写字。他有着一身漆黑油亮的肤色、结实的肌肉及宽阔的胸膛，体格相当壮硕，是个地地道道的非洲人。

汤姆叔叔很专心地慢慢描写几个英文字母，脸上的表情非常肃穆，像在进行一件十分重要的事。

"不是这样的……不是那边……"

在旁边教汤姆叔叔写字的是赛尔比家的小主人——十三岁的小乔治。他是一个看起来相当聪明、乖巧的少年。此刻，他正以老师的姿态教汤姆叔叔练习写字。

"往那边写就变成 Q 了，G 是往这边写才对呀！"

乔治很热心地纠正汤姆叔叔的错误。

"哦？是这样子吗？"

汤姆叔叔一边说着，一边用他的粗手抓紧铅笔，模样有点笨拙、逗趣。他按照小乔治所写的 G、Q，一遍一遍地反复练习。

"你们白人为什么都会写字呢？"

卡洛婶婶停下拿着锅铲的手，问小乔治。

"是呀……卡洛婶婶，我肚子好饿哟！蛋糕烤好了没有？"

小乔治抱着肚子，撒娇地问。

"烤得正好，少爷，刚刚才烤好。"

卡洛婶婶把香喷喷的蛋糕放在餐桌上。小乔治和几个黑人小孩围坐在桌旁，狼吞虎咽地吃着蛋糕。

"嗯！卡洛婶婶的手艺和蛋糕店里的师傅一样好，做出来的蛋糕真好吃喔！"

小乔治吃得赞不绝口。卷发的黑人小孩莫西和彼得，非常顽皮捣蛋，两个人在餐桌下面钻进钻出，一会儿，又在地上打滚。整个晚餐的时间乱哄哄的，根本没有安静的时刻。汤姆叔叔和卡洛婶婶斥责他们，他们反而更调皮，嘻闹得更起劲。

"噢！老天，你们玩够了吧！今天晚上这里要举行聚会，请你们安静点！"卡洛婶婶大声地说。

这一带的黑人，每星期都在汤姆叔叔的小屋聚会一次，大家唱唱诗歌、读经、祷告等。

不久，黑人陆续来到汤姆叔叔的小屋。有些是头发银白的八十多岁老人，有些则是十五、六岁的少男、少女。大家一起唱完诗歌后，小乔治就应他们的要求，将启示录的最后一章念出来。大家倾听着，四周非常寂静，小乔治的声音显得特别清脆、悦耳。

待人亲切、热心公益的汤姆叔叔，被大家像牧师般地尊崇与爱戴。特别是他祈祷时的音调非常优美，常使倾听的人感动不已。

这个时候，奴隶商人黑利又来到了赛尔比家。

赛尔比先生被迫在汤姆叔叔与哈里的买卖契约书上签字。黑利站起来得意地说：

“好了，我们终于完成交易了。”

“是的，终于完成了。”赛尔比先生幽幽地叹了一口气。

晚上，赛尔比家一片寂静，只有庭院里微风吹动草木的沙沙声。

赛尔比夫人回到寝室里，她的丈夫正坐在安乐椅上，看着下午寄来的信件。赛尔比夫人走到镜子前面，松开丽莎为她梳的发髻。突然她想起白天和丽莎的谈话，便开口问她丈夫：

“喂，你今天请到家里来吃饭的那位俗气的商人，到底是谁啊？”

“噢！他叫黑利，我和他之间有点事。”赛尔比先生嗫嚅地回答。

“那个人是奴隶贩子吗？”

因为觉得丈夫答话有点吞吞吐吐的，所以赛尔比夫人就追问着。

“为什么你会有这种想法呢？”

赛尔比先生企图瞒骗妻子出卖奴隶的事。

“只是我想起中午的时候，丽莎非常激动地在哭泣。她说奴隶商人要买她的孩子。哈里还这么小……

赛尔比夫人走到衣橱旁，拿出睡衣。

赛尔比先生一边佯装正在看信，一边心里想着：唉，反正早晚要告诉她这件事，现在说也是一样……

“她真傻，我告诉她，你不是那种会把佣人卖掉的人。”

赛尔比夫人相信，自己的丈夫绝不是个冷酷的人。

“是真的，我已经把家里的佣人卖掉了……因为我已经走投无路……”

听到丈夫一字一句地说出事情的真相，赛尔比夫人几乎不敢相信自己的耳朵。

“什么？你不是当真的吧？”

赛尔比夫人感到非常惊讶，她心里默默地祈祷丈夫的话不是真的。

“对不起，这是真的。我已经决定要卖掉汤姆。”

赛尔比先生放下信件，不敢正视妻子。

“你说什么？你要把汤姆卖掉？从你小时候开始，汤姆就一直很忠心地照顾着赛尔比家，而且你还答应让他自由生活，这件事我们也已经告诉他了。你该不会也把丽莎唯一的孩子哈里也卖掉吧？”

赛尔比夫人想到忠实的老仆人汤姆叔叔即将被卖掉，情绪变得非常低落，也对丈夫的行为感到气愤。

“事情到了这种地步，我只好全部说了，我决定卖掉汤姆和哈里。”

“你怎么可以这样做！”赛尔比夫人大声地斥责他。

“我已经没有办法了。因为我欠黑利一大笔债，不得不……”

赛尔比先生难过地将脸埋在干枯的手掌里。

这个突来的打击，使得赛尔比夫人就像木头一般，全身僵硬地站在那儿无法动弹。一会儿后，她才喃喃地说：

“这一定是上帝对奴隶制度的诅咒，像我们这样的国家，法律竟允许白人拥有奴隶，根本就是野蛮、落伍。想到这么忠实又善良的汤姆和丽莎的孩子被卖掉，我就愤愤不平……”

“黑利明天早上会来这儿把人带走。”

赛尔比先生站起来，走向床边。

“我希望上帝能救救不幸的汤姆，还有可怜的哈里。上帝，请原谅我们吧！”

赛尔比夫人双手合拢，闭上眼睛，衷心地祈祷着。

在隔壁的房间里，有一个人无意中听到他们的谈话，那就是丽莎。

赛尔比夫妇一停止说话，丽莎就悄悄地离开房间。她那轮廓分明的脸庞，此刻已变得毫无血色，僵硬的身躯微微颤抖着。她轻轻地走到夫人的房间门口，对上帝做无言的祷告；然后，才回到自己的房间。

哈里这个懵懂无知的孩子，此刻正睡得又香又沉，他根本不知道自己已经被卖掉了。

“可怜的孩子，你被卖掉了，你知道吗？不过，妈妈一定会救你。”

丽莎的脸上露出母性伟大的光辉。过度的悲伤，使她欲哭无泪。她急忙拿出信纸，写下辞别书：

“夫人，心地善良的夫人，请你不要以为我是一个忘恩负义的人。我已经听到你和先生的谈话了。我必须救我的孩子，请你不要责备我。好心的夫人，愿上帝赐给你平安、幸福。可怜的女人——丽莎敬上。”

丽莎很快地把信折好，放入信封内，然后，迅速地收拾几件衣服，用布包好，再牢牢地绑在自己背上。哈里喜欢的小玩具，她也把它放在包袱里。

丽莎悄悄地唤醒熟睡的哈里，为他穿戴帽子和斗篷。

“妈妈，我们要到哪里去？”

哈里揉着睡眼惺忪的双眼，从床上爬起来。

丽莎拿着孩子的外套和小圆帽，走到床边，以悲戚的眼神凝视着孩子。

聪明的哈里似乎也感觉到家里发生了事情，因此，顺从地让母亲为他穿戴衣帽。

“乖乖，小宝贝，安静点，有坏人想要把你抓走。可是，妈妈一定会保护你的，现在我们必须赶快逃走……”

丽莎抱起孩子，踮着脚尖溜到外面。

这个时候，夜空里缀满了闪闪发亮的星星，气温非常低，风呼呼地吹着，空气中充满了浓郁的红树麝香味。哈里对寂静黑暗的四周，感到非常害怕，紧紧地抱住母亲的脖子，而丽莎也用斗篷紧紧地包着他，快步前进。

母子俩通过幽寂的小径，来到汤姆叔叔的小屋前，丽莎轻叩着木屋的小玻璃窗。

因为黑人的聚会很晚才结束，所以，汤姆叔叔和卡洛婶婶此时都还没有入睡。

“这么晚了，到底是谁啊？”

卡洛婶婶站起来，胡乱地拨开窗帘。

“什么事啊？你不是丽莎吗？到底发生了什么事？我马上开门。”

卡洛婶婶慌张地打开门扉。

汤姆叔叔也闻声走到门口，手里拿着点亮的蜡烛台。丽莎的脸庞在晕黄的烛光映照下，显得特别憔悴、疲惫。

“你怎么了？吓我一跳。”

汤姆叔叔因丽莎的深夜探访，感到无比的惊讶。

“我带着孩子准备逃亡，因为先生已经把哈里卖掉了。”说完，丽莎开始低声抽泣。

“把哈里卖掉？”

汤姆叔叔和卡洛婶婶不约而同地惊叫着。

“是啊！我听到先生对夫人说的话。先生说要把哈里和汤姆叔叔你，卖给奴隶商人黑利。黑利明天早上就要来带走你们两个人。”

汤姆叔叔听到这个消息，以为是在做梦。他的眼睛睁得大大的，茫茫然地站着。

管理赛尔比家所有杂物的汤姆叔叔，非常了解赛尔比先生事业不顺利的情形。

最近，赛尔比先生正在为债务烦恼，一定是为了还债，所以才会出此下策……汤姆叔叔好像被击倒似的，跌坐在陈旧的椅子上，独自蹙眉沉思了起来。

“我真不敢相信先生会把我们家的老头子卖掉，难道是他做错了什么事?”卡洛婶婶神情木然地说。

“不是的，汤姆叔叔并没有做错什么事，而先生也不是故意要卖掉他们。但是为了还债，先生只好这么做。夫人到最后还是强烈反对，她真是一位好心肠的女人……”

丽莎解下斗篷，把孩子紧紧地抱在怀里。

“夫人曾经说过，一个人的灵魂比全世界所有的金子都宝贵，这个孩子也有灵魂，所以我要带着他逃跑。虽然我知道这样做不对，但是我相信上帝一定会体谅我，因为除了逃亡外，我没有其他办法可保住我的孩子。”

丽莎温柔地抚摸着哈里熟睡的小脸，对汤姆叔叔和卡洛婶婶说明她逃亡的原因。

“你也一起走吧！不要在这里等着被卖掉，你和丽莎一起逃吧!”

卡洛婶婶说着将收拾好的包袱递给汤姆叔叔。

汤姆叔叔慢慢地抬起头，依恋地环视屋内的一切，他坚决地说：

“不，我不想走。我们应该帮助丽莎逃亡，这是她的权利，我们不能阻止她。你刚刚也听到丽莎的话了，如果我不被卖掉的话，那先生的事业就完蛋了。我愿意牺牲自己……”

汤姆叔叔以无奈的眼神注视着妻子。

“我到南方去，什么事都可以忍。卡洛，你不要再怨恨主人了。他一定会对你很好，对你和可怜的……”

汤姆叔叔将视线转移到破旧的大床上，看着沉睡中的孩子。他把身体沉重地靠在椅背上，用粗糙的大手蒙住脸，低声啜泣着。

“昨天下午，我曾和我的丈夫见过面，但那时根本不知道事情会演变到这种地步。他告诉我，今天他将从他的主人那里逃出来。如果可能的话，请你们把这件事转达给他，并告诉他，我也想到加拿大。假如我们以后没办法再见面，那么，就只好在天国相会了。请告诉他，他是我最爱的人……”

丽莎一边说着，一边披上斗篷。她明亮的大眼睛噙着泪水，脸上的表情极为哀怨。丽莎走到门口，回头与涕泗纵横的卡洛婶婶与汤姆叔叔互相拥抱、吻别，又说了一些祝福对方的话，然后带着孩子悄悄地离开了木屋，不久，就消失在黑暗的丛林里。

◉丽莎的逃亡

第二天早上，赛尔比家传来惊慌的叫声。

“糟糕了！夫人，丽莎好像跑掉了。”

遵照赛尔比夫人的吩咐，去找丽莎的黑人安迪，慌张地跑进大厅。听到这个消息，赛尔比夫人吓了一跳。

“丽莎一定是知道了真相才逃跑的。”

坐在旁边抽烟的赛尔比先生突然插嘴说。

“哦！太好了。上帝，感谢你。”

赛尔比夫人为丽莎的逃跑，喜溢眉宇。

“你不要说傻话了。这是一件很麻烦的事呀！”

说完，赛尔比先生就走出大厅。

不久，赛尔比家的上上下下都知道了丽莎逃跑的事。大家都在议论纷纷，只有卡洛婶婶默默不语。

奴隶商人黑利随即到达赛尔比家。当他知道丽莎带着孩子逃跑的事以后，就气冲冲地跑到赛尔比先生的房间，找他理论。

汤姆叔叔被卖掉的消息，使得赛尔比家的黑人都感到非常惶恐。每个人心里都担心着自己是否也会被主人卖掉，因此个个愁眉不展、坐立不安。

这些人之中有一个叫山姆的年轻人，却别有企图——

最受先生信赖的汤姆被卖掉了，这样一来，必须有人代替他的职务；那么，若是挑中我，我就可以出人头地了……

山姆坐在门口的石阶上，独自沉思着。

“哦，山姆，主人叫你把比路和杰利牵来。我和你，还有主人、黑利要去找丽莎。”

安迪突然喊着山姆。

太好了，我立功的机会来了……

山姆脸上露出诡异的笑容，心里谋划着。

“我会把丽莎抓回来的，你等着瞧吧！”山姆很有自信地对安迪说。

“可是，山姆，夫人并不希望丽莎被抓到呢！”

"哦?"

山姆困惑地搔一搔脑袋。

虽然山姆并不是一个非常聪明的人，但是，他知道该怎么办——看来必须听夫人的话，毕竟她是掌握赛尔比家实权的人……

山姆从马厩里把比路和杰利牵到门口，当黑利的马匹看到山姆时，很胆怯地往后退。

"哦！你这么胆小啊?"

山姆黝黑的脸上露出促狭的表情。

赛尔比家的旁边，有一棵很大的山毛榉树，每当风一吹，树上便掉下许多尖尖的山毛榉果实。这时，山姆从地上捡起一棵山毛榉果实，然后走到黑利的马旁边，假装安慰马匹的样子，悄悄地把果实放在马鞍下面，嘴巴却说着:

"哪，我对你很好吧！"山姆狡猾地笑着。

这时，赛尔比夫人出现在阳台上，对山姆招手。于是，山姆走进屋内。

"山姆，现在你就和黑利一起去找丽莎吧！你可以告诉他应该走哪一条路比较方便，并帮他忙，好好走。但是杰利的脚伤还没有复原，不要让它跑得太快哟!"

赛尔比夫人最后一句话说得很小声，但是，山姆已了解了夫人话中的含意。

"一切都交给我，夫人，你放心，我会小心地照顾马匹的。"

山姆机灵地转动着黑白分明的眼珠子，嘴边牵引着一抹冷冷的微笑。站在一旁的安迪，也吃吃地笑着。

"喂，你们要好好干！我们没有太多的时间了。"

黑利站在阳台上，对着门口的山姆和安迪吆喝着。

"是的，先生。"

山姆回答以后，就去牵黑利的马。

黑利骑上马后，突然间，马狂乱地踢地跳起。黑利惊惶地从马背上跳下来。山姆看到黑利狼狈的模样，发出很大的嘲笑声。他想用手去抓住马的缰绳，但是马非常用力地踢开山姆，然后快速地跑进丛林里。安迪牵来的杰利，也随着黑利的马跑掉了。这是因为安迪按照山姆的计划，把马的缰绳放开，所以马才会一起冲入丛林里。

这个时候，赛尔比家整幢屋子像排山倒海般混乱起来。山姆和安迪大声地喊着，到处乱窜，狗也跟着乱叫，甚至连黑人的小孩子也拍着手，胡乱地尖叫着，显得热闹非凡。只有黑利一个人在旁跺脚，为马跑掉的事，气得涨红了脸。

当山姆和安迪很得意地把马匹牵回来时，已经是中午十二点了。

“终于抓到了。”汗流浃背的山姆，很骄傲地说。

“好了，不要再胡闹了。喂！我们走吧！”

黑利拿起帽子，准备出发。

“先生，你是不是要把我们和马都累死。你看，马全身都是汗，我们也好累呢！”

山姆用手抹去额头上的汗珠。

黑利沉着脸，很不情愿地走进屋里，而山姆却装作很镇静的样子，把马匹牵到马厩内。

◉母爱的力量

离开汤姆叔叔小屋的丽莎，想到未来崎岖坎坷的命运，整个人几乎昏厥倒地，而离开自己生长的家乡，就像与非常信赖的挚友离别一样，需要极大的勇气和毅力。此时，浓浓的乡愁涌上心头，丽莎不禁热泪盈眶。

平常自己可以走路的哈里，现在被丽莎纤细的手臂紧紧地抱着。

上帝，请你救救我们吧！

丽莎抱着孩子衷心地祷告着，并且不停地往前走。

哈里抓紧母亲的脖子，安静得像只乖巧的小猫，但是，他非常想睡觉。

“妈妈，我可不可以睡觉？”

“可以呀！好孩子，好好睡吧！”

丽莎轻拍着怀里的孩子。

“可是，我睡着了，会不会被坏人抓走？”

哈里天真无邪的脸上，露出疑惧的眼神。

“不会的，妈妈怎么会让坏人把你抓走呢？”

终于哈里很放心地将小小的脑袋伏在母亲的肩膀上，不久即酣然入梦。

母子俩孤单地走过牧场、丛林，丽莎心里想着：过了俄亥俄河以后，只好听上帝的安排了……

未来的命运是如此的渺茫，丽莎感到彷徨无助，不知何去何从。

早上，太阳姗姗地翻上山顶，大地呈现一种淡淡的清亮，街上的马车开始熙来攘往着。

丽莎为了避免别人察觉出她是逃亡的奴隶，所以在白天就把孩子放下来走，尽量装出很自然、平静的样子。到了夜晚，为了赶路，才把孩子抱在怀里。

越过辽阔的森林后，在太阳下山之前，丽莎带着孩子来到了俄亥俄河旁的一个村落，虽然经过长途跋涉，丽莎已感到疲惫不堪，但是她内心仍充满了希望和勇气。

出现在丽莎面前的是俄亥俄河，由于正值春季，水位增高，水流非常急速，宽厚的冰块浮在河面上，缓缓地摇晃着。

丽莎站在岸边，一直注视着俄亥俄河，心里很清楚，现在根本没办法渡河。于是，她便决定先到岸边的酒店，探一探情形再说。

"请问到对岸的船，什么时候开？"

丽莎站在一家酒店门口，探头询问。

"噢，现在没有船可以过河呢！"

酒店的老板娘看着丽莎失望的神情，接着又说：

"你想到对岸去吗？是不是有病人？我看你好像有心事的样子。"

"我的孩子遇到很危险的事。"

于是，丽莎将哈里被卖掉的事情，告诉了酒店的老板娘。

酒店的老板娘似乎很了解丽莎的心情。

"真可怜……虽然现在没有渡船，但是，今天晚上有人要带货物到对岸，你可以跟他一起去呀！这个人今天会来这儿吃饭，你就在这里休息休息，等他好了。"

丽莎点点头，接受了老板娘的建议。一想到即将渡过俄亥俄河，她憔悴的脸上不禁出现异样的神采。

酒店的老板娘带着丽莎到房间里休息。丽莎把疲惫的孩子放在舒适的大床上，自己一直坐在床边，握着哈里的小手，哀怨地凝视着孩子熟睡的脸庞。但是，丽莎自己却毫无睡意，一想到有人将到这儿来抓他们母子，她的心里就像燃烧着一股烈火般的焦虑。

如果我能渡过这条河……

丽莎站在窗前，望着俄亥俄河，颦眉蹙额地沉思着。

同一个时间，赛尔比家经过一阵骚乱后，终于平静下来，奴隶商人黑利要厨娘立刻准备午饭。可是，为了等卡洛婶婶，拖延了很久，厨娘们才开始动手准备。

几个厨娘在厨房里做午饭时，经常停止工作，嘴里叽叽咕咕地咒骂着冷酷的奴隶商人黑利。也有人悄悄地打翻煮好的汤，重新再做，故意拖延时间，为的是使丽莎和哈里能逃得更远，以免被黑利抓到。只有黑利一个人为了耗费太多时间而满脸愠容。

当山姆和安迪牵着马到门口时，已经是下午两点多了。

“我们直接到河边去，我知道他们一定会渡过俄亥俄河。”

奴隶商人黑利对丽莎的行踪似乎了如指掌。

“先生，到河边有两条路可以走：一条小路和一条大马路。你要走哪一条？我想丽莎一定会选人少的小路走。”阴险的山姆说。

黑利愤愤地说：“我才不会受你们的骗呢！”但是，他还是有点迟疑不决。

“先生，我们当然会按照你的意思去做，走哪一条路，都无所谓。但是，你要知道，女人跟男人不一样，她们的做法往往令人意想不到……我认为丽莎一定会走山路，所以，我们最好走又宽又直的大马路，比较快。”

可是，黑利最后仍决定要走小径。

通往俄亥俄河的小径，自从大马路拓建以后，就变得人烟稀少，不仅泥泞不堪，而且遍地荆棘，很不好走。黑利他们走了一个小时以后，再也没有办法前进了。山姆一开始就知道小径不易通行，而他又明白黑利绝对不会相信他的话，所以，便故意建议黑利选择大马路走。

“你看，我不是说走大马路比较好吗？”山姆佯装迷糊地说。

“好小子，原来你早就知道了。”黑利气得咬牙切齿。

奸猾的黑利明白此刻再争论也无济于事，所以三个人只好转回原处，走到大马路，在这里又耗费了许多时间。

黑利、山姆和安迪三个人走过大马路后，不久就到了俄亥俄河岸边的酒店。此时，哈里大约已睡了四、五十分钟。

丽莎站在窗前沉思时，最先发现她的是山姆。为了制造机会让丽莎逃跑，山姆故意使自己的帽子被风吹掉，然后大声地喊叫着。丽莎听到这个耳熟的声音，急忙抱起孩子，从侧门溜到外面。

当丽莎抱着熟睡的哈里仓皇地逃到河边时，不幸被黑利发现了。黑利从马背上跳下来，大声地喊着山姆和安迪的名字，要他们追赶丽莎。

眼前是河面上浮着冰块的俄亥俄河，而后面是黑利近在咫尺的追赶，在进退维谷的情况下，丽莎只好冒着生命危险，跳到河面的冰块上面。

由于受到过度惊吓，抱着孩子的丽莎，嘴里发出疯狂似的叫声，脑海里一片空白。每当冰块一晃动，可怜的丽莎便会因站立不稳而跌倒。她使尽全身力量，挣扎地从冰上爬起来，鞋子掉了，袜子也湿透了，凛冽的冰块冻伤了她的脚，每走一步，鲜血便滴在白茫茫的冰河上，看起来令人触目惊心，但是，丽莎已毫无知觉。

好像经过一场虚幻的噩梦，丽莎终于到达俄亥俄河的对岸。一个男人拉住了她的手，丽莎便登上了堤岸。

站在河边的黑利，看到丽莎奇迹似的越过俄亥俄河，整个人呆若木鸡，仿佛中了邪似的。

丽莎终于逃跑成功了。黑利很不高兴地回到岸边酒店，独自坐在椅子上，心里盘算着应如何抓丽莎和哈里。突然间，黑利听到一个很熟悉的名字。

"欢迎光临，汤姆·洛卡。"酒店的老板说。

走进酒店的男人是身高约一百八十公分，体格非常魁梧的洛卡。他身旁还跟着一个獐头鼠目的瘦小男子。

"洛卡，你好吗?"黑利站起来和高大的男子打招呼。

"嗨，黑利吗？你怎么在这里?"

洛卡与黑利握手，并拍一拍他的肩膀，然后介绍他旁边的男子马克斯。

黑利将丽莎逃跑的事，告诉这两位看来像恶霸的男子。于是，这两位男子决定抓回丽莎和哈里，与黑利交易。

山姆和安迪在河边与黑利分手后，很得意地回到赛尔比家。

"山姆吗？情况怎么样了?"

赛尔比夫人一听到山姆的声音，急忙走出寝室。

"黑利老板在酒店休息，好像很累的样子。"

"那丽莎呢?"赛尔比夫人神情紧张地问。

"上帝保佑，夫人，丽莎已经过了俄亥俄河。这件事真是奇迹啊!"

"哦？到底发生了什么事？来，把事情原原本本地告诉我。"从后面走出来的赛尔比先生关心地说。

"丽莎在哪里?"

赛尔比夫人只想知道丽莎安然与否。

"我亲眼看见丽莎越过浮满冰块的俄亥俄河，真令人不敢相信！在河岸那边，一个男人把丽莎拉到堤岸上面。如果没有上帝的保佑，这真是不可能的事……"

山姆眉飞色舞地诉说丽莎逃亡的经过。

"丽莎还活着……真感谢上帝啊!"

知道丽莎逃跑成功，赛尔比夫人非常高兴。

◉不公正的法律

壁炉里的火焰，熊熊地燃烧着，把整个客厅照得通明，室内的气氛非常温馨、和谐。俄亥俄州的参议员巴德先生，此时正开完会，回到家里休息。

“噢，今天实在太累了，真想喝一杯热茶……还是回到家里最舒服。”

巴德先生脱掉鞋子，一边换上拖鞋，一边说着。

“你今天开会谈些什么问题呀?”

巴德夫人站在旁边倒着热茶。

金发的巴德夫人是一位身材修长而又有教养的贵妇人，她的眉长如柳叶，褐色的眼睛又大又甜，脸型如鹅蛋，下巴尖小圆润，给人一种粉雕玉琢的柔和感。

由于温柔的巴德夫人平日从不过问政治，所以，当她问起议会的事时，巴德先生感到非常惊讶，他眼睛睁得大大地看着妻子。

“没什么大不了的事。”

巴德先生啜了一口热茶。

“是吗？可是我听说很快就会制定法律，规定不可帮助逃亡的黑奴们，这是真的吗？议会里的议员们都是基督徒，他们应该不会这样做的。”巴德夫人满脸疑惑地说。

“你怎么突然变成政治家了?”

巴德先生故意调侃妻子。

“不是的，虽然我不太了解政治，但是，我想这样的法律是不符合基督教宗旨的……不给奴隶食物、饮料，这种法律应该不会通过吧?”

巴德夫人不仅风华绝代，而且心地善良。

“不，这项法律已经通过了。议会方面已经决定，白人以后不可帮助从肯塔基州逃过来的奴隶。因为所有的黑人都认为逃到俄亥俄州就可得到自由，所以从肯塔基州逃出来的奴隶愈来愈多，已经到了无法处理的地步。”

看起来非常沉稳、睿智的巴德先生对妻子解释制定这项法律的原因。

“那么，这项法律有哪些规定呢？给那些可怜的奴隶居住的地方，或是分给他们一点食物、衣服，然后悄悄地让他们逃走，这应该没有关系吧?”巴德夫人坐在沙发上说。

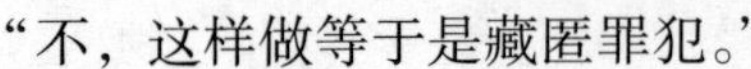

“不，这样做等于是藏匿罪犯。”

巴德先生的语气强而有力。

巴德夫人听到这句话，气得满脸通红。她站起来，快步地走近丈夫的身边，很激动地说：

“你认为这样的法律合理吗？你不会赞成吧？”

“可是，我不得不赞成呀……”巴德先生的语气里充满了无奈。

“你自己不觉得罪过吗？那些无家可归的奴隶真可怜……我坚决反对这项可耻、可恨的法律，只要有机会，一定会……”巴德夫人非常愤慨地说。

“好了，好了，我很了解你的心情。但是，这是一个政治问题，一定要从公平的角度来讨论……”

“我才不懂什么法律呢！圣经上不是说饥饿的人，要给他食物；在外受冻的人，要给他衣服；不幸的人，要安慰他……我一定要遵守这项教诲。”

巴德夫人很不友善地打断丈夫的话。

“那些又害怕又饥饿的奴隶，历尽了千辛万苦才逃出来，你忍心把他们赶回去吗？”她继续指责丈夫。

面对妻子严厉的反驳，巴德先生无话可说。

“如果那些奴隶的主人对他们好一点，把他们当人看待，他们就不会逃走……”巴德夫人仍喋喋不休地说。

当巴德夫妇正在激烈地谈论时，黑奴柯乔叔叔探头进来。

“夫人！请你来厨房一下。”

巴德夫人走了以后，巴德先生才稍微歇了一口气，然后又开始看报。但是不久，厨房里又传来巴德夫人惊慌的喊叫声。

“亲爱的，你快来厨房一下。”

巴德先生立刻起身走向厨房。

看见眼前的景象时，巴德先生吓得目瞪口呆。

两张并排的长椅子上面，躺着一位憔悴的年轻女人。她灰色的斗篷沾满了泥泞，而且濡湿、破烂，鞋子也掉了一只，伤痕累累的脚仍血流不止。

巴德夫人和黑奴黛娜婶婶为了使这位可怜的、面貌姣好的女人苏醒过来，不停地忙碌着，一会儿为她取暖，一会儿又以温热的毛巾为她擦洗身上的汗垢。

“大概是在外面冻坏了，突然进入屋里，忽冷忽热，所以才会晕倒。她刚刚进来，乞求取暖的时候，还好好的呢！”

黛娜婶婶注视着昏迷的女人，声音出奇地温柔。

“真可怜！”巴德夫人也无限怜悯地说。

这个时候，昏迷女人慢慢睁开明亮的大眼睛，原来她就是命运悲惨的丽莎。

丽莎目光呆滞地看着巴德夫人，突然间，她脸庞痛苦地扭曲着，一骨碌地坐起来。

“啊！我的哈里被抓走了吗？”

丽莎惊慌地四处张望。

柯乔叔叔抱在膝盖上的孩子，一听到母亲的声音，很快地跳下来，抓着丽莎的手。

“哦，小宝贝，你还在……”

披头散发、两颊深陷的丽莎，激动地喊着。

“求求你，夫人，请你救救我们，不要让别人抓走我的孩子。”

丽莎将视线转向面带忧容的巴德夫人，摇晃着她的手，发狂似的乞求。

“在这里绝对不会被人抓走，你放心吧……真可怜！”

巴德夫人很温和地安慰丽莎。

“在这里绝对安全，你放心吧！”巴德先生也强调着。

“真谢谢你们。”

丽莎说完这句话以后，柔和的蓝眼睛立刻涌现出重重的忧郁，突然间，丽莎双手捂着脸哭泣起来。

受到巴德夫人细心的照顾和安慰以后，可怜的丽莎逐渐平静下来。柯乔叔叔将厨房里的长椅子抬到客厅，放在壁炉旁边，让疲惫不堪的丽莎和哈里躺在长椅上。母子俩很快便睡着了。丽莎睡觉的时候，双手仍然紧紧地抱着孩子。

巴德夫妇回到自己的卧室，两个人都不愿意继续谈论刚才在客厅里所辩论的话题。巴德夫人坐在床边织毛衣，而巴德先生也故作镇静状地看着报。

“那个女人到底是谁？从哪里来的？”巴德先生终究按捺不住心里想问的话。

“等她醒了以后，不就知道了吗？”巴德夫人头也不抬淡淡地说。

“亲爱的……”巴德先生欲言又止。

“什么事？”

“你的衣服可不可以给那个女人穿？只要放长一点，不就可以了吗？她好像比你高一点。”

听到丈夫这么说，巴德夫人的脸上浮现出一抹很宽慰的微笑。

“我找找看。”说完，巴德夫人立刻走向衣橱。

不久，巴德先生又呼唤夫人。

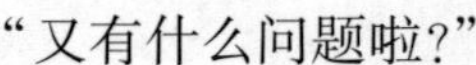

“又有什么问题啦？”

“你应该给她旧外套，他们需要保暖的衣服。”

正当他们在谈话的时候，黛娜婶婶进来告诉他们，丽莎已经醒了，想要见夫人。

巴德夫妇立刻走到客厅。

这时，丽莎已经坐在长椅子上，和刚才激动的样子完全不同。恢复平静的丽莎，脸上有一种非常悲伤的表情。

“没有什么好担心的了。你从哪里来的？”

巴德夫人的眼睛里已泪水盈盈。

“我从肯塔基州来的。”丽莎幽幽地说。

“你是奴隶吗？”

巴德先生急迫地想解开心中的结。

“是的。”

“你的主人对你不好吗？”巴德夫人问。

“不，夫人，我的主人是一个很好的人，尤其夫人一直都对我很好。”

“那么，为什么你要逃出来呢？”

“这个孩子是我的心肝宝贝，他从来没有离开过我的身边。最近因为主人欠了一大笔债，不得已之下，想把这个孩子卖掉，所以，我才会带着他逃跑……”

丽莎把哈里紧紧地抱在怀里，不断地吻着孩子的脸颊。站在旁边的巴德夫妇，被这一幕深深地感动了。

“你丈夫在哪里呢？”巴德先生长长地吁了一口气。

“他住在另外一个主人家里。他的主人对他非常刻薄，最近更经常恐吓他，要把他卖到南方去。所以，他准备逃到加拿大，我恐怕再也见不到他了……”

说到这里，丽莎已泣不成声。

“唉！真可怜。那么，你现在打算到哪里去呢？”

听到丽莎悲惨的遭遇，巴德夫人不禁潸然泪下。

“我想到加拿大去，加拿大离这里很远吗？”

“比你想象中更远，但是，我会为你想想办法，你不必再担心了。你应该相信上帝，上帝一定会保佑你的。”

说完，巴德夫妇随即回到卧室里。然而，巴德先生内心却无法平静下来。他在房间里大步地踱来踱去，低头沉思着。

“这下可麻烦了。”巴德先生自言自语着。

"亲爱的，那个女人和孩子今天必须离开这里。明天一定会有人追赶来的。如果他们在这里被抓到，我也会很麻烦的。"

"你是说今天晚上要他们离开这里？那怎么可以，你要叫他们到哪里去呢？"

巴德夫人眼睛睁得大大的。

"地方是有的，你不是也认识班·特伦普吗？他是从肯塔基州来的人，在森林里买了一块很大的土地，让自己的奴隶住在那里自由生活。那里应该很安全，我会带他们去。"

巴德夫人觉得丈夫的话很有道理，就顺从他的意思，不再坚决反对。

于是，巴德先生立即准备马车，而夫人也开始为可怜的丽莎和哈里收拾几件厚实的衣服。

不久，丽莎就穿着巴德夫人的旧外套、帽子和披肩，怀里抱着孩子，出现在门口。

巴德夫人和丽莎紧紧地握着手，丽莎以充满感激的眼神，凝视着巴德夫人。她红润的嘴唇颤动着，似乎想要说一些珍重、感谢的话，无奈却已泪涔涔，泣不成声了。

马车出发了。善良的巴德夫人独自倚在门口，望着逐渐走远的马车，依依地挥手送别。

当马车渡过小河，抵达森林里一个大农庄时，已是万籁俱寂的深夜了。

农庄的主人已入睡。巴德先生费了好大的劲儿，才把他叫醒。一位高大、硕壮的男人，手里拿着蜡烛出现在门口，他就是农庄的主人——班·特伦普。

"你肯帮助被追赶的奴隶吧？"巴德先生说。

"当然，我很乐意。"

班·特伦普先生果敢地回答了以后，就带领着丽莎和哈里进入屋里。

若有人寻获，可得赏金四百美元。

方才在壁炉旁边高谈阔论的一位男人，此时很快地走到公告旁边，然后对公告吐口水。

"先生，你怎么可以这样呢？"旅馆的老板惊愕地说。

"如果这个黑奴的主人在这里的话，我一定在他脸上吐口水。"那位男人回答。

"哎呀！这个公告上的青年很不错呢！他曾经在我的麻绳工厂工作了六年，工作很勤快，又聪明，他还发明了洗麻绳的机器，现在已经有五、六家工厂在使用这种机器。"

说话的人正是麻绳工厂的厂长威尔逊先生。

“发明机器的是奴隶，主人因此赚了一大笔，没想到他竟然在奴隶身上烙印，真可恶！如果他出现了，应该在他身上烙印才对！”那个男人咬牙切齿地说。

这个时候，有一辆小马车到达旅馆门口。

马车上坐着一位风度翩翩的绅士，还带着一位驾驶马车的黑奴。

当这位绅士从马车下来时，所有的旅馆客人都好奇地打量着他。

◉乔装的绅士

一位旅客来到肯塔基州某一村落里的小旅馆休息。此刻，旅馆内的酒吧四周挤满了人，非常热闹。

这位旅客无意中发现墙壁上贴着一张公告。

“那是什么呀?”

“那是追捕逃走的黑奴的公告。”站在一旁的男人说。

这位旅客马上戴上眼镜，仔细读着公告上的文字：

> 逃跑的黑奴乔治，身高约一百八十厘米，肤色浅褐，有着褐色的卷发。聪明、雄辩，有读写的能力，可能会乔装成白人，背后和肩膀有极深的伤痕，手臂上有H字样的烙印。

身材高大、有着浅褐色皮肤和深邃大眼睛的绅士，傲慢地抬一抬下巴，指使黑奴扛起他的行李，然后大摇大摆地走进旅馆内。

他对旅馆内的人们轻轻地点头打招呼后，就走到柜台前面。绅士在登记册上写着：

奥克兰，亨利·巴特拉

绅士随便看了一下墙壁上的公告，然后对他的仆人吉姆说：

“这个男人，我们好像在巴南见过。”

“是的，我见过。但是我没有看到他手臂上的烙印。”

“哦，对。”

站在柜台旁边的威尔逊先生，觉得这位绅士很面熟，但是却想不起来他到底是谁。他很不自在地盯着绅士，终于，在脑海里浮现出一个熟悉的人影。这个时候，绅士似乎已察觉出威尔逊先生的疑惑，于是快步走到他的身边说：

“对不起，我没有注意到你。我是奥克兰的亨利·巴特拉。”

“哦……”威尔逊先生迷惑地回答。

这时，黑奴吉姆走到绅士的面前说：

“先生，房间已经准备好了。”

“如果你不介意的话，请到我房间来一下，我们谈一谈。”绅士很客气地说。

威尔逊先生好像做噩梦般，迷迷糊糊地跟在这位绅士的后面走。

他们走进一间很宽敞的客房，绅士锁上门，转身面对威尔逊先生。

“乔治！”

威尔逊先生终于认出对方就是逃跑的奴隶乔治，因此声音充满了惊骇。

“是的，我就是乔治。”

乔治一边说着，一边脱下外衣。

“真的……我没有想到会是你。”

“我的乔装很成功吧？”乔治得意地说。

“可是，乔治，你这样做太危险了，我真替你担心。我不认为你这样做会成功。如果被抓到，你会比以前更麻烦、更苦。”

“威尔逊先生，这点我很了解。不过……请你看一看这是什么……”

乔治说完以后，打开上衣，威尔逊先生蓦然看见两把手枪。

“我早已有准备，如果被捕的话，我只有一死。”

“不，乔治，你不能这样做，那太可怕了。你知道吗？你从主人那里逃出来，等于是违反了国家的法律。”

“国家？威尔逊先生，你有国家，但是，对一个奴隶来说，哪里有国家？你谈到法律，到底法律为奴隶做了些什么？法律只会压迫我们，欺凌我们而已。”乔治单刀直入地说出心里的怨言。

在乔治无懈可击的反驳下，威尔逊先生不知道该说些什么才好，沉吟老半天，才淡淡地说：

“可是，乔治，你这样做是不对的。”

“威尔逊先生，请你看一看我：我和其他的人有什么不一样？我有和你一样的白人父亲，他是肯塔基州有名望的绅士。但是，因为我的母亲是黑奴，所以我父亲一死，

我们七个孩子就和狗、马一起被卖掉。就在我母亲的眼前，七个孩子一个一个被卖给不同的主人。我的母亲很想留一个孩子在身边，我是最小的，所以轮到我被卖时，母亲就跪在买主的身旁，苦苦地哀求对方连她也一起买，可是买主却把我母亲一脚踢开，这是我亲眼看到的。”

乔治对威尔逊先生述说惨痛的幼年往事，眼眶里闪动着盈盈的泪水。他继续说：

“我被带走的时候，还听到母亲的哀号声。那悲伤的哭声，我永远也无法忘记。”

“那么，以后呢？”

对乔治不幸的命运，威尔逊先生内心油然升起一股怜悯之情。

“我的主人也同时买了我大姐，她是一个非常乐观的女孩子。最初，我对能和姐姐在一起，非常高兴，没想到这反而是一个悲剧，因为我时常听到姐姐被鞭打的声音，而每一鞭都像打在我心坎里一样，可是我却没有办法帮助她。最后，姐姐被带到纽奥良的奴隶市场拍卖。”

“离开了父母亲和姐姐后，我再也没有人关心。我的生活里只有鞭打、挨骂和饥饿。我曾经因为肚子饿得受不了，而去抢别人扔给狗的骨头吃。我就在这种孤苦无依的情况下，长大成人。”

“在小的时候，我也曾经整晚哭到天亮。我哭，并不是因为饥饿，也不是因为挨打，而是想起了母亲和姐姐。在这个世界上，没有一个人对我好，我到您的工厂工作之前，从来没有人对我说过一句好话。威尔逊先生，只有您对我最亲切，教我读书写字，您不知道我有多么感激您呀！后来，遇见了丽莎，知道她一直深爱着我，并且愿意嫁给我，那时，我真不敢相信自己会变得那么幸福。”

乔治的脸上出现一种异样的神采。

“可是，后来事情又怎么样了呢？我的主人把我的工作和我所爱的人，从我身边夺走，因为他说我是他的奴隶，必须听命于他。最后，他还命令我离开丽莎，并要我和其他的女奴结婚。你们国家的法律，竟然准许这些事情发生。

“我现在要去加拿大。到那儿以后，我就可以成为自由的人了。”

听到乔治要逃往加拿大，威尔逊先生紧张得直冒冷汗，他拿出黄色的大手帕，猛擦额头上的汗珠。

“可是，乔治，你一定要小心，无论发生什么事，你都不可以用枪杀人。如果必须用枪时，也不要伤到人……现在丽莎在哪里呢？”

“听说她带着哈里逃走了，但是我不知道她到哪里去了。今生今世，我可能再也无法见到她了。”乔治无奈地叹了一口气。

“是真的吗？她怎么会离开那么好的家庭呢”

威尔逊先生对丽莎的出走，感到相当奇怪。

“再好的家庭，也会欠债呀！为了还债，他们不惜从丽莎的怀里把孩子抢走。这就是这个国家的法律。哼!”

“喔！原来是这样。”

威尔逊先生在口袋里摸索一阵子后，从钱包里拿出一沓钞票递给乔治。

“不，不，威尔逊先生，你已经对我太好了，再这样麻烦您，我会过意不去的。我身上的钱足够用了。”

乔治连忙推开威尔逊先生的手，不敢接受他好意的帮忙。

“不要这样说，乔治，你就收下来吧!”

看见威尔逊先生诚恳而热心的表情，乔治再也不好意思拒绝，只好一边接过威尔逊先生手上的钞票，一边感动地说：

“那么，我以后再还您。谢谢您!”

威尔逊先生点点头，不表示意见。

“乔治，你那个黑仆人到底是谁啊?”

“哦，他是一个很可靠的人，一年以前，逃到加拿大的。后来，他听说他的主人因为这件事而鞭打他的母亲，所以这次特地回来接他母亲。”

“乔治，你们这样做太危险了。”

乔治似乎无视威尔逊先生的劝告，他抖了一下身躯微笑着。

“乔治，看来你现在已经与过去不大相同了，你可以抬着头说话，也可以自由的行动了。”

威尔逊先生把乔治从头到脚仔细地看了一次，很欣慰地说。

“那是因为我已经不再是白人的奴隶。”

“不过，你还是要小心一点，可能会被抓到喔!”

“威尔逊先生，明天一早我就要离开这里。最后，还有一件事，想请你帮忙。”

乔治以悲戚的眼神注视着威尔逊先生。

“什么事？乔治。”

“其实……你说的没错，我真的是在冒险逃亡。我可能会死……如果我死了，大概也没有人会在意，然而，我的妻子丽莎一定会十分伤心。她真是可怜!”

想到孤苦伶仃的妻子，乔治心里充满了哀伤。他从口袋里，拿出一个精巧的小盒子，交给威尔逊先生：

"威尔逊先生，如果可能的话，请把这个领带夹转交给丽莎，这是她送给我的圣诞礼物。请告诉她，我永远爱她……一切拜托您啦！"

"好吧！你放心，我一定会为你办到。"

威尔逊先生的眼睛湿润了。他默默地接过乔治递过来的小盒子。

"还有一点，如果你遇见了丽莎，请叫她到加拿大去，绝对不要回赛尔比家。"

"好的，乔治，我一定会告诉她。我衷心地向上帝祈祷你能平安、顺利地到达加拿大。"

威尔逊先生伸出友谊的手，与乔治紧紧地握手道别。

◉异地重逢

被班·特伦普先生所收留的丽莎和哈里母子两人，很快地又被带到哈立第家。此刻，丽莎正在哈家的厨房里，坐在古老的木椅上，缝制衣服。

坐在丽莎旁边的是哈家的老夫人——莉秋·哈立第。她是教友派的教徒。这位慈祥、和蔼、温顺的老太太，关心地注视着一直惦念着丈夫的丽莎。

"你还是想去加拿大吗？丽莎！"坐在摇椅上的莉秋说。

"是的，夫人。"

"可是，你到加拿大以后，想做些什么呢？你必须先考虑到这点。"

"什么事都可以做。"

丽莎放下缝制衣服的手，幽幽地凝视着火炉里的火光。

"只要你愿意待在这里，我们都很欢迎。"

莉秋的声音充满了慈祥与诚恳。

"真谢谢您。只是，我还是不放心孩子的事，昨晚还梦见被奴隶贩子一直追赶……"

一想到奴隶贩子黑利紧追不舍的马蹄声，丽莎仍心有余悸。

"真可怜！"

莉秋不自觉地闭上眼睛。

不久，莉秋的儿子西门回来了。他是一位体格硕壮，看起来十分正派的绅士。

"听说今天彼达要带朋友来。"

西门一边脱下帽子，一边小声地说。

"是吗?"

正在沉思的莉秋，不经心地回答着。然后，眼睛稍为瞄了一下坐在旁边的丽莎。

"你姓哈里斯吧?"西门问丽莎。

"是的。"

突然间，丽莎脸上毫无血色，全身颤抖着，一阵恐惧感向她袭来。丽莎心里想着：也许是有人悬赏要抓我和哈里……

"妈，你过来一下。"

西门走到阳台上，呼叫母亲。

"今天晚上，丽莎的丈夫要到这里来。"

"啊，真的吗?"

莉秋脸上的表情，很快地由不安转为喜悦。

"真的，彼达昨天到市镇去，认识了三个人，其中一个就叫乔治·哈里斯。听他们之间的谈话，就可以知道那个人是丽莎的丈夫。他是一个看起来很聪明、能干的青年。"

"那么，应该快将这件事告诉丽莎。"

说完，莉秋很快地回到厨房。

"丽莎，我有话要告诉你。"

听到这句话，丽莎苍白的脸上立刻出现紧张、不安的神情，她以无助的眼神瞥视着在一旁玩耍的孩子哈里。

善解人意的莉秋，似乎也察觉丽莎的忧虑，她急忙地说：

"放心！不是坏消息。丽莎，这是上帝赐给你的恩惠，你丈夫已经平安地从主人家逃出来了，我们的朋友彼达，今天晚上就会把他带到这里来。"

"今晚？……今晚!"

丽莎好像梦呓般地喃喃自语着，随即就失去了知觉。

昏迷的丽莎恢复神智后，发现自己躺在柔软的床上，刚才绷紧的神经，现在已完全松懈，取而代之的是一种难以形容的欣慰感。

不久，丽莎听到一阵熟悉的脚步声。她张开眼睛，立刻看见丈夫乔治的面孔，乔治向前紧紧拥抱着丽莎，夫妻俩都高兴得哭了起来。此时，丽莎才真实地感觉到，这并不是梦啊！

第二天早上，哈立第家非常热闹，全家大小聚集一堂。莉秋愉快地忙着准备早餐。当乔治和丽莎、哈里出现在饭厅时，所有人都热烈地欢迎他们。

第一次和白人一起坐在餐桌前的乔治，在柔和的晨光下，看到一个温暖、可爱的家庭，心中羡慕不已。哈立第家到处都洋溢着一股感人的亲情，每一个人都是那么的斯文、有礼。对哈立第一家的帮助，乔治心里充满了无限的感激之情。

“为了我们的事情，使大家感到困扰，实在抱歉。”乔治不安地说。

“千万别这么说，乔治。人与人之间本来就应该互相帮忙。”

莉秋代表全家说话。

“对未来，我真的感到一片茫然。”

“你放心吧！乔治。上帝一定会保佑你们的。你等会儿最好先休息一下，今天晚上十点钟左右，菲莱会把你们送到下一站的同伴那里，因为追赶你们的人，已经逼得很近了。”

西门对乔治说。

◉自由的道路

“对，丽莎，你说得很对。我现在要做一个真正的基督徒，即使遇到再大的挫折，上帝也会保护我。我要把过去的一切痛苦都忘掉，经常读圣经，做一个好人。”

乔治把孩子哈里放在膝盖上以单手扶着，另一只手则紧紧搂着妻子丽莎，很兴奋地说。

由于乔治在教友派的教徒家里，意外地遇见了妻子丽莎和孩子哈里，所以，相聚的喜悦使他们很兴奋地长谈了一夜。

当西门轻叩他们的房间时，丽莎连忙起身开门，却发现西门旁边还站着一个男人。

“这是我的朋友菲莱，他有要紧的事告诉你们。”西门神情紧张地说。

“昨天晚上，我在河边的小酒店喝酒时，突然听到旁边两个男人，一边喝酒，一边说着：‘那些人一定在教友派的教徒家里’，而且，他们还知道今天晚上我们所要走的路线。”菲莱诉说着昨晚的所见所闻。

听到这个消息以后，乔治气愤地握紧拳头，而丽莎却颤抖着说：

“那我们该怎么办呢?”

“怎么办？我知道该怎么办。”

乔治开始检查放在房间里的手枪。

菲莱看着西门，彼此交换个眼色，然后若有所思地点点头。

“事情最好不要演变成那种地步。”西门吁了一口气。

“你只要把马车借给我就可以了。我绝对不会连累你们。”

乔治知道西门心里所担心的事，只好愧疚地说。

“你说什么？不要开玩笑了！第一，马车一定要有人来驾驶，你才可以和他们拼命！而我对路线很熟，所以，由我驾马车。”菲莱热烈地计划着。

“乔治，菲莱这个人很可靠，你放心！还有……这个不要急着用。”

西门拍拍乔治的肩膀，另一只手指着手枪说。

“我们必须比那些歹徒早两、三个小时离开。所以，乔治，你现在先准备，我到迈克那里去一趟，请他跟在我们的后面，为我们把风，并请吉姆和他母亲赶快准备。我相信绝对没有问题的。”说完，菲莱转身离去。

这时，乔治和西门已经走到大厅，莉秋正坐在壁炉旁缝衣服。

“真对不起！连累了你们。”

乔治不安地低下头。

“没关系，乔治，我们只是凭良心做事而已，何况人本来就是要互相帮忙的。”

西门安慰着乔治，又转头对莉秋说：

“妈，就请您为他们准备晚餐吧！”

晚餐后，一辆大马车停在哈立第家的门口，菲莱动作敏捷地从驾驶座上跳下来。

莉秋从屋里拿出一块厚实的毛皮，对丽莎说：

“这是野牛皮坐垫，可以盖在膝盖上保暖，拿去吧！整晚坐着会很难过，用它会使你舒服一点。”

丽莎感激地接过皮垫，然后和友善的莉秋道别，随即抱着哈里坐上马车。接着，吉姆和他年迈的母亲也坐上马车。

乔治和吉姆坐在前面座位的木板上，菲莱则坐在驾驶座上，负责驾驶马车。

西门和莉秋站在门口，向他们挥手送别。坐在马车上的丽莎则默默地祈祷未来平安、顺利。

马车在已结冰的路上，摇摇晃晃地前进，发出清脆的声响。他们走过黑暗、寂静的森林和辽阔的平原，又越过山谷。

哈里很快就睡着了，而内心非常害怕的老太太，不久也不自觉地睡着了，丽莎则困得睁不开眼睛。

到了半夜三点左右，乔治突然听到从后方传来的马蹄声，他紧张地抓住菲莱的手。菲莱立刻停下马车，注意地听着。

“是迈克嘛！”菲莱如释重负地松了一口气。

一会儿，丘陵上出现了一个骑着马的人影。

乔治和吉姆两人，不假思索地从马车上跳下来。

“嗨，迈克！”菲莱向远处的迈克呼喊打招呼。

“菲莱吗？”

“是呀！他们来了吗？”

此时，迈克已经走到马车旁边。

“他们已经来了，大概有八、九个，全都喝得醉醺醺的，像一群野狗似的。”

当菲莱和迈克正在谈话时，忽然听到远处传来急速的马蹄声。

“赶快！你们两个赶快上车。”

菲莱催促着，于是乔治和吉姆就跳上马车。

马车在结冰的路上飞驰，后面的马蹄声也愈来愈清晰。

丽莎抱紧孩子哈里，老太太则不断地祷告着，而乔治和吉姆已经决心一拼而握紧手枪，气氛非常紧张、凝重。

马车突然转向另一个方向，然后在辽阔平地上一堆突起的岩石旁边停了下来。由于受到夜空星光的照射，岩石边上形成一大片阴影，于是，这里便成为马车最好的藏匿所。

“好，大家赶快下来，都到那边的岩石顶上。”

菲莱指着前方的岩石层。

吉姆把颤抖的母亲背在肩上，菲莱抱着哈里，爬到岩石顶上。

带头的是乔治和丽莎，他们爬上岩石顶后，通过只有一米宽的岩石裂缝，再走到一块高约九米的大岩石下。于是，老太太和丽莎、哈里就藏在这块大岩石的下面。

“他们要抓我们的话，就来吧！经过这些岩石裂缝一定要排队，才能一个一个地通过，而且我们有枪对着他们呢！”菲莱很自信地说。

“好了，这次无论多么危险，我们都要和他们战斗到底！”

乔治用悲壮的声音向大家宣布。

在黎明的微弱光线下，可以很清楚地看到那些追赶的人群已到达岩石堆下面了，

里面有黑利的朋友汤姆·洛卡和马克斯。

“他们就在这上面。我们现在就上去抓他们，哼！终于赶上他们了。”汤姆对其他的人说。

正好这个时候，乔治出现在岩石顶上。

“什么人?”

乔治的声音强而有力。

“我们正在抓逃亡的黑奴乔治和丽莎，还有一个小孩子，以及吉姆和他的母亲。你不是乔治吗?”

汤姆眯起眼睛望着岩石顶上的人影。

“不错，我就是乔治。但是，我现在已经是自由的人了。这里还有丽莎、孩子、吉姆和他的母亲。不过，我们有保护自己的武器，如果不怕死的话就上来好了。”乔治语气非常坚定。

“管他的!”

马克斯忽然对乔治开枪。

乔治迅速地跳开。听到枪声，丽莎发出一声惊慌的叫喊，乔治立即说：

“我没事，丽莎!”

“吉姆，你赶快检查手枪，我们两个人得好好地看着，第一个上来的，我打，第二个，你打。我们两个人不能同时开枪，因为子弹不够。”乔治走到吉姆旁边，对他说。

“如果没打中的话，怎么办?”

吉姆握着手枪，颤抖着。

“我们非打中他们不可。”

乔治态度非常镇静。

第一个跳到岩石顶上的是汤姆·洛卡。乔治朝他开枪，子弹打中了汤姆的腹部。但是汤姆并没有倒地，他像发疯般地乱叫着，然后冲向乔治。这时，菲莱一个箭步把汤姆踢开。

身受重伤的汤姆，连续踉跄地跳下二十几米高的岩石堆后，便倒地不起。

接着爬到岩石顶上的马克斯，看到汤姆被打伤，急忙仓皇而逃，嘴里却仍喊着：

“喂，你们快去救救汤姆!”

“什么嘛！你这个家伙竟然把我们丢下，自己跑掉了。”其中一个人愤愤地说。

倒卧在地的汤姆，痛苦地呻吟着：

“哎哟！好痛呀!”

"你怎么叫得那么大声呀！是不是伤势很严重?"

那些人走近汤姆的身边，惊慌地说。

"不知道，快把我扶起来吧!"

汤姆正被同伴扶起来，可是没走几步，又摇摇晃晃地倒下。那些人觉得很厌烦，就把汤姆遗弃在荒野间，然后骑着马转身离去。

"我们从这里下去，大概还要走一段路。我已经叫迈克先去找人来帮忙，我想，马车应该很快就会来的。"说完，菲莱开始往下走。

他们从岩石顶上走到平地后，不久就看见马车从远处走过来。

"是迈克他们。好了，现在我们可以放心了。"菲莱说。

"请你们等一下。我们想办法救救那个可怜的人吧！你看他叫得那么痛苦……"

善良的丽莎不忍心丢下受伤的汤姆。

于是，乔治和菲莱就把汤姆抬到马车上。

乔治一行人来到一家小农庄后，把汤姆放在干净的床上，然后又为他包扎伤口。

◉通往自由的航行

"他妈的!"

汤姆·洛卡用力地踢开被子，大声地骂着。

"拜托！求求你，不要说这种话。"农庄的老女仆德兰婶婶对汤姆·洛卡说。

"老太婆，我一想到就生气……"

身受枪伤的汤姆·洛卡笔直地躺在床上，无法动弹，可是他仍扭动地挣扎着。

被汤姆·洛卡和马克斯一群歹徒追赶的丽莎、乔治一行人，中途在一家教友派的农庄停留，而被乔治他们救起的汤姆·洛卡也在这里受到教友派教徒的照料。

"那些男女也住在这里?"汤姆·洛卡很不高兴地问德兰婶婶。

"是啊!"

"那么，你去叫他们赶快逃到湖的对岸去。到了这种地步，我只好告诉你们了。我想帮助他们逃亡……可恶的马克斯！真可恶!"

"汤姆……"

“你不要对我说太多话，快去告诉那些人，还有，最好叫那个女人改装一下，因为每个人都认识她，所以要特别小心一点。”

汤姆打断德兰婶婶的话。

“好吧！我去告诉他们，叫他们小心一点。”

于是，乔治、丽莎、哈里、吉姆和他的母亲等五人，便分别搭乘船只。为了防止被马克斯他们识破，吉姆和他的母亲最先出发，以分散马克斯他们的注意力。

丽莎对着镜子，拿起剪刀，把黑绸缎般的乌亮秀发剪掉。

“好了，这样可以了。”

丽莎拿起梳子，梳着短发。

“你看，怎么样？”

丽莎微笑地注视着丈夫乔治，她的脸颊浮现出一抹动人的红晕。

“从这里到加拿大，只要二十四小时，换句话说，我们只要在船上过一昼夜就……”

“哦！乔治……”

丽莎兴奋地抱住丈夫的脖子。

“我们的命运就决定在这最后的紧要关头。我们在这里可能会失去任何东西……如果是这样，我就活不下去了。”

“你不要担心，乔治，上帝会保佑我们的。”丽莎温柔地安慰着丈夫。

这时，房间的门轻轻地被打开，一位中年妇女牵着哈里走进来。

“哇！你怎么变成这么可爱的小女孩呢？”

丽莎抱起乔装成小女孩的哈里，很高兴地打量着。

这位中年妇女是史密斯夫人，她来自加拿大的开拓地，是一位纯朴而热心的妇女。因为她正要搭船回到加拿大，所以乔治他们就请她顺便把哈里带上船。

乔治和丽莎则乔装成一对年轻夫妇。

他们搭乘马车到达码头。

当乔治在船长室买票的时候，突然听到旁边的两个男人说：

“这些船客我都看过了，那些人好像不在这里。”一位船运公司的职员对马克斯说。

“女的看起来就跟白人一样，男的比她稍微黑一点，手臂上有烙印……”马克斯描述着丽莎和乔治的外表。

正在买票的乔治，看着马克斯和那位职员慢慢地走向丽莎那边。他双手颤抖着，但仍装出很镇静的样子。

一会儿，船即将出港的铃声响起，乔治看见马克斯走下船。

乔治深深地叹了一口气，终于放下心来。

这是一个令人难忘而又美好的一天。湛蓝的湖水在阳光的照耀下，显得光明宁静。船只离岸愈来愈远。

当船到达加拿大的阿玛斯特贝克小镇时，乔治和妻子丽莎手牵着手站在甲板上。乔治感到心跳加速，视线因泪水的阻挡而变得模糊不清，他默默地握紧丽莎稍微颤抖的手。

四个人走下船，站在码头上望着逐渐离去的船只。乔治和丽莎紧紧地拥抱在一起，两个人高兴得泪流满面，然后，抱起以奇异眼光看着他们的孩子哈里。他们全家跪在地上，向上帝做感恩的祷告。

现在，他们已经到达自由国家——加拿大。

◉汤姆叔叔被带走了

从汤姆叔叔的小屋窗口，可以看到灰暗的天空，正下着濛濛细雨，小屋里的气氛非常沉闷，一种难以言喻的离情弥漫着整个房间。

卡洛婶婶很仔细地烫着汤姆叔叔的衬衫，泪水不断溢出眼眶，她也不断地用手擦着眼泪。

汤姆叔叔坐在旁边，认真地读着圣经，两个人都不说话。因为天刚亮，所以孩子仍在破旧的床上恬然地睡着。

不久，汤姆叔叔放下圣经，轻轻地走到孩子的身边。

“我们终于要分离了。”汤姆叔叔注视着熟睡的孩子，嘴里喃喃地说。

“如果知道你要去哪里也好……啊！上帝，求求你帮助我们吧！”

卡洛婶婶终于无法压抑心中的悲痛，放下熨斗，呜咽着。

“夫人说过一两年以后，一定会把你买回来，可是……从来没有一个黑奴到了南方以后，会再回来的。他们都被害死了……因为南方农场的工作很苦，很多人都没有办法忍受。”

卡洛婶婶说出心里的担忧，哀伤地凝视着丈夫。

“那边还不是和这里一样，有上帝的守护……卡洛，我一切都交给上帝了……被卖的是我而不是你和孩子，你们可以在这里过着同样的生活，上帝也会保佑你们的……”汤姆叔叔紧紧地抓着妻子的手，温柔地说。

一会儿，孩子们也醒了。汤姆叔叔吃完卡洛婶婶亲手做的最后一次早餐后，便坐在摇椅上独自沉思起来。

当卡洛婶婶正在为汤姆叔叔整理行李时，忽然听到孩子喊着：

“夫人来了！夫人来了！”

“夫人来了也没有用。”

卡洛婶婶对赛尔比夫人的探访，并不十分欢迎。

赛尔比夫人走进汤姆叔叔的小屋里，卡洛婶婶表情冷淡地请她坐下。赛尔比夫人并不怨恨她的无礼，因为她了解卡洛婶婶此刻的心情。赛尔比夫人脸色苍白地对汤姆说：

“汤姆，我……”说到这里，夫人突然停住，用手帕捂住脸，开始啜泣起来。过了一会儿，才说：

“汤姆，我没有什么东西可以给你。但是在上帝面前，我可以对天发誓……你一定要经常和我们保持联络，告诉我们，你在哪里。如果我们有钱，一定会立刻把你赎回来，请你相信……”

赛尔比夫人对汤姆叔叔一家，感到非常愧疚不安。

这时，奴隶商人黑利来到汤姆叔叔的小屋门口，他粗野地用脚踢开门扉，冷漠地说：

“走吧！老黑。准备好了吧？”

因为昨天没有抓到丽莎，所以黑利今天的情绪非常恶劣。

汤姆叔叔把卡洛婶婶为他整理好的笨重行李箱扛在肩上，顺从地和他的新主人走到门外。

“快点儿，上车。”

黑利把汤姆叔叔推进马车，然后拿出很重的脚链，把汤姆叔叔的两脚都铐起来。这个时候，四周的人都十分愤怒。

“黑利，你不要这样子，汤姆又不会跑掉。”

赛尔比夫人对黑利卑鄙的做法，感到非常生气。

“谁知道，夫人，这些黑奴根本不可靠。”

说完，黑利立刻坐上马车，用鞭子抽打马匹，于是马车就慢慢地往前走，留下伤心欲绝的卡洛婶婶和一群年幼无知的孩子。

离开可爱的家乡与妻儿，汤姆叔叔感到最遗憾的，是没有与小主人乔治道别。

赛尔比夫妇为了瞒住小乔治有关汤姆叔叔被卖掉的事，强迫小乔治到朋友家里，所以汤姆叔叔根本没有机会和小乔治见面。

载着汤姆叔叔的马车，摇摇晃晃地驶过铺满碎石子的道路，经过汤姆叔叔所熟悉的地方。

不久，黑利的马车突然停在打铁匠的店门口。然后，黑利就拿着手铐走到店里面。

“这个手铐太小了，改一下吧！”

打铁匠好奇地往马车那边张望，疑惑地问：

“咦？那不是赛尔比家的汤姆叔叔吗？该不会是赛尔比先生把他给卖了吧？”

“没错，正是赛尔比先生把他卖了。”黑利冷冷地说。

“真的吗？可是汤姆叔叔根本不必用手铐，他绝对不会逃走……”

打铁匠坐在板凳上，敲打着手铐。

“谁晓得，黑人一天到晚都在想着逃跑的方法。”

当黑利在店里与打铁匠谈话时，赛尔比家的小主人乔治骑着马赶来了。

“怎么可以这样做！真卑鄙！我长大了，绝对不准许这种事情发生。”

听到汤姆叔叔被卖的消息后，一路追赶而来的小乔治站在马车旁，气愤地说。

“噢，汤姆叔叔，他们竟然没有告诉我这件事情……”

小乔治敏捷地跳上马车，抱紧汤姆叔叔的脖子，非常悲伤地哭喊着。

“乔治少爷，你为了我追到这里来，我真的很高兴。没有见到你就走，我正感到遗憾。现在你来了，我真的好高兴……”

汤姆叔叔抚摸着小乔治的头，哽咽地说。当他的脚无意地动了一下时，小乔治立刻发现了汤姆叔叔脚上的链子。

“什么？这个家伙竟然以铁链铐住你的脚。”小乔治大声地咆哮着。

“你不要那么大声地吼，万一惹火了他，只会增加我的麻烦。”

汤姆叔叔紧张的语气里，又透露出几许无奈。

“我知道了，汤姆叔叔。但是他为什么要对你如此，我实在没有办法忍受。”小乔治说到这里，很快地把背转向打铁匠的店门口。

“汤姆叔叔，我带这个来。这是我收藏的一枚金币，卡洛婶婶叫我在上面打一个洞，然后穿上绳子，给你挂在脖子上。”

小乔治一边说着，一边慌张地把金币挂在汤姆叔叔的脖子上。

“你要好好保存着，当你看到这枚金币时，就会想到我。我一定会把你赎回来。”

“乔治少爷，我……”

汤姆叔叔被小乔治的好意深深地感动着。他满是皱纹的脸上，早已涕泗纵横。

“你一定要做一个好孩子，先生和夫人都是很好的人，你要好好孝顺他们。像你母亲一样，做一个虔诚的基督徒，经常祷告，相信上帝……”汤姆叔叔慈爱地叮咛小乔治。

“我会做个好人，也要做个伟人。可是汤姆叔叔，你千万不要灰心，我一定会想办法把你买回来。”

这时，黑利从店里走出来，一看到小乔治，嘴边便浮现一抹轻蔑地笑。

“黑利，你这样对待汤姆叔叔，不觉得可耻、卑鄙吗？”

乔治很激动地责备黑利。

“这应该怪你父亲才对呀！像他那么伟大的人都会卖奴隶……哼，卖的人不是比买的人更可耻吗？”黑利狡猾地反驳。

“要是我长大了，一定会阻止这件事。”

可怜的小乔治想要帮助汤姆叔叔，却感到力不从心。

随后，小乔治骑上自己的马，挺直背脊，一副气昂昂的架势，然后向汤姆叔叔做最后的辞别：

“汤姆叔叔，再见了。你要好好保重自己的身体。”

“你也要保重啊！乔治少爷。希望全能的上帝降福给你，使你永远平安、快乐。”

汤姆叔叔以充满感情的眼神注视着小乔治。小乔治依依不舍地转身离去，热泪盈眶的汤姆叔叔，一直看着逐渐走远的小乔治挺拔的背影，直到他隐没在丛林间为止。

汤姆叔叔用一只手，把小乔治最珍爱的金币按在胸口，悲痛之情迅速涌上心头。

◉奴隶拍卖会

黑利一边驾着马车，心里一边盘算着：汤姆叔叔到底能卖多少钱？随着起伏不定的思潮，马车不停地前进。

不久，黑利从口袋里拿出报纸，注视着广告栏。

拍卖奴隶！二月二十日，星期二。在肯塔基州华盛顿市的法院前，将举行黑奴拍卖会。

哈佳六十岁　约翰三十岁　班二十一岁　苏儿二十五岁　阿巴特十四岁

以上这些黑奴是杰西·普霍特的遗产，可作债权人的所有物处理。

“好，我去看看这些黑奴的拍卖情形。”

黑利将脸转向后座，对汤姆说：

“我替你找一个同伴，这样，我们的旅程也会热闹些。现在我们就去华盛顿市。”

黑利的马车到达华盛顿市的当天晚上，汤姆叔叔被寄放在警察局的拘留所内，而残暴的黑利却独自在酒店里，度过一个舒适的夜晚。

第二天中午十二点，法院的广场前面，挤满了人。每一个人都在等待黑奴拍卖会开始。

几个将被拍卖的奴隶，聚集在离广场前稍远的地方，惶恐地窃语着。

海报上所介绍的哈佳，是一个非洲女人，皮肤漆黑，身体十分虚弱。似乎历经沧桑，看起来不像是六十岁。站在哈佳旁边的是她唯一留在身边的十四岁男孩阿巴特。她的其他孩子已经一个接着一个地被卖到南方去了。这位年迈、瘦弱的母亲，用她颤抖的手抓着阿巴特，母子俩形影不离。

黑利推开喧哗的人潮，走到奴隶的前面，开始评估这些“商品”。

一会儿，主持拍卖的人出现了。刹那间，哈佳惊吓得几乎无法呼吸，脸色也变得非常苍白，她紧紧地抓着阿巴特的手。

“阿巴特，你千万不要离开妈妈身边，这样，我们才能一起被买走。”

哈佳以哀戚的眼神凝视着小儿子。

“可是，妈妈，可能不会这么如意吧！”阿巴特担忧地说。

“不，我们一定要一起被同一个主人买走。如果你离开我，我就无法活下去了。”

这时，主持拍卖的人大声地嚷着，拍卖会就要开始了。

一个男人走到拍卖台上，开始高声喊价，于是黑奴一个接着一个被白人买走。黑利也买了两个。最后，轮到阿巴特了。

“到这里来，小鬼。来吧！到上面来。”

主持拍卖的男人，粗暴地喊着。

“请你把我们两个人一起卖掉吧！先生，求求你！”

哈佳抓着阿巴特的手，向那个男人哀求着。

“你下去。你是最后一个。小鬼，赶快上来！”男人一边说着，一边把哈佳的手用力甩掉，然后把阿巴特推到拍卖台上。

阿巴特听到背后嘶喊的哭叫声，立刻转过来，看到年迈的母亲已跪倒在地，他的眼睛里泪光闪闪。

站在拍卖台上的阿巴特，有着修长的身材和聪明的脸孔，所以很快地就有人开始喊价。价钱愈来愈高，终于黑利以最高价买到阿巴特。

于是，主持拍卖的人立刻把阿巴特交给黑利。

“请你也买下我吧！先生，求求你！我的孩子一离开我，我就会死掉。”哈佳抓住黑利的衣袖不放，苦苦地哀求着。

“我买了你以后，你还不是很快就会死掉。”

黑利冷冷地说完这句话以后，就甩掉哈佳干枯的手，然后漠然地转身离去。

最后，可怜的哈佳以非常便宜的价钱被买走，于是这一场黑奴拍卖会便结束了。

几天以后，黑利带着新买的三个奴隶和汤姆叔叔，搭乘开往俄亥俄州的轮船。这艘悬挂着自由国家——美国国旗的船只，在星光闪闪的夜空下，悠闲地驶过密西西比河。星条旗随着徐徐的晚风飘动着，一切显得非常宁静、怡人。

几位打扮入时的妇女和衣着高尚的绅士，伫立在甲板上，尽情地享受旅游的乐趣。

一位高兴得在船上到处跑的男孩，从下面的船舱上来时，慌张地跑到他母亲的身边说：

“妈妈，我到下面去的时候，看到好几个黑人奴隶呢！”

小男孩像发现宝藏似的睁着大大的眼睛。

“真的吗？好可怜喔！”

黑利新买来的奴隶和汤姆叔叔都被推进船舱内，和旅客的行李摆在一起，而几个奴隶就互相靠着背，低声地谈着话。

途中，船只曾经靠了好几个码头。每当船只一靠码头，黑利就上岸做买卖。

黑利带着一个怀里抱着婴儿的女人到船上来。这个女人身上穿着质料很好的衣服，看起来不像是奴隶。

船只一开动，黑利就和这个女人交谈。

突然间，女人的脸色变得非常苍白。这时，汤姆叔叔已知道发生了什么事情。

“什么？我不相信，我不相信主人会骗我。你骗人！”女人转过头去，满脸惊骇地说。

“你看，这张买卖契约书上有你主人的名字。你如果不相信的话，可以找一个人替你看看。”

说完，黑利环顾四周，然后叫住走过身边的一位男人：

“喂，你等一下，你念一念这张买卖契约书给这个女人听听。”

黑利把契约书递给那个男人。

“这上面有约翰·波斯迪克的签名。嗯，这买卖契约书上写着将露西和她的孩子转让给黑利。”

名叫露西的女人，忽然大声地哭叫起来：

“你骗我！你骗我！主人告诉我，要让我到路易斯维尔找在那儿工作的丈夫……我不相信主人会说谎。你骗我……”露西的哭声愈来愈大。

“但是，你的主人确实是把你卖了。真可怜！”念契约书的男人怜惜地说。

“你已经被卖了。”

黑利露出阴沉的笑容。

露西双手紧紧地抱着婴儿，站在船边，目光呆滞地看着河水。

随着船只的前进，露西的情绪已愈来愈平静。忽然间，一位中年男士走到她的身边，友善地说：

“这个孩子好可爱哟！多大啦？”

“十个半月。”露西转过头，幽幽地说。

男人对孩子吹口哨，逗着他，又剥了一块糖果给孩子。孩子一抓到糖果，很快地就塞进自己的口中。

“哦，很聪明嘛！”

这位中年人与露西的孩子玩了一会儿以后，就走到船的另一个角落。这时，黑利正站在那儿。

“你有个很不错的女人嘛！”这位中年人说。

黑利一边抽着香烟，一边点头。

“你要带她到南方去吗？”

“听说她很会做菜，又会摘玫瑰花，我不打算把她卖掉。不过，孩子只要有人买，我就卖。”

黑利把烟按熄。

“我们家厨师的孩子已经死了，你那个孩子就卖给我好吗？”

“那个孩子很可爱，又聪明，身体也很结实，再过一两年，便可以卖得很好的价钱，所以不能太便宜卖给你。”

狡猾的黑利又想好好地捞一笔。

“好吧!”

男人拿出一沓钞票，递给黑利。

“你要在哪里下船?”黑利一边数着钞票，一边说着。

“我准备在路易斯维尔下船。”

“路易斯维尔?那太好了。我们大概在黄昏时会到达那里。那时候，孩子可能睡着了，你就可以悄悄地把他抱走。我可不希望他大声地哭闹。”

那是一个凉爽、平静的黄昏，船终于抵达路易斯维尔。

看到码头上挤满了人，露西心里想：我的丈夫会不会夹杂在人潮里?

由于露西对黑利已卖掉她婴儿的事毫无所知，所以她把睡得又沉又香的婴儿放在床上后，就独自走到船边，聚精会神地寻找她的丈夫。

这时，黑利把露西的孩子交给方才那个男人。那男人就混在人群里，迅速地走下船去了。

冒着白烟的船只又离开了路易斯维尔的港口。当露西回到船舱时，发现孩子已经不在床上，而黑利正坐在床边。

“露西，我不能把你的孩子带到南方去。刚才有一个旅客买走了你的孩子，他说他会好好加以照顾的，使孩子过比以前更好的生活。虽然这是一件很痛苦的事……”

黑利知道露西必定无法承受这个打击，所以苦口婆心地劝慰精神已经快崩溃的露西。

露西用衣服胡乱地塞住自己的耳朵，她不希望听到这个残酷的事实。

在旁观看的汤姆叔叔想尽办法安慰露西，可是悲恸欲绝的露西，仍然疯狂似的哭叫着。

夜晚，躺在船舱里的汤姆叔叔，因挂念家中的妻儿而无法入眠，他耳朵所听到的只有海浪声和非常痛苦的哭声。

突然，有个黑影走过他的眼前，不久，就听到东西掉落水中的声音。汤姆叔叔心中一震，急忙放眼四望，这才发现露西已经不在船舱内。汤姆叔叔想：难道那就是露西投海的声音?

啊!怎么可以这样做呢?她应该忍耐，即使再痛苦，也要坚强地活下去啊!

汤姆叔叔在心中呐喊着。他为露西的投海，感到非常的惋惜，同时也有几许惆怅。

天亮时，黑利指着汤姆叔叔大声地吼骂着：

“那个女人到哪里去了？汤姆。”

“早上天快亮的时候，有个人影晃过我的眼前，不久我就听到东西掉落水中的声音，而当时露西并不在船舱里，我所知道的只有这些。”

因为黑利对这种事情已经习以为常，所以他一点都不感到惊讶，只是想着：好不容易出高价买来的女人，这下却白白损失了，怎么这么倒霉？

◉天使般的小女孩

在落日余晖的映照下，密西西比河河面波光粼粼，显得金碧辉煌。汤姆叔叔所搭乘的船只，随着徐徐的晚风，慢慢地驶向南方。

阴沉、冷酷的黑利，终于相信汤姆叔叔是一个忠厚的奴隶，于是便拿掉汤姆叔叔的脚链，使他可以在船上自由地走动。

热心的汤姆叔叔，在船员很忙的时候，就主动地帮他们；无事可做的时候，便独自静静地阅读圣经。

船上的旅客之中，有一位叫圣德·克里亚的年轻绅士，他带着一位七、八岁的小女孩和一位中年妇女。

像天使般快乐蹦跳的小女孩，好几次走到汤姆叔叔的旁边，好奇地看着他。

“你叫什么名字呀？小女孩！”

汤姆叔叔看到可爱的小女孩，忍不住与她搭讪。

“我叫吉琳·克里亚，大家都叫我小琳。叔叔，你呢？”

“我叫汤姆，可是孩子们都叫我汤姆叔叔。”

汤姆叔叔轻揉着吉琳金黄色的头发。

“那么，我也叫你汤姆叔叔。你要到哪里去呢？”

吉琳仰着头，睁着一双天真、无邪的大眼睛。

“我不知道，吉琳小姐。我是个奴隶，主人会把我卖到哪里，我也不清楚。”

“那么，我爸爸可以买下你。我去拜托我爸爸。”

“谢谢你，吉琳小姐。”

汤姆叔叔感动地握着吉琳的小手。

当船停靠在小码头时，吉琳回到了她父亲的身边。汤姆叔叔则站起来，准备帮船员搬运木材。

不久，吉琳和父亲站在栏杆旁边，看着船慢慢地离开码头。突然间，船不断地摇晃着，站在船边的吉琳因站立不稳，失去平衡，不慎跌落河里。

吉琳的父亲——克里亚先生，立刻跳入河里，但是却已经有人抢先一步奋勇救起吉琳，那个人就是善良、笃实的汤姆叔叔。

第二天，天气非常闷热，让人有窒息般的感觉。

汤姆叔叔偶尔抬起头，好像很担心地看着黑利和克里亚先生的商谈，可爱的吉琳则依偎在她父亲的旁边。

“有虔诚的宗教信仰，又懂得人情世故，能明辨是非善恶。我也知道他是个很不错的奴隶。你到底想卖多少钱?”克里亚先生对黑利说。

“先生，事实上，就算是卖一千三百美元，我也赚不了多少。”

“爸爸，买下吧！爸爸不是很有钱吗？我喜欢汤姆叔叔嘛!”纯真的吉琳插口说。

“你买他做什么?”

“我要陪他玩，给他快乐、幸福。”

“小琳，你实在太善良了。”克里亚先生很感动地说。

黑利拿出有赛尔比先生签字的买卖契约证书，克里亚先生确认了之后，就把一沓钞票递给黑利。

接过花花绿绿的钞票后，黑利的脸上露出狡猾的笑容，然后写好买卖契约书，交给克里亚先生。

“来吧！小琳。”

买卖完成以后，克里亚先生就牵着吉琳的手，来到汤姆叔叔的旁边。

“抬起头来，汤姆。怎么样？你喜欢你的新主人吧!”克里亚先生对坐在甲板上的汤姆叔叔说。

汤姆叔叔缓慢地抬起头，看到温文儒雅的新主人，很诚恳地说：

“希望上帝赐福给您，先生。”

“汤姆，你会驾驶马车吗?”

“驾驶马车我很内行。”

“是吗？那就让你驾驶马车好了。但是，每个星期喝醉酒不得超过一次。”

“酒？我一点也不喝酒。”汤姆叔叔感到非常惊讶地说。

“真好，汤姆叔叔，你一定会过得很快乐、很幸福。因为爸爸是一个很好的人。”

吉琳握着汤姆叔叔的手，高兴地说。

“真谢谢你的赞美。”

克里亚先生笑着对吉琳说，然后就转身离去。

◉欧菲莉小姐

汤姆叔叔的新主人——圣德·克里亚是路易西安那州大农场主的儿子。克里亚先生小时候就非常温和、有礼，同时也非常憧憬理想、优美的事物，是一个追求真、善、美的绅士。

克里亚先生大学毕业的时候，在北部的某一州，邂逅了一位美丽、高雅的淑女，两人坠入爱河，这是他的初恋，也是他一生中唯一的恋爱经历。

不久，两人订下海誓山盟，决定永远生活在一起，克里亚先生为了准备结婚而返回故乡。但是，却想不到自己写给恋人的信，竟被退回，信内还附了一张女友的监护人所写的短笺，里面明白地表示，他的恋人已经嫁给别人了。

克里亚先生失恋后，整日郁郁寡欢，强烈的痛苦，吞噬着他的心。最后，为了遗忘过去的一切，克里亚先生毅然与一位娇媚的富家女结婚。

新婚不久的某一天，克里亚先生收到初恋情人的信，信上详细写着监护人的阴谋。原来克里亚先生的信并没有送到恋人的手中，一对相爱的恋人就这样被拆散了。

可是，对当时的克里亚先生来说，一切都已经太迟了。他带着非常沉痛的心情，写了回信：

“来信已收到，但一切都已成过去，请你忘掉吧……”

克里亚先生就此结束他魂萦梦系的恋爱史。他的妻子——玛丽，是一个娇生惯养而固执、自傲的女人，克里亚先生与她的婚姻，毫无爱情可言，直到生下可爱的女儿吉琳后，克里亚先生才开始享受真正的家庭温暖。

喜欢孩子的克里亚先生，以自己母亲的名字为独生女命名，并且非常小心地宠爱着她。然而夫人玛丽却因此而感到不高兴。她变得愈来愈神经质，最后竟卧病在床，家事和育儿完全都仰赖佣人。

吉琳自幼体弱多病，而母亲玛丽只注意本身的事，根本没有心思照顾女儿。于是克里亚先生便带着吉琳，到佛蒙特去探望表姐欧菲莉小姐，请她到克里亚家来帮忙处理家务。

现年四十五岁的欧菲莉小姐仍未结婚，身材修长、纤细，一看就知道是一个处事干净利落、精明能干的妇女。

欧菲莉小姐见到吉琳以后，非常喜欢她，而且一想到没有人照顾这个可爱的小女孩，她就十分不忍，于是便决定与克里亚先生一起乘船，回到新奥尔良的家。

在船上和吉琳在一起的中年妇女，就是欧菲莉小姐。

不久，汽笛声响起，船抵达新奥尔良的港口了。从克里亚家来迎接主人的马车，已经在码头上等候多时。

克里亚家是一幢西班牙和法国风格的城堡式建筑，庭院广阔，树木苍郁，四周环境非常优美、寂静。

马车通过拱形的大门，进入中庭。中庭的中央是一个由大理石砌成的喷水池。池里游动的鱼儿，透过清澈如镜的水，看来有如闪烁耀眼的宝石。旁边是一棵散发着浓郁树香的大橘子树，浓密的树叶形成一处很舒适、凉爽的树荫。

吉琳回到离开已久的家，雀跃不已。

“这是我最喜欢的家，很漂亮吧？欧菲莉姑姑！”

吉琳牵着欧菲莉小姐的手，环视着房子的四周。

“嗯，真是一幢很漂亮的房子，虽然有一点古老的感觉……”

欧菲莉小姐似乎对新环境很满意。

汤姆叔叔从马车上下来，然后用一种非常羡慕。惊叹的眼光看着四周。

“汤姆，你好像也很喜欢这个家。”克里亚先生对汤姆叔叔说。

“是的，先生，我从来没有看过比这更漂亮的房子。”

这时，屋内一阵喧哗、嘈杂声。等候主人归来的仆人，一窝蜂地从里面跑出来，大声地呼叫着。

跑在最前面的，是一位油头粉面的混血青年，他穿着最新流行的服装，手里拿着一条洒满香水的白手帕，朝着克里亚先生用力地挥动着。

“你们走开呀！是不是想阻止先生进入屋里？”混血青年对其他的佣人说，然后快步地走向马车。

“啊，亚道佛，你好吧！”克里亚先生拍拍混血青年的肩膀，与他亲切地寒暄着。

名叫亚道佛的混血青年，开始朗诵两个星期以前就准备好的欢迎词，想借此讨好主人克里亚先生。

"嗯，好，好，你背得真熟……"

克里亚先生故意调侃一向只会奉承阿谀他人的亚道佛。

"你去看看行李吧！"说完，克里亚先生就走进屋里。

这时，吉琳已经一溜烟地跑到母亲玛丽夫人的房间里。

"妈妈！"

吉琳非常高兴地搂着日夜思念的母亲，亲昵地呼唤着。

"好了，好了，不要太亲热了，我会头痛。"

倚着床头躺着的玛丽夫人，敷衍地亲吻吉琳的脸颊后，不耐烦地说。

一会儿后，克里亚先生也走了进来，然后，将欧菲莉小姐介绍给玛丽夫人。

当吉琳正要走出母亲的房间时，突然看见守候在门口的女仆妮达，她喜出望外地叫着：

"妮达！"

吉琳跳上去抱着妮达的脖子，吻着她的脸颊，与玛丽夫人不同的是，不管吉琳搂得多么紧，妮达都不会厌烦地推开她。见到分别多日的吉琳小姐，妮达好像发疯般地抱着她哭笑着。

站在旁边的欧菲莉小姐，看到这种场面，感到非常的诧异。

"这一带的孩子都会抱着佣人亲吻吗？"

欧菲莉小姐好奇地问克里亚先生，而他却充耳不闻，微笑着离开房间。

汤姆叔叔似乎很局促不安地站在大厅里。刚才亚道佛站在他旁边时，故意靠着栏杆，用望远镜仔细地观察汤姆叔叔。

"喂，亚道佛！"

克里亚先生拨开亚道佛手上的望远镜。

"这是你对同伴的态度？"

克里亚先生面带愠容地斥责亚道佛。

"亚道佛，这件背心好像是我的嘛！"克里亚先生突然拉着亚道佛身上的一件高级绸缎背心说。

"啊，先生，这件背心因为滴了酒，有渍迹，像先生这种有身份、地位的绅士已经不适合穿它。"

狡猾的亚道佛编出一个堂皇的理由来搪塞。

"好吧！等会儿我要带汤姆去见夫人，然后，你再把他带到厨房。你可别欺负他！"

说完，克里亚先生就带着汤姆叔叔到玛丽夫人的房间里。

“玛丽，我为你买了一个马夫，他是一个很诚实、可靠的人。”

“哼，一定又是个酒鬼。”

玛丽夫人对站在旁边的汤姆叔叔视若无睹。

“不，卖主保证他有忠诚的宗教信仰，而且工作认真，为人正直。”

“如果事实真是这样就好了。不过，我也不敢有所期待。”

“亚道佛！”

克里亚先生向门外喊着，指示他带汤姆叔叔到厨房去。于是，汤姆叔叔便随亚道佛离开了房间。

“你比预定日期迟了两个星期才回来。”

玛丽夫人埋怨克里亚先生的迟归。

“我不是写信告诉你了吗？”克里亚先生点上一根烟说。

“那么冷漠而简短的信！”玛丽夫人不满地说。

“差一点就赶不上投邮，所以只能写那么多。”

“你一直都是这样，每次出外旅行的时间越来越长，而信却变短了。”

“好了，好了，你看这个……”

克里亚先生从口袋里拿出一张照片。那是他和吉琳在纽约时所拍摄的。

“这是什么？小琳怎么这样坐着？”玛丽夫人很不高兴地说。

“这样坐着有什么关系呢？你看，你们母女两个是不是很像？”

“你总是把我的话当耳边风，而且，你也知道，我由于头痛，整天躺着，而你却一直和我说话，叫我看东西，我都快累死了。”

玛丽夫人一边说着，一边用手揉着额头，精神显得非常萎靡。

克里亚先生感到十分失望，他一直想带给妻子快乐，没想到她却泼他冷水，使他觉得意兴阑珊。在旁边听到克里亚夫妇谈话的欧菲莉小姐，对玛丽夫人不近人情的态度，感到非常惊讶，她没想到这是一对貌合神离的夫妻。

“我的病情一直在恶化，而妮达夜里却睡得像死猪一样，一点也不在乎我，实在太过分了。早上我会这么累，也是为了喊醒妮达的缘故。”脸色蜡黄的玛丽夫人对丈夫克里亚先生诉苦。

“妮达最近好几晚不是都守在妈妈的身边吗？”吉琳突然插嘴说。

“你怎么知道这件事？一定是妮达在背后埋怨我。”敏感、多疑的玛丽夫人立刻猜疑着。

“妮达一点也没有埋怨，她只是说妈妈最近几天身体不太好。”吉琳急忙为妮达辩护。

“叫别人代替妮达照顾你，让她休息一下，怎么样？”克里亚先生沉吟了半晌说。

“你怎么可以说这种话？你根本一点也不关心我。你也知道，我很神经质，只要一听到别人的脚步声，就会神经紧张。如果换一个佣人站在我旁边，我一定会惊慌的。”

欧菲莉小姐在旁边静静地听着他们的谈话。

“妈妈，让我照顾你一晚。我绝对不会睡着，而且，我会安安静静的。”吉琳想对母亲尽一点孝心。

“你这个孩子真奇怪。”

玛丽夫人似乎毫不领情。

“可以吗？妈妈。妮达好像身体不太舒服的样子，她最近时常头痛。”

“那些黑奴只要稍微头痛，就会叫得惊天动地，你千万不要宠坏了他们。这点你应该了解吧！”玛丽夫人忽然对沉默不语的欧菲莉小姐说。

不久，克里亚先生因有急事而先离开了房间，吉琳也随着父亲走出去。

“每天都被这些黑奴烦死了，克里亚却要我站在佣人的立场，为他们想一想，好像他们应该有那种权利似的。”克里亚先生走后，玛丽夫人的脸上带着鄙夷对欧菲莉小姐说。

“你不认为上帝创造他们，也是用和我们相同的血吗？”

欧菲莉小姐表达了自己的意见。

“你怎么会有这种想法。你不要忘了，他们是低贱的人呢！”

“难道你没有想到，他们也有不灭的灵魂吗？”

欧菲莉小姐说话的音调稍微提高了一些。她的心中燃烧着怒火。

“这倒是真的……”

玛丽夫人打个呵欠后，又说：

“不过，他们绝对不能与我们相提并论。”

玛丽夫人和欧菲莉小姐就这样抬起杠来。当克里亚先生回到房间时，突然听到从中庭传来的快乐笑声。克里亚先生拨开窗帘，看见汤姆叔叔正陪吉琳在花园里玩耍。

顽皮的吉琳做了一个玫瑰花环，然后把它挂在汤姆叔叔的脖子上，而汤姆叔叔上衣所有的钮扣也都插满了鲜花。

“汤姆叔叔，你的样子真好玩！”

吉琳指着汤姆叔叔的衣服，捧腹大笑，她的笑声有如银铃般悦耳，而憨直的汤姆叔叔也哈哈地开心大笑。

“让小琳跟汤姆叔叔在一起，没关系吧！”欧菲莉小姐若有所思地说。

“为什么不可以呢？”

克里亚先生不以为然。

“总觉得不太妥当……”

欧菲莉小姐欲言又止。

“如果孩子跟一条狗玩，即使是一条恶狗，你也不会放在心上。但是，现在她的玩伴是一位善良、明理的黑人，为什么你们就会觉得不太妥当？当你们看到奴隶被人欺负时，就会抱不平，可是你们却往往忽略了自己的言行是否会伤害他们的自尊心。”

“嗯，也许我太多心了！”

听了克里亚先生的见解后，欧菲莉小姐已不再坚持己见。

汤姆叔叔自从来到克里亚家以后，基本上并没有什么不自由，因为大家都对他很好，尤其是很喜欢汤姆叔叔的吉琳。而汤姆叔叔也随时都穿戴整齐，他四周的工作环境也很干净、清爽，所以一点也看不出他过的是奴隶的生活。

一个星期天的早上，玛丽夫人梳洗装扮后，准备到教堂做礼拜。

“小琳到哪里去了？”

玛丽夫人问身边的欧菲莉小姐。

“她说有事情要交代妮达，大概在楼梯那边吧！”

这时，吉琳正站在楼梯口和女仆妮达说话。

“妮达，你是不是头痛？”

“吉琳小姐，我最近老犯头痛的毛病。不过，没什么关系，你不要放在心上。”妮达一边用手扶着头，一边说。

“你戴这个看看。”

吉琳从口袋里取出一条镶着钻石的金坠子项链，然后，挂在妮达的脖子上。

“这么贵重的东西，我不能戴。”

纯朴的妮达急忙拒绝吉琳的礼物。

“为什么？你头痛需要它，而我却用不着。你戴上这个，一定会觉得比较舒服。”

“小姐，你对我这么好……”

妮达感动得说不出话来，用手偷偷地擦着泪水。

吉琳亲吻妮达一下以后，就跑到母亲的身边。

“小琳，你是不是把金坠子项链送给妮达了？嗯？去把它拿回来！”玛丽夫人大声地斥责吉琳。

善良的吉琳露出很委屈的表情，泪水在眼眶里打转。

“玛丽，没有关系啦！小琳喜欢怎么做，就让她去做，何必大惊小怪呢！”站在旁边的克里亚先生温和地说。

“孩子都是被你宠坏的。你再这样的话，小琳以后怎样在社会上生活呢？”

玛丽夫人将攻击目标转向克里亚先生。

“上帝知道的。”

为平息这种火爆场面，欧菲莉小姐突然对克里亚先生说：

“你准备到教堂去吗？”

“哦，很抱歉，我不想去。到那里，我会觉得很无聊。”

“哼，他一直都这样。他根本没有信仰。”玛丽夫人讥讽地说。

第二天早餐时，克里亚先生问欧菲莉小姐：

“教堂里怎么样？”

“真是很好的传教士啊！嗯，上帝创造了各种人，有身份卑微的人，有与生俱来就指使别人的人，也有天生注定要服务人群的人……人的身份、地位是有差别的，所以，宇宙万物之间都非常和谐。如果你也去听听讲道，就会明白了。”坐在对面的玛丽夫人插口说。

“这种道理不必去教堂，也会了解。”克里亚先生冷冷地说。

“那么，你认为奴隶制度是好还是坏？”正在涂奶油的欧菲莉小姐说。

“我并不想去判断这是正确的或是错误的。只是，现实生活中有奴隶制度，我们不得不承认它的存在。至于其存在的价值，就见仁见智了。如果有一天，人类不再需要奴隶的时候，就会出现另一种说词了。”

◉普儿的死

为人正直的克里亚先生，是一个不重视金钱的人，因此，家中的财务都交给黑奴亚道佛管理，他自己从不过问。而一向挥金如土的亚道佛，和主人克里亚先生一样，不是一个理财的能手。因此，克里亚家的财务一塌糊涂。

耿直的汤姆叔叔看到这种情形，心里非常担心。终于有一天，他忍不住告诉主人克里亚先生自己的意见。他的态度十分婉转、有礼，克里亚先生为此而愈发欣赏汤姆叔叔的为人。他知道汤姆叔叔是一个很可靠、值得信赖的黑奴，因此，便决定由汤姆叔叔代替笨拙的亚道佛，来管理克里亚家的一切财务。

汤姆叔叔待人亲切、温和，个性又善良、爽朗，因此，年轻的主人克里亚先生经常从旁给予鼓励，而汤姆叔叔也非常关怀主人克里亚先生，那是一种近似父亲关心孩子的感情。

有一天，克里亚先生应邀参加朋友的宴会，因为喝酒太多而醉倒了，直到半夜两点多才由朋友护送回家。汤姆叔叔看到主人酗酒归来，心里非常担忧，为此而彻夜不眠。

第二天，克里亚先生叫汤姆到他房间里，吩咐他当天的工作项目。

“怎么了？汤姆。”

克里亚先生看见汤姆叔叔仍伫留不去，所以关心地问着。

“先生，我很担心……您对每个人都很亲切，也很爱护我，可是，您却不懂得照顾自己……”汤姆叔叔欲言又止。

“你想说什么呢？汤姆。”

“先生，您应该多注意自己的身体。像昨天，您喝了那么多的酒，也不管自己的身体和精神是不是会受到伤害……”汤姆叔叔哽咽着说。

克里亚先生被汤姆叔叔的真情感动了。

“我知道了，我以后再也不去那儿了。那，汤姆，擦擦眼泪吧！”

克里亚先生从口袋里拿出一条手帕，递给汤姆叔叔。

欧菲莉小姐到克里亚家后，把家务处理得有条不紊，俨然像个能干的女主人。她看到厨房里乱七八糟的样子，着实吓了一跳，于是，便又开始整理厨房。

负责管理厨房的娣娜，为此而非常气愤，她觉得自己的尊严受到伤害。个性顽固的娣娜，是个烹调能手，在克里亚家里，她一个人包办厨房所有的工作，并用自己的方式处理。

有一天欧菲莉小姐来到厨房，娣娜坐在椅子上，自顾抽着烟，对欧菲莉小姐视若无睹。

“这个抽屉是做什么用的？娣娜？”

“有各种用处。欧菲莉小姐。”娣娜冷冷地说。

欧菲莉小姐在抽屉里发现一条很漂亮的桌布，但是好像包过生肉似的，有一块块的渍迹。

“你该不是把玛丽夫人最喜欢的桌布拿去包肉吧？”欧菲莉小姐拿着桌布，诘问仍坐在椅子上抽烟的娣娜。

“没有啊！因为毛巾不知道放在哪里，所以我就拿来用一下。我想先把它放在抽屉里，有时间再洗。”娣娜自圆其说地解释着。

欧菲莉小姐无奈地叹了一口气，就开始收拾厨房。

“这是什么啊？”

“那是我擦头发的发油，放在那里比较方便。”

“你把玛丽夫人最喜欢的盘子摔裂了呀！”

“这里有一大堆脏兮兮的餐巾，怎么都没洗啊！”

“啊！这洋葱已经烂掉了嘛！”

“唉……反正什么东西都是乱七八糟的！”

欧菲莉小姐一边收拾着，一边没好气地嘀咕着，而娣娜却充耳不闻，毫无反应。

“我想把厨房整个清理一下。你以后拿东西都要放回原位。”

欧菲莉小姐拍拍满是灰尘的手。

“欧菲莉小姐，这种事情不是你应该做的，玛丽夫人也从来没有管过这些事情。”娣娜很生气地在厨房里走来走去。

欧菲莉小姐不管娣娜的唠叨，独自整理着，她把桌布、毛巾都洗干净，然后折叠整齐放在柜子里。在旁观看的娣娜，对她这种有条理的做法，感到非常惊讶。

“家里的财务也是乱七八糟的，从来没有看过这种浪费而肮脏的家。”

坐在客厅沙发上的欧菲莉小姐，对正在看报的克里亚先生埋怨着。

“确实是这样。但是，欧菲莉，你要知道，佣人有两种，一种是用鞭打才会工作的，而另外一种是不用人打骂就会自动工作的，所以这种小事情你就不要太介意了。我从不打那些可怜的奴隶，也不会凌辱他们。他们喜欢怎么做就怎么做，我不会勉强他们的。”

“可是，他们这样乱七八糟瞎搞，又奢侈，又浪费……还有，他们老实吗？值得你信赖吗？”

“你说老实？当然，他们不老实。可是，什么原因使他们不老实呢？”

“那么，你为什么不教他们呢？”

“教？教什么？怎么个教法？我不会，而且教也是白教，教了以后，他们也不会变老实。”

“唉！那些黑奴的灵魂不晓得会变成什么样子，真可怕。”

某天下午，时间已经很晚了，欧菲莉小姐仍在厨房里整理东西。这时一位头上顶着面包篮子的黑女人，走进克里亚家的厨房。她是一位纤瘦而干枯的女人，看起来像是历尽沧桑的样子。

“噢，普儿。你来了呀！”娣娜对黑女人打招呼。

面带忧容的普儿，把装满面包的篮子放在地上，然后，双膝跪在篮子的旁边。

“啊！我真想去死。我不要再过这种不是人过的生活了。”

普儿抱着头，神情忧郁地呜咽着。

“你为什么喝那么多的酒，醉成这个样子呢？”

克里亚家的一位小女仆问满身酒味的普儿。

“唉！你以后也会慢慢变成这个样子的。”

“普儿，你把烤好的面包拿出来，给我们看一看吧！我们这里的欧菲莉小姐会给你钱的。”娣娜说。

欧菲莉小姐买了两打小餐包，娣娜把点券交给普儿。普儿的主人就查验点券和面包的数目是否相符，如果普儿侵占了卖面包的钱，就会受到严厉的拷打。

“你可不要骗主人的钱哪！”欧菲莉小姐提醒普儿。

“不会的。但为了忘掉这种被拷打的痛苦，我只有喝酒……”

说完，普儿摇摇摆摆地站起来，走出门外。

汤姆叔叔看到普儿可怜的模样，就跟着她走到外面。汤姆叔叔很关心地说：

“我替你拿篮子吧！”

“为什么呢？”普儿觉得很奇怪。

“我看你好像生病的样子，是不是有心事？你这样喝酒，对身体、精神都不好。”

“我知道啦！你不要对我说这些。我准备到地狱去。”

“上帝啊！请你救救这个可怜的普儿吧！”

两人来到小山坡，普儿放下篮子，然后坐在石头上，向汤姆叔叔诉说她坎坷的命运：

“我到主人家后，生了一个孩子，胖嘟嘟的，好可爱呢！我以为可以把孩子带在身边，夫人也没有反对。可是后来夫人病倒了，我因为照顾她，因而被传染了。我生病以后，没有奶水，孩子吃不饱，变得瘦瘦小小的，也没有钱买牛奶给他喝。有一天为了服侍夫人，我把孩子放在阁楼里，孩子却一直哭个不停，最后……就死了。”说到伤心处，普儿不禁号啕大哭。

“从那时候开始，我就时常喝酒，想忘掉那个孩子的哭声。”

“真可怜！但是，上帝还是爱你的呀！你还是可以上天堂啊！”汤姆叔叔好心地安

慰普儿。

“我一直希望能早一点儿离开主人家。”

说完，普儿就把篮子放在头顶上，然后摇摇晃晃地走下小山坡。

汤姆叔叔非常悲伤地回到克里亚家，走到后院时，吉琳看到他，很高兴地跑过来。

“汤姆叔叔，你在这里呀！咦？你怎么没精打采的。”

善解人意的吉琳，立刻察觉汤姆叔叔的神色不对。

“小姐呀……”汤姆叔叔就把普儿不幸的遭遇告诉吉琳。吉琳默默地听着。不久，她脸色苍白地把手按住胸口，神情十分惊骇。

两、三天以后，另一个女孩代替普儿到克里亚家卖面包。

“咦？普儿怎么啦？”娣娜满脸疑惑地问。

“普儿……普儿她不会来了。”卖面包的女孩吞吞吐吐地说。

“为什么？不会是死了吧？”

当欧菲莉小姐买好面包后，娣娜又悄悄地问她一次。

“可是……可是……你不能告诉别人哟！”

女孩紧张地吞了一口口水以后，才低声地说：

“那天，普儿又喝醉了，主人知道后，不断地打她，又把她关在地下室，关了一天，她就死了。”

娣娜吓得转过头去，发现吉琳正站在后面，只见她的脸色像鬼一样地发青，全身僵硬地站着。

“噢，吉琳小姐，你听到这个消息，一定会晕过去的。”

娣娜急忙走过去，扶着吉琳。

“娣娜，听到普儿在受罪，我就已经很难过了，如果我看到她死去的样子，我一定会受不了。”

吉琳幽幽地叹了一口气之后，就神情忧戚地拖着沉重的脚步，走上二楼去了。

欧菲莉小姐知道普儿死去的消息后，就走到克里亚先生的旁边，说：

“真可怕！怎么会有这种事！”想到普儿被她主人害死的样子，欧菲莉小姐不禁打了个寒颤。

“我早就知道一定会发生这种事情。”

“你知道？那你为什么不想办法呢？”

“我只能把眼睛闭上，一切眼不见为净，因为，我没有办法把所有可怜的奴隶都买回来。”

“我不赞成你的看法，我更不会把眼睛闭上，或是把耳朵塞起来。”

“你要说的，我也了解。可是，在现实的恶魔面前，我没有办法。如果时机成熟了，即使我们不给那些奴隶自由，他们自己也会去争取自由的。我的母亲经常告诉我，上帝总有一天会赐福给所有的人类。有时候，我会想：这些瘦得不成人形的奴隶，他们的哀号痛哭是否就是上帝赐福给全人类的预兆。”克里亚先生冷静地剖析奴隶问题。

这时，汤姆正在房里认真地写信。

一会儿，吉琳走进汤姆叔叔的房间。她站在汤姆叔叔的背后，探头探脑地看着。

“什么？汤姆叔叔，你怎么在写信呢？”

吉琳原以为汤姆叔叔是在练字，发现原来他是在写信，觉得非常有趣。

“吉琳小姐，我想写信给家里的卡洛和孩子们。可是我好像写得并不太好。”

汤姆叔叔停下笔，用手揉着发痛的眼睛。

“汤姆叔叔，我来帮你的忙。我会写一点，不过，有些字已经忘了怎么写。”

吉琳把头靠近了汤姆叔叔的身旁，一老一少紧挨着，为了写一封信而肠枯思竭。虽然两个人都很认真地写着，但是因为识字不多，所以写起来非常吃力。

“好了，汤姆叔叔，这样可以了。你太太和孩子一定会很高兴的。唉！你真不应该和他们分开。我会向爸爸请求，让你回家看看他们。”

“我家夫人说，有了钱以后，会来把我赎回去。乔治少爷也说过，他要带我回去，而且他还给我这个金币呢！”

汤姆叔叔从衣服里面拿出他十分珍惜的金币，给吉琳看。

“那他们一定会来喽？这样的话，我也很高兴。”

“所以我现在就要写信告诉他们，我过得很好，免得他们为我挂心。”

这个时候，克里亚先生忽然走进屋里。

“汤姆！”

吉琳和汤姆叔叔两个人都吓了一跳，不约而同地转过头去。

“爸爸，我正在替汤姆叔叔写信呢！你看，写得很好吧？”

吉琳很得意地把信递给克里亚先生。

“嗯，等会儿我为你们修改一下。”

克里亚先生吩咐了汤姆叔叔一些该办的事情，然后离开房间。而那封信就在当天下午，由克里亚先生重新修改一遍后寄出。

◉托蓓茜

“你下来吧！我有东西给你看。”

“什么?”

克里亚先生把欧菲莉小姐叫到院子里。

“我想请你管教管教买回来的……你看!”

突然间，克里亚先生从背后拖出一位七、八岁的小女孩。

小女孩的眼睛像玻璃珠子般闪烁着光芒，黑白分明的大眼睛滴溜溜地转动着；乌亮的卷发分成好几束，编成细小的辫子；瘦削的脸庞有着狡黠的表情，但是似乎又隐藏着一种难以言喻的忧伤。

她穿着一件肮脏、破烂的衣服，双手握在前面，挺直地站着，故意装出很乖巧的模样。

欧菲莉小姐惊吓得目瞪口呆，而克里亚先生却轻松地对小女孩说：

“托蓓茜，这个人是你的新主人。我把你交给她以后，你要乖乖地听话，知道吗?”

“是的，先生。”

托蓓茜微低着头，故作镇静状地回答，而她的眼睛却很顽皮地到处转动着。

“你到底是什么意思?我要做的事堆积如山，哪有时间管教她嘛!”欧菲莉小姐气呼呼地说。

“只有你能教导她，我只好把这个小女孩交给你喽!”

“啊！你这个人真是……唉！我知道了。”

欧菲莉小姐轻轻地走到满身汗垢的托蓓茜的身旁，尽量装出很温柔、和善的样子，把她带到厨房里。

娣娜和厨房里的女仆，都没有人愿意为托蓓茜洗澡，最后，只好由欧菲莉小姐为她洗。

“先生怎么又买了这种小女孩来呢?”

“嗯，真讨厌!”

几个女仆在背后嘀咕着。

欧菲莉小姐为托蓓茜洗澡时，发现她的身上、肩膀、背后都有被鞭打的伤痕，一条一条像蚯蚓似的，一种怜悯之情忽然涌上欧菲莉小姐的心头。

欧菲莉小姐为托蓓茜洗完澡、穿好衣服、剪短头发后，觉得很满意。心里立刻计划着如何教导托蓓茜。

“你几岁了？托蓓茜。”

“我不知道，夫人。”

“你不知道自己几岁？你的妈妈呢？”

“我没有妈妈。”

“你在哪里出生的？”

“不知道。”

托蓓茜咧着嘴笑着，露出参差不齐的白牙，脸上有一种狡诈的表情。

“你的父母是谁？”欧菲莉小姐耐心地问。

“我没有父母。”

“托蓓茜，你听过‘上帝’这两个字吗？”

听到这句话，托蓓茜的脸上显露出迟疑不决的神情，可是瞬间她又调皮地窃笑着。

“你在你以前主人家里，都做些什么事？”

“提水，洗刀叉，也服侍人吃饭。”

“你从前的主人对你好吗？’欧菲莉小姐关心地问。

“嗯……让我想想看……”托蓓茜假装低头沉思，眼角却狡黠地偷瞄欧菲莉小姐一眼。

第二天早上，欧菲莉小姐把托蓓茜带到自己的房间里，告诉她铺床的方法。

“来，你要好好学习哟！”欧菲莉牵着托蓓茜的手，走到床边。

“是的，夫人。”托蓓茜深深地叹了一口气，好像很不耐烦地回答着。

“哪，你看这个，这就是床单的边，这里是外面，这里是里面，下面的床单要放在枕头的下面——就是这样子——把它铺得整整齐齐的，知道吗？”欧菲莉小姐一边折着床单，一边教托蓓茜铺床的方法。

“是的，夫人。”

托蓓茜按照欧菲莉小姐教她的方法，一步一步地做，由于她动作敏捷，所以做得很不错。当欧菲莉小姐正在欣赏托蓓茜的乖巧时，托蓓茜的一只袖口忽然露出一条红色的丝带。

“咦，这是什么？你偷来的？”

欧菲莉小姐拉出丝带。

“啊，怎么搞的！怎么会在我的袖子里呢？”

"托蓓茜，不要说谎话。告诉我，是不是你偷的?"

欧菲莉小姐强抑着心中的一股怒意。

"夫人，不是……不是我偷的。你用鞭子打我一整天，我也不会说是我偷的。"托蓓茜坚决不肯承认。

欧菲莉小姐对托蓓茜的说谎，感到非常生气。她用力地摇晃着托蓓茜瘦小的身体，结果，托蓓茜的另一只袖口又掉出手套来。

"你看，这是什么？还说不是偷的。如果你说实话，我就答应不用鞭子打你。"

托蓓茜终于承认她偷了丝带和手套。

"好，你还偷了什么东西，赶快告诉我。"

"是的，夫人，我还偷了吉琳小姐的蝴蝶结。"

"什么？……好吧！你赶快把它拿到这里来。"

"可是……夫人，我已经把它烧掉了。"说完，托蓓茜放声大哭。

"你说什么?"

欧菲莉小姐气得涨红了脸。

这时，吉琳正好走进房间，她的脖子上戴着一个漂亮的粉红色蝴蝶结。

"咦？小琳，你颈子上的蝴蝶结在哪里找到的?"欧菲莉小姐转头问吉琳。

"我一整天都带着它呀!"

欧菲莉小姐惊愕得两眼发直。

"托蓓茜，你为什么说你偷了那个蝴蝶结?"

欧菲莉小姐感到一种被人愚弄的难堪，她瞪着眼责问托蓓茜。

"夫人，你不是叫我说实话吗？我又想不出其他的东西，只好……"

吉琳站在门边，以一种怜悯的眼光注视着托蓓茜。于是，欧菲莉小姐就告诉她托蓓茜偷东西的事情。

"可怜的托蓓茜，你为什么要偷呢？我的东西只要你喜欢，我就会给你呀!"吉琳悲伤地说。

那是托蓓茜有生以来第一次听到最亲切的话，她的眼睛一刹那闪出感激的光彩，但立刻又恢复狡黠的表情。

托蓓茜的认字能力非常强，教过以后，她很快就会念。但是缝纫方面就不一样。因为托蓓茜个性活泼、好动，根本无法安静地坐着，只要身边没有人监视，她就会做出许多令人意想不到的事，而她的小脑袋里也随时都在想着捉弄人的鬼点子。因此，欧菲莉小姐很不放心，随时都把托蓓茜带在身边，严加注意。

托蓓茜在克里亚家住了一段时间以后，便成为大家注目的焦点，因为她的言行举止都非常逗趣，而且能言善道，特别是她那一箩筐的笑话，常使大伙儿笑得前后仰俯。

使大家开怀大笑，是托蓓茜的专长，但是，她调皮捣蛋，为家里制造许多麻烦时，也常使得大家啼笑皆非。

吉琳与托蓓茜十分投缘，而且成了非常要好的朋友，两人整日形影不离。可是欧菲莉小姐却很担心吉琳会变坏。

“唉，不必担心啦！小琳一定会从托蓓茜那儿得到好的影响。”克里亚先生安慰着欧菲莉小姐。

“我实在很担心小琳会跟她学坏。”

“托蓓茜不会教小琳做坏事的，小琳可以放心地和她做朋友。”

托蓓茜的手相当灵巧，只要教她一、二次就会了。可是她顽皮的个性却丝毫未见收敛。一旦欧菲莉小姐稍微不注意，她就会闹得天翻地覆、鸡犬不宁。

有一天，欧菲莉小姐看到托蓓茜把她最心爱的披肩，当头巾绑在头上，很得意地揽镜自照。

“托蓓茜，你在干什么呀！为什么你要这样做呢?”

“我也不知道为什么？我一定是个坏孩子才会这样。”托蓓茜扯下绑在头上的披肩。

“我真是拿你没办法……”

“夫人，你应该用鞭子打打我。我以前的主人都这样打的。”

“托蓓茜，我不愿用打的方式来管教你。其实你是个很聪明的孩子，只要用心去做、听大人的话，你都会做得很好的。”欧菲莉小姐温柔地说。

“我已经被打习惯了，所以不打是不行的。”

于是，欧菲莉小姐就狠下心来，用鞭子抽打她，希望能改掉她恶劣的天性。

托蓓茜被打的时候，曾经大声地哭叫着，但是，过了一会儿，她就把这件事忘得一干二净了。

“哼！欧菲莉小姐的打法，连蚊子都打不死。你不知道，以前我那个主人打得才厉害呢!”

托蓓茜把欧菲莉小姐打她的事，告诉厨房里的小女仆，脸上有一种沾沾自喜的表情。

欧菲莉小姐每星期都教托蓓茜读圣经，托蓓茜的学习能力很强，欧菲莉小姐为此感到非常欣慰。不过托蓓茜仍无法了解圣经的真正含义。

“她长大以后会了解的……”

欧菲莉小姐心里想着，每天仍很耐心地教导她。

◉老家的来信

克里亚先生为汤姆叔叔代写的信，很顺利地送到赛尔比家的卡洛婶婶手上。

“你知不知道，汤姆写信给卡洛呢！他好像被卖到一个很不错的家庭里，听说主人对他很好。”

坐在客厅沙发上的赛尔比夫人对正在抽烟的丈夫说。

“那实在太好了。”赛尔比先生很欣慰地说。

这时，赛尔比家的经济情况已逐渐恶化。虽然他们曾经允诺要赎回汤姆叔叔，但是照目前的情形看来，可能不如想象中那么简单。

“我们和汤姆约定的诺言，一定要兑现的。所以，我想收几个学生，教他们音乐。这样可以赚些钱……”

“你这样做，我不赞成。我不需要你工作赚钱来养家活口。”赛尔比先生的语气非常坚决。

“你是不是认为这个工作不高尚？但是，如果我对可怜的汤姆毁约，那不是更不高尚的行为吗?”

这时，卡洛婶婶出现在门口。

“夫人，请您来一下。”

“什么事？卡洛，进来嘛!”

卡洛婶婶走进屋里后，对赛尔比夫人说：

“夫人，别人都把他们家的黑奴送出去工作、赚钱。你不应该让我们吃饱饭闲着没事做。”

“你的意思是说，你要出去工作?”

“我想过了。路易斯维尔的一家糕饼店，正在找做点心的工人，每个礼拜可赚到四块美金。夫人，伊莲已经跟着我工作很久了，您可以把厨房都交给她管。如果您让我出去工作，我可以帮您赚点钱。”

“可是，卡洛，孩子们怎么办？而且路易斯维尔离这里很远呢!”

“孩子们已经可以自己照顾自己了。从这里往南方走就是路易斯维尔了。而且，那里也较接近汤姆住的地方。”卡洛婶婶兴奋地说。

“卡洛，你工作的地方和汤姆住的地方，还差好几百公里呢！”

听到赛尔比夫人这么说，卡洛婶婶脸上的表情突然由喜悦转为黯然。

“嗯……你到那里去，会离汤姆近一点。好吧，那你去好了。”

赛尔比夫人不忍心打碎卡洛婶婶的梦想，只好答应她的请求。

“你赚的钱，我们把它存下来，就可以赎回汤姆。不过靠这个可能要花好几年的时间，当然我也会贴补一点……”

“不，夫人，你不要去工作，先生也说过夫人不能工作的。只要我能工作，我就不会让夫人工作赚钱。”

赛尔比夫人很感动地微笑着，温柔地说：

“你不必为我担心……卡洛，你什么时候出门？”

“只要夫人允许，我想，明天早上就出发。”

于是，卡洛婶婶就回到小屋，准备行李。

赛尔比家的小主人乔治，根本不知道卡洛婶婶即将出外工作的事。当他到汤姆叔叔的小屋时，卡洛婶婶很高兴地说：

“乔治少爷，你来了呀！婶婶要出门工作赚钱，每个星期可以赚四块美金呢！夫人还说这些钱要存下来，到时候就可以把汤姆叔叔赎回来了。”

“哇！那太好了。”小乔治欣喜若狂地说。

“少爷，请你写信告诉汤姆叔叔这件事情，好不好？”

“好啊！汤姆叔叔一定会很高兴的。我也要告诉他，我们家有新的小马啦！”

“好，那就拜托你啦！”

小乔治回到自己的房间后，就拿出信纸和墨水，开始写信给汤姆叔叔。

◉吉琳的预感

汤姆叔叔收到小主人乔治的信以后，高兴得掉下眼泪来。那是一封字迹整齐而又充满感情的信，上面写着许多肯塔基州老家的家庭琐事，使汤姆叔叔倍感亲切，也解

除了思乡的情怀。汤姆叔叔颤抖地拿着信，一次又一次地读着。

夏季来临了，克里亚一家人离开了炎热的新奥尔良，来到凉爽的旁丘特兰湖（路易西安那州的东南部、新奥尔良北部的墨西哥湾入口处）湖边的别墅度假。

夕阳染红了地平线，也将湖面和别墅都渲映成金黄色，整个旁丘特兰湖给人一种迷蒙澹远且宁静清凉的感觉。

星期天的黄昏，汤姆叔叔和吉琳正坐在湖边，欣赏着美丽的夕阳。吉琳的膝上放着一本圣经，她与汤姆叔叔的感情已与日俱增。

“汤姆叔叔，哪，你看！”吉琳伸长手臂指着湖面说。

“什么事？吉琳小姐。”

“湖好像是一面照着火焰的镜子呢！”

“嗯，说得也是。”

“新的耶路撒冷在哪里啊？汤姆叔叔。”

“噢，它在那云层上面呢！”

汤姆叔叔指着灰闬闬的天空。

“汤姆叔叔，我最近老是看见天使呢！只要我一睡觉，他们就会来看我。我明天就要到天使那里去了。”

汤姆叔叔的内心，隐约地感到一阵莫名的刺痛。最近，他总感觉吉琳的小手愈来愈纤细，脸色也由红润变成苍白，有时甚至会有呼吸困难的现象，但是，汤姆叔叔却从未想到吉琳此刻说的话，是一种不祥的征兆。

“小琳！小琳！外面有露水哪！你不能出去啊！”

欧菲莉小姐站在别墅的大门口，惊慌地呼唤他们。于是，吉琳和汤姆叔叔就回到屋里。

步入中年的欧菲莉小姐，对看顾病人方面很有经验。她已经注意到吉琳轻微的干咳和日渐瘦削的脸颊，她也知道吉琳精神过度兴奋的原因是发烧的关系。

“正在发育成长的孩子，常常会体力不支，不要太担心啦！”

克里亚先生对欧菲莉小姐的顾虑不以为然。但是事实上，他却告诉自己，不要去想那个不祥的预兆，他暗自祈祷着那不是事实。

有一天，吉琳突然问她母亲玛丽夫人：

“妈妈，为什么您不教那些佣人读圣经呢？”

“你怎么问这个问题呢？从来也没有人这样做过呀！那些人即使看了圣经，也没有什么帮助……你这个孩子真奇怪，怎么会突然问起这个？”玛丽夫人坐在摇椅上，懒洋洋地说。

“那欧菲莉姑姑不是在教托蓓茜吗？”

“对呀！可是你也知道那有没有用啊！我从来没有看过像托蓓茜那样不乖的孩子……”

“还有可怜的妮达……妮达很喜欢圣经，她也很希望自己能够看，可是如果有一天，我不能为她念的话，那谁为她念呢？”

“小琳，你除了读圣经给妮达听以外，还有其他许多事情要做哪！”

“哪！你看！”

玛丽夫人从衣橱里拿出一个精巧的珠宝盒，上面雕刻着许多美丽的图案。她说：

“如果你要参加社交活动的话，我这些宝石就全部给你。”

吉琳接过珠宝盒，打开一看，原来是金光闪闪的项链、珠宝。她从里面拿出一条钻石项链，静静地端详着，可是心里却有一些念头在酝酿着。

“你在想什么啊？小琳，怎么不说话呢？”

玛丽夫人打断了吉琳起伏不定的思绪。

“这很贵吧？妈妈。”吉琳手里拿着钻石项链说。

“是啊！那是你爷爷从法国带回来的，这些只是其中的一部分呢！”

“我真喜欢这个。我可以用它做好多事情呢！”

“你想做什么事呀？”

“我想把它卖了，然后，在奴隶可以自由活动的州，买一块很大很大的土地，把我们家的奴隶都带到那里去，请老师教他们读书、写字……”

听到吉琳天真的想法，玛丽夫人不禁笑了出来。

“你要开技术学校啊？你大概也要教他们弹钢琴、画画吧？”

玛丽夫人的语气里充满了不屑与嘲讽。

“我要使那些奴隶能够自己读圣经，或是自己写信、看信。妈，你知道吗？他们都不会这些，好痛苦呀！汤姆叔叔和妮达一定要有人教他们才行。”吉琳很坚决地说。

“好了、好了，小琳，你现在还是个小孩子，什么事都不懂。我听你说话，头都会痛。”

玛丽夫人只要面对不喜欢的话题，就会以头痛为借口来结束与对方的谈话。

吉琳悄悄地离开母亲的房间，然后到厨房找妮达，像平常一样，很有耐心地教她读圣经。

◉吉琳的愿望

克里亚先生的哥哥佛烈特，带着十二岁的儿子亨利到克里亚家的别墅度假。

看起来文质彬彬的亨利，长得眉清目秀，而且有着一双充满智慧的黑眼，是一个行为举止有如王子般的少年。他与吉琳见面后，就立刻喜欢上她。

这时，吉琳牵着一匹雪白、乖巧的小马，站在庭院里。而亨利正在等待克里亚家的一位混血少年，把他自己的黑色阿拉伯马牵过来。

当亨利看到自己的小马时，忽然大声斥责少年：

“怎么回事？多特！你这个可恶的家伙！今天早上你没有为我的马洗澡吗？”

“有啊！我已经为它刷洗好了。这些尘埃是刚才来的时候，在路上弄脏的。”

混血少年多特一边抚摸着马背，一边为自己辩护。

“闭嘴！狡辩的家伙，你还敢这么说。”

说完，亨利忽然用马鞭抽打多特的脸庞。

“你这个傲慢的家伙，不可以跟我顶嘴，知道吗？”

亨利用力地打着多特，嘴里还破口大骂。

“少爷，大概是马精神太好了，自己乱蹦乱跳才弄脏的。刚才，我的确看到多特在为马洗澡。”站在旁边的汤姆叔叔挺身而出，为多特求情。

“你怎么可以对可怜的多特这么凶、这么坏……”

吉琳看到多特被凌辱的情形，心里非常难过，她的声音哽咽着。

“凶？坏？这是因为你不知道事情的真相，才会这么说。他又坏又偷懒，一定要好好揍一顿才行。”

“汤姆叔叔不是说他刚才看到多特在洗马吗？汤姆叔叔不会说谎的。如果你这样时常打他，说不定他以后就会因为害怕而常常说谎。”

“好吧！要是你担心的话，我以后不在你面前打他就是了。”

这时，多特已经重新把马洗好，牵到庭院来。

“哟！多特，这次洗得很干净了。现在，你去拉吉琳小姐的马。”亨利的语气已较温和。

多特走过去为吉琳拉着马。然后亨利就把吉琳抱上马背。

“嗯，你真是个好孩子，真谢谢你。”吉琳接过多特递给她的缰绳后，温柔地说。

听到这句赞美的话，多特的脸立刻涨得通红，他以痴迷的眼光凝视着漂亮的吉琳，而眼睛里噙着感动的泪水。

“喂！多特！”亨利很不友善地喊着。

多特急忙用手接着亨利的马，让亨利跨上马背。

“这些钱拿去买点糖果吧！”

骑在马上的亨利，扔下了几个铜币给多特。

不久，吉琳和亨利的马就并列向前直奔。

多特羡慕地望着两人的背影逐渐隐没于丛林里，一个是给他钱的亨利少爷，另一个是他早已深深爱慕着的吉琳小姐。多特的内心感到无限的惆怅。

刚才，克里亚先生和亨利的父亲佛烈特，站在窗口，远远地看到亨利用马鞭抽打多特。

“亨利一生气就好像魔鬼一样……”佛烈特为自己儿子的行为解释着。

“小琳那样做，她以为可以影响亨利。”克里亚先生说。

“亨利的脾气就是这样，惹火了他，什么人都不放在眼里。嗯？我觉得很奇怪……亨利用鞭子打多特，多特好像都没有什么感觉似的，不反抗，也不逃避……”

“多特只不过是想做无言的抗议罢了。因为所有的人天生都是自由、平等的。”

“哼，那不是杰弗逊的名言吗？”佛烈特轻蔑地说。

“是啊！可是我也这么认为。”

克里亚先生也不客气地强调自己的看法。

“事实上所有的人类天生就是不平等的，你看现实生活就是如此。黑人天生就是奴隶，而唯有智慧、财富的人，才能享有自由、平等的权利。像那些下等阶级的黑奴，绝对没有……”

“但是，我仍相信人人都是平等的。总有一天，那些被欺凌的奴隶，一定会站起来反抗……”

两个人正在激烈地辩论时，孩子们回来了。满脸通红的吉琳，有点上气不接下气的样子。

两天以后，佛烈特和亨利父子就离开了旁丘特兰湖湖边的别墅。勉强打起精神陪伴他们的吉琳，身体状况急速地恶化，克里亚先生急忙找来医生为她看病。

玛丽夫人过去相信全世界只有她自己才会病得那么严重，然而现在当她知道吉琳的病情已非常严重后，哀伤得几乎无法自持。

以前，欧菲莉小姐曾经很担心地告诉玛丽夫人，吉琳夜晚老是咳嗽个不停，需要请医生检查一下，而玛丽夫人却不以为然地说：

“小孩子的咳嗽应该不会有什么关系。你看我还不都是一直在咳嗽，所以小琳的咳嗽根本不算什么。呼吸困难和夜晚流汗的情形，跟我比的话，她还差得远呢！”

此刻，玛丽夫人一想到自己病魔缠身，而可爱的独生女又可能离开这个世间，所以总认为自己是世上最可怜的人。每想到这儿，她就心乱如麻，于是常常找妮达出气，闹得全家上下不得安宁。

吉琳看到这种情形，心里非常悲伤，她觉得母亲实在太可怜了。

一、两个星期以后，吉琳的病情略有起色，可以到院子或阳台散步、赏花了。克里亚先生看到吉琳的小脸出现了笑容，心里非常高兴，他以为吉琳的身体已逐渐地康复了，只有欧菲莉小姐和医生清楚地知道，这只不过是病魔的恶作剧。而吉琳小小的心灵里，也知道自己即将离开人世。

有一天，当吉琳正在念书给汤姆叔叔听的时候，她突然说：

“汤姆叔叔，我好像很了解上帝为我们牺牲的原因。”

“为什么呢？吉琳小姐。”

“因为我也有这种感觉。”

“什么感觉呢？小姐，我不太懂呢！”

“我也不太清楚。我看到和汤姆叔叔在一起的仆人，还有可怜的普儿，心里好难过哟！我想，如果我死了，就可以救救这些不幸的人，那我会很高兴地去死。真的！可能的话，我很乐意为这些可怜的人死……”吉琳把她的小手放在汤姆叔叔粗大的手上，很认真地说。

汤姆叔叔感动得无言以对，以一种非常敬佩的眼神凝视着吉琳。这时，刚好克里亚先生在呼叫吉琳。看着悄然离去的瘦小背影，汤姆叔叔忍不住地流下泪来。

吉琳背对夕阳，叮叮咚咚地跑上通往阳台的阶梯，那纤细的身躯显得那么娇弱，但却透露出一股坚毅而挺秀的神采。

“小琳，你最近是不是觉得身体好一点了？”克里亚先生抚摸着吉琳稚嫩的脸颊，慈爱地说。

“爸爸……”

吉琳迟疑了一会儿，然后下定决心似的说：

“很早以前，我就有事情想要告诉您，趁我现在还好好的，我就告诉您吧！”

吉琳坐上父亲克里亚先生的膝上，然后依偎在他的怀里。

“我快要和爸爸离别了，我再也不会回来了……”吉琳哽咽地说。

“小琳，你在说些什么呀！你大概是因为生病了，所以才这么神经质。好了，不要想这些了。”克里亚先生劝慰着神情忧伤的吉琳。

“我很快就要走了。要不是因为舍不得爸爸和朋友的话，我早就到天国去了。这里有太多可怕和使人伤心的事……可是，我又不愿意离开爸爸，我好难过喔！心都快要裂了……”说到这儿，吉琳已经哭得像个泪人儿了。

“小琳，什么事使你这么伤心和害怕呢？”

“就是每天发生的事嘛！看到那些可怜的奴隶，我心里好难过喔！爸爸，你能不能想办法使他们得到自由呢？如果我死了，你就代替我，对他们好一点，好吗？就像爸爸爱我一样，普儿也爱她的孩子，妮达和汤姆叔叔也都爱他们自己的孩子。爸爸，你就让他们自由吧！”

“好！什么事我都可以答应你，只要你高兴就好。现在，你不要再伤心了，也不要胡思乱想。”克里亚先生的眼睛里满是泪水。

“我最亲爱的爸爸！如果我们能够一起到上帝的家里，那该多好！在那里大家都相亲相爱，没有令人害怕和伤心的事，爸爸，您以后也要来喔！”

“会的，我一定会去的。我绝对不会忘记你的。”

窗外的天色愈来愈暗了，湖面是一片朦胧的蓝灰色，而浓郁的山峰则笼罩在霭云之中。

克里亚先生把疲惫的吉琳抱到她的房间里，在床边为她唱着轻柔的催眠曲，直到她入睡后，才默默地离开房间。

◉小小传道士

“到这里来！跟我去主人那儿！”

从教堂回来的欧菲莉小姐，走进自己的房间时，猛然发现托蓓茜在乱搜她抽屉里的东西，立即气急败坏地把顽皮的托蓓茜带到主人面前兴师问罪。

“怎么啦？”克里亚先生问。

“我再也没有办法忍受了。今天早上我到教堂去的时候，我告诉托蓓茜要在家里学

唱诗歌，可是，她却把我帽子上的丝带剪下来，拿去做洋娃娃的衣服。”

平常修养很好的欧菲莉小姐，此刻也忍不住大声斥骂。

“啊，如果是我的话，这样的孩子我一定会把她赶出去，然后用鞭子将她打得挺不起腰来。”

坐在旁边的玛丽夫人插口说，她的眼睛里含着一股凶恶的光芒。

欧菲莉小姐虽然很生气，但是，她却不赞成玛丽夫人的意见。

“无论托蓓茜做出什么坏事，我都没有办法照玛丽所说的那样做，我该怎么办？我真的不知道该怎么办才好！我已经教她那么久了，可是这个孩子和她刚来的时候一样，一点也没有改变，还是那样不听话、不守规矩。”

“托蓓茜，你为什么要这样呢？”表情严厉的克里亚先生，对着仍嬉皮笑脸的托蓓茜，冷冷地说。

“一定是我的心太坏了。我是个很坏的孩子……”托蓓茜低了头。

坐在沙发上的吉琳，默默地看着这些情况。她用眼睛示意托蓓茜过来一下，然后两个人手牵手地走到书房。

“小琳到底想干什么呀？”说完，克里亚先生悄悄地跟着她们走到书房门口。欧菲莉小姐也尾随在后，好奇地张望着。

吉琳和托蓓茜两个人面对面地坐着。

“你为什么要做这些坏事呢？为什么不做一个好孩子？”吉琳握着托蓓茜的手，温柔地说。

“做个好孩子？再好，我还不是一样是个小黑人。如果能够变成白人的话，我就可以试一试。”

“你虽然是个小黑人，但每个人还是一样的喜欢你啊！你要做个好孩子的话，欧菲莉姑姑也会更疼爱你啊！”

托蓓茜扬起了头，发出爽朗的笑声，笑声中含有嘲弄的意味。

“你不这么认为吗？”

听到托蓓茜的笑声，吉琳有点儿不自在。

“我并不这么想，吉琳小姐。因为没有人会喜欢黑人小孩的，可是，我一点儿也不在乎。”托蓓茜傲慢地甩了甩头。

“托蓓茜，你真可怜！我好喜欢你呢！你没有爸爸、妈妈，也没有朋友，而且从小就被人欺负。哦，可怜的托蓓茜，我真的好喜欢你呢！请你做个好孩子，好吗？我活不了太久了，和你在一起的时间，将会越来越少，如果你是个坏孩子，我会很伤心的。

请你为我做个好孩子，好不好？”

吉琳紧紧地握着托蓓茜的双手，以一种哀怜、乞求的眼神注视着托蓓茜，而眼睛里泪光闪闪的托蓓茜，却激动得说不出话来。

“噢！可怜的托蓓茜，上帝一定会爱你的，也会很乐意帮助你做个好孩子。如果你能做个好孩子，就能和白人一样，可以当天使。”

“嗯，小姐，我试试看。我一定试着做个好孩子。”

说完，两个小女孩紧紧地拥抱在一起。

◉吉琳的死

吉琳把圣经打开放在膝盖上，悠闲地坐在阳台上沉思。突然听到母亲玛丽夫人的叫骂声。

“你这个孩子，真是拿你没办法。你现在又在搞什么花样呢？你又摘花了？嗯？”

接着，听到清脆的一声“啪”。那是玛丽夫人打了托蓓茜一记耳光。

“夫人，我摘这些花是要送给吉琳小姐的。”托蓓茜很委屈地说。

“送给吉琳小姐？你又在找借口了！哼，你想，她会接受令人讨厌的小孩所送的花吗？”

这时，吉琳很快地走到阳台。

“妈妈，您不要骂托蓓茜了。我最喜欢花了。”

“什么？小琳，你的房间里不是有很多花吗？”玛丽夫人觉得很惊愕。

“再多我也喜欢啊！托蓓茜，赶快把花拿来给我。”

本来低着头、默默不语的托蓓茜，听到吉琳这么说，就很害羞地从背后拿出一束红白交错的玫瑰花。

“哇！好美喔！托蓓茜，你怎么这么会做花束啊？真好看呢！我房间里还有花瓶，以后你就每天为我摘些花，插在花瓶里，好吗？”

吉琳一边欣赏着玫瑰花，一边称赞托蓓茜的手巧。

托蓓茜很高兴地点点头，带着一脸笑意离开院子。而吉琳和玛丽夫人就回到屋里。

“妈妈，那个可怜的托蓓茜，一直想为我做点事情呢！”吉琳坐在摇椅上说。

"你说什么？那个孩子整天只会调皮捣蛋，她明明知道不可以摘花，却故意去摘，她只是为了好玩而已。"

"可是，托蓓茜一直想做个好孩子啊！"

玛丽夫人发出冷冷的笑声，嘲讽地说：

"她要做个好孩子啊？哼，那不知道还要多久呢！"

"可是，没有人帮助她，不是很可怜吗？……哦，妈妈，我想把头发剪短一些。"吉琳突然想起什么似的说。

"为什么？"

"我想把头发剪下来，分给朋友。趁我现在还好好的，可以自己送。妈妈，请您告诉欧菲莉姑姑，请她为我剪头发，好吗？"

玛丽夫人立刻提高声音，喊了欧菲莉小姐的名字。

"姑姑，请您帮我剪头发，好不好？"

正好这个时候，克里亚先生拿着水果走进房间。

"到底怎么回事啊？"

"爸爸，我要姑姑帮我剪头发，太热了，剪短一点，会比较舒服。我想把剪下来的头发，分给大家，每人分一点。"

"哦，原来是这样。可是，要小心喔，不要剪得太难看了！欧菲莉，小琳这些卷发，是我这个做爸爸最自豪的宝贝。"克里亚先生抚摸着吉琳金黄色的卷发，很骄傲地说。

"噢，爸爸……"

吉琳吻着父亲的手，她的声音充满了悲伤与痛楚。

"我希望小琳与亨利见面的时候，她会非常的漂亮、可爱。"

"我不能去见他们了。爸爸，我要到更好的地方去。你应该知道的呀！爸爸，您也知道我的身体一天一天的不行了……"

"唉，小琳，你不要说这些使爸爸伤心的话，好吗？"克里亚先生觉得忧愁地说。

"可是，我说的话是真的……"

欧菲莉小姐剪下吉琳的卷发后，一小把一小把地放在吉琳的膝上。

"爸爸，我一天比一天没有力气，我很快就要到天国去了。在我走之前，还有好多该说的话、该做的事还没做。我知道，爸爸，您一定不会答应的。可是，我不久就要走了，不能再拖了，所以，爸爸，请您一定要答应我，好吗？"

克里亚先生一只手擦着眼泪，另一只手握着吉琳，沉吟半晌，才勉强地说：

“好吧!”

“那你现在把所有的仆人都叫来这里，我有话要跟他们说。”

“嗯!”克里亚先生压抑着即将夺眶而出的泪水。

欧菲莉小姐走出房间，为吉琳传达意思。不久，克里亚家的所有仆人都聚集在吉琳房间的门口。

头发剪短的吉琳，瘦削的脸颊毫无血色，皮肤苍白而透明，衬托着一双水汪汪的眼睛，更显得楚楚动人，瘦骨嶙峋的身躯，似乎弱不禁风的样子。她使尽全身力量，很镇静地一一看过所有仆人，而这些仆人看到他们敬爱的吉琳小姐憔悴的神情，个个都悲伤地说不出话来。克里亚先生不忍心看爱女，因而转头面对窗外，玛丽夫人也在旁哭泣着。

“我最喜爱的朋友，请你们到这里来，是因为我最喜欢、最爱你们。不久，我就要和你们分离了，大概两三个礼拜后，我就不能再见你们了。”

仆人当中，有人发出低低的啜泣声，和悄悄地谈话声。

“你们大家好好听我说，我要到上帝住的天国去，你们只要有心，也可以到天国去，也可以当天使。你们每天都要祈祷，经常读圣经，这样，我就可以和大家每天见面。”

“阿门!”

汤姆叔叔和妮达很自然地低声祷告着，有些仆人不禁放声大哭。

“我知道你们大家都爱我……”

“是的，我们都爱你，上帝会保佑你的，吉琳小姐。”所有仆人都异口同声地说。

“你们一直都对我很好，为了使你们记得我，我把剪下来的头发分给你们，作为纪念物。当你们看到这些头发，就会想起我爱你们，我在天国等你们。”

仆人们哀伤地哭泣着，有些甚至悲恸地跪倒在地。大家小心翼翼地拿着遗物，又吻着古琳衣服的边缘，然后陆续地离开房间。

“汤姆叔叔，我一想到在天国能和你见面，我就好高兴喔!我们一定会见面的。”吉琳对不忍离去的汤姆叔叔说。

“妮达，好心的妮达，你也要到天国喔!”

“吉琳小姐，如果你走了，我怎么活得下去啊!”

泪流满面的妮达，紧紧地拥抱着奄奄一息的吉琳。

一会儿，欧菲莉小姐和汤姆叔叔、妮达，悄悄地走出房间。回头一看，猛然发现托蓓茜孤独地站在门外。

"你从哪里跑出来的？托蓓茜。"欧菲莉小姐吓一跳。

"我一直都在这里。"

托蓓茜一边擦着眼泪，一边走进吉琳的房间。

"吉琳小姐，我是个坏孩子，可是，我可不可以也要一点你的头发……"托蓓茜呜咽地说。

"我会给你的，可怜的托蓓茜。当你看到它的时候，就会想起我很爱你，希望你做个好孩子。"

"吉琳小姐，我一直尽量在做，可是，要做个好孩子好难呢！因为，不管我怎样做，还是被人当作坏孩子……"

"你做什么事，上帝全知道。托蓓茜，上帝一定会帮助你的。"

吉琳眼里闪动着异样的光芒。

这时，欧菲莉小姐忽然叫着托蓓茜。于是，托蓓茜连忙用围裙擦着眼泪，然后轻轻地离开房间。她把吉琳送给她的头发，很小心地收藏在口袋里，心里想着：我要永远把它带在身边，它是我最宝贵的东西……

一天以后，吉琳的身体就愈来愈衰弱了。汤姆叔叔整日都陪伴在她身边，寸步不离。为了照顾吉琳，汤姆叔叔晚上就睡在吉琳房间外面的阳台上。

一天下午，吉琳的精神比平常还要好，而且情绪开朗、愉快。外表看来，吉琳似乎是一个健康、活泼的女孩。可是她心里却想着：自己最喜爱的东西，应该拿出来分给谁呢？

"欧菲莉，你看，小琳不是很好吗？"克里亚先生看着正在湖边乘凉的吉琳，很愉快地说。

但是，到了寂静的深夜时，令人担忧的事终于发生了。整日陪伴在吉琳身边的欧菲莉小姐，半夜醒来突然听到吉琳痛苦的呻吟声音，于是立刻叫醒汤姆叔叔：

"赶快去叫医生来，汤姆！"

然后，欧菲莉小姐就跑去敲克里亚先生卧房的门。

吉琳的脸庞丝毫没有恐惧的表情，反而透露出一股神圣、安详的神采。克里亚先生和欧菲莉小姐一直看着躺在床上的吉琳。

一会儿，汤姆叔叔带着医生来了。

"什么时候开始变化的？"医生问。

"半夜一、两点的时候。"欧菲莉小姐哽咽地说。

看到医生来了以后，玛丽夫人也从床上起来了。全家的仆人也立刻闻声而起，阳台上站着许多关心吉琳的人。

“你醒醒吧！小琳，再跟我说话啊！小琳，我可爱的小琳……”

克里亚先生弯下腰，靠在吉琳的身边，在她耳边轻唤着。

吉琳睁开灰蓝的大眼睛，嘴边浮现一抹温柔的笑意。

“你知道我是谁吗？小琳。”

克里亚轻抚着吉琳苍白的面颊。

“您是……我……最亲爱的……爸爸。”

吉琳勉强地挤出最后一句话，然后抬起纤细的手臂，想环抱住父亲的脖子，可是只举到半空中，她的手就无力地掉下来了。

“哦，上帝啊！”克里亚先生抓住汤姆叔叔的手，痛不欲生。

汤姆叔叔的双手也紧紧地握着主人的手，他黝黑的脸上早已涕泪纵横，一阵椎心泣血的悲恸涌上心头，冲击得他几乎无法自持。他双腿跪在地上，以一种乞怜、无助的眼神仰视着上天，衷心地为吉琳祈祷。

“吉琳……”

克里亚先生轻轻地呼唤着，但是，吉琳已经听不见父亲慈爱的声音了。她的脸上有一种安详而怡然的表情，似乎是为抵达天国而欣喜。

◉克里亚家的变化

“吉琳小姐，吉琳小姐，我也真想死……”

跪在床边的托蓓茜，伤心地号啕大哭，克里亚先生也泪流满颊。

“起来吧！好孩子，不要再哭了。吉琳已经到天国去了，她已经当天使了……”

欧菲莉小姐一边擦着眼泪，一边扶起伤心欲绝的托蓓茜。

“可是，我不能再见到她了。小姐说她爱我，她真的爱我吗？可是，她已经走了，她不要我了。要是我没有生下来该多好，我就可以跟她在一起了……”托蓓茜抽噎地说。

“哦，托蓓茜，你真可怜。不过你不要伤心，虽然我没有吉琳那么好，但是我会全心全意地爱你、喜欢你，为了使你成为真正的教徒，我会尽力帮助你的。”

欧菲莉小姐温和地说。此时，她也知道，她已抓住托蓓茜的心了。

“哦，我的吉琳，你在这短短的生涯里，就做了这么多的好事，跟你比的话，我到底又做了些什么……”克里亚先生很感慨地说。

几天以后，克里亚一家人就离开了旁丘特兰湖边的别墅，回到新奥尔良的家。为的是想换换环境，减轻对吉琳的哀痛，以免触景伤情，徒增痛楚。

吉琳死后，克里亚先生简直判若两人，整日在外奔波、忙碌，借工作来麻痹自己的心灵。虽然克里亚先生强颜欢笑，又疯狂地工作，但是汤姆叔叔却很了解主人内心的伤痛。

一天，克里亚先生进入书房后，许久未出来，汤姆叔叔为此感到非常担心，于是便独自悄悄走进书房。

汤姆叔叔看到克里亚先生痛苦地伏在椅子上，身旁放着吉琳的圣经。汤姆叔叔走进书房后，克里亚先生就站起来，看见发自内心关怀他的汤姆叔叔，克里亚先生感动得把手放在他的手里，然后额头贴靠在汤姆叔叔的手上。

“哦，汤姆，我觉得整个世界好像变得空空的……”

“先生，我了解。可是，先生，你应该想想吉琳是在有上帝陪伴的天国啊……”

“哦，汤姆，我是真心想这样做，可是我什么都看不见。”克里亚先生抬起头来，眼睛里泪光闪闪。

汤姆叔叔很沉重地叹了一口气，然后跪下来说：“先生，你应该向上帝祈祷，你要相信上帝……”

汤姆叔叔一边流着眼泪，一边诉说着上帝的故事。克里亚先生把头靠在汤姆叔叔的肩膀上，握着他粗黑又有力的大手说：

“汤姆，我知道你非常关心我……”

“先生，有一个比我更爱你的，那就是我们的上帝。”

“如果我能够像小孩子一样地祈祷，那该有多好！汤姆，请你为我祷告吧！”

汤姆叔叔很认真地开始祈祷，而克里亚先生也很专注地聆听，他觉得自己的灵魂好像已经被带到天国的门口似的，而且更接近吉琳的心……

一直到汤姆叔叔祷告结束以后，克里亚先生才说：

“谢谢你，汤姆，我很喜欢听你的祷告，可是现在请让我一个人在这里安静一下，好吗？”

于是，汤姆叔叔就独自踏着沉重的脚步离开书房。

无论在哪方面，克里亚先生已经完全变成另一个人。他闲暇时便读吉琳遗留下来的圣经，也检讨反省对那些仆人的做法，同时开始办理让汤姆叔叔获得自由的法律手续。

克里亚先生做了让汤姆叔叔获得自由的决定后，就对汤姆叔叔说：

“汤姆，我已经解除你的奴隶身份了。你赶快准备收拾行李，回肯塔基州吧！”

听到这个好消息，汤姆叔叔的脸上突然出现喜悦的神采。

“哦，上帝，真感谢你！”汤姆叔叔举起双手，欢呼着。

克里亚先生看到汤姆叔叔欣喜若狂的样子，心里有点惆怅，因为他实在舍不得汤姆叔叔离开他的身边。

可是，汤姆叔叔离开前又说：

“先生，我不会立刻就走的。只要先生有事找我，我一定在你的身边听候指示。”

“你为什么对我这么好？唉！不过，我不愿意留你太久。你回到太太、孩子那里以后，代我向他们问好。”克里亚先生很怅然地说。

吉琳之死，对欧菲莉小姐来说，是一个重大的打击。吉琳如银铃般的笑声和天真无邪的笑脸，一直在欧菲莉小姐的脑海里盘旋不去，而她高贵、纯洁的心灵，也永远活在欧菲莉小姐的内心。欧菲莉小姐的性情比过去更温顺、亲切了，对托蓓茜的感情也愈来愈深厚。

“托蓓茜那个孩子最近变得好乖巧喔！”欧菲莉小姐逢人就赞美她。

“那个孩子到底是你的，还是我的？”欧菲莉小姐问克里亚先生。

“我不是已经送给你了吗？”

“可是，在法律上，托蓓茜还是你的啊！我要你办法律的手续，把孩子正式归我所有。”

“哇！真想不到，你居然想拥有奴隶呢！”克里亚先生嘲笑地说。

“你不要开玩笑了，我是要让那个孩子获得自由。除非解除她的奴隶身份，否则就没有办法使她成为真正的基督教徒。如果你想把托蓓茜送给我的话，就请你赶快办手续吧！”

克里亚先生立刻着手办理手续，几天以后，他对欧菲莉小姐说：

“好了，现在托蓓茜那个孩子已经是你的啦！”

“托蓓茜绝对不是我一个人的，可是，这样我就可以保护她……对了，其他的仆人，你有什么打算？”

“噢，我会想办法解决这个问题的。”

当天晚上，克里亚先生就独自出外办事。

那是一个风静月明的夜晚，汤姆叔叔坐在窗口下沉思，喷水池里清脆的水声，萦绕在他耳畔。汤姆叔叔正思念着肯塔基州的老家，心里想着，不久以后，他就可以获得自由，返回故乡，重见妻儿、乔治少爷，还有赛尔比先生、夫人……在起伏的思潮里，汤姆叔叔不知不觉地睡着了。

睡梦中，突然被一阵急促的敲门声惊醒，汤姆叔叔连忙起身开门，两个男人把一位受伤者抬进屋里。汤姆叔叔用煤油灯一照，立刻被眼前的景物震骇得全身虚软。

原来克里亚先生在街上为了劝架，被人用刀刺伤腹部，伤口极深，血如泉涌。

这时，全家一片慌乱。不久克里亚先生醒来，把手放在跪在地上的汤姆叔叔的手上。

"汤姆，可怜的汤姆……"

"先生，什么事啊？"

汤姆叔叔心如刀割。

"我就要死了……"

克里亚先生用力地抓住汤姆叔叔的手。

"请你为……我……祈祷……"

汤姆叔叔立刻为主人即将离开人世的灵魂祷告，他充满感情的祷词与悲戚的声音，令听到的人都鼻酸。

克里亚先生睁开灰蓝而忧伤的眼睛，默默地凝视着涕泪纵横的汤姆叔叔。不久，他的脸上就出现像疲惫的孩子般沉睡的表情，显得非常恬静、安详。克里亚先生终于离开人世，到天国陪伴他的爱女——吉琳了。

克里亚先生葬礼结束后不久的某一天，汤姆叔叔独自站在阳台上沉思。这时，混血青年亚道佛走近汤姆叔叔的旁边说：

"你知道吗？我们都会被卖掉。我刚才听到玛丽夫人正和律师说，我们都会被拍卖。"

自从主人死后，亚道佛也变得非常忧郁、颓丧。

"这也是上帝的旨意啊！"

汤姆叔叔把手臂交叉在胸前，很沉重地叹息。

"那么好的主人，我相信以后再也不会碰到了。如今，要是跟随夫人，不知道会有什么样的遭遇？还不如被卖掉好……"亚道佛喃喃自语着。

背向着亚道佛的汤姆叔叔，心里悲痛万分，本来有希望获得自由的，而现在一切都又改变了。想着远方的妻儿，汤姆叔叔极力忍住哀伤的眼泪，尽量专心地祈祷。

欧非莉小姐想使汤姆叔叔恢复自由身，但是冷酷的玛丽夫人却不准许。在束手无策的情形下，欧菲莉小姐只好替汤姆叔叔写信给赛尔比家。

◉拍　卖

汤姆叔叔、亚道佛和其他的仆人，都被拘禁在奴隶仓库里。另外还包括来自各地的许多黑奴，也在等候拍卖。这些命运坎坷的奴隶，为了掩饰内心的恐惧和哀伤，都佯装愉快地嬉闹着。

一位体型矮胖、看起来孔武有力的买主，推开人潮走到汤姆叔叔的面前。他先检查汤姆叔叔的牙齿、肌肉，最后才问：

“你生长在哪里?”

“肯塔基州。”汤姆叔叔回答。

“你在那里做过什么?”

“我替主人管理农场。”

“嗯，这个可以考虑考虑。”说完，这位买主就走到拍卖场。

这时，奴隶拍卖会已经开始了。

亚道佛和克里亚家的其他仆人，都陆陆续续地交给买主。

“轮到你上去啦!”

于是，汤姆叔叔就被推到拍卖台上，一阵喊价声此起彼落，价钱不断地提高，终于刚才那位身材矮胖而外貌凶恶的买主，成为汤姆叔叔的新主人。

“你暂时站在那里。”说完，这个男人又买了其他的奴隶。

汤姆叔叔局促不安地站在旁边。接着，一个叫苏姗的女人被买走了。

“先生，请你也买下我的女儿吧!”

苏姗对外表很和善的新主人，苦苦地哀求着。

“可能的话，我倒是愿意为你想想办法。”

这位绅士说完以后，就加入拍卖苏姗女儿——艾美的喊价声中。但是，年轻貌美的艾美，却被另一个人以高价买走了。

艾美的新主人就是拥有广大棉花田的雷克，也就是刚才买下汤姆叔叔的中年人。

◉奴隶的生活

一艘破旧的船只在风平浪静的海湾上，慢慢地行驶着。坐在船舱里的汤姆叔叔，手、脚都戴上链子，而他的心情比这些手铐、脚链更沉重。就像逐渐远离的月亮、星星和岸边的树木一样，所有心爱的人都已离汤姆叔叔远去——肯塔基州的妻儿、赛尔比家的主人、美丽的克里亚家园和可爱的吉琳小姐，此刻都已经成为尘烟往事了。想到这些，汤姆叔叔不胜唏嘘……

汤姆叔叔的新主人雷克，在新奥尔良买了八个奴隶后，就乘船离开路易西安那州。

“站起来！”雷克走到汤姆叔叔的面前，粗暴地说：

“那个领结拿掉，换上这个。”

雷克翻遍汤姆叔叔的行李箱，才找出汤姆叔叔在马房工作时所穿的破长裤和旧上衣。

汤姆叔叔急忙换上雷克递给他的衣服，偷偷地把圣经放在口袋里。

“你们现在给我好好地听着。”

雷克站在奴隶面前，以冷漠的声音吼着，他凶恶的蛇眼狠狠地瞪着。

“看这边，看着我的眼睛！”雷克一边说着，一边挥动着他的拳头。

“你们看到这个拳头没有？我告诉你们，这个拳头就是因为揍黑人，所以才会这么坚硬。不管什么样的黑人，我一拳就可以把他打倒。”

说完，雷克把拳头放在汤姆叔叔的鼻子上。

“你们听着，我的农场是没有监工的，所有的事情都是由我一个人亲自管理，你们做些什么事，我都知道，所以你们一定要听我的话，我说什么，你们就做什么，这样你们就不会有皮肉之苦。另外，我是不会同情你们的，你们最好有这种心理准备。”

奴隶们听到新主人雷克严厉的训诫后，害怕得不敢吭声，个个低着头，颤抖着。

这艘载满悲伤与痛苦的船只，慢慢地往河的下游行驶。不久，船只就停泊在一个小镇的码头上。于是，雷克便带着奴隶下船。

马车在崎岖不平的路上行走，汤姆叔叔和其他的奴隶都拖着疲惫的脚步，蹒跚地跟在马车后面。

马车上坐着暴戾、专横的雷克。

通往农场的道路，荒乱又杳无人迹，微风吹拂过路旁松林，发出一种凄凉而孤寂的声音。奴隶们每踏出一步沉重的脚步，就离他们的家乡更遥远，展现在他们前面的是一条艰辛而悲痛的道路。

雷克从口袋里拿出酒瓶，一个人在马车上喝得酩酊大醉，然后对奴隶们说：

“喂，你们唱首歌来听吧！”

可怜的奴隶们，被迫装出很快乐的样子，大声地唱着歌。他们的脸上布满痛楚的泪水，而歌声中透露出一股无奈的悲戚与绝望。

终于他们到达了雷克的农场。三、四只凶恶的狗，听到马车走动的声音，非常快速地冲到屋外，看到汤姆叔叔和其他的奴隶们，便采取一种虎视眈眈的架势，想要扑向他们。

“怎么样？如果你们想要逃跑，应该知道会有什么样的后果吧？这些狗都是经过训练的，专门抓黑人。所以，你们最好小心一点，嗯？”雷克威胁似的对奴隶们说。

“喂，森波，我不在的时候，农场的工作还顺利吧？”

雷克将视线转向站在旁边的一位黑人。

“是的，都很顺利，主人。”

“肯柏，你有没有按照我的吩咐做？”雷克问另一个黑人。

“有的，先生。”

森波和肯柏两人都是雷克农场的奴隶头子。

狡诈的雷克以同样的方法训练森波和肯柏，使他们两人拥有相同的地位和身份，而互相竞争。由于森波和肯柏都想讨主人的欢心，希望能有所表现，所以两人对主人雷克都很忠心。

“喂，森波，你把这些人带到小屋里。”

“哦，艾美，你跟我来。”

雷克把面有惧容的艾美拖进屋里。

汤姆叔叔被森波带到一间简陋而破旧的小屋里，另外还有几个奴隶也都住在这里面。

到了夜晚，疲惫不堪的奴隶都回到这间小屋里。每个人都穿着破烂、肮脏的衣服，神情凝重地开始做自己的晚餐。

天未亮的时候，奴隶们就被赶到田里工作，又遭受管理员的鞭打，一直到天黑，才拖着疲倦的身躯回到小屋。因为奴隶们必须自己研磨玉米粉，才能做晚餐，而人多石杵少，所以，每到晚餐时，往往争先恐后地抢石杵，于是每天即使是深更半夜了，也会听到磨粉的声音。

"喂，露丝！"

森波走近一个混血女人的身旁，把自己的玉米袋扔给她。

"你现在是我的女人了，你应该替我做晚餐啊！"

"我才不是你的女人呢！谁愿意为你做晚餐，你滚吧！"露丝愤愤地说，把玉米袋丢在地上。

"什么？我踢死你……"

"要杀就杀吧！愈快愈好，反正死了比活着好些。"

肯柏看到这种情形便说：

"喂，森波，你宠这些女人，我要去告诉主人。"

"好，你去说吧！那我就跟主人说，你不让这些女人磨玉米粉。"森波也不甘示弱。

汤姆叔叔饥饿得几乎昏厥过去，可是仍得慢慢地等候。当轮到最后的两个女人时，诚实的汤姆叔叔就为她们磨粉。由于从没有人对她们这么亲切，所以两个女人都非常感激汤姆叔叔的帮忙。

汤姆叔叔面对新的生活环境，逐渐了解生活中一些无人性的残暴手段。但是他仍以平静的心情，勤快地工作。

雷克知道汤姆叔叔心地善良，工作态度也很认真。可是，当初他买回汤姆叔叔的目的是为了管理农场，而管理员所必备的条件不是善良的心地，而是冷酷、暴戾的性情。于是，雷克准备训练汤姆叔叔。

有一天，一位过去从未见过的女人，加入奴隶们的工作行列里。她的身材修长，穿着也很整洁，沾满泥灰的俊秀脸庞，有一种很明显的抗拒和忍耐的复杂表情，汤姆叔叔并不认识这混血女人。

"你终于也出来工作了啊？"

"嘿……嘿……你很快就会知道做工有多么快乐呀！夫人。"

"真想看看你被鞭打的样子。"

奴隶们你一句我一句地嘲讽这混血女人，但是，她却充耳不闻，辛勤地工作。

汤姆叔叔也很卖力地工作，而在他旁边的露丝，一边采着棉花，一边低声地祷告着，脸上有一种很痛苦的表情，身躯摇摇晃晃地几乎要倒下去。汤姆叔叔很同情露丝，便把自己采的棉花，放在露丝的袋子里面。

"哦，不可以，不可以的……你这样做会有麻烦的。"露丝惊慌地说。

这时，森波来了。

"干什么！干什么！露丝，你又在骗人了。嗯？"说完，就用笨重的鞋子踢露丝，又用鞭子抽打汤姆叔叔。

但汤姆叔叔趁管理员森波不注意的时候，又把自己采的棉花全部放在露丝的袋子里面。

“不可以的，你这样做会得到什么样的处罚，难道你不知道吗?”

露丝的脸上出现惧怕的神情。

“不要紧，我比你更有体力，我可以忍受。”

汤姆叔叔很快地走到自己工作的地方。

一会儿，刚才在棉花田工作的混血女人，把自己采的棉花放在汤姆叔叔的袋子里面。

“你一点都不知道这里的情形……过一个月以后，你就会明白在这里工作只求自保。”混血女人低声地说。

“上帝怎么准许这种事情发生呢？夫人。”

“上帝绝对不会到这里来的。”

混血女人很哀伤地说完以后，就回到自己工作的地方。

管理员森波看见这种情形，挥动着鞭子走到女人的身边，冷漠地说：

“喂，你又在搞什么花样啦！我警告你，最好不要动什么歪脑筋。现在，你是我的手下了，不听话的话，小心我打你。”

女人的黑眼睛像闪电般地怒视着森波。

“畜生！你以为我是谁？我说一句话就会让你好看的。”

“好吧！算你赢，凯西夫人。”说完，森波就走到另一边。

不久，一天的工作结束了。奴隶们站在小屋前排队，等着称棉花重量。

“汤姆那个家伙，他一直替露丝采棉花。”

森波向主人雷克打小报告。

“那个黑鬼……哼，让我来教训教训他。”

听到主人雷克这么说，森波和肯柏两个人都幸灾乐祸地露齿而笑。

“叫汤姆用鞭子打露丝，不是很好的教训吗?”森波的脸上浮现诡异的笑容。

当雷克正在称奴隶们所采的棉花时，发现露丝的棉花因汤姆叔叔的协助，而超过规定的标准重量，可是，雷克却故意说：

“你这个偷懒的家伙，给我站到那边去!”

露丝绝望地蹲在地上，低声地啜泣着。

这时站在后面的凯西，很生气地拿出自己的袋子。雷克嘲笑般地看着凯西，而凯西以充满怒意的眼神瞪着雷克，一转身便悻悻然离去。

“汤姆过来。我把你买回来是为了要让你当农场的管理员，所以，你今天晚上就开始做管理员的工作。现在你用鞭子打露丝，方法你已经看过了，我相信你也应该会了。”雷克把汤姆叔叔叫到旁边，然后递给他一条鞭子。

“主人，请你饶了我吧！我没有办法这样做。”

“我正想教教你过去所不知道的……”

雷克突然用皮鞭发狂似的抽打汤姆叔叔的脸。

“怎么样？还不会吗？”雷克喘着气，大声地说。

“是的，先生。”汤姆叔叔举起手擦着脸上的血迹，又说：

“不管是白天或晚上，只要我有一口气在，我一定会很认真地做事，可是这件事我是绝对不会做的，绝对不会……”

“哦，上帝啊！”可怜的露丝握紧双手，跪在地上，痛苦地喊着。

雷克一向认为汤姆叔叔是个很温顺的奴隶，而此刻却不听从他的命令，所以愣了一下，但是立刻又大声地吼着：

“你说什么？你这黑鬼！像你这样，居然还敢跟我顶嘴。你说你不能打露丝？”

“是的。露丝生病了，身体很虚弱，再用鞭子打她，那太残酷了。我做不到，死也做不到。”

汤姆叔叔的语气很温和，但却十分坚决。雷克气得全身颤抖。

“我是你的主人，不管是你的身体或是你的灵魂，都是我的。”说完，雷克用笨重的马鞋用力地踢汤姆叔叔。

“怎么样？你还做不做？”

“不，不，不……我的灵魂不是先生的，灵魂是不能买卖的，灵魂是上帝的……”

脸上血泪交织的汤姆叔叔，不停地喊着。

“森波、肯柏，把这个家伙拉去修理修理。”

森波和肯柏俩像凶猛的恶魔一样，脸上有一种狂喜而残暴的表情，拖着遍体鳞伤的汤姆叔叔走了。而跪倒在地的露丝，惊骇得不断喊叫。

◉凯西的境遇

这是一个闷热的夜晚，遭到恶毒拷打的汤姆叔叔，躺卧在小屋的角落里，痛苦地呻吟着。他的喉咙像火燃烧般的发干、灼热。

突然间，汤姆叔叔听到一阵脚步声，接着看见一盏闪动着微弱光线的煤油灯。

“是谁啊？请你给我一点水吧！”汤姆叔叔勉强地挤出声音。

“你尽量喝吧！你一定很难过……”

凯西把汤姆叔叔的头扶起来，然后从瓶子里倒出一杯水递给他。汤姆叔叔一口气喝了一大瓶。

“谢谢你，夫人。”

“请你不要再叫我夫人。我和你一样，都是可怜的奴隶。”

凯西对疗伤方面很有经验。她用湿布贴在汤姆叔叔的伤口上，用水洗净伤口附近的污迹，然后用布包扎起来。汤姆叔叔很感激地向她道谢。

“真可怜，你只是在浪费你的时间罢了。虽然你很勇敢，心地又善良，可是雷克那个恶棍太厉害了，你还是死了这条心吧！”

“噢，上帝，我怎么可以死了这条心呢？”

“你叫上帝也没有用，他听不见的。这里是地狱。”

“噢，上帝，你是不是把这里的可怜人都忘记了？夫人，我不愿连天国都失去，变成和那个男人一样坏的人。夫人，我拜托你，这里有圣经，如果你能为我念一点，我会很感激你的。”

凯西拿起汤姆叔叔破旧的圣经，以一种轻柔的声音念给汤姆叔叔听。

“天父，请你原谅他们，他们并不知道自己在做什么。”

圣经里这一段短文，令凯西感动得痛哭流涕，而汤姆叔叔也泪如泉涌。

“我们是为了原谅那个男人，才活在这里的。”汤姆叔叔哽咽地说。

“我对那些人很了解，明天他还会让你痛苦的，一想到这些，我就受不了。”

“上帝会帮助好人的。”

凯西微低着头，默默地看着地面，然后，慢慢开始谈一些她自己的境遇。

“如果我说了我的遭遇给你听，你一定会相信我所说的话。”凯西沉吟半晌，才幽幽地说：

“我的父亲是白人，母亲是父亲的奴隶。父亲从小就很疼爱我，让我过着无忧无虑的生活。他很想使我成为一个自由的人，可是，在我十四岁的时候，他突然去世了。于是，母亲便带着我到乡下的娘家住。”

“我在乡下认识了一位年轻的男孩子，我们两个人非常相爱，我爱他更甚于爱上帝、爱自己的灵魂，和他结婚是我的梦想。”

“他从来没有嫌弃过我是奴隶，他爱我，曾经花了一笔钱把我买回来，让我自由地生活。不过，他说白人不能和奴隶结婚，但他却真心地爱我。”

“虽然我们没有结婚，可是，我们是真正的夫妻，还生了一个女儿。那时候，我很幸福，但是……唉！好景不长，丈夫的一个坏朋友，把他带去赌博，最后输了钱，欠了一笔债，不得不把我和孩子卖掉，而买主就是那个坏朋友。这个人骗了我的丈夫，又把我的孩子卖到别的地方去。我想杀掉这个可恶的男人，可是却失败了。他把我卖给奴隶商人，最后，终于被雷克买到这里来。”

凯西说完这些就停住了。

雷克并没有叫凯西到田里工作，他让凯西在身边照顾他的起居生活。不久，雷克喜新厌旧，就叫凯西到棉花田里工作，而以年轻、漂亮的艾美来取代凯西的地位。

“过去，我一直很相信上帝，可是在这里被那些恶魔凌辱之后，我就失去灵魂了。”凯西慢慢地站起来，又说：

“有没有什么事，需要我帮忙的？唉！真是可怜的人。”

凯西和善地安慰着汤姆叔叔。接着汤姆叔叔又喝了一口水，然后注视着凯西。

“夫人，你一定能到天国去，上帝一定会滋润你的灵魂的。”

“这里不会有上帝的，这里只有惩罚和绝望。”

汤姆叔叔想要再说些什么，但是凯西示意他不要说话。

“可怜的人，你最好睡一会儿吧！”

凯西把水瓶放在汤姆叔叔的身旁，然后离开小屋。

◉一撮卷发

雷克在很宽敞的卧室里，独自饮酒作乐，一边自言自语着：

“可恶的森波，害我白白损失了一个能干的帮手，现在又正好是最忙的时候……”

这时，凯西走进房间，听到雷克的喃喃自语，便冷冷地说：

“你自己还不是一样，整日吃喝嫖赌，从来不工作。”

“哦，你回来了呀！”雷克抬头看着凯西。

“是啊！我有事要做。你不会再折磨那个汤姆吧？”凯西眼睛里闪出愤恨的光芒。

“我真想知道不能折磨他的原因，我还是第一次看到像他这么硬骨头的人。他再不听话，我会把他的每一根骨头都折断。”雷克咬牙切齿地说。

这个时候，门轻轻地被打开，森波走进房间里。他礼貌性地微点着头，然后，拿出一个纸包。

“那是什么东西呀？”

“这是驱邪避恶的东西。”

“什么？你说什么？”

雷克的声音里充满了紧张与不安。

“就是那个黑鬼汤姆带在身上的护身符嘛！他因为有这个东西，所以用鞭子打他，他也不会痛。那个黑鬼用黑色的带子把它带在身上。”

雷克接过纸包，有点恐惧地打开看，他的双手颤抖着。里面的东西是赛尔比家乔治少爷送给汤姆叔叔的金币和吉琳小姐的遗物——一撮金黄色的卷发。

金黄色的卷发好像复活般地缠绕在雷克的手指上。

“他妈的！”

雷克很生气地甩手，像发狂般地把手指上的卷发扯掉。

“拿走！把它烧掉，我不愿意再看到这个东西……”雷克用力地把纸包甩在地上。

森波看见雷克暴跳如雷的举动，吓得目瞪口呆，全身僵硬地站着。

“再也不要拿这个东西给我看！”

雷克大声地吼着，握紧拳头，在森波的眼前一挥。

森波惊醒般地快步转身离去。

雷克不愿看到卷发是有原因的。

孩提时代，雷克经常被美丽的母亲带到教会做礼拜。他的母亲是一位虔诚而柔顺的基督教徒，她把所有的精力与爱心都灌注在雷克身上。虽然雷克拥有慈祥的母亲所给予的亲情，可是他却承袭了父亲粗暴而冷酷的本性。

雷克长大成人后，十分迷恋浩瀚无际的海洋，因此便离家出走，甘心做一个浪迹天涯的船员。

后来，雷克只回过家一次。他的母亲为了拯救雷克的灵魂，每天对上帝祷告，祈求雷克早日回心转意，做个听话的孩子。可是，雷克的性情反而比过去更加残暴。当雷克返回故乡时，他甚至把跪在她面前，向他苦苦哀求的年迈母亲，粗暴地踢倒，并且破口大骂。随即，又过着四处漂泊、浪迹天涯的海上生活。

不久之后的某一天晚上，他正和一群酒肉朋友胡闹时，突然收到一封信。雷克拆开信封，赫然发现里面有一撮细长的卷发，而且缠绕在他的手指上。这封信里写着他的母亲已经与世长辞了。

雷克因为受不了良心的谴责，便把母亲遗留给他的卷发烧掉。眼看着付之一炬的发丝，雷克觉得那好像是一把在地狱里燃烧的火焰，他害怕得全身颤抖。为了忘记这一段可怕的记忆，于是雷克便整日沉湎于酒池肉林中，过着糜烂浮华的生活。

“森波不知从什么地方拿来那个东西！我好不容易才把那件事忘掉……”雷克一边饮酒，一边吼骂着。他的内心油然升起一股极端的恐惧感。

“不可能是那些头发，我确实把它烧掉了。那到底是从哪里来的呢？”

为了消除心里的疑惧感，雷克便又发狂似的喝酒。

◉和平与喜悦

凯西走到二楼艾美的房间里。艾美以为是雷克来了，吓得脸色发白，发现原来是凯西，才松了一大口气。

“噢，凯西，我在这里好害怕喔！我们逃走吧！”

艾美紧紧地抓着凯西的手。

“逃不掉的，你看到那些凶狗吗？被那些狗抓到，就会……”

“会怎么样呢？”

“太可怕了，我不敢想象……可怜的汤姆，如果他不听雷克的话，不知道明天会变得怎么样……”

“好可怕！”艾美吓得脸无血色。

自从看到那些金黄色的卷发以后，雷克更是整日手不离酒瓶。一天夜晚，他做了一个噩梦，惊醒之后，心里的不安感仍未消失。这种莫名的恐惧心理，更加深了他对汤姆叔叔的不满。

“喂！起来！你这个畜生！”

雷克突然踢着汤姆叔叔。

体无完肤的汤姆叔叔，费了好大的劲儿，才从地上勉强地爬起来，注视着满脸怒意的雷克。

“哦？你还有力气站起来？看情形，你被整得还不够，嗯？好，汤姆你就跪在这里，对昨天的事，请求原谅吧！”

汤姆叔叔毫无反应，仍漠然地站着。

“跪下来啊！你这只狗……”

“先生，我做不到。我只做我认为对的事，而且无论何时，我都不会做不对的事。”汤姆叔叔握紧双手，断然地说。

“先生，你把我买回来，就是要我为你工作。所以我可以为先生做任何事情，只要我还有一点力气在。可是，灵魂是不能交给别人的，灵魂只能交给上帝……我一点也不怕死。”

“哼，你死了以后，我一定会叫你听话的。”雷克非常气愤。

“不可能的，上帝会帮助好人的……”

“可恶！”

雷克挥动着拳头，一拳就把汤姆叔叔打倒在地。

这时，有一双冰凉而柔软的手扶起汤姆叔叔，她就是凯西。

“嗯，不要再这样打他了。交给我吧！”凯西柔声地说，想缓和雷克的怒意。

“去你的！我现在很忙，所以才原谅你，可是你要给我好好地记住……”雷克又不屑地踢了一下汤姆叔叔，然后才离开小屋。

凯西看着雷克离去的背影，忽然转过头来，对汤姆叔叔说：

“唉！真可怜！你伤得怎么样？”

“谢谢你。你真是上帝派来的天使……”

汤姆叔叔的伤尚未痊愈，就被雷克叫到田里采棉花。汤姆叔叔每天拖着病体，比一般人更辛勤地工作，可是仍遭受雷克的百般刁难。他的身体已经十分虚弱，甚至连读圣经的精力都没有。

汤姆叔叔的灵魂也被蹂躏得支离破碎。但是他仍相信上帝绝对不会撒手不管这里的可怜人，或是对那些恶人的罪行视若无睹。在深切的痛楚和哀伤中，汤姆叔叔的心一直和恶魔奋力地交战，誓死抗拒外来的威胁。

有一天夜晚，精疲力竭的汤姆叔叔，拖着遍体鳞伤的身体，坐在即将熄灭的火堆旁，孤独地烤着玉米面包，他从口袋里拿出破旧的圣经，借着微弱的一点火光开始读圣经。大概是因为光线不足和过度疲劳的关系，汤姆叔叔对圣经上的文句，丝毫未受感动。他幽幽地叹息一声，然后把圣经放回口袋里。

这时，汤姆叔叔突然听到一阵卑鄙的笑声。他吓了一跳，抬起头来，赫然发现雷克站在面前。

“喂，老头子，你现在应该知道，看了那个东西也没有用吧?”

这句话对汤姆叔叔来说，比饥饿和寒冷更加严酷。

“你真傻，我想让你过得比森波、肯柏他们还要舒服，可是你偏偏不听话。你为什么不学聪明一点呢？把那个东西烧掉以后，你就会变得聪明一些啦!”

“上帝不会准许的。不管上帝救不救我，我都会相信上帝的……”汤姆叔叔紧紧地握着口袋里的圣经。

“真是个大傻瓜。随便你吧!”

雷克不屑地对汤姆叔叔吐口水，又粗鲁地踢他，然后就转身离去。

这种残暴的举动，反而使遭受打击的汤姆叔叔的灵魂更加坚韧，对上帝的信仰也更加坚定忠诚。

此刻，汤姆叔叔的身躯已经僵硬、麻木，而感觉也变得很迟钝，好像即将晕倒似的，汤姆叔叔就这样痴痴地坐在火堆旁边。不久，他发现四周的物体都已消失，只看见戴着荆棘冠冕的耶稣基督。汤姆叔叔一直注视着威严而坚韧的耶稣的脸，一阵激动、感恩的情愫涌上心头。现在，汤姆叔叔的灵魂已经苏醒了，他高举着双手，跪在耶稣的面前，展现在他眼前的是一张充满慈爱而安然的脸孔。

汤姆叔叔就这样跪了许久，等到他苏醒时，火已经熄灭，而衣服也被露水濡湿。但是，汤姆叔叔的内心却充满了喜悦与安详，对肉体的寒冷和痛苦都已毫无知觉。

现在，任何人都不能扰乱汤姆叔叔平静的心湖，因为他的心里只有上帝所赐予的祥和与宁静。

“汤姆那个家伙到底发生了什么事？”雷克问森波。

“我也不知道他怎么了。可能是在计划逃走吧！”

“如果他要逃出去的话，那才有趣呢！让他试试吧！喂！森波，你说对不对？”

“嗯，一点没有错。等他在沼泽里，动弹不得的时候，我们就把狗放出去……嘿……嘿！”森波发出冷冷的笑声。

看到汤姆叔叔一副与世无争的怡然神态，雷克对他的怒意就愈深。

“可恶的黑鬼……”

雷克每次看到汤姆叔叔，就用鞭子抽打他。但是，鞭子只能打痛汤姆叔叔的肉体，无法伤到他平静的内心。

汤姆叔叔想要把耶稣赐给他的喜悦和宁静的心境，与同伴们分享。而那些与汤姆叔叔境遇相同、心情沉重的奴隶，却无法了解汤姆叔叔。不久，一股神奇的力量促使那些奴隶去接近汤姆叔叔，甚至连固执的凯西，一颗顽强的心，也逐渐地缓和下来。

一天深夜，小屋里的奴隶都已纷纷入睡，突然，凯西出现在小屋的窗口外面。尚未入睡的汤姆叔叔被她的突然出现吓了一跳，急忙从地上爬起来。

汤姆叔叔看见凯西正对着他招手，于是便走到小屋外面。

“汤姆，你想不想获得自由？”凯西低声地问。

“如果上帝来救我们的时候，我们就可以自由了，夫人。”汤姆叔叔的口吻非常平静。

“我说的是今天晚上。我已经把雷克灌醉了，他现在正睡得死死的。我那里有一把斧头，本来我想自己动手，可是，我的力量太小了……走吧！”

“我不想走。”汤姆叔叔很坚决地回拒。

凯西听到汤姆叔叔这句话，立刻转身就走，但是，汤姆叔叔很快地把她拉了回来。

“你应该想想这些可怜的人们。”

凯西挣脱汤姆叔叔的手，可是，汤姆叔叔又再度把她拉住。

“不，不可以的。不管发生了什么事，都不可以这么做。”

“那么，我自己来。”凯西转身就走。

“凯西……”汤姆叔叔急忙跑到凯西的前面，挡住她的去路。

“你听我说，你不能把你的灵魂交给恶魔，你一定要耐心地等，上帝会来帮助你的，上帝一定会来解救我们……”

“我已经等得快发疯了，上帝还要我去爱他？”

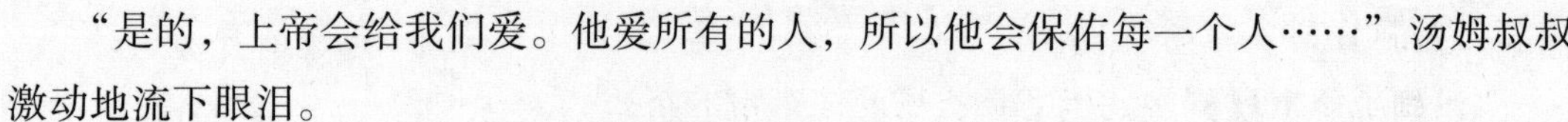

“是的，上帝会给我们爱。他爱所有的人，所以他会保佑每一个人……”汤姆叔叔激动地流下眼泪。

“凯西，我是为你好。我会为你祈祷的。”

凯西默默不语地站着，大颗的眼泪从脸颊上掉下来。

“如果可能的话，凯西，你应该带着艾美逃走的。这样，就没有人会流血。”

“你也要和我们一起逃走吗？”

“不，我要跟那些同伴们在一起，我会经常为你们祷告。”

“我一定会逃出去的。”说完，凯西就走了。

◉凯西的计划

凯西已经开始计划逃亡，同时，也已逐步进行。

“哟，凯西，你在做什么啊？”雷克问。

“没有呀！我想换个房间睡。”

凯西从阁楼上的卧室里把家具搬出来。

“换房睡？为什么不在自己的房间睡？”

“阁楼上好像有人似的，有时候还会听到呻吟的声音和东西在地上滚动的声音。”

“什么？你说什么？”雷克的声音充满了疑惧与惶恐。

两三年前，一个命运坎坷的黑女人，惹火了雷克，于是雷克便把她关在阁楼上面。不久，有人发现这个黑女人已经死了，于是雷克就把她的尸体抬出去埋掉。

“在阁楼上的那个人到底是谁？你知不知道？”

凯西故意装出很迷糊的样子看着雷克，而雷克却心虚地把视线转移到别处。

家具全部搬出来以后，凯西就在阁楼的墙缝里装上瓶颈。每当风呼呼地吹入瓶子时，就会发出像悲泣的声音。雷克家的仆人们经常听到这种声音，以为阁楼上有鬼，于是，这件事很快就传遍整个农场。

“那是老鼠和风吹的声音。”

雷克压抑着内心的恐惧感，但是，这种莫名的感觉却反而愈来愈强烈。

有一天，凯西发觉雷克的情绪非常愉快，于是便乘机提出到镇上散步的要求。

“好吧！你可以去散散心……”出乎意料的，雷克并没有拒绝凯西的要求。

凯西到了镇上以后，就记下由农场通往市镇的路线。

当天下午，雷克到隔壁的农场洽商生意，凯西和艾美就趁着这时忙着整理行李。

“这个时候最好，我们走吧！”

“可是，会不会被发现？”艾美很不安地说。

“我们小心一点，就不会被别人发现。你听我说，艾美，我们逃走的时候，他们一定会发现，等雷克回去找人时，我们已跑过壕沟。因为壕沟里的水不会留下人味，所以，狗也不会追过来。等到他们都走了以后，我们再回到阁楼来。”

凯西说完，便抓着艾美的手逃出去了。

当雷克发现凯西和艾美逃走以后，立刻召集人马追赶她们。

于是，凯西和艾美便按照计划从后门进入已经无人的阁楼。

“你看，他们都跑到外面去抓我们了。”

凯西很镇静地说着，然后，就带艾美到阁楼上的房间。

“那些人真的不会到阁楼来吗？”

“我倒想看看他们到阁楼来的样子。”凯西胸有成竹地说。

“这里有鬼，他们怎么敢来呢？”

不久，楼下传来一阵嘈杂声，原来是雷克他们回来了。

艾美害怕得几乎放声大叫。

“别害怕！”凯西安慰着脸色发白的艾美。

“不要说话，你这样会被他们听见的。”艾美紧张地低声说。

“如果他们听到声音，那就有效了。不要害怕，没有关系的。”凯西轻轻拍着艾美颤抖的手。

此时，夜已深了，雷克准备第二天再出去找凯西和艾美。

◉汤姆叔叔的死

凯西和艾美逃跑的时候，只有汤姆叔叔没有和大家一起去找她们。当雷克毫无所获地回来时，汤姆叔叔的眼神里有一种异样的光芒，而雷克对汤姆叔叔的怒意已愈来愈深了。

第二天开始，雷克一伙人每天清晨便出去找凯西和艾美，可是仍徒劳无功。

“喂，肯柏。”雷克在房间里，一边伸展着疲倦的身躯，一边喊着。

“你马上去把汤姆叫来，听着，马上！我真想把他的黑皮剥掉……”雷克的眼睛里露出凶恶的光芒。

一会儿后，汤姆叔叔便被肯柏拖到雷克的面前。

“喂，汤姆!”

雷克非常粗暴地抓起汤姆叔叔的领口，一张因愤怒而扭曲的脸孔，有如凶狠的恶魔般。

“我要把你打死，你知道吗?”

“我已经想到了，先生。”汤姆叔叔很平静地回答。

“你让那两个女人逃掉，对不对？如果你不说出来，我就把你打死!”

汤姆叔叔默默地站着，一言不发。

“喂！你到底有没有在听啊?”雷克发出像狮子般的吼声。

“说呀!”

“我没有什么好说的，先生。”汤姆叔叔仍是一副泰然自若的神态。

“你这个家伙，明明知道还故意不说……”说完，雷克便很用力地毒打汤姆叔叔。

“我知道，可是，我不能说。就算是因此而死，我也毫无怨言。”

雷克深深地吸了一口气，抓着汤姆叔叔的手，大声咆哮着：

“听着，汤姆，这次我不再原谅你了。如果你还是这么倔强，我会把你的血挤干……”

“先生，如果你生病，需要我的血，我可以给你。可是，先生，你千万不要让自己犯下这么大的罪。如果你这么做的话，你的灵魂就不可救了。”

汤姆叔叔这一番令人感动的话，使雷克的心情顿时变得凌乱不安。但是，只一瞬间，雷克又恢复了恶魔般的狰狞面目。

他把汤姆叔叔用力地推倒在地上。

卧倒在地的汤姆叔叔身旁，站着只有汤姆叔叔才看得见的耶稣基督。

雷克紊乱的情绪仍未缓和下来。他对肯柏吼着：

“揍死他！揍死他！……”

汤姆叔叔痛苦地睁开眼睛，抬起头看着雷克说：

“你真是一个可怜的人，我会由衷地原谅你……”说完，汤姆叔叔就晕倒在地。

“你终于死了。哼！看你还会不会胡说八道。”

雷克走了以后，留下森波和肯柏两人，他们无意识地抱起汤姆叔叔。由于听到汤姆叔叔的一席话，这两个天性本来善良的黑奴，深深地受到感动。

“唉！我们实在做得太过火了。”森波不禁产生恻隐之心。

两个人细心地洗净汤姆叔叔的伤口，然后用稻草铺成一张简陋的床，再把汤姆叔叔放在上面休息。

“唉，汤姆，我们对你做得太过分了……”肯柏的眼睛里泪光闪闪。

“我已经原谅你们了。”汤姆叔叔勉强地挤出微弱的声音。这时，他已经奄奄一息了。

森波和肯柏两人都流下忏悔的泪水。

汤姆叔叔断断续续地说了一些耶稣的故事给他们听。

“我们相信，我们会相信耶稣的……”森波涕泣着。

“如果我能够把你们两个人带到上帝的身边，那么，我会很高兴地结束这条性命。上帝啊！请你把他们两个人的灵魂赐给我吧！”

汤姆叔叔的祈祷终于实现了。

两天以后，一位青年来找雷克。他就是乔治·赛尔比。

欧菲莉小姐代汤姆叔叔写给赛尔比夫人的信，因为中途发生意外事故，所以拖延了两个月才送达。那时，赛尔比先生罹患了很严重的热病，信送到后的两、三天，赛尔比先生就逝世了。

为了寻找汤姆叔叔，乔治少爷煞费苦心，经过各方询问后，最后才找到雷克。

“那个黑鬼太坏了。他把我的两个黑女人都放走，他实在太不听话了。我用鞭子打他，现在大概快死了。”

乔治压抑着心中的怒火，沉默了一会儿才冷冷地说：

“现在他在哪里？我要去见他。”

“就在那边的小屋。”牵着乔治的马的混血少年，指着不远处的一间木屋说。

乔治一声不响地立刻走向小屋。

这时，汤姆叔叔已经对肉体上的痛苦毫无感觉，他静静地躺在稻草上。

“怎么可能发生这种事情？”

乔治走进小屋后，对四周阴暗的光线与沉闷的空气，感到一阵头晕目眩。他走近汤姆叔叔的身边，轻轻地呼唤着：

“汤姆叔叔……可怜的汤姆叔叔……”

看到倍受凌辱的汤姆叔叔，乔治的眼泪不禁夺眶而出。

“哦……我的汤姆叔叔，我好想你呀！你赶快睁开眼睛和我说话呀！汤姆叔叔，我是乔治，就是你疼爱的乔治，你知道吗?”

“乔治少爷?”

汤姆叔叔缓缓地睁开眼睛，迷迷糊糊地喊着，以一种不太相信的眼神凝视着乔治。

乔治少爷来看我了……这种信念在汤姆叔叔的内心逐渐地扩散。他那原来空洞无神的眼睛，此刻却变得明亮犀利，脸上也因兴奋而浮现出笑容。

“上帝，真感谢你，这样我就满足了。大家都没有忘记我，我实在太高兴了，我可以安心地死了。上帝，真感谢你……”汤姆叔叔合拢僵硬的双手，真诚地祷告着，泪水不断地流下来。

“你不可以死。汤姆叔叔，你千万不能死。我就是为了带你回家，特地赶来……”

“乔治少爷，太晚了。上帝要把我带到他的身边，我很快就要到天国去了。”

“请你不要再说话了，汤姆叔叔！看到你这么痛苦，我的心都快要裂了……可怜的汤姆叔叔……”乔治泣不成声。

“我已经不再是一个可怜的人了，乔治少爷。我现在正站在天国的门口……”汤姆叔叔紧紧握着乔治的手。

“拜托你，乔治少爷，请你千万不要把我现在这个样子，告诉可怜的卡洛，她会承受不了的。你只要告诉她，我已经到天国去了，耶稣会经常在我的身边，我很快乐、很快乐……再请你告诉孩子们，一定要做个好人。还有先生、善良的夫人、同伴们……都请你代我问候他们，告诉他们，我到任何地方都永远爱着大家。哦，乔治少爷，做个基督徒多么光荣啊……”

突然，汤姆叔叔好像全身无力地闭上了眼睛，脸上现出一种恬静的光辉。他已经到天国去了。

乔治悲伤地回过头，看见雷克站在门口。

“这个人已经被你折腾够了，你该拿的也都拿光了。现在我要把他买回去，我应该给你多少钱?”乔治怒视着雷克，脸上的泪痕仍未干。

“我不会卖死人的，你要的话，就赶快带走吧!”雷克仍毫无悔意。

于是，乔治就叫旁边的两、三个黑人，把汤姆叔叔的尸体抬到自己的马车上，并把自己的大衣铺在尸体下面，想让汤姆叔叔躺得舒适些。

“我现在什么话都不想说。可是，你置人于死地，我要去控告你，总有一天，你会受到审判的。”乔治对默默跟随在后面的雷克说。

“哼，你去告吧！证人在哪里？你又有什么证据？”雷克轻蔑地说。

乔治不明白雷克的意思，而雷克所以这么说，是因为在南方州的法庭里，黑人的证词根本无效。

“一个黑人的死，也值得你这么小题大做吗？”

乔治听了，愤怒地一拳击倒雷克。随后，载着汤姆叔叔的马车，悄悄地离开小屋。不久，马车停在棉花田的一块小丘陵地前。

挖好坟墓以后，有个黑人说：

“我帮你把大衣拿起来吧！”

“不，就这样埋下去吧！我现在能做的只有这么一点，可怜的汤姆叔叔……”乔治哀伤地泪洒坟前。

两、三个黑人把泥土盖好后，便静静地站在一旁。突然，乔治跪在汤姆叔叔的坟墓前面，说：

“汤姆叔叔，我在你的面前发誓，从今以后，我会尽我最大的力量来改变奴隶制度。”

汤姆叔叔的坟墓前，并没有竖立墓碑，也没有其他记号，但是，上帝知道汤姆叔叔安眠在此地，同时赐给他不灭的灵魂。

◉鬼的真相

雷克家的鬼屋之说，很快便传遍大街小巷，大家都说穿着白衣的幽灵在雷克家里到处走动。听到这种传说，雷克整日精神恍惚，心神不宁。每到夜晚时，他就借酒来麻痹自己的心灵，而白天则疯狂地大声叫骂，俨然像个丧心病狂的人。

汤姆叔叔死后的第二天，雷克到镇上饮酒作乐，然后摇摇晃晃地回到家里，把手枪放在旁边后，就睡倒在沙发上。

雷克在睡梦中感到一阵恐惧，他勉强地睁开眼睛，可是身体却无法动弹。原先关闭的门，此刻却半开着。一会儿，一个白色的影子轻飘飘地走进屋里，两只冰凉的手摸着雷克，发出低沉的声音说：

“来，来，来……”

自从发生这件事以后，雷克更是经常酗酒。于是镇上有一种传说——雷克发疯了，快要死了。

在白色的人影到雷克房间的隔天早上，黑奴们发现家里的大门被打开，并有人看见两个白影在路上奔跑着。那白色的鬼影就是凯西和艾美。

凯西和艾美逃离魔掌后，决定要搭船到肯塔基州。于是，凯西就乔装成贵夫人，而艾美则装扮成她的女仆。

乔治·赛尔比正好与她们搭乘同一艘船，准备回家。因为凯西在阁楼上曾经看到乔治为汤姆叔叔埋葬，所以她认得乔治。而乔治第一次看见凯西时，也有一种特别的感觉。

当船只渡过密西西比河的时候，凯西走近乔治的身旁，向他诉说自己的境遇。乔治深深地同情凯西，决定要帮助她。

凯西隔壁的船室住着一位带十二三岁可爱女孩的罗特夫人。当她获知乔治是肯塔基州人的时候，便走过来和他搭讪。

因为罗特夫人曾经在肯塔基州住过半年之久，而且据说就住在赛尔比家附近，于是，罗特夫人便问乔治：

"你认识哈里斯这个人吗？"

"我认识他。呃，他就住在我家附近。"

"那你认识一个叫乔治的混血青年吗？"

"你说的是乔治·哈里斯吧？我认识他，他和我母亲的女仆结婚了。可是，他们现在已经逃到加拿大了。"

"真的吗？那实在太好了。"

罗特夫人捂着脸孔，高兴得流出了眼泪，又说：

"他就是我的弟弟。"

"夫人，这是真的吗？"乔治感到非常惊讶。

"是的，我希望你能告诉我，我弟弟的详细情形。"

"他是一个非常优秀的青年，聪明又有所作为。他已经和我们家的女仆丽莎结婚了。"

"他的妻子是一个怎么样的女人？"

"噢，丽莎真是一个不可多得的女人，人长得漂亮，性情又温柔、贤惠。我父母都把她当作自己的女儿一样看待。"

"她是不是在你家出生的？"

“不是，她是我父亲在新奥尔良买的。那时，她大概是七八岁的样子，因为人长得很漂亮，所以价钱好像也很高。”

凯西在乔治后面听到他们之间的谈话，突然间脸色变得非常苍白，插口说：

“你父亲有没有提起过卖主的名字？你知不知道他叫什么名字？”

“好像叫西蒙吧！”

“啊！上帝……”说完，凯西就晕了过去。因为丽莎就是她失散多年的女儿。

罗特夫人和凯西转道到加拿大，分别寻找她们的弟弟和女儿。

乔治和丽莎获得自由以后，已经在加拿大居住了五年之久。乔治在一家规模庞大的机械工厂工作，而年幼的哈里也已入学。全家过着甜蜜而平静的生活。

罗特夫人和凯西由认识乔治和丽莎的牧师，带领到他们家里。

“乔治，你不认得我了吗？我是你的姐姐爱琳哪！”

“噢，可怜的丽莎，我是你的母亲啊！”

阔别已久的姐弟、母女四人，为了这次意外的重逢而紧紧地拥抱着，每个人都高兴得泪流满面。然后，他们一起跪下来，向上帝祷告。

由于罗特夫人拥有法国丈夫所留下的大笔遗产，于是，大家商量以后，决定移居到法国。

和乔治一家人搭船到法国的艾美，很快地就和船上的船员坠入情网。当船只入港以后，他们便在当地结婚了。

乔治在法国完成四年的大学学业以后，由于法国发生内乱，因此全家再度返回加拿大。可是，为了争取黑人的自由权利，乔治决定到非洲开拓自己的前途，不久，全家又迁往非洲。

欧菲莉小姐带着托蓓茜移居到佛蒙特州，在那儿教导已变得十分乖巧的托蓓茜。

托蓓茜已经长大成人，成为一位恬静、有礼的小淑女。她也受到附近居民的喜爱。最令人意想不到的，是一向缺乏信仰的托蓓茜，却主动接受基督徒的洗礼，最后，还成为一位人敬人爱的传教士，为小孩子传播福音。

◉自由的人

乔治·赛尔比寄给母亲赛尔比夫人的信，上面除了写着抵达家门的日期以外，并没有其他字句。全家人都很兴奋地等候乔治和汤姆叔叔归来。

尤其是卡洛婶婶，她终于压抑不住内心的狂喜，轻声地问：

“夫人，乔治少爷的信上，有没有提起汤姆的事情啊？”

“他只写了一行字，说是今天晚上要回来。等他回来后，你再好好问他吧！”

“乔治少爷也真是的，他还想亲口告诉我这个好消息呢！”卡洛婶婶的脸上洋溢着幸福的微笑。

听到卡洛婶婶这句话，赛尔比夫人也发出会心的微笑。可是，她似乎感觉到乔治对此事有所隐藏，因此，她心中一直忐忑不安。

“夫人，钱没有问题吧？”卡洛有点担心地说。

“我真想让汤姆看一看，我在糕饼店所赚的钱……”卡洛婶婶喃喃自语着。

不久，她们听到马车的声音。

卡洛婶婶急忙跑到窗口前面，向外面张望着。

“是乔治少爷……”

赛尔比夫人快步跑到大门口，但是，只看到乔治独自从马车上走下来。站在旁边的卡洛婶婶，很焦虑地环顾黑暗的四周。

“噢！可怜的卡洛婶婶……”

乔治万分怜惜地握着卡洛婶婶因操劳而粗糙的黑手。

“如果我能把汤姆叔叔带回来，即使花掉我所有的财产，我也愿意……可是，汤姆叔叔已经到更好的另一个世界去了。”

“啊……”

听到乔治的话，赛尔比夫人感到一阵目眩，惊叫了一声；而卡洛婶婶却全身僵硬地站着，一句话也没有说。

餐厅的桌上，堆着卡洛婶婶辛苦赚来的钞票。

“有了这些钱又有什么用，我早就知道他会被卖到南方的农场去，被活活地整死……”卡洛婶婶内心的悲恸一下倾泻出来，不禁放声痛哭，整个人瘫痪在地上。

“可怜的卡洛……”赛尔比夫人轻轻地扶起她。

“噢！夫人，请原谅我的无礼，我的心已经碎了。”

“我知道，我知道……”赛尔比夫人老泪纵横。

“虽然，我们没有办法帮助他，可是，耶稣会守护他的……”赛尔比夫人不断地安慰伤心欲绝的卡洛婶婶。

赛尔比家的所有仆人也哀伤地哭泣着。乔治握着卡洛婶婶的手，向她诉说汤姆叔叔临终的情形和遗言。

一个月以后的某一天，赛尔比家的所有奴隶都聚集在大厅里。

乔治将奴隶获得自由的证明书，交给每一个人。有些奴隶惊讶得哭泣，有些叫喊，有些甚至很疑惧地把证明书还给乔治。

“我们不想比现在更自由，也不想离开已经住惯的家，更不愿意离开夫人和少爷……”一位黑奴呜咽地代表同伴们说话。

乔治示意大家安静下来，沉吟半晌才说：

“你们没有必要离开这里，因为这里也需要人工作。可是，从现在开始，你们是自由的人了，工作有薪水可以拿。你们获得自由的意思是说，别人不能卖你们或买你们，这点你们以后会慢慢了解的。我们的生活还是跟以前一样，没有什么差别呀……现在，你们都抬起头来，让我们来为给我们自由的上帝，做感恩的祷告。”

“我们来向上帝祈祷吧！”一位年纪最大的黑奴，向同伴们喊着。

所有的人都跪下来，认真地唱着诗歌，那洪亮、诚挚的歌声直入云霄，震撼着天地。

“还有一件事……”乔治要求大家暂停一下。

“你们还记得那个善良的汤姆叔叔吧？”

乔治简单扼要地向大家诉说汤姆叔叔临终的情形，和他对同伴们充满感情的遗言。

“就在汤姆叔叔的坟墓前，我曾经向上帝发誓，再也不想拥有奴隶，再也不会让别人因为我而离开家人和朋友——像汤姆叔叔一样，在农场寂寞地死去。所以，你们应该感谢善良的汤姆叔叔。当然，对卡洛婶婶和她的孩子们，也要表示慰藉之意，经常关心他们、爱护他们……每当你们看到汤姆叔叔的小屋，就要想到自己难能可贵的自由，你们一定要听从汤姆叔叔的教诲，做一个正直、虔诚的基督徒。为了纪念善良、亲切的汤姆叔叔，我们就把这间小屋永远地留下来吧！”